KB004466

쓰쿠모주쿠

TSUKUMOJUKU

Originally Japanese edition published by KODANSHA LTD.
Korean translation rights arranged with KODANSHA LTD.
through Tony International.

마이조 오타로 장편소설 | **최혜수** 옮김

쓰쿠모주쿠
九十九十九

도서출판 b

| 일러두기 |

1. 주석은 모두 옮긴이에 의한 것이다.
2. 원전 중 인용된 성서 문구에는 작자에 의한 일부 생략 · 요약이 있으므로, 용어 선택은 한국에서 통용되는 공동번역 성서를 참고로 하되 내용은 원전을 그대로 번역했다.

| 차례 |

제1화

1

산도産道를 지나 밖으로 나온 내가 감동한 나머지 '호오나~♪' 하고 노래하자 나를 안고 있던 간호사와 의사가 실신해서, 나는 탯줄 하나에 매달려 침대 밑으로 떨어졌다. 그러자 엄마를 포함한 모두가 잠시 정신을 잃었고, 나는 30여 분간 거기서 그렇게 대롱대롱 매달려 있었기에, 내가 경험한 최초의 세계에는 위아래도 없었고 좌우도 없었다. 그곳에 있었던 것은 내 노랫소리뿐이었다.

'호올라~후울라~호이네~' 하고 노래하다가 지겨워져서 세계=분만실의 하얀 바닥/천장/벽을 관찰하기 시작하자 모두가 의식을 되찾아 일어났고, 좀 전의 간호사가 나를 발견하고는 서둘러 나를 안아 올렸는데, 그 간호사가 나를 안았을 때의 부드러운 감촉이 좋아서 내가 냐헤에 하고 웃자 그녀가 또다시 실신하여, 나는 다시 대롱대롱 매달리게 되었다. 양수에 젖은 알몸으로 또다시 15여 분이나 방치되어, 나는 아니나 다를까 감기에 걸렸다. 그 감기로 내가 거의 죽기 직전까지 가자, 아빠와 엄마와 의사, 간호사는 모두 이대로 나를 죽게 놔둘 것인지 어쩔 것인지를 두고 고민했다. 노랫소리로 남을 실신시키기도 하고 방긋 웃어서 남을 실신시키기도 하고, 아니 무슨 짓을 해도 남을 실신시킨다는 것이 애당초 인간으로서 이상하다. 지나치게 아름답다는 건 일종의 기형인 것이다. 겁을 잔뜩 먹은 아버지와 어머니가 나를 이대로 찌그러뜨릴까 어쩔까 고민하던 중에 나는 유괴되고 말았다. 그것이 내가 겪은 첫 유괴인데, 나를 채간 사람은 옆에 누워 있던 아이의 엄마였다. 자기 아이 옆에 누워 있다가 빛나는 나를 슬쩍 보고 잽싸게 안아 올려서는 신생아실을 나온 뒤, 복도에서 내 얼굴을 확인한 순간 정신을 잃고 픽. 복도에서 울고 있던 나를 본 다른 산모가 또다시 유괴를 시도했지만 엘리베이터까지도 못 가서 정신을 잃고 픽. 엘리베이터로 내려온 다른 산모는 문 앞의 내게 손을 뻗지도 못하고 엘리베이터 안에서 실신하여 정신을 잃은 다른 사람들과 함께 다른 층으로 가버렸다. 다음 산모는 계단참에서 실신. 그런 식으로 산모 열네 명의 손을 거치며 실신, 또 유괴당하고 이동, 실신을 반복하다가 이윽고 1층 현관 로비까지 온 뒤 결국 병원에서 나를 데리고 빠져나간 사람은, 분만실에서 갓 태어난 나를 두 번 떨어뜨려서 탯줄에 대롱대롱 매달리게 만든 그 간호사였다.

스즈키 미와코[鈴木美和子]. 나의 소중한 스즈키다.

스즈키는 분만실에서 두 번 실신하면서 충분히 깨달은 바가 있었기에 우선 내 머리에 어른용 털모자를 씌우고 내 얼굴을 손수건으로 가볍게 덮은 뒤 내 입에 젖꼭지 모양의 장난감을 물렸다. 그렇게 내 얼굴과 입을 막고서 품에 안고 있는 나를 보려 하지도, 생각하려 하지도 않음으로써 나로부터 스스로를 지키면서, 스즈키는 교토 시내의 자기 아파트로 돌아와 자기 립스틱으로 내 얼굴에 낙서를 하여 내 얼굴을 꼼꼼히 더럽힌 뒤, 나를 자신의 침대에 눕혀주었다. 다 죽어가던 내게 항생제를 먹인 뒤, 링거를 맞히고, 밤새 간병하고, 사흘 뒤 열이 내려 내가 다시 살아나자, 스즈키는 체온계를 깨뜨려 안에 있던 수은을 먹여 내 목을 뭉개버리기로 했다. 내 얼굴은 계속 립스틱 그림으로 뒤덮여 있었지만, 공갈젖꼭지만 가지고는 내 아름다운 노랫소리를 다 막을 수 없었기 때문이다. 가스불에 냄비를 올리다가 내 노랫소리에 실신해서 작은 불이 난 적도 있었고, 뜨거운 주전자를 들고 있는데 내 노랫소리에 실신해서 화상을 입은 적도 있었고, 어쨌든 스즈키는 내가 밤중에 노래하면 자다가도 거의 죽기 직전 상태까지 가는 것 같았다. 저승길을 몇 번이고 걷고, 주마등을 반복해서 보고, 어느 날 아침 유체이탈 상태로 자기 침실의 천장 높이까지 떠올라 아무리 해도 침대에 누워 있는 자신의 몸으로 돌아갈 수 없어 괴로워하다, 모르는 아저씨의 영혼이 구해줘서 겨우 자신의 몸으로 돌아와 제정신이 들었을 때, 스즈키는 내 목을 해하기로 결심한 것이었다.

수은이 주르륵 흘러 내 목을 태웠을 때는 나름의 아픔을 맛보았지만, 노랫소리를 잃어버렸다는 것 자체는 그다지 신경 쓰이지 않았다. 기쁨과 즐거움의 표현을 아직 제대로 억제하지 못하는 아기인 나로서도, 노래할 때마다 스즈키가 픽픽 쓰러지면 곤란하기 때문이다. 분유가 보여서 기쁜 맘에 '마우라~냐♪' 하고 노래하면 스즈키가 정신을 잃어 결국 분유를 못 먹고 내가 공복 상태로 방치되는 식의, 그런 일이 언제까지고 되풀이되어서는 살 수가 없다. 아기에게는 분유가 더 중요하다. 나는 립스틱으로 이미 새빨간 내 볼을 더욱 붉게 칠하고서 분유를 쪽쪽 빨아먹었다. 분유 만세다. 스즈키가 탄 분유는 뜨겁거나 미지근하거나 되거나 묽어서 산부인과 간호사가 탔다는 게 믿기지 않을 정도였지만, 그래도 언제나 맛있었다. 나는 어떤 분유든 생글거리며 먹었다. 그러면 그런 나를 보고 스즈키는 복잡한 표정을 지었다. 즐거운 것 같기도 하고 슬픈 것 같기도 하며 안타까운 것 같기도 하고 난처한 것 같기도 한…….

스즈키는 아직 열아홉 살로, 큰 키에 머리가 짧고 목이 가늘며 어깨가 좁고 가슴은 크고 팔다리는 길고 가는데, 남자들에게도 인기가 많은지 많은 남자들이 스즈키의 집에 놀러 와서는, 나를 보고 깜짝 놀라 그대로 도망간 사람도 있었고, 애써 거기에 남아 스즈키와 알몸으로 뒹구는 사람도 있었다. 스즈키가 홀로 자주 찾는 술집의 아르바이트생 가토 준이치加藤淳一만이 스즈키와 나의 집에 계속 찾아왔다. 가토는 스즈키보다 키가 꽤 작았지만, 스즈키는 때때로 그 아담한 체구의 가토에게 매달려 떨어지지 않았다. 가토가 내게 분유를 타주는 일도 종종 있었는데, 그 맛은 스즈키가 탄 분유 따위는 두 번 다시 먹고 싶지 않을 정도로 기가 막혔지만, 물론 내가 그 다음 먹는 분유는 언제나처럼 스즈키가 탄 것이었고, 나는 그것을 평소대로 쭉쭉 빨아먹었다. 나는 우선 분유라면 뭐든 좋아한다.

내가 스즈키네 집에 와서 분유를 실컷 먹고 뒤집기가 가능해졌을 무렵, 스즈키의 배가 부풀어 빵빵해지는가 싶더니 아이가 튀어나왔는지, 내 침대 옆에 또 다른 침대 하나가 놓였고, 거기에 갓 태어난 대폭소 카레가 눕게 되었다. 물론 그 무렵에는 아직 '대폭소 카레'라는 이름이 아니라 그냥 '스즈키 쓰토무鈴木努'였지만, 쓰토무는 갓난아기 때부터 어쩐지 '스르륵 대폭소 카레입니다 짜잔~' 같은 얼굴이어서 우스웠다. 나의 귀엽고도 우스운 남동생 쓰토무. 하지만 쓰토무의 등장으로 인해 내 생활은 완전히 달라졌다. 자기 배에서 나온 자신의 아이보다도 자기 직장에서 훔쳐온 남의 아이에게 더 많은 애정을 빼앗겨버렸다는 사실에 스즈키가 분노한 것이다. 아마도 스즈키는 내게 좀 지나치게 전념했던 것 같다. 기절하고 다치고 거의 죽을 뻔했어도, 나를 돌보면서 스즈키는 나에 대한 애정에 얽매여 옴짝달싹 못하게 된 듯하다. 거기에서 벗어나기 위한 궁여지책으로 임신·출산·자기 아이를 얻은 것도, 나에 대한 괴물 같은 애정 앞에서는 무의미했던 것이다. 그렇다. 애정이란, 괴로움을 뛰어넘는 것을 체계 안에 받아들임으로써, 괴물이 된다. 그로부터 벗어날 수 없게 되고 만다. 그래서 사람은, 애정과 동시에 많은 괴로움을 느낄 경우, 만약 거기서 벗어난다는 생각·가능성·어쩌면/만약에 라는 선택지가 있다면, 오래 지속하지 않는 편이 현명하다. 괴롭다면 그 애정은 포기하고, 다른 상대를 찾는 편이 낫다. 세계에는 그 사람 말고도 자신의 애정을 쏟고 싶어지는 인간이 많이 있다.

괴로움을 느낀다면, 나 따위 사랑하지 않아도 된다.

나를 일상적으로 때리거나 발로 차거나 떨어뜨리거나 분유도 주지 않고 기저귀도 갈지 않은 채 방치하면서 나에 대한 괴물 같은 애정에 신음하며 괴로워한 결과, 스즈키는 내 오른쪽 귀를 잘랐다. 그런 뒤 내가 우는 얼굴이 귀여워서, 스즈키는 내 코를 잘라냈다. 자지러지게 울면서 스즈키를 바라보는 내 눈빛이, 스즈키가 살면서 보아온 그 어떤 보석보다도 눈부시게 아름다웠기에, 그 후 스즈키는 숟가락으로 내 두 눈을 파냈다.

하지만 스즈키는 나를 죽이지 않았다.

스즈키는 나를 죽일 수 없었다.

내 귀를 자르고, 코를 자르고, 숟가락으로 두 눈을 도려낸 것은, 괴물 같다고는 해도, 역시 애정은 애정이었던 것이다. 애정에 사로잡힌 스즈키가 나를 죽일 수 있을 리 없었다.

스즈키는 내 오른쪽 귀와 코와 눈구멍에 거즈를 대고서 나를 끌어안고 있었다. 그 와중에도 스즈키의 손에는 여전히 내 귀와 코를 자른 식칼이 있었고, 스즈키는 나를 죽여 버리고 싶지만 죽일 수 없다는 지점에서 감정을 다스리고 있었다. 칼이 덜덜 떨리고 있었다. 스즈키는 나를 끌어안은 팔에 힘을 주고, 칼을 짓누른 채 계속 울고 있었지만 나는 바로 울음을 그쳤다. 나는 사실 나에 대한 스즈키의 괴물 같은 애정과, 그때도 계속되고 있었던 갈등의, 아직 나오지 않은 결과를 이미 알고 있었다. **스즈키는 나를 죽일 수 없다.** 그래서 나는 완전히 안심하고 있었다. 나는 안구가 없어진 눈꺼풀을 괜히 감고서 잠들어버렸을 정도였다. 완전히 편안한 상태에서 아주 깊이 잠들어버렸을 정도였다. 나를 강렬하게 사랑하는 여자의 품에 꼭 안겨서. 눈과 귀와 코가 있었던 자리에서 피를 흘리며. 깊이. 깊이. 평온하게. 하지만, 내가 그때 꿈을 꾼 것 같지는 않다.

나는 꿈을 꾼 적이 없다.

꿈을 꾸지 않는 상태로 아주 깊이 잠든 사이에 가토가 들어와서, 나는 지퍼 백에 싸인 두 눈과 오른쪽 귀와 코와 함께 병원으로 옮겨졌다. 곧바로 두 눈의 절단된 신경을 접합하는 수술이 이루어졌고, 안구는 내 눈꺼풀 속으로 돌아왔지만, 완전히 회복된 것은 오른쪽 눈뿐이었다. 왼쪽 눈은 어째서인지 흑백으로 보였다. 오른쪽 귀와 코는 꿰맨 자국투성이였으며, 원래대로 깨끗하게 아무는 데에는 기나긴 시간과 많은 수술이 필요하다는 것 같았다. 하지만 일단 그때 그 상태 그대로, 나는 괜찮았다. 아마 주위 사람들도 괜찮았으리라. 적어도 내가 눈과 귀와 코를 붕대로 감고 있었을 때와 눈과 귀와 코에 꿰맨 자국이 있었을 때는 아무도 내 얼굴을 보고서 실신하지 않았다. 하지만 한 달 두 달이 지나 실밥을 풀고 상처가 아물자, 또다시 내가 미소 지으면 의사와 간호사들이 모두 픽픽 쓰러지기 시작했다. 또다시 상처투성이인 나를 유괴하려는 사람들도 나왔다. 가토가 나를 지켜주지 않았다면, 나는 또다시 어느 집 누군가의 괴물 같은 애정에 귀와 코가 잘리고 두 눈이 뽑혔을지도 모른다. 어쩌면 두 손이 뒤틀리고 배가 갈리는 등, 그래도 죽지 않을 정도의 상처를 입었을지도 모른다. 그런 종류의 내 고통이 스즈키가 저지른 그 한 번만으로 끝났던 것은, 모두 가토 덕분이다. 귀가 잘리거나 코가 잘리거나 두 눈이 숟가락에 차례로 뽑히는 체험은 한 번만으로 족하다.

스즈키는 교토의 여자형무소에 수감되고, 가토는 나를 데리고 쓰토무와 함께, 가토의 본가가 있는 후쿠이 현福井縣의 니시아카쓰키 마을西曉町로 가게 되었다.

가토 히코에몬加藤彦右衛門의 집은 니시아카쓰키 동쪽 다노쿠라田之倉 지구에 있는 히이마고타니曾孫谷라는 마을의 가장 끝자락에 있었다. 개축한 지 얼마 안 된 아담한 2층집에는 헤이스케平助 씨와 시오노汐乃 씨 부부와 그들의 장남 다카시高志 씨, 그의 아내 준코順子 씨와 세시루聖思流, 세리카聖理河라는 쌍둥이 남매가 있었다. 다카시 씨는 동생이 아기 두 명을 안고서 갑자기 찾아왔는데도 차를 타고 일부러 역까지 마중 나와서 웃는 얼굴로 환대해주었지만, 역시 나를 흘끗 보자 안색이 바뀌었다. 다카시 씨는 개찰구 앞 콘크리트 바닥에 무릎으로 털썩 주저앉아, 하늘을 올려다보며 "아아 신께서 내려 오셨군요."라고 말했다. 그것은 훗날 내가 탐정 신探偵神이 된다는 것을 예언한 것이기도 했다. 그러고 나서 다카시 씨는 가토에게 내 이름을 물었다. 가토는 우선 쓰토무의 이름을 가르쳐주었지만, 내 이름을 소개할 수는 없었다. 비밀로 하려 했던 게 아니라, 그때, 즉 생후 1년 2개월의 아기로 아직 일어서는 것조차 버거웠던 내게는, 아직 이름이 없었기 때문이다. 그렇다. 그때까지 스즈키는 내게 제대로 된 이름을 붙이지 않았던 것이다. 그녀는 대개 나를 세 개의 이름으로 적당히 부르고 있었다. 어떨 때는 '관대寬大 군'. 어떨 때는 '성실誠實 군'. 어떨 때는 '정직正直 군'. 관대, 성실, 정직하다는 것이 이 세상에서 가장 중요하다는 스즈키의 사고방식에서 온 것으로, 가토는 언제나 생글생글 웃으며 '관대성실정직'이라는 긴 이름으로 나를 불렀다. 하지만 그 이름은 누가 봐도 이상했기 때문에, 니시아카쓰키 마을의 가토네 집에 이르러 짐을 풀고 바로 한 일은, 내 이름을 정하는 것이었다. 하지만 모두가 고개를 갸웃거리며 고민해서 붙인 이름은 '관대 군', '성실 군', '정직 군'보다도, '관대성실정직'보다도 더 이상했다. 九十九十九. 쓰쿠모주쿠. 이것이 내 이름이다. 가토 집안에 양자로 들어온 가토 쓰쿠모주쿠加藤 九十九十九. 쓰토무는 호적에 스즈키의 장남으로 올라가 있었기에 스즈키 쓰토무라는 이름을 계속 썼다.

2

우리가 니시아카쓰키 마을로 오기 세 해 전 가을에 개축된 가토네 집에는 지하실이 있고 그 안에는 침실 두 개와 화장실, 욕실이 있었는데 거의 쓰이지 않는 상태였다. 그곳에 나와 쓰토무와 가토가 들어가게 되었는데, 그날 밤, 교토에서 특급 가에쓰 13호를 타고 후쿠이로 온 뒤 니시아카쓰키 마을의 가토 집안에 들어와 이름이 정해지고 그 지하실에 들어가게 된 이후, 지상 층에 올라간 것은 가토와 쓰토무뿐이었으며,

나는 계속 지하실의 창 없는 방에 갇혀 있었다. 하지만 이것은 달리 어쩔 도리가 없는 조치였다. 지나치게 아름다운 나는 나를 보는 사람들을 계속 실신시켰고, 그런 나를 유괴하려는 사람은 끊이지 않았으며, 만약 스즈키 같은 사람에게 또다시 유괴된다면 귀와 코가 잘리고 눈알이 뽑히는 애정표현을 당할 것이다. 나를 지하에 가두는 것은 나와 바깥 세계를 동시에 지키는 것이었다. 내게 그 조치 자체에 대한 불만은 없다. 침대와 욕실과 화장실이 있고 식사가 세 번 꼬박 주어진다면 나는 밥 먹을 때 내다볼 수 있는 창문이 없어도 상관없다. 형광등이 침대와 욕실과 화장실을 오가는 나를 비추어주니 태양이 없어도 나는 상관없다. 침실에 놓인 책장의 많은 책들이 내게 말을 가르쳐주고 책장 옆 텔레비전이 내게 색깔과 소리와 목소리를 가르쳐주니, 바깥 세계가 없어도 나는 상관없다. 텔레비전으로 세계를 배운 내게, 얼마간 세계는 나뉜 상태였는데, 한쪽은 실사이고, 다른 한쪽은 애니메이션으로 되어 있어, 두 세계에서 각각 괴수라거나 로봇이라거나 외계인이나 사도使徒 같은 것이 찾아와 모두가 어딘가에서 싸우고 있을 거라는 생각을 하곤 했지만, 가토가 그러한 나의 세계 인식과 현실세계와의 차이를 지적하며 바로잡아주니 나는 상관없다. 내가 난처한 점은, 나란히 열 살이 된 세시루와 세리카가, 지하에 가만히 있으면서 다른 아이들이 하는 활동을 하지 않은 채 여덟 살이 된 나를, 동물이나 식물 같은 것으로 간주하고 키우기 시작했다는 것이다.

세시루와 세리카는 그 무렵까지 망상 속에서 둘만의 세계를 만들고 있었다. 내가 가본 적 없는 둘의 방에는 '성세계聖世界'라는 제목을 붙인 두꺼운 파일이 있었고, 거기에는 둘이 만든 세계의 단편이 메모, 일러스트, 사진, 책과 잡지에서 잘라 붙인 것 등으로 정리되어 있었다. 세시루와 세리카는 우선 둘의 성 '환영성幻影城[1]'의 구조를 바탕으로 세계를 창조하기 시작했다. 환영성은 미로와 덫과 비밀통로 · 작은 방으로 가득 차 있었고, 모양은 성이라기보다도 수많은 거대한 동물을 합체시킨 키메라 같았다. 환영성에서는 세시루와 세리카의 마음에 들지 않는 인물이 끼어들거나 누군가 둘의 기계를 망가뜨렸을 때 그 인물을 그 자리에서 처형할 수 있게 되어 있었고, 그를 위한 함정이나 단두대, 자동식 고문도구, 유령, 수수께끼의 맹수 등이 성 여기저기에 배치되어 있었다. 세시루나 세리카가 손가락을 부딪쳐 톡 하는 소리를 내면 바닥이 활짝 열려 죄인을 지하에 있는 어둠의 세계로 떨어뜨리거나 벽에서 쭉쭉쭉 뻗어 나오는 기계 팔로 죄인을 잡아 단두대에 앉혀 목을 치거나 입에서 내장이 튀어나올 때까지 빙글빙글 돌리는 기계에 태우거나 전신을 백 번 접는 기계에 묶거나 유령이나 맹수 따위가 커튼 뒤에서 튀어나오게 하는 등 다양한 방법으로 죄인을 죽이는 것이다. 세시루와 세리카는 동시에 '죽이는 리스트'를 만들고 있었는데, 거기에 기재된 것은 세시루와 세리카를 제외한 모든 인간들이었다. 리스트에 적혀 있는 것은 죽여야 하는 상대의 이름이 아니라, 그 인간을 몇 번, 어떤 방식으로 죽이는가에 대한 것이었다. 세시루와 세리카는 급우들을 적어도 일곱 번, 많으면 135번 처형하기로 했다. 세시루와 세리카의 3학년 때 담임선생 같은 사람은, 머리에서 발목까지 단두대로 양배추 채치듯 천 번을 자르고 커다란 무쇠 망치로 백만 번 때린 뒤 커다란 곤충이 몸속에 일억 개의 알을 낳게 하여 죽게 되어 있었다. 세시루와 세리카의 어두운 상상력. 둘은 둘의 부모, 다카시

1. 세이료인 류스이의 소설인 『조커』(2000)의 무대. 실제로는 작가 에도가와 란포가 1951년에 쓴 탐정소설에 관한 평론 제목이며, 1975년부터 1979년까지 일본에서 발행된 탐정소설 전문잡지의 이름이기도 하다.

씨와 준코 씨도 한 번씩 죽이기로 한 상태였다. 아버지와 어머니에게 약을 주사하여 편안히 죽게 한 뒤, 그 시체를 성의 토대가 되는 땅속에 묻어두기로 하고 있었다. 즉, 환영성은 부모의 시체를 초석으로 하여 지어진 것이다. 둘이 세계를 상대로 한 전쟁에서 이기기 위한 환영성. 내게 주어진 역할은, '환영성의 지하에서 발견하여 사육에 성공한 애완동물'이었다.

우선 둘이 준비한 것은 내 머리에 씌우기 위한 주머니로, 그것은 세시루가 초등학교에 진학했을 때 부모님이 사주었지만 전혀 쓰지 않은 야구 글러브를 넣는 용도의 노란 주머니였다. 세시루는 가위로 그것에 구멍을 내어, 지하에 있는 우리 방에 오면 그것을 느닷없이 내 얼굴에 씌웠다. 세시루가 뚫은 구멍이 딱 눈의 위치에 있어서 나는 밖을 볼 수 있었다. 눈앞에 세시루와 세리카가 웃는 얼굴이 있었다. "인자 됐다. 이래 하면 니 얼굴 봐도 아무렇지도 않다."라고 말하며 웃는 세시루와 세리카는 평범하게 아름다운 아이들이다. 단정한 얼굴에 피부는 투명하며, 다카시 씨와 준코 씨 모두 준수한 용모였지만, 그 이상으로 갈고 닦은 듯한 세련된 아름다움이 있었다. 그리고 그때 봉투를 쓴 나를 바라보며 웃는 세시루와 세리카는, 이제까지 그래왔던 것 이상으로 요염하고 매력적인 빛을 내어, 거의 거룩할 정도였다. 남을 실신시킬 정도는 아니어도. 분명 둘 다 자신들이 잘생기고 예쁘다는 것을 알아서, 그것을 기반으로 자기라는 존재를 만들고 있었으리라. 모두에게 지속적으로 귀엽고 예쁘고 아름답다는 말을 들으며 자라온 아이들. 세시루와 세리카 모두 학교 성적도 좋고 운동도 잘하며 친구들의 분위기를 정돈하거나 친구들 앞에서 발언을 하는 것에 익숙했으니, 남들이 자신들을 보는 '완벽한 아이들'이라는 시선이 언젠가부터 자기 자신들을 바라보는 시선과 겹쳐버린 것이리라. 그런 상황에, 적어도 얼굴만큼은 자신들을 능가하는 내가 등장함으로써, 세시루와 세리카는 자신들의 발치가 무너지는 듯한 위기감을 느낀 게 분명하다. 아직 인간으로서 미숙하기 때문에 타인의 시선으로 만들어진 자존감이 나라는 존재에 의해 무너질지도 모른다 싶어, 둘은 두려웠으리라. 나는 그것을 알고 있었다. 이런 식으로 세시루와 세리카가 나를 공격해올 것도 이미 짐작했을 정도였다. 세시루와 세리카는 아직 작디작은 아이이고, 자신과 둘만의 세계를 지키는 것만으로도 벅찼다. 첫날밤에 세 살배기 세시루와 세리카를 기절시키고, 바닥에 널브러진 둘을 보고서, 그 둘이 그 꼴사나운 모습에서 깨어나 얼굴을 붉히며 일어선 뒤 자기들 방으로 내빼듯 올라가는 것을 봤을 때부터, 이미 이렇게 될 것을 알고 있었다. 둘은 그때 이미 이 집의 왕자님과 공주님이었던 것이다. 그 둘을 기절시킨 내가 무사할 리 없다. 그리고 이윽고 그날이 온 것이다. 우선은 주머니인가. 당연히 내 얼굴을 가리겠지. 그리고 천천히 나를 괴롭힐 것임에 틀림없다. 예상대로였다. 세시루와 세리카는 봉투에 뚫린 구멍으로 손가락을 쑤셔 넣고, 스즈키가 한 번 빼냈던 내 눈알을 뽑았다. "우와-. 진짜네~. 눈알 빠진다-"라고 말하며 세리카가 꺅꺅꺅 웃어댔다. 세시루와 세리카의 손바닥 위에 하나씩, 내 왼쪽 오른쪽 눈알이 놓여 있다. 옆에 있는 침대 위에서 그림책을 보고 있던 쓰토무가 깜짝 놀라 두우와~앙 하고 울음소리를 낸다. "시끄럽다, 이 자쓱아!"라고 말하며 세시루가 쓰토무를 발로 차서 쓰토무는 데구르르 굴러 침대에서 뚝 떨어진다. 듀와헤~엥 하고 바닥에 있는 쓰토무가 무서움에 떨며 자지러지게 운다. "쓰토무, 괜찮아?" 하고 내가 묻는다. "혀~엉"이라고 하며 쓰토무가 울면서 일어나, 내 쪽으로 오려 했다. 그것을 세시루가 다시 한 번 발로 차서 쓰러뜨린다. 부후와라~우,

부후나~ 하고 쓰토무가 울음소리를 낸다. 그때 집에는 아무도 없어서 우리를 구해줄 사람은 없었다.

"눈, 돌려줘."라고 내가 말하자, "이런 거 없어도, 니는 볼 수 있다 아이가."라고 세시루가 말했다.

정말 그렇다. 나는 볼 수 있었다. 나는 7년간 계속 이 방에만 살아와서, 침대와 테이블, 책장과 텔레비전 세트와 옷장과 쓰레기통의 위치를 전부 알고 있었다.

나는 세시루와 세리카의 손바닥 위에 있는 내 눈알을 빼앗으려 손을 뻗었지만, 그것을 알아챈 둘은 재빨리 팔을 들어 내 손을 피했다. 둘 다 나보다 훨씬 더 키가 크기 때문에 그렇게 하면 아무리 해도 손 안의 내 눈알을 돌려받을 수 없다. 나는 말없이 둘을 바라보았다.

"니, 눈알 돌려받고 싶으면, 우리 말 잘 들어야 된데이."라고 세시루가 말한다.

"우리가 시키는 대로 하면 이거 니 다시 줄게."라고 세리카가 말한다.

"좋아. 뭘 원하는데?"라고 내가 말하자 세시루가 말했다.

"그럼 니는, 앞으로 우리 애완동물 해라. 우리는, 니 주인 하고."

그렇군, 하고 나는 생각했다. 키가 큰 게 자랑인 사람도, 기린을 보며 화를 내지는 않는다. 발이 빠른 게 자랑인 사람도, 치타를 생각하며 분하게 생각하지는 않는다. 세시루와 세리카는 나를 《인간》에서 제외함으로써 자기 안에 있는 나에 대한 분노를 꺼뜨리기로 한 것이다.

"좋아."라고 내가 말했다.

나는 내 눈알을 돌려받고 싶었다. 더 이상 쓰토무가 무서워하지 않기를 바랐다. 세시루와 세리카가 나와 쓰토무와 가토의 방에서 한시라도 빨리 나갔으면 했다.

"그래, 그라면 내랑 세리카가 하는 말 무조건 들어라."

"응."

"우리가 여기 올 때는, 니 그 주머니 꼭 쓰고."

"응, 알았어."

"그라고 이 일은 아무한테도 말하면 안 된데이. 엄마 아빠한테 말하면 니는 사형이다."

"응."

"야, 니도 잘 들어라, 쓰토무, 니도 아무한테도 말하면 안 된다."

냐르아~앙 하고 계속 울어대고 있던 쓰토무도 응응 하고 고개를 끄덕여 보인다.

"그라믄 됐다, 받아라." 하고 세시루는 팔을 내리고 손바닥을 펼쳐 내게 내 눈알을 내민다. 나는 그것을 받아 주머니 구멍 속 눈알의 제자리에 끼워 넣는다. 왼쪽 눈. 세리카도 마찬가지로 내게 눈알을 내민다. 오른쪽 눈. 이것으로 두 눈이 완성되었고, 나는 잠시 고개를 숙인 채 눈 안이 지끈거리는 것을 참았다. 그러던 중에 눈알과 뇌를 잇는 신경회로가 되살아나, 내 눈은 다시 시력을 회복했다. 나는 빛을 되찾고, 세시루와 세리카가 떠나는 것을 배웅한 뒤, 쓰고 있던 주머니를 벗었다. 쓰토무가 "혀~엉" 하고 울면서 내게 다가온다.

쓰토무만이 나를 보아도 실신하지 않는다.

나는 말한다. "쓰토무, 앞으로 가끔, 세시루랑 세리카가 여기로 올끼다. 그라면 니는 위층으로 올라가라. 여 있으면 저 둘이 니한테 무슨 짓 할지 모른다. 위층 사람들한테는 아무 얘기도 하지 마라. 울지 말고 가만히 있어야 된데이."

쓰토무는 계속 울어댔기에, 응 이라는 대답을 듣는 데는 꽤 오랜 시간이 걸렸다.

다음 날부터 바로 세시루와 세리카에게 애완동물 취급을 받는 시간이 시작되었다.

세시루와 세리카는 나를 노예나 가축으로 취급하지 않고, 진짜 애완동물로 키웠다. 노란 주머니를 쓴 나를 귀여워했다. 애완동물이라는 위치에 있으면, 둘은 지나치게 아름다운 나를 순순히 귀여워해줄 수 있는 것이다. 하지만 둘이 나를 귀여워해주는 방식에는 차이가 있었다. 세시루는 내 온몸을 쓰다듬고, 문지르며, 주물럭거렸다. 내게 개나 고양이의 울음소리를 흉내 내게 하고, 새된 소리로 웃어대며 나와 침대나 바닥 위에서 장난을 쳤다. 세시루는 나와 놀다 지치면 내 배를 베고 자버리는 일도 있었다. 세리카는 세시루처럼 나를 귀여워하지는 않았다. 세리카는, 나를 훈련시켰다. 세리카와 있을 때, 나는 기어 다니거나 일부러 바닥을 데굴데굴 구르지 않고 평소대로 서서 걸으면 되었고, '멍멍'이나 '야옹야옹'이나 '갸옹갸옹' 같은 말을 할 필요 없이 그냥 일본어로 말하면 되었다. 하지만 세리카와 있을 때 나는 웃으면 안 되었다. 등을 곧게 펴고 손가락을 편 채 턱을 당기고 있어야만 했다. 조금이라도 자세가 흐트러지거나 세리카의 마음에 들지 않는 부분이 있으면, 나는 벌을 받아야만 했다. 내게 벌을 주는 것은 세리카뿐이었다. 세리카는 내게 바지와 팬티를 내리게 하고, 내 성기를 쭉 잡아당겼다. 때로는 가위나 칼을 가져와서 내 성기뿌리에 대는 시늉을 하며 나를 협박하거나, 바늘을 가져와서 내 성기를 감싸고 있는 피부 끝을 바늘로

쿡쿡 찌르기도 했다. 내 눈알을 빼내는 것처럼 내 성기를 자르거나 바늘로 찌르면 곤란하니, 나는 반드시 세리카에게 사과하고, 잘못을 바로잡았다. 세리카는 내가 후쿠이 사투리를 쓰는 것마저 금지했다. 세리카는 '~했나' '~했다아이가' 같은 어미를 싫어해서, 내가 무심코 후쿠이 사투리로 말하면 주머니 위로 내 머리를 꽤 세게 때렸다.

귀여워하는 방식이 전혀 달랐기에, 세시루와 세리카가 함께 내가 있는 곳에 오는 일은 거의 없었다.

어느 날, 세시루가 내 머리의 노란 주머니를 빼앗아 위로 올라가더니, 펠트 재질로 된 녹색 삼각형 귀 두 개를 달아서 돌아왔다. 그것을 씌우고서 세시루는 "앞으로는 일본어로 말하지 마라."라고 했다. 내가 "그럼 어느 나라 말을 쓰면 돼?" 하고 묻자 내 머리를 때리며 "일본어 쓰지 말라고 했제." 한 뒤 "그라면, 니 울음소리는 에루구구다."라고 말했다. "에루구구." "그래. 그걸로 됐다. 에루구구 말고는 다 금지데이." "에루구구 에루구구." "잘하네. 아, 그라고, 내랑 세리카가 니 이름 정했다." "에루구구?" "니 이름은, 가조분이다. 가조분은 우리가 살고 있는 이 성 아래 지하 세계에 살고 있는 괴물 가조온 중에 한 마린데, 니는 나쁜 맘 없이, 우리가 발견해서 애완동물이 된 기다." "에루구구." "으쌰 가조분, 여 공 가져왔다." 세시루가 테니스공을 던지고, 내가 그것을 쫓는다. 나는 «내가 정말 좋아하는 테니스공»을 입에 물고 세시루에게 가서, 꼬리 대신 엉덩이를 흔든다. 테니스공을 세시루의 손바닥 위에 놓자 세시루가 "옳지 옳지, 가조분 잘하네-."라고 하며, 이젠 귀가 달린 주머니 위로 내 머리를 쓰다듬는다. 나는 엉덩이를 더 힘차게 흔들며 "에루구구 에루구구"라고 말한다. 테니스공이 방 안의 다른 곳으로 던져진다….

《가조온 중 한 마리의 가조분》이라는 것은 합의된 사항이었지만, 《'에루구구' 하고 운다》는 것이나 《녹색 귀》에 대해 세리카는 몰랐는지, 녹색 귀가 달린 노란 주머니를 쓴 나를 그대로 방치한 채 세리카가 "쫌! 세시루—!"라고 하며 위로 올라가더니, 위에서 이런저런 말싸움을 하는 소리가 들렸고, 조용해진 뒤 세리카가 세시루의 체조복 가방을 들고 내려왔다. 그 체조복 가방은 손잡이가 떨어져 있었고 구멍 두 개가 뚫려 있어서, 세리카는 귀가 달린 주머니를 벗기고 대신 그것을 씌운다. 그것에는 귀가 없었다. "이걸로 됐다."라고 세리카가 말했지만 내 머리 뒷부분에는 '5학년 가토 세시루'라고 적힌 명찰이 붙어 있을 터였다. 물론 나는 상관없다. 나는 세리카에게도 《가조분》이라 불리며 《유창한》 표준어로 세리카와 《환영성 사정》에 대해 이야기했다. "있지 가조분, 지하 나라는 요즘 어때?" "가조온들은 모두 사이좋게 지내고 있습니다." "최근에 밑으로 떨어지는 죄인들의 수가 줄고 있는데, 괜찮아?" "괜찮습니다." "하지만, 좀 더 떨어뜨려 줄게, 앞으로. 최근에 짜증나는 사람이, 다시 꽤 많아지고 있으니까. 그 사람들, 다 죽이고서 먹으면 돼." "그러네요." "고맙다고 안 해?" "고맙습니다." …….

내가 열한 살이 되고 세시루와 세리카가 열세 살이 되었을 즈음부터, 둘이 나를 귀여워해주는 방식이 또다시 달라졌다.

세시루는 내게 세시루의 성기를 핥게 했고, 내 항문에 그것을 넣게 되었다. 세리카는 반대로 내 성기를 핥고 자신의 항문에 그것을 넣게 했다. 나를 쓰다듬거나 문지르면서 부드럽게 대했던 세시루는 그렇게 하기 시작한 뒤로는 무척 난폭해져서 나를 때리거나 발로 차게 되었으며, 세리카는 반대로 내게 벌을 주지 않게 되었고 내 어깨를 쓰다듬거나 무릎 위에 살짝 손을 얹기도 했다.

어느 일요일 낮, 지하실에 있는 우리 방에 세시루가 내려온다. 노크소리가 들리고, 어쩌다 그 시간대에 방에 있던 쓰토무가 움찔 한다. 나와 쓰토무가 숨을 죽이고 있자 문 건너편에서 "세시루."라는 목소리가 들린다. 그래서 나는 녹색 귀가 달린 노란 주머니를 쓰고 "에루구구." 하고 말한다. 문이 열린다. 세시루가 들어올 때 쓰토무는 밖으로 나가려 한다. 그 쓰토무의 엉덩이를 세시루가 발로 찬다. "니 빨리 안 나가나! 썩 끄지라!" 쓰토무는 계단을 올라 위층으로 간다. 세시루가 문을 닫는다. 세시루가 불을 끈다. 어둡게 했다는 것은 그런 의미다. 언제나처럼 내가 침대 옆의 스탠드 불을 켜고 세시루 옆으로 다가간다. 나는 세시루의 성기를 입에 문다. 그런데 그때, 세시루가 평소와는 다른 이야기를 한다. "가조분, 좀 서봐라." 나는 세시루의 성기에서 입을 떼고 일어선다. 그러자 세시루는 "지금 니 여기는 어떤 상태고?" 하며 내 성기를 만진다. 그것은 평소와 마찬가지 상태다. 세시루는 "이거, 이래 하면 안 서나?" 하고 내 성기를 강하게 문지른다. 그러고 나서 주머니 구멍을 통해 내 눈을 바라본다. 그 뒤 세시루가 "야, 니 눈알 빼라."라고 말한다. 시키는 대로 주머니 구멍으로 손가락을 집어넣어 두 눈알을 뺀다. 그러자 세시루가 바닥에 무릎을 꿇고 얼굴을 내 가랑이 쪽으로 가져오더니, 지퍼를 열고 내 성기를 꺼내어 핥는다. 나는 세리카를 떠올린다. 세리카의 방식과는 다르다. 세시루는 난폭하고, 가끔 이가 닿는다. 후우, 후우, 숨소리가 시끄럽다. 세시루는 내가 해줄 때보다도 흥분해 있는 것 같다. 나는 세리카의 방식을 떠올리고 있다. 그러자 세시루가 "니 지금 세리카 생각하제?"라고 한다. 내가 세시루 때문에 깜짝 놀라는 건 이게 처음이다. 내가 "에루구구." 하고 끄덕이자, 세시루가 "짜증난다."라면서 내 성기를 더 강하게 빤다. 역시 세리카가 더 잘 한다. 하지만 어쨌든 나는 내 눈알을 각각 내 양손에 쥔 채로 침대 옆에 우뚝 서서, 정액을 내보낸다.

그러고 나서 눈알을 눈 안에 다시 집어넣은 내 뒤로 세시루가 언제나처럼 자기 성기를 넣는다. 그 사이에도 나는 세리카 생각을 하고 있다. 세리카의 새하얀 등. 허리의 굴곡. 둥근 엉덩이. 하지만 세리카는, 나와 마찬가지 모습으로 나와 같은 방식으로 하는 동안, 지금의 나와 같은 느낌은 아닐 것이다. 세시루는 난폭하고, 나는 부드럽다. 나는 세시루가 나를 밀치는 것처럼 세리카를 밀치지 않는다. 애당초 나와 세리카는 몸의 구조가 다르다. 세리카가 어떤 느낌일지 나는 모른다. 나는 세리카가 아니니까 모르는 것이다.

세시루도 정액을 내보낸 뒤, 바로 방을 나간다. 나는 방 불을 켜고, 침대 옆의 스탠드 불을 끈다.

목욕을 하고 난 뒤 바로, 나는 읽다 만 책을 손에 잡지만, 집중이 잘 안 된다. 무릎을 꿇고 내 성기를 핥는 세리카와 엎드려서 내 성기를 느끼는 세리카가 번갈아, 동시에 내 머릿속에 끊임없이 떠오른다. 세리카는 내게 상냥하다. 나도 세리카에게 상냥하다. 나는 세시루에게도 상냥하지만, 세시루는 내게 상냥하지 않다.

나는 세리카가 내 성기를 자신의 성기에는 못 넣게 하는 것을 떠올린다. 거긴 가조분을 위한 데가 아니라는 세리카의 말을 떠올린다. 거긴 나를 맞으러 올 왕자님을 위한 데니까, 라고 세리카는 말한다.

그 왕자님이란 세시루겠지.

세리카는 세시루에게도 상냥하겠지만, 세시루가 세리카에게 상냥한지 어떤지는 모르겠다. 세시루가 세리카에게도 거칠지언정 세리카도 세시루가 넣을 때, 나와 같은 느낌을 받을 리가 없다. 나와 세리카는 몸의 구조가 다르기 때문이다. 나와 세리카는 몸의 구조가 다르니, 결정적으로 느끼는 방식도 다를 터이다. 내가 세리카를 세시루처럼 거칠게 다룬다면, 아니면 세시루가 나처럼 상냥하게 세리카를 다룬다면, 둘의 성기가 박혀 있을 때 세리카는 나와 세시루로부터 같은 느낌을 받겠지만, 나는, 세시루가 어떻게 하든, 세리카에게서 받는 느낌과 같은 것을 느낄 수는 없다.

그러고 나서 얼마 뒤, 세리카가 온다. 쓰토무가 나가고, 세리카가 들어온다. 나는 세시루의 체조복 주머니를 뒤집어쓰고 세리카를 우선 껴안는다. 그러고 나서 세리카의 볼에 가벼이 입을 맞춘 뒤, 얼굴을 떼어내고, 천천히, 익숙하고 우아한 동작으로 침대 끄트머리에 앉는다. 세리카도 내 옆에 앉는다. 세리카는 세시루가 오늘 내방에 왔다는 것을 알고 있기 때문에 나와 침대에서 뒹굴지는 않는다. 평소대로라면. 평소대로라면 나와 세리카는 환영성에 대한 이런저런 망상 이야기를 얼마간 나눈 뒤 다른 일은 하지 않고, 마지막으로 한 번 더 살짝 조용히 껴안고서 내 입술을 세리카의 뺨에 다시 맞추고 세리카가 방을 나간다. 평소대로라면. 하지만 조금 전에 세시루가 평소와는 다른 짓을 했다는 것이 나를 동요케 하여, 나는 세리카를 끌어안으며, 평소와는 다른 말을 지껄인다. "세리카 씨, 당신은 세시루와 성적인 행위를 하십니까?" 그러자 세리카가, 세시루의 체조복 주머니 구멍 너머로 내 눈을 보며 답한다. "…… 어쩌면, 말이지." 그 대답으로 나는 알게 된다. 세시루는 아직 세리카의 성기에 자신의 성기를 넣은 적이 없다. 나는 말한다. "그때가 오면, 당신은 제 생각을 하겠습니까?" 생각하겠지. 세리카가 말한다. "아마도." 생각할 것이다. 세시루의 성기가 세리카의 성기에 들어가 있을 때, 세리카의 항문은 텅 비어 있다.

틀림없이 내가 그리워질 것이다.

하지만 나는 세리카의 성기에 내 성기를 넣고 싶다. 항문 말고.

"하지만 세리카 씨는 모릅니다." 하고 내가 말한다. "무엇을요?" 하고 세리카가 묻는다. "세시루 씨는 아마 세리카 씨에게 넣지 않을 겁니다." 내가 이렇게 말하자 세리카가 얼굴을 비스듬히 하여 뒤로 향한다. "어째서죠?" 하고 세리카가 묻는다. 나는 알고 있다. 세시루는 내 성기를 핥고 싶어진 것이다. 세시루는 내 성기를 자기 항문에 넣어줬으면 하는 생각 또한 하는 것이다. 하지만 세리카에게는 가르쳐주지 않는다. 일단, 지금은. 나는 세시루에게 내 성기를 핥게 하고, 내 항문에 세시루의 성기를 넣게 해야겠다. 내가 세리카의 항문이 아닌, 세리카의 성기에, 내 성기를 넣기 위해.

세리카가 잠자코 있는 나를 바라본다. 그리고 말한다. "그렇죠. 세시루는 제 것에 넣지는 않을지도 모르지요." 나는 세리카를 바라본다. 체조복 주머니에 가려 세리카의 얼굴이 다 보이지 않는다. 세리카가 말을 잇는다. "그런 일이 일어나면, 아마 저는 저와 세시루의 차이를 깨닫고 말 테니까요." 몸을 붙임으로써 마음이 멀어진다. 넣는 쪽과 넣음을 당하는 쪽이라는 결정적인 차이가 생겨, 세시루와 세리카의 환영성 건설공사는 정체되고 말 것이다. 아니 어쩌면, 환영성은 무너지고, 부서져, 없어져버릴지도 모른다. 세시루와 세리카는 ≪네가 나이며 내가 너≫였기에 이제껏 환영성 건축은 순조로웠던 것이다. 둘이 한 명이었기에 세계를 상대로 하는 둘의 싸움을 시작할 수 있었던 것이다. 둘이 둘이라면 자기 눈앞에 있는 것은 다른 자신이 아닌 자신을 닮았을 뿐인 타자이며, 타자인 이상 자신의 바깥에 존재하는 상대인 것이다. 자신의 바깥에 있다면 그것은 자신이 싸워야 할 바깥 세계에 속하는 상대이고, 그렇다면 함께 지어온 자신의 성인 환영성은 자신과 세계를 가로막는 것도 아니고, 자신을 세계로부터 지켜주는 것도 아니며, 이미 세계의 일부로 성립되어 자신을 둘러싸고 있는, 적이 놓은 덫, 자신을 가두는 우리라고 할 수도 있는 것이다.

세시루와 세리카가 성기를 합쳐 자신들을 구별하게 되면, 세리카는 환영성을 버리게 될 것이다. 세리카는 세시루 곁을 떠날 것이다.

하지만 나는…… 환영성에서 세시루와 세리카에게 사육되고 있는 가조분인 나는, 환영성을 잃고서 오래 살아갈 수 없을 것이다. 가조분으로서의 내 역할 또한, 환영성과 함께 사라지겠지. 그렇게 되면 세시루와 세리카 모두 내 방에 안 오게 될 것이다. 세리카가 안 올 것이다.

세시루가 세리카에게 넣도록 놔둬서는 안 된다. 나를 사이에 두고 있는 탓에 세시루의 성기가 세리카에게 닿지 않는, 이 정도로 딱 좋은 것이다. 아니 오히려, 세시루와 세리카 둘 모두에게 내가 성기를 넣어줌으로써, 세시루와 세리카를 옆에 나란히 두고, «내가 너이며 네가 나», «둘이면서 한 명»이라는 관계를 유지하게 하는 편이 좋다. 그렇다면 가조분으로서의 내 역할은 평온할 것이다. 그렇다. 앞으로는 세시루와 세리카 둘 모두에게 넣어주는 편이 좋다.

세리카가 내게 다가온다.

곤란한 것은, 세시루의 폭력.

눈알을 때마다 빼낸 상태로 있다가는, 내 몸이 버텨낼 수가 없다. 눈알을 빼내는 것은 나름대로 아프기 때문이다.

세시루와 세리카는 중학교에 진학한 뒤 바로 학교에 가지 않게 되어서, 그 대신 가정교사가 가토 씨네 집에 드나들게 되었는데, 그 선생은 라쿠고가家[2]로 대폭소大爆笑 일문의 대폭소 해피라는 이름을 쓰는 아베 아쓰시 선생이었다. 아베짱은 대폭소 일문에 들어간 지 얼마 안 된 상태라, 알고 있는 라쿠고도 <지참금>[3]뿐이었다. 라쿠고가로서 막 활동을 시작한 참이라 자신의 라쿠고를 남에게 들려주고 싶은 마음에, 아베짱은 세시루와 세리카의 수업 중에, 계속해서 <지참금>을 한다. 세시루와 세리카는 듣는 척하면서 고맙게 여기며 딴짓을 한다. 하지만 세시루 세리카 모두 관서지방 라쿠고에 딱히 흥미가 있었던 것도 아니어서, "늘씬하게… 작아."라는 부분에서도 그렇고 "아직도 뭐가 더 있어!?"에서도, "같은 얘기잖아!"에서도 웃지를 않으니, 하고 있는 아베짱도 재미가 없다. 하지만 그 자리에 쓰토무가 함께 하면 쓰토무는 철물점 다이스케가 "안녕합쇼!"라고 말하며 등장하는 부분부터 캭캭 웃기 시작한다. 그걸 보고 기분이 좋아진 아베짱은 <지참금>을 할 때면 쓰토무를 부르고 싶어 해서, 공부를 하기 싫은 세시루와 세리카는 딱히 올 필요도 없는 쓰토무를 불러 쓰토무에게 <지참금>을 해달라고 조르게 시킨다. 그 상호작용으로 아베짱은 쓰토무에게 백 번 천 번 <지참금>만 계속 들려주는데, 쓰토무는 그래서 <지참금>을 처음부터 끝까지 전부 외워 버리……는 일은 없는지, 늘 같은 부분에서 기쁜 듯 웃는다. 먼저 세시루와 세리카가

• •

2. 라쿠고落語란 무대 위에서 한 사람이 방석에 앉아 유머러스한 내용의 이야기를 재미있게 이야기하는 일본 전통의 예능으로, 라쿠고가家는 그것을 행하는 사람.

3. 관서지방을 대표하는 라쿠고 중 하나. 빚이 있는 남자가 그 돈을 빌려준 지인이 급히 돈을 돌려줄 것을 재촉하자 여자가 가져올 '지참금'을 챙길 목적으로 못생기고 임신한 여자와 결혼하기로 결심한다. 그런데 알고 보니 그 여자는 그 지인이 건드려서 임신하게 된 여자로, 지인은 돈이 궁한 남자한테라도 붙여줄 요량으로 그 여자에게 줄 '지참금'이 필요했던 것. 주인공이 '과연 돈은 돌고 도는 것이로구나.'라고 말하며 끝난다.

지겨운 나머지, 쓰토무를 불러 <지참금>을 해달라고 조르게 한 뒤, 아베짱이 <지참금>을 시작하면 '공부에 방해돼'라고 말하며 쓰토무와 아베짱을 옆방으로 쫓아내고서, 그 사이에 계속 둘은 땡땡이를 치는 식의 일이 계속되었는데, 그렇게 대충 얼버무리는 일이 영원히 지속될 리가 없으니, 세시루와 세리카의 은폐공작에도 불구하고 아베짱이 쓰토무를 즐겁게 하기만 할 뿐 세시루와 세리카에게 전류나 전압, 전기좌석의 구조도 가르치지 않았다는 사실이 준코 씨에게 발각되어, 아베짱은 깔끔하게 잘리고 말았다. 하지만 아베짱의 집은 같은 히이마고타니에 있었으므로, 쓰토무는 아베짱이 잘려도 상관없었다. 관서지방 라쿠고에 매료된 쓰토무는 무언가에 홀린 듯 아베짱의 집에 드나들었고, 아베짱의 방에서 라쿠고 테이프를 빌려와, 그것을 열심히 듣게 되었다.

다케후[武生] 시내의 제지공장에서 일하게 된 가토는, 쓰토무가 2년 정도 <지참금>을 계속 듣다 이윽고 이야기의 의미를 깨닫기 시작했을 즈음, 홀로 교토에 가서, 처음으로 형무소의 스즈키를 만났다. 스즈키는 형무소에서 몇 번이나 탈출을 시도하여, 그때마다 교도관 몇 명을 다치게 했고, 다른 수감자들의 식사에 청소용 세제를 섞어 독살을 기도하기도 해서, 그때마다 형기가 늘어나고 있었다. 가토는 내 학대사건 이후 바로 나와 쓰토무의 양육권을 갖게 되었고, 그 이래로 스즈키와는 아무런 연락도 취하지 않고 있었지만, 스즈키의 아버지가 가토를 찾아와, 한번만이라도 좋으니 스즈키에게 우리의 얼굴을 보여 달라고 부탁하여, 가토는, 쓰토무만 본다면, 이라는 조건을 내걸고 오케이 한 것이었다. 그래서 교토에 쓰토무를 데리고 가기 전에, 자기 혼자서 일단 스즈키의 상태를 확인하러 간 것인데, 면회실로 온 스즈키는, 12년 전의 스즈키와는 전혀 딴판이었다.

“쓰쿠모 니, 잘 들어래이.” 하고, 밤에, 가토가 말했다. “오늘, 아빠가 교토 가서 엄마 만나고 왔다.” 나는 울면서 내 눈을 후비던 스즈키를 떠올린다. 쓰토무는 위에 사는 쓰토무의 할아버지=헤이스케 씨 방에서 자고 있었다. “엄마는 아직도 상태가 안 좋은갑다. …… 몸을 단련한 건지 뭔지 꼭 맹수 같대. 표범이나 사자 같은 거 있다 아이가……. 가가 팔이나 목을 움직이면 근육이 막 삐걱거리는 소리 같은 게 들릴 거 같을 정도였다니까…….” “엄마 건강해보였어?” “아-. 건강해 보인다든가 그런 거랑은 다르겠지. 몸은 건강해보였는데, 다른 데는 그래 건강하다고는 못할 끼다.” “아빠, 엄마랑 결혼할 거야?” “아니, 그럴 일은 없다. 엄마하고 다시 시작할 생각은 인자 없다. 그래도 엄마가 느그들 만나게 해달라고 해서 함 보고 온 기다.” “아, 그렇구나.” “…… 니, 엄마 보고 싶나?” “아니, 됐어. 나랑 만나면, 엄마는 또 혼란스러워질 테니까.” “…… 어, 글켔지. …… 그래도 엄마는, 쓰쿠모 보고 싶다는 거 같드라.” “안 돼. 엄마, 또 망가질 거야.” “글켔지. 그래서 적어도 쓰토무는 데려가 볼까 우짤까 싶은데.” “그것도 안 돼.” 하고 나는 말을 자르듯 끼어든다. 내가 아닌 쓰토무가 오면, 엄마는 적잖이 실망하겠지. 그런 표정을 쓰토무에게 보여줘서는 안 된다. “아빠, 엄마랑 떨어져 있어. 오늘도, 아빠가 교토에 가는 게 아니었어. 엄마한테서, 나랑 쓰토무를 완전히 떨어뜨려야 해. 나랑 쓰토무를, 엄마가 있는 세계와는 다른 세계에 넣고, 엄마가 상상조차 못할 만한 곳으로 떨어뜨려 놓아야만 해. 아빠가 엄마를 만나면, 엄마가 기대할 거고, 엄마는 아마 아빠를 통해 지금의 나와 쓰토무의 존재를 봐버리니까. 그러니까 아빠, 이제 교토에는 가지 마. 엄마한테도, 그, 엄마의 아버지한테도, 편지도 쓰지 마. 우리를 잊게 해야만 해.”

그렇게 해야만, 괴물 같은 애정을 죽일 수 있다. "그런가." 하고 가토가 말했다. 하지만 그런 말을 하는 나도 스즈키를 만나고 싶었다. 여전히 나의 소중한 스즈키였다. 하지만 소중하니까, 더더욱 만나면 안 되는 것이었다. 나는 가토에게 물었다. "엄마, 예뻤어?" 그러자 가토는 후후 하고 웃으며 누운 채로 잠시 등을 웅크렸다. "무섭드라." 하고 가토가 말했다. "흐음. 상상이 잘 안 되는데. 엄마, 예쁜 사람이었는데." 내가 말하자, 가토는 "뭐고 니, 기억하고 있었나?"라고 물으며 놀랐다. 나는 뭐든 기억한다. 나는 특별한 인간이기 때문이다. "엄마 만나러 가면 안 돼."라고 나는 말했다. "어, 알았다. 내일 전화해가 못 간다고 해둘게." 가토가 말했다.

그 다음날 아침 가토는 스즈키의 아버지에게 전화를 걸어, 쓰토무와 나 둘 다 데려가지 않을 것이며, 자신도 미와코를 만나지 않을 것이라고 전하자, 정오가 되기 전 스즈키가 교도관 두 명을 죽이고서 탈출했다.

스즈키의 아버지로부터 그 연락이 오기 전에, 준코 씨가 죽은 채 발견된다.

가토네 집 뒤편에서 산속으로 조금 들어간 곳에 산일을 하기 위한 작업장이 있다. 그곳에는 목재와 목재를 자르는 도구, 전동 톱과 전기 쇠사슬 톱과 도끼, 솥 등이 잔뜩 보관되어 있다. 준코 씨는 그곳에서 알몸으로 발견되었다. 발견한 것은 쓰토무였다. 쓰토무는 밥 때가 되어 배가 고파서, 무언가 만들어달라고 하려고 준코 씨를 찾다가, 작업장에 간 것이다.

쓰토무가 발견한 준코 씨의 배는 거대하게 부풀어 있었고, 그 하얗고 동그란 산 같은 배에는 목 아래부터 가랑이까지 똑바로 꿰맨 자국이 있었다. 한 번 준코 씨의 배를 가르고, 무언가를 넣은 것인데, 질 주변은 꿰맨 상태가 아니라 쫙 찢어진 상태여서 뱃속을 채우고 있는 것들이 보였다. 그것은 내장이 아니었다. 내장은 준코 씨의 시체 옆에 쌓여 있었다. 내장 대신 준코 씨의 배를 채워 빵빵하게 부풀게끔 한 것은, 비닐봉지에 담긴 장난감 지폐였다. 비닐봉지가 반투명한 것이었기에, 질 내부 저 너머로 피에 젖은 비닐 속의 오렌지색, 녹색, 파란색, 회색의 지폐다발이 보였다.

3

사용된 장난감 돈은 보드게임 '모노폴리[4]'에 쓰이는 것이었다. 문제의 '모노폴리'의 출처를 알면 범인이 좁혀진다. 하지만 최종적인 문제는 누가 '모노폴리'에서 쓰는 돈을 준코 씨에게 넣었는지가 아니라, 어째서 그런 것을 준코 씨에게 넣었는가, 라는 것이겠지. 하지만 그것은 범인을 찾으면 본인에게 물어보면 된다. 경찰은 '모노폴리'의 의미 따위 깊이 생각하지 않겠지. 그리고 우리에게 문제는 준코 씨가 살해된 것이 아니라 스즈키가 교토의 형무소를 탈출했다는 소식이 방금 전, 경찰관들의 도착과 함께 전해진 것이었다. 탈출한 지 적어도 세 시간은 지났다.

4. 한국에서 잘 알려진 '부루마블'의 원조 격인 보드게임. 1930년대에 미국에서 출시되어 전 세계에서 인기를 끌었다. 게임 참가자가 주사위를 던져 게임 말을 옮겨 땅을 차지하고, 상대방으로부터 임대료를 받는 형식이다. 같은 색으로 표시된 땅문서를 모두 사들여야 땅에 건물을 지을 수 있어, 이름이 모노폴리(독점)이다.

남서쪽에서 스즈키가 온다. 이것으로 모든 게 끝장이다. 가족놀이도, 환영성 놀이도.

나는 준코 씨가 죽은 채 발견되었다는 얘기를 듣고서도 지하실에서 한 발짝도 나가지 않았지만, 스즈키가 온다면 더 이상 여기에 가만히 있을 수 없다. 1층과 2층에서 반미치광이 상태가 된 세시루와 세리카가 울고 소리치고 신음하며 난리를 치고 있다. 나는 쓰토무를 시켜 지하실과 1층을 연결하는 계단의 가장 위에 있는 문을 잠그게 했다. 조금 전까지 세시루가 문을 쾅쾅 차고 있었지만, 지금은 포기하고 다른 데서 난리를 치고 있다. 우선은 짐을 싸야 한다. 제지공장에도 연락이 갔을 터이니 머지않아 가토도 돌아올 것이다. 나와 쓰토무는 가토의 짐도 필요한 것을 가방에 넣기 시작했다. 세시루와 세리카는 잠시 가만두는 편이 낫다. 쓰토무가 겁을 먹고 울어서 제대로 움직일 수 없었기에, 조금 전부터 CD플레이어를 주고 헤드폰으로 라쿠고를 들려주고 있다. 그렇게 하여 바깥 세계를 차단해주자 쓰토무는 조금 안정을 찾았다. 능숙하게 우리의 속옷과 겉옷과 바지와 웃옷과 모자를 트렁크 · 스포츠백 · 데이팩에 넣어간다. 쓰토무가 먼저 옷을 넣은 뒤 라쿠고 CD를 넣으려다가 안 들어가서 초조해하고 있기에, 나는 쓸데없는 옷을 빼내 주었다. 코트도 아직 얼마간은 필요 없다. CD는 들어갔지만 카세트테이프가 안 들어가서 쓰토무가 어두운 표정을 지었지만, 나는 포기하라고 말했다. 어차피 쓰토무에게는 휴대용 카세트플레이어가 없다. 여기에는 미니 컴포넌트가 놓여 있지만, 이 미니 컴포넌트를 가지고 갈 수는 없다.

침대 옆의 전화가 울렸다. 내선이다. 내가 받는다. "네, 여보세요." "아, 쓰쿠모가?" 다카시 씨다. "느그들, 밑에서 뭐하노?" "짐을 정리하고 있습니다." "짐 정리라니 뭔 소리고. 뭐하고 있는 건데." "여기를 나갈 준비요.” “뭐고? 뭔 얘기고 그게.” “좀 전에 연락이 와서, 엄마가 여기로 오고 있다는 사실을 알았으니, 피난 준비를 시작한 겁니다.” “엄마라니, …… 아아, 느그들 엄마? 그건 그렇다 해도 느그들, 지금 이럴 때 뭐하고 있는 거고. 경찰들 와 있으니까, 느그들 잠깐만 위로 올라온나.” “짐 정리를 마치면, 바로 가겠습니다.” “그런 거는 됐고, 바로 올라온나.” “그럼 쓰토무만 위로 올려 보내겠습니다. 쓰토무가 가장 처음 시체를 발견한 사람이니, 경찰 분들도 우선 쓰토무의 얘기를 듣고 싶을 테니까요.” “니도 오면 좋을 낀데.” “나중에 가겠습니다.” “나중에라니 뭔 소리고. 지금 온나.” “전 계속 아래에 있어서 아무것도 보지 못했고 아무것도 모릅니다. 경찰들한테는 그렇게 전해주십시오.”라고 말한 뒤 아직 무언가 할 말이 남은 듯한 다카시 씨의 말을 듣지 않고 전화를 끊는다. 쓰토무가 헤드폰을 쓴 채 나를 쳐다보고 있다. 이제 쓰토무 짐은 다 쌌다. 다카시 씨와 통화하는 내 옆에서, 쓰토무는 작업을 진행하고 끝낸 것이다. 쓰토무, 하고 말하자 쓰토무는 헤드폰을 벗었다. “너만 위로 올라가서 경찰들에게 여러 사정을 얘기하고 와.” “형은?” “나는 좀 더 여기서 짐 정리를 할 테니까. 아직 아빠 것도 있으니까.” “알겠다.” “가. 그리고 계단 위쪽 문은 그냥 열어두고.” “그래도 되나?” “안 열어두면, 위에서 쓸데없는 스트레스가 생길 것 같으니까.” “어.” 그렇게 말하고 쓰토무가 위로 올라간 뒤 지하실에 나 홀로 남았을 때, 나는, 아닌데, 하고 생각했다. 아니다. 나는 틀렸다. 스즈키는 쓰토무의 엄마이고 쓰토무는 가토와 스즈키가 만든 아이이고 나는 스즈키나 가토와 혈연관계가 아니다. 아빠 엄마라고 부르고는 있지만, 나를 낳아준 아빠 엄마는 아니다.

내가 없으면 스즈키와 가토, 쓰토무는 모두 잘 지낼 수 있을지도 모른다.

스즈키는 나를 데려가기 위해 온다. 하지만 내가 가토 가족들과 함께 있지 않고 어디로 갔는지 모르게 된다면, 스즈키는 더 이상 할 수 있는 일이 없겠지. 그렇다, 처음부터 알고 있었다. 지나치게 아름다운 나라는 존재를 가족에 포함시키는 것이 애당초 무리인 것이다. 내 아버지와 어머니도, 내 미모 탓에 나를 죽이려 한 것이다. 안 된다. 본 사람을 실신시킬 정도로 아름다운 인간은 누군가와 함께 있어서는 안 되는 것이다.

쓰토무, 하고 나는 생각한다.

나를 봐도 실신하지 않는 유일한 인간.

태어났을 때부터 함께 지냈고 나를 쭉 지켜봐온 귀여운 남동생.

하지만 나는 이제 여기에 있을 수 없다. 스즈키가 온다. 쓰토무를 데려갈 수는 없다. 쓰토무와 스즈키는 모자 관계이고, 가토를 더하면 가족인데, 나를 포함하면 그것이 무너지는 것이다. 나는 내 짐이 들어 있는 스포츠백을 든다. 이대로 나만 나가자. 돈은 비상용으로 만 엔만이 가방 안에 들어 있다. 7년 전에 받은 지폐가 그대로 손도 안 댄 채 있다. 이것으로 나는 얼마간 살아갈 수 있겠지. 살아갈 수 없게 된다면, 죽을 뿐이다.

나는 내 방을 나선다. 계단이 보인다. 나는 계단을 올라간 적이 한 번밖에 없다. 태어나서 한 번뿐이다. 계단 위에 무엇이 있는지는 대강 기억하고 있다. 가토네 집 복도와 응접실과 화장실과 현관이다. 나는 계단에 발을 걸친다. 계단이라는 건, 토막 난 길이 세로로 늘어서 있는 것이다. 하지만 전에 있었던 곳은 약간 낮다. 지금 있는 곳이 조금 더 높다. 내 인생의 첫 계단 오르기에 나는 조금 긴장하고 있다. 다리가 떨린다. 위上라는 글자는 직선 위에 검은 동그라미가 그려진 그림을 기초로 한 것이며, 아래下라는 글자는 그 반대다. 나는 상하의 직선을 타넘는 동그라미. 계단이 삐걱거린다. 이 소리를 발치에서 듣는 것은 처음이다. 나는 내 발을 본다.

내 새하얀 맨발. 군데군데 피부 아래 있는 피가 비쳐 핑크빛으로 물들어 있다. 그렇다, 나는 '맨발'이다. '신발'을 신고 있지 않다. 원래 '밖'으로 나가기 위해서는 '신발'을 신어야만 했던 것이다.

그러면 세시루의 낡은 신발 한 켤레를 빌리자. 나는 계단의 가장 높은 단에 이른다. 문이 열려 있고, 한 발 나아간 곳에 가토네 집의, '현관으로 이어지는 복도'가 있다. 나는 발을 내딛는다. 복도 바닥은 반짝반짝 닦여 있다. 닦은 준코 씨는 죽었다. 준코 씨가 없어짐으로써, 가토네 집은 더 넓어진 듯한 기분이 든다. 물론 나는 1층을 보는 것도 처음이나 마찬가지이니, 그냥 기분 탓이다. 나는 이미 모르는 세계에 들어선 것이다. 나는 '현관'을 본다. 넓은 '시멘트 바닥'에 '신발'들이 놓여 있다. 현관을 향해 복도를 걷는다. 세시루와 세리카의 목소리가 들리지 않는다. 복도 옆에서 2층으로 이어지는 계단이 있어, 그곳에서 나는 위를 올려다보지만 그 누구의 모습도 보이지 않는다.

나는 세시루와 세리카를 생각한다. 여기에 둘을 남겨 두면 무슨 일이 일어날지 알고 있다. 둘의 성性 교섭. «둘이 한 명»의 해체. 환영성의 붕괴. 이중으로 일어나는 세계 대對 한 명의 전쟁. 세시루와 세리카는 서로 상대를 세계 측의 적으로 간주하며 어떤 식으로든 싸우게 되겠지. 그리고 세시루와 세리카의 싸움은, 가토 집안에도, 세계에도, 결코 좋은 결과를 가져오지 않을 것이다. 세시루는 그것을 알고 있으니 나로 하여금 넣게 하려 한 것이다. 세리카에게 넣지 않도록, 입장을 반전시키려고 한 것이다. 세리카의 정면에 서지 않고, 세리카 옆에 나란히 서려고 한 것이다. 세리카에게 남성의 성기가 있다면 처음부터 나 따위는 필요치 않았으며, 세시루에게 그것을 핥게 하고 넣어주고, 자신도 세시루의 것을 핥고 넣게끔 하고, 그럼으로써 둘의 세계를 완벽히 유지했을 것이다. 하지만 남자와 여자는 비대칭적으로 이루어져 있으니 내가 사이에 껴들지 않으면 안 되었다. 여기에서 내가 나간다면, 둘을 기다리는 것은, 이제까지 둘이서만 구축해온 모든 것의 반자동적인 분해다. 엄마를 잃은 것이 세시루와 세리카를 더욱 가깝게 하고, 둘의 자멸을 가속시키겠지.

세리카, 하고 나는 생각한다.

세리카의 얼굴이 떠오른다. 세리카의 가느다란 허리. 둥근 엉덩이. 세리카는 내 성기를 항문에 넣고 있을 때, 세시루의 이름도 아니고, 모르는 왕자님의 이름도 아닌, 내 이름을 불렀다. '가조분'이 아니라, '쓰쿠모'라고.

"아, 하앗, 아아, 쓰쿠모." "쓰쿠모오, 우, 아, 아아, 끄, 으으." "후우우, 후우, 응, 쓰쿠모, 아."

나는 2층으로 이어지는 계단에 발을 걸친다. 헤기잇 하는 소리를 듣는다. 나는 크로스로 멘 가방을 다시 제대로 끌어안는다. 그러고 나서 더 위로 올라간다. 나는 이제 망설이지 않는다. 적어도 세리카만이라도 여기에서 데리고 나가자. 나는 맨발로 계단을 오른다. 다 올라가자, 좌우로 복도가 이어져 있다. 나는 물론 세시루의 방도 모르고 세리카의 방도 모른다. 상관없으니 방문을 다 열어보자는 심산으로 복도에 한 발을 내딛었을 때, 세리카의 목소리가 들린다. 울음소리. 계단에서 봤을 때 세 번째 방이다. 나는 복도를 걸어가기 전에, 계단 위에서 발견한 스위치를 눌러 복도의 전등을 끈다. 언제나 세시루와 세리카는 이렇게 하고서 내 방으로 왔다. 그래서 나도 그렇게 한 뒤 복도를 지나 세리카의 목소리가 들린 방 앞으로 와서, 문을 연다. 그리고 안을 보고, 나는 깨닫는다.

그곳은 아마도 세시루의 방이며, 세시루의 옷들이 바닥에 잔뜩 널브러져 있다. 거기에 세리카의 옷도 섞여 있다. 그것은 방금 벗어던진 세리카의 스웨터와 치마이며, 벗은 세리카는 알몸으로 알몸의 세시루와 관계를 맺고 있다. 나는 세시루의 성기가 세리카의 성기에 들어가 있는 것을 확인한다.

그리고 모든 것을 알게 된다.

4

나는 세시루와 세리카의 방문을 닫고, 왔던 복도를 다시 돌아가 계단을 내려가, 현관으로 가지 않고 지하실로 이어지는 계단으로 간다. 하지만 내려가지 않고 어깨에 메고 있던 가방을 내려놓고, 계단 위에서 그것을 던진다. 내 짐이 들어 있는 스포츠백이 계단 밑으로 떨어져 우당탕 하는 소리가 난다. 나는 그러고 나서 다시 뒤돌아, 현관으로 향한다.

밖으로.

밖으로.

밖으로.

나는 현관 앞에 이른다. 그곳에는 많은 신발들이 벗어져 있다. 무엇이 누구의 것인지는 모른다. 나는 신기 편해 보이는 '샌들'을 신는다. 그리고 현관의 미닫이문을 연다. 그곳부터가 밖의 밖. 가토네 집 밖. 태양. 나무. 산과 하늘이 보인다. 이웃집. 담장. 연못과 정원과 흙과 돌. 그런 것들이 전부, 거대한 공기에 뒤덮여 있다. 그 거대한 공기는 '바람'을 만들고 있다. 내 얼굴을 그것이 어루만진다. 차갑다. 그것에 냄새가 있다. 물 냄새다. 아는 것은 그것뿐이고 내가 모르는 냄새가 많이 있다. 현관을 나온 곳에는 사각 콘크리트 재질의 댓돌이 있고, 거기서부터 '징검돌'이 이어져 있다. 그것은 보통 사람의 보폭에 맞춰져 있다. 나는 콘크리트를 처음 밟고, 뒤이어 징검돌을 처음 밟는다. 징검돌을 다 건너 '대문' 바깥으로 나간다. 대문 바깥에는 '순찰차' 세 대가 세워져 있고 '제복을 입은 경찰관'들이 많이 있다. 등에 '후쿠이 현 경찰'이라고 쓰인 재킷을 입고 있는 경찰관도 움직이고 있다. 그 움직임을 보고서 준코 씨의 사체가 있는 곳을 알았다. 나는 징검돌에서 멀어져 가토네 집을 태양 반대 방향으로 빙 돈다. '비'가 내렸는지, 흙이 젖어 있다. '풀'이 샌들을 신은 내 발을 적신다. 멋쩍다. 간지럽다. 하지만 나는 개의치 않고 걸어서 가토네 집 모퉁이를 돈다. 정면에 '승용차' 일곱 대가, 아무렇게나 세워져 있다. 그곳이 가토네 집에서 '뒷산'으로 가는 입구다. 푸른 작업복을 입은 중년 남자들이 바쁜 듯 움직이고 있다. 나는 그곳에 다가간다. 승용차 옆에 이르자 모두들 내가 왔다는 것을 알아채고, 순서대로, 내 아름다움에 차례차례 실신한다. 내 시계視界에 픽픽 소리도 없이 쓰러지는 많은 어른들이 보이지만, 내가 바라보고 있는 것은 뒷산 입구의 비포장도로 건너, '삼나무'와 풀에 둘러싸인 목조 '작업장'이다. 작업장 벽과 문은 낡아 보이지만, '기와지붕'만이 최근에 수선되었는지 새것 같고,

푸르다. 작업장 주위에 노란 테이프가 둘러져 있다. 많은 경찰관들이 내게 말을 걸려고 다가오다 바닥에 쓰러진다. 나는 곧바로 작업장에 다가가, 그곳에 이르러, 테이프를 넘어간다. "어이어이, 뭐하는 기고, 이런 데 들어오고 그라면…." 픽픽 툭툭 털썩털썩. 모두 황홀한 표정으로, 거의 미소를 띤 채 정신을 잃어간다. 사람들의 반 정도는 열심히 일하는 중이라 내게 신경 쓰지 않으려 버티지만, 내 미모는 시선을 돌리는 것을 허용하지 않는다. 나는 땅에 쓰러져 있는 많은 경찰관을 뛰어넘어 작업장으로 다가간다. 작업장 입구는 새파란 '비닐 시트'로 덮여 있다. 나는 그것을 들춰낸다. "어이어이 뭐고!" 하고 안에서 큰 목소리를 내던 남자들도, 작업장 안에서 차례로 픽픽 쓰러진다. 그중 한 명은 감동의 눈물을 흘리고 있다. 하지만 나는 그것에 신경 쓰지 않는다. 내가 보는 것은 그곳에 아직 있는 준코 씨의 시체. 배가 부풀어 있고, 성기에서 배로 이어지는 상처 사이로, 비닐봉지와, 그 안의 '모노폴리' 지폐다발이 보인다. '모노폴리' 지폐는 작다. 준코 씨의 배는 커다랗다. 비닐봉지 안에는 '모노폴리' 지폐만 들어 있는 것이 아니다. 또 다른, 의미 없는 것이 들어 있을 것이다. 의미가 없는 것. 쓸데없는 의미를 부여할 수 없는 것. 뱃속에 있으면서 쓸데없는 의미가 없는 것. 내장이다. 하지만 준코 씨의 내장은 준코 씨의 시체 옆에 지금도 있다. 심장, 간장, 각종 장. 전부 있다. 자궁도 다 나와 있다. 어쩔 수 없는 일이지만. 나는 준코 씨의 시체 옆, 내장과는 반대쪽에 서서, 벽에 걸려 있는 낫 한 자루를 든다. 그리고 나는 준코 씨의 배에 난 상처를 세로로 꿰맨 실을 그 낫으로 툭툭툭툭 잘라낸다. 엉성한 바느질이다. 나도 낫을 다루는 게 서툴러서, 실뿐만 아니라 준코 씨의 가슴과 뱃살에도 상처를 내고 말지만, 이미 준코 씨는 아픔을 느끼지 않으니 상관없다. 내가 낫을 댄 부분의 상처가 활짝 벌어져 거기서 안에 있는 비닐봉지가 튀어나오려 한다. 나는 배의 맨 윗부분에서 배꼽 밑까지 한 번에 낫질을 하여 실을 잘라버린다. 그러자 부스럭 하는 소리가 나면서 뱃가죽이 활짝 벌어져 안의 비닐봉지가 보인다. 비닐봉지의 윗부분은 둥근 매듭으로 묶여 있다. 피에 젖은 비닐봉지에 얼굴을 가져다 대고, 반투명 봉지 안쪽에 있는, 검붉게 젖은 '모노폴리' 지폐와, 그것을 적시고 있는, 누군가의 내장을 본다.

그렇다. 물론 내장이다.

이것은 준코 씨의 내장이 아니다. 다른, 마찬가지로 살해된 여자의 내장이다. 그리고 이것은 결정적 단서이다. 경찰관은 이것을 조사하여 누구의 것인지를 알아낼 수 있을지도 모르지만, 그런 일은 내게 불가능하다. 할 필요도 없다. 나는 이미 알고 있다. 이 외에도 두 명의 여성이 살해되었다. 누군가의 어머니가 아니다. 누구의 어머니도 아닌 여자다. 가와카미 미치요 · 구리하라 유리카 · 우에다 유코 · 우에다 나오코 · 오쿠보 유키 · 야마모토 유리 · 다니구치 아유미 · 모리카와 세이코 · 히로세 아케미 · 오쿠다이라 미즈호 · 야기 리에 · 기무라 리에 · 기무라 아오이 · 기무라 이즈미. 히이마고타니의 독신 성인 여성은 이들뿐이다. 히이마고타니에서 이 작업장처럼 느긋하게 작업을 할 수 있는 곳은, 빈집인 히구치 씨네와 다카하시 씨 집 차고다. 히구치 씨네가 더 가깝다. 나는 작업장을 나선다. 밖에 있는 사람들은 아직 거의 실신한 상태이며, 갑자기 쓰러진 경찰들의 모습을 보러 온 다른 경찰들이 혼란스러워하는 가운데 나는 나가서, 또다시 더 많은 경찰들을 땅에 나뒹굴게 했다. 나는 발을 빨리 움직인다. 아아 그렇군, 이게 '달린다'는 건가. 하지만 나는 잘 '달릴' 수 없다. 발 근육이 그런 식으로 발달되어 있지 않다.

발을 땅에 내딛거나 땅을 차는 타이밍을 잘 못 잡겠다. 손발이 팔랑팔랑 하고 이상한 방향으로 튄다. 넘어져서 다치고 싶지 않아 나는 속도를 줄인다. 걷는다. 걷는 거라면 할 수 있다. 하지만 서둘러야만 한다. 어쩌면 스즈키가 이미 후쿠이에 도착했을지도 모르기 때문이다.

나는 제어하기 힘든 내 손발을 가능한 한 빨리 회전시켜 가토네 집 앞으로 돌아와, 경찰과 구경꾼들을 모두 한 번에 픽픽 쓰러뜨리며 '볼링'공처럼 길을 나아간다. 히구치 씨네 집은 가토네 집 앞길에서 서쪽으로 조금 간 뒤 오른쪽으로 돌아 완만한 언덕을 내려간 왼쪽에 있다. 다른 데 있다가 작업장 부근과 가토네 집 문 앞의 모두에게 벌어진 이상 사태를 파악한 경찰들이 소란을 피우기 시작했지만, 그것이 내 탓이라는 것은 아직 알아채지 못하고 있다. 나는 히구치 씨네 집 정면 현관문을 당겨본다. 잠겨 있어서 안 열린다. 나는 주변을 둘러본다. 이제 아무도 살지 않는 집 옆에 이제 아무도 쓰지 않는 창고가 있고, 그쪽에 그 창고로 통하는 뒷문이 있다. 알루미늄 재질의 문인데, 유리창이 깨져 있다.

역시 여기다.

즉, 이 주변에 사는 구리하라 유리카와 우에다 유코·우에다 나오코 자매가 수상하다는 얘기다. 나는 뒷문으로 돌아가 그 문손잡이를 돌려본다. 덜컥, 하는 소리를 내며 손잡이가 돌아가고 문이 조금 열린다. 좀 전에 맡고 온 피 냄새도 난다.

나는 문을 열어 안을 들여다본다. 세면장이 옆 방향으로 보이는데, 먼지 쌓인 바닥과 세면대와 세탁기가 그곳에 조용히 놓여 있다. 나는 샌들을 벗고 집으로 들어간다. 피 냄새를 맡으며, 나는 복도를 나아가 부엌을 곁눈질하며 화롯가를 지나 방으로 들어가, 나란히 있는 다다미방

두 개의 한가운데 깔린 이불 위에서 구리하라 유리카와 우에다 나오코의 시체를 발견한다. 지금은 방의 장지문이 열려 있지만, 작업이 진행되는 동안에는 틀림없이 닫혀 있었을 것이다.

구리하라 유리카의 시체는 안쪽 방에 있었고, 천장의 불은 켜진 상태였다. 그 형광등이 어둡게 느껴졌는지, 구리하라 유리카의 주위에는, 전기스탠드 세 개가 시체를 빙 둘러싸듯 놓여 있고, 그것들은 모두 켜진 채 방치되어 있다. 나는 시체 확인을 시작한다. 구리하라 유리카의 시체가 조금 더 오래됐다. 동공이 완전히 탁해져 있다. 팔을 들어 올려 보니, 사후 경직도 꽤 많이 풀려 있다. 옆방으로 간다. 여기는 툇마루로 빛이 들어와서 밝은 탓인지, 천장의 불도 꺼져 있고, 전기스탠드도 안 놓여 있다. 나는 시체를 들여다본다. 우에다 나오코의 각막은 탁하지만 동공을 들여다볼 수는 있고, 아직도 사후경직이 계속되고 있다.

구리하라 유리카의 살해와 우에다 나오코의 살해에 하루의 간격을 둔 것이다.

나는 구리하라 유리카와 우에다 나오코의, 각각의 목덜미에서 성기까지 이어져 있는 상처를 본다. 이 둘의 상처는 꿰매어져 있지 않다. 한 번 좌우로 쫙 벌어진 살갗을 억지로 닫아놨을 뿐이다. 나는 둘 모두를 좌우로 활짝 열어본다. 그러자 역시 둘 다 가슴과 배 안의 거의 모든 장기가 없었고, 그 자리에 '모노폴리' 지폐가 한 움큼씩 들어 있었다.

그리고 나는 '모노폴리'라는 말이 영어로 '독점'을 의미한다는 것을 떠올린다. 그렇군, 하고 나는 생각한다. 여기에 사용해야 하는 돈은 애당초 '인생 게임'이나 '대부호'에 쓰이는 것이면 안 되는 것이다. '모노폴리'가 아니면 안 되는 것이다.

아이는 엄마를 독점하고 싶어 하는 존재인 것이다. 원래는.

세시루와 세리카에게 그런 의식이 있었는지 어땠는지는 모르지만.

나는 그곳에서 울었다. 눈물이 흘러넘쳤다. 내 눈물이 턱밑으로 흘러 뚝뚝 떨어져, 바닥을 적셨다. 그러자 나는 일어서 있을 수가 없어져서, 휘청거리며 툇마루를 향해 걷다가, 우에다 나오코의 옆에 놓여 있던 양동이를 넘어뜨리고 만다. 안에 들어 있던 물이 쫙 엎질러져서 다다미를 적시지만 그것도 상관없다. 나는 장지문을 열고 툇마루로 나가, 바닥 위에 엎드려, 울었다. 여기에 내 눈물이 남아, 그것은 분명 감식을 담당하는 경찰에게 채집되어 이 사건의 자료로 남겠지만, 그래도 상관없었다.

나는 버림받은 것이다.

세시루와 세리카는 나를 버리고, 둘이서만 잘 살아가기로 한 것이다.

이제 내가 사이에 낄 필요가 없어진 것이다.

나는 구리하라 유리카의 시체가 있는 방 천장의 불과 전기스탠드 불을 끄고 또다시 뒷문을 통해 밖으로 나간다. 여기에 누군가가 올 때까지 어느 정도의 시간이 걸릴지는 모른다. 하지만 시간이 조금은 더 있을 테니 세시루와 세리카는 그동안에만 열심히 사랑을 나누면 된다. 나는 난생 처음으로 눈물을 흘렸고, 그로써 세시루와 세리카에게 버림받은 아픔이 조금 가벼워졌다. 눈물을 흘린다는 행위에 조금 감동하기도 했다. 싫은 일이 있으면 울면 된다, 앞으로는 울어 보자, 하고 나는 생각한다.

하지만 눈 안이 조금 찜찜했기 때문에, 히구치 씨네 집 뒤편으로 돌아가, 그곳에 있는 세면대에서 눈알 두 개를 모두 꺼내어, 눈알과 눈 안을 물로 씻는다. 그리고 눈알을 다시 끼운다. 이제 개운하다. 이제, 돌아가자. 그리고 나가자. 쓸데없는 감정 탓에 같잖은 일을 하느라 시간을 허비했다.

나는 히구치 씨네 집을 나와, 가토네 집으로 돌아간다. 실신 소동이 아직도 계속되고 있었고, 경찰들이 의식을 잃은 동료에게 말을 걸거나 뺨을 때리거나 몸을 흔들고 있다. 그 와중에 내가 지나가서, 깨어 있던 사람들이 또다시 모두 한숨과 함께 뒤로 쓰러지거나 앞으로 쓰러지거나 옆으로 쓰러진다.

나는 아름다운 가토 쓰쿠모주쿠. 이제 가조분이 아니다. 아니, 이미 가토조차 아니다. 나는 그냥 쓰쿠모주쿠다. 성은 없다.

나는 가토네 집 현관으로 들어가, 샌들을 벗고, 집으로 들어가 복도를 지나쳐 지하실 계단으로 내려가, 계단을 다 내려간 곳에 떨어져 있는 스포츠백을 집어 들고, 또다시 계단을 오른다. 1층 복도로 나와 현관으로 가려다가, 문득 생각난 바가 있어 발길을 멈춘다. 그리고 2층 계단을 오른다. 세시루의 방으로 간다. 방문을 노크한다. "네―에." 하는 세시루의 목소리가 들린다.

나는 문을 연다. 이미 세시루와 세리카의 성교는 끝났고, 둘 다 알몸으로 침대에 누워 있다. 세리카가 앞쪽에 누워 있고, 그 뒤편에 세시루가 턱을 괴고서 엎드려 있다. 둘 다 이불을 안 덮고 있어서 전신이 보인다.

"어이 어이, 니 뭐고 가조분, 니 2층까지 올라온 거가?" 내 얼굴을 보지 않으려 다른 쪽을 쳐다보면서 세시루가 말한다.

"뭐 그렇지." 내가 말한다. "어떻게든."

"아하하, 지하실에서 여기까지 멀제?"

"별로. 그렇게 멀진 않았어. 히구치 씨네 집에 비하면."

옆얼굴에 미소를 띤 채 세시루는 잠시 침묵한다. 눈을 감고서 얼굴을 천장에 향하고 있던 세리카가 약간 내 쪽으로 고개를 돌린다. 순간 나와 눈이 마주친다.

"세리카와 세시루, 너희들에게 해피버스데이라고 말해야 하나, 하루, 아니 이틀 늦었지만."이라고 내가 말한다.

내게 시선을 돌리고 있는 세리카가 눈썹을 찌푸린다.

"뭐고. 니 그거 우째 알았는데."라고 세시루가 말한다. "짱나네."

내가 말한다. "어려울 건 없었어. 아까, 너희가 섹스하는 거 봤으니까. 다 알았지."

세리카가 "짱나."라고 말하며 내게 등을 보인다. 둥글고 흰 엉덩이도 내게 향한다. 세리카는 세시루의 어깨에 팔을 두른다.

"그래서." 하고 세시루가 말한다. "니 그거 딴 사람한테도 말했나?"

나는 고개를 젓는다. "아직 말 안 했어."

"그렇겠지." 하고 세시루가 말한다. "니가 그거 꼰질렀으면, 우리도 이렇게 여유롭게 섹스 같은 거는 못 했겠지." 세시루가 웃는다. "그리고 니, 앞으로 일부러 꼰지르고 안 그랄 거제?"

"설마."

"그라믄 됐다. 우리도 아직 다 벗고 있고 나갈 준비도 해야 되니까 그때까지만 기다려도."

"응? 너희도 이 집 나갈 거야?"

"당연하지. 다른 놈들이랑 계속 같이 살 수 있겠나?"

"…………."

"니 이제 어디로 가노, 가조분."

"난 이제 가조분이 아냐."라고 내가 말한다.

그러자 세시루가 눈을 조금 휘둥그렇게 뜨더니, 다시 웃으며 고개를 끄덕인다. "그거는 그렇다. 니는 아무도 아니고, 아무것도 아니다. 아무것도 아니지. 낫씽이다, 낫씽."

"세시루, 죽어버려."

"뭐라하노. 니 우쭐대지 마라. 죽여뿐다."

"난 이만 갈게. 헤어지기 전에, 하나만 물어보고 싶었어."

"뭐를."

"세시루, 새 이름 어떻게 할 거야?"

"닥치라. 그런 거는 당연히 벌써 정해 놨다."

"뭔데?"

"안 가르쳐줄 끼다."

"그것만 알아두고 싶어."

"그라믄 그것만 절대로 안 가르쳐줄 끼다."

"정말 죽어버려, 세시루."

"이 똥만도 못한 새끼가. 시끄럽다."

"세시루, 내가 그렇게 귀여워해줬는데, 차갑네. 거기에 그거, 넣어줬는데."

퍽! 하고 침대에서 날아온 베개가 내 옆의 벽에 부딪힌다.

"시끄럽다! 썩 끄지라 이 새끼야! 빨리 끄지라 안 하나!"

"난 네가 내 사타구니에 얼굴을 묻는 걸 봤어. 내 고추를 여자처럼 핥는 걸 봤어."

"진짜로 죽여뿐다."라고 하면서 세시루가 침대 옆에서 꺼낸 것은 낡은 '일본도'였다. 그것은 아마 헤이스케 씨가 '전쟁'이 끝난 뒤 어딘가에

줄곧 숨겨뒀던 것일 것이다. 세시루가 조와리시이잉 하는 소리를 내며 칼을 빼들사 녹슨 칼 전체에 녹과 함께 미끄덩한 느낌으로 빛나는 핏자국이 있었다. 아직 마르지 않은 준코 씨의 피다.

"세시루, 관둬."

"시끄럽다. 이걸로 니 얼굴 도려낼 끼다."

"뭐라고?" 뇌와는 다른 데서 나오는 말이 있다. 나는 좀 전에 울었을 때와 거의 비슷한 정도로, 내가 화내고 있다는 것에 깜짝 놀란다. "너한테 그럴 권리는 없어." 내 얼굴을 도려내는 것은 내게 괴물 같은 애정을 품은 불쌍한 사람들뿐이다. 세시루와 세리카는 나를 좋아하는 것도 아니지 않은가.

침대에서 내려와, 알몸의 세시루가 내게로 천천히 걸어온다. 손에는 일본도가 있고, 그것을 위로 번쩍 들어올려, 자세를 취한다.

"뒈져뿌라!"

나는 세시루에게 한 발 다가섬으로써 세시루가 휘두른 칼을 피한다. 세시루는 나를 직시할 수 없기에, 그 칼을 피하기도 비교적 간단하다. 하지만 나는 깨달았다. 세시루는 내 어깨부터 몸을 비스듬히 벨 생각이었다. 세시루는 정말로 나를 죽일 생각이다. 당연하다. 이제 나는 거치적거리는 존재이기 때문이다. 헛되이 휘둘린 무거운 일본도가 다다미를 우지직 가른다. 나는 몸으로 세시루의 옆을 친다. 그러자 세시루가 피한다. 두 손으로 들고 있던 칼에서 한 손을 놓는다. 나는 세시루를 발로 차서, 일본도에서 나머지 한 손도 떼는 것을 보고 그것을 빼앗아버린다. 나는 세시루가 그랬던 것처럼 자세를 취한다. '치켜들기 자세.' 세시루가 바닥에 주저앉아 나를 본다. 지나치게 아름다운 내 얼굴을 보고서 세시루가 현기증을 일으키고 있다는 것을, 갑자기 멍청해진 눈빛을 보고 알 수 있다. 이대로 나는 세시루를 베어 죽일 수 있다.

나는 세리카를 본다.

세리카는 내가 어떻게 할 것인지……가 아니라, 세시루가 어떻게 되는지를 보고 있다.

세리카는 나를 보고 있지 않다.

내가 지나치게 아름다워서, 실신하지 않기 위해 나를 안 보는 것이 아니다.

세리카는, 그저, 나를 보고 있지 않다.

나는 세리카에게 묻는다. "세시루 새 이름, 뭐야?"

세리카가 말한다. "…… 이누가미 야샤[犬神夜叉]."

"세리카는?"

"기리카 마이[霧華舞衣]."

"…… 구리하라 야샤나 우에다 마이로 안 했네."

뭐 그래도 환영성의 주인에게는, «이누가미»와 «기리카»가 더 어울릴지도 모른다.

그러고 나서 나는 일본도를 천천히 내려놓고, 필사적으로 기절하지 않으려 애쓰고 있는 세시루의 왼쪽 가슴, 심장 바로 위에 칼끝을 대고, 얕게, 두 번 칼집을 내어, X마크를 그린다.

나는 말한다. "잘 기억해 둬, 이누가미 야샤. 나는 언젠가 네 가슴의 이 X마크를 관통시키러 올 것이다. 네 심장을 뚫어 네 숨통을 끊으러. 그때까지 힘껏 살아 있어라, 이누가미 야샤. 가능한 한 오래, 가능한 한 멀리, 내게서 도망가 있어라."

이미 초점이 맞지 않는 눈으로 나를 멍하니 올려다보던 세시루의 어깨가 움찔 한다. 내 말을 알아듣고 있다.

그런 뒤 나는 침대 위의 세리카에게 간다. 세리카는 딴 데를 보면서 몸을 경직시키고 있다. 작은 어깨. 작은 가슴. 가느다란 팔. 부드러운 배. 나는 위를 보고 가만히 누워 있는 세리카의 배에 일본도의 날 끝을 댄다. 배꼽 위에서 배꼽, 하복부, 음모 부분까지 똑바로, 거의 피도 안 날 만큼 얕은 상처를 낸다. 세리카는 눈을 감고 이를 악문 채 나를 보지 않으려 하고 있다.

나는 말한다. "기리카 마이, 너도 기억해 둬라. 나는 언젠가 네 이 뱃속에 네 아이가 생겼을 때 반드시 찾아올 테다. 그때 나는 이 배를 갈라 네 아이를 꺼내어 네게서 빼앗아 갈 것이다. 그리고 나는 네가 모르는 곳에서 네 아이를 먹을 것이다."

세리카의 이에서 딱딱딱딱딱 소리가 난다. 나는 세리카의 배에 댔던 일본도를 거두고, 침대 옆에 떨어져 있던 칼집을 주워, 기샤아아아앗 하는 소리를 내며 칼을 칼집에 넣는다.

이 일본도는 내가 가져가도록 하자.

나는 침대를 뒤로하고, 세시루의 옷장을 연다. 거기에 세시루의 장난감이 들어 있다. '모노폴리'도 있다. 열어보니, 이미 지폐는 남아 있지 않다. 구리하라 유리카와 우에다 나오코와 준코 씨에게 전부 써버린 것이다. 하지만 '인생 게임'과 '대부호'가 '모노폴리'와 함께 있으며, 그것들에도 지폐가 있으니 상관없다. 나는 '인생 게임'과 '대부호' 상자를 열어 지폐를 꺼내어, 일어나서, 멍하니 가만히 있는 세시루와 세리카를 다시 한 번 본 뒤, 방을 나선다.

나는 옆방으로 들어간다. 역시 그곳은 세리카의 방이다. 나는 창가에 있는 책상으로 가서, 서랍을 연다. 세 번째 칸에서, 찾고 있던 것을 발견한다. 준코 씨의 배를 꿰맨 바늘과 실. 바늘과 실에 다 피가 묻어 있다. 훌륭하다.

그러고 나서 나는 방을 둘러보다가, 때때로 세리카가 얘기하던, 그 환영성 건축을 위한 파일을 침대 위에서 발견한다.

이건 내가 접수한다.

나는 세리카의 방을 나간다.

2층에서 1층으로 이어지는 계단을 내려가는 사이에 나는 환영성 파일과 일본도를 스포츠백에 끼워 넣는다. 파일은 어떻게든 들어갔지만, 칼은 칼집 끝이 불쑥 튀어나와 있다. 하지만 설마하니 진짜 일본도라고 생각하지는 않겠지.

어찌 됐든, 나는 서둘러야만 한다.

머지않아 틀림없이 스즈키가 나를 찾아 올 것이다.

5

지나치게 아름다운 내게 필요한 것은, 단 한 개의 선글라스였다. 내가 그것을 쓰는 것만으로, 모두가 실신하지 않을 수 있었다. 인간이 지닌 미모의 최대 요점은 눈에 있다. 나는 다카시 씨의 레이밴 선글라스를 빌려 사람들 앞으로 나간다.

"아, 니 가토 씨 집 아가?" 하고 제복을 입은 경찰관이 다가와 묻는다. "네."라고 내가 대답하자 "지금 느그 집 사람들한테 차례로 얘기 듣고 있으니까, 밖에 있지 말고 집에서 얌전히 기다리고 있그라." 하기에 내가 말한다. "이제부터 사건을 해결하겠습니다." 경찰은 수상쩍다는 표정을 짓는다. "뭐고 니, 뭔 소리 하는지는 모르겠지만 집으로 들어가 있어라." "당신들한테 맡겨 두면 시간이 너무 많이 걸립니다. 전 좀 급해요. 지금 바로 사건을 해결할 테니, 모두에게 제 이야기를 들으라고 전해 주십시오." "…… 이봐라, 다들 놀고 있는 게 아니라카이." "이제부터 범인을 지목하겠습니다." "야……, 말도 아인 소리 집어 치우고, 집으로……." "준코 씨 뱃속의 비닐봉지 안에는 인간의 내장이 들어 있고, 그 내장은 준코 씨의 것이 아니라, 구리하라 유리카 씨와 우에다 나오코 씨의 것입니다." "뭐라꼬?" "둘 다 행방불명이지요?" "뭐? …… 그렇긴 한데." "둘의 시체도, 찾을 수 있어요." "…… 아, 니였나! 맘대로 작업장에 드가서 시체 만진 놈이! 뭐하는 기고 니! 그런 짓 하면 안 된다! 뭐하고 있는 거고!" "논리적으로 생각하기 위한 조건을 모으고 있습니다." "뭐……." "제 앞에는 수수께끼 따위 없습니다. 있는 건 정답뿐입니다."

양복을 입은 경찰, 후쿠이 현 강력범죄 수사1계의 스가노 다쿠야가 나와 동행한다. 스가노 씨는 작가 요시다 슈이치와 많이 닮았다. 안경도 쓰고 있다. 팔짱을 끼고, 내가 감식을 위해 빌린 폴라로이드 카메라로 작업장 내부를 찍고 있는 것을 옆에서 가만히 지켜보고 있다. 준코 씨의 시체는 아직 그곳에 있고, 뱃속에 있던 비닐봉지는 다른 곳으로 옮겨져 있다.

나는 폴라로이드 카메라에서 나온 사진을 스가노 씨에게 건네준다. 스가노 씨가 말한다. "뭐고 이거. 이거, 뭘 찍은 거고. 시체 사진을 찍는 줄 알았드만. 이거는 그냥 흙 아이가." 나는 말한다. "그냥 흙이 아닙니다. 그거, 범인이 가져온 겁니다." "뭐라꼬?" 하며 스가노 씨는 내가 카메라를 들이댔던 방향을 본다. 준코 씨의 왼쪽 옆에, 흙더미가 있다. 나는 그

흙더미로 다가가 "이거, 이 안에, 보십시오, 씨앗이 있어요."라면서 흙더미를 손으로 무너뜨린다. 그러자 해바라기 씨앗이 부슬부슬 떨어진다. "어, 어, 잠깐만, 그런 거 맘대로 만지고 그라면 안 된다."라며 스가노 씨가 당황하는 것을 무시한 채 나는 사진 한 장을 더 찍어 그 씨앗을 챙긴다. 위잉 하고 나온 사진을 스가노 씨에게 건네주고서, 나는 준코 씨의 시체를 들어 올린다. "어, 어, 뭐하는 기고. 만지지 좀 말라 했제." 나는 준코 씨의 등 아래에서 책 한 권을 꺼내어, 스가노 씨에게 보여준다. 그것은 문고본으로, 히구치 이치요[5]의 『갈림길』이었다. "뭐고 이거……." 하고 중얼거리는 스가노 씨 옆을 지나, 나는 작업장을 나간다. 작업장 밖에는 경찰과 구경꾼들이 많이 모여 있고, 내가 무슨 말을 할지 궁금해 하며 기다리고 있다. 나는 폴라로이드 카메라를 목에 걸어 늘어뜨리고서 말한다. "이 중에, 구리하라 유리카 씨와 우에다 나오코 씨의 가족 분, 계십니까-?" 눈이 휘둥그레진 아줌마 아저씨, 두 커플이 손을 든다. 물론 있겠지. 둘 다 이웃이다. 나는 말한다. "구리하라 씨와 우에다 씨의 부모님이시죠?" 두 커플 다 끄덕인다. "경찰들이, 여러분께 궁금한 게 있다고 합니다." 하고 내가 말하자, 넷 다 "뭐고 뭐고." "뭐? 뭔데?" 하고 묻지만 나는 대답하지 않고 경찰들을 향해 말한다. "구리하라 씨 부부와 우에다 씨 부부입니다. 경찰에 뭔가 하고 싶은 얘기가 있다고 합니다. 어디 따뜻한 데로 모시고 가 주십시오. 아, 저기 있는 경찰차가 좋겠네요. 저기라면 연락하기도 쉽겠지요." 그러자 구리하라 씨 일행이 "뭐야, 우리 별로 할 얘기 없는데. 그쪽이 우리한테 할 얘기가 있다면서?"

• •

5. 樋口一葉(1872～1896). 메이지 문학을 대표하는 여성 작가로 24세의 나이에 요절했다. 대표작에 『키 재기』, 『십삼야』, 『탁류』 등이 있다.

하기에 나는 "아뇨 아뇨, 경찰들도 여기에서는 자세한 얘기를 할 수가 없으니, 저 차 안으로 들어가면, 거기서 자세한 얘기를 해 줄 겁니다."라고 말해주자, 가까스로 넷 다 서로의 얼굴을 마주보며 잠자코 있다. 영문은 알 수 없지만 어쨌든 함께 가볼까, 하는 표정으로 경찰관 여섯 명과 구리하라 씨 부부, 우에다 씨 부부가 그 자리를 뜨는 것을 지켜본 뒤, 나는 스가노 씨에게 말한다. "한 시간 정도 붙들고 있어 주십시오." 스가노 씨가 눈썹을 찌푸린다. "와?" "이제 저분들 따님의 시체를 찾을 겁니다." "어데서?" "이미 안내는 끝났습니다." "안내라니 그게 뭔 소리고. 벌써 안다는 기가?" "안내자는 그 책입니다." "뭐어?"라고 하며 스가노 씨는 자기 손 안의 『갈림길』을 본다. "그나저나 그거, 가지고 나가도 됩니까?" "아, 안 된다. 좀 기다리봐라."라고 말한 스가노 씨는 서둘러 작업장 안으로 돌아가 준코 씨 옆에 문고본을 두고, 돌아온다. 나는 말한다. "휴대 전화 가지고 계십니까?" "뭐? 뭐를? 휴대 전화? 있지." 구리하라 씨 일행은 작업장 앞 산길을 걸어, 산 출구 쪽을 향한다. "그럼 저분들이 저 차 안으로 들어가면, 저분들과 함께 있는 경찰관들 중 아무에게나 연락할 수 있습니까?" "아아 뭐 우째 된 영문인지는 모르겠지만, 연락은 할 수 있지. 저 있는 사람 다 우리 과 아이가." "그럼 다행이네요." 라고 말하자, 구리하라 씨 일행은 내가 좀 전에 손가락으로 가리킨 경찰차량 안으로 들어간다. 좋아 좋아. 내 지시를 잘 따라주고 있다. "준코 씨 뱃속에 있었던 비닐봉지와 내용물, 검사 쪽으로 넘어갔지요? 벌써 도착했습니까?" "어, 아마 도착했을 낀데." "그럼 이제 휴대 전화로, 그 비닐봉지 안에 들어 있는 위 두 개의 내용물과, 구리하라 씨 집의 그저께 저녁밥, 우에다 씨 집의 그저께 저녁밥의 내용이 일치하는지 확인해 주십시오." 스가노 씨가 할 말을 잃는다. 나는 개의치 않고 앞으로 나아간다. "어서 가면서 전화해주십시오. 구리하라 유리카 씨와 우에다 나오코 씨, 지금 바로 찾을 겁니다."

"아, 어, 잠깐만…."

나는 기다리지 않는다.

산길을 내려가 숲으로 나가, "어디 가는 거고?" 하고 스가노 씨가 물어와 나는 발길을 멈춘다. "저깁니다. 보십시오." "뭐. 어디?" "저 집." "뭐. 뭐라고? 어디?" "커다란 창고가 있는, 저 집입니다. 저 집, 히구치 씨 집입니다." "뭐라고?" "저기, 빈집인데, 왼쪽에, 뒷문, 안 보이십니까? 저기 창이 깨져 있지요?" "아, 저기가. 진짜네. 창이 다 깨져 있네. 그래서 뭐 어쨌다고?" "저기에 구리하라 유리카 씨와 우에다 나오코 씨의 시체가 있을 겁니다." "뭐고 그게… 그라면 아까 그 책, 그게 그런 의미인 거가?" "그렇습니다. 준코 씨의 시체 안을 채우고 있던 내장은 다른 피해자가 누구인지를 말하는 것이며, 같이 있던 히구치 이치요의 문고본은, 그 다른 피해자가 어디에 있는지를 의미하는 것입니다."

히구치 씨네 집 1층에 있는 큰 방에, 스가노 씨와 십여 명의 경찰들이 서 있다. 구경꾼들이 안으로 들여보내달라고 소란을 피우는 것이 밖에서 들리지만, 방 안은 한없이 고요하다.

두 방의 이불 두 채 위의 두 시체는, 둘 다 배가 빵빵한 상태로 위를 보고 누워 있다. 두 배에는 똑바른 수직선의 상처가 있고, 그것은 아무렇게나 꿰매어져 있다. 두 사타구니는 벌어져 있고, 피와 비닐봉지와 비닐봉지 안의 내장과 장난감 돈이 보인다. 나는 우선 사진기로 구리하라 유리카 씨의 머리맡에 켜져 있던 전기스탠드와 우에다 나오코 씨의 이불 옆에 쓰러져 있던 양동이와 쏟아져 있는 물을 찍고, 히구치 씨네 집 부엌으로 갔다. 개수대 밑의 수납장 문을 열자 식칼 하나가 남아 있다. 이거면 된다. 나는 칼을 가지고 시체가 있는 거실로 돌아가, 멍하니 있는 경찰관 앞에서 구리하라 유리카 씨 옆으로 다가가서는, 누군가에게 제지당하기 전에, 구리하라 유리카 씨의 뱃가죽을 봉해놓은 실을 칼로 뚝뚝뚝뚝뚝 끊어 버린다. 그러자 배가 쫙 벌어져 위가 묶여 있는 비닐봉지가 튀어나온다. 스가노 씨와 다른 경찰관 모두 소리 없는 비명을 지르며 한 걸음 물러선다. 나는 그 사이에 옆방에 있는 우에노 나오코 씨의 배도 갈라준다. 또다시 배가 쫙 벌어져 위가 묶여 있는 비닐봉지가 튀어나온다. 나는 칼을 내려놓는다. "어쩐지 또 두 명분씩, 배에 내장이 들어 있는 것 같군요."

스가노 씨가 겨우겨우 숨을 이어가며 말한다. "…… 그렇다는 거는, 뭐고, 희생자가 또 있다는 거가……."

나는 끄덕인다. "아마 네 명 더 있을 겁니다. 적어도."

"…… 누구고……."

"그건……." 말하다 말고 나는 우에다 나오코 씨의 시체를 들어올려, 아래 깔려 있던 문고본, 고바야시 히데오[6]의 『작가의 얼굴』을 집어 든다. "…… 이 책의 안내를 받지 않으면 모릅니다."

"…………."

나는 옆방으로 돌아가, 구리하라 유리카 씨의 시체도 들어올려, 등 아래에서 문고판 고바야시 노부히코[7]의 『칼럼은 춤춘다』를 꺼내 든다.

6. 小林秀雄(1902~1983). 근대 일본 비평의 확립자. 대표작으로 『각양각색의 의장』, 『도스토옙스키의 생활』 등이 있다.

7. 小林信彦(1932~). 소설가이자 평론가. 에도가와 란포의 추천으로 미스터리 잡지 『히치콕 매거진』의 편집장으로 활약하기도 했다.

"엇, 또 《고바야시》군."이라고 나는 말한다. "히이마고타니에 고바야시 씨는 한 집밖에 없지요?"

"…… 어디고?"

스가노 씨는 숨을 삼키며 괴로운 듯 말한다.

고바야시 씨네 집에는 별채가 있는데, 그곳은 겨울에 곶감을 말리기 위한 작업장으로 쓰이는지, 불이 꺼진 화로 옆에는 감이 든 커다란 바구니가 놓여 있었다. 우리는 그 작업장 2층에서 고바야시 씨 일가족 모두를 발견했다. 아버지인 이사무 씨, 어머니인 가즈코 씨, 장남인 소스케 군과 장녀 사치 씨는 옷이 다 벗겨진 채 업무용 냉동고에 쌓여 있었다.

하지만 넷의 사체를 봐도 처참하다는 인상이 별로 없었던 것은, 살해된 넷의 갈라진 뱃속에는 아무것도 들어 있지 않고, 깔끔하게 꿰매져 있는 데다, 넷 다 화장化粧이 된 상태였기 때문이다.

"뭐고 이거는……."이라고 말하며 스가노 씨가 바닥에 주저앉는다.

나는 말한다. "아직 다리가 풀리기엔 이릅니다."

맨 위에 얹혀 있던 소스케 군의 양어깨와 등에는 해과 달과 별 마크가 매직으로 그려져 있었고, 그 아래 사치 씨의 입 속은 언 고등어와 닭 날개로 채워져 있었으며, 그 밑의 이사무 씨 입 안에는 누군가 억지로 넣은 듯한, 양과 말과 소가 그려진 에마[8]가 들어 있었다. 가장 아래에

8. 絵馬. 기원이나 감사의 표시로 말 대신에 신사나 절에 봉납하는, 말 그림이 그려진 팻말.

있었던 가즈코 씨에게는 아무것도 없었다. 경찰관에게 한 사람 한 사람의 시체를 꺼내게 시키고서, 나는 차례로 그 사진을 찍는다.

"뭐고 이게…… 이봐라, 지금 뭔 일이 일어나고 있는 거고."라고 스가노 씨가 말한다. "아직 안 끝난 기가? 죽은 사람이 더 있는 기가?"

카메라를 내려놓고, 나는 말한다. "아마 이걸로 끝일 겁니다. 일단 살인은."

"그렇나……." 하고 약간 안심한 듯 스가노 씨가 말한다.

나는 나란히 놓인 고바야시 씨 일가족의 시체를 본다. "…… 이거, 보십시오."라고 내가 말하자 이번엔 또 뭐냐는 표정으로 스가노 씨가 다가온다. 나는 얼어 있는 가즈코 씨의 시체 얼굴 옆, 귀 밑을 가리킨다. 귀 밑에서 턱 아랫부분에 걸쳐 칼자국이 있고, 촘촘하게 꿰매져 있다. "이런 상처, 준코 씨나 구리하라 씨나 우에다 씨한테는 없었죠?" 스가노 씨가, 어, 하고 이제 흥미조차 없어진 듯 말한다. "이거, 무슨 상처일까요?" "뭐꼬." 나는 정답을 알고 있다. "이건, 지방을 빼낸 흔적입니다. 피부 아래의 지방을 잘라서, 살가죽이 늘어지지 않도록 남는 피부를 잘라내어, 팽팽하게 만들고 싶어서 턱 피부와 다시 봉합한 겁니다." 깜짝 놀랄 신경은 아직 남아 있는지 스가노 씨는 눈을 동그랗게 뜨고 내 옆에 웅크려 앉는다. "이것 보십시오." 하고 내가 말한다. "가즈코 씨, 볼은 패여 있지만, 코랑 이마, 이 목, 보십시오. 지방이 꽤 붙어 있지요? 팔이랑 다리도 보십시오. 어쩐지 극단적으로, 몸과의 밸런스가 안 맞습니다. 몸이랑 얼굴만 어쩐지 말랐고, 다른 부분은 꽤 살집이 있지요? 이사무 씨와 소스케 군과 사치 씨는, 턱에 상처가 없는 대신 얼굴 전체에 살집이 붙어 있습니다. 아마도 가즈코 씨를 수술한 뒤, 같은 수술을 모두에게 하려니까 범인이 지쳤든가, 아니면 어떤 이유로 수술을 계속할 수 없게 되었을 겁니다.”

“아…… 음, 수술이라니 뭔 수술?” 하고 스가노 씨가 묻는다.

“지방흡입수술입니다. 물론 본격적으로 한 게 아니고, 굉장히 대강 한 거지만요.”라고 말한 뒤 나는 그 자리를 뜬다.

“잠깐만, 뭐고 니, 어디 가노.”

“본채를 조사하러 갑니다. 여기서 잠시 기다려주십시오.”

나는 경찰들을 헤치다시피 하여 작업장 2층에서 계단을 내려가 밖으로 나간다. 구경꾼들이 많이 모여 있다. 히이마고타니의 거의 모든 사람들이 여기에 모여 있는 것 같다. 물론 세시루와 세리카는 없다. 나는 구경꾼들이 하는 얘기들을 무시하며 고바야시 씨네 집의 현관으로 향한다. 손을 가져다 대본다. 문은 잠겨 있지 않다. 미닫이문을 열고 나는 안으로 들어간다. 샌들을 벗고 안으로 들어간다. 2층으로 올라가 이사무 씨와 가즈코 씨의 침실에 들어가, 서랍장 가장 윗칸에서 봉투 하나를 꺼내어, 방을 나가 1층으로 내려가 또다시 샌들을 신고 밖으로 나가서, 작업장에 들어가, 계단을 올라 2층의 스가노 씨 곁으로 돌아온다. “찾았습니다.” 하고 봉투를 건네자, “뭐고 이거?”라고 말하면서 스가노 씨가 봉투를 열어 안을 들여다본다. 안에서 나온 것은 현금 15만 엔과 편지로, 편지에는 이렇게 적혀 있었다.

≪유코짱에게　살 빠지는 수술 고마워　고바야시≫

“뭐고 이거, 누구고 유코짱이?”라고 스가노 씨가 말한다.

“이 사건의 범인입니다.”라고 내가 말한다. “이 히이마고타니에 ≪유코≫는 한 명밖에 없습니다.”

"누구?"

"좀 전에 갔던 히구치 씨네 집에서 살해된 우에다 나오코의 언니, 우에다 유코입니다."

나와 스가노 씨와 경찰들과 구경꾼들이 모두 함께 우에다 씨네 집에 이르자, 우에다 유코는 이미 종적을 감춘 상태다. 방의 소지품들이 거의 그대로 남아 있는 걸 보면, 아무것도 못 챙기고 급히 도망쳐 숨은 듯하다. 어수선한 경찰관들에게 스가노 씨가 지시를 내리고, 모두가 제각기 밖으로 뛰어 나간다. 나는 테이블 위에 있었던 액자 안의 우에다 유코를 본 뒤, 스가노 씨에게 말한다.

"해설을 시작하겠습니다."

우에다 유코는 신장이 150센티 정도밖에 안 되지만 체중은 거의 100킬로 가까이 된다. 무거울 것 같은 게 아니라, 무겁다.

6

나는 잡지 한 권을 보여준다. 그것은 젊은 여자아이들이 읽는 잡지인데, 거기에 지방흡입술에 대한 기사가 있다. 그 기사에는 형광펜으로 테두리가 쳐져 있다. "우에다 유코 씨는 지방흡입술을 받고 싶었던 겁니다."라고 내가 말한다. "하지만 돈이 없고, 수술을 받기도 무서웠지요. 그래서 고민했습니다. 우에다 유코 씨는 다케후에 있는 니시무라 종합병원의 간호사였기 때문에……"라고 하며 나는 우에다 유코의 옷장을 열어, 안에 걸려 있던 간호복을 모두에게 보여준다. "수술 순서에 대해서는 지식이 조금 있었습니다. 도구도 구할 수 있었고요. 그래서 스스로 자신을 수술할 수 있으면 좋았겠지만……."이라고 말한 뒤 나는 우에다 유코의 방에 있던 의료 매뉴얼 한 권을 집어 들어, 성형외과의 지방흡입에 대한 손기술 해설 페이지를 펼쳐, 모두에게 보여준다. 그 해설에도 형광펜으로 밑줄이 그어져 있다. "그것도 무서웠던 거죠. 그때 일석이조의 묘안이 떠올랐습니다. 마찬가지로 비만으로 고민하고 있었던 이웃 고바야시 일가의, 아마도 가즈코 씨에게, 지방흡입술을 해보자는 것입니다. 거기에 성공하면 그 다음 자신을 수술해도 좋고, 잘 안 되면 수술비용으로 받은 돈으로 진짜 의사를 찾아가 제대로 된 지방흡입술을 받으면 되는 겁니다. 시시한 문제로 지나치게 고민한 나머지 냉정한 판단이 불가능해진 우에다 유코 씨는 경솔하게도 고바야시 씨네 집에 가서 지방흡입술 얘기를 한 뒤, 허락을 받고 우선 가즈코 씨의 볼 살 수술부터 시작했습니다. 하지만 물론, 완전히 문외한은 아닐지라도 지방흡입술을 해본 경험이 있을 리 없는 우에다 유코 씨는 아니나 다를까 수술에 실패하고, 게다가 설상가상으로, 그 탓에 가즈코 씨를 죽이고 맙니다. 사인은 여러 가지로 생각할 수 있습니다. 마취제 양의 조절 실패・투약량 조절 실패・투약 타이밍 조절 실패・어설픈 손놀림・잡균 감염. 뭐, 하지만 의사 면허가 없는 인간이 사람 몸에 메스를 댄다면 이런 사고가 일어나는 건 당연한 일이지요. 그리고 그 사고에 직면했을 때, 애당초 강박관념에 시달리고 있었던 듯한 우에다 씨가 더욱 혼란에 빠져 한 선택은 최악이었습니다. 고바야시 씨 일가족 전원을 살해하는 것이지요. 우에다 씨는 고바야시 씨 일가족 네 명을 어떤 방법으로 한 번에 살해했습니다. 그리고 우에다 씨는 혼란에 빠진 채 머리를 감싸 쥐고 자신의 범죄를 은폐할 방법을 고민하다, 사태를 더욱 악화시켰습니다. 다른 사람 세 명을 더 죽이기로 한 것입니다. 그 세 명으로 선택된 사람이 구리하라 유리카 씨와 유코 씨의 동생 우에다 나오코 씨와 가토 준코 씨였습니다. 구리하라 유리카 씨와 우에다 씨를 선택한 동기는, 어쩌면 이…….”라고 말하며 나는 수첩 한 권을 펼쳐 보인다. “일기로 추측할 수 있을지도 모릅니다. 여기에는, 어쩐지 얼굴을 마주할 때마다 자신을 놀리고 비웃는 친동생에 대한 악랄한 말과, 이웃에 사는, 유코 씨의 눈에는 «마르고 미인인 것을 뽐내며» 자신을 «내심 경멸하는» 구리하라 유리카 씨에 대한 저주의 말들이 장황하게 적혀 있습니다.

가토 준코 씨의 살해에 관해서는, 이건, 슬픈 일이지만, 은폐공작에 필요한 조건에, 준코 씨가 딱 맞아떨어졌다, 라는 정도로밖에 생각되지 않습니다…….”

나는 이때 생전의 준코 씨 얼굴을 떠올려보려 했지만, 지하의 내게 밥을 내려 보내줄 때 가끔 얼굴이 보이는 정도였기에, 세세한 부분까지 확실히 떠올릴 수는 없었다. 죽은 뒤 그 작업장에 누워 있던 창백한 얼굴의 준코 씨라면 또렷이 떠올릴 수 있지만.

“…… 어찌 됐든, 우에다 유코 씨는 꽤나 복잡한 짓을 벌였습니다.

우선 우에다 유코 씨가 시도한 것은, 구리하라 유리카 씨와 우에다 나오코 씨와 가토 준코 씨의 살해, 즉 이것은 실제로는 쓸데없는 살인이지만, 이것을 표면상으로는 진짜 목적이 있는 살인으로 보이게끔 하여, 반대로 진짜 목적을 가지고 한 고바야시 일가족 네 명의 살해를, 마치 날벼락을 맞은 듯한 쓸데없는 살인으로 보이게 하는 것입니다.

순서는 복잡하게 뒤얽혀 있습니다.

우에다 유코 씨는 고바야시 씨 일가족 네 명의 배를 가르고, 각각의 내장을 꺼내어 네 개의 비닐봉지에 나눠 담습니다. 그러고 나서 고바야시 일가 네 명의 시체를 수선하고, 닦고, 화장을 하여 정돈한 뒤, 내장과 함께 고바야시 씨네 집의 별채 2층에 있는 업무용 대형 냉동고에 넣습니다.

다음으로 구리하라 유리카 씨를 살해합니다. 그녀의 배를 가른 뒤, 내장을 꺼내어, 비닐봉지에 넣습니다.

그 다음 우에다 나오코 씨도 살해합니다. 마찬가지로 배를 가르고, 내장을 꺼내어, 비닐봉지에 넣습니다.

그리고 구리하라 씨와 우에다 나오코 씨의 텅 빈 배에, 고바야시 일가 네 명의 내장을 넣은 비닐봉지를, 각각 두 봉지씩 넣고, 배를 꿰매어 닫습니다.

그리고 두 시체 밑에, 고바야시 히데오와 고바야시 노부히코의 문고본을 깝니다.

그러고 나서 구리하라 씨와 우에다 나오코 씨의 내장을 가지고 가서 가토 준코 씨를 살해하고, 배를 갈라 내장을 꺼내어, 구리하라 씨와 우에다 나오코 씨의 내장을 넣은 비닐봉지를 준코 씨의 배에 넣은 뒤 꿰매어 봉해버립니다.

그리고 준코 씨의 시체 밑에, 히구치 이치요의 문고본을 넣어둡니다.

그런 뒤, 온 가족이 살해된 고바야시 씨 일가족 네 명의 시체와, 집이 빈 채로 방치되어 있는 히구치 씨네 집 안에 있는 구리하라 씨와 우에다 나오코 씨의 시체와, 자택 바로 옆의 작업장 안 가토 준코 씨의 시체 중에, 당연히 준코 씨의 시체가 가장 먼저 발견됩니다. 준코 씨에게는 가족이 있고, 준코 씨는 주부이며, 주부란 식구들이 세 번의 끼니때마다 어디에 있는지를 확인할 수 있는 존재입니다. 실제로 준코 씨는 점심

때, 배가 고파서 밥을 만들어 줄 사람을 찾는 아이들에 의해 살해 직후에 발견되었습니다.

우에다 유코 씨가 처음으로 준비했던 그 이후의 시나리오는 이렇습니다. 우선 가토 준코 씨의 시체가 발견됩니다. 준코 씨의 뱃속에서, 다른 사람의 장기가 발견됩니다. 사람들은 다른 누군가가 죽었다고 생각합니다. 히구치 이치요의 문고본으로 인해, 빈집인 히구치 씨네 집 안에 있던 구리하라 유리카 씨와 우에다 나오코 씨의 유체가 발견됩니다. 그 두 시체 안에서도 네 명 분의 장기가 발견됩니다. 두 시체 밑에서 나온 고바야시 히데오와 고바야시 노부히코의 문고본으로 인해, 고바야시 씨네 집에 있는 고바야시 씨 일가족 네 명의 시체가 발견됩니다.

하지만 그러면 단순히, 고바야시 씨 일가족 네 명이 살해되고, 꺼낸 장기를, 다음에 살해된 구리하라 씨와 우에다 나오코 씨의 시체 안에 넣은 뒤, 구리하라 씨와 우에다 나오코 씨의 내장을, 마지막으로 살해된 가토 준코 씨의 유체 안에 넣었다, 라는 사실 그 자체는 누구든 상상할 수 있습니다.

그래서 유코 씨는, 고바야시 씨 일가족 네 명을 냉동고에 넣어둔 것입니다.

경찰은 고바야시 씨 일가족 네 명의 시체에 이르렀을 때, «어째서 이 네 명만 냉동고 안에 들어 있었을까»라는 생각을 할 것임에 틀림없습니다. 그 생각은, «냉동고에 넣은 것은 시체의 상태를 비교적 신선하게 보존하여 살해 추정시각을 늦추기 위해서이다, 이 넷은, 더 일찍 살해되었다»라는 연상을 불러일으킬 것이다, 라는 것입니다."

모두 혼란스러워하는 것이 보인다.

내가 말한다.

“물론 그런 생각은, 냉동고를 쓰는 공작이 없더라도 할 수 있는 것입니다. 가만히 두었어도 어쩐지 ≪고바야시 씨 일가족 네 명이 처음 살해되었다≫라는 생각이 들 수 있습니다. 하지만 냉동고 공작으로 인해 떠오르는 연상 또한, ≪고바야시 씨 일가족이 처음에 살해되었다≫라는 것이 되리라는 것은, 결론이 이중으로 되어 있습니다. 이로써, 다음과 같은 발상이 가능해집니다. ≪그러면 어째서 냉동고 따위를 쓴 것인가≫, ≪그것은 어쩌면 서툰 거짓말쟁이의 과장이라는 것 아닐까≫, ≪다시 말해 냉동고를 쓴 것은, 실제로는 하지 않은 가짜 공작이며, 사실 고바야시 일가 네 명의 시체는 그렇게 오랫동안 냉동고 안에 들어 있었던 게 아니지 않을까≫, ≪즉 살해 순서가 그게 아니라, 사실 고바야시 씨 일가족 네 명을 살해한 것은 두 번째이거나, 혹은 맨 마지막이 아니었을까≫, ≪그렇다면 어쩌면 고바야시 씨 일가족 네 명을 살해한 것이, 경찰의 수사를 교란하기 위한 작전에 지나지 않지 않을까≫, ≪이것은 일가족 네 명 전원 살해라는 중대한 범죄를 수사를 혼란시킬 목적 따위로 저지를 리는 없다는 선입견을 이용한, 교활한 은폐공작이 아닐까≫, ≪즉 고바야시 씨 일가족 네 명은 범인 수사를 교란하기 위해 참혹하게 살해된, 죽을 필요가 없었던 사람들 아닐까≫…….”

모두가 쥐죽은 듯 조용하다. 아직 혼란스러워 한다. 누가 그런 것까지 생각할까……라고 대부분의 사람들이 생각하고 있다.

나는 우에다 유코의 책장에 다가선다. 책장의 책 타이틀을 적당히 눈에 띄는 대로 소리 내어 읽는다.

“『네누웬러의 밀실』, 『신의 아이의 밀실』, 『나비들의 미궁』, 『점성술

살인사건』, 『비스듬한 집의 범죄』, 『죽은 자가 마시는 물』, 『이방의 기사』, 『아바시리 발은 아직 멀다』, 『미타라이 기요시의 댄스』, 『현기증』, 『여섯 개의 돈가스』, 『나가노, 신칸센 네 시간 삼십 분의 벽』, 『우로보로스의 위서』, 『우로보로스의 기초론』, 『꼭두각시 인형은 다섯 번 웃는다』, 『거꾸로 된 해골은 세 번 웃는다』, 『지옥의 기술사』, 『성 아우스라 수도원의 참극』, 『해체제인』, 『완전무결한 명탐정』, 『일곱 번 죽은 남자』, 『살의가 모이는 밤』……."

그곳에 꽂혀 있는 책은 거의 다 추리소설이다.

"이런 책들만 읽는 인간이라면, 그런 발상이 가능합니다."

모두가 일제히 한숨을 내쉰다. 호오오우우 하는 조용한 소리가 방안을 채운다.

그리고 나는 말을 잇는다.

"하지만 추리소설로 머리가 단련된 우에다 유코 씨의 시나리오는, 이게 다가 아닙니다.

이야기의 요청상, 즉 명탐정과 명탐정 역할의 주인공의 활약을 위해, 추리소설 안에서 모든 경찰관들은 실제보다도 수준이 낮게 그려집니다. 그러니까 그런 묘사에 익숙해진 우에다 유코 씨는, 실제 경찰관 분들이 자신이 기대하는 발상, 연상을 할 수 있을지 불안을 느끼지 않을 수 없었습니다.

그래서 우에다 씨는 명탐정을 부르기로 했습니다."

그러자 스가노 씨가 입을 딱 벌린다. 그러고 나서 말한다. "뭔 소리 하는 기고. 명탐정 같은 거는 세상 아무 데도 없다."

나는 말한다. "이 세상 어디에도 없더라도, 여기 있습니다." 나는 책장에 가득 꽂혀 있는 추리소설 책등을 두드린다. "그리고… 여기에도" 하고 말하며, 나는 우에다 유코의 책상 위에 있는 데스크톱을 두드린다.

컴퓨터는 이미 전원이 켜져 있고 인터넷도 연결되어 있다.

"우에다 유코 씨가 부른 명탐정은, 여기에 있습니다."라고 말하며 나는 화면의 즐겨찾기 중에서 하나를 골라 클릭한다. 화면이 바뀌고, 열려던 페이지가 뜬다. 타이틀은 ≪일본 탐정 클럽≫으로 되어 있다. 타이틀 아래에 아이콘이 줄지어 있고, 저마다 기묘한 이름이 쓰여 있다. 어쩐지 모두 명탐정을 칭하는 인간들인 듯하다. 나는 ≪안농 나는 아지로 소지鴉城蒼司. 완전 꽃미남≫을 골라 클릭한다. 그러자 젊은 남자의 얼굴 사진과 함께 자기소개가 적혀 있다.

집중고의集中考疑의 명탐정, 아지로 소지입니다. 전화탐정 하고 있어요~ (이모티콘) 가벼운 맘으로 상담해주세요!

주요 해결 사건 → 신신新新・혼진살인사건[9](URL)

≪집중고의≫를 클릭하자 다른 창이 뜨고 설명문이 나온다. ≪사건의 요점에 집중한 뛰어난 추리≫라고 쓰여 있다. 그 설명이 무슨 뜻인지는 모른다. 열심히 추리하는 것과 뭐가 다른지도 모른다. 뭐 그 열심의 정도가 다른 거겠지.

≪전화탐정≫도 클릭해본다. 그러자 또 다른 창이 뜬다. ≪어려운 사건 즉시 해결! 전화요금만 있으면 고민 해소! TEL해서 TELL ME!

9. 『혼진살인사건』은 요코미조 세이시의 1946년 작 장편 추리소설 제목. 긴다이치 코스케 시리즈 중 첫 번째 작품이다. 국역본: 정명원 옮김, 시공사, 2011.

03-0018-4649【아저씨 사례금은 잘 부탁해[10]】

전화 연결이 안 될 때는 → (메일 주소)»라고 쓰여 있다. «전화요금만 있으면~»이라고 쓰여 있는 것과 (사례금은 잘 부탁해)라고 쓰여 있는 것이 모순되는 것인지 아닌지는 모른다. 아무래도 상관없다.

"이 홈페이지에서 명탐정을 발견한 우에다 유코 씨는, 이 아지로 소지 씨를 후쿠이로 불렀습니다." 나는 화면을 바꾸고 메일의 보낸 편지함을 열어 확인한다. "네, 여기에 우에다 유코 씨가 아지로 소지 씨에게 쓴 메일이 있습니다."

안녕하세요. 저는 후쿠이 현의 니시아카쓰키라는 마을에 살고 있는 간호사입니다. (중략) 실은 지금 이 마을에서 무시무시한 살인사건이 일어나고 있어서, 이렇게 메일 드립니다. 이 사건은, 제 생각엔, 3년 전에 후쿠이 현에서 일어난, 모든 피해자의 배가 갈린 채 발견되었던 연쇄살인사건의 범인이 저지른 짓입니다. 범인이 또다시 후쿠이로 들어와서, 참극을 되풀이하려고 하는 것인지도 모릅니다! 어쩌면 이미 연쇄살인사건으로 발전되었을지 모르니, 도와주세요! 아지로 씨! (후략)

컴퓨터 화면을 들여다보며 메일을 읽고 있던 스가노 씨가 "뭐고 이거. 3년 전 연쇄살인사건이라니 뭔 소리고……."라고 하며 고개를 갸웃거리기에, 내가 말한다. "스가노 씨, 그겁니다, 3년 전, 열네 명의 배가 모르는 사이에 갈라져서, 꿰매져 있었던 사건. 열네 명 중 열세

10. 각 숫자의 첫 독음을 쓰면 '오상-오레이와-요로시쿠'(아저씨 사례금은 잘 부탁해)이다.

명의 배 안에, 지폐다발이 들어 있었잖아요. 삼백만인가 사백만 엔 정도.” 그러자 스가노가 “아, 아—아—아—, 그거? 생각났다. 그라 보믄 그거, 아직도 해결 안 되긴 했다.”라고 하며 “그래도 그거랑 이번 사건이랑은 전혀 다른데. 그때는 피해자가 다 살아 있었고, 이번에는 다 죽었다 아이가.”라고 말하기에, 나는 “공통점은 있습니다.”라고 말해준다. “무슨 공통점 말하노?” “그러니까, 지폐 말이죠. 돈. 이번 살인사건에서도 지폐가 뱃속에 들어 있었잖아요.” “아, 아—아— 그래 그래, 그, 장난감 돈 말이제? 아아, 그게 그런 의미였나.” “그렇습니다. 그것이 우에다 유코 씨가 준비한 또 하나의 시나리오입니다.” “뭔 소리고?” “그러니까, 명탐정을 부르기 좋도록, 우에다 유코 씨는 사건을 장식한 것입니다. 그 장식 중 하나가, 이 지폐입니다.” “근데 이번 사건에서 발견된 거는 장난감 지폐 아이가? 진짜 돈 아니고.” “어쩌면 우에다 씨는 사실 진짜 돈을 써서 연출하고 싶었을지도 모르지만, 장난감 돈이어도 충분합니다. 딱히 3년 전의 연속개복사건을 해결해줬으면 하는 게 아니라, 명탐정이 자신의 노림수대로 추리를 전개해 주길 바랐던 것뿐이니까요, 유코 씨는. 그래서 카피캣의 존재를 넌지시 암시할 수만 있다면, 그것으로 족했던 것입니다.” “뭐라고? 카피캣이라니 그게 뭔 소리고.” “모방범입니다.” “그게 뭔데?” “타인의 범죄를 흉내 내는 범죄자를 가리키는 말입니다.” “그거는 아는데, 도대체 뭐한다고 그런 짓을 하는 긴데?” “단순한 범죄자일 가능성도 있지만, 예를 들어 오리지널 범인의 범행인 척한다거나, 혹은 수사와 추리에 방해가 되기를 의도한다거나, 그런 이유를 생각할 수 있겠군요.” “아— 뭐 물론 지금 우리가 억수로 많은 방해를 받고 있기는 하지.”라고 하며 스가노 씨는 팔짱을 끼고 서서 “아, 그렇나, 그런 기가.” 하고 말한다. “그래서 그 카피캣? 그걸 준비하면, 그 명탐정이 오는 기가?” “그게 우에다 유코 씨에게도 중요한 문제였습니다. 사실 카피캣을 준비한 것만 가지고는, 우에다 유코 씨는 여전히 불안했던 것입니다. 가토 준코 씨의 시체는 간단히 발견될 것 같았고, 실제로도 그랬지만, 어쩌면 구리하라 유리카 씨와 우에다 나오코 씨의 시체는 이대로 히구치 씨네 집 안에서 썩어갈 뿐 발견되지 않을지도 모릅니다. 그렇게 되면 나온 시체는 하나뿐이며, 연쇄살인이 되지 않으니, 임팩트가 작을지도 모릅니다. 명탐정의 관심을 충분히 끌지 못할지도 모르죠. 그렇게 되면 곤란한 것입니다. 경찰들의 능력에 불신을 안고 있는 우에다 유코 씨는, 자신의 시나리오대로 일을 진행시키기 위해 반드시 명탐정이 등장해주기를 바랐습니다. 하지만 만약 히구치 씨네 집의 두 시체가 발견되지 않고 고바야시 씨네 집의 시체도 발견되지 않았다면, 사건의 성격상, 명탐정을 부르기 위한 화려함이 불충분했을지도 모릅니다. 그렇게 생각한 우에다 유코 씨가 준비한 것은, 또 다른 시나리오였습니다. 명탐정과 동시에, 우에다 유코 씨는, 사건을 좀 더 화려하게 장식하기 위해, 연쇄살인마를 불러들인 것입니다."

나는 인터넷으로 돌아가 즐겨찾기에서 하나를 골라 클릭한다. 그러자 ≪하늘의 목소리≫라는 제목의 페이지가 나온다. ≪살인의뢰≫라는 카테고리를 고르자 화면이 바뀐다. 세세한 제목이 쭉 나열되어 있다. 이것은 많은 게시판들을 합쳐 만든 사이트로, 나와 있는 타이틀은 각 게시판의 표제어다. ≪말살 희망 리스트!! 나가노 현 판≫, ≪신인 사이코 「도쿠나가 히데아키」≫, ≪이렇게 죽여라≫, ≪도쿄 조후 시의 빙글빙글 마귀 씨에게≫, ≪대결 「소돔킬」 VS 「고☆오☆지」≫, ≪누구든 좋으니 이 녀석을 죽여줬으면 해 이바라키 판≫, ≪살인귀~들을 마구 사냥~≫, ≪「1년에 밀실 1,200개 만들겠다」라는 바보 같은 예고장이 왔습니다≫, ≪긴급판≫, ≪안녕 오타 가쓰시[11] 추도≫, ≪시마네 연속 살인귀. 그런데「으라차차 영차」가 뭐야≫, ≪미나미 Q타南Q太≫, ≪확인했습니다 PART14≫, ≪서킹 마이 오운 딕 FANCLUB≫, ≪본격 사이코 킬러 선언≫, ≪보고 PART31≫, ≪가리지 말고 유명인을 노려라≫, ≪범죄올림픽 대망론≫, ≪사이타마의 히라노 게이치로Ⅱ는 너무 한다≫, ≪촌놈의 도전 · 후쿠이 · 우리 동네에서도 아마겟돈[12] 해보자≫……. 내용은 거의 질 나쁜 장난이다. 하지만 곳곳에 실제로 일어난 살인사건을 소재로 말장난을 하거나 실재 인물을 특정할 수 있는 방법으로 살인 의뢰를 쓴 것도 있으니 질이 지나치게 안 좋다. 그리고 나는 ≪순교자 19세≫라는 스레드를 클릭, ≪「순교자 19세」에게 의뢰 → (URL)≫을 클릭하여, 새로 뜬 게시판 ≪순교자 19세 요 1년간 가능한 한 많은 사람을 죽이겠습니다≫에서 ≪후쿠이≫라는 글자를 검색한다. 있었다.

안녕하십니까. 저도 순교자님과 마찬가지로 후쿠이 현에 사는 사람입니다. 니시아카쓰키라는 마을에 살고 있습니다. 하지만, 이 마을 사람들은 죽건 살건 상관없는 가치 없는 사람들뿐입니다. 좋아할 수 있을 것 같은 사람이 단 한 명도 없습니다. 제가 좀 섬세한 건지도 모르지만, 심술궂은 사람이 지나치게 많습니다. 이 마을 사람들이 다 죽었으면

11. 太田克史(1972～). 실제로 1995년에서 2010년까지 고단샤講談社에서 근무했던 본 작품의 담당 편집자. 고단샤 노블스를 중심으로 교고쿠 나쓰히코, 세이료인 류스이, 마이조 오타로, 사토 유야, 니시오 이신 등의 작가들을 담당했다. 또한 잡지『메피스토』의 편집을 담당했으며, 2003년부터는 문예지『파우스트』의 편집장 역임. 현재는 고단샤의 자회사인 세카이샤星海社의 부사장을 역임하고 있다.

12. 인터넷 게시판의 글에 열광한 소년들에 의한 대규모 폭력사태. 마이조 오타로의 2003년 작『아수라 걸』(국역: 김성기 옮김, 황금가지, 2007)에 나온다.

좋겠습니다. 일단 제 손으로 일곱 명을 죽였습니다. 그때 성서의 「창세기」 첫 부분에 나오는 7일간을 모방해 두었으니, 그 다음 부분을 마저 해주신다면, 그것은 모두 제 범행이 될 것입니다. 부디 순교자님이 니시아카쓰키 마을로 오셔서, 많은 사람들을 죽여주셨으면 합니다. 잘 부탁드립니다.

"뭐고 이거는." 하고, 이미 놀라는 데도 지친 모습의 스가노 씨가 말한다. "뭐－고 이게. 또－ 마－알도 아인 소리 적어 놨네." 그리고 스가노 씨는 뭔가 의문스러웠는지 "근데 이런 데다가 이런 말 쓰면, 결국 다 들키는 거 아이가?"라고 말한다. 나는 말한다. "이것도 발상의 전환을 유도하는 겁니다. 우에다 유코 씨는, 이걸 보고 ≪어째서 이런 데 이런 얘길 썼을까≫라는 의문에서 ≪이런 얘길 썼다니, 이건 건 다 거짓말이야≫라고 생각하기를 기대하고 있는 것입니다. 만약 순교자라는 살인귀가 정말 존재해서 실제로 니시아카쓰키에서 살인을 저질렀을 때 이 게시판의 이 글이 발각된다고 해도, 그 내용이 사실이라고 믿는 사람은 별로 없겠지요." 스가노 씨가 하아, 하고 한숨을 내쉬며 "복잡하네."라고 말하기에 "그런 게 추리소설에 빠져 있는 인간의 사고방식입니다." "흐음, 아, 그래서 이거는 뭐고. 「창세기」 모방이라니." 나는 주머니에서 폴라로이드 사진을 꺼내어, 스가노 씨에게 보여준다. 거기에는 시체 발견 현장에서 찍은 유류품이 찍혀 있다. 준코 씨 옆에 남아 있던 흙과 씨앗. 구리하라 유리카 씨 머리맡에 켜져 있던 세 개의 전기스탠드. 우에다 나오코 씨 옆에 넘어져 있던 양동이와 다다미를 적시고 있던 물. 고바야시 이사무 군의 두 겨드랑이와 등에 그려져 있던 해와 달과 별. 고바야시 사치 씨의 입에 채워져 있던 냉동 고등어와 닭 날개. 고바야시 이사무 씨의 입 안에 억지로 쑤셔 넣어져 있었던 양과 말과 소가 그려진

에마. 배와 턱에 꿰맨 자국이 있는 것 외에는 특이점이 없었던 고바야시 가즈코 씨의 전신사진 두 장. 그 여덟 장을 스가노 씨에게 건네주며, 나는 말한다.

"크리스트교의 구약성서에 수록되어 있는 「창세기」에는, 첫 7일 동안 신이 한 일이 그려져 있습니다. 첫째 날에 신은 '빛이 있으라'고 하여 낮과 밤을 나누었습니다. 둘째 날에 신은 '물을 나누라'고 하여 하늘과 바다를 만들었습니다. 셋째 날에 '마른 곳이 나타나게 하라' '땅은 씨앗을 가진 풀과 과수를 움트게 하라'고 하여 대지를 만들었습니다. 넷째 날에 신은 '하늘에 빛나는 것이 있게 하라'고 하여 해와 달과 별을 만들었습니다. 다섯째 날에 신은 '생물은 수중에 떼 지어 있게 하라', '새는 지상에서 날라'라고 하여 물고기와 새를 만들었습니다. 육 일째에 신은 '가축. 기는 것, 땅의 짐승을 각각 만들라', '사람을 만들라'고 하여 짐승과 사람을 만들었습니다. 그리고 칠 일째에 신은 쉬었습니다."

스가노 씨는 폴라로이드 사진을 보고, 내 목소리를 들으면서, 어이없어 하고 있다. 나는 말한다.

"그 사진에 찍힌 것이, '창세기'를 모방하기 위해 우에다 유코 씨가 준비한 아이템입니다. «빛»을 만드는 전기스탠드, «바다»처럼 퍼지는 양동이의 물, «땅»과 «씨앗»을 표현하는 한 줌의 흙과 해바라기 씨 몇 개. «해»와 «달»과 «별»은 그대로 매직으로 그렸고, 우에다 유코 씨가 «물고기»와 «새»로 준비할 수 있었던 것은 고등어와 닭 날개뿐이었으며, «가축»으로 준비할 수 있는 것도 양과 말과 소가 그려진 에마 정도였던 것입니다. 그리고 «안식»을 위해 가즈코 씨에게는 손을 대지 않은 겁니다."

"뭐고…… 뭔 소리고." 스가노 씨가 말한다. "모방이라는 게 뭔데?"

스가노 씨는 «카피캣»도 «모방»도 모른다. 추리소설을 읽지 않는 사람은 모르는 말인 것이다.

나는 스가노 씨에게 «모방»의 의미를 가르친다. 그러자 스가노 씨는 "그라면 그 «모방»이 뭔지는 알겠는데, 뭐한다고 그런 짓을 하는 긴데?" 하고 묻는다. 나는 말한다. "무언가로 다른 것을 모방한다는 것의 본질은, 정원 꾸미기에 의미를 담는 것에서 알 수 있듯, 장식입니다. 정원석을 «후지 산»으로 간주하는 것과 마찬가지로, 여기에서는 양동이에서 쏟아진 물을 «바다»로 간주하는 것입니다. 모방한다는 것은, 거기에 실제로 있는 것과 거리가 먼 다른 이미지를 떠올리는 것, 혹은 멀리 있는 다른 것의 이미지를 거기에 실제로 있는 것에 투영하는 것입니다. 어느 쪽이든, 무언가로 다른 것을 모방할 때, 그곳에 실제로 있는 것에는 그곳에 실제로는 없는 다른 것의 이미지가 덮어씌워집니다. 그 덮는다는 것이 장식이라면, 장식의 본질은 은폐입니다. 무언가를 장식한다는 발상을 하는 것은, 그 장식되는 무언가의 일부, 한 측면, 한 요소를 은폐하려 하는 것입니다. 정원에 모방을 할 때, 은폐되는 것은 정원이 «작다는 것» 혹은 «한정된 공간이라는 것»입니다. 그래서 정원석은 «후지 산», 연못은 «일본해», 라는 식으로 실제보다도 큰 것의 의미를 담습니다. 정원석은 절대로 «개미»나 «귀뚜라미»에 비유되지 않으며, 연못은 «날이 갠 뒤의 물웅덩이»나 «물방울»로 비유되지는 않습니다.

즉 모방이라는 것은 «작다는 것», «그곳에 있는 것으로서의 한계»라는 것을 은폐하려는 것입니다.

그러면 추리소설에 모방을 도입할 때, 은폐되는 «작음»과 «한계»란 무엇일까요.

그것은 사건의 내용입니다. 사람이 살해됩니다. 하지만 그것은 여러 장소에서 매일 매시간 매분 일어나고 있습니다. 흔해 빠진 죽음일 뿐입니다. 여러 가지 트릭을 써서 «특권적인 죽음»을 연출하려고 해도, 추리소설 자체가 흔해빠졌으며, 밀실 트릭, 시체 소실 트릭, 순간이동 트릭 등등 모든 트릭들이, 많은 추리소설 안에 모두 도입됨으로써 그것이 추구하는 특권성을 잃고 맙니다. 사람이 죽는다는 것은, 결국 실생활 안에서도, 전쟁이라는 특수공간에서도, 추리소설이라는 허구세계 안에서도, 역시 어김없이 흔해 빠진 것이라, 작고, 보잘것없으며, 그저 죽었다는 것일 뿐, 한계가 있는 것입니다.

모방만이 그 사소함을 은폐해줍니다. 인간의 죽음이 갖는 «사소함»을 실제보다도 «훨씬 커다란 것»으로 바꿔 줍니다. 그래서 추리소설 안에서 흔히들 쓰는 것이 «성서»나 «유명한 동화»라는 커다란 텍스트를 바탕으로 한 모방입니다. 사회가 갖고 있는 커다란 스토리, 예를 들어 신의 구원과 신의 벌에 관한 많은 사람들의 논리의 기초가 될 만한 커다란 스토리와, 『모모타로』나 『가구야 공주』[13]처럼 이미 많은 사람들 사이에 패턴이 된 스토리 말이죠. 이런 것을 실제로는 작은 존재인

13. 『모모타로』: 복숭아 안에서 태어난 아이인 모모타로가, 도깨비를 무찌르는 내용의 전래동화. / 『가구야 공주』: 빛나는 대나무 안에서 발견되어 노부부의 손에 자란 가구야 공주가, 다섯 명의 귀공자들의 청혼을 거절하고 자신이 원래 있던 달나라로 돌아간다는 내용의 전래동화.

살인사건에 덧댐으로써 그 이야기 자체를 크게 만들고, 거기에 있는 죽음을 큰 것으로 만듭니다. 우에다 유코 씨가 채택한 《전에 일어난 사건》의 모방도 추리소설에 자주 나옵니다. 이것도 마찬가지지요. 《전에 일어난 사건》과 지금 일어나고 있는 사건을 포갬으로써, 지금의 사건을 시간, 공간, 관계자의 규모 면에서 다층적으로 만들어 확대할 수 있는 것입니다.

인간은 《사소하다는 것》과 《한계가 주어졌다는 것》, 《아무것도 아닌 존재라는 것》을 싫어하기 십상인 생물입니다. 그렇기 때문에 성장하는 것은 절대적으로 긍정적인 것으로 받아들여지고 누군가에게 인정받기를 원하며 장수와 불로불사를 추구하기도 합니다.

따라서 사람이 쓰는 추리소설도 마찬가지로 《사소한 것》, 《한계가 있는 것》, 《의미가 없는 것》을 꺼리고, 모방 따위를 도입합니다.

하지만 또한, 전제를 뒤집는 것을 구조 안에 포함하고 있는 추리소설에서, 모방은 단순한 장식이 아닙니다. 어떤 은폐가 무언가를 은폐하는 척만 하고 다른 것을 은폐하거나, 은폐되어 있었다는 은폐 사실이 밝혀졌을 때는, 그것이 밝혀짐으로써 다른 무언가가 은폐되는 것이 아닌가, 라는 가능성을 남기는 것이 추리소설의 숙명입니다. 모방도 이러한 복잡함 속에 얽혀, 여러 가지 형태의 은폐에 응용되고 있습니다.

우에다 유코 씨도 마찬가지로 모방을 단순한 장식이 아닌 것으로 응용했습니다. 일차적으로는 「창세기」를 본뜸으로써 이미지의 폭을 넓히고, 이차적으로는 연쇄살인귀를 소환하는 도구로 사용했으며, 더불어 삼차적으로는 일곱 명의 살해 순서를 오인하도록 유도하기 위해 썼습니다.

「창세기」에 나오는 순서로는 첫째 날과 둘째 날에 해당하는 《빛》과

≪바다≫의 모방을 구리하라 씨와 우에다 나오코 씨에게 쓰고, 셋째 날에 해당하는 ≪땅과 씨앗≫의 모방을 가토 준코 씨에게 쓰고, 넷째 날과 다섯째 날과 여섯째 날과 일곱 번째 날에 해당하는 ≪해와 달과 별≫, ≪물고기와 새≫, ≪가축≫, ≪안식≫의 모방을 고바야시 일가족 네 명에게 썼습니다. 그럼으로써 우선 살해순서를 오인하도록 해둔 것입니다.

이곳 히이마고타니의 작은 마을에서 일곱 명이나 되는 인간을 살해한 우에다 유코 씨라는 사람은, 소심하기 때문에 신중하며, 혼란에 빠져 있기에 대담하고, 추리소설을 많이 읽는 사람이기에 복잡한 사고를 가진 여자인 것입니다."

내가 그렇게 말하자 스가노 씨는 말없이 폴라로이드 사진을 가만히 지켜보며 한숨을 한 번 내쉬고, 그것을 손에 든 채 눈을 감고 팔짱을 낀 뒤 한 번 더 한숨을 쉬고는, "뭐라 해야 되겠노. 어…… 그건 있다 아이가……"라고 말하다 말고 할 말을 잃은 것 같았다.

이대로 일과를 마쳐도 좋았겠지만, 내게도 할 일이 있다. 우에다 유코의 방에서 마냥 이렇게 스가노 씨와 얘기하며 놀고만 있을 수도 없다.

"자, 스가노 씨, 멍하니 있을 때가 아닙니다. 어쩌면 ≪순교자≫가 니시아카쓰키에 와서 무슨 일을 꾸미고 있을지도 모르고, 어쩌면 우에다 유코 씨는 ≪순교자≫와 연락을 취해 함께 행동하고 있을지도 모릅니다. 일곱 명의 인간을 살해한 우에다 유코 씨가 무슨 짓을 할지 모르고, 어쩌면 소심함에 바짝 얼어 자살을 기도하고 있을지도 모릅니다. 어쨌든 우에다 유코 씨의 보호·체포가 최우선입니다. ≪순교자≫를 밝혀내는 것도 중요하겠죠. 자, 저는 이제부터 가토 씨네 집으로 돌아가 다들

어떤 상황인지 보고 올 테니, 스가노 씨는 수사를 계속해 주십시오."

그렇게 말하자 스가노 씨는, "아, 아아, 어, 그렇지."라고 했지만, 아직 움직일 수 없는 것 같았다. 나는 스가노 씨를 내버려 두고 우에다 유코의 방을 나선다. 계단을 내려가 현관에서 샌들을 신는다. 밖으로 나가, 나는 달린다. 오늘 하루 여러모로 움직인 덕분에 나는 손발을 딱 좋은 타이밍에 움직여 달릴 수 있다.

어서, 서두르지 않으면 안 된다.

분명 스즈키는, 머지않아 이곳에 이를 것이다.

7

가토네 집 지하실에 있는 우리 방 침대 위에, 쓰토무가 앉아서 나를 기다리고 있다.

"어이 쓰토무, 경찰 조사는 끝난 거야?" 하고 나는 묻는다. 쓰토무가 끄덕인다. 쓰토무를 두고 홀로 이 집을 나설 생각이었지만, 늦어버렸다. 하지만 아직 기회는 있다. 어쨌든 쓰토무를 내게서 떨어뜨려 놓아야만 한다. 이것저것 해야 할 일도 남아 있다.

"아빠, 돌아왔어?" 하고 내가 묻자 쓰토무가 이번에는 고개를 젓는다. 가토는 아직인가. 준코 씨가 살해되었다는 얘기를 들었을 텐데, 가토는 왜 이렇게 늦는담. 어쩌면 어딘가에서 스즈키와 만나고 있을지도 모른다. 그렇다면 딱 좋다. 그렇게 스즈키 일행이 시간을 잡아먹고 있는 사이에 나는 여기를 탈출할 수 있다.

"…… 세시루랑 세리카, 어디로 가뻤다." 하고 쓰토무가 말한다.

"그렇군." 하고 내가 말한다.

그러자 쓰토무가 묻는다. "뭐한다고 세시루랑 세리카 때문에 그런 짓을 한 거고?"

나는 묻는다. "그런 짓이라니?"

그러자 쓰토무는 또다시 침묵한다. 하지만 고개를 숙이지 않고, 이미 선글라스를 벗은 내 얼굴을 똑바로 바라보고 있다. 나를 봐도 실신하지 않는 유일한 눈.

"형은 가끔 내가 안 보이는 갑네. 내 아까, 형이 우에다 씨 집에서 사람들한테 이런저런 얘기 하는 거 다 들었다. 중간에 나오기는 했어도. 그래서 내가 우에다 유코 씨 찾으러 다니다가 찾아냈다 아이가."

찾았군. 뭐 찾을 만하지.

우에다 유코는 무거웠다. 실신해버리자 무거워서 어디로도 옮길 수가 없었다. 겨우겨우 욕실에 넣어 두었다.

"…… 웅, 구, 후우." 하고 목을 울리며 쓰토무가 묻는다. "하, 우우, 있다아이가, 형, 그렇게 우리 집 애가 되고 싶었던 거가?"

"이 집 애가 되고 싶었던 게 아냐." 내가 답한다. "호적상으로는 실제로 우리 집 애니까, 난."

"쿠, 우, 후우, 그라면 왜?" 하고 쓰토무가 묻는다. "우, 꼬, 꼭, 준코 씨한테서, 태어나고 싶었던 거가?"

"그렇지." 하고 내가 답한다. "나는 준코 씨한테서 태어나고 싶었어."

"후후, 우, 우리 집 애가, 우, 되고 싶었던 게, 우, 아니고?"

"아냐. 난 그저, 세시루와 세리카의 형제가 되고 싶었어."

"우우, 후우, 우, 근데, 형제가 되면, 우, 그런 짓, 하면, 사실은 안 되는 거 아이가? 세시루나 세리카가, 형한테 한 짓, 그런 거 하면 안 된다 아이가."

"쭉 금기시 되고 있는 일이긴 해. 하지만, 머지않아 쓰토무도 알게 되겠지만, 성 문제는, 일반 상식 따위로 제어할 수 있는 게 아냐."

"우우, 후, 우우, 형이, 무슨 말 하는 건지, 모르겠다."

"머지않아 알게 될 거야."

"에, 우후, 우, 그라믄, 우, 우우, 형, 내한테도 그런 짓 하는 거가?"

"안 해 안 해. 쓰토무한테는 그런 짓 절대 안 해."

"우우, 하아아, 하, 아아, 다행이다. 나는, 그런 일 절대 안 당하고 싶다."

"그렇겠지. 괜찮아, 쓰토무는, 절대로 그런 일 당하지 않을 거야, 아무한테도."

"우우, 후우, 우우우, 왜, 형만, 후우우, 그런 일을 당하는 거고? 왜, 형, 우, 형만, 그런 일, 당하냐고."

"아마 내가 지나치게 아름다워서 그런 걸 거야, 쓰토무. 나는 이 세상에 존재하기에는, 지나치게 아름다워."

하지만 세시루와 세리카에게는 버림받고 말았다.

"하, 우우, 아, 우우우, 구, 쿠우쿠, 우우. 아, 아, 하아, 우우, 후우, 형, 우우, 불쌍하다."

"아무렇지 않아. 쓰토무, 난 괜찮으니까."

"우우우, 가, 쿠우, 후, 형, 우우, 내가 크면, 하, 형, 꼭 지켜줄 끼다. 우, 우우우, 구우, 누, 웅, 후, 형, 내가, 우우, 후, 지켜주께."

"고마워 쓰토무."

"우우우, 형, 경찰도, 음, 우, 만나러 가라."

나는 주변을 본다. 나를 잡으려 손을 뻗는 경찰의 모습은 없다.

"쓰토무, 형이 한 일, 경찰한테 얘기했어?"

쓰토무가 고개를 젓는다.

"얘기 안 했다. 우우후, 우, 자수하는 게, 죄가, 더 가벼워진다 아이가? 오오우, 으음, 구. 형이 자수해줬으면, 좋겠다."

"쓰토무, 난 경찰서에 갈 생각은 없어."

그렇게 말하자, 이미 눈물이 흘러넘칠 것 같았던 쓰토무가 참지 못하고 "누와–앙" 하고 큰 소리로 울었다. "누우우와–하하하아–앙. 우우우, 누아아아아–앙. 수우, 우, 우우우, 무와아아–아앙."

"울지 마 쓰토무. 다들 듣잖아."

"아아아아–앙. 모오오오우. 있다아이가, 형, 형, 경찰한테 가자. 우우, 형 아직 열세 살 아이가. 억수로 큰 죄는 안 될 끼다. 웅, 구우, 지금 자수하면, 바로, 또, 나올 수 있대도. 어? 제발. 후우우우, 누와아아아–앙앙앙."

"난 경찰한테는 안 가. 이제 도망칠 거야. 어디로 갈진 모르지만, 어딘가로."

"후아아라아아–앙. 제바알, 경찰한테 가자~. 으으응–?"

"엄마가 쫓아오지 않을 곳으로 갈 거야. 거기에서 다시 몸을 숨기고, 거기서 잘 살아갈 거야."

"나는 가기 싫다~. 그런 데는, 후우우와아아하아~앙. 아아, 구우, 우우, 우, 우우."

"쓰토무는 안 와도 돼. 애초에 나 혼자 갈 생각이었어."

그렇게 말하자 쓰토무는 필사적으로 내게 매달리기 시작했다.

"안 된다! 가면 안 된다! 가면 안 된다! 형! 형! 안 간다고 해라!

안 간다고 해라고! 제발! 같이 있어도! 제발! 알았제! 내가 경찰한테도 얘기 안 한다 안 하나! 알겠제! 아아아아! 알겠제~. 후아아아아~앙앙, 구우, 우우. 알겠제, 우, 후우, 안 간다고 해라! 안 간다고 해라 안 하나! 형, 알겠제!"

나는 쓰토무의 양어깨를 잡고 천천히 물러서려 하지만, 쓰토무가 내 목뒤로 뜨거운 팔을 감고 힘을 주고는, 내게서 떨어지려 하지 않는다.

"알겠제! 알겠제! 형! 형! 아아~. 우우, 구, 우우후, 우우, 이래 될 줄 알았으면, 우우우, 그때, 작업장에서 있었던 일, 모르는 편이 나았을 끼다-. 우, 구우우, 누, 우우우루. 구. 아무것도 모르고, 그냥 두는 편이 좋았을 끼다-. 우우우, 누, 후우아아아아-앙."

그때, 작업장 입구에 서 있던 쓰토무의 눈에, 질 내부의 어둠 속에 숨어 있는 내가 보였을 리가 없다. 나는 준코 씨의 뱃속에 잘 숨어 있었다. 쓰토무가 작업장에서 뛰어나간 뒤 내가 준코 씨의 질에서 태어났을 때, 쓰토무가 뒤돌아 작업장 안의 나를 보았을 가능성도 없다. 나는 작업장의 틈새에 신경을 쓰고 있었고, 어쨌든 탄생은 눈 깜짝할 새 있었던 일이기 때문이다.

"우우, 후, 구우우. 누루아아아아-앙. 우, 후우, 우, 그게, 그때, 형이 있다는 거를 눈치채고, 우우우, 준코 씨 몸을 갈가리 다 찢어버릴 거를 그랬다-. 우우우후루, 응구, 우우우, 무아아아~앙. 누우아아아-앙."

그런 일이 일어나지 않아 다행이다, 라고 생각했지만, 정말로 다행인지 어떤지는 모른다. 내가 준코 씨에게서 태어났을 때, 이미 세시루와 세리카도 구리하라 씨와 우에다 나오코 씨로부터 다시 태어나 있었으니까. 덕분에 나는 형제를 동시에 세 명이나 잃은 것이다.

"미안해, 쓰토무. 형이 바보야. 미안."

"진짜 바보다! 세시루랑 세리카랑, 형이랑, 다 바보다! 우, 무루, 누우우, 바보! 오, 우우우, 응그. 우. 바보!"

"정말 그래. 우리, 모두 바보였어."

"있지, 응, 구, 형, 준코 씨한테 할라고 했던 일, 세시루한테도 얘기했나?"

"안 했어."

"그라면 왜 전부 다 똑같은 짓을 한 긴데?"

"우연이겠지."라고 말하고 나서, 나는 생각을 고쳐먹었다. "아니, 아닐지도 몰라. 어쩌면 아이란, 다시 태어나고 싶으면, 같은 일을 하는지도 모르지. 아이가 아니더라도, 다시 태어나고 싶으면, 같은 일을 하는 건지도 몰라."

"우우우, 누, 우우우. 여, 여자, 죽이고, 뱃속에 들어가가, 엉덩이에서, 나오는 거가?"

나는 조금 웃으며 말한다. "똥이 아니니까 엉덩이에서 나오진 않아."

그러자 울어서 콧물을 줄줄 흘리며 딸꾹질도 시작해서 멈추지 않는 쓰토무도 조금 웃는다.

하지만, 하고 나는 생각한다. 나와 세시루와 세리카가 반드시 똥이 아니라고는 할 수 없다. 모방이 주관에 의한 것이듯, 우리의 《탄생》 또한, 우리에게는. 누군가 우리들을 똥이나 다른 것으로 간주하는 일도 충분히 있을 수 있다.

"미안해 쓰토무. 미안." 하고 내가 말하자, 다시 쓰토무가 내 머리를 끌어안은 팔에 힘을 주어, 우우우우, 하고 소리를 짜내며 운다.

"형, 내 안 데려가나?"

"어."

"왜?"

"엄마랑 아빠랑 쓰토무만 있으면, 잘 살겠지."

"…………."

쓰토무는 잠자코 있는다. 쓰토무도 그것을 아는 것이다.

"난 나 혼자 사는 편이 나아."

"그래도 엄마는 어차피 또 형무소 들어갈 거다."

"하지만 언젠간 나올 거야. 엄마가 형무소에서 나올 때야말로, 나는 같이 안 있는 편이 나아."

"그라고 엄마…… 형 찾을 거고."

"하지만 언젠간 포기할 거야. 나는 굉장히 먼 데로 가서, 아무도 모르는 곳에 숨을 거니까."

"그래도, 나는 꼭 만나러 와도. 형. 나는 가끔 만나러 온나."

"응." 하고 내가 말한다. "만나러 올게."

"약속해라."

"응."

"꼭 그래야 된다."

"응, 알았어."

"그라면 뭐 우짜겠노, 가도 된다. 근데 있다아이가 형, 그, 욕실에 있는 여자 우짤 낀데?"

맞다, 아직 뒤처리가 남아 있다.

우에다 유코도 숨겨야 하고, 컴퓨터 안에 남겨둔 데이터도 지워야만 한다.

"뭐, 그래도 아무리 애써도, 어차피 형이 한 일, 바로 들키지 않겠나?" 하고 쓰토무가 말한다. "세시루나 세리카도 그렇지만, 준코 씨 몸 안에,

형 머리카락 같은 거도 남아 있을 거 아이가."

아, 그런가, 하고 나는 생각한다. 머리카락이라. 하긴. 뭐, 상관없다. 여기에서 나갈 때까지만 버티면 된다. 게다가…….

"그렇다면 내 머리카락 샘플을 우에다 유코가 가지고 있었다고 하지. 행방불명된 우에다 유코는, 내게 죄를 뒤집어씌우기 위한 공작도 꼼꼼히 해두었다고 하면 돼. 사람들은 내가 자취를 감춘 게 도망갔기 때문이 아니라, 우에다 유코의 손에 죽었기 때문이라고 생각할 거고, 그렇다고 하면 엄마도 바로 나를 포기할 거야."

내가 그렇게 말하며 웃자 쓰토무도 살짝 웃는다. 쓰토무는 조금 겁을 먹고 있기도 한 것이다. 그렇게 진실이 장식되고 은폐되어 간다는 것에.

아마도 쓰토무는 아직 내가 경찰에 자수했으면 좋겠다고 생각하고 있다. 그러면 모든 것이 간단히 정리되기 때문이다.

하지만 나는 경찰에 자수해서 형무소 같은 곳에 들어가고 싶지 않다.

왜냐하면 나는 이미 이제까지 12년씩이나 계속 가토네 집의 지하실에서만 살아왔고, 그 좁은 공간과 한계가 정말 지긋지긋하기 때문이다.

오늘 나는 바깥을 달렸다.

앞으로도 계속 달리고 싶다.

나는 모방 따위를 쓰지 않고, 정말로, 작지도 않고 한계 같은 것도 없는, 더욱 커다란 바깥 세계로 가고 싶다.

나도 인간이니까, 당연히 그런 욕구가 있다.

나는 이미 가조분이 아니니, 어두운 지하에 있는 것을 견딜 수 없다.

일단 우에다 유코는 숨겨둬야겠다, 라는 생각으로, 나는 지하에 있는 우리 전용 욕실에 간다. 손 씻을란다, 라고 말하며 쓰토무도 나를 따라온다. 욕실 문을 열자, 벌거벗은 우에다 유코의 작은지 큰지 알 수 없는, 어쨌든 무거운 몸이 있다.

응?

나는 이변을 알아챈다.

우에다 유코의 커다랗고 둥근 배가 움직이고 있다.

우에다 유코, 아직 살아 있었나?

내가 우에다 유코를 살려 두었는지 죽여 두었는지, 기억이 없다.

하지만 배가 움직이고 있다는 건, 아직 우에다 유코가 살아 있다는 거겠지.

그렇다 해도 배가 이렇게 움직이다니 이상하다.

마치 뱃속에서, 무언가가 뱃가죽을 밀고 있는 것 같다.

나는 쓰토무에게 스포츠백을 가지고 오라고 한다.

쓰토무가 욕실 밖으로 나가서, 그것을 가지고 온다.

스포츠백을 받아들고서, 나는 세시루로부터 빼앗은 낡은 일본도를 꺼낸다.

칼을 칼집에서 빼내자, 슈와리이이이잉, 하는 거친 소리가 들린다.

우에다 유코의 뱃속에서, 무언가 커다란 것이 움직이고 있다. 밖으로 나오고 싶어 한다.

하지만 나는 안에 있는 것이 무엇인지 몰라서, 모른다는 게 무서워서, 그 칼을 휘두를 수 없다.

"형, 이거 뭐 같노? 안에서 뭐가 움직이고 있는데."

나는 일본도를 쥔 채 꼼짝할 수 없다.

"세시루랑 세리카도 어디로 가뺐고, 이번엔 누구겠노?"

누군지 알 수 없다.

"혹시 세시루랑 세리카, 어디로 가삔 게 아니라, 여기 숨어 있는 거 아이가?"

그게 있을 수 있는 일인지 아닌지도 알 수 없다.

"형, 잠깐 그거 줘봐라."

그렇게 말하며 쓰토무는 내 손에서 일본도를 빼앗아, 주저하는 기색도 없이, 우에다 유코의 가슴팍에 칼끝을 대어, 꽂고, 거기서부터 똑바로 배를 가른다. 부리멘토, 하는 소리가 나면서 우에다 유코의 커다란 배가 입을 벌린다.

거기에 몸을 둥글게 말고 있는 것은 한 노인. 감은 눈 옆의 자글자글한 주름. 늘어진 얇은 볼. 마른 어깨와 가슴과 팔. 머리칼은 희고 숱이 적으며 가늘다. 피부에 작은 검버섯이 퍼져 있고, 지나치게 건강해 보이는 혈관이 창백한 피부 아래로 가득 비쳐 보인다.

누구냐? 라는 물음은 필요 없다.

그건 나다. 나이든 쓰쿠모주쿠.

위의, 1층 현관 벨이 '딩도-옹' 하고 울린다. 드르륵 하고 문이 열리고 여자 목소리가 들린다. 내 이름을 부르는 소리가 들린다.

엄마다.

벌써 왔구나.

우에다 유코의 뱃속에 든 노인인 내가 큰 소리로 외친다.

"하알렐루우야!"

심판은 여기에서 시작되고, 끝난다.

제2화

1

깊은 밤, 내가 여기에 있다는 것은 아무도 모를 터인데, 내 앞으로 한 통의 전화가 걸려온다. 오전 네 시 삼십오 분의 어둠 속 어딘가에서 아즈사가 설정한 '쉘터링 스카이'의 전자음이 울린다. 침실에는 나와 아즈사와 이즈미와 네코 이렇게 넷이 있고 전화와 가장 가까운 데 있는 사람은 아즈사였지만, 가장 멀리 있는 이즈미가 벌떡 일어나 전화기로 가서, 수화기를 든다.

"…… 네, 여보세요." 이즈미가 말한다. 이불 속에서 엎드린 채, 아즈사가 "이런 밤중에 누구야~. 죽여 버릴 거야."라고 말한다.

"네, 잠시만 기다려주십시오." 이즈미가 수화기를 손으로 막으며 "쓰토무, 전화."라고 말한다. 그래서 나는 눈을 뜬다.

스즈키다.

나를 찾아내서, 이제 만나러 오는구나.

내가 꼼짝 않고 있으니 "쓰토무, 일어나, 전화."라고 이즈미가 말한다.

"쫌~, 쓰토무 받아 빨리~."라고 아즈사가 말해도 나는 아직 움직이지 않는다.

"어이 쓰토무, 전화."

나는 이즈미가 내민 무선 전화기를 받아들고, 말한다.

"여보세요."

여기에 있다는 것을 아무도 알 수 없도록 해왔다.

"쓰토무 군입니까?"

남자 목소리가 말한다. 남자 목소리.

스즈키가 아니다.

"…… 네. 누구십니까?"

"쓰쿠모주쿠입니다."

"…………."

"일이 이루어졌습니다."

"네? 뭐라고요?"

그것으로 전화는 끊긴다.

"여보세요." 나는 말해보지만, 내 이름을 칭한 상대는 이미 그곳에 없다.

"여보세요." 나는 한 번 더 말해본다.

"여보세요." 한 번 더.

그러자 아즈사가 "시끄러워 쓰토무. 어서 자."라고 말한다.

나도 전화를 끊는다.

쓰쿠모주쿠는 나다.

어떤 일이 어떻게 이루어진 걸까, 나는 모른다.

나는 떠오른 바가 있어 전화기를 들고 일어선다. "어디 가?" 하고 이즈미가 묻는다. "전화 한 번 더 해보려고." 나는 대답한 뒤 어두운 침실에서 나간다.

전화국에 문의하여, 마지막으로 걸려온 전화의 발신 번호를 알아낸 뒤, 나는 그곳으로 전화를 건다. TRRRRR TRRRRR……. 호출음이 울린다. 어딘가로 연결되고 있다. 어딘가에 있는 전화가 울리고 있다. 그 전화로, 내 이름을 칭하며 내게 전화를 걸어온 남자가 있다. TRRRRR……. 호출음이 계속 울린다. 끊고 다시 걸어보려 하는데, 상대가 수화기를 든다.

"네, 고단샤 문예 제3부입니다."

"아, 여보세요." 하고 내가 말한다.

조금 전과 목소리가 다르다.

"네."

"저기, 좀 전에 전화 받은 사람입니다."

"네?"

"좀 전에 그쪽에서, 저한테 전화를 거셨는데요."

"아- 그렇습니까. 실례지만, 어디로 거셨지요?"

"03-5395-3506이요."

"아, 여기 전화번호 맞군요. 정말."

"죄송한데요, 거기 쓰쿠모주쿠 씨 계십니까?"

"네? 아, 어, 성함 한 번 더 말씀해주시겠습니까?"

"쓰쿠모주쿠요."

"아뇨. 죄송하지만, 여기에 쓰쿠모주쿠라는 이름을 가진 사람은 없습니다."

"그렇습니까? 재다이얼 서비스에서 확인했는데요."

"아, 그래요? 하지만 지금 여기에는 저밖에 없습니다. 새벽이니까요. 다른 사람들은 모두 퇴근했습니다. 어쩌다 저만 일이 남아서, 여기 있는 거고요."

"거기에 아무도 없다고요?"

"네, 그렇습니다. 저희 층 전체가, 새까맣게 어두운 상황입니다."

"고단샤라는 건, 출판사죠?"

"그렇습니다."

"이 전화번호를 쓰는 전화는, 거기밖에 없습니까?"

"아, 아뇨. 지금 제가 있는 책상 위에 있는, 지금 받고 있는 거 말고, 두 대 더 있습니다."

"그 층은, 넓습니까?"

"뭐 그렇죠. 꽤 넓습니다. 실례지만, 누구십니까?"

"…………."

"뭐 어쨌든, 여기에 저 말고는 아무도 없고, 쓰쿠모주쿠라는 분도 안 계십니다. 아마 뭔가 잘못된 거겠지요. 그럼 실례합니다. 안녕히~."

"저기, 그래도 조심하십시오."

"네?"

"아마 거기에, 당신 말고 누군가가 있을 겁니다. 어둠 속에 숨어 있을 겁니다. 가능하면 경비원을 불러서, 조사해보십시오."

"으악…… 싫다. 무섭군요. 하하하. 그래도 괜찮습니다. 이거 말해도 괜찮을지 어떨지 모르겠는데, 쓰쿠모주쿠는 가상의 인물입니다. 잘 만들어졌지만, 가상의 인물이에요. 이 세상에는 존재하지 않으니 괜찮습니다. 그럼 안녕히 주무십시오~."

전화가 끊어진다.

나도 전화를 끊는다.

쓰쿠모주쿠는 가상의 인물입니다.

이 세상에는 존재하지 않으니 괜찮습니다.

꽤 밝은 목소리로 똑똑히 말했는데, 정말 그렇다. 나는 이미 이 세상에는 존재하지 않는다. 쓰쿠모주쿠 따위 애당초 가짜 이름이었다. 나는 이미 없어진 것이다.

수화기를 안고서 나는 고개를 숙인 채 가만히 있다. 졸리지 않았다면, 이때 울었을지도 모른다. 졸려서 울 수 없었는지도 모른다.

침실 문이 조금 열리고, 이즈미가 고개를 내민다.

"쓰토무, 무슨 일이야? 괜찮아?"

나는 일어선다.

"어, 아무 일도 없어. 괜찮아. 뭔가 이상한 전화가 걸려왔어."

"무슨 전화? 어서 자."

"어. 저기 말이지, 상대가 내 이름을 댔어."

"어? 뭐야, 여보세요 쓰토무입니다, 라고?"

"아니 그게 아니고."

"뭐라고?"

"쓰쿠모주쿠인데요, 라고."

"…………."

"무섭지 않아?"

"무서워. 아니 그거, 귀신 아냐? 그냥."

"…………."

"싫다. 어서 자자 쓰토무. 이리 와."

"어."

나는 침실로 돌아가, 이즈미의 이불 속으로 들어간다. 그러자 "야~" 하고 아즈사도 들어와서, 셋이서 섹스를 하고 있으려니까 네코도 일어나서 "어~ 뭐야 나도~"라고 하며 껴들어왔지만 네코는 역시 졸렸는지, 도중에 알몸으로 잠들어 버렸다.

2

그날 밤 도쿄 조후 시에서, 인터넷 게시판의 글에 열광한 소년들에 의한 대규모 싸움소동, 통칭 《아마겟돈》이 일어났고, 소동은 다음 날 낮까지 이어져 오후 한 시경, 어쩌다 업무 관계로 조후에 와 있던 고단샤 문예 제3편집부의 오타 가쓰시 씨가 중학생 일곱 명의 습격으로 맞고 발로 차이는 폭행을 당하여, 바로 병원으로 옮겨졌지만 사망했다는 사실을, 나는 경찰로부터 듣는다. 경찰에게서 내게 전화가 걸려온 것은, 조후로 가기 직전까지 일을 하고 있던 오타 씨의 책상에 내가 건 전화번호가 남아 있고 《수상한 녀석으로부터 TEL! AM 네 시 반이라고 아놔~》라는, 날려 쓴 메모까지 붙어 있었던 탓이었다. 오늘 이른 아침 이상한 전화가 걸려왔다는 것. 바로 끊어져서 상대를 확인하기 위해 발신자 번호를 알아보고 다시 걸었다는 것. 그때는 상대의 이름은 몰랐지만, 오타 씨로 생각되는 인물과 얘기를 나눴다는 것. 그런 것들을 경찰에게 쭉 설명하자 경찰은 "그렇군요. 또 뭔가 있으면 연락드리겠습니다."라고 말한 뒤 전화를 끊었다.

내가 전화 내용을 이야기하자 이즈미는 "무서워~. 도쿄 진짜 무섭네. 지금은 아직 도쿄로 돌아가기 싫어~."라고 말한다.

"바보들이 ≪하늘의 목소리≫ 같은 것만 들여다보고 있으니까 그런 일이 생기지."라고 아즈사가 말한다. "≪하늘의 목소리≫를 안 봤으면 ≪아마겟돈≫이 일어났다는 걸 몰랐을 테지만 말야~. 뭐 그나저나 그 사건에 휘말린 사람 완전 불쌍하다. ≪하늘의 목소리≫를 안 보는 정상적인 사람이라서 죽어버린 거잖아?"

"그러게~."

"그래서 난 봐. 죽고 싶지 않으니까. 죽는 것보다 바보인 편이 나아."

"아즈사는 거기 올라오는 글을 보고 싶을 뿐이지?"

"아니 ≪아마겟돈≫이 굉장하잖아. 땅꼬마 녀석들이 멋대로 날뛰고 있으니까. 그 실황 게시판 같은 거, 어쩐지 너무 무서워. 기념 글이 너무 많고 유치하지만, 엄청나. 바보 같은 짓만 하고."라고 말하며 아즈사는 컴퓨터를 켠다.

이즈미는 흥미를 잃었는지, 다 개고 딱 하나 깔려 있는 자기 이불 위에 누워, 오타쿠나 문화상황 같은 것에는 관심도 없는 주제에 아즈마 히로키의 『동물화하는 포스트모던』[14]을 읽고 있다.

네코는 일하러 나갔다.

나는 일어나, 부엌으로 가서 점심 3인분을 준비한다. 토란 닭고기 볶음과 된장국을 만든 뒤 다 됐다고 하자 아즈사가 온다. 이즈미는 읽다 만 책에 손가락을 끼운 채 자고 있다. 깨우려고 하니 아즈사가 착 달라붙어서, 부엌에서 아즈사의 오럴 섹스를 받고 있으려니까, 전화가 울린다.

14. 오타쿠 문화와 서브컬처를 통해 일본 문화를 바라본 아즈마 히로키의 대표작 중 하나로, 일본에서는 『쓰쿠모주쿠』가 발간되기 약 2년 전인 2001년 11월 출간되어 큰 반향을 일으켰다. (국역본: 이은미 옮김, 문학동네, 2007)

3

네코였다.

“어, 여보세요~, 쓰토무?” “어.” “지금 전화 괜찮아?” “(아즈사가 붙어 있지만) 괜찮아.” “있지, 뭔가, 이상한 사건이 있었어.” “응.” “그래서 좀 상의할 게 있는데, 해도 돼?” “응.” “지금, 나메리카와에 와 있는데, 거기 시가지에서 조금 떨어진 주택가에서, 불탄 시체가 발견됐어.” “응.” “근데 그 시체가, 어쩐지 산 채로 불탄 것 같아. 그건 경찰 조사에서 확실해졌어.” “응.” “그래서 지금부터 하는 얘기는 좀 괴담처럼 들리겠지만, 어떤 여자애가, 어떤 남자 뒤를 걷고 있었대. 딱히 아는 사이는 아니고, 어쩌다 같은 길, 같은 방향으로 걷고 있었던 거야.” “응.” “근데 그 여자애는, 주택가가 너무 고요하고 길에 사람도 별로 없으니, 은연중에 거리를 두고 걸음걸이를 늦춰서 가능한 한 간격을 넓히려고 했다나봐.” “응.” “그래서 그렇게, 남자 뒤를 쫓듯 해서 여자애가 걷고 있었는데, 남자가, 어느 모퉁이를 돌았어.” “응.” “그래서 그 여자애는 그 남자가 드디어 다른 길로 가버렸다고 생각하고, 그 모퉁이를 그냥 지나쳐서 똑바로 가려고 했는데, 좀 전에 그 모퉁이를 돈 남자가, 갑자기 온몸에 불이 붙어서, 활활 타오르면서 자기 쪽으로 달려왔대! 무섭지 않아?” “무서워.” “그래서 그 여자애가 깜짝 놀라서 도망치는데, 그 불붙은 남자가 활활 타오르면서, 두 팔을 벌리고서 쫓아와서, 아아 잡히겠구나! 하고 생각한 순간, 바로 뒤를 쫓아오고 있던 남자가 땅에 쓰러져서, 더 이상 움직이지 않았대.” “흐음.” “그런데 말이지, 그, 갑자기 온몸에 불이 붙었다는 게, 이해가 안 돼.” “음. 그 남자도 그렇고 여자애도, 소지품 조사는 했지?” “응. 온몸에 불이 붙은 남자한테 성냥이나 라이터 같은 건 없었어. 가방 속에도, 양복 속에도 말이지.” “양복 소재도 조사했어?” “시중에서 파는 보통 양복이야. 모랑 레이온이랑 폴리에스테르. 참고로 옷에 연료 같은 게 뿌려져 있지는 않았는지도 물론 조사했는데, 아무것도 안 나왔대.” “그렇군. 그럼 주위에 연료나 다른 유류품은?” “없어 없어. 있었으면 너한테 상담하지도 않았을 거야.” “음.” “게다가 말이지, 다른 사람이 한 짓이라고 보기도, 좀 어려워. 그 남자가 불탄 곳은 외길인데, 주택가라, 길이 꽤 똑바로 나 있거든. 남자가 모퉁이를 돌고 그 여자애가 거기에 이를 때까지 실제로 현장 검증을 해봤는데, 5초 정도 걸리는 느낌이야. 남자와의 거리가 거의 십 미터 정도고, 모퉁이를 돌고 나서 남자가 불타고 있던 곳까지도 십 미터 정도였다는 건, 그 남자가 그대로, 속도를 바꾸지 않고 걸었다면, 범행에 거의 시간이 안 걸렸다는 거잖아? 범인이 도망갈 수가 없어. 남자를 불태우는 것조차 불가능할 정도지. 만약에 범행에 시간이 걸렸다면, 남자가 모퉁이를 돈 순간에 뛰기 시작해서 범인과 부딪히고, 범인이 몹시 서둘러 남자한테 불을 붙이고서 엄청난 속도로 도망가야만 해. 하지만 5초나 10초 가지고는, 그것도 아슬아슬하지. 오토바이나 탈 것을 이용한 흔적도 없고, 뒤를 걷고 있던 여자애도 그런 소리를 못 들었다고 하고. 그 여자애가 들은 건, 뭔가, ‘봉’ 하는 가벼운 소리인데, 그게 비명소리와 동시에 들렸을 정도였대. 그런데 그 ‘봉’ 하는 소리가 무슨 소린지를 모르겠어.” “남자가 불타오른 곳은 제대로 조사했고?” “했지~. 거긴, 어떤 집 옆의 울타리 앞이었는데, 아무것도 없었어. 그 집 사람한테 부탁해서 정원도 확인했는데, 범인이 연료를 버린 흔적도 없었고. 게다가 그 집 울타리, 시렁으로 된 거라서 숨을 데가 없어. 그러니까 거기에 범인이 숨어서 기다리고 있었다고 볼 수도 없고. 진짜로 밀실상황이야 이거.” “밀실에서

'봉'이라니…. 그 남자의 교우관계 같은 것도 조사해봤고, 상황도 불가능 상황이고, 너한테 아무런 생각도 떠오르지 않는다면, 내 생각을 얘기할게. 넌 일단 교우관계 체크하고 상황이 정말로 불가능한지 어떤지를 확인해 봐." "그런 건 벌써 했어~. 그 남자, 딱히 적도 없고, 상황도 내 머리로는 불가능하다는 생각밖엔 안 들어~." "바보. 네코, 불가능상황이라는 건, 실제로는 일어날 수 없다는 거니까, 실제로 일어나지 않는 거야. 하지만 거기서 그렇게 일어났다는 건 불가능상황이 아니라, 역시 가능한 상황이라는 거지. 뭔가 분명, 그 일이 일어날 수 있는 방법이 있다는 거야." "그래서 어떻게 그 일이 일어난 건데?" "지금 얘기를 듣는 한, 내 생각은 일곱 개야." "뭐? 거짓말. 일곱 개? 뭔데 뭔데."

"우선, 그 사건을 목격한 여자애의, 거리감각, 공간감각, 시간감각 이상. 그 상황에서 그 아이의 거리와 공간과 시간 인식능력에 이상이 발생했다는 거지. 즉, 그 여자애가 피해자와 가까이 있었다고 한 건 착각이고 실제로는 멀리 있었으며, 피해자가 모퉁이를 돌고 나서 자기도 바로 그 모퉁이에 이르렀다는 건 착각일 뿐 실제로는 상당히 오랜 시간이 흘러 있었어. 그렇다면 다른 범인이 피해자에게 불을 붙이고 도망갈 때까지 시간을 확보할 수 있었겠지. 이게 첫 번째.

그 여자애가 사실 자신의 망상과 사실을 구별하지 못할 가능성도 있어. 피해자가 정말로 그 여자애 앞을 걷고 있었던 게 아니라는 거지. 어디에서 왔는지는 몰라도, 어쨌든 그 외길에서 누군가에 의해 불이 붙어 죽었어. 그때 여자애가 지나가다가 시체를 발견했지. 패닉에 빠진 나머지 순식간에 다양한 스토리가 떠올라, 그중 하나를 믿고 경찰이랑 너 같은 명탐정한테 얘기한 거야. 이게 두 번째."

"헐~."

"그리고 남자가, 아무도 모르는 약품으로, 혹은 아무도 모르는 방법으로 자살했다는 것. 그렇다면 범인이라는 게 존재하지 않으니, 범인의 도주수단에 대해 생각할 필요도 없어져. 이게 세 번째."

"뭐야 그게. 아무도 모르는 약품이나, 아무도 모르는 방법이라는 게, 대체 뭔데?"

"아무도 모르니까, 나도 몰라."

"뭐야 그게 대체. 의미가 없잖아~."

"의미 있어. 지식에는 반드시 한계가 있지. 그걸 명심해야 돼. 자신이 뭐든 알고 있다고 생각한다면, 그거야말로 무지의 증거야. 뭐 어쨌든, 그게 세 번째.

다음은, 범인이 있는데, 그 범인이, 역시 아무도 모르는 약품으로 피해자에게 불을 붙여, 아무도 모르는 방법으로 도주했다는 것."

"그건, 다시 말해 어떤 약품인지, 어떤 방법인지는 쓰토무도 모른다는 거지?"

"응. 그게 네 번째야. 그 다음. 사실 피해자는 저절로 탔어."

"뭐라고? 뭐야 그게. 뭔가 너무 딱 잘라 말하네."

"인체의 자연발화란 세계적으로도 몇 번 보고된 적이 있는 사실이지. 스폰테이니어스 휴먼 컨버전spontaneous human conversion. 영국 같은 데는 그 사례가 공식문서로도 남아 있는데, 갑자기 사람이 확 불타오르는 거야. 그것도 엄청난 고온에서 한 번에 불타올라서, 사람 뼈까지 다 타 버려. 뼈는 화장장에서 태워도 남는 거, 알지? 사람의 뼈를 태우려면 삼천 도 이상의 엄청난 고온이 필요해. 그런데 그게 갑자기 몸속에서 일어나, 사람을 태워 버리는 거지. 불이 번지는 일은 거의 없고, 사람의 몸만 타 버리는 경우가 많아. 그 사람이 입고 있던 옷은 안 타고 그대로 남는 경우도 있어."

"헐~. 무섭다 그거. 어째서 그런 일이 일어나는 건데?"

"사람의 몸이 양초에 가까워서 그렇다는 얘기가 있어."

"엇, 그럼 나도 그런 일을 당할 수 있다는 거야?"

"응."

"헐- «응»이라니. 으아-."

"하지만 양초를 태우려면 결국 고열이 필요하고, 인체가 양초라면, 고열은 인체가 아닌 다른 데서 가져와야만 하겠지. 그 얘기는 인체가 저절로 불타오르는 건 불가능하다는 거야."

"헐-. 그러면, 있을 수 없는 일이라는 거야?"

"인체 양초설은 SHC를 충분히 설명하지 못한다는 거지. 그런 일이 일어날 수 있는 조건을, 나는 아직 몰라. 내 생각에 SHC의 요인은 인간의 의사야. 인간은 최면이나 암시에 걸리기 쉬운 동물이니까. 최면에 걸린 사람한테 이건 불이라고 말하면서 얼음을 대어도 화상을 입는 것과 마찬가지로, 자신이 불타오른다고 믿는 인간은, 불이 붙기를 간절히 빌면서 자신이 불타는 이미지를 극명히 떠올리면, 타오르지 않을까?"

"무서워~."

"그게 다섯 번째. 다음으로는 반대로, 범인이 파이로키네시스였다는 가능성."

"뭐야 그게 파이로어쩌고라는 게. 파일럿이랑 관계있는 거야?"

"없어. 파이로키네시스란 이른바 초능력의 일종으로, 손 하나 까딱 안 하고 뭔가를 태울 수 있는 힘이야."

"그런 게 있어~?"

"있어. 전례도 몇 개 있고."

"초능력이라니, 그런 게 있다면 명탐정이 있어도 소용이 없잖아~."

"존재하는 것을 모두 파악해서, 그 안의 모든 가능성 중에서 진실을 택하는 게 명탐정의 역할이라면, 그건 절대 무리지. 좀 전에도 말했듯, 인간의 지식에는 반드시 한계가 있어. 모르는 게 있다는 거야. 명탐정은 인간인 이상 모르는 게 있고, 모르는 게 있는 이상, 진정한 의미에서 모든 가능성을 검토할 수는 없어. 그러니까 몇 번이나 말했잖아. 너는 네가 맡은 사건을 해결하기만 하면 되는 거야. 진실보다도 우선 해결을 하면 그걸로 그만이야. 사건 관계자 모두가 일상을 되찾는다면 그걸로 되는 거야."

"네 알겠습니다. 초능력. 그것도 있을 수 있다는 거지?"

"응. 있으니까. 그리고 그게 여섯 번째. 마지막 일곱 번째는, 그 목격자 여자애가 거짓말을 하고 있다는 거. 왜냐하면, 자기가 범인이니까. 스스로 그 남자에게 불을 붙여 죽인 뒤, 경찰이랑 너에게 거짓말을 하고 있다는 거."

"헐~. 그럴 리가. 아니, 어차피 거짓말을 할 거라면, 불가능상황 같은 걸 만들었을 리가 없잖아."

"불가능상황이란, 불가능하니까 만들 수 없는 거야. 실제로 있는 상황은, 당연한 얘기지만 가능상황이지. 뭐 그건 그렇다 치고, 네코가 하는 얘기는 말이 되긴 하지만, 말이 되기 때문에, 그게 전제가 되니까, 추리소설의 논리에 익숙해져 있는 사람들은 네 논리를 무너뜨릴 거야."

"대체 뭔 소리야…."

"다시 말해 지금 네코가 말했듯이, 어차피 거짓말을 할 거라면 더 나은 거짓말을 한다고, 남들이 그렇게 판단할 것을 예측할 수 있으니, 그런 어설픈 거짓말을 하는 거야."

"나왔다~. 쓰토무가 자신 있어 하는 논리. 그런 식으로 생각하면 아무리 파고들어도 진실은 알 수 없다니까~."

"네 말대로야. 그러니까 그런 것에서도, 명탐정이 진실을 아는 것 따위는 불가능하다는 게 증명되는 거야. 포기하지 마, 네코. 진실 따위 아무래도 좋으니까."

"그게 아무래도 좋다면, 명탐정이 있는 의미가 없어져~."

"항상 같은 논리전개로 평소와 똑같은 결론을 또 말하지만, 그러니까, 진실을 손에 넣었다는 결과가 그 사람을 명탐정으로 만드는 게 아냐. 진실은 최종적으로는 결코 손에 들어오지 않으니까. 그, 손에 들어오지 않는 진실을 손에 넣으려고 하는 의지와 행동과 그 과정에 대한 종합적인 평가에서, 어디까지나 우연히, 그 사람은 명탐정이 되는 거야."

"우우우~. 또 그런 소리 한다."

"또 같은 얘긴데, 그러니까 명탐정 같은 호칭은 이상한 거야. 스스로를 위인이라고 칭하는 위대한 사람은 없잖아. 위대한 사람이란 그런 거만한 태도를 취하지 않고, 위대하다는 평가는 남들에게 억지로 말하게끔 하거나 남들이 받아들이게끔 하는 게 아니라, 어디까지나 타인의 자발적인 존경에서 오는 평가니까. 문학이랑 마찬가지야. «문학적이다»라는 말에도 알 수 있듯, «문학»이란 칭찬이니까. 자기 소설이 문학이라고 말하는 건, 스스로가 자신을 위인이라고 칭하는 것과 마찬가지로, 거만한 거야. 명탐정이라는 호칭도, 그게 칭찬인 이상, 스스로 칭하는 게 아냐. 그게 인간이 추구해야 할 디-센시-decency품위, 예절."

"설교는 그만~. 이제 됐어. 그게 끝이야?"

"이걸로 끝."

"어~? 혹시 나한테 설교하려고, 지금 말한 일곱 개 가능성, 그런 순서로 말한 거야?"

"다양한 기회에 같은 얘기를 해야지."

"짜증나."

"난 남을 짜증나게 하는 인간이야."

"그렇게 스스로 말한다는 건, 사실 속으로는 자기가 남의 짜증을 돋우지 않는다고 생각하는 거지?"

"그런 말을 들을 줄 알고 하는 거지만."

"그런 말도, 자기는 사실…… 이제 됐어. 짜증나."

"분명 나는……."

"짜증나-!"

"하, 하, 미안 미안. 어쨌든 내 생각은 이것뿐이야."

"그래서 이 일곱 개 중에, 어느 게 가장 일리가 있는 것 같아?"

"모르겠어. 희생자인 남자가 불타오르기 시작하는 걸 가까이에서 제대로 봤다면, 거기에서 진짜로 일어난 일을 네코한테 제대로 알려줄 수 있을 테지만."

"그건 그렇겠지만…… 이제 됐어. 아~ 바보 같다. 쓰토무한테 얘기해도 늘 결국 진실은 알 수 없으니까."

"진실 따위 추구할 필요 없다니까. 해결만 하면 돼, 해결만. 지금 내가 말한 일곱 가지 중에, 뭐든 좋으니 하나 골라서, 이게 사실이라고 말해버리면 되는 거야."

"또 이런다~. 증거가 없다니까?"

"증거 따위, 자기가 지어내면 되잖아. 그러면, 진짜로 일어난 일도 알게 될 거고. 자기가 한 거니까."

"쫌~. 진짜로 다른 진실이 있으면 어쩔 건데? 또 요전이랑 같은 얘길 하는 것 같지만."

"그렇게 되면 다시 한 번 해결하면 돼. 사건 따위 거듭 거듭 해결해나가면 되는 거야, 애초에. 한 번에 다 해결해버리는 게 아니라."

"네네. 아~ 참고가 된 건지 의욕을 상실한 건지 잘 모르겠다."

"저기, 현장사진, 여기 컴퓨터로 보내줄래? 한번 훑어볼게."

"네네네. 잘 부탁해."

"명탐정 쓰토무한테 맡기라니까."

"응? 자기 입으로 명탐정이라고 하면 안 되는 거 아냐?"

"자신이 진짜가 아닐 수도 있다는 걸 모르는 경우랑 농담하는 경우라면 괜찮아."

전화를 끊는다.

오럴 섹스를 끝내고, 아즈사는 밥을 먹기 시작하고 있다.

이즈미는 아직 자고 있다.

나는 바지와 팬티를 올리고, 이즈미를 깨우러 간다.

밥을 다 먹고서 설거지를 하고 식기선반을 정리한 뒤, 텔레비전을 보고 있는 아즈사와 이즈미 뒤에서 컴퓨터를 켜서 ≪명탐정 고양고양냥냥[15] ← 농담이니까 괜찮아~이 보내는 사건 자료≫라는 타이틀로 와 있는 메일을 열어 첨부된 문서와 사진을 확인하는데, 현관 초인종이 딩도-옹 하고 울린다.

"아, 내가 나갈게."라고 말하며 이즈미가 일어서더니, 현관으로 나갔다, 돌아온다. 손에는 A4사이즈의 봉투가 있다. 꽤 두껍다. "이거, 우편함

15. 등장인물 네코根子와 고양이猫의 독음이 같은 것을 이용한 말장난.

에 안 들어간다고 하면서 가져왔네."라고 하며 이즈미가 내게 우편물을 내민다. 나는 받아든다. 묵직하고 휘어진다. 종이다. 꽤 많은 분량이다. 그리고 봉투 겉면에서 내 이름을 발견한다. '쓰토무 님'. 성은 쓰여 있지 않다. 왜냐하면 내게 성은 없기 때문이다. 주소는 맞다. 즉 이것은 내 앞으로 온 봉투가 분명하다. 하지만 여기에 내가 있다는 사실을 아는 사람이, 아즈사와 이즈미와 네코 말고 누가 있는지 모르겠다. 어젯밤 전화 사건도 있었고, 내 거처가 어딘가 내가 모르는 곳으로 새어나간 모양이다.

슬슬 다른 곳으로 거처를 옮겨야 한다.

또 혼자서.

보낸 사람의 이름이 없는 봉투를, 나는 연다. 예상대로 종이였고, 그것은 워드프로세서로 쓴 원고를 출력한 것이다. 가장 위에 있는 종이에 타이틀과 이름이 있다.

제1화　세이료인 류스이 清涼院流水

세이료인 류스이라는 단어가 무엇을 의미하는지 나는 모른다. 내가 모르는 단어라는 가능성 이외에 내 안에 우후죽순으로 떠오르는 선택지는 다섯 가지. 하나는 어딘가에 있는 세이료인清涼院이라는 건물 안의 류스이流水라는 방 이름. 또 하나는 그 세이료인清涼院이라는 건물에서 관광명소처럼 일부에서는 유명하지만 나는 잘 모르는, 어떤 특징이 있는 개천. 또 하나는 '물水'이라는 말이 '차茶'나 '서書'나 '꽃花'과 마찬가지로 무슨 전통적인 재주를 가리키는 것이며, 그 분야에 세이료인 류流라는 일파가 있는데, 그 일파가 하는 '물水'의 특수한 방식. 또 하나는 키보드를 아무렇게나 쳐서 한자로 변환해버린 단순한 문자의 나열. 다른 또 하나는, 다른 말인데 한자 변환이 틀린 것.

4

「제1화」를 끝까지 한 번 읽어 보아도 《세이료인 류스이》라는 말의 의미는 모르겠다. 내가 알아낸 것은, 지금까지의 내 성장과정과 소년기에 일어난 일의 일부를 누군가가 꽤 자세히 알고 있다는 것. 그 사람은 어젯밤에 걸려왔던 전화에서 내 이름을 칭한 인물이며 이 원고를 보내온 인간이다. 두 사람이 다른 사람일 가능성과 동일 인물일 가능성은, 어느 정도 비슷하게 있다. 어쨌든 한 명 내지 두 명 내지 셋 이상의 사람들이 내 과거와 내 거처를 알고 있다. 그중에 스즈키가 포함되어 있는지 어떤지는 알 수 없다.

이 글에 거짓을 쓴 이유 또한 알 수 없는데, 이 「제1화」에는 사실을 어레인지한 식의 거짓말이 크게 나누어 두 가지 포함되어 있다. 하나는 작중에 일어난 우에다 유코의 범죄로, 실제로 일어난 것은 가토 세시루와 세리카에 의한 구리하라 유리카와 우에다 나오코와 준코 씨의 살해뿐이었다. 이 글에 나오는, 내가 준코 씨를 살해하고 배를 갈라 그 안에 숨은 뒤 질에서 기어 나옴으로써 《비유적으로》 《준코 씨의 아이가 되기》를 시도했다, 라는 식의 묘사는 모두 사실이 아니다. 그때 일어난 것은 《비유적으로》 《준코 씨가 아닌 다른 여자가 낳은 아이》가 되기를 시도한, 세시루와 세리카에 의한 구리하라 유리카와 우에다 나오코의 살해이며, 준코 씨는 침실에서 목이 잘려 살해되어 몸통은 산에 아무렇게

나 버려졌으며 목은 지금도 발견되고 있지 않고, 따라서 준코 씨의 배에는 상처가 없으며, 구리하라 유리카와 우에다 나오코의 내장은 히구치 씨네 집 거실의 시체 옆에 방치되어 있었고, 「창세기」의 모방도 없었고, 우에다 유코는 깡마른 사람이며, 대규모 살인 사건의 범인이 아니라 지금도 니시아카쓰키 마을에 있는 사람이고, 고바야시 일가 네 명이 실재하는 인물인지 아닌지는 모르지만, 일단 그 글에 나온 것처럼 살해되지는 않았다는 것이다.

하지만 내가 세시루와 세리카에게 따져 물은 장면은 사실대로 그려져 있다. 나는 분명 일본도로 둘에게 표시를 해두었다.

그러나 나는 그 일에 대해 아무에게도 이야기하지 않았다. 그렇다는 것은, 도망친 세시루와 세리카 중 누군가가, 둘이 만약 그 이야기를 누군가에게 했다면 그 상대가, 아니면 그때 그 집 안에 있으면서 우리가 하는 얘기를 듣고 있던 누군가가, 이 글을 쓴 것이다. 그렇다면 《세이료인 류스이》는 제목이 아니라, 이 글을 쓴 그 누군가의 이름인지도 모른다.

나는 일어선다. 지금 당장 여기를 나가자. 옷장에 있는 내 가방 속에는 옷들이 가득 들어 있다. 후쿠이를 떠나면서 가지고 온 돈도, 그때 완행열차를 계속 갈아타면서 도미야마의 이 마을에 도착한 뒤에는 바로 나를 발견한 아즈사와 함께 이 방으로 왔으니, 아직 칠천 엔 정도 남아 있다. 가방 속에는 환영성 파일과 일본도도 그대로 들어 있다.

나는 침실로 들어가, 옷장을 연다. 가방을 꺼내고, 지퍼를 쫙 열어 내용물에 변함이 없는지 확인한다. 그러자 그때, 거실에서 이즈미의 목소리가 들린다.

"어, 왜~? 쓰토무~, 왜 이런 데 세이료인 류스이 책이 놓여 있는 거야?"

나는 가방을 손에 든 채 깜짝 놀란다.

"아니 책이 아니라 이거 원고잖아? 아까 온 게 이거야? 왜~애? 아는 사람이야?"

"아니."라고 내가 말한다. 가방을 이불 위에 내려놓고, 옷장에 넣는다. "모르는 사람. 이즈미는 알아?"

"알지~. 완전 유명하잖아. 일부 사람들 사이에서는."

이즈미가 하는 말의 의미는 몰랐지만, 나는 맨손으로 거실로 돌아간다.

"누군데?"

"작가야. 짱이야 이 사람."이라고 말하는 이즈미의 얼굴은 상기되어 있다. "옛날엔 말이지-, ≪류스이 대설大說≫을 썼었는데, 그게 ≪노블스述べる主/novels/말하는 주인≫가 됐고, 그게 더 발전해서 ≪노베타리나이述べ足り内/할 말이 남아 있다 / 노베키레나이述べ切れ内/다 말할 수 없다≫가 되고 ≪노베라레나이NOVELLA例無い/말할 수 없다≫가 되고 ≪노베나이脳辺那井/말하지 않는다≫가 되어서, 지금, ≪이제 너랑은 말 안 해-세상もう お前とは喋ってやんねー世≫인 거 아닐까.[16] 최근에 성장이 가속되고 있는 것 같아."

"무슨 소린지 전혀 모르겠어."

"아니 아니, 지금의 류스이는 ≪안 가르쳐주지-롱 세상意味判らせてやんねー世≫이라니까."

"…………."

"그래그래, 그거야. 이해를 못 하는 게 정답이야. 그런 식으로 읽는

16. 이 부분은 같은 소리의 한자나 영어를 써서 표현한 말장난으로, 세이료인 류스이가 소설에 자주 사용하는 수법이다.

거라고. 하지만 사실 류스이 입장에서는, 지금은 안 읽는 게 올바른 독해라는 것 같은데, 올바른 독해를 하고 있다는 것 자체가 잘못이니, 안 읽는다면 그것도 잘못이고, 그러면 사실 읽는 게 맞지만, 처음에 말했듯이 읽는 게 잘못이니, 읽으면 안 돼-."

"…… 그럼 어떻게 해?"

"그러니까, 책 펴들고, 딱 굳어버리는 게 맞지 않아? 잘 모르겠어. 난 꽤 괜찮은 독자니까."

"…… 독자, 많아?"

"많아 많아 대박 많아. 독자가 아니라 ≪독사毒蛇≫[17]지만."

"…………."

"아담과 이브 이야기에 나오는, 이브를 속인 나쁜 뱀 있지? 이브에게 건넨 사과가 류스이의 책이라는 거야. 다시 말해 류스이가 사과를 건네준 게 아니라, 책을 사는 우리가, 실은 류스이에게 사과를 건네줬단 거지."

"의미를 모르겠어."

"그러니까 ≪안 가르쳐주지-롱 세상≫이라니까."

"…………."

더 이상 캐물어도 시간이 아까울 것 같아 나는 인터넷을 켜서 ≪세이료인 류스이≫를 검색한다. 지금 이즈미가 말한 것처럼, 세이료인 류스이의 성장이 이 작가에 대한 최근의 화제인지, 여러 사람들이 ≪류스이 대설大說≫부터 ≪이제 너랑은 말 안 해-≫에 이르는 대략적인 흐름에 대해 쓰고 있다. 어떤 페이지에서 나는 세이료인 류스이가 고단샤 문예 제3편집부에서 신서판으로 소설책을 냈다는 것을 알게 된다. 다른 페이지에서

17. 독자讀者와 독사毒蛇의 독음이 같음을 이용한 말장난.

≪세이료인 류스이≫가 ≪세이료[清涼]in 류스이[流水]≫이며 ≪세이료인료스이[清涼飮料水/청량음료수]≫의 말장난이기도 하다는 것을 알게 된다. 또한 다른 페이지에서 세이료인 류스이의 본명이 ≪가나이 히데타카[金井英貴]≫인 것 같다는 것을 알게 된다. 그리고 ≪류스이 대설≫을 쓰던 시기, 세이료인 류스이의 작품 속에 쓰쿠모주쿠라는 명탐정이 등장했다는 것을 알게 된다.

이누가미 야샤도.

기리카 마이도.

조사한 바에 의하면, ≪탐정 신 쓰쿠모주쿠≫는 ≪메타 탐정≫이며, ≪신통이기[神通理氣]≫한 추리법으로 사건을 해결한다. ≪신통이기≫란 ≪필요한 데이터가 모두 준비된 시점에 순식간에 진상에 이른다≫는 것이라고 한다. 즉 해야만 하는 일은 데이터 수집이며, 추리는 딱히 하지 않는 모양이다. 내 생각에 ≪진상에 이른다≫는 것 자체가 불가능상황이니, 만약 내가 이 ≪탐정 신 쓰쿠모주쿠≫라는 캐릭터를 쓴다면 계속 데이터만 모으면서 진상에는 이르지 않고 영원히 끝나지 않는 소설을 쓰게 되겠지. 아마도 ≪작중의 범인=작자≫라고 파악하여 ≪작자의 의도를 읽어 내는 것=메타추리≫로 간주하는 해설이 잘못된 것이며, 실제로는 ≪작자=세이료인 류스이≫의 ≪의도를 읽어낸다≫는 의미로서의 ≪메타추리≫를 다루는 것이 ≪탐정 신 쓰쿠모주쿠≫인 것이다. 세이료인 류스이가 이걸 진상이라고 치자, 라고 생각한 내용을 작중에 제시하기 위해 쓰는 장치가 ≪탐정 신 쓰쿠모주쿠≫인 것이다. 그런 장치로 쓰려고 만든 것이니, 반드시 ≪옳≫으며, ≪틀리지 않는다≫. 하지만 이것은 다른 대부분의 추리소설과 그 작가의 ≪주인공 명탐정≫의 관계와 같으며, 이미 일반론으로, 모두 그런 건 잘 알고 있는 듯한 분위기라는 것을 인터넷 기사를 보고서 알게 된다. 그렇다면 평범한 《명탐정》이란 말이군. 그리고 나는 《이십세기 마지막 날에 살해될 운명이다》라는 기술을 발견하고 이게 뭔가 싶다. 이십세기는 이미 끝난 지 오래다. 그렇다는 건, 이 《쓰쿠모주쿠》는 내가 아니라는 것이다. 당연하다. 하지만 여기에 《환영성》 살인사건을 해결한다고 쓰여 있으니, 결국 이 세이료인 류스이는 나와 세시루와 세리카에 대해 잘 알고 있는 인간이거나, 아니면 그런 사람으로부터 우리에 대한 이야기를 들은 사람임에 틀림없다, 라고 생각한다.

《기리카 마이》는 《소거추리消去推理》라는 추리법을 쓰는 모양이다. 여러 가지 사고법 중의 하나, 소거법과의 차이는 모르겠다. 결국 소거법을 철저히 쓴다는 의미일 거라고 생각한다. 내가 신경 쓰이는 것은 《기리카 마이》의 출생이 《수수께끼이다》라고 되어 있는 것과, 《어떤 흉악 범죄에서 쓰쿠모주쿠 덕에 목숨을 건진다》라고 쓰여 있는 것이다. 아무래도 나는 《기리카 마이》를 보고 가토 세리카를 연상해버리니, 마치 이 문장이 앞으로 진짜 일어날 일을 예언한 것처럼 여겨진다.

나는 《이누가미 야샤》도 찾아본다. 《이누가미 야샤》는 《불면섬고不眠閃考》라는 추리법을 쓴다. 자지 않고 열심히 생각하는 모양이다. 여러모로 내 흥미를 끈다. 《이누가미 야샤》에게 《인류 최후의 사건》의 실마리가 주어진 모양인데, 그 《인류 최후의 사건》은 《쓰쿠모주쿠 살인사건》 직후에 일어난다고 한다. 그리고 그 《인류 최후의 사건》의 실마리란 키우고 있는 검은고양이이며, 그 고양이의 이름이 《가나이 히데타카》라고 한다.

이것이 의미하는 바는, 세시루를 만나면 세이료인 류스이를 만날 수 있을 거라는 것이다. 세시루가 입심 좋게 그 «가나이 히데타카»에게 우리에 대한 이야기를 들려주었거나, 아니면 세시루가 «이누가미 야샤»와 동시에 «가나이 히데타카»를 칭하면서 «세이료인 류스이»라는 작가가 됐든가, 둘 중 하나인 것이다. 어느 쪽이든, 그 «세이료인 류스이»가 내게 이 「제1화」를 보내온 것이다.

어쩌면 한 번 더 일본도를 휘두를 때가 온 것인지도 모른다.

하지만 그때 이미 누군가가 다른 일본도를 휘두르고 있다. 휘둘러진 일본도에 단칼에 배를 베여 목숨이 끊어진 것은 우에다 유코이며, 알몸의 사체는 자택 욕조의 물 안에 잠겨 있었다. 피투성이 욕조에 떠오른 우에다 유코의 세로로 쭉 갈린 뱃속에, 이제까지 계속 행방을 알 수 없었던 준코 씨의 머리가 들어 있었다.

5

내게 전화를 걸어 내 이름을 확인하고 «쓰쿠모주쿠»를 칭했던 사람은 내게 '일은 이루어졌습니다.'라고 말했다. 그 «일»이라는 것이 무엇인지 나는 모른다. 하지만 무언가가 기대대로 끝난 것이다. 우에다 유코의 부고를 듣고서 나는 그렇게 생각한다. 누구의 기대대로 끝났는가 하면, 나의, 여야 하겠지. 적어도, 그 «기대»를 내가 품고 있을 거라고 그 «쓰쿠모주쿠»는 생각하고 있는 것이다. 하지만 나는 그 «일»과 «기대»

의 내용을 모른다.

나는 그 무엇에도 기대 같은 걸 건 적이 없다.

내게 우에다 유코의 죽음을 알려준 것은 아즈사가 보고 있던 텔레비전이었다.

두 시부터 하는 와이드쇼 프로그램에 뉴스 코너가 있는데, 거기에서 후쿠이 티브이에서 방금 막 들어온 영상입니다, 라는 소개와 함께 VTR이 나왔고, 후쿠이 현의 니시아카쓰키 마을에 와 있습니다, 라는 리포터의 목소리에 나는 뒤돌아 등 뒤에 있던 텔레비전을 본다. 화면 모서리에 '중계 후쿠이 티브이'라는 글씨와 '명탐정 등장!? 후쿠이 현 니시아카쓰키 마을 여성 할복 참수 사건'이라는 자막이 나와 있다.

명탐정 등장?

"아, 뭔가 시의 적절해—."라고 이즈미가 말한다. "명탐정이래."

리포터는 젊은 여자로, 흥분한 듯한 빠른 어조로 원고를 읽고 있다. 사건의 개요를 설명하고, 경찰의 수사가 어떻게 시작되어, ≪후쿠이 현의 그 작은 시골마을≫이 어떻게 혼란에 빠지게 되었는지에 대해 간단히 설명한다. 그리고 리포터가 말한다. "그때, 두 젊은 남자가 나타나 정말 짧은 시간에, 경찰관 눈앞에서 사건을 해결해버린 것입니다. 그 일부를 후쿠이 티브이가 포착했습니다. 함께 보시죠."

화면이 바뀐다. 노란 테이프 너머로 경찰관들이 움직이고 있다. 니시아카쓰키 마을이 분명하고, 히이마고타니다. 가토 씨네 바로 옆에 있었던, 우에다 유코・나오코의 집이 나온다. 일본식 2층 가옥으로, 안채와 도구 창고와 곳간과 낡은 변소에 둘러싸인 주택 부지에 콘크리트가 깔려 있으며, 그곳에 경찰차량이 아무렇게나 세워져 있다. 카메라는 테이프

바로 앞에서 경찰관이 일하는 모습을 배경으로 리포터의 실황을 찍은 것인데, 그 옆으로 키 큰 남자가 지나간다. 그리고 그 남자 뒤를, 교복을 입은 빡빡머리 남자아이가 따라간다.

체내에 사는 누군가가 당황해서 내 심장을 실로 꽁꽁 싸매기 시작한 듯한 기분이 든다. 숨이 가빠져온다. 나는 화면 앞에서 옴짝달싹 못하게 된다.

그 빡빡머리 남자아이는 쓰토무다.

쓰토무와 그 키 큰 남자가 곧바로 우에다 씨네 집에 다가가 노란 테이프를 넘어가려고 해서 화면 안쪽의 경찰관들과 앞에 있던 리포터, 화면 구석의 다른 보도진들이 모두 흠칫 놀라는 눈치다. "뭐야 저거."라고 말하는 목소리가 들린다. 테이프 건너편에 한 발을 걸친 남자가 가슴에서 무언가를 꺼내어 보인다. 그러자 남자의 가슴을 밀치듯 팔을 뻗고 있던 제복을 입은 경찰들이 한 발 물러서고, 남자는 자신의 긴 다리 중 나머지 한 다리를 테이프 건너편으로 가져간다. 쓰토무는 그 남자를 뒤따라 테이프를 넘어간다. 남자와 쓰토무는 경찰관들 사이를 지나 우에다 씨네 집으로 들어간다. 그때 화면이 어두워지고, '오후 영시 오 분, '명탐정'을 칭하는 남자가 '조수' 소년을 데리고 사건 현장에 들어왔다'는 내레이션이 나오면서, 수사 중이던 사복 경찰에게 인터뷰를 하는 이례적인 영상이 나온다. 형사가 "뭐라 하노? 지금 우리도 현장 안으로는 몬 들어간다."라는 말을 심통 내듯 내뱉는다. '그로부터 15분 후'라는 자막. 보도진의 '아, 나왔다!'라는 소리와 함께 화면이 심하게 흔들린다. 보도진이 한 대의 순찰차 앞으로 모여든다. 리포터가 마이크를 잡고 빠르게 말한다. "네, 방금 들어온 소식입니다. 우에다 씨 저택 내부에 숨어 있던 용의자로 보이는 소녀가 방금, 10분 전쯤 발견되어, 스스로를 명탐정이라

칭하는 남자와 5분 정도 이야기해본 결과, 범행을 인정하여, 지금 후쿠이 현 경찰서 쪽으로 가기 위해 나오는 모양입니다! 용의자로 추정되는 소녀는 열세 살의, 중학교 1학년 여학생이라는 정보가 들어와 있습니다! 아! 나왔습니다!" 좀 전의 키 큰 남자가 나온다. 와이셔츠만 입고 있는 것은 함께 나온 아이를 자기 웃옷으로 덮고 있기 때문이다. 남자의 웃옷 때문에 그 소녀는 허리 아래, 회색 치마부터 뻗어 있는 하얀 다리와 검은 양말과 검은 구두밖에 보이지 않는다. "명탐정 니－임!" "대단한 활약이었네요, 명탐정 님, 한 마디만 해주십시오!" "여기 좀 봐 주세요－." 하고 보도진과 리포터들이 외치지만, 남자는 그 말에 대답하지 않고 여자아이를 순찰차에 태운 뒤, 자신도 옆에 탄다. 운전석과 조수석에 사복을 입은 경찰이 탄 뒤, 차는 보도진을 남기고 떠난다. "명탐정으로 추정되는 남자와 용의자로 추정되는 소녀는, 순찰차에서 후쿠이 현경 난조[南條] 경찰서로. 보도진은 명탐정이 등장하는 장면을 놓쳤구나 싶어 어깨를 늘어뜨리고 있었다……." 하고 또다시 내레이션이 나온다. "하지만." 다시 화면이 심하게 흔들린다. 사복경찰에게 두 팔을 붙들린 채, 쓰토무가 서 있다. 쓰토무는 보도진을 향해 진정하라는 듯 두 손을 들고 위아래로 흔든다. "아~ 여러분 처음 뵙겠습니다."라고 쓰토무는 말한다. 그리운 쓰토무의 목소리. 아직 변성기가 거의 시작조차 되지 않았다. "여러분, 처음 뵙겠습니다."라고 다시 한 번 쓰토무가 말한다. "조용, 이제부터 사건 내용을 설명하겠습니다. 증거은멸의 우려를 낳을 법한 자세한 설명은 하기 힘들지만, 대강의 내용을 말씀드리겠습니다." 그때 카메라와 마이크를 들이대고 있던 보도진들 중 한 여자가 "조수분, 죄송합니다, 우선 명탐정의 성함을 가르쳐 주시겠습니까－?"라고 말하자, 쓰토무는 대답한다. "아, 지금 순찰차를 타고 간 키 큰 남자가,

제 조수입니다. 명탐정이라는 건 저고, 제 이름은, 대폭소 카레입니다."

아직 미성년이므로 범인의 이름은 가려졌다. 그 소녀는 개 한 마리를 기르고 있고, 올 봄, 산책 도중에 근처 신사 경내에 들어가, 그 뒤에 있는 산길을 잠시 걸었을 때, 기르던 개가 땅 냄새를 맡는 것을 보고, 그곳을 파 보자 준코 씨의 머리가 나왔다. 소녀는 그것을 흙 속에 다시 묻고, 산책을 계속했다. 준코 씨의 머리를 발견했다는 것은 아무에게도 말하지 않았다. 그로부터 8개월이 지난 오늘 아침, 소녀가 학교를 빠지고 밖으로 놀러나가려 하던 찰나, 근처에 사는 우에다 유코와 우연히 만나 사소한 말다툼을 하게 되었는데, 울컥 화가 치민 소녀는, 가지고 있던 칼로 우에다 유코를 찔렀다. 소녀는 땅에 쓰러진 우에다 유코를, 발로 차서 옆에 있던 용수로로 떨어뜨렸다. 그 사이 목격자는 아무도 없었다. 소녀는 피로 더러워진 옷을 갈아입기 위해 자기 집으로 돌아왔다. 이때 소녀는 여전히 밖으로 놀러 나갈 생각이었다. 하지만 칼을 보고 칼날이 부러진 것을 깨달았다. 칼날에는, 특별주문을 통해 소녀의 이름이 새겨져 있었다. 그 칼을 잃을 수는 없다, 하고 소녀는 생각했다. 자기 집으로 돌아오고 나서 15분 뒤, 옷을 갈아입은 소녀는 집 앞 범행 현장으로 돌아가 부러진 칼날을 찾아보았지만, 그것은 어디에도 없었다. 소녀가 문득 어떤 생각이 떠올라 용수로를 보니, 그곳에는 아직 우에다 유코가 있었다. 이 시점에 우에다 유코는 아직 살아 있었다. 소녀는 우에다 유코의 배를 보고 길이 3센티 정도의 패인 자국이 있는 것을 발견했고, 부러진 칼이 그곳에 박혀 있다는 것을 알았다. 손가락을 넣어 쑤셔보는데 기절해 있었던 듯한 우에다 유코가 눈을 뜨고 소리를 질렀기에, 소녀는 손을 뗐다. 소녀는 우에다 유코를 도와 일으켜 세웠다. 우에다 유코에게

심한 고통을 참게 하면서 다른 가족이 없는 우에다 씨네 집으로 들어가, 구급차를 부를 테니 옷을 갈아입으라고 말했다. 옷을 못 벗겠어, 라고 우에다 유코가 말하자 소녀는 그녀를 도와 옷을 다 벗겼다. 그런 뒤 소녀는 우에다 유코를 욕실까지 데려가, 욕조에 물을 받고, 상처를 씻어준다고 하며 그곳에 넣었다. 그런 뒤 갈아입을 옷을 가져온다고 해놓고 2층으로 가는 척하면서, 부엌으로 가서는 식칼을 가지고 욕실로 돌아오자, 우에다 유코는 욕조 안에서 또다시 기절해 있었다. 소녀는 가지고 온 식칼을 칼로 낸 상처에 대고, 그 상처를 더 길게 하여 우에다 유코의 배를 위아래로 갈랐다. 이때, 상처가 왼쪽 아래에서 오른쪽 위로 향하도록 주의했다. 그리하여 우에다 유코는 숨이 끊어졌고, 소녀는 뱃속에서 칼날 파편을 꺼냈다. 그런 뒤 소녀는, 우에다 유코가 자살한 것처럼 보이게 하기 위해 위장공작을 시작한다.

우선 우에다 유코의 오른손에 식칼을 쥐어줬다. 우에다 유코가 오른손잡이인 것을 알고 있었고, 그것을 알고 있었으니 왼쪽 옆구리 아래에서 오른쪽 옆구리 위쪽 방향으로 상처가 나도록 우에다 유코의 배를 가른 것이었다.

그런 뒤 밖에 아무도 없는 것을 확인하고서 우에다 씨네 집을 나와, 봄 무렵에 준코 씨의 머리를 발견했던 그 신사 경내로 가서, 땅을 파 준코 씨의 머리를 다시 꺼냈다. 그것을 웃옷 속에 숨기고, 끌어안고서 우에다 씨네 집으로 돌아와, 욕실로 가서 우에다 유코의 벌어져 있는 뱃속에, 거의 백골이 된 준코 씨의 머리를 집어넣었다.

그럼으로써 이것을 본 사람들이 머리를 넣기 위해 배를 가른 것으로 여길 수 있다고, 소녀는 생각했다. 맨 처음 칼로 일격하여 내장에 낸 상처와, 그 상처를 더 크게 만들려고 식칼로 내장에 낸 상처가 같지 않으며, 이로써 복부의 상처가 어떻게 생겼는지를 알 수 있다는 것을, 소녀는 알지 못했다.

그러고 나서 소녀는 현관에서 욕실까지, 우에다 유코가 흠뻑 젖은 채 걸은 곳을 청소하고, 청소도구를 정리한 뒤, 2층으로 올라가 우에다 유코의 방에 들어가서, 우에다 유코의 가짜 유서를 쓰기 시작했다.

소녀의 시나리오는 이러했다. 실은 1년 전의 구리하라 유리카, 우에다 나오코, 준코 씨의 살해는, 자신인 우에다 유코가 한 짓이며, 세시루 · 세리카의 머리카락을 구리하라, 우에다의 몸속에 남긴 것도 자신이며, 그것은 세시루 · 세리카에게 죄를 덮어씌우기 위함이었다. 자신은 오랫동안 준코 씨에게 동성애적인 애정을 품고 있으며 어떻게 해서든 준코 씨를 손에 넣고 싶었는데, 그 비밀스런 감정을 구리하라 유리카와 우에다 나오코에게 들켜서 놀림을 받았기 때문에, 충동적으로 둘을 차례로 살해하여, 배를 갈라 내장을 꺼내 버렸다. 체포될까 무서워서 세시루와 세리카에게 죄를 덮어씌우려고, 세시루와 세리카의 머리카락을 채취하여 구리하라와 우에다의 배에 낸 상처 안에 넣었다. 하지만 그것 때문에 세시루와 세리카가 체포되면 준코 씨에게 엄청난 민폐를 끼치게 되고 준코 씨가 마음고생을 할지도 모른다, 라고 생각한 나머지, 다음 날 준코 씨도 죽였다. 준코 씨의 목을 잘라 집으로 가지고 돌아와 숨겨두고, 가끔 꺼내어 바라보았다. 그러자 목이 없고 몸통만 있는 준코 씨의 유령이 밤마다 자신의 방에 찾아오게 되었다. 준코 씨의 유령은 목을 찾고 있는 것 같았다. 1년 이상 유령이 나와도 참았지만, 그 이상은 견딜 수가 없어서 자살하기로 했다. 하지만 준코 씨의 머리를 계속 갖고 있고 싶었기에, 유령이 발견하지 못하도록 자신의 배에 감춰 저 세상까지 가져가기로 한다.

라는 유서를 날조하고 있는데 우에다 유코의 아버지가 귀가하여, 욕실의 우에다 유코를 발견하고는 난리가 났다. 그래서 소녀는 우에다 씨네 집을 탈출하지도 못하고 집 안에 숨었다.

"만약 제가 명탐정다운 일을 했다면, 그 용의자인 여자아이를 발견한 것입니다."라고 쓰토무가 말한다. "그 여자아이가 숨어 있던 곳은, 꽤나 교묘한 곳이었습니다."

소녀는 우에다 나오코의 방으로 도망쳤다. 하지만 몸을 숨긴 장소는 우에다 나오코의 방 안이면서도, 밖이었다.

보도진 중 몇 명인가가, 서랍장 안, 옷장 안, 천장 안, 침대 밑, 침대 속이라는 어림짐작을 아무렇게나 내뱉는다. 책장에 있는 책 내용물을 다 잘라 등표지만 남겨두고, 그것을 붙여 종이 한 장으로 만든 뒤, 책장의 한 단에 들어가 옆으로 눕고, 등표지로 이루어진 종이로 자신을 덮었다, 라는 아이디어도 나온다.

"어쩌면 그 편이 더 추리소설다울지도 모르지요. 하지만, 일단 틀렸습니다. 용의자인 여자아이가 숨어 있었던 곳은, 벽 뒤였습니다. 용의자 여자아이는 창문이 없는 쪽 벽면에 있었던 침대와 책장을 앞쪽으로 당기고, 우에다 유코 씨의 뱃속에서 꺼낸 칼날 조각을 사용하여 벽지를 통째로 다, 한쪽 벽면을 모두 벗겨냈습니다. 그리고 핀으로만 고정한 가짜 벽을 만들어, 그 속의 좁고 가느다란 작은 공간에 숨어 있었습니다. 우에다 나오코 씨의 방은 작년에 일어난 사건 이래 그대로 방치된 상태였고 심지어 가족들도 거의 드나들지 않았으니, 침대와 책장이 약간 옮겨졌다는 것과 30센티 정도 방이 작아졌다는 것을, 아버지를 비롯한 그 누구도 눈치채지 못했습니다. 하지만 저는, 앞으로 나온 책장 때문에 옷장 문이 안 열리는 것을 발견했습니다. 자세히 봤더니 천장에 벽지를 고정하는 핀이 꽂혀 있었습니다. 이건 너무 급히 한 티가 나는 짓이었고, 용의자인 여자아이의 솜씨가 아무리 좋았다 한들, 피할 수 없었던 사소한 어설픔을 알 수 있었습니다. 그리하여 저는 붕 떠 있는 벽지 건너편에서 숨을 죽이고 있던 용의자 여자아이의 존재를 알게 된 것입니다.

하지만 거기부터가 문제였습니다. 저로서는, 그 시점에는 범인이 어떤 사람인지를 몰랐지만, 어쨌든 찾았다—! 라고 말하며 벽지를 홀랑! 들추고 싶지는 않았습니다. 가능한 한 스스로 그 벽지를 들추고 이쪽으로 나와 주었으면 했습니다. 그래서 저는 수수께끼에 대한 설명을, 시체를 찾은 욕실이나 가짜 유서를 발견한 우에다 유코 씨의 방, 범인이 숨어 있었던 우에다 나오코 씨의 방, 혹은 범인이 숨어 있었던 우에다 나오코 씨의 방도 아닌, 우에다 나오코 씨 방 앞의 복도에서 한 것입니다

복도에 사람이 많아 도망칠 데가 없으며 벽지 건너편에서 모두가 기다리고 있지는 않은, 그런 상황을 만들고서, 저는 느긋하게 기다릴 생각이었습니다.

제가 두려웠던 것은 딱 하나, 그 여자아이가 가지고 있을 칼이었습니다. 벽지를 잘라낸 자국이 꽤 날카로웠으니, 무언가 흉기를 가지고 있는 것은 틀림없었습니다.

그렇다고 해서 복도에 있는 우리를 덮칠 것을 경계하고 있었던 것은 아닙니다.

제가 두려웠던 것은, 남을 살해하고 궁지에 몰린 범인이 자포자기의

심정으로 그곳에 숨은 채 말없이 자살해 버리는 것이었습니다.

따라서 저는 설명을 하면서, 생명의 소중함 같은 시시한 얘기를 했습니다. 하하, 그런 걸로 자살을 막을 수 있다는 식으로 생각하지는 않았는데, 그래도 용의자인 여자아이가, 비교적 바로 나와 줘서 다행입니다.

제가 좀 전에 말한 명탐정다운 일이란, 이겁니다. 일어나버린 사건을, 가장 좋은 방식으로 해결할 수 있었던 것 아닌가 싶습니다. 물론 사람에 따라 이견은 있을 것이고, 저도 멋대로 여러 가지 위험을 무릅썼다는 것은 잘 압니다. 하지만 음, 제게는 승산이라고나 할까, 잘 될 거라는 예감이 분명 있었습니다. 그래서 저는 스스로를 명탐정이라 칭합니다. 이름은 대폭소 카레입니다. 앞으로도 잘 부탁드립니다."

나나 이즈미, 아즈사, 텔레비전 속 보도진, 스튜디오의 캐스터들 모두, 좀 어이가 없어서 할 말을 찾지 못한다. 텔레비전의 음성이 "네, 음……."이라고 말한 채 끊긴다.

아즈사가 "어쩐지 대폭소 카레, 귀엽네. 빡빡머리에 교복차림인데도, 매력 있어."라고 말하자, 이즈미가 "쟤, 교복에 명찰 붙어 있었지? '1-A 스즈키'라고 쓰여 있던가. 대놓고 본명 다 보여주네."라고 말하며 웃었다.

6

전화가 울린다. "여보세요." "아, 쓰토무? 어때? 뭔가 알아냈어?"

"아무것도 모르겠어." "…… 아아, 그래? 그렇구나. 응, 그럼 알았어. 고마워. 혼자 더 생각해볼게." "잠깐 기다려. …… 네코지? 잠깐. 미안 손도 안 대고 있었어." "뭐? 음, 뭐 괜찮아. 고마워." "지금 어디야?" "지금, 아직 나메리카와야." "그래? 그럼, 지금 그리로 가서, 현장 볼게." "아냐 됐어, 멀잖아." "괜찮아." "어떻게 올 건데?" "어떻게든 갈게." "응. 그럼 조심해. 휴대 전화 가져 오는 거 잊지 말고." "응." "나메리카와 근처로 오면 연락 해." "알았어." 나는 전화를 끊는다. "아, 지금 전화 네코야?" 하고 이즈미가 묻는다. "응." "뭐래?" "뭔가 사건을 해결하기 힘든 모양이야. 잠깐 응원하러 다녀올게." "지금? 어디?" "나메리카와." "그럼, 잠깐 기다려, 차로 데려다 줄게. 나 한가하니까." "아니, 괜찮아. 어떻게든 갈게. 전철 탈래." "괜찮다니까. 나도 잠깐 바깥바람 좀 쐬고 싶고." "나도 갈래-." 하고 아즈사가 말한다. "나도 한가해." "그럼, 셋이서 가자." "예-이. 명탐정 쓰토무의 명추리를 볼 수 있겠구나~." "명탐정 아니야." 내가 말한다. "무-슨 소리야, 명탐정이야 쓰토무는 틀림없이 진짜로."라고 이즈미가 말한다. "대폭소 카레가 더 귀엽지만." 라고 아즈사가 말한다. "1-A 스즈키잖아?" 하고 이즈미가 말하자 아즈사가 "완전 짱~"이라고 노래했다. 나는 이대로 여기에서 사라지기를 포기한다.

우리가 사는 맨션에서 나메리카와까지는 차로 한 시간 정도 걸린다. 동쪽으로 직진해서 바다까지 나간 뒤 해안선을 따라 북쪽으로 올라간다. 운전을 하는 이즈미는 겨울바다를 안 좋아해서 바다 쪽을 쳐다보지도 않는다. 반대로 조수석에 앉은 아즈사는 여름바다보다 사람이 별로 없는 겨울바다가 더 좋다고 하면서 계속 바다 쪽만 보고 있다. 아~

이렇게 겨울의 흐린 하늘 아래 어두운 바다를 보고 있으면, 어느 날 밤 고기를 잡으러 가서는 그 뒤로 돌아오지 않은 아빠 생각이 나네~ 같은 말을 종종 하기도 한다. 아즈사의 아버지는 현청 인사과의 부장일 터인데. 뒷좌석에 앉은 나는 길도 바다도 보지 않고, 선글라스를 벗고서 아즈사 뒤에서 하늘을 올려다보고 있다. 옅은 회색 구름이 낮은 층을 만들고 있고, 그 위로 검고 두꺼운 구름이 묵직하게 뭉쳐 있지만, 그것은 우리 머리 위와 수평선 위에만 둥글게 떠 있을 뿐, 나머지 부분은 회색보다도 흰색에 가까운 색의 순면 같은 크고 작은 구름이 회색의 옅은 층과 검은 구름 덩어리 사이를 재빨리 움직이고 있다. 바람이 강하다. 바다에서 불어오는 바람이 때때로 달리는 차를 옆으로 때려, 뒤집어버릴 틈을 노리고 있다. 하지만 세 개의 구름층보다도 훨씬 더 높은 곳에 새하얀, 구름의 찰과상 같은 구름이 평평하게 펼쳐져 있고, 그곳에는 바람 따위 안 부는지 거의 움직임이 없으며, 우리 머리 위에 있는 푸른 하늘은, 하늘에 붙인 커다란 스티커를 벗기다 남은 부분 같다. 멀리 보이는 하늘은 분명 파랗지만, 그 푸름은 지나치게 납작해서, 누군가 하늘을 빌려 거짓말을 하고 있는 것처럼 보인다.

"이제 곧 나메리카와야."라는 말을 들은 나는 선글라스를 다시 쓰고, 휴대 전화를 꺼내어 네코에게 전화한다. "여보세요." "어, 쓰토무? 벌써 도착했어?" "거의 다 왔어. 어디로 가면 될까? 지금 해안선 따라서 북쪽으로 올라가고 있는데." "그럼 그대로 나메리카와 역 쪽으로 와서…."라고 네코가 말하는데 그때, 아즈사가 "우캬-악! 햐-악! 캬-악! 후아아아아아아! 캬-악!" 하고 엄청난 비명을 질렀다. "와와와와와! 뭐야 뭐!? 뭐지?" 하고 이즈미도 깜짝 놀란다. "아니 저게 뭐야-? 아즈사, 차 세울까?" "세우지 마! 으악- 진짜 싫다-."라고 하면서 아즈사는 조수석에서 무릎을 끌어안고서 웅크려 있다. "잠깐, 지금 그 비명 뭐야? 괜찮아?" 하고 전화 너머에서 네코가 걱정하듯 말한다. "뭐가 뭔지."라고 하면서 나는 해안의 방파제를 보고, 아즈사가 무엇을 보고 비명을 질렀는지 깨닫는다. "무슨 일이야?"라고 내 귀에 댄 휴대 전화 속에서 네코가 말한다. "물고기들이 물가에 나와서 죽어 있어. 많이."라고 내가 말한다. "굉장하다. 아직 아무도 모르는 모양인데, 물고기가 엄청나게 죽어 있어. 모래사장이 죽은 물고기들로 가득해." 정말 그곳이 모래사장이라는 생각이 들지 않을 정도다. 검은 몸의 수많은 물고기로 이루어진 젖은 융단이 수 킬로미터에 걸쳐 방파제에서 십 미터 정도의 폭으로 이어져 있다. 이제껏 돌로 이루어진 해안인 줄로만 알았다. 하지만 아니었다. 많은 물고기가 죽어 있었던 것이다. 해변 가까이에 있는 물고기는 틀림없이 다 죽었겠지, 라고 나는 생각한다. 어쩌면 눈에 보이지 않을 뿐, 바다에 있는 물고기가 모두 죽었을지도 모른다. 물고기의 시체가 해저를 뒤덮고 있을지도 모른다. 그리고 생명이 없는 바다가 죽은 물고기 위로 철렁철렁 무겁게 흔들리고 있는지도 모른다.

"뭔가, 독이 바다로 흘러든 걸까?"라고 네코가 말한다. "그렇겠지. 아니면 어쩌면, 바다 속에 엄청나게 무서운 생물이 나와서, 물고기가 전부 해안으로 도망친 건지도 모르고. 죠스라는 영화에서 상어가 나오니까 사람들이 당황해서 해변으로 올라간 것처럼, 물고기도 육지로 도망친 건지도 모르지." 하지만 지금 내가 보고 있는 바다에, 물고기를 놀라게 하여 육지까지 내쫓을 만한 생물이 숨어 있는 것처럼 보이지는 않는다. 그런 게 있기는커녕, 그 어떤 생명체도 없을 것처럼 보인다.

"고질라가 도미야마에 상륙하려고 하는 건지도 몰라."라고 네코가 말한다. "그러고 보면 미국의 고질라는 물고기를 먹었지."라고 내가 말한다. "일단 나메리카와 역 로터리까지 와. 도착하면 전화해." "어."

전화를 끊는다. 보니까, 아즈사가 울고 있다.

"내가 바보 같은 농담을 한 탓인 것 같아." 하고 아즈사가 말한다. "고기를 잡다 죽은 아빠라든가, 바보 같은 말만 한 탓인지도 몰라."

그럴 리 없다고 말하며 위로하려는데, 이즈미가 말한다.

"아즈사 탓이야. 분명 아즈사 잘못이야."

엄격한 얼굴의 이즈미가 다그치는 통에, 아즈사는 더 이상 아무 말도 할 수 없게 된다.

이즈미는 바다가 가까이 있는 탓에 심술이 나 있다. 해안선 근처에서는 비교적 자주 있는 일이다. 이즈미에게 어째서 그렇게 바다를 싫어하느냐고 물어도 이유는 없다는 말밖에 안 하지만, 아무 상관없는 사람에게 심술을 부리고 싶을 정도로 무언가가 싫다는 것에는 무언가 명확하고 특별한 이유가 있을 것이다.

이즈미가 차를 길옆으로 붙인다. 차를 세우고, "아즈사, 뒤로 가."라고 말한다. "응."이라고 한 뒤 아즈사는 안전벨트를 풀고, 좌석에 앉은 채 뒤돌아 운전석과 조수석 사이로 머리를 들이밀어 무릎걸음으로 와서는, 내 옆에 앉는다. 그리고 내 옆으로 몸을 바싹 붙인다. 나는 아즈사의 어깨를 끌어안고, 다른 한쪽 손을 운전석에 있는 이즈미의 어깨 위에 놓는다. 차는 다시 출발한다. 나는 아즈사를 안고서 가만히 있고, 아즈사도 눈을 감고 있고, 이즈미는 앞을 보며 운전하면서 한동안 물고기 시체로 가득한 해변을 지나가는데, 이즈미가 어깨 위의 내 손에 자신의 손을 올린다.

오늘은 죽음이 좀 지나치게 많다.

"미안해 아즈사." 하고 이즈미가 말한다. "아까 내가 한 얘기, 말도 안 되는 소리니까.”

아즈사는 가만히 눈을 감은 채로, 내 가슴에 얼굴을 비비듯 끄덕인다.

나메리카와 역 앞 로터리에서 네코와 합류한다. 문을 열자 바로 뷰우우우우우! 하고 돌풍이 불어온다. “춥다 추워”라고 말하며 조수석에 탄 네코는 녹색 더플코트를 벗어서 나와 아즈사 쪽으로 던진다. “진짜 쫌! 길바닥에서 뭐하는 거야.”라고 말한 것은 아즈사가 내 바지 속으로 손을 집어넣고 내 가랑이를 쓰다듬으며 놀고 있었기 때문인데, 그런 짓을 하는 중에 아즈사가 기운을 차리는 것 같기에, 나는 멋대로 하도록 내버려 두고 있었던 것이다.

“아— 네코— 아까 엄청났어, 물고기. 해안가에 쫙 깔려 있는데, 그게 끝없이 이어졌어.”라고 아즈사가 말하자 “집에 갈 때는 그 길 안 지나갈 거야.”라고 이즈미가 말한다. “정말 최악이었어.” “맞아. 이즈미 너무 무서워. 나도 진짜 싫고.” 네코는 “어머나.”라고 말할 뿐이다. 이즈미가 차를 출발시켜, 로터리를 지나 역 앞을 빠져나와 네코의 안내에 따라 주택가로 들어선다.

나는 묻는다. “네코 저기 말야, 세이료인 류스이라는 거 알아?”

“몰라.”라고 네코가 말한다. “뭐야 그게. 청량음료수?”

“아, 정답.”이라고 이즈미가 말한다. “청량음료수[18]라는 말로 장난친 거야, 세이료인 류스이는.”

“오호라. 말장난이구나.”

“말장난이 없다면 ≪류스이 대설大說≫은 불가능했을 거야.” 하고 이즈

• •
18. 일본어로 ‘세이료인료스이’.

미가 말한다. “말장난駄洒落이 안 되는 ≪샤레이도洒落井戸≫[19]를 완전히 탈피한 게 지금 류스이의 ≪이제 너랑은 말 안 해 세상≫인데.”

“…… 무슨 소리야? 잠깐 쓰토무, 이즈미 술 마셨어? 음주운전은 좀 그런데.”

“세이료인 류스이에 대한 얘기를 하면 이렇게 되는 모양이야.”

“네코－ 너도 명탐정이라면 세이료인 류스이 책들을 제대로 읽어 둬야 돼－.”

“싫어. 말장난 싫단 말이야.”

“≪샤레이도≫라니까. 샤레－도.”

“그거 말장난이잖아.”

“아…… 그렇구나!”

“그럼 말장난을 탈피한 게 아니잖아.”

“아니 아니, 이게 탈피한 거야. 말장난을 탈피한다는 게 말장난을 더함으로써 회수되는, 이 폐쇄상황에서 오는 역설적인 해방감이, 바로 류스이의 ≪엔터[20]테인먼트円取るテインメント≫인 거야.”

“………….”

“그치, 무슨 소리 하는지 모르겠지?”

그러자 이즈미가 “무슨 말하는지 안 가르쳐주지－롱! 이라니까.”라고 말하며 웃는다.

이즈미만 웃는다.

그런 얘기를 하던 중에 사건 현장에 도착한다.

19. 한자를 그대로 해석하면 농담 우물. 독음 ‘샤레이드’는 프랑스어의 수수께끼를 의미한다.

20. 원문 엔토루円取る는 엔을 취하다, 즉 돈을 번다는 의미.

주택이 늘어서 있는 외길이 오십 미터 정도 이어져 있으며, 그 외길 초입 부근에 흰 분필로 원이 그려져 있고, 그 원 안에 숯처럼 무언가 탄 자국이 조금 남아 있는데, 그것은 피해자인 우바마쓰 요시오가 타고 남은 재일 것이다. 그 원에서 외길 오른쪽으로 십 미터쯤 들어간 곳이, 니시노 나쓰미가 우바마쓰 요시오가 불타는 것을 처음으로 본 장소라고 한다. 원이 그려진 곳에는 아직 제복을 입은 경찰이 몇 명 남아 있고, 네코를 발견하고는 손을 들어 인사를 하는 이도 있다. 네코도 고개를 끄덕여 인사를 받는다.

우리는 외길 안쪽으로 걸어 들어간다. 네코가 우바마쓰 요시오가 불탄 지점을 가르쳐 준다. 빙 둘러보니, 우바마쓰에게 불을 붙이고 도망가기는 분명 어렵다. 반대쪽 모퉁이까지 40미터 정도 거리가 있다. 약 10미터의 간격을 두고 우바마쓰 뒤를 가고 있었다는 니시노의 증언을 믿고서 우바마쓰의 자살이 아니라고 한다면, 그 10미터의 간격은 바로 모퉁이에서 발화지점까지의 거리다. 우바마쓰가 봉! 하고 불탄 거의 직후에 니시노는 모퉁이에 이르러 타오르는 우바마쓰를 목격한다. «타살»일 경우, 니시노가 범인의 모습을 보지 못한 이유는 무수히 많다. 내가 생각할 수 있는 이유도 무수히 많은데, 내가 모르는 이유도 있다. «자살»일 경우도 마찬가지다. 나는 모르는 것이 너무 많다. «사고사»일 경우에는 내가 생각할 수 없는 것들뿐이다. 인체 자연 발화가 일어나는 이유조차, 나는 모른다.

좋아 좋아, 하고 나는 생각한다. 그걸로 됐다.

"정말 수고가 많으십니다, 고양고양 씨."라고 말하며 다가온 사복차림의 경찰이 있다. "아, 수고 많으십니다." "여러분은 고양고양 씨의 동료들입니까?" "아뇨, 친구들입니다." "아, 그렇군. 놀러 오신 겁니까?

천천히 놀다 가세요. 아무것도 없지만." "후후, 신경 쓰지 마세요－." "과자라도 가져 올까요? 지루하면 좀 그러니까." "오, 과자가 있어요?" "…." "좋네, 형사들은. 과자와 도시락이라니~. 소풍 느낌이네요." "아뇨 업무 중이라서요. 술은 안 마시도록 하고 있지만 말입니다." "파티는 숨어서 하는 편이 좋아요~. 이 지역 주민 분들은 아직 경찰인 당신들한테 기대를 걸고 있으니까요." "그렇죠, 조심하겠습니다. 하지만 주민들은 고양고양 씨한테도 기대를 걸고 있지 않을까요? 아무튼 명탐정 등장이니까요. «명탐정 고양고양냥냥냥»이라고 쓰여 있는 명함도, 꽤나 임팩트가 있으니까요. 더불어 사람들을 안심시키는 효과도 있죠. 아아 드디어 명탐정이 와줬다고, 모두 가슴을 쓸어내리는 거 아닐까요." "그렇죠. 어쨌든 명탐정이니, 사람들이 갖고 있는 이미지라는 게 있으니까요. 반드시 사건을 해결해야만 합니다. 이게 꽤 부담감이 커요~." "그렇죠, 사건을 꼭 해결해야만 한다는 건, 괴롭죠." "정말 그래요~. 게다가 혼자서 그 부담감과 싸워야만 하니까요. 좋겠어요 경찰들은, 동료들이 많아서." "그렇지도 않습니다, 우수한 두뇌가 하나 있으면 인원수는 큰 의미가 없어요." "하지만 사람이 많으면, 그만큼 머리 좋은 사람도 늘잖아요. 좋겠어요. 그 사람에게 지혜를 빌리고 싶을 정도예요~." "어쨌든, 무슨 일이라도 있으면 언제든 상의하러 오십시오." "아, 그래도 됩니까? 그럼 다음에 또 오겠습니다아－. 그럼, 저 일할게요. 수고 많으셨습니다~." "저도 하던 소풍마저 하겠습니다. 아, 괜찮으시다면 나중에 과자 보내드리지요. 간식으로 드십시오. 단 걸 먹으면 머리가 돌아간다고들 하니까요." "고맙습니다~." "그럼, 이만."

하고 말한 뒤 경찰관이 떠나려 했을 때, 돌풍이 불어온다. 즛삐우우우우우우우우! 그 앞에 있던 집에 부딪혀, 모든 창문들을 덜컹덜컹 흔든다.

나는 알게 된다. 전부 알게 된다.

"술과 담배는 사람을 죽인다고 하는데 진짜구나."라고 내가 말하자, 이즈미와 아즈사와 네코가 나를 쳐다본다. 그들을 따라 경찰도 나를 쳐다본다. 나는 담장에 매달려 발화현장 정면에 있는 창문을 두드린다. 반응이 없다. "잠깐 잠깐. 뭐하는 거야."라고 경찰관이 말한다.

"잠시 얘기를 들어보려고 합니다."

"그 집 사람, 아무것도 못 봤대."

"그 사람 술에 취해 있었죠?"

"…………."

내가 두드리고 있는 창문은 이미 약간 열려 있다. 창가에 침대가 있고, 누군가 그곳에서 자고 있다. 침대 건너편에 술병이 굴러다니고 있다. 스피리터스[21]. 엄청난 걸 마셨다. 불투명유리 창문의 창틀 앞에 담뱃갑과 라이터도 보인다.

"이 집에 사는 사람 이름이 뭐야?" 하고 내가 묻자, 경찰관이 우물거리는 사이에 네코가 말한다. "시무라 씨. 이 방에 있는 사람은 딸인 지에 씨."

나는 창문을 계속 두드린다. "시무라 씨, 시무라 씨. 죄송합니다만 잠깐 일어나 보십시오. 시무라 씨, 시무라 씨."

그래도 전혀 반응이 없기에 그냥 창문을 열어버릴까 하는데, 그때 문이 드르륵 열리고 폭탄을 맞은 듯 헝클어진 갈색머리의 젊은 여자가 "시끄러―! 아까 다 얘기 했잖아―! 거 참 끈질기네!" 하고 호통친다. 아즈사와 이즈미와 네코는 쩔쩔매며 한 걸음 뒤로 물러서지만, 나는

• •
21. SPIRYTUS: 알코올 96도인 폴란드산 보드카.

여자아이 옆쪽으로 방 상태를 확인한다. 침대 옆에 굴러다니고 있는 것은 스피리터스와 포어로제스와 스트로바야[22]와 오렌지주스. 내용물이 모두 바닥에 쏟아져 있다. 알코올의 무거운 냄새가 방에서 기세 좋게 뿜어져 나와, 창가에 있는 나까지 숨이 탁 막힐 지경이다.

"뭐야, 이놈들―. 경찰도 아니잖아. 이 꼬맹이들아 썩 꺼져."라고 말한 시무라 지에가 헝클어진 머리를 벅벅 긁적이며 창가에 있던 담배를 주워, 한 대를 입에 물고 라이터를 집어 든다.

"내가 너라면, 그 라이터를 안 켤 거야."

"시끄러."

나는 팔을 쭉 뻗어 라이터를 빼앗는다.

"뭐하는 거야 이 자식이! 돌려줘 이 새끼야!"

나는 라이터를 길가에 버린다.

"집어 이 새끼야!"

시무라 지에의 방문이 열린다. 그러자 공기가 통과하여 방에서 더 심한 알코올 냄새가 나와 나를 덮친다. 그 바람의 저편에 엄마인 듯한 여자가 서 있고, 딸보다 두 배는 더 박력 있게 호통친다.

"아까부터 시끄럽다고 했잖아 망할! 닥치고 있어 죽여 버릴 거니까!"

창가에 내가 있는 것을 알아챈다.

"뭐야 이 술에 쩐 잡년이! 창문으로 남자를 들이려 하다니 음란한 것! 쟤는 꼬맹이잖아 이년아! 저런 놈하고 뭘 어쩌려고 이 화냥년아!"

무척 성난 얼굴이다. 하지만 딸도 가만히 있지 않는다.

22. FOUR ROSES: 알코올 40도인 미국산 위스키. / STOLOVAYA: 알코올 50도인 러시아산 보드카.

"술에 쩐 화냥년은 너잖아 이 아줌마야! 미친 소리 그만 좀 하고 닥쳐, 시끄러우니까. 꺼져!"

"네가 이 집에서 나가버려, 이 땅꼬마야! 민폐라고 민폐! 정말 민폐니까 그냥 죽어버려! 어서 죽어!"

"너나 죽어! 뒈져!"

딸이 침대 옆에 가려져서 안 보였던 술병을 들고 문 쪽에 있는 엄마에게 던진다. 엄마는 문을 닫고, 술병은 문을 맞고 바닥으로 떨어진다. 화이트 앤 맥카이[23] 12년이 콸콸 쏟아져 나와 카펫에 얼룩을 만든다.

문이 또 열리고 엄마가 나타나는데, 그 손에는 남성용 가죽벨트가 있다.

"죽여 버릴 거야. 네 이년!"

엄마가 침대에 있는 딸을 후려치려고 다가갔기에, 나는 어쩔 수 없이 선글라스를 벗는다.

"그만하십시오－!"

방 안의 엄마와 딸이, 창가에 서 있는 나를 본다.

"어엉……?"

하고 엄마가 말한 뒤, 딸과 엄마가 함께 동시에 쓰러진다. 미간의 주름은 긴 세월이 만든 주름이라 없어지지 않았지만, 그래도 둘 다 여유로운 미소를 띠고 있다.

나는 선글라스를 다시 쓰고, 아즈사와 이즈미와 네코 쪽으로 돌아선다.

"이제부터 사건을 해결하겠어."

내가 울타리를 뛰어 넘어 창문 위로 올라가자 경찰관이 "잠깐, 야

23. WHYTE & MACKAY: 알코올 43도인 영국산 위스키.

너 뭐하는 거야!" 하고 소리치지만 무시하고 창을 넘어 방 안으로 들어가, 시무라 지에의 더러운 침대 위에 선다. 쓰러져 움직이지 않는 엄마와 딸 옆을 지나 나는 딸 방의 문을 연다. 복도가 똑바로 이어져 있고, 막다른 곳에 커다란 창이 있으며, 그 창은 열려 있다. 아마도 알코올 중독자가 두 명이나 있는 이 집 안은 바로 술 냄새로 가득 차 버리니, 항상 환기를 하고 있는 것일 게다.

"야, 너, 나와!" 하고 경찰관이 창가로 와서 말한다. "남의 집에 이렇게 들어가면 안 되잖아!"

나는 기다린다. 그것이 온다.

뱌우우우우우우우!

한바탕 돌풍이 복도의 막다른 곳에 있는 창문에서 내게로 돌진해 와 나를 흔들고, 딸의 방을 지나 경관의 얼굴에 부딪힌다.

"우와와!"라고 말한 뒤 경찰관이 창가에서 길로 떨어진다. "괜찮습니까~."라고 하는 네코의 목소리가 들린다. 나는 문을 닫는다.

나는 말한다. "지금 나는, 우연한 화염방사기[火炎放射器] 안에 있다."

나는 이때 이윽고 구두를 벗어 창가에 놓는다. 경찰관이 "나와, 됐으니까."라고 말하는 것을 무시하고 나는 시무라 지에와 어머니의 어깨를 흔들어 깨운 뒤, 둘이 멍해져 있는 사이에 해설을 시작한다.

"이 방에 술병이…… 우와, 마흔 병 정도 굴러다니고 있는데, 그중에서 적어도 한 병쯤은 최근에, 끝까지 마시기 전에 바닥에 던져버린 것 같아. 여기 여기 또 여기에도 술이 쏟아져서 생긴 얼룩이 있어. 알고 있겠지만, 알코올이란 빨리 기화되는 물질이지. 이만한 양의 술이 바닥에 쏟아져서 기체가 되어 올라오면, 이렇게 작은 방은 바로 꽉 차버려. 지에 씨, 여기, 환기 하고 있어?"

딸은 듣고 있는 건지 안 듣고 있는 건지, 반응이 없다.

"지에 씨, 여기, 창문이나 문, 가끔 연 채로 가만둬?"

딸이 고개를 젓는다.

"안 해. 추워."

"그러면, 이 다다미 여섯 장 크기의 방은 거의, 기체의 술처럼 되지. 이 방에 있는 것만으로도 아즈사는 취할 거야.

어쨌든 알코올로 가득찬 방이 있고, 오늘 낮, 여러 가지 타이밍이 일치했지. 네코, 오늘 사건, 몇 시 몇 분쯤에 일어났지?"

"오전 열한 시 이십오 분쯤."

"오전 열한 시 이십오 분쯤, 지에 씨는 뭘 하고 있었어? 기억 나?"

입을 떡 벌린 채 눈을 감고 자고 있는 듯한 상태의 딸이, 내 목소리는 듣고 있는지 대답을 한다. "자다, 깼어."

"어. 잘 기억하고 있네. 하지만 시간을 기억하고 있는 게 아니라, 그 뒤에 바로 사건이 일어났다는 걸 기억하고 있겠지."

딸은 끄덕인다.

"어떻게 일어났어? 알람시계?"

"…… 망할 할망구가 깨우러 왔어. 학교 가라면서."

"그래서 일어났어?"

"일어났어. 시끄러－라고 하면서. 아하하."

"그래서 일어나서 뭐했어?"

"…………."

"이,"라고 말하면서, 나는 창가에 놓여 있던 말보로 라이트를 집어

든다. "담배에 불붙이려고 하지 않았어?"

"아, 맞아 맞아. 기상땡 하려고. 그런데 할망구가 방문을 열어서, 춥다고 쫌–이라고 하니까, 할망구가 방으로 들어와서, 시끄러–라고 하면서, 이 창문을 열고 지랄하는 거야. 나가라고 하니까, 시끄러–라고 하면서, 최악이야."

그러자 엄마가 "…… 네가 최악이지– 이년아."라고 한다.

딸이 "뒈져버려."라고 되받아치기에, 내가 말한다.

"지에 씨, 어머니, 내가 이 선글라스를 벗지 않게 해줘요."

그러자 딸이 으헤헤 하고 웃으며 "벗어 그 선글라스 너, 아름답다."라고 말한다.

"…… 엄마가 창문 열어서, 지에 씨는 어떻게 했어?"

"닫았어. 추우니까, 그리고 펑 하고."

"왼쪽 손이지?"

"…… 응. 어떻게 알았어?"

"오른손에는 라이터 쥐고 있었지?"

"응. 담배, 불붙이려고."

"하지만 붙일 수 없었지. 그때 그 담배, 여기."라고 말하며 나는 침대 위를 가리킨다. 시무라 지에의 발치에 말보로 라이트 한 대가 떨어져 있다.

"아, 앗싸."라고 하며 시무라 지에가 주우려고 하는 것을 내가 막는다.

"그건 그대로 둬. 그리고 지에 씨가 창문을 닫았을 때, 저쪽, 방문은 열려 있었어? 닫혀 있었어?"

"열려 있었어. 엄청 추웠는데. 춥다니까 망할 할망구야."

"뒈져버려."

"진짜 당신들, 나 선글라스 벗게 하지 마. 쫌. 그래서 지에 씨, 잘 생각해 봐, 그때, 즉 엄마가 창문 열었을 때, 뭔가 느낀 거 없었어?"

"…………."

나는 기다린다. 그것이 또 온다.

뷰우우우우우!

지은 지 꽤 오래된 시무라 씨의 집이 덜컹덜컹 흔들린다.

"…… 아, 맞다."

맞다.

"엄청 추웠어, 엄마가 열어둔 문에서 바람이 뷰우 하고 들어와서."

그렇다.

"고마워 지에 씨."

"선글라스 한 번 더 벗어 봐."

"어쨌든, 이로써 모든 우연이 일치한 걸 확인했어. 순서대로 말할게. 이 방에는, 기체가 된 알코올이 가득 찬 상태였어. 오늘 아침 열한 시 이십오 분 경, 엄마가 지에 씨를 깨우러 와서, 지에 씨는 눈을 뜨고 담배에 불을 붙이려 했지. 엄마가 들어와서, 창문을 열었어. 문과 창문이 열린 상태에서 라이터를 켠 그 순간, 복도에서 돌풍이 불어와.

그 돌풍이, 어떻게 보면 지에 씨와 엄마를 구한 거야. 그렇지 않았다면, 이 방에 가득 차 있던 알코올에 불이 붙어서, 화재는 여기에서 일어났겠지.

하지만 지에 씨와 어머니는 살고, 어쩌다 그때 창문 앞을 지나가던 우바마쓰 요시오 씨가 희생된 거야.

돌풍이 방의 알코올을 창문 밖으로 내보내서, 그 알코올에 라이터 불이 붙어서 창문 밖의 우바마쓰 씨를 태웠고, 취해 있었던 데다 막 일어난 참이었던 지에 씨는 창문을 탁 닫았어. 바깥에서 우바마쓰 씨한테 불이 붙은 건 알아채지 못했고, 지에 씨한테 정신이 팔려 있던 엄마 또한 자기가 연 창문 밖에 우바마쓰 씨가 있고, 그 창밖에 기대한 불꽃이 생겨나서, 순식간에 그것이 우바마쓰 씨의 전신을 감쌌다는 것을 알아채지 못했지. 알코올은 우바마쓰 씨만 태우고, 나머지는 모두 공기 중에서 타서 사라져 버렸어.

이게 오늘 아침, 오전 열한 시 이십오 분에 일어난 일이야."

그리고 나는, 아직 사태를 잘 모르는 시무라 모녀에게 말했다.

"술도 끊고 담배도 끊는 편이 좋지만, 무엇보다 우선, 둘은 서로를 그만 매도해야 돼. 서로가 서로를 시끄럽다면서 매도하니까, 다른 것들에 주의를 쏟질 못하는 거야. 결국은 창문 바로 앞에서 불꽃이 타올라 사람 한 명이 타죽었지만 그걸 모르는 사태가 벌어졌지. 사이좋게 지내라고까지는 못하겠지만, 그만 좀 싸워. 그것만으로도 여러 가지 일들에 주의를 쏟을 수 있고, 이런저런 것들을 깨닫거나 이런저런 것들을 배울 수 있으니까."

라는 쓸데없는 설교를 늘어놓은 뒤 나는 창가에서 신발을 신고, 밖으로 나간다. 착지하자 아즈사와 이즈미와 네코가 박수를 치기 시작한다.

"봤어? 봤어? 나의 명탐정, 봤어?" 하고 네코가 법석을 떨며 멍해져 있는 경찰관에게 말하기에, "그만해 네코. 너도 같은 말을 할 수 있어."라고 내가 말한다. "다른 누군가랑 싸우고 있으니 여러 가지 일들이 안 보이는 거야. 의미도 없이 싸우지 좀 마. 싸움은, 그 싸움이 누군가를 성장시킬 때만 해."

그러자 "네-에."라고 말하며 네코는 풀이 죽은 척한다.

너무 축 늘어진 모습이기에 나는 웃는다. "자, 돌아가자."

이미 돌아서 있는 나를, 경찰관이 불러 세운다.

"너, 이름이 뭐야?"

경찰관 뒤편에 카메라를 든 사람이 보인다.

"이름은 없습니다. 저는, 아무도 아닙니다."

나를 붙잡으려 하는 경찰관을 뿌리치고 나는 아즈사와 이즈미와 네코와 함께 타고 온 차로 돌아간다.

집으로 가는 차는 죽은 물고기들을 우회하여, 해안선에서 멀리 떨어진 곳으로 달린다.

네코가 말한다.

"도와줘서 고마워, 쓰토무."

네코와 아즈사가 내 양옆으로 붙어 있다.

"딱히 한 일도 없는데 뭐."라고 내가 말한다.

"나, 혼자서는 그런 거 절대 깨닫지 못했을 거야. 명탐정 고양고양냥냥냥 같은 소리를 하고 있을 때가 아니네, 이제. 나, 쓰토무의 조수가 될래. 조수 시켜줘."

"난 명탐정 같은 게 아냐."

탐정 신 쓰쿠모주쿠도 아니다.

"이번 건도 어쩌다 답 같은 게 나왔으니 됐지만, 그렇지 않았다면, 난 적당한 «진상»을 만들어낼 생각이었으니까."

"적당한 이라니, 어떤?"

"봐봐."라고 하며 나는 주머니 속에서 돌멩이를 꺼낸다. 가볍고, 작은 돌멩이. 새까맣고 좀 이상하게, 표면이 울퉁불퉁하다. 그 시무라 씨네 창밖에서 주운 돌이다.

"돌이잖아."

"아냐, 이긴 운석이야. 지구에는 매일 작은 운석이 몇십 개, 몇백 개나 부딪히고 있지. 하지만 그것들은 대기권에 돌입했을 때 공기와의 마찰로 타오르면서 고열로 다 불타 없어져서, 땅까지 오는 건 거의 없어. 어쩌다 온 게 이거. 이게 새빨갛게 타면서 창밖으로 떨어져서, 그곳을 지나가던 우바마쓰 씨를 덮치면서 지구에 부딪힌 거야. 딱, 하고. 그리고 이 작은 운석이 공기를 가르며 떨어질 때, 이 운석을 감싸며 활활 타올랐던 불꽃이 우바마쓰 씨한테 붙어서, 우바마쓰 씨를 태운 거야."

"…………."

"이런 거, 놀랍지?"

"응."

"명탐정다워?"

"그럴지도 모르지."

"하지만 이건, 적당히 만들어낸 거짓말이야."

그러자 아즈사가 "어– 뭐야, 지금 말한 거 거짓말이야?" 하고 소리를 지른다. "완전 깜짝 놀랐는데. 방금 나, 순식간에 이 돌 빼앗아서, NASA 같은 데에 팔아넘길 생각했었어–."

나와 이즈미와 네코가 웃는다.

차가 흔들려서, 핸들을 잡은 이즈미가 "쫌, 아즈사, 웃기지 마–."라고 말한다.

네코가 말한다. "역시 쓰토무는 명탐정이 적성에 맞아. 왜냐하면, 그래도 어쨌거나 이걸로 사건이 해결된 건지도 모르거든. 그리고 결국 그런 거짓말로 꾸며내지 않았어도 사건을 해결했고, 역시 그런 방식이 가장 좋았을 거야. 거짓말로 대강 끝내는 것보다."

하지만 나는 명탐정 따위가 되고 싶지 않다. 유명해져서 쓰토무와 스즈키가 나를 찾게 되면 곤란하다. 유명해지기 위한 이름이 없다.

«쓰토무»도 슬슬 힘들어졌다.

나는 머지않아 여기를 떠야만 한다.

7

그로부터 사흘 뒤, 아즈사와 이즈미와 네코가 임신을 한 것이 한 번에 판명된다.

셋이 상의하여 다 함께 임신테스트를 해본 것이다.

셋 다 뛸 듯이 기뻐하며, 벌써부터 이름도 생각하기 시작한다. 병원에서 진찰한 결과 셋 다 남자아이라는 것을 알고, 아즈사와 이즈미와 네코는 내게 이름을 짓게 했다.

내가 붙인 이름은 관대와 성실과 정직.

셋이 순조롭게 자라 아즈사와 이즈미와 네코의 배가 충분히 불렀을 때, 나는 일본도로 그들의 배를 순서대로 갈라, 아즈사에게서 관대를, 이즈미에게서 성실이를, 네코에게서 정직이를 꺼낸다.

사사키 아즈사[佐々木梓]는 스물한 살이며, 하야시 이즈미[林泉]는 스물세 살, 히로세 네코[廣瀨根子]는 열아홉 살로, 그 정도 나이대의 여자아이라면 당연히 한 명이나 두 명, 헤어진 남자친구가 있다. 나는 그들 모두를 알고 있었기에, 가장 첫 남자아이를 한 명씩 죽여 셋에게 할당한다.

야마모토 세이치로를 아즈사에게, 와타나베 아쓰히로를 이즈미에게,

모리카와 요시유키를 네코에게. 각각 남자아이의 가슴을 가르고 갈비뼈 한 대를 잘라 꺼내어, 갈라 둔 아즈사와 이스미와 네코의 뱃속에 넣고는 바늘과 실로 꿰매어 봉한다.

맨션 로비에 있었던 파키라 화분을 방으로 가지고 올라와 거실 가운데에 놓자, 붙어 있는 세 쌍의 커플이 그 나무를 둘러싸고 있는 듯한 모양새가 된다. 나는 인터넷 서점에서 주문한 세이료인 류스이의 『코즈믹』, 『조커』, 『카니발 이브』, 『카니발』, 『카니발 데이』를 파키라 아래쪽에 쌓는다.

그것이 ≪지혜의 나무≫. 이것으로 여기에 에덴동산이 완성된다.

안녕 세 명의 아담과 이브.

나는 가방에 환영성 파일과 일본도와 세이료인 류스이의 「제1화」를 넣고, 세 명의 아기를 안고서 맨션을 나온다.

관대와 성실이와 정직이, 너희들은 나다.

자, 이제부터 어디로 갈지는 나도 아직 모른다.

제3화

1

"저기."

"어?"

"와 봐, 위로."

"왜?"

"잔말 말고. 잠깐 할 얘기가 있으니까."

나는 아기침대에 있는 관대와 성실이와 정직이를 보고, 셋이 뒤집어진 개구리 같은 모습으로 잠들어 있는 것을 확인한 뒤 "알았어."라고 답하고, 전화를 두고, 방을 나가, 계단을 오른다. 에미코榮美子의 목소리에 있었던, 뜨거운 분노를 가라앉히고서 미적지근하게 데워진 진흙 같은 기운이 계단 위를 뒤덮고 있다.

에미코는 무언가의 이유로 화를 내고 있다. 어째서 화를 내는지 나는 모른다.

계단을 올라 방으로 들어선다. 그곳에 에미코는 없다. 케언테리어

종인 못피가 네 다리를 늘어뜨리고서 굴러다니고 있을 뿐이다. 못피가 내 기척을 느끼고 고개를 들어, 놀아줄지 어떨지를 살핀다. 나는 못피를 보고 손으로 허공을 갈라 보인다. 못피 아냐 아냐. 그러자 못피는 고개를 약간 갸웃하고는, 그런 뒤 뭐, 됐어, 라고 말하듯 다시 얼굴을 바닥으로 늘어뜨린다.

에미코는 식탁에 앉아 나를 기다리고 있다. 방을 나와 식당으로 들어가, 나는 에미코를 보지만 에미코는 시선을 아래에 두고 있다. 에미코의 시선 저편에 있는 것은, 테이블 위에 쌓인 세이료인 류스이의 고단샤 노블스 『코즈믹』, 『조커』, 『카니발 이브』, 『카니발』, 『카니발 데이』, 『사이몬가彩紋家 사건』과, 그 옆에 놓인 봉투 두 개와, 그 둘 안에 들어 있는 종이뭉치다. 봉투 하나는 내 가방에 숨겨두었던 것으로 약간 찢어지거나 너덜너덜해져 있는데, 다른 하나는 빳빳하다. 빳빳한 봉투에 이 집의 주소가 적혀 있다.

아이치 현 도미야마 초 나카하타 35-41

받는 사람은,

사토 에미코 씨 댁
쓰토무 님

으로 되어 있다. 보낸 사람의 이름은 봉투에 없다.

"잠깐 거기 앉아봐."

에미코의 말을 듣고서 나는 테이블로 간다. 에미코의 정면에 앉아 에미코를 보는데, 에미코는 턱을 괴고 입가에 손을 모은 채, 두 검지를 겹쳐 입술에 대고 있다.

하고 싶은 말을 찾고 고르고 고치며 정리하고 있는 것이다.

"저기." 하고 에미코가 말한다. "우선 이것부터 말해둘게, 쓰토무. 나, 쓰토무를, 진심으로 좋아해."

"응." 알고 있다.

"그러니까 거짓말은 싫어. 네 거짓말 듣고 싶지 않아. 쓰토무, 날 속이고 있어?"

"그 질문은 의미가 없지만, 속이고 있진 않아." 하고 내가 대답한다. 진실을 전부 말하지는 않았을지도 모르지만, 속이고 있지는 않다. 무언가를 전부 다 말한다는 것은 그 누구에게도 불가능하다.

"네 말 믿으니까, 대답해. 알았지?"

"좋아."

"쓰토무, 아즈사라는 이름의 여자아이, 알고 있어?"

"몰라."

"이즈미라는 애는?"

"몰라."

"네코라는 애는?"

"몰라."

"명탐정인데, 개. 네코라는 애. 명탐정 고양고양냥냥냥."

"그런 명탐정 몰라." 내가 아는 명탐정은 한 명뿐이며, 그건 내 동생, 쓰토무다. 쓰토무는 지금 명탐정 대폭소 카레라는 이름을 쓰고 있다. 나는 쓰토무의 이름을 쓰고 있다. 내 진짜 이름에는 성이 없고, 그냥 쓰쿠모주쿠. 쓰쿠모주쿠라는 이름을 쓰는 것은 작가 세이료인 류스이의 소설 속 탐정 신[探偵神]뿐이며, 지나치게 아름다워서 타인을 실신시켜버리는, 나의 분신이라고도 할 수 있는 그 메타 탐정은 20세기 마지막 날에 살해될 운명을 지니고 있다. 20세기 마지막 날은 이미 지났다. 나는 아직 살아 있다.

"그거, 세이료인 류스이가 보낸 거지?" 나는 식탁 위의 봉투와 속에 보이는 원고를 보며 말한다. 틀림없이 「제2화」다. "내가 쓴 거 아냐."라고 나는 말한다.

"이거, 쓰토무가 쓴 거야?" 하고 내 말을 무시한 건지, 아니면 확인하기 위해서인지, 에미코가 묻는다.

"내가 쓴 거 아니야. 난 세이료인 류스이가 아냐."

에미코가 말한다. "그 책에 세이료인 류스이 얼굴 사진이 있으니까, 쓰토무가 아닌 건 알겠어. 그런데 대체 어떻게 된 일이야?"

새 봉투에 찍힌 소인은 1월 31일로 되어 있다. 벌써 2월 말이니, 한 달 정도 지났다는 얘기다. 그 사이에 에미코는 내 소지품에서 「제1화」를 꺼내어 읽고, 세이료인 류스이의 노블스를 읽고, 여러모로 생각하고, 여러모로 조사하기도 했을 것이다.

나는 에미코가 부탁했듯, 정직하게 대답한다. "몰라."

"모른다는 말 그만해. 좀 진지하게 생각해."

"생각해도 소용없어. 모르니까. 알면 대답할 수 있지만, 몰라, 정말."

"모른다고 하고 내버려두면 그냥 모르는 채로 있게 되잖아. 생각을 해."

말다툼한들 소용없다. "그거, 새로 온 거, 읽어봐도 돼?"

"안 돼. 읽기 전에 묻는 말에 대답해."

"어."

"정직하게."

"정직하게 대답할게. 나, 에미코한테 거짓말한 적 없어."

에미코는 무시하며 질문을 시작한다.

"≪아즈사≫, ≪이즈미≫, ≪네코≫, ≪고양고양냥냥냥≫이라는 사람들, 모르는 거지?"

"몰라. 그거, 아까도 물어봤잖아."

"관대와 성실이와 정직이, 내 아이잖아. 쓰토무, 병원에서 남몰래 남의 아이랑 바꾸거나 그런 거 아니지?"

지나친 생각이다. "에미코의 아이야. 다른 사람 아이가 아니고."

"쓰토무의 아이이기도 하잖아."

"내 아이. 내 귀여운 세쌍둥이."

"쓰토무, 세리카 씨랑, 혹시 연락해?"

"안 해."

"진짜로?"

"진짜야. 진실만 말한다니까."

"세시루 씨랑은?"

"세시루랑도 연락 안 해.

"다른 애인, 있어?"

"없어."

"있었어?"

"애인 같은 거 있었던 적 없어."

"나 좋아해?"

"좋아해. 항상 얘기하잖아."

"나 말고 누구 좋아하는 사람 있어?"

"관대랑 성실이랑 정직이. 쓰토무. 스즈키. 가토. 다카시 씨. 준코 씨. 헤이스케 씨. 시오노 씨. 세시루랑 세리카. 그리고 못피."

"세시루 씨랑 세리카 씨랑, 또 야한 짓 하고 싶어?"

"하고 싶지 않아. 에미코가 있으니까."

"내가 없어지면."

"널 찾으러 갈 거야."

"죽어버리면?"

"슬퍼할 거야."

"슬퍼하는 게 끝나면?"

"새 출발 할 거야, 관대랑 성실이랑 정직이와 함께."

"다른 사람 좋아할 거야?"

"그런 일도 있을지 모르지. 하지만 에미코는 계속 좋아할 거고, 잊지 않을 거야."

"죽어버린다면 나를 계속 좋아할 수 없잖아?"

"러브레터도 못 쓰고, 키스도 못 하겠지. 하지만 훨씬 더 느긋한 방식의 좋아하는 방법이 있으니, 그렇게 할 거야. 죽은 뒤의 일 같은 건 그만 생각해. 전에도 너, 그런 얘기하면서 감정이 격해져서 울었었잖아."

"괜찮아. 안 울 테니까, 이런 얘기, 제대로 해두고 싶어."

"응. 알았어. 하지만 에미코에 대한 내 애정이나 관대와 성실이, 정직이에 대한 애정을 의심하지 말아줬으면 해."

"이런 얘기가 상처가 돼?"

"전혀 그렇진 않아." 의심을 받은 정도로 상처 따위 어디에도 생기지 않는다.

"마음에도?"

또 «마음»이다. "마음에도 상처 같은 거 안 받아. 마음은 원래 애정을 만들어내는 장치니까. 전에도 말했지만. 마음은 잘못을 하거나 착각을 깨달으니까 흐트러지는 거야. 잘못을 저지르지 않으면 흐트러지지 않고, 착각하지 않으면 흐트러지지 않아."

"쓰토무는 머리가 좋으니까."

"머리가 좋은 거랑은 달라. 나는 아는 것과 모르는 것을 잘 나누고 있을 뿐이지. 다른 사람들 중엔, 모르는 것도 아는 것인 줄 아는 사람이 있어서, 그런 사람이 잘못을 저지르거나 착각을 하지."

"사람은 기대를 하거나, 무언가 좋은 이미지를 갖기도 한대."

"그 불확실성이 잘못이나 착각의 원인이고, 그게 마음을 어지럽혀. 말하자면 상처를 받는 거지. 하지만 마음에 상처를 받는다는 말은 정말 이상한 거야. 상처를 받은 원인은 결국 잘못을 저지르거나 착각을 하고 있었던 자기한테 있으니까, 누군가 남의 공격을 받았다는 식으로 말하는 건 적절치 않아. 이제 그만하자, 이 얘기도. 같은 말을 반복하는 셈이야. 게다가 계속 이러면 에미코는 나를 질책하거나, 자신을 질책할 테니까. 내가 마음을 어지럽히지 않는 것과 에미코가 마음을 흩트리는 건, 단순히 나와 에미코의 차이야. 내가 에미코보다 뛰어나다는 것도 아니고, 내 마음이 «차갑다»거나 구조적인 결함을 안고 있다는, 그런 것도 아니니까."

"알아. 나도, 이제 그런 얘긴 됐어. 내가 알고 싶은 건, 쓰토무가 나를 잃었을 때, 진짜로 슬퍼할지에 대한 거야."

"슬퍼할 거야. 내 마음은 에미코에 대해 강한 애정을 가지고 있고, 그러니까 에미코를 잃으면 슬퍼할 거야."

"슬퍼하는 거 싫어? 슬퍼하기 싫으니까, 내가 없는 편이 나았을까?"

"에미코는 실제로 있고, 없었다는 걸 가정하는 건 에미코를 잃는 거랑 마찬가지니까, 그래도 슬플 거야."

"하지만, 처음부터 나 같은 사람을 만나지 않았고, 나라는 사람을 모르는 상태였다면?"

"그 질문도 의미가 없어. 확률에 대해 진실한 이야기를 해줄게. 이 얘기는 아직 한 적 없지?

있지, 이 세상의 일들이란 모두, 일어나는 일과, 일어나지 않는 일과, 일어나야만 하는 일로 나뉘어 있어. 물론 각각이 일어날 확률은 33.333… 퍼센트가 아니라, 일어나는 일이 일어날 확률이 100퍼센트. 일어나지 않는 일이 일어날 확률과 일어나야만 하는 일이 일어날 확률은 0퍼센트야. 다시 말해 이미 일어난 일이라는 건, 100퍼센트의 확률로 일어난 거지."

에미코는 그때 내 얼굴을 겨우 보고, "당연한 거잖아."라고 말한다. "무슨 소리 하는 거야? 뭔가 얼버무리려 하는 거야?"

"얼버무리려는 마음은 전혀 없어."라고 나는 말한다. "주사위를 던져 1이 나올지 2가 나올지 3이 나올지 4가 나올지, 5가 나올지, 6이 나올지는 몰라. 그 여섯 개의 가능성 이외에 어떤 가능성이 있을지도 몰라. 모르는 일이 생기면, 그 다음은 없어."

"없다고는 할 수 없어."

"가능성으로서도 성립이 안 돼."

"돼."

"된다고 생각할 뿐이지. 그렇게 생각하니까 잘못을 하고, ≪상처를 받아≫."

"내가 쓰토무를 만나지 않았을 가능성도 있는 거잖아. 여러 가지 가능성이 있었던 거잖아."

"없었어. 나와 에미코는 만났어. 그건 일어났어. 일어나는 일이 일어날 가능성은 100퍼센트고, 그 외에 일어나지 않는 일과 일어나야만 하는 일은, 일어날 수 없는 일이었던 거야. 일어날 수 없는 일은 가능성이 아냐. 그냥 말일 뿐이고, 큰 의미가 없어."

"뭐~야. 잘난 척하기는-."이라고 말하며 에미코가 눈을 비빈다. 안 울 거라고 했으면서 울기 시작한다. 또다시 에미코는 잘못을 하고 있었던 것이다. 착각을 하고 있었던 것이다. 하지만 그래도 좋다. 인간에게는 잘못할 권리와 착각할 권리도 있다. 마음을 어지럽힐 권리도 있다. 자신의 마음에 ≪상처를 받을≫ 권리도 있겠지.

하지만 나는 에미코의 어지러운 마음을 그냥 두고 싶지 않다.

나는 말한다. "난 전혀 잘나지 않았어. 모르는 게 많고. 누군가를 구한 적도 없어. 그러기는커녕 지금 이렇게 에미코를 울리고 있고."

"멋대로 우는 거잖아. 네가 울린 게 아냐."

"울고 있다는 결과가 분명 여기에 있어. 내가 하는 말이 그 결과를 이끌어낸 거지. 일부러 그런 건 아니지만."

"됐어. 뭐 울어도. 괜찮아."

"내가 얘기하고 싶었던 건, 나랑 에미코는 만나게 되어 있어서 만났다는 거야. 그 이외의 가능성은 없어."

"됐어, 이제 됐다니까. 잠깐 이대로 나 좀 내버려 둬. 이거, 읽고 있어."라고 말하며, 에미코는 내게 새 봉투를 넘겨준다. 나는 테이블 위에 있던 그것을 집어 들어, 안에서 종이다발을 꺼낸다.

제2화 세이료인 류스이

「제1화」 이후 두 달 만이다.

"잠깐 나 우는 동안, 그거 읽고 있어."라고 에미코가 말한다.

나는 그것을 읽기 시작한다. 「제1화」보다 약간 짧다. 나는 읽는 게 빨라서, 에미코가 울음을 그치기 전에 다 읽어버릴지도 모른다.

2

「제2화」에 그려져 있었던 시간, 즉 내가 후쿠이 현에서 떠난 뒤 관대와 성실이와 정직이를 얻기 전까지, 나는 도야마 현富山縣이 아닌 아이치 현의 도미야마 초富山町에 있었고, 그 2년간 계속 사토 에미코와 함께 있었다. «아즈사»와 «이즈미»와 «네코» 내지 «고양고양냥냥냥»은 내가 모르는 사람들이다. 그동안 계속 에미코와만 섹스를 해서 세 명의 아이들이 태어났고, 그 아이들이 관대와 성실이와 정직이다. «7»에 나오는 야마모토 겐이치로와 와타나베 아쓰히로와 모리카와 요시유키라는 이름도 모른다. 나는 거의 이 집을 안 나가기 때문에 친구 같은 것도 없다. 아는 사람조차 없다.

하지만 누군가가 나를 보고 있다, 라고 나는 생각한다. 「제2화」에서 「제1화」를 읽으면서 내가 생각했던 것을 나는 거듭 생각한다. 누군가가 내 족적을 훤히 알고 있고, 그 누군가가 「제1화」에 이어 이 「제2화」도 쓴 것이다. 그리고 그것을 쓴 «세이료인 류스이»를 칭하는 사람은 세시루나 세리카나 그들의 지인이다. 하지만 세시루와 세리카가 지금 어디에 있는지 나는 모른다.

"어떻게 생각해?" 하고 에미코가 묻는다. "이거 읽고, 드는 생각

있어?"

"에미코는 이 글 중에, 제7장에 적혀 있는 내용에 충격 받은 거지?"

"응."

"하지만 난 «이즈미»라는 애도 그렇고 «아즈사»나 «네코»같은 애를 죽인 적이 없어, 말할 것도 없이."

"근데 이 「제1화」에서도 쓰토무, 많은 사람들을 죽인 것 같잖아? 이거 읽으면, 쓰토무가 지내고 있었던 집 아주머니를 죽인 건 쓰토무고, 세시루 씨랑 세리카 씨를 지키기 위해서 고바야시 씨 일가족 네 명을 죽인 것도, 쓰토무 아냐?"

"지어낸 얘기잖아. 고바야시 씨 일가족 네 명, 다 살아 있어, 지금도."

"근데 쓰토무가 죽인 것처럼 그려져 있어. 「제1화」랑 「제2화」 둘 다에."

"많은 사람들이 많은 이야기를 쓰잖아. 그런 거 일일이 신경 쓰고 어떻게 살아."

"«이즈미» 씨랑 «아즈사» 씨랑 «네코» 씨는? «명탐정 고양고양냥냥냥»은?"

"몰라."

"그럼 그 세 여자애들, 누가 죽인 걸까?"

라고 말하며 에미코가 일어나, 거실 소파 옆에 있는 잡지꽂이에서 오늘 신문을 꺼내어 내게 가지고 온다.

나는 본다. 우선 내 눈길을 끄는 것은 1면에 있는 머리기사 제목이다.

"환영성"에서 연쇄살인 사망자 현재 27명

환영성이다. 진짜로 있었다니. 기사 마지막 부분에 환영성에 대한 짤막한 설명이 있는데, 그에 따르면 환영성은 도쿄 도 조후 시에 있다고 한다. 환영성이라는 것은 일반적으로 불리는 이름이며, 자칭 예술가인 얀베 데쓰오[山家徹生] 씨 소유의 개인저택. 환영성이라는 이름의 유래에는 일화가 있는데, 그 집은 1957년 봄부터 조후 비행장 옆에서 약 2년에 걸친 공사 끝에 완성되었지만 근처 주민들은 모두 그 2년간의 공사를 기억하지 못하고 있고, 모든 사람들의 의식 속에서는 어느 날 갑자기 약 1만평의 토지에 거대한 유럽 고성풍의 대저택이 출현한 것처럼 보였다고 한다. 그래서 깜짝 놀란 주민들이 그 건물을 환영성이라고 부르기 시작했다는 것. 이것은 일종의 미스터리로 그 지역에서는 유명하며, 집단 히스테리설과, 경관보호를 이유로 건설반대운동이 일어날 것을 우려한 얀베 씨가 약물을 사용했다는 기억 사보타주설과, 얀베 씨 우주인설까지 있다는 모양이다.

태평양전쟁 당시부터 얀베 데쓰오 씨가 해오고 있다는 예술 활동의 구체적인 내용은 알려져 있지 않다.

사건의 개요는 이러하다.

환영성 내에서 수수께끼의 예술 활동을 계속하는 얀베 데쓰오 씨에 의해, 작품 제작발표회라는 명목으로 파티가 개최된 것이 이달 2월 1일. 하지만 그날 당일, 환영성에 이상한 일이 일어난다. 바깥 세계로 통하는 모든 창과 문이 잠기고, 그 너머로 철로 된 셔터가 내려와 환영성을 완전히 밀폐해버린다. 갇힌 사람은 얀베 씨 일가족과 하인들과 파티 손님들까지 총 113명. 그 혼란 속에서, 얀베 데쓰오 씨는 타살된 채로 발견된다. 파티 장소인 환영성은 사건발생 이후 23일이 지난 지금도 아직 밀폐된 상태이며, 안에 갇힌 손님들의 휴대 전화로만 성 내부와 연락이 가능. 경찰청과 기동대는 필사적으로 구출작업을 진행 중이지만, 견고한 환영성의 구조 탓에 공사는 난항에 부딪히고 있어, 아직 성 내부로 진입조차 하지 못한 상태다. 그러는 사이에 한 명, 또 한 명, 혹은 네 명, 다섯 명, 열세 명, 환영성 안에서 연쇄살인은 계속되고 있다.

«환영성»은 작가 세이료인 류스이의 통칭 JDC시리즈의 두 번째 장편 『조커』의 무대이기도 하다. «교토에 있는» «님펜부르크 성을 연상»시키는 듯한 환영성을 무대로 스스로를 «예술가(아티스트)»라 칭하는 살인귀가 «온갖 추리소설의 구성요소를 제패»하면서 «모든 미스터리의 총결산과 새로운 미스터리로의 비약을 꾀한다».

«JDC»=«일본탐정클럽»은 「제1화」에도 조금 등장한다. 「창세기」의 제1절, 유명한 «첫 7일간»을 모방하여 일을 꾸민 «나»는 «우에다 유코»의 명의로 «일본탐정클럽»의 홈페이지 앞으로 메일을 보냈다. 그 «일본탐정클럽»에는 «집중고의集中考疑의 명탐정»이며 «전화탐정» 일을 하는 «완전 꽃미남 아지로 소지»도 나온다. 고단샤 노블스판 JDC시리즈에 나오는 «아지로 소지»는 «JDC의 창립자»이며 «최고지휘관»이다.

고단샤 노블스 판 세이료인 류스이의 『JDC시리즈』와 내가 우편으로 받은 «세이료인 류스이»의 「제1화」, 「제2화」라는 두 개의 허구와 지금의 내가 실재하는 현실이 복잡하게 얽혀 있다. 아직 내가 알아채지 못한 부분에 다른 교착이 있을지도 모르며, 이 교착이 다 끝났다고는 할 수 없다. «세이료인 류스이»를 칭하는 누군가가 지금도 나를 감시하고 있으며 「제3화」를 보내올지도 모른다.

지금은 아무것도 알 수 없다.

나는 그 다음 기사에 시선을 둔다. 마찬가지로 1면에 이런 머리기사 제목이 있다.

나고야 시에서 목이 잘린 연쇄살인사건 희생자 또 나와 세 명째

신문도 안 보고 텔레비전도 안 보고 인터넷도 안 하는 나는, «환영성»에서 일어나고 있는 연쇄살인사건과 마찬가지로 아이치 현에서 일어나고 있는 이 사건도 몰랐다. 목이 잘린 세 여자아이의 이름도.

섣달그믐날 밤, 자택 근처의 길가에서 목이 잘려 죽은, 나고야 시내에 있는 회계사무소의 아르바이트생이었던 여자아이의 이름은 하야시 이즈미(23).

해가 바뀌어 1월 14일 밤, 자택인 어느 맨션의 비상계단에서 목이 잘려 죽은 채 발견된 사람은, 나고야 시내의 대학에 다니는 사사키 아즈사(21).

그리고 어제인 2월 23일 밤, 나고야 시내의 흥신소 직원 히로세 네코(19)가 자택 뒤뜰에서 목이 잘린 채 발견되었다.

«이즈미»와 «아즈사»와 «네코».

「제2화」에서 «내»가 아이를 낳게 하여 배를 갈라 살해한 세 명이다.

「제1화」, 「제2화」를 읽고 이 기사를 발견한 에미코가 동요하는 것도 무리는 아니다. 너무 딱 맞아 떨어진다.

내가 신문에서 눈을 떼자, 에미코가 또다시 묻는다.

"쓰토무, 이 사람들, 안 죽였지?"

에미코의 눈 속에는 혼란이 있다. 에미코는 2월 1일에 「제2화」를 받은 뒤, 아니 어쩌면 그 이전에 「제1화」를 발견하고 나서부터 계속 나를 의심하고 있었겠지. 당황스러웠겠지. 에미코는 지쳐 있다. 그래서 의심하지 않아도 되는 것까지 의심하기 시작했다.

"어젯밤에는 같이 잤잖아. 밤중에 관대랑 성실이가 울기 시작했을 때도 나랑 에미코, 같이 일어났잖아. 그때 난 거기에 있었고, 또 같이 돌아갔잖아. 섣달그믐날에도 그렇고 1월 14일에도, 난 이 집 침대에서 에미코랑 같이 자고 있었고, 밖에는 안 나갔어. 관대랑 성실이랑 정직이가 들러붙어 있었잖아, 나한테."

"그렇긴 한데, …… 그래도 쓰토무는 머리가 좋으니까, 어떻게든 내 눈을 속일 수 있을 것 같은데?"

"그건 몰라. 하지만 어쨌든 그런 짓은 안 했어."

"그거, 경찰에 확실히 말해."

경찰이 오는 건가. "너, 나에 대한 걸 경찰에 얘기한 거야?"

"아니, 어젯밤에 살해된 히로세 씨가, 내 부탁으로 쓰토무에 대해 조사하고 있었어. 그래서 어쩌면 경찰이 우리 집으로 조사하러 올지도 모르니까."

나고야 시내의 흥신소 직원 히로세 네코(19).

경찰은 물론 올 것이다. 하지만 그때 《세이료인 류스이》가 보내온 「제1화」와 「제2화」와 『JDC시리즈』와, 그 내용과 복잡하게 얽혀 있는 교착에 대해 설명해도, 그들이 내게 그 교착이 의미하는 바를 설명해줄 수 있을지 어떨지는 모른다.

"히로세 씨한테는, 이 「제1화」랑 「제2화」도 보여줬어?"

에미코는 끄덕인다.

"복사본은?"

"있어. 히로세 씨가 가지고 있어."

"나에 대한 조사는, 어디까지 진척됐어?"

그러자 에미코는 잠시 무슨 말을 할지 고민한다. 그러고 나서 말한다.

"교토까지."

그러면 이제까지 내가 한 일들을, 거의 다 알고 있는 것이다.

"나, 스즈키 미와코 씨도, 직접 만나고 왔어."

"아, 얼마 전에 《온천》 다녀온다고 했던 게, 그거구나."

"맞아. 면회시간이 짧아서, 거의 얘기를 못했지만."

"안 돼. 에미코를 이용해서, 내가 있는 곳을 알아낼지도 몰라."

"괜찮아. 이런저런 거짓말을 하고 왔어. 아동학대에 대한 책을 쓰고 있다고 하면서."

"…………."

"스즈키 씨가 지금 어떤 상태인지, 궁금하지 않아?"

"딱히."

"스즈키 씨, 쓰토무를 관대 군, 성실 군, 정직 군이라고 부르더라. 있잖아, 어째서 그런 이름을, 아기한테 붙인 거야? 우리 아이인데, 왜 그런 이름 붙였어?"

"달리 아는 이름이 없었으니까."

"바보."

"진짜야."

"알아. 그러니까 바보라고 말한 거야."

"관대랑 성실이랑 정직밖에 떠오르는 게 없었어."

"어쩌면, 세쌍둥이를 낳은 게 잘못이었는지도 모르지."

"그런 식으로 말하지 마."

"시끄러워. 난 하고 싶은 말 다 할 거야. 세쌍둥이를 낳은 게 잘못이야. 쓰토무랑."

"에미코, 그만해."

"시끄럽다니까, 쓰쿠모주쿠[九十九十九] 주제에!"

"…………."

"뭐야? 쓰쿠모주쿠가! 이건 숫자도 아니잖아!"

정말 그렇다.

"정말, 뭐야? 묻고 있잖아 지금, 내가. 쓰토무한테 물어보고 있잖아. 뭔데? 쓰쿠모주쿠라는 게."

"헤이스케 씨는 신의 이름이라고 했었는데."

"뭐라고? 《탐정 신》이라는 거야? 잠깐, 당신 진짜로 소설 안에 살고 있는 거야? 솔직히 말해봐. 좀, 진지해져보라고. 여기는 세금 내고 보험 가입하고 수도요금이나 전기요금을 내야 하고, 세쌍둥이를 낳으면 돈이 엄청나게 드는 진짜 세계라니까? 그런데 애 아빠가 《쓰쿠모주쿠》 같은 이름을 쓰고 《탐정 신》 같은 소리를 하면서 《세이료인 류스이》처럼 말도 안 되는 사람이 말도 안 되는 소설을 보내 와서 말도 안 되는 세계에 말려들게 하면 안 된다고!"

"그래서 난 《쓰토무》라는 이름을 쓰고 있어. 세금을 내고 보험료도 내고 가스요금 수도요금을 내고 있다고."

"그런다고 대체 뭐가 달라지는데! 결국 당신 본명은 《쓰쿠모주쿠》잖아! 뭔데 그게. 무슨 의미냐고!"

"이름 가지고 뭐라고 해도 소용없어."

"왜 그런 이름을 붙였냐고 따지고 있는 거야!"

"«쓰쿠모주쿠»는 내가 붙인 게 아냐."

"그게 아니라. 어째서 «관대», «성실», «정직» 같은 이름을 붙였냐는 말이야!"

그 이유는 좀 전에 말했다, 라고 생각하며 내가 잠자코 있으니, 에미코는 말한다.

"휴, 왜 나는, 열다섯 살 꼬꼬마한테 이런 얘길 열심히 하고 있는 걸까－. 내 팔자야－."

그렇게 말하면서 에미코는 다시 소리 죽여 울기 시작한다.

나는 말한다.

"에미코, 내가 뭘 어떻게 했으면 좋겠는지 말해. 내가 이 집, 나갔으면 좋겠어?"

에미코는 고개를 젓는다. 그러고 나서 "뭐야, 나가라고 하면 나갈 거야?" 하고 묻는다. "설마." 나는 말한다. "안 나갈 거야. 난 에미코랑 관대랑 성실이랑 정직이를 좋아하니까. 그럼, 애들 이름을 바꾸고 싶어? 관공서에, 일단 서류를 낼 수는 있는데……."

"아니. 그런 게 아냐. 나는 확실히 해줬으면 좋겠다는 거야."라고 말하면서 에미코는 테이블 위의 「제1화」와 「제2화」를 바닥에 집어던진다. 자방! 하는 소리를 내며 마룻바닥 위에 원고가 펼쳐진다. "이런 말도 안 되는 소설이랑, 내가 살면서 생활하고 있는 현실을, 제대로 명확히 구분해줬으면 좋겠다는 거야! 뭐가 진짜고 뭐가 거짓인지 모른다든지, 그런 게 없었으면 한다고!" 그런 뒤에 신문도 집어 들더니 바닥에 패대기친다. "이것도! 있을 수 없는 일인데 현실에서 일어나다니 정말 기분 나빠! 이런 거, 정말 어떻게 좀 해줬으면 좋겠어! 우리 생활 속에, 들어오지 않았으면 해!" 그런 뒤 에미코는, 세이료인 류스이의 고단샤 노블스 여섯 권을 팔로 밀어 테이블 밑으로 떨어뜨린다. "이 말도 안 되고 의미를 알 수 없는 소설도, 내 생활 속으로 들어오지 않았으면 해. 정말 기분 나빠-! 아! 진짜로 죽어줬으면 좋겠어. 이 세이료인 류스이. 정말 죽었으면 좋겠다. 응? 쓰토무 머리 좋으니까 할 수 있잖아? 이 세이료인 류스이, 찾아서 잡아 죽여줘. 제발. 이 현실과 여러 가지 거짓말들도 제대로 구별해주고. 어디서부터가 진짜고 어디서부터가 거짓인지, 확실히 해줘. 제발. 쓰토무라면 할 수 있지?"

모른다. 하지만 내가 움직이기 시작하지 않으면 안 된다는 건 알고 있다. 모른다, 같은 말을 하면 안 된다는 것도 알고 있다.

"알았어." 하고 나는 말한다. "어디서부터가 진짜고 어디서부터가 거짓인지, 확실히 할게. ≪세이료인 류스이≫도 잡아서 뜨거운 맛을 보여 줄게. 그런데 고단샤 노블스의 ≪세이료인 류스이≫는 어떻게 하지? 만약에 이 「제1화」, 「제2화」랑 상관이 없다면."

"아무래도 좋아. 진짜로 관계가 없다면, 그냥 가만두면 돼. 내가 죽여줬으면 하는 건, 우리 집에 말도 안 되는 소설을 보낸 ≪세이료인 류스이≫야. 그 자식은 찾아서 잡아 죽여."

"알았어."

"쓰토무, 이리 와 봐."

나는 일어나, 테이블을 돌아 ≪세이료인 류스이≫의 소설을 뛰어넘어 에미코에게 간다. 에미코가 의자에 앉은 채 내 등 뒤로 팔을 감고 운다. 소리는 내지 않고, 숨도 편안하게 쉬면서, 눈물만 흘린다.

"미안해, 쓰토무. 쓰토무한테 뭐라고 해도 소용없는데 이래서. 미안해. 미안. 미안해."

"아니, 나야말로 미안." 나는 말한다. "애들한테 내 옛날 이름 따위를 붙이는 게 아니었어."

"괜찮아. 관대랑 성실이랑 정직은 좋은 이름이니까. 게다가 이제 와서, 달리 좋은 이름이 떠오르지도 않고."

이름이라는 것은 그런 것이다. 한 번 붙으면, 그 뒤로는 떼어낼 수 없다.

그래서 나는 «쓰토무»라는 이름을 쓰면서도 쓰쿠모주쿠다. 만약에 스즈키와 가토가, 나를 부르는 이름이 «관대»나 «성실»이나 «정직»이나 «관대성실정직» 중 무엇 하나로 고정되어 있었다면, 나는 «쓰쿠모주쿠»가 아니었을 것이며, 내 아이에게 «관대», «성실», «정직» 같은 이름을 붙이지 않았을 것이다. 하지만 일어난 일은 일어날 일이었고, 이미 일어나버린 이상 그런 가정은 가능성이 없는, 그냥 말일 뿐이다.

나는 쓰쿠모주쿠.

"쓰토무." 하고 에미코가 말하며 물러선다. "선글라스, 벗어."

"…… 눈 마주치면 실신할 거야."

"괜찮아."

괜찮았던 적은 없다. 선글라스를 안 쓴 내 얼굴을 볼 때마다 에미코는 늘 실신했다. 모두 내 아름다움에 정신을 잃는 것이다.

"괜찮으니까 벗어."

나는 선글라스를 벗는다.

그러자 에미코가 내게 바짝 다가와 내 두 눈으로 손가락을 쑤셔 넣는다. 그대로 내 눈알을 빼낸다. 아프다.

"아파?"

"아파."

"이게 스즈키 씨가 뽑은 눈알이란 말이지."라고 말하며 에미코는 내 안구를 손바닥 위에서 굴리고 있다.

"쓰토무, 보여?"

"보여."

에미코의 약간 만족한 듯한 얼굴이 보인다.

"불쌍한 쓰토무."

그렇게 말하며 에미코는 내 눈 속에 눈알을 다시 넣고, 내 얼굴을 보고는, 지나치게 아름다운 내 시선을 의식적으로 멀리하려다 뒤로 쓰러지려고 하기에, 의자 위에서 내가 받쳐주자, 에미코는 내 품안에서 황홀한 미소를 띤 채 완전히 기절한다.

나는 에미코를 안아, 관대와 성실이와 정직이가 자고 있는 지하의 우리 침실로 옮긴다. 아기침대 안에서 관대와 성실이와 정직이도 자고 있다. 그 옆에 놓인 나와 에미코의 침대에 에미코를 눕히고, 이불을 덮어준다.

나는 더플코트를 입고 1층으로 올라가, 선글라스를 쓰고서 신발을 신은 뒤 밖으로 나간다.

이제부터 에미코의 소원을 이루겠다.

3

나는 우선 컴퓨터를 켜고 인터넷을 열어 《JDC》, 《일본탐정클럽》으로 검색해보지만, 나오는 것은 고단샤 노블스에서 나온 세이료인 류스이의 작품 «JDC»=«일본탐정클럽»뿐이며, 「제1화」에서 그려졌었던 «완전 꽃미남 아지로 소지»가 소속된 «일본탐정클럽» 같은 건 실재하지 않는 것 같았다.

나는 에미코가 일하러 갈 때 쓰는 가방에서 «매일홍신»에서 온 보고서를 발견한다. 보고서는 일곱 개가 있고, 날짜는 올해 2월 8일부터 이틀 간격으로 되어 있다. 그걸 보니, 첫 3회분은 처음부터 끝까지 나의 그날 모습과 행동을 자세히 적은 관찰내용이고, 다음 4회분은 내 과거를 캐낸 내용이다. 후쿠이 현의 니시아카쓰키까지 가서 우리 집을 확인하고, 쓰토무와 가토와 다카시 씨·히라스케 씨·시오노 씨의 존재를 확인했으며, 세시루와 세리카가 구리하라 유리카와 우에다 나오코를 죽이고 배를 갈라, 「제1화」, 「제2화」에 적혀 있었듯 «재탄생»하여 준코 씨를 살해한 뒤 도망·실종된 것을 알아냈다고 되어 있다. 준코 씨의 살해에 대한 내용 중 「제2화」가 사실과 다른 것은 준코 씨의 절단된 머리가 아직 발견되지 않았다는 것이다. 물론 그 머리가 등장하는 «어느 소녀에 의한 우에다 유코 씨의 살해사건» 따위는 일어나지 않았다. 쓰토무는 명탐정이 아니고 대폭소 카레라는 이름을 쓴 적도 없다. 쓰토무는 스즈키 쓰토무라는 이름 그대로 니시아카쓰키 중학교에 다니고 있을 터이다.

마지막 1회분은 스즈키와의 면회 기록이다. 하지만 스즈키는 거의 제대로 된 얘기를 하지 않고 관대 군과 성실 군과 정직 군을 데려 오라는 말만 반복한다고 한다. 정신안정제를 맞고 있으며, 흥분하기 시작하면 교도관이 면회를 중단시킨다고.

스즈키.

나는 고개를 저으며, 이러고 있을 때가 아니라고 생각한다. 움직여야

한다. 도쿄에 있는 고단샤 문예 제3출판부에 전화를 건다. "네, 고단샤 문예 제3부입니다." 어떤 여자가 받는다. "아, 실례합니다. 사토라고 하는데요." "아, 항상 신세 많이 지고 있습니다—." 항상? "오타 가쓰시 씨, 거기 계십니까?" "아— 죄송합니다. 오타 씨는 아직 출근이 불가능한 상태인데요. 잠시만 기다려 주십시오." 출근이 불가능… 하지만 ≪오타 가쓰시≫는 살아 있다. 잠시 후 누군가 대신 전화를 받아, 남자 목소리가 나온다. "아 여보세요? 수고 많으십니다. 가라키입니다—. 사토 씨 지금 어디 계십니까? 또 길 잃어버리신 거 아닙니까? 타—하하하." 누군가로 착각하고 있다. 누구와 착각하고 있는지 나는 안다. 작가 사토 유야[24]다. 고단샤 노블스에서 『플리커 스타일』, 『에나멜을 바른 영혼의 비중』, 『수몰 피아노』, 『크리스마스 테롤』을 냈다. 사토 유야의 담당편집자가 오타 가쓰시이며, 이 가라키라는 남자는 고단샤 문예 제3출판부의 편집장일 것이다. 나는 오타 씨와 연락을 취해 직접 만나, 이제까지 있었던 일들을 이야기하고 세이료인 류스이와 만날 수 있게 해달라고 부탁하려 했지만, 방침을 바꾼다. "하긴—이렇게, 웃고 있을 때가 아니지만요. 뭐하지만 오타가 복귀할 때까지, 저희가 할 수 있는 일이 있다면 애써 밝게 행동하는 것뿐이니 말입니다."라고 말하는 가라키에게 나는 말한다. "여보세요." 오인했다는 것은, 나와 사토 유야의 목소리가 어느 정도 비슷하다는 것임에 틀림없다. "갑자기 죄송합니다만, 세이료인 류스이

• •

24. 佐藤友哉(1980～). 『플리커 스타일—카가미 키미히코에게 어울리는 살인』(2001)(국역본: 주진언 옮김, 학산문화사, 2006)으로 메피스토 상을 받으며 데뷔. 순수문학과 대중문학을 불문하고 다양한 다른 작품들과 록 음악과 만화, 애니메이션 등의 서브컬처들을 희화화, 패러디하는 시니컬하고도 독특한 작풍으로 젊은이들에게 선풍적인 인기를 끌고 있는 작가. 마이조 오타로와 마찬가지로 고단샤 노블스 시리즈에서 다수의 책을 냈다.

씨와 연락을 하고 싶은데요.” “어? 무슨 일이십니까?” 나는 적당한 거짓말을 한다. “오타 씨가 부탁한 일 때문에, 세이료인 씨와 의논해야만 하는 일이 있어서요.” “어? 엥? 혹시 사토 씨, 연락 못 받으셨습니까?” 내가 일단 “네.”라고 하자, 튕겨나갈 듯 밝았던 가라키의 목소리가 갑자기 가라앉는다. “아 죄송하게 됐습니다. 저희 쪽에서는 모든 관계자분들께 연락드린 줄 알았는데요.” “…………” “사토 씨, 환영성 살인사건 아시죠? 지금, 도쿄 조후에서 일어나고 있는 거요.” “…… 네.” “그렇군요. 저희로서도 자세히는 말씀드릴 수 없지만, 실은, 저희 회사의 오타와 함께, 세이료인 류스이 씨도 그 환영성에 초대를 받아서, 지금 그 사건에 휘말린 상태고, 실은, 세이료인 류스이 씨는, 안타깝게도, 첫날에 돌아가셨다는 정보가 들어온 상태입니다.”

“살해되었다는 겁니까?” “아직 확인된 건 아니지만, 그런 것 같습니다. 지금 확인 작업을 서두르고 있습니다만.” “…………” “환영성은, 아직 경찰도 안에 못 들어가는 모양이니까요…….”

가라키는 또 무슨 말을 했지만 나는 전화를 끊어 버린다.

환영성의 파티는 2월 1일. 「제1화」가 온 것도 2월 1일이니, 고단샤 노블스의 세이료인 류스이가 나를 감시하고 있는 세이료인 류스이이며 달리 대필자 같은 게 없다면, 이제 「제3화」, 「제4화」는 보내오지 않을지도 모른다.

그렇다면 됐지만, 하고 나는 생각한다.

세시루와 세리카를 찾아야만 한다, 라고 나는 생각한다. 지금은 둘 다 «이누가미 야샤»와 «기리카 마이»라는 이름을 쓰고 있을 것이다. 우선은 인터넷에서 이름을 검색해본다 «세시루»와 «세리카»로 검색하자 외국인 모델과 승용차와 영화 · 애니메이션의 등장인물과 누군가의 기타 이름밖에 안 나온다. 한자로 ≪聖思流[세시루]≫와 ≪聖理河[세리카]≫를 치면 하나도 나오지 않는다. ≪이누가미 야샤≫와 ≪기리카 마이≫로 찾으면 나오는 건 모두 세이료인 류스이의 고단샤 노블스 작품에 나오는 등장인물의 이름이 거의 다……지만, 나는 ≪명탐정 하고 있습니다≫라는 홈페이지를 발견한다. 클릭하자, 그리운 세시루와 세리카의 사진이 나온다.

둘 다 2년이라는 세월만큼 잘 성장한 듯 보인다. 몸은 커졌다. 세시루의 몸은 여전히 말랐지만, 그래도 근육이 붙어 있으면서 앙상하고, 세리카는 어깨가 둥글어졌고 가슴이 커져 있다. 하지만 둘 다 짙은 눈동자 색은 그대로다. 사진 아래 ≪이누가미 야샤≫, ≪기리카 마이≫라고 각각 쓰여 있고, 주의사항이 있다.

≪이누가미 야샤, 기리카 마이라는 이름은 작가 세이료인 류스이 씨로부터 허락을 받고 쓰는 것입니다≫

둘의 사진을 클릭하자, 프로필이 나온다.

이누가미 야샤
1988년 12월 16일생

기리카 마이
1988년 12월 16일생

세시루와 세리카다. 틀림없다.

홈으로 돌아가니 ≪일기≫라고 쓰여 있는 아이콘이 있어서 클릭하자, ≪월별 인덱스≫ 외에 ≪사건별 인덱스≫가 있고, 거기에는 ≪밀실 경[卿] 사건≫, ≪사이몬가[家] 사건≫, ≪런던 토막살인범 재키 사건≫이 나열되어 있다. 나는 ≪최신일기≫를 클릭한다. 그러자 그것은 그저께 일자 일기였다.

2월 22일

아이치 현 나고야 시의 연속 살인사건 피해자의 유족으로부터 의뢰가 있어 해결하러 가기로 했습니다. 따라서 앞으로 갱신이 종종 늦어질 것이니, 양해바랍니다~. (마이)

이건 아마 덫이겠지. 나의 저주가 세시루와 세리카의 안에서 크게 자라, 둘은 내가 오기를 기다리기보다 나를 유인하여 따끔하게 혼내주기로 한 거겠지.

저주는 자란다.

니시아카쓰키에서 보낸 마지막 날에 내가 세시루와 세리카에게 한 말은, 진심이 아니었다. 나는 세시루와 세리카가 저지른 범죄를 보고 둘을 완전히 포기했고, 내심 이 둘은 앞으로 둘만의 망상의 세계에서 썩어갈 뿐, 경찰에 체포되어 둘의 세계가 파괴되면 좋겠지만, 둘은 머리가 좋아 경찰에게는 붙잡히지 않을 것이니, 앞으로 천천히, 서서히 썩어갈 것이라고 생각했었다.

멋대로 썩어라, 하고 나는 생각하고 있었다.

세시루와 세리카에 대한 건, 내가 그 둘의 뒤를 따르듯 가토네 집을 나왔을 때는 이미 어떻게 되든 상관없었고, 내가 신경 쓰고 있었던 것은, 역시 그때 형무소를 탈출하여 내세로 향하고 있었던 스즈키뿐이었다. 이렇게 아이치 현으로 오고 나서도, 나는 형무소에 다시 투옥된 스즈키와, 후쿠이 현에서 스즈키의 정식 출소를 기다리는 가토와 쓰토무 생각만 했다. 스즈키와 가토와 쓰토무에 관해서는 때때로 어디에 있는지 확인하거나 어떻게 사는지를 알아보았지만, 세시루와 세리카의 행방을 찾아본 적은 없다.

그때의 저주 따위는, 내게 큰 의미가 없었다.

하지만 이렇게 일부러 올린 듯한 둘의 사진과 빤한 덫을 필사적으로 놓은 것을 보고, 나는 약간의 의무감을 느끼지 않을 수 없었다. 나는 세시루의 왼쪽 가슴에 X마크를 새기고서 그곳을 언젠가 찔러 죽이겠다고 말했고, 세리카에게는 배에 직선의 상처를 내어, 아이가 생기면 배를 갈라 아이를 꺼내어 도망갈 것이며, 그 아이를 먹을 것이라고 말했었다. 그 저주에 겁을 먹고 둘은 이런 홈페이지를 만들어서 나를 잡으려고 안달이 나 있는 것이다.

나는 ≪사건별 인덱스≫를 클릭하여 ≪밀실 경[卿] 사건≫, ≪사이몬가[家] 사건≫, ≪런던 토막살인범 재키 사건≫의 내용을 보는데, 모두 고단샤 노블스 『코즈믹』, 『조커』, 『사이몬가[家] 사건』의 줄거리를 진짜로 일어난 사건인 양 약간 각색했을 뿐이다. 따라서 이 사이트는 많은 사람들에게 그냥 세이료인 류스이의 팬사이트 중 하나에 지나지 않을 것이다. 이상한 남녀 한 쌍이 명탐정 캐릭터의 이름을 쓰며 코스프레[costume play]를 하고 있는 것으로밖에는 보이지 않을 것이다. 하지만 이것은 나를 잡으려 놓은 덫인 것이다. 즉 2월 22일 일기는, 내가 나고야에 있다는 것을 둘이 알고 있다고, 내 옆에 둘이 숨어 있다고, 이제 그만 숨고 승부를 내보자고, 내게 말하고 있는 것이다.

둘은 내가 있는 곳을 알고 있다. 하지만 그들이 들이닥치지 않는 것은, 나도 둘의 동향을 알고 있고 그들에게 덫을 놓았을 거라고 생각했기 때문이겠지. 설마 그런 저주를 내뱉은 내가 둘에게 전혀 신경 쓰지 않으리라고는, 세시루와 세리카 모두 생각하지 않는 것이다.

그러면 그 덫에 걸려보자고, 나는 생각한다. 우선 거미줄을 흔들어주지 않으면, 거미는 다가오지 않는다.

4

에미코와 관대와 성실이와 정직이를 지하 침대에 재워둔 채로 집을 나선 뒤, 우선 나는 자수하기로 했다. 버스를 타고 역으로 간 뒤 전철을 타고서 도요바시를 떠나, 전철을 갈아타고 나고야 시로 향한다. 시내에 있는 아이치 현 경찰본부로 가서, 가장 앞쪽 창구에 앉아 있는, 제복 차림의 중년 남자 경찰에게 나는 말한다.

"실례합니다. 나고야의 연쇄살인사건 수사본부가 여기 맞습니까?

신문에 그렇게 적혀 있었다.

"아아, 예, 그런데요."라고 경찰은 사투리 섞인 억양으로 말한다.

"류구 조노스케[龍宮城之介]라고 합니다. 연쇄살인사건의 범인이라서 자수하고 싶은데, 담당자 계십니까?"

경찰이 흠칫 놀란다. "뭐? 뭐고, 니 지금 그게 뭔 말이고."

나는 어깨를 웅크리고서 "묵비권을 행사하겠습니다."라고 말한다. 우선 이렇게만 말하고 입을 닫아버리면 아무리 내 외모가 아름다워서 범인 이미지와는 거리가 있다 해도, 일단은 얘기를 들어봐야 한다고 생각하겠지. 내 나이가 아무리 어리다 한들, 작금의 범죄자들의 저연령화에 비추어 보아, 오히려 자연스러운 것으로 보일 수도 있다.

아니나 다를까 내 앞에 사복을 입은 수사관 다섯 명이 나타나, "일단 얘기를 들어볼까."라고 하면서 나를 경찰서 안쪽의 취조실로 데려간다.

"이 의자에, 앉아." 하고 수사관 중 한 명이 말한다. 나는 그의 말대로 앉아, "경찰수첩을 보여주실 수 있습니까?"라고 말한다. 그러자 그들 중 가장 연장자인 수사관이 뒤에서 나와 내 눈앞에 경찰수첩을 펼친다. 오쿠보 겐고[大久保賢吾]. 강력범죄 수사1계. 경부보. 오케이. 이 사람은 높은 사람이다.

"너 그 선글라스, 벗어." 하고 그 사람이 말한다. 그렇지 않아도 이제 벗을 참이었다. 나는 살짝 고개를 숙이고, 선글라스를 벗는다. 그런 뒤에 천천히 고개를 들어, 내 눈앞에 서 있는 오쿠보 겐고와 눈을 마주친다.

내 아름다움에 실신할 때, 정수리 아래 작게 뚫린 구멍으로 나와 있는 가느다란 실이 당겨져 뇌 전체가 꽉 쪼여드는 기분이 든다고, 에미코는 말한다. 오쿠보 겐고도 그런 기분을 맛보았을지도 모른다. 그 뒤에 있던 네 명의 경찰관들도, 차례로.

모두가 바닥에 쓰러져, 복도가 어수선해진다. 비디오 모니터를 통해 취조실의 모습을 지켜보고 있던 사람이 많이 있었을 것이다. 나는 개의치 않고 바닥에 쓰러져 있는 형사들을 뛰어 넘어, 문을 열고, 복도로 나간다. 선글라스를 벗고 있으면 얼굴을 마주칠 때마다 사람을 실신시켜서, 옆에서 보면 내가 어떤 무기를 가지고 있는 것으로 보일 테니, 착각해서 내게 총을 쏘지 않도록 나는 다시 선글라스를 쓴다.

하지만 때가 늦었는지 모두가 나를 멀리서 에워싸고 있으며, 그중에는 권총을 겨누고 있는 사람도 있다. 어쩔 수 없다. 나는 무기가 없다는 것을 보여주기 위해 옷을 벗는다. 더플코트를 벗고, 스웨터를 벗고, 셔츠를 벗고, 바지를 벗고, 양말을 벗은 뒤, 마지막으로 팬티를 내린다. 나는 알몸이 된다. 누군가가 복도 안쪽에서 "뭐하는 거야 너-!"라고 말한다. 나는 개의치 않고 두 손을 번쩍 들고서, 걸어간다. 그 누구도 아름다운 내게 상처를 낼 수 없으리라.

내가 다가가자, 알몸인 나를 잡으려고 건장한 체격의 경찰들이 달려들려 했기에, 나는 선글라스를 벗는다. 그러자 경찰들은, 평소의 긴장감 속에서 잊고 있었던 평온한 미소를, 익숙지 않은 볼 근육을 써서 띠며 픽픽 쓰러진다.

"가스다!" 하고 누군가가 뒷걸음질 치며 외친다.

나는 그 사람을 향해 말한다. "가스가 아닙니다. 지나친 아름다움입니다."

공포에 질려 코와 입을 막고 있던 그 남자도 또 황홀한 미소를 띠며 쓰러진다.

나는 또다시 선글라스를 쓰고, 실오라기 하나 걸치지 않은 몸으로 복도를 걸어간다. 형사부라고 쓰인 팻말이 걸린 큰 방에 강력범죄 수사1계라는 판자가 천장에 걸린 것을 보고, 나는 책상 사이를 지나 그곳으로 다가간다. 내가 방에 들어서자 안에 있던 사람들이 복도로 우르르 도망간다. 눈 깜짝할 사이에 아무도 없어진 방 안에 들어섰을 때, 나는 어떤 책상 위에서 오쿠보 겐고라는 사인이 있는 서류를 발견한다. 그곳은 책상이 모여 있는 곳의 가장 안쪽이라, 아무래도 그 계의 가장 높은 사람이 앉는 자리 같았다. 좋아 좋아. 나는 책상 위의 파일을 순서대로 펼치고, 서랍을 연다. 방 밖에서 "야 이 자식아! 너, 아무거나 맘대로 보면 안 돼!"라고 말하는 목소리가 들리지만 나는 무시한다. 찾고 있던 서류를 발견한다. 사진도 끼워져 있다. 그것을 보면서 나는 모든 것을 알게 된다.

슬픈 범인도.

일거양득이다. 나는 자발적으로 덫에 걸려들 생각이었는데, 이로써 오히려 상대를 덫에 빠뜨릴 수 있으리라.

복도에 벗어 던져둔 옷을 가져오게 해서, 우선 팬티를 입자, 거의 모든 여경들과 일부의 남자 경찰들이 "아—아."라고 말하는 소리가 새어 나온다.

나는 개의치 않고 트렁크팬티 한 장 차림으로 사건 해결을 도모한다.

시체가 발견된 범행 현장 사진을 화이트보드에 붙이고, 시체의 상태와 범인이 시체에 남긴 유류품에 대한 보고서를 토대로 수사원들에게 상세한 내용을 확인한 뒤, 나는 말한다. "그런데 하야시 이즈미와 사사키 아즈사와 히로세 네코 모두, 우선 둔기에 머리를 맞아 죽었고, 그 자리에서 목이 잘린 뒤, 죽은 상태에서 강간을 당하고, 방치되었다는 순서가 같습니다. 하지만 이것 말고, 여러분 모두가 알아채지 못한, 혹은 알아채기는 했지만 말로 표현하지는 않은 공통점이 몇 가지 있습니다. 아시겠습니까?"

그런 뒤에 나는 급조한, 말도 안 되는 얘기를 계속 한다. 어쨌든 필요한 것은, 대강 지어낸 것이든 뭐든 상관없으니 얘기를 장황하게 풀어내면서, 내 알몸을 보여주는 것이다. 내 하얀 피부와 긴 팔다리와 어깨, 목, 등, 허리 골격의 섬세함을 보여주는 것이다. 나는 누구의 것인지 알 수 없는 자리에 앉아 책상에 발을 올리고, 내 트렁크 팬티 사이로 가랑이를 슬쩍 보여주는 것도 잊지 않는다. 요염한 내 성기의 그림자가 묘한 흥분을 일으킬 것이다.

범행은 사실 나고야에서 일어나고 있다. → 나고야의 역사. → 나고야라는 지명의 유래. → 《나고야名古屋》는 《온화함和やか/나고야카》과 통한다. 《화和》란 《일본》인데, 이것은 피해자가 모두 일본인이며, 범행현장도 모두 일본 국내임을 나타낸다는 것을 지적하고, 나고야에서 일어났으니 일본인 건 당연하다고 말하는 사람에게는, 예를 들어 주 나고야 대한민국 총영사관 내부는 일본이라고 할 수 없다고 받아친다. → 《화和/와》는 《원輪/와》=《원環/와》과 통하며, 이 세 범죄현장을 포함하는 원은 하나밖에 그릴 수 없다. → 나고야 시의 지도 위에 세 범죄현장을 잇는 원을 그린다. → 그 원의 중심에 있는 것은 나고야 성이다. → 범인은 나고야 성에 간 적이 있다. → 아이치 현에 살면서 나고야 성에 간 적이 없는 사람은 없다고 말하는 인간에게는, 그래도 나고야 성을 백 번 천 번 간 인간은 없을 거라고 말한 뒤, 범인은 분명 나고야 성을 백 번 천 번 갔을 거라고 예언한다. → 나고야 성 마니아를 수배하도록 지시. → 나고야는 오하리尾張[25], 《오하리》는 《끝오와리》과 통한다. → 이것은 세계의 끝을 암시하는 사건이다. → 《세계의 끝》은 소설 제목으로 자주 쓰이는 말로, 무라카미 하루키의 『세계의 끝과 하드보일드 원더랜드』에서는 《세계의 끝》이 등장인물이 속하는 세계의 이름이었고, 1998년 미야자키 다카코의 소설집 『세계의 끝』과 2002년 사토 유야의 단편

25. 아이치 현 서부 지역의 옛 지명.

『「세계」의 끝』과 2001년의 패트리샤 하이스미스의 미스터리 『세계의 끝 이야기』 등, 제목에 «세계의 끝»이라는 말을 쓰는 소설은 많이 있지만, 일단 여기에서는 별 의미가 없다. (또한 작가 사토 유야의 이름이 나와서, 불현듯 사토 유야를 범인으로 날조해볼까 하는 생각이 들기도 하지만 쓸데없는 혼란을 초래하기만 하므로 관둔다.) → 이렇게 많은 소설에서 «세계의 끝»을 다루는 것은, 많은 사람들에게 «세계의 끝»이 큰 관심거리라는 것이며, 그것은 범인에게도 마찬가지이다, 라고 지적한다. → 개인의 죽음이 그 개인에게 «세계의 끝»이며, «세계의 끝»에 대한 관심이 다시 말해 자신의 죽음에 대한 관심이다. → 나고야 시의 «시[市]»는 «죽음[死/시]»과 통하므로 «나고야 죽음»이고, «오하리 죽음», «끝 죽음» 즉 «죽음»×«죽음», «죽음의 죽음»이라는 것은, 나고야 시에서 죽음을 계속 연출하는 범인이 무의식적으로 «죽음의 끝», 즉 죽음의 극복을 추구하고 있다는 것이다. → 범인은 죽고 싶은 생각이 없으므로 범행이 거듭되더라도 자신에 대한 혐오감에 시달린 나머지 자살하는 일 같은 건 일어날 리 없다고, 나는 예언한다. → 그리고 죽음의 극복을 추구하는 범인이 하야시 이즈미, 사사키 아즈사, 히로세 네코를 살해한 후에 목을 잘라 시체를 강간한 것은, 그야말로 «죽음»을 «범함[犯す]»=«침해함[侵す]»으로써 «죽음»을 뛰어넘으려는 시도이며, «목을 자른 것»은 시체를 진짜 «시체»처럼 보이기 위한 연출이다. → 하지만 «침해해야 하는 죽음»인 «시체»는 누구의 것이든 상관없었던 게 아니라서, 범인은 범행 전에 피해자를 신중하게 골랐다. → 하야시 이즈미, 사사키 아즈사, 히로세 네코 셋은 모두 일본인이며 나고야 시에 사는 젊은 여성일 뿐 아니라, 키와 체중도 비슷하다, 라고 하며 나는 시체 부검 결과를 보여준다. → 더불어 주목해야 하는 것은 몸매다, 라고 나는 말하며, 셋의

시체 사진을 보여주면서, 이 세 명의 가슴 크기와 허리둘레가 비슷하다는 것을 지적한다. → 부검결과를 보면 세 명의 쓰리 사이즈가 각각, 하야시 이즈미는 81 · 57 · 82, 사사키 아즈사는 82 · 59 · 85, 히로세 네코는 80 · 58 · 81이라는 것을 보여준다. → 그리고 가장 중요한 것은 셋의 피부색이 거의 같다는 것이라고 지적한 뒤, 셋의 생전, 범행 직전의 사진 중 피부 톤이 비슷한 것 세 장을 늘어놓는다. → 나는 사사키 아즈사의 목이 없는 몸통 사진을 집어 들어, 목이 잘린 부분을 가리키며, 여기에 약간 하얗게 변색된 부분이 있다고 지적하고, 사사키 아즈사의 목 주위에는 사사키 아즈사가 평소에 화장에 쓰는 것과는 다른 상표의 파운데이션이 묻어 있을 거라고 예언한다. (어차피 시체는 이미 유족 품으로 돌아가 화장된 상태이니 확인할 방법은 없을 것이며, 화학검사로 목과 얼굴의 부착물을 검사해도, 파운데이션이라고 판명된 시점에 자세한 내용을 비교하는 등의 일은 있을 리 없다. 여성의 얼굴에 파운데이션을 바르는 것은 자연스러운 일이며, 목에 그 가루가 약간 묻어 있는 것도 이상할 게 없다.) → 이 시점에서, 작금의 추리소설에서 쓰이는 다채로운 «목을 자르는 이유»를 이것저것 얘기해 보겠다. → 하지만 그 «목이 잘린» 사건의 경우, 목은 대체로 어딘가 다른 곳에 숨겨져 있거나, 몸통에서 멀리 떨어진 곳으로 옮겨져 있거나, 잘린 목이 장식된 상태로 발견되는 것에 반해, 이번 사건의 시체 세 구에서는, 잘린 목을 숨기지도 않고 옮기지도 않고 장식하지도 않고, 몸통 옆에 그냥 버린 것으로 보인다는 것을 지적한다. → 그러면 범인이 세 명의 목을 자른 이유는 무엇인가, 라고 물음. → 대답할 수 있는 인간이 아무도 없는 분위기를 읽는다. → 더불어 범인이 셋을 죽인 뒤에, 목을 자르고, 섹스를 했다는 것과, 그 섹스가 정액방출까지 이르러 성공했다는 것, 그리고 세 여성의 몸매가 비슷하다는 것, 특히 중요한 것은, 피부색이 비슷하다는 것, 가장 중요한 열쇠는 사사키 아즈사의 목에 남아 있던 파운데이션이라는 것 등을 들어, 안달이 나게 한다. → 이 세 여성은, 얼굴이 없으면 거의 비슷하며 피부색도 같으니, 말하자면 얼굴이 없다면 다른 사람이라는 것을 모를 정도다, 라고 말하고, 모두가 침묵하는 것을 본다. → 다시 말해 범인은 비슷한 몸통을 모으기 위해, 몸매가 비슷한 여성 중 피부색이 비슷한 인간을 골라, 옷을 벗기고, 목을 자른 것이다, 라고 나는 말한다. → 그리고 사사키 아즈사의 몸통에서, 잘린 목 부근에 남은, 사사키 아즈사의 것이 아닌 파운데이션의 존재는 무엇을 의미하는가, 라고 나는 모두에게 묻는다. → 모두의 침묵이 계속되는 것을 확인. → 여기에는 다른 사람의 머리가 있었던 것입니다. → 모두의 혼란. → 나는 누구의 것인지 알 수 없는 책상 위의 컴퓨터를 켜서 인터넷을 검색하고, 성인사이트에서 사진 하나를 다운로드 한다. → 모두가 보는 그 사진은, 어떤 아이돌의 사진 중 얼굴 부분만을 다른 누드모델 얼굴 위에 덮어씌워 가공한 통칭 ≪아이콜라[아이돌 콜라보레이션]≫이다. → 범인은 실제 인간의 시체로 이 아이콜라를 만들어, 사진을 상대로는 할 수 없는 섹스를 실제로 손에 넣은 것입니다. → 모두가 어이없어 하는 것을 확인. → 그래서 목이 잘린 것이다. 그래서 몸매는 같아야 했다. 그래서 피부색은 같지 않으면 안 되었다. 그래서 사사키 아즈사의 목에는 피부색의 미묘한 차이를 수정하기 위해 파운데이션을 발랐다. → 즉 범인의 손에는, 가장 좋아하는 아이돌의 목이 있는 것입니다. → 하지만 인간의 시체는 썩는다. 썩으면 섹스를 할 수 없다. 시체를 얼려두면 썩지 않지만, 언 시체와는 섹스를 할 수 없다. 그러니까 오럴 섹스는 포기하고, 범인은 자신의 성기를 삽입하기 위해 여성의 성기를 다른 사람의 몸에서 조달하기로 했다.

그리고 이미, 적어도 세 번의 섹스에 성공했다. 범인의 집 냉동고에는, 범인이 생각하는 아이돌의 목이 썩지 않도록 얼린 상태로 보관되어 있을 것입니다. → 그렇다면 문제는 이 아이돌이 누구인가, 입니다. → 전국적으로 행방불명이 된 여성은 많이 있다. 그중에 그 아이돌이 있을지도 모른다. 목이 잘려, 섹스의 도구가 된 불쌍한 아이돌은, 그 행방불명자 중에 있을지도 모른다. 하지만 행방불명자는 많다. 그중에 살해된 인간은 그 수를 알 수 없다. 하지만 이 사건에 관여한 방식을 보면, 범인은 명확해진다. → 나는 컴퓨터로 돌아가 인터넷으로 다른 사이트를 연다. 2년 전 후쿠이 신문의 뉴스 기사. 기사 제목은 ≪후쿠이 현 니시아카쓰키의 주부 가토 준코 씨(35)의 머리 아직 발견되지 않아=수색 열흘째=≫. → 세시루와 세리카가 구리하라 유리카 · 우에다 나오코 · 가토 준코 살해 용의자로 지명수배 되었다는 기사. → 주간지 『FOCUS』에 게재된 세시루와 세리카의 실체. → ≪명탐정 하고 있습니다≫라는 타이틀의 홈페이지에 게재된 ≪이누가미 야샤≫와 ≪기리카 마이≫라는 이름을 쓰는 지금의 세시루와 세리카 사진과 ≪나고야의 연쇄살인사건을 해결한다≫라고 쓰여 있는 최신 일기. → 2년 전 후쿠이 현의 연쇄살인 용의자가 이곳 나고야에 와있다는 것, 그리고 타인의 뱃속에서 기어 나옴으로써 ≪다시 태어나≫ 진짜 엄마를 소거한 이 둘이, 다음에는 아이에서 어른으로 성장하기 위해 ≪엄마≫와 성교를 시도할 것임에 틀림없으며, 아직 발견되지 않은 가토 준코의 머리는 ≪이누가미 야샤≫와 ≪기리카 마이≫라는 이름을 쓰는 가토 세시루加藤聖思流와 가토 세리카加藤聖理河의 손안에 있는 게 틀림없음을, 나는 지적한다. → 이걸 확인하기 위해서라도, 우선 후쿠이 현의 연쇄살인 용의자로 세시루와 세리카의 체포를 서두를 것을 지시. → 경찰관 여러 명이 서둘러 방을 나가는 것을 확인. → 내 이름을 묻기에 대답한다. 저는 명탐정 류구 조노스케입니다. → 짜잔. → 경찰관 중에 세이료인 류스이의 소설을 읽은 사람은 없는 것 같다.

아마 시간이 조금만 더 흐르면, 세이료인 류스이의 고단샤 노블스를 읽은 인간도 어른이 되어 사회에 진출하겠지.

5

나는 이 기나긴 헛소리를 하는 사이에, 가능한 한 나의 탄력 있는 엉덩이를 출렁거리거나 위로 쫙 올리는 것에 신경을 쓰고 있었다.

나는 천천히 바지를 입고, 셔츠를 입은 뒤, 스웨터를 입고, 더플코트를 품에 안고, 화장실이 어디인지를 묻는다. 사복을 입은 형사가 "이쪽이야." 라고 하며 나를 안내해준다. 그 형사는 오쿠보 겐고다. 이런 게 운명이구나, 하고 나는 생각한다.

화장실로 가는 사이에, 나는 "짜자~안! 혈액형 점~!"이라고 노래하며 오쿠보 겐고에게 혈액형을 묻는다. A형. Rh는? 플러스. 후훗.

나는 화장실에 들어간다. 안에는 아무도 없다.

오쿠보 겐고도 들어온다.

오쿠보 겐고가 범인이다.

연쇄살인범 중에는 «경찰»을 «힘»의 상징으로 간주하고는 경찰 마니아가 되어 경찰관의 모습을 흉내 내거나 순찰차와 비슷한 차를 타고 경찰관들이 가지고 있는 것과 같은 종류의 총을 사는 사람도 많다. 그중에는 진짜로 «경찰관»이 되어버리는 자도 있다. 그러면 권력을 가진 범죄자가 생겨나, 사회의 악몽이 시작된다. 사디스트인 오쿠보 겐고에게는 천국이다. 자신의 범죄를 자기가 수사한다. 범죄의 잔혹함을 자신의 말로 표현하는 것이 가능하며, 그 범죄를 막기 위해 큰 힘을 발휘할 수 있다. 증거물도 날조할 수 있다. 그것을 진짜 수사회의에 제출할 수도 있다. 그렇게 비밀스럽게 자신의 힘을 과시하며 즐긴다. 그가 날조한 증거물이라는 것을 모르는 채로, 많은 경찰관들이 수사를 계속한다. 그 모습도 그의 기분을 고조시킨다.

나는 오쿠보 겐고의 책상 서랍에 있었던, 시체 발견 현장의 사진이 이상하다는 것을 한눈에 알아챘다. 하야시 이즈미의 시체를 찍은 모든 사진과 사사키 아즈사의 시체를 찍은 모든 사진, 히로세 네코의 시체를 찍은 모든 사진, 그 어떤 사진에도 그림자가 없었다.

현장사진을 찍은 것은 밤이니, 물론 조명을 켠다. 그 밖에도 수사관들이 많으면, 빛을 많이 받는 것은 당연하다. 하지만 어딘가에 그림자는 있어야 한다. 빛이 무작위로 비친다면, 손발이 흐트러진 채 지면에 쓰러져 있는 시체의 사진에 그림자가 전혀 없을 수는 없다. 엎어져 있던 하야시 이즈미의 오른쪽에서 찍은 사진에는 당연히 왼쪽에 그림자가 있어야 하는데 그게 없다. 비상계단에 앉아 있는 듯한 상태로 발견된 사사키 아즈사의 가슴 아래에도 그림자가 없다. 풀숲에서 하늘을 보고 누워 있는 히로세 네코의 몸 위에 있어야 하는, 바로 앞에 있는 잡초의 그림자가 없다. 이렇게 그림자가 전혀 없다는 건, 그것이 그냥 없는 게 아니라, 누가 일부러 지웠음을 의미하는 것이다.

오쿠보 겐고는 세 명의 여자아이를 살해하고 머리를 자른 뒤 성폭행했다. 이것은 테드 번디와 제프리 다머[26]의 시체 강간을 따라함으로써 자신의 사디즘을 도착적으로 채운 것인지도 모르지만, 어쨌든 목이 없는 시체를 범하며 즐겼다. 정액을 그 자리에 남기는 대담함을 즐겼다. 그러고 나서 아마도 자기가 가지고 있던 전등을 현장에 가지고 와서 조명을 비추어 그림자를 없애, 완전한 형태의 시체를 사진에 담았고, 그럼으로써 만족스러운 수준의 범행 기념사진을 남겼다. 그런데다 이 사건의 수사를 담당하며 즐겼고, 한술 더 떠 그 수사과정에 자기가 범행을 기록하는 의미에서 찍은 사진을 섞어두어 스릴을 즐기면서, 모두를 속이고 있는 자신의 힘을 즐겼다. 사디스트 오쿠보 겐고에게는 매일 매일이 천국과도 같았을 것이다.

오쿠보 겐고는 화장실 칸막이 안에서 나를 범하며 즐겼다. 내 아름다움은, 소년 성애 취미는 없을 터인 오쿠보 겐고조차 홀리지 않을 수 없었던 것이다

오쿠보 겐고는 나를 거칠게 다뤘다. 벽을 덜컹거렸고 크게 소리를 지를 것 같아서, 그 모든 것을 내가 어려운 자세로 막아줘야만 했다. 나는 벽에 닿은 오쿠보 겐고의 팔꿈치에 내 손을 끼워 넣었다. 크게 소리를 지르려 하는 오쿠보 겐고의 입에 키스를 했다. 내 엉덩이에 가랑이를 부딪치고 있는 소리가 안 나게 하려고 나는 신중하게 리듬을 엇갈리게끔 했다.

오쿠보 겐고가 여기에서 붙잡히면 곤란하다.

오쿠보 겐고는 내 허리 위에, 하야시 이즈미와 사사키 아즈사와 히로세 네코의 질 안에 남겼던 것과 같은 A플러스의 정액을 뿌리고,

••

26. 테드 번디Ted Bundy(1946~1989). 미국의 연쇄살인범이자 강간범. 4년여에 걸쳐 서른 명 이상의 젊은 여성들을 살해하여, 미국에서 연쇄살인범의 원형으로 꼽힌다. / 제프리 다머Jeffrey Dahmer(1960~1994). 13년 동안 17명을 살해하고 시체를 강간하거나 요리해서 먹는 등 엽기적인 범죄로 유명한 미국의 연쇄살인범.

끝냈다.

바지를 올리고, 지퍼를 닫으며 오쿠보 겐고가 "아무한테도 말하지 마 이 자식아. 말하면 죽여 버릴 거야."라고 하기에 "말 안 해. 그 대신 아저씨 집, 오늘 가도 돼? 더 놀라운 걸 할 수 있어, 나."라고 말하며 나는 선글라스를 벗어, 눈알을 빼 보인다. "만약에 아저씨가 내 눈 안에 넣고 싶다면, 그래도 돼."

오쿠보 겐고가 흥분해서는 지금 바로 브레인섹스를 시작하려 해서 진정시키고, 오럴 섹스를 해준다. "오늘 밤에, 오늘 밤."

나는 오쿠보 겐고의 A플러스 정액을 삼킨다.

커피를 마시면서, 나는 강력범죄 수사1계에 놓인 한 책상에 앉아 기다린다. 그러자 오쿠보 겐고에게로 연락이 온다. 세시루와 세리카가 나고야 역 부근의 시티호텔에서 발견된다. 둘은 도주를 시작했다. 오쿠보가 일어나기에 나도 커피 잔을 내려놓는다. 오쿠보에게서 눈을 떼면 안 된다. 오쿠보는 분명 세시루와 세리카를 혼자 체포하고, 자신의 죄를 덮어씌워 둘을 죽이려 하겠지. 오쿠보가 형사들의 방을 나가는 것을 보고서 나도 일어선다.

오쿠보는 안이 가려진 경찰차를 타고 재빨리 빠져나간다. 나는 택시를 잡아타고서 뒤를 쫓는다.

나고야 시내로 들어선다. 순찰차 사이렌 소리가 사방팔방에서 들려온다. 세시루와 세리카가 다른 경찰관에게 체포될 경우, 아무리 오쿠보 겐고라도 유치장에 있는 둘을 죽일 수는 없겠지. 그러면 모처럼 쌓아온 자신의 «힘»을 잃어버린다. 둘에게 죄를 덮어씌워 기소를 하든가, 그조차도 포기하고 «수사 게임»으로 돌아가 예전처럼 그것을 계속 즐기든가,

둘 중 하나겠지.

오쿠보 겐고가 내 기대만큼 우수한 수사능력을 가지고 있으면 된다. 경찰 마니아여서 경부보까지 된 사람이니 나름대로 지능은 높겠지만, 세시루와 세리카도 그들 나름대로 머리가 좋으니, 오쿠보 겐고가 잘 해주었으면 좋겠다.

건물 공사현장 입구로 오쿠보의 차가 미끄러져 들어간다. 안에는 이미 경찰차 몇 대가 기다리고 있다. 더 오고 있는지 몇 개의 사이렌 소리가 다가오고 있다.

나는 요금을 내고 택시에서 내린다. 달려온 경찰관 중에, 좀 전에 내가 아무렇게나 지어낸 얘기를 재미있다는 듯 듣고 있었던 형사를 발견한다. 나는 말을 건다. "아, 류구 군, 너도 왔어?" 하고 아직 젊은 그 경찰관이 말한다.

"네. 체포에 협력할 수 있을 것 같아서요."

"위험하니까 관둬."

"괜찮습니다. 제가 꼭 찾아낼 테니, 형사님은 제 뒤를 따라오십시오."

그렇게 말하고 나는 공사 중인 쇼핑몰에 들어간다. 젊은 형사도 따라온다. 젊은 세대는 추리소설에도 익숙하니 «명탐정의 말을 잘 듣는 경찰관»의 이미지도 아주 잘 알고 있다.

속이 다 드러나 있는 콘크리트와 철골 안에서 나는 오쿠보를 찾는다. 내 뒤에 있는 경찰관이 무선으로 하는 이야기를 듣는 한, 아직 둘은 발견되지 않았고, 공사현장에서 밖으로 도망친 흔적도 없다. 건물 3층보다 위에 있는 것은 확실하다고 한다. 경찰이 모든 계단을 봉쇄하고 있다.

세시루와 세리카가 포기하고 자수를 하면 곤란해진다. 서두르지 않으면 안 된다.

나는 젊은 형사를 따돌린다. 멀리서 "어라? 류구 군! 류구 군! 어디 있어－! 위험하니까 여기로 와－!"라고 하는 그 형사의 목소리가 들리지만 무시한다.

오쿠보 겐고는 어디에 있지?

찾았다.

오쿠보 겐고는 머리를 쓰고 있다.

경찰들이 모든 계단을 봉쇄하고 있다. 엘리베이터와 에스컬레이터도. 그렇다면, 위로 올라가더라도 도망갈 길은 없다. 유일한 탈출구는 통기구뿐이다.

오쿠보는 건축현장감독으로부터 빼앗은 듯한 설계도를 홀로 펼치고서 걸어 다니며 통기구의 위치를 확인하고 있다. 아직 모든 통기구가 완성된 것은 아니다. 오쿠보는 설계도에 스슥, 스슥, 하고 X마크 같은 걸 치고 있다. 나는 기둥 뒤에서 그 모습을 지켜보고 있다.

건물 내의 많은 경찰들로부터 끊임없이 무선연락이 들어와, 그 우물거리는 목소리가 멀리 있는 오쿠보가 가지고 있는 무전기에서 들린다.

경찰들은 흥분해 있다.

위에서 경찰들이 뛰는 소리와 무언가가 바닥에 쓰러지는 소리와 여러 인간들이 고함을 치는 소리가 들려온다.

하지만 오쿠보에게 초조한 기색은 없다.

오쿠보는 설계도에서 거의 눈을 떼려 하지도 않는다. 어슬렁어슬렁 걸으며, 설계도를 보고, 통기구를 체크한다. 오쿠보는 알고 있다. 다른 이들이 실패하더라도, 자신은 반드시 잡을 수 있다는 것을.

과연 두 달 동안 여자아이를 세 명이나 죽인 사람답다고, 나는 생각한다.

오쿠보는 우수한 헌터다. 냉정하며, 머리회전이 빠르다.

큰일이군, 하고 나는 생각하며 오쿠보의 등 뒤에서 멀어진다. 경찰들에게 쫓기던 세시루와 세리카가 궁지에 몰려, 오쿠보의 생각대로 통기구로 뛰어들면 곤란하다.

나는 오쿠보에게서 충분히 멀어진 후 전속력으로 달린다. 나는 발이 빠르다. 니시아카쓰키에서는 계속 지하실에 살고 있었기에 발을 어떻게 쓰는지조차 잘 몰랐지만, 이제는 달리는 데 있어서는 프로육상선수에게도 지지 않는다. 나는 빠르게 달리는 방법에 대해 공부를 해뒀다. 아직 발을 어떻게 차는지, 어떻게 점프하는지는 잘 모르지만.

나는 경찰들 사이를 바람처럼 달려 헤쳐 나간다. 경찰들에겐 내 발소리를 알아채고 뒤돌아볼 틈도 없다. 뒤돌아보면 내 모습은 이미 뒤에 없고, 고개를 다시 앞으로 돌리면 보이는 것은 멀어지는 내 뒷모습뿐이다.

나는 경찰들의 고함소리가 공기를 통해 전해지는 것보다도 빠르게 계단을 뛰어오른다. 그리하여 아직 경찰들이 가지 않은 층에 단숨에 다다른다. 울음소리가 들려서 나는 멈춰 선다.

≪이누가미 야샤≫, ≪기리카 마이≫라는 이름을 쓰는 세시루와 세리카가 그곳에 있다. 옛날에는 키도 거의 비슷했던 이란성쌍둥이가, 자라서 키에 차이가 생겼다. 둘 다 홈페이지의 사진보다 훨씬 잘생겼고 귀엽다.

그리운 세시루와 세리카.

나는 뒤편에 숨어 둘을 계속 바라보고 싶어진다. 나를 범한 세시루. 내가 범한 세리카. 내가 범하는 것을 원치 않았던 세시루. 세시루가 자신을 범하는 것을 두려워하고, 바랐던 세리카. 세리카를 범하는 것을 거부하고, 원했던 세시루. 나는 세시루와 세리카 사이에 끼어 둘의 장난감이 되었고, 둘의 도구가 되어, 둘을 지킨다는 생각으로 있었고, 둘에게 상처를 주고 싶어서, 둘을 원했고, 결국 둘에게 버림받고 말았다. 그 무렵의 나.

바보 같은 방법으로 나를 도발한 탓에, 경찰들에게 쫓기다 막다른 궁지에 몰려, 세시루와 세리카는 볼을 붉히며 눈에 눈물을 띠고 있다. 귀여운 세시루. 귀여운 세리카.

먼지투성이인 이 공사 중인 건물 안에서, 여기저기 필사적으로 도망쳐 다니는 둘을 계속 뒤에서 지켜보고 싶었다.

하지만 경찰들은 분명 둘에게 접근해 있다. 오쿠보 겐고도 아래층에서 기다리고 있다.

나는 기둥 뒤에서 나와 모습을 보인다.

"세시루, 세리카."

둘은 비명을 지르며 이쪽을 본다. 나를 발견한다. 선글라스 너머로, 나는 세시루, 세리카와 오랜만에 시선을 마주친다.

"가조분……." 하고 세리카가 말한다.

가조분, 이라는 이름이 그렇게 아름답게 발음되었다는 것을 까맣게 잊고 있었다.

"어."

세시루는 여전히 할 말을 잃은 상태다.

"가조분, 왜 이런 데 있어?" 하고 세리카가 묻는다.

내가 대답 없이 놀라고 있는 세리카의 매력적인 얼굴을 바라보고 있자, 세시루가 말한다.

"너지! 우리, 꼰지른 거!"

나는 나를 노려보는 세시루의 뷰티풀한 얼굴을 쳐다본다.

"대답해!"

나는 말한다.

"이런 얘기 하고 있다가는 잡혀. 너희, 가지고 있는 도구 없어? 나이프 정도는 가지고 있지?"

나를 찌르기 위한 나이프를.

내 말을 듣고 생각났는지, 세시루는 주머니에서 군용 나이프를 꺼낸다. 칼날이 긴, 꽤 튼튼해 보이는 것이다. 그거라면 괜찮을지도 모른다.

세시루는 그것을 경찰들의 목소리가 나는 쪽으로 가져간다.

"그러라는 게 아냐. 그런 거 하나 가지고 경찰들이랑 싸워서 어쩔 건데. 세시루. 생각을 해."

세시루가 내게 나이프를 들이댄다.

"시끄러-! 이 새끼야 닥쳐!"

여전히 세시루는 그리 머리가 좋지 않다. 나쁘지는 않다고 할 수 있는 정도다.

나는 말한다.

"에롤 플린 말야, 에롤 플린[27]."

"뭐?"

"오래된 미국 영화, 본 적 없어? 해적이 배를 습격해서 난투를 벌이게 됐는데, 에롤 플린이 돛대 꼭대기에서 뛰어 내려서는, 돛에 나이프를

• •

27. Errol Flynn(1909~1959): <캡틴 블러드Captain Blood>(1935) <로빈 훗의 모험>(1938) <더 씨 호크The Sea Hawk>(1940) 등의 해적 모험물로 유명한 영화배우.

꽂아서, 위에서 아래로 쭉— 똑바로 찢으면서 갑판으로 내려왔잖아. 그런 장면, 본 적 없어?"

"없어."

"뭐, 그래도 아이디어는 알겠지? 해보는 수밖에 없어."

"…………."

두리번두리번 주위를 둘러보는 세시루에게 나는 말한다. "<다이하드>처럼 통기구로 도망쳐도 소용없어. 무서운 경관 한 명이, 바로 그걸 기다리고 있으니까."

세시루는 울 것 같은 얼굴을 한다.

나는 세리카에게 말한다.

"세리카, 오랜만이야."

"…… 응."

"세시루가, 잘 도망가게 해 줘. 내가 말한 방법, 이해했지?"

"…… 이해했어."

"응. 그럼 이만 갈게. 힘내. 난 류구 조노스케라는 이름을 쓰고, 지금은 오쿠보 겐고라는 형사네 집에 있어."

나는 그렇게 말한 뒤 그 자리를 뜬다. 경찰들이 세시루, 세리카와 내가 이렇게 얘기를 나누는 것을 보면 곤란해진다. 세리카가 있으면 세시루도 괜찮겠지. 세시루와 세리카 둘 다 바보지만, 둘이 함께 있으면 꽤 대담한 짓을 하기도 한다. 여자를 죽이고 배를 가르기도 하고.

나는 세시루와 세리카를 못 찾은 척하면서 더 위층까지 올라간다. 경찰들도 온다. 둘을 못 찾겠다 못 찾겠다 하면서 아래층으로 내려가 밖으로 나가자, 건물을 뒤덮은 시트 일부분이 일직선으로 잘려 있다. 그것은 8층에서 시작되어, 아래쪽으로 쭉 찢어져, 1층까지 이어져 있다.

좋아 좋아.

6

오쿠보 겐고가 사는 집으로 가서, 현관 초인종을 누르기 전에 이리저리 둘러본다. 집 뒤쪽은 정원처럼 보이지만 사실 무덤이며, 시체가 아무렇게나 묻혀 있다. 삽으로 조금만 파보아도 여자의 썩은 시체가 나온다. 남자도 몇 명 있는 것 같다. 성인 여성과 여자아이, 남자아이, 모두 다 목이 잘려 있다. 목을 자르지 않으면 불에 안 타겠지. 불쌍한 오쿠보 겐고.

정원뿐만 아니라 마루 아래 땅도 틀림없이 무덤일 거라고 생각하며 보니, 지면에 닿을락말락한 곳에 창문이 있다. 지하실이다. 들여다보니, 침대와 여러 가지 도구가 놓여 있다. 아무래도 오쿠보 겐고는 고문할 때 자신의 머리를 베트남 전쟁으로 보내버리는 모양이다. 베트남 전쟁 때 인민군이 입었던 군복이 벽에 걸려 있다. 인민군 깃발도 있다. 사디즘이 마조히즘으로 바뀌기 쉽다는 말은 사실로, 인민군이라면 포로를 고문하는 것도 즐길 수 있으며 미국인에게 들볶이는 것도 즐길 수 있다. 합리적이다. 책장에 베트남어 교과서가 있는 걸 보고 깜짝 놀라, 꽤나 공들여서 망상을 키우고 있음에 감탄한다. 하지만 이런 지하실에 살고 싶지는 않다.

나는 일어나 집 앞으로 돌아가, 현관 초인종을 누른다. 오쿠보 겐고가 서둘러 나온다. 오쿠보 겐고는 앞치마를 하고 있으며, 집 안에서는 무언가 기름 냄새가 난다.

생글생글 웃는 오쿠보 겐고가 나를 부엌으로 데려간다. 테이블 위에 수북이 쌓여 있는 고로케를 보고, 나는 어서 집으로 돌아가고 싶어진다. 벌써 배가 부르다.

오쿠보 겐고가 나를 바로 식탁에 앉히려 하지 않으니 걱정할 필요는 없다. 앞치마를 벗은 순간 오쿠보 겐고는 내게 달려든다. 나는 퍽! 하고 맞고서, 부엌 옆의 다다미방으로 굴러들어간다. 코피가 난다. 고개를 들자 오쿠보 겐고는 이미 거기에 있고, 퍽! 하고 내 얼굴을 발로 찬다. 다다미에 쓰러뜨린 내 얼굴을 옆으로 갸갸갸갸갸갸갸갸 짓밟는다. 입 안에서 치아가 천천히 부러진다. 뺨 위로 커다란 발이 사라지는가 싶더니, 그 끝이 내 콧대를 때린다. 파쿄온! 하고 엄청난 소리가 내 뇌에 곧바로 전해진다. 코뼈가 부러졌다. 내 얼굴은 이미 피투성이고 엉망진창이다. 오쿠보 겐고의 이러한 얼굴 파괴 욕구는, 분명 자기 얼굴이 못생겨서 생긴 거겠지. 오쿠보 겐고의 못생긴 얼굴에는, 어느 나라의 허술한 핵무기보다 훨씬 더한 파괴력이 있을 것 같다.

"어이, 어이, 저기, 눈알, 빼도 돼?" 하고 묻기에, 나는 끄덕인다. 오쿠보 겐고의 떡처럼 부드럽고 두꺼운 손가락이 내 눈 속으로 쑥 들어온다. 우우우욱, 하하하하아, 후우, 헤에에이, 에, 하고 오쿠보 겐고의 거친 숨소리가 들린다. 내 두 눈알이 빠진다.

하지만 내겐 보인다.

오쿠보 겐고는 두 눈알을 서랍장 쪽으로 던지고서 자기 바지를 답답하다는 듯 내리고, 내 바지를 찢을 기세로 내려 바로 내 항문에 삽입한다. 나는 다다미에 얼굴을 뭉개며, 내 피 냄새를 맡으며 오쿠보 겐고가 끝내기를 기다린다. 어차피 지나치게 흥분해 있으니 금방 끝나겠지.

예상대로 바로 끝난다. 한 번은. 하지만 다음이 있다. 그 다음에도,

그는 내게 계속 삽입한다.

한 번은 오쿠보 겐고가 간절히 원했던 눈구멍 섹스를 시도하지만, 오쿠보의 성기가 지나치게 커서, 눈꺼풀 약간 안쪽에 귀두가 들어가는 정도로 끝나고 만다. 오쿠보가 불쌍해서 나는 로션을 발라준다. 그러자 이번에는 끝까지 쑥 넣을 수 있게 된다. 오쿠보의 성기가 내 뇌에 직접 닿는다. 부드러운 내 뇌 조직이 무너진다. 통증은 없다. 뇌에는 통점이 없다. 그저 어쩐지 무지근하게 마비되는 듯한 감각이 있고, 코에서 피와는 다른 따뜻한 액체가 흐를 뿐이다. 오쿠보 겐고는 내 뇌를 범한다는 생각만으로 지나치게 흥분한 거겠지. 두 번을 깊숙이 넣은 것만으로 절정에 달한다. 그러자 내 머리에서 성기를 빼고, 오쿠보 겐고는 다다미 위에 벌렁 드러눕는다.

"더 이상은 무리야, 무리."라는 말을 반복하며 잠시 쉰 뒤, 오쿠보 겐고는 "밥 먹자."라고 하며 일어선다. 나는 욕실로 가서 피와 정액을 씻어낸 뒤, 돌아와서 서랍장 앞에서 눈알을 주워, 눈 안에 다시 끼운다.

선글라스도 쓴다.

세시루와 세리카가 언제 올지도 모르는데 오쿠보 겐고를 기절시켜서는 안 된다.

오쿠보 겐고는 내게 그가 만든 고로케를 억지로 먹이려 하지만, 이건 좀 먹을 마음이 안 든다. 그렇게 말하자 고로케 하나가 날아와 내 얼굴을 맞고 부서졌다.

세시루와 세리카는 반드시 나를 죽이러 올 것이다. 내게서 계속 도망치거나 계속 숨는 게 괴로워서 명탐정 따위를 칭하며 나를 덫에 빠뜨리려고, 부족한 머리로 생각했던 둘이다. 내가 있는 곳이 경찰의 집이라는 것을 알아도, 반드시 나를 보러 올 것이다. 그러면 나는 오쿠보 겐고로 하여금 세시루와 세리카를 죽이게 할 것이다. 설마 경찰이 사디스트인 연쇄살인범이라고는, 둘 다 눈치채지 못했겠지……. 하고 생각하며 기다리고 있지만, 세시루와 세리카는 오지 않는다. 고로케를 다 먹고서 오쿠보의 성기가 다시 딱딱해져서, 장소를 지하에 있는 그 고문용 방으로 옮겨 나를 또다시 거칠게 범하지만, 세시루와 세리카는 올 기미가 안 보인다. 그는 또 내 안구를 빼낸다. 성기를 넣는다. 이번에는 오쿠보도 오래 한다. 내 뇌는 엉망진창이 되고 만다. 안구가 없으면 만약의 경우 실신시킬 수 없으니 나는 그것을 잘 숨겨둔다. 나는 유리에 비친 내 얼굴을 확인한다. 나는 아직 아름답다. 역시 지나치게 아름답다. 나는 내 얼굴의 아름다움에 자신을 실신시킬 지경이 된다.

내 머리가 어지러운 틈을 타, 오쿠보가 내 손에 수갑을 채운다. 침대에 묶는다. 두 팔을 올려, 헤드보드에 고정시킨다.

귀찮아진다. 나는 오쿠보를 기절시킨 뒤 천천히 죽이기로 한다. 세시루와 세리카는 나중에 다른 방법으로 잡아 죽이면 된다.

"저기." 하고 내가 말한다.

오쿠보 겐고는 벽에 있던 군복을 집어 그것으로 갈아입기 시작한다.

"××××××"라고 베트남어로 무슨 말을 하지만, 나는 베트남어를 모른다.

"저기, 잠깐." 하고 내가 말하지만, 오쿠보 겐고는 군복을 제대로 입는 데 집중하느라 나를 보지 않는다.

"저기, 잠깐 여기 봐." 하고 내가 말한다.

"목 자른 다음에." 하고 오쿠보 겐고는 일본어로 말한다. "또 기절하면 안 되니까."

오쿠보 겐고는 한 번 기절하고서 교훈을 얻었다. 오쿠보 겐고는 머리가 좋다. 게다가 얼굴을 파괴하고 목을 자르는 데 열심이라는 것은, 아름다운 얼굴을 몇 번이고 보고 싶어 하거나 보지 않으면 견딜 수 없다고 생각하는 인간이 아니라는 것이다.

군복을 다 입고서, 베트남어로 무슨 말을 한 뒤에 방을 나간다. 쿵쿵쿵쿵 하고 군화를 신고서 계단을 올라가는 소리가 들린다.

뭐 괜찮다. 내 목을 자를 때, 어차피 나를 보게 될 것이다. 그때 오쿠보 겐고를 기절시켜주자.

오쿠보가 돌아왔는데, 손에 들고 있는 것은 전기톱이다. 트리거를 당기자 뉴위이이이이잉! 하고 돌아간다. 고속 회전하는 둥근 칼날이 내 쪽을 향한다. 오쿠보 겐고가 시선을 돌리고 있는 탓에 칼날은 내 옆쪽에 있다.

"그렇게 하면 목을 제대로 자를 수가 없어."라고 말하며 오쿠보가 이쪽을 보게 하려 하는데, 지하실 문이 쾅! 하고 열린다.

"니, 내 동생한테 뭐하는 짓거리고!"

그렇게 말하며 뛰어 들어온 것은 세시루였다. 세시루의 손에, 그때 건물 8층에서 본 군용 나이프가 쥐어져 있다.

오쿠보 겐고가 일단 멈춘 톱을 다시 돌린다. 무위이이이이이이이잉! 옆으로 휘두른 전기톱은 세시루의 가슴을 자르려다 실패한다. 세시루가 한발 더 다가온다. 군용나이프는 오쿠보의 옆구리를 찌르는 듯 했지만, 그렇게 보였을 뿐, 군복을 자른 군용나이프를 아슬아슬하게 피한 오쿠보가 그 기세를 몰아 몸을 날려 세시루를 공격한다. 쿵! 하고 오쿠보 겐고의 커다란 몸이 세시루의 얼굴에 부딪혀, 마른 체구의 세시루는 튕겨나간다. 무티아아아아아아아아앙! 전기톱에 세시루가 피자처럼 옆으로 잘릴

뻔하지만, 그것을 피한 세시루가 또다시 칼을 내민다. 그것은 오쿠보의 목을 찌르지 못하고, 쭉 뻗은 세시루의 팔이 오쿠보의 오른손에 잡힌다. 오쿠보가 왼손으로 전기톱 트리거를 당기고, 뉴아아아아아아아앙~ 하고 회전하는 은색 칼날로 세시루의 옆구리를 옆으로 자르기 시작한다. 그러던 오쿠보의 머리를 전기 충격기로 내리친 것은 세리카였다.

세시루의 손이 자유로워지고, 군용 나이프가 오쿠보 겐고의 목에 박힌다.

"가핫." 하는 소리를 내며, 오쿠보 겐고가 바닥에 쓰러진다. 피샤와아아아아아아아아앙! 하고 바닥 위에서 전기톱이 비명을 지르며, 세시루의 발에 상처를 낸다. 세시루는 그것을 피하고, 오쿠보 겐고의 머리를 찬다.

"니 내 동생한테 뭐하는 짓거리고!"

옆구리에서 피를 흘리며 세시루가 외친다. 그리고 군용 나이프로 오쿠보 겐고의 등을 몇 번이고 찌른다. 몇 번이고 몇 번이고 몇 번이고 몇 번이고. 군복은 너덜너덜해지고, 피로 물든다. 그래도 세시루의 손은 멈추지 않는다. 군용 나이프는 오쿠보 겐고의 가슴을 뚫어, 고옹! 하고 바닥에 박힌다. 그것을 뽑아, 또다시 오쿠보 겐고의 가슴을 찌른다.

세시루는 무서운 것이다. 오쿠보 겐고가. 가슴이 뚫리는 것이.

"세리카." 하고 나는, 전기 충격기를 꼭 쥐고서 가만히 서 있는 세리카에게 말을 건다. "거기 떨어져 있는 열쇠, 주워." 세리카가 바닥에서 수갑의 열쇠를 줍는다. "수갑 풀어줘." 하고 내가 말하자, 전기 충격기를 침대 위에 놓고는 주운 열쇠를 가지고 머리맡으로 와서, 세리카가 내

수갑을 풀어준다.

나는 세리카에게 묻는다.

“세리카, 세이료인 류스이 알아?”

“어?”

눈물이 맺힌 세리카의 눈. 아름답다.

“세이료인 류스이라는 작가.”

“어? 몰라…….”

세리카의 눈동자에 거짓은 느껴지지 않는다.

뭐, 됐다.

나는 침대 위의 전기 충격기를 주워, 세리카에게 대고 스위치를 켠다.

우지직 하고 공기를 뒤흔드는 날카로운 소리가 나고, 세리카가 바닥에 쓰러진다.

그리하여 이윽고 세시루는 군용 나이프를 든 손을 멈춘다.

“어, 뭐고…… 뭐하는 거고?”

나는 침대에서 내려온다.

“기껏 구해줬구만…….” 하고 피투성이가 된 세시루가 말한다.

나는 말한다.

“난 처음부터 세시루를 죽일 생각이었으니까, 게다가, 전에도 그렇게 말했잖아? 죽인다고.”

“와 그라는데…….”

“하지만 기뻐, 나를 남동생으로 인정해줘서.”

“…… 그라믄.”

“하지만 넌 이미 가토 집안의 인간이 아냐.”

"내는……."

"세시루." 하고 내가 말한다. 이 이름으로 부른다는 것의 모순은 무시한다. "세이료인 류스이 알아?"

"뭐라꼬?"

"세이료인 류스이. 작간데."

"뭐고?…… 모르는데?"

"그렇군. 그럼 됐어."

나는 벽에 걸려 있던 검을 집어, 케이스에서 꺼낸다. 인민군 검. 나는 그 끝을 세시루의 왼쪽 가슴에 넣고 심장을 뚫어 세시루를 죽인다.

"나는 세시루를 사랑하는 세시루를 사랑했던 세시루의 형제가 되고 싶었어."

나는 입고 있던 옷을 세시루에게 입히고, 세시루의 옷을 내가 입는다. 내 지갑을 세시루의 주머니에 넣어 둔다. 세시루의 지갑을 내 주머니에 넣는다. 나는 검을 가로로 휘둘러, 세시루의 목을 자른다. 그것을 오쿠보 겐고의 가방에 넣는다.

세수를 하고, 더플코트를 입어 셔츠에 묻은 피를 가린 뒤, 세시루의 머리를 넣은 가방을 어깨에 메고, 정신을 잃은 세리카를 안고서, 나는 오쿠보 겐고의 집을 나선다.

택시를 타고 나고야 역으로 가서, 나는 아이치 현 경찰에 전화를 넣는다.

"아, 실례합니다, 가토 세시루라고 하는데요."라고 나는 말한다. "네. 지금, 수배 중인, 네, 그렇습니다. 자수하는 건 아니지만, 좀 보고하려고요.

거기 강력범죄 수사 1계에, 경부보인 오쿠보 겐고 씨 있잖아요. 네. 그분이 나고야 연쇄살인사건의 범인입니다. 그분 집에 가면 증거물이 많이 있습니다. …… 오쿠보 겐고 씨는 죽었습니다. 그리고 오늘 그곳에 찾아갔던, 명탐정 류구 조노스케 씨도 죽었습니다. 류구 조노스케 씨를 죽인 것은 오쿠보 겐고 씨이고, 오쿠보 겐고 씨를 죽인 건 접니다. 네. 가토 세시루입니다. 류구 조노스케 씨의 본명은 가토 쓰쿠모주쿠입니다. 제 남동생이죠. 네. 그럼 실례합니다."

전화를 끊고서 나는 대합실에서 아직 기절해 있는 세리카를 안아 올려, 다시 택시를 탄다. 내 옆구리에는 세시루의 머리가 있다. 경찰은 머리가 없는 게 오쿠보 겐고가 숨겼기 때문이라고 생각하겠지. 찾아보면 다른 시체들이 많이 나오겠지. 머리도 나오겠지. 혼란 속에서, 내 신원 확인은 늦어지겠지. 내 지문은 병원기록이나 다른 곳에 전혀 남아 있지 않으니, 어쩌면 그들은 내 신원을 지갑만 가지고 판단하여, 가토 쓰쿠모주쿠는 죽은 것으로 처리될지도 모른다.

나는 가토 세시루. 이누가미 야샤. 명탐정. 여동생인 세리카. 기리카마이. 명탐정.

이제 환영성으로 가서 세이료인 류스이를 만나야겠다.

7

어둠 속에서 전화가 울린다. 세쌍둥이 옆에서 에미코가 손을 뻗어, 전화를 받는다.

"여보세요." 하고 에미코가 말한다.

그것은 내가 건 전화다.

"으-응……. 지금 어디 있어?" 에미코가 묻는다. 에미코는 아직 눈을 감고 있다.

먼 데, 라고 나는 말한다.

"뭐하는 거야…… 어디야?"

세이료인 류스이에 관한 거, 확실히 하고 있어, 하고 내가 말한다.

"됐으니까…… 집으로 돌아와. 그런 거 이제 됐으니까……."

자고 있었어? 하고 내가 묻는다.

"자고 있었어-…… 엄청 많이 잤어. 아니 지금도 자고 있고…… 지금 몇 시야?"

새벽 두 시.

"어-벌써 그렇게 됐나……? 뭐야 이런 시간에 왜 밖에 있어……."

벌써 꽤 멀리까지 왔고, 세이료인 류스이에 관한 거 확실히 정리할 때까지 못 돌아가.

"진짜…… 바보 같아."

응.

"맘대로 해."

에미코, 사랑해, 라고 내가 말하기 전에 전화가 끊겨 버린다.

전화를 충전기 자리에 되돌려놓고 에미코는 다시 잠든다. 세쌍둥이도 자고 있고, 넷은 비슷할 정도로 깊고 깊은 곳까지 간다.

에미코의 꿈에 내가 나와서 좀 전의 전화를 계속하지만, 에미코는 내게 여전히 화가 나 있으며, 싸우게 되고 만다. 꿈속에서도 역시 에미코는 내 전화를 끊어버린다. 맘대로 해, 라고 하면서.

"맘대로 해. 당신은 저주받고 있는 거야. 당신 같은 사람은, 아무리 밭을 갈아도 작물을 키울 수 없는 사람이니까. 당신 같은 사람은, 이 지상세계를 헤맬 뿐이니까. 하지만 저주 때문에, 당신을 죽이는 자는, 당신이 받는 것의 일곱 배는 더한 저주를 받을 거야."

제5화

1

리에가 장을 보고 돌아와서 달걀이나 파나 시금치나 두부나 냉동식품 같은 것을 세이유[28] 비닐봉지에서 꺼내어 냉장고에 차례로 넣는 것을 도와주고 있자니, 환영성에서 또다시 소리가 들린다. 누군가가 구조를 청하고 있다. 비명과 울음소리가 섞여 있다. 소리가 환영성의 탑 위에서 들려오니, 들린다고 하기보다는 내려오는 것 같다. 비명과 울음소리와 풀 길이 없는 노여움 같은 것이 내려온다. 떨어진다. 조후에 있는 환영성 부근에 살고 있는 우리와 다른 수십 명에게 부딪힌다. 나는 그렇지도 않지만, 다들 꽤나 그 영향을 받는지, 그중에는 비명을 질러 화답하거나, 아무것도 해주지 못해 미안하다며, 허공에 대고 울면서 용서를 빌거나, 시끄러워, 바깥에 구조를 요청하는 건 포기하고 안에 있는 너희들끼리 어떻게든 해봐, 라고 호통을 치거나, 너무하게도, 깍깍대

28. 일본의 대형 슈퍼마켓 체인.

면서 소란 피우지 말고 얌전히 죽어, 라고 말하는 사람들이 있다. 초등학생과 중학생 아이를 둔 가족은 대체로 친척이나 친구 집이나 조후 시가 준비한 시설로 이주했지만, 그 외의 가족들은 매일 밤낮으로 비명과 고함과 단말마 소리 속에서 살고 있다.

우리는 아무것도 할 수 없다. 나와 리에는 우선 환영성에서 소리가 들려올 때는 잠자코 있지만, 그 소리를 정말로 듣고 있지는 않다. 나와 리에는, 환영성 주변에 있는 거의 모든 사람들과 마찬가지로, 환영성에서 들려오는 구슬픈 소리를 흘려 넘긴다. 매일을 평소대로 보낸다. 나와 리에는 사온 식료품과 랩과 치약을 냉장고와 선반에 정리한다.

이달로 벌써 반년이 되었다.

환영성 내의 사망자는 180명을 넘었다. 2월 시점에는 약 200명이 갇혔다고 보도되었지만, 아마 그것은 잘못된 숫자였을 것이다. 살아남은 사람은 아직 100명 이상 있는 모양이다. 200명이라면 숫자가 전혀 맞지 않는다. 환영성 안에 있는 사람과 휴대 전화로 연락을 하고 있는 사람들 사이에서는, 처음에는 환영성 안에 없었던 사람이 어딘가를 통해 들어오고 있는 것 같다는 소문이 퍼져 있다. "새로운 사람이 들어왔다는 건 어딘가에 길이 있다는 거니까 찾아서 구해줘."라고, 안에 있는 인간은 호소한다. "그 길을 알아서 찾아 나와."라고, 바깥에 있는 인간은 되받아친다. 바깥에 있는 인간과 안에 있는 인간들 모두, 물론 그 비밀 통로를 찾고는 있지만, 아직 찾지 못했다. 연일 이어지는 «예술가»의 흉악한 행동에 패닉이 계속되고 있는 성내에서는, 누가 처음부터 있었던 사람이며 누가 새로 들어온 사람인지 조사할 여유가 없다. 모두가 자신이 숨을 곳을 찾아 그곳에 가만히 있기 때문이다. 최근 반년간 전국에서 수십 명의 실종신고가 있었는데, 그중 몇 명인가가, 어느새 환영성에 들어가 있다. 모두가 자신은 처음부터 초대를 받아 환영성의 파티에 갔고, 많은 사람이 지켜보는 가운데 일어난, 보이지 않는 손에 의한 성주 얀베 데쓰오의 살해를 목격하고, 그 뒤 곧바로 밀실 안에서 작가 세이료인 류스이의 시체를 함께 발견했다고 주장한다. 그리고 새로이 환영성으로 들어온 사람들 또한 《예술가》를 칭하는 살인귀의 손에 죽었다고 한다. 《예술가》의 공범이 성 바깥에 있고, 그 사람들이 차례차례로 인간을 덮쳐, 아직 발견되지 않은 비밀 통로를 써서 환영성 안으로 들여보내서 《예술가》의 살인이 끊이지 않도록 보충하고 있다는 소문이 최근에 계속 돌고 있어, 조후 사람들은 이제 절대로 밤길을 홀로 다니려 하지 않는다. 나와 리에도 밤에는 밖에 나가지 않는다.

사온 것을 전부 넣어둔 뒤, 리에는 "아, 삶은 콩 사는 거 깜빡 했다… 그래도 뭐, 됐어."라고 말하며 2층에 있는 우리 침실로 가서 관대와 성실이와 정직이의 얼굴을 본 뒤 침대 옆에 앉아 「제4화」를 다시 읽는다. 수수께끼의 《세이료인 류스이》가 보내온 그 소설 안에서는 나도 《명탐정 쓰쿠모주쿠》로 등장하여 환영성 안에 갇혀 있으며, 그곳에서 일어나는 《예술가》에 의한 연쇄살인사건의 수수께끼를 푼다. 「제4화」 안에서는, 환영성 안에서 계속되는 333개의 연쇄살인이 모두 《나》=《1인칭으로 「제4화」를 이야기하는 명탐정 쓰쿠모주쿠》의 몽상이자 환각이며, 현실에서는 일어나지 않은 것이다, 라고 자신이 포함된 몽상 속에서 《내》가 지적한다, 라는 복잡한 구조의 결말에 이르러, 어쨌든 사건은 종결된다. 흔한 《불가능살인》의 트릭 해설 등은 전혀 없다. 살인이 몽상의 산물이며 실제로는 일어나지 않은 거라면, 물론 트릭을 풀 필요도 없다. 사람은 아무도 죽지 않았고, 《예술가》는 《나》=《화자인 명탐정 쓰쿠모주쿠》이니, 《범인인 '예술가'》를 잡을 필요도 없다. 몽상 속에서

«나»는 모든 것이 스스로의 몽상임을 지적하고, 몽상이 끝나지 않은 채 사건과 이야기가 끝난다. 리에는 그 이야기를 읽으면 모든 것이 해결된 기분이 들어서 편안해진다고 한다. 사건의 해결이 단순히 문제의 해소여도 되는 것이다. 나도 그렇게 생각한다. 예를 들어 지금 일어나고 있는, 나를 포함하지 않은 현실의 환영성 살인사건 또한, 내가 현실이라고 생각할 뿐인 나의 몽상이고 실제로는 일어나지 않은 것이며, 나는 몽상 속에 있고 실제로는 현실을 살고 있는 게 아니지만, 몽상 속에서 그것이 몽상이라는 것을 알면서도 그 몽상이 현실과 같은 강도를 가지고 있으므로, 구태여 현실로 돌아올 필요도 느낄 수 없으니 몽상을 현실로 생각하며 살아가자, 라는 식의 결론을 내가 내심 믿으면 해소되는 거겠지. 하지만 나는 현실을 내 몽상이라고 믿고 싶을 만큼 환영성 사건 때문에 곤란하지는 않기 때문에, 그렇게 하지 않는다. 나는 환영성 안에 없다. 근처에 있기는 하지만, 분명 바깥에 있으니, 환영성 안에서만 연쇄살인을 저지르고 있는 «예술가»의 손에 죽임을 당할 우려는, 지금 당장은 없다. 철조망으로 된 환영성의 벽을 뚫는 작업이 여전히 빠른 속도로 진행되고 있으니, «예술가»가 환영성을 뛰쳐나와 환영성 바깥에서도 살인사건을 일으키기 전에, 아마 경찰이 환영성에 들어가 «예술가»를 잡아주겠지. 나는 그렇게 되기를 기다리고 있다.

리에는 그것을 기다릴 수 없다. 그래서 「제4화」를 읽는다. 모든 것이 «명탐정 쓰쿠모주쿠»의 몽상이라는 결론을 원한다. 최근의 리에는, 「제4화」를 읽지 않고서는 환영성 사건을 견딜 수가 없게 되었다. 사건이 오래 지속되고 있는 탓이다. 반년간, 밤낮으로 비명소리가 들리고, 많은 사람들이 계속 죽고 있다. 리에는 안에 있는 사람들의 상황을 좀 지나치게 상상하고 있는 것이다. 어쩔 수 없는 일을 어떻게든 하고 싶다는 생각을 지나치게 하고 있는 것이다.

어느 날 밤 한 번은, 환영성에서 기나긴 비명과 울음소리가 들린 뒤 사라진 후에, 리에는 내게 "쓰토무가 환영성으로 가야 하는 거 아냐? 쓰토무가 사실 쓰쿠모주쿠니까."라고 말했다. "환영성에 쓰토무가 해야 할 일이 준비되어 있지 않을까?" "사실 쓰토무는 진짜 명탐정이고, 환영성 사건을 해결할 수 있는 건 진짜로 쓰토무밖에 없는 거 아닐까?" "«예술가»는 혹시 쓰토무가 오기를 기다리고 있는 거 아닐까?"

나는 환영성에서 들려오는 비명소리와 울음소리 뒤에, 밤새 이어지는 리에의 그런 물음에도 견뎌야만 했다.

"난 «명탐정» 같은 게 아냐." "«예술가»가 나를 기다리고 있다니 있을 수 없는 일이야." "「제4화」의 그 얘기는, 누군가가 «세이료인 류스이»라는 이름으로 쓴, 그냥 지어낸 이야기야. 난 관계없어."

하지만 내가 진짜로 관계가 없는지 어떤지는 모른다. «세이료인 류스이»라는 이름을 쓰는 누군가로부터 「제1화」, 「제2화」, 「제3화」, 「제4화」라는 제목을 단 소설이 비정기적으로 오고 있고, 그 내용은 이제까지 내가 어떻게 살아왔는지를 잘 모른다면 쓸 수 없는 얘기들뿐이다. 모든 이야기에 거짓 요소가 많이 들어가 있지만, 진실도 들어가 있다. 분명 나는 지나치게 아름답다. 쓰토무는 나와 혈연관계가 아닌 남동생이며 세시루와 세리카는 구리하라 유리카와 우에다 나오코와 자신들의 어머니를 죽이고 달아났다. 하지만 「창세기」와 「요한 묵시록」의 모방에 관한 것들은 거의 다 거짓말이다. 즉 「제1화」에서 내가 한 것이라고 은연중에 암시되어 있는 «천지창조»의 모방과 우에다 유코의 배에서 늙은 내가 나와서 "할렐루야!" 하고 외치는 장면은 실제로 일어나지 않은 일이다. 「제2화」의 "일이 이루어졌다"는 전화와 조후에서 일어났다고 하는 «아마겟돈», 불에 탄 «오바마쓰 요시오»가 «태양에 불탄 인간»을 모방한 것이며 «우에다 유코»를 넣은 피에 물든 욕조가 «피가 된 물»을 모방한 것이라는 것, 그리고 해안에 올라와 있었던 수많은 물고기의 시체, 더불어 내가 «하야시 이즈미», «사사키 아즈사», «히로세 네코»를 살해하여 «아담과 이브»를 모방했다는 것도, 실제로는 일어나지 않았다. 「제3화」의 «천사에 의한 지상에서의 수확»을 모방하여 «오쿠보 겐고»가 목을 잘라 거둬들이는 대규모 살인을 저질렀다는 것, 내가 세시루를 죽이고 «가토 세시루»가 의형제인 «가토 쓰쿠모주쿠»를 살해한 것처럼 보이는, 아마도 «카인과 아벨»을 나타낸 것 같은 모방과, 카인에 대한 신의 저주와 비슷한 «사토 에미코»의 마지막 대사도 사실이 아니다. 「제4화」에 나오는, 환영성에서 일어나고 있는 대규모 살인은 분명 «하늘의 싸움» 같아 보인다고 할 수 있을지 모르지만, 어쩌면 진짜로 환영성 안에서는 많은 동물들이 암수 두 종류 · 두 마리씩 묶여 «노아의 방주» 역할을 하고 있고, 환영성 안의 사람들은 «남녀 두 명»보다 지나치게 많이 모여 있다는 이유로 계속 죽임을 당하고 있는지도 모르며, 어쩌면 환영성은 사실 «바벨탑»이기도 해서, 하늘에 다가가 신의 분노를 산 탓에 인간들이 죽임을 당하고 있다, 라는 것도 사실일지도 모른다. 그렇다 해도 이 모든 것은 환영성 바깥에 있는 이상 확인할 수 없지만, 어쨌든 «나»=«명탐정 쓰쿠모주쿠»의 이름에 있는 숫자를 뒤집으면 나타나는 «666의 짐승»이라는 지적은 실제로 일어나지 않았다.

나는 안티예수의 «짐승»이 아니다. «짐승의 각인»으로서 «하야시 이즈미», «사사키 아즈사», «히로세 네코»의 배를 «부풀게» 한 것이 아니다. 내게는 «열 개의 뿔»도 없고 «일곱 개의 머리»도 없다. 내 머리에는 《신을 모독하는 이름》 같은 게 적혀 있지 않다.

나는 다만 지나치게 아름다울 뿐인 보통 사람이다.

명탐정도 아니다. 내겐 모르는 게 많이 있다.

나는 「제1화」, 「제2화」, 「제3화」, 「제4화」에서, 어째서 구약성서의 첫 부분인 「창세기」와 신약성서의 마지막 부분인 「요한 묵시록」의 모방이 동시에 진행되었는지 모른다. 「창세기」의 모방은 처음부터 순서대로, 「요한 묵시록」의 모방은 결말부터 거슬러 올라가는 식으로 이루어진 이유도 알 수 없다. 「창세기」의 모방도 그렇고 「요한 묵시록」의 모방도 중간 단계지만, 앞으로 무슨 일이 일어날지 나는 모른다. 「창세기」는 아담과 이브의 자손 이야기가 길게 이어지고, 「요한 묵시록」은 《일곱 개의 봉인》이 다 남아 있다. 이 세상 어딘가에서 죽은 진짜 세이료인 류스이의 이름을 사칭하는 가짜 《세이료인 류스이》가, 아브라함과 롯과 이삭과 야곱의 이야기의 일화를 모방하려 하고 있는지도 모르고, 《일곱 개의 봉인》을 모방한 사건이 그 《세이료인 류스이》가 쓰고 있는 「제5화」, 「제6화」에서 《내》게 닥쳐오고 있는지도 모른다.

하지만 《세이료인 류스이》가 누구든 《세이료인 류스이》가 나를 소재로 어떤 소설을 쓰든, 그 소설이 어디에서 오든, 그것은 결국 소설이다. 나는 그것을 받아, 읽는다. 그뿐이다. 누군지는 알 수 없는 누군가가 나를 몰래 지켜보고, 소설을 쓰고 있다. 내 사적인 이야기를 쓰고 있다. 하지만 이 소설이 출판되는 것 같지는 않고, 달리 누군가에게 읽히고 있다는 얘기도 들은 적 없으며, 읽고 있는 나와 리에가 상처받는 일도 딱히 없다. 오히려 리에는 《내》가 「제4화」에서 환영성 연쇄살인사건을 해결한 것에 위안을 받고 있을 정도다. 실제로 리에가 내게 터무니없는 기대를 품게 된 탓에 종종 곤혹스러운 일도 있지만, 피해라고 한다면 그 정도일 뿐이다. 별게 아니다. 오히려 나는 「제5화」가 언제 올지 벌써부터 기다려질 정도다. 리에도 그렇게 말한다. "왜 나는 안 나오는 걸까?" 관대와 성실이와 정직이가 등장했는데, 그 엄마가 내가 아닌 다른 여자로 설정되어 있다는 것에, 울분과 질투를 느끼는 모양이다. "아니 정말~ 내 배가 엄청 불러서 세 명이나 열심히 줄줄이 낳았는데, 그 모든 공적을 모르는 사람한테 빼앗겼잖아~." 하고 리에는 말한다. "하지만 ≪하야시 이즈미≫랑 ≪사사키 아즈사≫, ≪히로세 네코≫, ≪사토 에미코≫처럼 엄마 역할을 맡은 사람들은 모두 죽임을 당하거나 뿔뿔이 흩어졌잖아."라고 내가 말하자, "그래도 함께 지내면서 살아 있다고 해서 꼭 좋은 것만은 아냐."라고 리에는 말한다. "산다는 것에도 사는 방식이 있고, 함께 지내는 것에도 나름의 방식이 있으니까."

맞는 말이다.

죽음에도 죽는 방식이라는 게 있다.

세계대전 중에 발생한 대규모 죽음에 대한 반발이 ≪특권적인 죽음을 맞기≫ 위한 장치로서의 추리소설의 유행을 불러일으켰다는 사고방식이 있는 것 같은데, 추리소설에서의 죽음은 사실 전혀 특권적인 게 아니다. 정말로 특권적인 죽음이란 모두가 안타까워하는 가운데 죽는 것이며 병고와 싸워 생명의 활력을 모두 다 쓴 끝에 찾아오는 죽음이며 가족과 친구와 모르는 많은 사람들이 지켜보는 가운데 죽는 것이며 죽고 싶어서 죽고 싶은 방식으로 죽고 싶을 때 죽는 죽음이며 죽어 마땅하여 죽는 것이다. 특권적인 죽음이란 어디까지나 현실이며 일상에 있는, 평온하며 위엄이 넘치는 죽음이다.

그 누구도 이상한 트릭에 말려들어 죽고 싶다고 생각하지 않는다.

어떻게 드나드는지 알 수 없는 밀실에서 살해되고 싶다고 생각하지는 않는다. 특권적인 죽음을 추구한다면, 애당초 그 누구도 다른 누군가의 손에 죽고 싶다고 생각하지 않는다. 더구나 죽임을 당한 뒤, 시시한 모방을 위한 도구가 되어 인격까지 잃고 싶다고 생각하지 않는다. 「창세기」, 「요한 묵시록」은 유명하며 격식이 높고 거대한 이야기지만, 그렇다고 해서 그 모방을 위해서라면 자기가 살해되어도 좋다고 생각하는 사람은 아무도 없다.

죽는 방식과 죽은 뒤에 자기 시체가 보이는 방식은 다른 것이다. 성서를 모방함으로써 자신을 신에 투영시키는 것은 바란다 하더라도, 그것을 위해 죽는 것은 누구도 원하지 않는다. 정말로 특권적인 죽음이라는 것은 어디까지나 자신의 죽음을 맞는 것이다. 자기가 원하는 것을 손에 넣고 죽는 것이다. 위엄. 존경. 주위 사람들이 자신을 잃었다는 것으로 인해 슬퍼하는 것. 안타까워해주는 것. 좀 더 살았으면 좋겠다고 생각해주는 것. 좋은 추억. 만족감. 자신. 좋은 인생을 보냈다는 자부심. 이렇게 죽을 수 있어 다행이라는 죽음을 맞는 기쁨.

추리소설 속의 죽음에 그런 것은 없다.

추리소설이 대전大戰 중의 대규모 죽음을 경험하며 발달했다면, 그런 일이 일어난 이유는 그러면서 없어진 인간의 죽음이 갖는 존엄성을 추리소설가가 회복시키려고 했기 때문이 아니라, 잘 이용한 탓일 것이다. 인간의 죽음이 갖는 존엄성이 없어짐으로써, 추리소설가는 등장인물을 죽이기 쉬워졌고, 상처를 주기 쉬워졌으며, 장난감으로 삼기 쉬워졌다는 것이다. 당돌한 살의와 황당무계한 동기를 이용할 수 있게 되었으며, 사람의 죽음을 접하는 등장인물의 심리상황도 가벼이 묘사할 수 있게 되었다. 무엇보다도, 사람의 죽음이 갖는 존엄성이라는 것에 머리를 쓰지 않아도 되게 되었다.

추리소설 속에서 본래의 특권적 죽음이 그려질 가능성은, 그 이야기 속 사망자가 타살인 척하면서 자살을 시도하고, 자기가 만족할 수 있는 죽음을 맞을 수 있는지 없는지에 달려 있다.

하지만 그것도 «명탐정»이 등장해버리면 불가능해지고 실패하겠지만.

나는 환영성에서 매일 죽임을 당하는 사람들이, 「제4화」에서 «나» 즉 «명탐정 쓰쿠모주쿠»가 몽상한 것처럼, 타살인 척하면서 스스로 원해서 자신이 죽고 싶은 방식으로 죽은 것이었으면 좋겠다. 현실의 환영성에서 그런 일이 일어난 것이면 좋겠다. 현실의 환영성에는 명탐정 쓰쿠모주쿠가 없으니까, 다들 좋을 대로 특권적인 죽음을 맞을 수 있겠지.

하지만 나는 그것을 믿을 수가 없다. 왜냐하면 나는 환영성에서 나는 비명소리를 매일 밤낮으로 듣고 있으며, 그것은 내가 바라는 특권적인 죽음을 맞은 사람의 연기가 아님을 알고 있기 때문이다.

2

점심으로 리에가 만든, 소스를 얹은 전갱이 튀김을 먹고 있는데 뱃속에서 갑자기 뭔가 딱딱한 이물감이 느껴져서 나는 젓가락질을 멈춘다.

"왜 그래?" 하고 리에가 묻는다.

"배 아파. 너무 아파." 하고 내가 대답한다. "뱃속에 뭔가 들어 있어."

"전갱이 가시가, 너무 컸나? 평소엔 괜찮은데……."

"전갱이 가시 같은 게 아냐, 이거. 목에 걸린 게 아니라, 위…… 약간 아래야. 그고 딱딱한데, 이게 뭐지."

나는 내 배에 손을 가져갔다가, 곧바로 뗀다.

"뭐지 이거."

"왜 그래?"

"이거, 뭔가, 울퉁불퉁한 게 내 뱃속에 들어 있어."

"어? 뭐야, 뭐?"

"뭔가 딱딱해…… 뭐지 이거. 아야야야야."

"잠깐 만져 봐도 돼?"

리에가 테이블을 돌아 내 옆으로 와서 웅크린다. 리에가 희고 가느다란 손을 내 배로 뻗어, 배꼽 위쪽을 만져본다.

"좀 더 아래."

"…… 뭐지 이거. 헉, 이거 뭔가 딱딱하잖아."

"딱딱해. 아파."

"전갱이 가시가 아냐 이건. 크잖아."

"그건 절대 아니지. 전갱이 가시 같은 게 아냐. 아까부터 얘기했지만."

"화장실 다녀올래?"

"화장실에서 나올 게 아닌 것 같아."

"병원 갈까? 일어설 수 있어?"

나는 일어서려 한다. 하지만 배에 엄청난 통증이 있어 허리를 똑바로 펴는 것조차 불가능하다. 나는 내 날씬한 배를 웅크리고 의자 위에서 가만히 있는다.

"진짜 아파."

나는 오른쪽 가운데 손가락 끝으로, 내 배 위의, 그 이물질이 들어 있는 곳을 살짝 건드려본다. 평평한 부분과 각진 부분이 있다. 사각형이다. 두께가 있는 사각형 판자 같은 것.

생물은 아니다. 그것은 움직이지 않는다. 손발도 없다. 그저 뭔가 사각형인 물건이다.

그것이 무엇인지 나는 알았다.

책이다.

내 뱃속에 어떤 책이 들어 있다.

그렇게 생각하자 나는 안절부절 못하게 된다.

"리에, 식칼 좀 가져 와봐."

"어? 왜?"

"배 가르려고."

"뭐어? 배를 가르다니. 그럼 안 돼."

"뱃속에, 뭔가 이상한 게 들어 있어."

"병원 가자. 구급차 부를게."

"식칼 좀 가져 와."

"기다려봐. 전화하고 올게."

리에가 내 곁을 떠나, 거실 전화 쪽으로 달려간다. 나는 식탁 위를 본다. 칼은 없다. 나는 부엌을 본다. 칼은 멀리 있다. 나는 테이블 위에 팔꿈치를 괴고 허리를 일으켜본다. 두 귀에 갑자기 불타는 듯한 뜨거운 통증이 느껴진다. 이제까지 아무런 이상 없이 테이블에서 밥과 된장국과 전갱이와 감자와 아스파라거스 찜을 먹고 있었는데, 갑자기 뱃속에 책 한 권을 끌어안고 극심한 통증에 신음하고 있다.

리에가 전화로 "맹장인지 뭔지 모르겠지만…… 아, 어쩌면 위경련일지도 모르겠네요. 어쨌든 와 주세요."라고 말하고 있지만 맹장도 아니고 위경련도 아니다. 내 뱃속에는 무언가 책이 한 권 들어 있다.

나는 바닥에 쓰러진다. 배에서 오는 통증이 진동이 되어 전해져 두개골이 쫘악 하고 산산이 부서지는 듯한 느낌이 든다. 나는 바닥을 기어 부엌칼을 가지러 간다.

뱃속에 있는 «두루마리»를 꺼내지 않으면 안 된다, 하고 나는 생각한다. 거기에는 신의 말씀이 있을 터이다. 요한이 신의 목소리에 따라 천사로부터 받아서 먹은 작은 두루마리. 벌꿀처럼 달지만 요한의 배를 고통스럽게 한 두루마리.

나는 알고 있다.

「제1화」부터 「제4화」까지 그려진 성서의 모방 그 다음 이야기가 시작된 것이다.

「요한 묵시록」의 제10장 제8절과 제9절. 내 뱃속에 «펼쳐진 두루마리»가 있다.

어째서 가공의 모방이 이 시점에 현실에서 일어나기 시작했는지는 모른다. 어떻게 내 뱃속에 책 같은 게 들어갔는지는 모른다. 소설에 쓰인 모방이니까 현실에서는 일어나지 않는 것이니, 이것은 내가 현실이라고 믿고 있을 뿐인 가공의 일일지도 모른다. 하지만 이 통증. 이 통증. 이 통증이 내 몽상을 깨부순다. 이것은 현실에 일어나고 있다. 내 뒤통수 여기저기에서 녹슨 나사를 누가 억지로 빼내려 하는 듯한 느낌이다.

더 이상 참을 수 없어 나는 테이블 위에 있던, 내가 먹다 만 전갱이가 놓인 그릇을 집어 바닥에 떨어뜨린다. 파코－옹왕왕왕……. 소스 속에서 그릇 파편을 집어 들어, 웃옷을 들추고, 책이 들어 있는 내 위장 아래를 날카로운 부분으로 찌른다. 옆으로 당긴다. 그러자 포도껍질이 벗어지듯 내 배의 피부가 열리고, 짐작한 대로 안에서 한 권의 책이 나온다. 그것은 정성스럽게도 비닐봉지에 싸여 있다. 편의점 《패밀리마트》의 흰 봉지다. 입구가 묶여 있다. 하지만 희미하게 책 제목이 보인다. 커버가 휘황찬란한 책이다. 『쓰쿠모주쿠』라는 글씨가 보인다. 내 이름이다. 그것이 제목이다.

내가 가른 내 배에서, 피가 많이 나는 탓에 의식이 흐려져 온다.

하지만 책을 꺼낸 덕분에 통증은 줄었다. 나는 비닐봉지를 열어 안에서 책을 꺼낸다.

그것은 고단샤 노블스다.

쓰쿠모주쿠　세이료인 류스이

작작 좀 했으면 좋겠다, 하고 나는 생각한다. 대체 내게 무슨 원한이 있는지는 모르지만.

3

내가 의식을 되찾은 것은 식탁 아래가 아니라 조후 중앙 병원의 침대 위로, 내 손에 고단샤 노블스 『쓰쿠모주쿠』는 없었고 내 배는 닫혀 있었다. 내 손에 『쓰쿠모주쿠』는 없었고, 대신 리에의 손이 쥐어져 있었다.

리에는 침대 옆 의자에 앉아, 내 침대 위에서 다른 한 손을 이마 밑에 깔고서 자고 있다. 그곳은 독실이며, 창밖은 노을이 지고 있어, 역 앞 파르코[29]의 흰 벽이 오렌지색으로 물들어 있다. 'PARCO'라는 녹색 글씨가 나를 안심시킨다. 나는 정신을 잃은 사이에 세계가 끝나버린 기분이 들었었다. 하지만 세계는 계속되고 있다. 일단 지금은.

내 배에서 «두루마리»가 나왔다.

「요한 묵시록」의 다음 부분이 시작되었다. 「요한 묵시록」의 모방은 뒤에서부터 거꾸로 진행되고 있으니 다음에는 «일곱째 봉인»이 «풀릴» 것이다. «일곱째 봉인»은 일곱 명의 천사가 일곱 개의 나팔을 부는 것으로 풀린다. 그리고 일곱째 천사의 일곱째 나팔은 요한이 두루마리를 받은 뒤에 불게 되어 있으니, 거꾸로, 내 배에 «두루마리»로서 그 고단샤 노블스가 들어가기 전에, «일곱째 나팔»의 모방은 끝나 있을 것이다. 물론 「요한 묵시록」의 모든 문장이 다 모방되어 있다고 할 수는 없지만, 하고 생각하며 나는 손을 뻗어 간호사 호출 버튼을 누른다. 잠시 기다리자 간호사가 온다. "아, 이시다 씨, 눈 뜨셨네요-." 하고 상냥하게 말하는 간호사에게 나는 "오늘 조간과 석간신문을 가져다주십시오." 하고 부탁한다. 그러자 리에가 일어난다. "아, 쓰토무. 괜찮아?" 하고 리에가 말한다. "잠깐 기다리세요, 선생님 불러 올 테니까요-."라고 말하고는 간호사가 병실을 나간다. 나는 간호사에게 "신문도 빨리 가지고 와 주세요."라고 말한다. 간호사가 닫다 만 문틈으로 얼굴을 다시 내밀며 "네, 네."라고 말한다.

일곱째 천사가 일곱째 나팔을 불자, 신과 메시아가 이 세상을 통치한다는 큰 소리가 하늘에서 들려와, 신 앞에 있던 스물네 명의 장로가 엎드려 신의 통치에 대한 경배의 말을 한다. 그러자 신의 성전이 열리고, 거기에

29. 일본의 백화점 체인 이름.

있던 계약의 궤가 나타나, 천둥이 치고 지진이 일어나면서 우박이 떨어진다.

"리에, 책, 가져 왔어?" 하고 내가 묻는다.

"책이라니 무슨?"

"내 뱃속에서 나온 책."

"무슨 소리 하는 거야? 배에서 책이 나올 리가 없잖아."

나는 이불을 걷어내고 티셔츠를 들춰 리에에게 내 배를 보여준다.

배는 매끈매끈하다.

내 배에는 상처가 없고 매끈하다. 꿰맨 자국과 실의 흔적은커녕 상처조차 없다.

"리에, 그 일 이후로 몇 년이 지났어?"

"그 일이라니?"

"내가 점심 먹다가 배 아파하고 나서."

"그거 오늘이야."

리에가 나를 속일 가능성도 있다.

"리에, 휴대 전화 빌려줘."

나는 리에에게서 빌린 휴대 전화로 인터넷을 본다. 직접 주소를 쳐서 야후를 본다. 뉴스 항목을 확인한다. 날짜는 오늘이다. 오늘 아침 텔레비전에서 본 뉴스가 아직 나와 있다. 나는 야후에서 적당한 단어를 넣어 검색해본다. «큐피» «게시판». 그러자 큐피 인형 아이콘이 있는 «큐피 짱의 전언»이라는 타이틀의 게시판이 나온다. "지금 몇 시야."라고 써넣는다.

"왜 갑자기 게시판을 뒤지고 그래?"라고 리에가 말한다. 화면이 바뀌어 게시판으로 돌아온다. 내가 쓴 글의 날짜를 확인한다. 오늘이다.

배를 가른 상처가 몇 시간 만에 완전히 나을 리가 없으니 내 배에서 고단샤 노블스가 나오지 않았다는 것이다. 내가 환각 · 환상 · 몽상 따위를 본 것일 뿐이다.

"왜 그래?" 하고 리에가 묻는다.

"아무것도 아냐." 하고 내가 말한다.

«두루마리»의 모방은 일어나지 않았고, 일어나지 않는 방식으로 일어난 것이다.

"배가 너무 아팠어."

"위가 꼬여서 위경련을 일으켰대. 사진 봤는데, 위가 반 정도 뒤틀려 있었어. 근데 신기한 게, 의사가 마사지를 하니까 나았어. 괜히 손댔다간, 행주처럼 위가 짜였을지도 몰라."

"그렇게 안 돼서 다행이다."

"정말 다행이야-."

«두루마리»만이 현실에서 일어났다. 「제1화」, 「제2화」, 「제3화」, 「제4화」에서 일어난 「창세기」, 「요한 묵시록」의 모방은 실제로 일어나지 않았고, 일어나지 않는 방식으로도 일어나지 않았는데, 나는 결국 «두루마리»의 모방만을 확인했다. 그것이 «성서의 모방»이라는 내 머릿속 이미지 때문에 일어난 환각이라고 해도, 내 안에서, 그것은 «일어난 일»인 것이다. «세이료인 류스이»가 만약 「제5화」를 쓰고 있다고 쳐도, 내 내적 체험을 어떻게 소설화하는지는 모른다. 하지만 이제까지 «세이료인 류스이»가 내게 보내온 소설의 포인트는, 모두 «실제로는 일어나지 않은 일»을 «일어난 일»로 쓰는 것이었을 터이다. 그것이 상징적으로 기능하고 있었다. 맨 처음 «천지창조»를 모방한 「창세기」. 마지막 «신의

재림»을 모방한「요한 묵시록」. 이것들은 실제로는 일어나지 않았기 때문에 순수하게 이미지로서 «시작»과 «끝»의 동시발생을 표현할 수 있었던 것이다. 하지만 지금 그 상징성은 원래 있던 위치에서 어긋나고 말았다. 그것은 단순한 상징이 아니라, 실제로 일어나는 일에 의미를 부여하는 도구가 되고 말았다.

간호사가 의사를 데리고 돌아온다. 신문도 가지고 온다. 나는 신문을 받아들고 그것을 펼친다. 의사가 무슨 말을 하지만 흘려듣는다. 나는 발견한다. «일곱째 천사가 일곱째 나팔»을 «불고» 있다.

모든 것은 어젯밤, 조후에서 일어났다.

야마모토 겐이치로라는 이름의 열세 살 소년이 자택 부근 공원에서 알몸으로 죽어 있었다. 시체 옆에 자동차용 배터리와 전극이 있었고, 시체에 많은 화상 흔적이 있는 것으로 보아, 누군가가 몇 번이고 반복하여 몸에 전기를 흘려 살해한 것으로 보인다. 경찰은 소년 성애벽을 가진 사디스트를 찾을 생각이겠지만, 이것은 그런 섹슈얼한 범죄를 가장한 모방 살인이다. 나는 안다. 야마모토 군에게는 «벼락»이 «떨어진» 것이다.

와타나베 아쓰히로라는, 마찬가지로 열세 살 소년이 자택에서 자던 중에 넘어진 서랍장에 깔려 죽었다. 서랍장을 넘어뜨린 것은 그 아파트로 돌진한 십 톤 트럭이며, 운전수는 종적을 감췄다. 사람들은 소년의 죽음이 사고라고 생각하는 것 같지만, 그렇지 않다. 그것을 가장한 모방 살인인 것이다. 와타나베 군의 방을 뒤흔드는 «지진»이 서랍장을 넘어뜨리도록, 모든 것이 계산되고, 꾸며진 것이다.

다마 강변을 따라 있는 도로 한옆에 업무용 얼음이 쌓여 있는 가운데,

그 얼음산 밑에서 또 열세 살 소년의 시체가 발견됐다. 소년의 이름은 모리카와 요시유키로, 모리카와 군은 전신에 타박상과 골절상을 입은 상태였다. 사람들은 모리카와 군을 차로 친 범인이 얼음으로 시체를 차갑게 만든 것은 사망시간 추정을 어렵게 만들기 위해서이거나, 여름의 더위에 시체가 손상되지 않도록 마음을 쓴 것이라고 생각하겠지만, 그렇지 않다. 그것은 모방인 것이다. 모리카와 군의 시체 위에 놓여 있던 것은 범인이 시체 보존공작을 위해 놓은 얼음이 아니라, «하늘로부터 신의 분노를 찬양하며 내려온» «큰 우박 덩어리»인 것이다.

죽은 세 소년이 모두 열세 살인 것, 그 세 죽음이 모두 어젯밤에 일어났다는 것, 그리고 무엇보다도 소년들의 이름이 이것이 모방 살인사건임을 명백히 하고 있다. «야마모토 겐이치로», «와타나베 아쓰히로», «모리카와 요시유키»는 「제2화」의 마지막 장에서 «내»게 살해된, «사사키 아즈사», «하야시 이즈미», «히로세 네코»의 «전 남자친구»들이다.

«세이료인 류스이»가 「제1화」, 「제2화」, 「제3화」, 「제4화」로 내게 무엇을 알리려 했는지, 나는 이제 알았다.

「제5화」는 없는 것이다.

모든 것이 여기에서 이때 일어나고 있는 현실을 위해 준비된 것이다.

«세이료인 류스이»는 내게, 이 사건들이 모방이라는 것을 알려주고 있는 것이다.

경찰을 비롯하여 그 누구도 눈치채지 못한 이 현실의, 야마모토 겐이치로 · 와타나베 아쓰히로 · 모리카와 요시유키의 죽음의 진실을 내게만 전하려 하고 있는 것이다.

어째서 나인지, 어째서 모방 같은 게 일어나고 있는지는 모른다.

하지만 나는 앞으로 무슨 일이 일어날지 안다.

«일곱째 천사는 일곱째 나팔»을 이미 «불었다». 다음은 «여섯째 천사가 여섯째 나팔»을 «불» 것이다.

그리고 그것은 곧 일어난다.

«유프라테스 강»가에 «네 명의 천사»가 선다. «인간 중 삼분의 일을 죽이기 위해» «신»이 «준비해 둔» 것이다.

4

저녁 일곱 시 삼십 분. 나는 아직 조후의 중앙병원에 있다. 리에는 자기 엄마에게 맡겨두었던 관대와 성실이와 정직이를 데리러 이나기 시에 갔다. 병원에서는 내게 하룻밤 입원한 뒤에 가기를 권했지만 거절하고 집으로 돌아갈 생각이다. 곧 관대와 성실이와 정직이와 함께 나를 데리러 오겠지.

동시에 네 곳에서 불이 난다.

한 건은 조후 보건소 옆에서, 또 한 건은 후다 중학교 옆에서, 그리고 또 한 건은 다이에 스튜디오, 또 한 건은 우리 집에서 난다.

그 네 건의 화재는 거의 정방형으로 이어져 민가를 태우기 시작한다. 110번 신고와 119번 신고가 쇄도하여 조후의 긴급연락 센터가 패닉에 빠진다. 소방차와 순찰차와 구급차가 총출동하지만 주택가의 좁은 골목길이 화재를 피해 탈출하는 주민들과 불구경을 하러 온 구경꾼들로 가득 차버려서 현장 도착이 늦어진다. 그러는 동안 불이 번져 조후 남쪽이 새빨개진다.

내가 있는 병원에서도 그것이 보인다. 7층에 있는, 내가 있는 병실 침대에서, 우리 집이 불타고 있는 것도 보인다.

≪네 명의 천사≫는 말을 타고 있다. 그 말은 불과 연기와 유황을 내뿜는다. 그 불과 연기와 유황이라는 세 개의 재앙으로 인간의 삼분의 일을 죽인다.

나는 병실을 나와 공중전화로 간다. 그곳에는 이미 많은 사람들이 차례를 기다리며 줄을 서 있다. 나는 병실로 돌아가 청바지를 입고 신발을 신은 뒤 또다시 방에서 나온다. 부상자를 받기 위해 긴급태세에 돌입한 간호사실 앞을 지나 계단을 뛰어 내려가, 일제히 실려 오는 환자들을 위해 로비 테이블과 소파를 옮겨 공간을 만들고 있는 의사들 옆을 지나, 나는 현관을 통해 밖으로 뛰쳐나간다. 남쪽 하늘은 흔들리는 오렌지. 검은 연기가 엄청나게 피어오르고 있다. 사이렌소리가 사방팔방에서 들려온다.

나는 병원 주차장 건너편에 있는, 누구의 집인지 모르는 집 현관으로 달려가 문을 두드린다. 대답을 기다리지 않고 문손잡이를 돌린다. 열린다. 내게 다가오던 중년여성이 나를 보고 비명을 지르려 한다. 나는 선글라스를 벗는다. 중년여성의 입에서 나오려 했던 비명소리는 짧은 한숨이 되고, 그 여자는 바닥에 쓰러진다. 나는 구두를 신은 채로 집 안으로 들어가 문을 차례로 연다. 부엌에서 젊은 여자아이가 교복을 입고서 요리를 하고 있다. 나를 보고 그 아이도 쓰러진다. 나는 가스레인지의 불을 끄고 그 고교생으로 보이는 여자아이에게 다가간다. 치마 주머니에 휴대 전화가 있다.

나는 리에가 가지고 있는 휴대 전화로 전화한다. 뚜 · 뚜 · 뚜 · 뚜 · 뚜 · 뚜……하는 소리를 잠시 기다리자, 결국 호출음은 나지 않고 "지금은 사용자가 많아 전화를 거실 수 없습니다."라는 메시지가 나온다. 나는 전화를 끊고 다시 이나기 시의 처갓집으로 전화한다. "네 여보세요 이시다입니다."라는 장모님의 느긋한 목소리가 들린다. "아, 쓰토무입니다. 리에 있어요?" "아, 쓰토무 씨? 잘 지내?" "리에 있습니까?" "리에? 아까 갔어, 애들 데리고." "어느 정도 전에요?" "글쎄, 십오 분 정도 지났을까?" 리에는 자기 차로 이나기 시에 갔을 것이다. 차가 아니면 세 아이와 함께 이동할 수 없다. "쓰토무 씨, 지금 병원이야? 리에, 집에 잠깐 들렀다가 거기로 간다고 했어." "집에? 저희 집이요?" "응." "장모님, 리에 휴대 전화에 전화를 계속 걸어주십시오. 저희 집에 불이 났어요." "어? 뭐라고?" "불이요, 장모님. 불이라고요. 저와 리에의 집이 불타고 있습니다. 지금 리에 휴대 전화가 연결이 안 되는데요, 계속 걸어주세요. 리에랑 통화가 되면 조후 중앙병원으로 오라고 전해주십시오." "조후 중앙병원 말이지? 알았어." 나는 전화를 끊는다.

≪신의 분노로 죽임을 당하는≫, ≪인간의 3분의 1≫에 리에가 포함될지 어떨지는 모른다.

나는 일단 집으로 달려간다. 불타고 있다. 나는 리에와 살고 있는 그 집에서 거의 밖에 나가지 않으므로, 내 거주공간이라기보다는 거의 세계의 전부라고 말해도 좋은 그 집이 불타고 있는 것을 보자, 내 발이 지면에서 3센티 정도 위로 붕 떠버린 느낌이 든다. 그 집은 장모님과 헤어진 직후에 돌아가신 장인어른의 집이었다. 긴 세월 빈집으로 방치되어 있었던 것을, 나와 리에는 리에에게 세쌍둥이가 생기고 난 뒤 우리의 보금자리로 삼았다.

그것이 오렌지색 불에 타오르고 있다. 불타고 있다. 그을고 있다. 지붕과 벽이 군데군데 떨어지고 있다. 창문에는 유리 따위 한 장도 남아 있지 않다. 모든 것이 화염에 날아가 버렸다. 나는 집 옆의 차고를 본다. 리에의 차가 있다.

리에와 관대와 성실이와 정직이가 이 타오르는 집 안에 지금도 있을지 어떨지는 모른다.

나는 집 문에서 낙서를 발견한다.

스프레이로 이렇게 적혀 있다.

여기가 소돔

그렇구나, 하고 나는 생각한다. 이것은 「창세기」의 모방이기도 한 것이다. 「제4화」에서 모방이 끝난 《노아의 방주》와 《바벨탑》 다음에는 《아담》의 자손 《아브라함》과 그 조카인 《롯》의 이야기가 이어지는데, 그 《롯》이 살던 마을이 《소돔》이며, 그 소돔은 《신의 분노》를 사서 《고모라》 마을과 함께 《통째로 불타는》 것이다.

《소돔》은 성性 도착의 마을이기도 하다.

내 과거를 아는 사람은 세시루와 세리카와 쓰토무뿐이다. 그리고 《세이료인 류스이》.

나는 나와 리에의 불타는 집으로 뛰어든다. 화염이 아름다운 나를 둘러싸지만, 내가 지나치게 아름다운 탓에 화염은 나를 태우지 않는다. 내 미모는 파괴하기에는 지나치게 아름다운 것이다. 생명이 없는 화염조차 그것을 두려워한다. 위와 아래와 왼쪽과 오른쪽과 앞과 뒤에서 웅웅

하고 신음하는 화염의 장막은 결코 내게 다가오지 않고 멀리서 소용돌이치며 나를 에워싼다. 현관에는 리에의 신발이 있다. 그것들은 불타서 이미 재가 되고 있다. 나는 현관에서 거실로 들어간다. 천장에서 바닥까지 이어진 불기둥이 흔들리고 있다. 테이블 위에 리에의 차 키가 놓여 있다. 하지만 리에와 관대와 성실이와 정직이의 모습은 그곳에 보이지 않는다. 부엌과 식당과 손님용 침실을 둘러보지만 어디에도 넷은 없다.

나는 화염의 터널을 빠져나오듯 하여 계단을 올라가, 불길이 거센 2층으로 간다. 불이 내뿜는 뜨거운 공기가 밑에서 위로 내 몸을 밀어내어 내 발이 여차하면 정말로 바닥 위로 떠 버린다. 나는 화염에 발이 휩쓸리지 않도록 바닥을 밟으며 2층에 있는 방들을 둘러본다. 하지만 나와 리에의 침실에도, 아이들 방에도, 벽장에도 내 가족은 없다.

그때, 나는 개가 크게 짖는 소리를 듣는다. 이 불타오르는 집 안에 있는 개가 짖을 수 있을 리 없다. 나는 나와 리에의 침실 안으로 들어가, 유리가 소실된 창문 밖을 내다본다. 지붕 건너, 우리 집 정면에 있는 도로를 가득 메운 구경꾼들이 나를 보고 비명을 지르고 있는 것 같지만, 그 소리는 소용돌이치는 화염의 굉음에 지워져 들리지 않는다. 하지만 조금 전에, 분명 개 짖는 소리가 들렸다.

나는 밤의 조후 주택가를 둘러본다. 화염이 다른 세 곳에서 나오고 있으며, 멀리서 불타고 있는 집들 모두 우리 집과 마찬가지로 밝다.

"우라우후라후! 라우후!"

또 개 짖는 소리가 들린다. 나는 찾다가, 발견한다. 내가 서 있는 창문의 바로 맞은편, 환영성 건너 수십 미터 떨어진, 구경꾼들의 모습도 끊긴 저 멀리 어두운 길가에, 털이 긴 작은 개의 모습이 보인다. 케언테리어다. 개가 누구를 향해 짖고 있나 하고 보니, 그리운 나의 형, 세시루.

집으로 누군가 보내오는 ≪세이료인 류스이≫의 소설을 읽지 않았다면 사실은 더욱 그리웠을 것이다.

짖는 케언테리어는 세시루를 쫓고 있다. 세시루는 앞서 달려가는 한 여자를 쫓고 있다. 그 여자란, 양손에 세 갓난아이를 안고 있는 이시다 리에다.

여기에서 뛰어가더라도 무사히 시간 안에 도착할 수 있을지 어떨지 모른다. 내게 필요한 것은 백 드래프트[30]다.

나는 불타오르는 2층을 돌아보며, 등 뒤에서 아직 열리지 않은 문 하나를 발견한다. 그것은 죽은 리에의 아버지 방인데 추억을 위해 그대로 둔 것이다. 창문에는 덧문이 달려 있다. 나는 소용돌이치는 화염 속을 뚫고 그 방 앞으로 간다. 안의 상태를 확인한다. 리에 아버지의 방은 계속 불타올랐을 것이며, 방 안의 산소가 차츰 부족해지고 있을 것이다. 그것을 나타내듯, 복도에서 타오르고 있는 화염에서 나는 듯한 굉음이, 안에서는 들리지 않는다. 나와 리에의 침실 창은 열려 있고, 복도에는 약간의 공기가 통하고 있다.

할 수 있겠지.

나는 리에 아버지 방의 문에 있는 불탄 손잡이를 잡고, 당겨 연다.

도뭉!

리에 아버지 방으로 공기가 한꺼번에 들어가더니, 산소를 보급 받은 화염이 순식간에 기운을 차리고, 폭발하는 듯한 화염에 나는 튕겨 나간다. 나는 복도에서 나와 리에의 침실을 지나 창밖으로 튀어나가 환영성의

30. 산소가 부족하거나 훈소 상태에 있는 실내에 산소가 일시적으로 다량 공급될 때 연소가스가 순간적으로 발화하는 현상.

실루엣을 향해 똑바로 공중을 가로지른다.

나는 상공을 날아 케언테리어를 지나치고 세시루를 지나쳐 관대와 성실이와 정직이를 안고 달리는 리에도 지나친 뒤 전신주 하나를 발로 차서, 도로에 착지한다.

리에가 갑자기 하늘에서 나타난 나를 보고 놀란다.

"쓰토무!"

"기다렸지?"

리에가 "쓰토무!" 하고 다시 한 번 내 이름을 부르고는, 아이와 함께 내 품으로 뛰어든다. 나는 넷을 끌어안는다. 그러고 나서 내 등장에 마찬가지로 놀라 우뚝 선 세시루를 본다.

"저주가 무서워서 드디어 나타났군, 세시루." 하고 내가 말한다. 「제3화」의 «세시루»가 취한 행동과 마찬가지다. 내 저주가 세시루를 재촉하여, «죽이러 오기를 기다릴 바에야 내가 죽이러 가자»는 발상을 일으킨 것이다.

"가조분, 집 밖에 있었군……." 하고 세시루는 말한다.

12년간 지하실에 살고 있던 내가 밖에 나올 가능성 따위, 세시루는 생각하지 않고 불을 질렀겠지.

"어쩌다. 잠깐 병원 갔었어." 하고 내가 말한다. "어제도 그제도 그 전에도, 계속 난 우리 집 안에 있었는데, 오늘만 어쩌다 밖에 나와 있었어."

세시루가 분노과 공포를 느낀 나머지 이를 갈며 나를 노려본다.

"세리카는 어딨어?" 하고 내가 묻는다. "같이 왔을 거 아냐?"

"마이랑은 헤어졌어." 하고 세시루가 말한다.

거짓말일 게 뻔하다. 세시루와 세리카는 결코 헤어지지 않는다. 하지만 정말로 세리카의 모습은 보이지 않는다.

"아파?" 하고 내가 묻자 세시루는 잠자코 있다. 정확하게 그렇지는 않더라도 그와 비슷한 거겠지. "아니면 애라도 생겼어?" 하고 내가 묻자, 세시루의 몸이 약간 떨린다. 맞혔다. 세리카에게 아이가 생겼으니, 나에 대한 공포가 최고조에 달한 거겠지. 세시루의 손에는 군용 나이프가 쥐어져 있다.

"세시루, «세이료인 류스이»가 뭔지 알아?" 하고 내가 묻는다. 그러자 세시루가 이렇게 답한다.

"네가 «세이료인 류스이»잖아?"

5

나는 답한다. "난 «세이료인 류스이»가 아냐."

"거짓말 마." 하고 세시루가 말한다. "너밖에 없어. 나한테 말도 안 되는 소설 보낼 미친놈."

"잠깐. 너한테도 소설이 와?"

세시루가 내 얼굴을 수상쩍다는 듯 쳐다본다.

나는 말한다.

"나한테도 «세이료인 류스이»한테서 소설이 와."

나는 "뭐?"라고 말한 세시루의 군용 나이프를 발로 차서, 공중에서 그것을 낚아채, 세시루의 왼쪽 가슴을 찌른다. 칼끝을 위로 하고, 날로. "우욱, 후."라고 하며 세시루가 쓰러진다. 그리고 가슴을 누르며 "우구루구우우." 하고 신음하는 세시루에게 내가 말한다. "이건 예고야. 한 번만 더 나한테 접근하면, 아니면 내가 너한테 접근하면, 나는 널 죽일 거야.”
나는 군용 나이프로 세시루의 셔츠를 잘라 왼쪽 가슴을 들춰낸다. 거기에는 내가 그린 X마크가 아직 남아 있다. 그 상처 중간에 군용 나이프 날로 낸 상처가 생겼다. 내가 말한다. “오늘은 수중에 일본도가 없으니 봐주지. 여자랑 아이들 앞이기도 하고. 하지만 다음번에는 절대로 안 봐줘. 난 너를 반드시 죽일 거야. 네가 날 피해 도망 다니더라도, 반드시 찾아서 잡아 죽일 거야.”

내가 바라던 대로 세시루가 운다. “하지 마. 제발, 그냥 내버려 둬줘. 부탁이야.”

나는 무시하고 일어서서, 리에 쪽을 본다.

리에는 아직 겁에 질려 있다.

좀 전에 세시루를 쫓고 있었던 케언테리어가 없다.

그 개도 ≪고단샤 노블스에서 간행된 세이료인 류스이의 『쓰쿠모주쿠』≫와 마찬가지로 내가 본 환각이었는지도 모른다. 「제3화」에 나온 케언테리어와 같은 개라면, 그 개의 이름은 ≪못피≫일 것이다. ≪못피≫가 어째서 내게 리에가 있는 곳을 알려줬는지는 알 수 없다.

뭐, 됐다, 라고 나는 생각하고, 리에에게 말한다.

“자, 우선 여기를 떠나자. 네 친정으로 가자.”

그러자 리에는 “잠깐, 그 사람, 누구야?”라고 세 아이를 두 손으로 안은 채 말한다. 필사적인 어머니는 강하다. 아이를 떨어뜨리기라도 하는 일이 없다. 나는 바닥에 군용 나이프를 버리고, 리에로부터 관대와 성실이를 받아 안은 뒤에 말한다.

“이누가미 야샤야. 명탐정.”

“다시 말해 세시루 씨지? 쓰토무의 형인.”

내가 대답하기 전에 리에는 정직이도 내게 건네주고, 그 순간 웅크려 앉아 울고 있는 세시루에게 다가가는가 싶더니, "이 변태자식."이라고 말한 뒤 세시루의 얼굴을 발로 찬다. 리에의 운동화가 세시루의 귀 밑 언저리를 파고든다. "으윽."이라고 한 세시루의 얼굴이 빙그르르 돌아, 볼이 순식간에 새빨개진다. "개자식."이라고 말하며 리에는 이번에 세시루의 뒤통수를 찬다. "끄윽, 우우우, 우." 하고 세시루가 신음하며, 운다. 도로에 얼굴을 묻은 채 코를 훌쩍이고 있다. 그런 뒤 리에가 "뒈져버려!"라고 말하며 몇 번이고 몇 번이고 발꿈치로 세시루의 뒤통수를 차기에, 나는 그런 리에를 말린다.

"그만해."

"쓰토무, 이 바보자식 때문에 우리 아버지 집이 타버렸다고!"

리에는 다시 한 번 세시루의 뒤통수를 발로 찬다.

"으윽, 끅."

"그만해 리에."

"괜찮다니까, 이 정도는 해도 돼. 진짜 나 이 자식 죽여 버릴 거야."

그러자 그때 리에 발밑에 있던 세시루가 말한다.

"아버지와의 추억이 깃든, 사랑스러운 fuck house가 다 타버려서 슬프니까 말이지, 리에?"

리에가 세시루를 내려다본다. 리에의 안색이 새파래져 있다.

세시루가 말을 잇는다.

"나한테 온 「제4화」에 쓰여 있었어. 근친상간이 발각되어 엄마와 별거하고, 이혼했는데, 그래도 질리지 않고 근친상간을 계속 하던 중에 아이가 생겨서, 아버지는 자살하고, 리에는 곤란해졌지. 난처해진 끝에 가조분을 발견하고, 그 후레자식을 자신의 후레자식의 아버지로 꾸며내다니 경사 났네 경사 났어. 하지만 그 경사를, 내가 깨부숴서 「제4화」 끝. 그렇지? 하지만 그 소설, 나한테 보내서 내게 계획을 실행하도록 부추긴 건 저 자식이야! 어이 가조분, 그렇잖아!"

우선 나는 대답한다. "나한테도 ≪세이료인 류스이≫의 소설은 오고 있다고, 아까 말했잖아." 그리고 나는 묻는다. "세시루, 그 소설, 지금 가지고 있어?"

"닥쳐! 뒈져버려!"

말이 안 통하네.

나는 아이 세 명을 안은 채 신발을 벗고, "리에, 잠깐 저리 가."라고 하여 리에가 세시루로부터 물러선 시점에서 땅에 떨어져 있던 군용 나이프를 발로 멀리 차버린다. 그것이 세시루의 목에 꽂힌다. 세시루가 말을 멈춘다. 나는 세시루에게 다가가 관대와 성실이와 정직이를 리에에게 돌려주고, 웅크려 앉아, 세시루의 목에서 칼을 빼낸 뒤, 그것을 그대로 세시루의 왼쪽 가슴에 찌른다.

나는 알고 있다. 세시루는 나를 죽이러 왔지만, 동시에 죽으러 온 것이다.

자신을 저주한 내 그림자에 대한 두려움에 지칠 대로 지친 것도 있겠고, 아마도 세리카의 뱃속에서 자라고 있는 아이의 존재에도 지칠 대로 지쳤겠지. 그래서 일부러 나를 도발한 것이다.

근친상간으로 태어난 아이가 두려운 것은 세시루도 마찬가지다. 그 두려움이 죽음을 초래하는 결과를 낳은 것 또한, 세시루도 마찬가지다.

나는 세시루의 가슴에서 칼을 빼내어, 세시루의 셔츠에 피를 닦고, 일어나, 칼을 청바지 뒷주머니에 넣고 나서 리에에게 말한다. "자, 가자." 나는 리에에게 손을 내민다. "같이 장모님 댁으로 가자."

리에가 내 뒤를 따라온다. 불타는 나와 리에와 리에 아버지의 집에 드디어 불을 끄기 위한 물이 뿌려지기 시작하지만, 리에는 뒤를 돌아보지 않는다.

리에가 말한다. "저 사람이 한 말, 전부 거짓말이야."

"응." 하고 나는 말한다.

«롯의 딸»이 «근친상간으로 아이를 가진 것»이 모방된 것일 뿐이다. 단순한 모방. 진실이 아니다.

관대와 성실이와 정직이는 내 아이들이다.

다른 누구의 아이도 아니다.

6

우리는 밤길을 걷고 있다. 불타는 집이 무너져 내리는 보모-옹! 하는 소리가 멀리서 몇 번이고 들린다. 그것은 멀지 않지만, 불꽃이 공중을 춤추며 내는 치리리칭치리리 하는 소리는 무척 가까이에서 들린다.

하늘을 붉게 물들이고 있는 지상의 불은, 하늘에 있는 구름이 하늘의 무늬가 아니라 하늘과는 별개로 거기에 떠있다는 것을 가르쳐 주고, 그 구름이 떠있는 곳은 의외로 지면과 가깝다는 것을 알려준다. 화재로 인한 불빛이 닿을 정도의 거리인 것이다.

여기저기로 엇갈리며, 다가갔다가, 멀어지는 많은 사이렌 소리들은, 지상에는 여러 가지 길이 있으며 그것이 펼쳐져 있고, 어딘가 멀리까지 계속되고 있음을 알려준다.

관대와 정직이를 내가 안고, 성실이를 리에가 안고 있다. 셋 다 우리 품 안에서 우리들에게 안기듯 하여 자고 있다. 잘 자는 아이들인 것이다. 잘 자는 아이는 잘 자란다는 말이 있지만 우리 집 아이들은 좀 지나치게 많이 잔다고, 리에는 자주 말하지만, 푹 잘 자는 아이들은 은연중에 내게 위로가 된다. 이 세 명이 나와 리에를 신뢰하고 있다는 증거인 것이다. 나와 리에와 함께 있으면 안심한다는 증거인 것이다. 나와 리에가 이 작은 세 명을 일단 잘 지키고 있다는 증거인 것이다.

정직이가 쭉 내민 채로 벌리고 있는 입에서 침이 흐르고 있다. 나는 뒤에 있는 리에를 돌아보며 "손수건으로 정직이 입가 좀 닦아줄래?" 하고 부탁한다. 고개를 숙인 채 걷고 있던 리에가 얼굴을 들어 내 얼굴을 보고 웃고, 정직이의 얼굴을 보고 살짝 웃는다. 그런 뒤에 청바지 주머니에서 손수건을 꺼내어 정직이의 입가를 살짝 훔쳐 닦는다. 정직이가 약간 입을 닫고는 실눈을 떠서, 얼굴을 확 찡그리기에 울려나, 하고 생각했지만, 결국 울지 않고 다시 잠든다. 입은 여전히 쭉 내밀고서 벌리고 있다. 어차피 침은 또 흘리겠지.

손수건을 청바지 주머니에 넣고, 리에는 아이를 안지 않은 쪽 팔을 내 허리로 뻗어, 내 티셔츠 옷깃을 잡는다.

그대로 다섯이서 꼭 붙어 걸으며, 다마 강 제방에 이른다. 하천부지에 전등이 없으니, 다마 강은 그저 새까맣게 어둡다. 어두운 강 수면에 비치는 건너편 마을의 불빛만이 강과 강가를 구분하고 있다. 이나기 쪽에서 조후를 보면, 붉게 물든 하늘이 비쳐 강의 모습도 좀 더 확실히 알 수 있겠지.

조후를 태우는 불을 등 뒤로 멀리 하고, 사이렌 소리도 희미해졌을 즈음, 이윽고 아이들의 숨소리가 귀에 들어왔다. 밤이 되어도 계속 울고 있는 매미소리가 들린다. 개구리 울음 소리도. 눈앞에 펼쳐진 다마 강의 어둠이 마을과 마을을 구분하며 조용히 머물러 있고, 나는 무심코 멈춰 선다. 낮의 햇살에 데워진 풀냄새가 아직 남아 있다.

"쓰토무가 좋아."

내 뒤에서 리에가 말한다.

"구해줘서 고마워."

리에가 내 등에 얼굴을 가져다 댄다.

내 티셔츠를 잡고 있던 손을 내 가슴에 댄다.

"너무 무서웠어. 정말 고마워."

내가 잠자코 있자, 리에가 티셔츠 위로 내 가슴을 쓰다듬는다.

리에가 무언가 말하려 한다.

그리고 관둔다.

또다시 무언가 말하려 한다.

하지만 관둔다.

나는 다 안다.

관대와 성실이와 정직이는 진짜로 나와 리에의 아이이다. 나와 리에가 2년 8개월 전에 만든 아이이며, 1년 11개월 전에 리에가 낳았다. 리에의 아버지가 돌아가신 것은 4년 전인데, 그때 리에는 나고야에 있는 여대에 다니며 혼자 살고 있었다. 아버지의 장례식을 끝내고 나고야로 돌아가, 몇 달 뒤에 여대를 졸업한 뒤 마찬가지로 나고야 시내에 있는 설계사무소에서 일했고, 그러고 나서 바로 나를 만났다.

리에와 나 사이에 아버지가 끼어들 틈은 없고, 리에와 나와 세 아이들에 대해서는 물론 말할 것도 없다.

하지만 리에는 아버지와 어머니가 12년 전 별거하기 시작했을 때

아버지와 살기를 선택했고, 어머니와의 사이가 냉랭하지는 않았지만, 아버지와의 사이는 꽤 좋았다. 덕분에 리에는 중학교, 고등학교, 대학교에 걸쳐 단 한 명의 남자친구도 사귀지 않았을 정도였다. "어쩐지 필요가 없었으니까."라고 리에는 말한다. "아빠랑 같이 있는 게 더 즐겁고, 아빠가 여러모로 센스도 더 좋고, 아빠랑 같이 있지 않으면 아빠가 불쌍했으니까."

리에는 아버지를 좋아했던 것이다. 물론 그 애정은 보통 남녀 간의 연애감정과 다르다. 하지만 그것과 착각 가능한 것이었고, 착각하기 쉬운 것이었다. 리에 스스로가 착각하고 있었던 것 아닌가, 바꿔 생각하고 있었던 것 아닌가 하고 의심하게끔 할 정도의 것이었다.

리에는 의심하고 있다. 가능성을 생각하고 있다. 그 가능성의 존재를 두려워하고 있다.

나는 그 가능성의 존재를 부정해줄까 생각한다. 그것은 일어나지 않은 일이니, 일어날 수 없었던 것이다. 일어났을지도 모른다고 생각할 수 있는 일도, 일어나지 않은 이상, 애당초 일어날 수 없는 일이었던 것이다. 그렇게 말해줄까 싶다.

하지만 관둔다.

그 얘기는 이제까지 몇 번이나 해왔다.

아니 하지 않았다.

내가 그 얘기를 한 것은 《세이료인 류스이》의 소설 속에서뿐이었다. 실제로는 아직 말하지 않았다. 하지만 내가 나오는 그 소설을, 리에도 벌써 몇 번이고 읽은 상태다. 내가 가능성에 대한 그 얘기를 하면, 또 그 얘기한다, 하고 리에도 생각하겠지.

실제로는 아직 말하지 않았어도. 실제로는 소설 속에서 읽은 적이 있을 뿐이라도.

나는 아무 말도 하지 않고 돌아보며, 아기 세 명을 사이에 둔 채로, 리에와 천천히 길고, 부드럽게 입술을 맞춘다. 윗입술을 핥고, 아랫입술을 깨물며, 서로의 혀를 섞는다. 서로의 앞니를 혀끝으로 더듬는다.

"쓰토무, 경찰한테 잡히지 마."라고 리에가 말한다.

"안 잡혀."라고 나는 말한다.

"멋져, 쓰토무. 선글라스 벗어봐. 어두우니까 괜찮아."

나는 선글라스를 벗는다.

어두운 다마 강 제방에서, 리에가 내 눈알에 키스한다.

"가엾은 쓰쿠모주쿠."라고 리에가 말한다.

그러고 나서 다리를 건너 다마 강 건너편의 이나기 시市로 들어가, 그곳에서 겨우 택시를 잡아 리에의 어머니 집에 간다. 관대와 성실이와 정직이를 침대에 눕히고, 나는 다시 현관으로 돌아온다. 리에가 따라온다.

"조후로 돌아갈 거지?"

"응. 이것저것 해야만 하는 일이 있으니까."

"조심해."

"리에, …… 아버지 집, 불타게 된 거, 미안해."

"조심해 쓰토무. 나, 안 자고 기다릴 거야."

"가능한 한 빨리 돌아올게. 자고 있어."

"나도 갈까?"

"관대랑 성실이랑 정직이, 밤에 깨서 소란피우면 안 되니까, 여기 있어."

"네 - 에."

"나도 리에가 좋아."

그렇게 말하니 리에가 얼굴을 꼭 끌어안고 문질렀다.

"이제야 말해주다니-. 정말-."이라고 말한 뒤 으앙- 하고 울었다.

으앙-.

택시를 잡아 나는 붉은 조후로 향한다. 조후를 태우고 있는 불길은 아직 잦아들지 않았다. 이렇게까지 광범위하게 불길이 퍼질 리가 없다. 누군가가 적극적으로 불길을 키우고 있는 것이다.

세시루가 우리 집에 불을 지름과 동시에 다른 세 군데에서도 불길이 솟았다. 세시루 말고 다른 세 명의 «천사»가 있다.

나는 우리 집 근처로 돌아온다. 리에 아버지의 집은 아직 불타고 있으며, 그 앞 골목길에 경찰관들이 모여, 로프로 경계를 만들고 있다. 세시루의 시체가 발견된 것이다. 나는 그 경찰들 옆을 지나, 골목길 좌우를 확인한다. 내가 찾고 있는 것은 세시루가 타고 왔을 자동차다. 세시루는 나를 죽이려고 했겠지만, 리에와 아이들에 대해 명확한 살의가 있었는지 어땠는지는 모른다. 나를 못 잡았을 경우에 인질로 하려고 했을 가능성이 높다. 설마하니 세리카와 함께 우리 집 근처에 살고 있을 리는 없으니, 틀림없이 어딘가에서 차를 가지고 왔을 것이다.

찾았다.

내가 찾은 것은 세시루의 차뿐만이 아니었다. 내가 세시루의 붉은 알파로메오 조수석에서 발견한 것은, 커다란 배를 끌어안은 세리카였다.

세리카는 창문에 머리를 기댄 채 자고 있다. 볼에 눈물이 흐른 자국이 있다. 울다가 잠든 모양이다. 세리카는 세시루가 죽은 것을 알고 있다. 내가 죽였다는 것도. 내가 내 저주의 말대로 세시루의 왼쪽 가슴을 찔러 죽였다는 것도.

나는 세리카의 커다란 배를 본다.

저주대로 세시루를 죽인 이상, 여기에서 세리카를 깨운다면, 나는 세리카의 배를 갈라 태아를 끌어내고, 어딘가 다른 곳으로 데려가 그 아이를 먹어야 할지도 모른다. 잘 모르겠다.

세리카의 배는 정말 커서, 슬슬 예정일이 임박한 것 같다. 세시루가 죽은 이상, 세리카의 배를 갈라 아이를 먹을 기회는 지금뿐인지도 모른다. 이 기회를 놓치면 내 저주는 더 이상 의미가 없어지겠지.

그래도 좋다.

애당초 내 저주는 말만 가지고 효과를 내는 것이며, 실제로 그것을 행동에 옮길 필요는 없는 것이다. 세시루를 죽일 필요는 없었다. 내가 세시루를 죽인 것은 세시루가 리에에게 꺼림칙한 말을 내뱉었기 때문이다. 나의 사랑스러운 세시루. 죽이고 싶지 않았다. 나는 세시루가 필요했던 것이다.

세리카와 세리카의 뱃속 아기는 그냥 두자. 나는 붉은 알파로메오 안에서 잠든 세리카를 바라보며 그렇게 생각한다.

나는 뒷좌석에서 찾고 있던 것을 발견한다.

왼쪽 위가 더블클립으로 고정된 두꺼운 종이다발이, 시트 위에 아무렇게나 놓여 있다. 다발은 네 개.

가장 위에 놓인 종이다발 표지가 보인다.

제1화 세이료인 류스이

이거다.

나는 뒷좌석 문을 살짝 연다. 소설을 향해 손을 뻗는다. 그때 세리카가 눈을 뜬다.

"가조분."

3년 만의 세리카.

"어."

"세시루를 용서해줘."

나는 말한다. "세시루라면 죽여 버렸어."

세리카가 끄덕인다. "알고 있어."

"………… ."

"하지만 그래도 세시루를 용서해줬으면 해."

"죽어 없어진 사람을 용서하고 용서하지 않고가 어디 있어."

"그건 잘못 생각하는 거야, 가조분이."

"………… ."

"해소된 문제를, 해결해야만 하는 일도 있는 거야."

"…… 무슨 말인지 모르겠어."

"내 뱃속 아이, 누구 아인지 알고 있어?"

"세시루겠지?"

"아냐. 가조분 아이야."

"뭐?"

"네가 내 뱃속에 만든 아이라고. 어쩔 거야? 세쌍둥인데."

"무슨 소리야?"

"봐 이 커다란 배. 본 적 있지? 리에 씨 때."

나는 뒷좌석에 앉아 손을 뻗어, 세리카의 배에 손을 갖다 댄다.

세리카의 원피스 아래 따뜻한 배.

"건강한 세쌍둥이야. 이름, 어떻게 할까 싶어. ≪관대≫, ≪성실≫, ≪정직≫으로 해도 돼? 나도 그 세 이름, 좋아하는데."

세리카의 배 아래로 내 손바닥에 만져지는 것은 아이가 아니다. 딱딱하다. 사각형이다. 납작하다. 직선인 것.

책이다.

나는 청바지 뒷주머니에서 세시루의 칼을 빼내어 세리카의 배를 찌른다. 꾹 하고 옆으로 긋는다. 세리카의 배가 갈라져, 안에서 세 권의 책이 툭 튀어나온다. 비닐로 정성스럽게 싸여 있는 세 권의 고단샤 노블스다.

쓰쿠모주쿠　세이료인 류스이

가토 세시루　세이료인 류스이

스즈키 쓰토무　세이료인 류스이

또다시 나는 환각을 보고 있다.

눈을 뜨기 위해 나는 뒷주머니에서 꺼낸 칼을 세리카의 커다란 배에 꽂거나 하지 않고, 그 대신 선글라스를 벗어 내 얼굴을 자른다. 관자놀이에 칼집을 낸 뒤, 얼굴 살과 두개골 사이에 칼을 미끄러뜨리듯 끼워 넣어, 나는 내 얼굴을 전부 자르기 시작한다. 들춰낸 살을 펼치고, 칼을 더 안쪽으로 집어넣어, 볼과 이마와 코와 턱을 한 장의 스테이크 고기처럼 만들어 뚝 떼어낸다. 내 무릎 위에 따뜻한 내 얼굴이 떨어진다. 눈꺼풀과 코와 볼이 없어진 것은 별로 신경 쓰이지 않지만, 입술이 없어졌다는 것만이 묘하게 마음에 걸린다. 눈꺼풀이 없어도 눈은 보이고 코가 없어도 냄새는 맡을 수 있지만, 입술이 없으면 제대로 된 말은 아무것도 할 수 없는 것 같은 기분이 든다.

"세리카."

말할 수 있다.

"날 와."

"싫어."

"괜찮아. 이제 기절 안 할 테니까."

세리카가 뒤에 있는 나를 돌아본다.

"어, 진짜다. 괜찮은가봐."

"세리카, 아이들 이르, «관대»랑 «성실»이랑 «정직»으로는 하지 아. 그것안은 관둬."

후, 하고 세리카가 웃는다.

"당연하지. 거짓말이야. 농담. 미안해 가조분. 아이 같은 거 안 낳아. 이 뱃속에 있는 거, 뭔지 알아?"

"…………."

"이거, 아이가 아냐. 아무것도 아냐. 여기에 들어 있는 거, 내 꿈이야, 단순히. 나, 요 아홉 달 동안 쭉, 계속 상상 임신하고 있어. 엄청나지? 인간의 상상력, 믿으면 임신 같은 거 간단히 할 수 있으니까."

"…… 세리카는 누구 아이를 갖고 시었던 거야?"

"…… 처음엔 세시루의 아이를 낳아버리려고 했는데. 세시루도 그렇고 나도 무서워서, 못했고, 그 다음엔 가조분의 아이가 갖고 싶어졌어. 하지만 세시루랑 함께 있는데, 가조분의 아이를 갖고 싶다고 말하기는 좀 그렇잖아? 그래서 나, 세시루랑 가조분 둘의 아이가 갖고 싶어. 둘 다 한꺼번에. 욕심쟁이지? 그래도 맘 놓고, 세시루와 몸을 합치고 있으니 가조분의 아이라고 할 수 없고, 애당초 이거, 진짜 아이가 아니니까. 물이 고여 있어, 아이 모양으로. 그뿐이야. 예정일이 되면 진통 같은 게 와서, 안에 있는 물이 전부 나올 거야. 그걸로 끝. 하지만 쓸쓸하니까, 나, 다른 가공의 남자를 좋아하게 돼서, 그 남자의 가공의 아이를 임신할 거야, 분명. 그래서 나, 사랑을 키워갈 거야. 원한다면 세시루의 아이도 배 안에 만들 수 있어. 갖고 싶어지면."

"이 소설, 가져가도 돼?" 하고 나는 뒷좌석의 종이다발을 들며 말한다.

"돼." 하고 세리카가 말한다. "있지 가조분, 부인이랑 잘 지내?"

"잘 지내."

"아이, 귀여워?"

"귀여워."

"아– 좋겠다." 하고 말한 뒤 세리카는 앞을 보며 자세를 고쳐 앉는다. "그런 가족 같은 것도, 자기 상상력만으로 만들 수 있으면 좋을 텐데–."

"세리카, 울이 곧 언질 테니, 슬슬 도망가."라고 말한 뒤 나는 뒷좌석 문을 연다.

"응, 고마워." 하고 말한 뒤 다시 세리카는 뒤를 돌아본다. "있지 가조분. 미안해."

"괜찮아."

"그거 말고. 아까 거짓말 한 거 말고."

"…………."

"그것도 미안하지만, 그게 아니라, 옛날에, 후쿠이에서, 마지막 날 있었던 일. 미안해. 그런 상황에, 가조분이 들어올 줄 몰랐어. 게다가, 세시루랑 그런 식의 관계가 되고 싶지도 않았고……."

"이제 됐어. 딱히. 신경 안 쓰여."

"진짜?"

"응."

"다행이다. 그게 정말, 맘에 걸렸었어. 가조분에게는 민폐만 끼쳤고, 심한 짓만 했으니까. 미안해. 전부 다 미안."

"괜찮아. 사과할 필요 없어."

"그래?"

"세리카. 그때의 저주, 훌게. 나는 세리카의 아이를 애앗지 않을 거고, 억지도 않을 거야. 나는 세리카가 귀여운 아이를 낳았으면 좋겠어. 세리카랑 아이가 행옥했으면 좋겠어."

그러자 세리카는 "됐어, 난, 아이는."이라고 말한다. "나는 «아브라함»이고 내 아이를 «신»께 바쳤어. 그로써 «신»은 나를 축복해주니까. 나를 «듬뿍» 축복하고, 내 자손을 «하늘의 별처럼, 해변의 모래처럼» 늘려, 내 자손에게 «적의 성문»을 갖게 하고, «지상의 모든 국민»은 내 자손에 의해 축복을 받게 돼."

내가 차에서 내리자, 세리카는 차에서 나오지 않고 운전석으로 옮겨 타, 커다란 배를 안고 차를 몰고 간다. 도로에 우뚝 선 내 오른손에는 내 얼굴과 선글라스가 있고, 내 왼손에는 세시루와 세리카에게 «세이료인 류스이»가 보낸 「제1화」, 「제2화」, 「제3화」, 「제4화」가 있다. 붉은 알파로메오가 시야에서 사라지자, 나는 벗겨낸 내 얼굴을 두개골 위에

척 붙이고, 그 종이다발을 안은 채 다이에 스튜디오 쪽을 향한다.

다이에 스튜디오 안에서, 처음으로 불이 붙은 창고에 들어간다. 그곳은 아직 불길을 잡으려고 하는 중이며 아직 불타고 있었지만, 내게 화염은 다가오지 않는다. 무엇을 찾아내겠다는 생각도 없이 불길 속으로 들어갔는데, 나는 그 안에서 《천사》의 정체를 알게 된다.

조후 보건소 옆과, 후다 초등학교 옆의 처음 불이 시작된 곳에서도, 나는 《한 명》씩 《천사》를 발견한다.

그리고 나는 얼굴 살을 원래 위치에 꿰매어 붙인 뒤에 경찰을 부른다.

나는 해설을 시작한다.

"조후의 네 곳에서 일어난 동시 화재는, 모두 《이누가미 야샤》라는 이름을 쓰며 도망 다니고 있는 가토 세시루의 범행입니다. 《이누가미 야샤》는 남동생인 저를 살해하기 위해 저의 집에 불을 질렀습니다. 하지만 거기에 불가능한 상황을 섞어 둠으로써, 만약 체포되었을 경우에도 입건이 어렵게끔 해둔 것입니다. 아시다시피 체포 기소 유죄확정이라는 절차를 밟으려면, 범행의 추이를 실제와 같이 재구축하여 문서로 만들어야만 합니다. 불가능상황을 만듦으로써, 만약 그것을 만든 방법을 경찰관과 검사들이 모른다면, 아마도 입건하기가 애매해질 테니, 잘만 하면 증거불충분으로 불기소처분이 될지도 모른다고, 《이누가미 야샤》는 생각했습니다. 하지만 《이누가미 야샤》가 준비한 불가능 범죄는, 체포 후를 예상한 것과 마찬가지로 어리석고 단순한 것이었습니다. 자신이 불을 낸 시간과 같은 시간에 다른 세 군데에서 불을 낸다면, 경찰관과 검사는 자기가 어떻게 해서 다른 세 곳에 불을 질렀는지 입증해야만 하고, 어쩌면 다른 세 방화범을 가짜로 만들어낼지도 모르며, 그렇게 하면 자신의 범행도 그 가공의 방화범이 저지른 짓으로 할 수 있을지도 모른다고, 어리석게도 명탐정을 칭하는 《이누가미 야샤》는 생각한 것입니다."

그렇게 말하며 나는 비닐에 들어 있는 일곱 개의 화살을 모두에게 보여준다. 모든 화살이 검게 그을어 숯덩이처럼 된 상태다.

"이 중 세 개는, 저의 집 이외의 세 발화지로 생각되는 현장에서 발견한 것입니다. 나머지는 조후의 다른 곳에서 검게 그을린 채 발견되었습니다. 《이누가미 야샤》는 이 목제 화살에 불을 붙여, 저희 집 앞에서 적당한 방향으로 날렸습니다. 그리고 어떻게 되는지 지켜보았습니다. 그러자 검은 연기가 피어올랐습니다. 두 개, 세 개. 그래서 《이누가미 야샤》는 바로 저희 집에 불을 질렀습니다. 다른 곳의 화재와 간격을 둔다면 불가능상황이 되지 않으니까요. 《이누가미 야샤》는 서둘렀습니다. 하지만 서두른 덕분에 제가 어쩌다 집 밖에 나와 있다는 것을 알아채지 못했습니다. 그리고 불타기 시작한 저희 집으로, 병원을 나온 제가 달려왔다는 것도……."

나는 사건 현장에서 발견한 《이누가미 야샤》와 격투를 벌이게 되어, 정당방위로 《이누가미 야샤》를 살해하게 되었다, 유감이다, 라고 말하며 마무리 지었다. 《여기가 소돔》이라는 낙서의 의미는 모르겠다고 말했다.

그리고 나는 이나기 시에 있는 리에의 친정으로 돌아간다. 리에는 세쌍둥이와 함께 자고 있다. 장모님이 일어나 나를 기다리고 있고, 내게 차를 내어 준다. 그것을 마시면서, 나는 조후의 화재현장에서 발견한 세 통의 편지를 펼친다. 그것들은 각각 알루미늄 호일에 싸여, 화살에 묶여 있었다.

"어머, 쓰토무 씨, 그거 뭐야?" 하고 장모님이 묻는다.

"누군가의 장난입니다." 하고 내가 말한다.

"하지만, 쓰토무 씨 이름이 적혀 있잖아?" 하고 장모님이 내 손에서 편지를 빼앗는다.

환영성 연쇄살인의 범인은, 명탐정 쓰쿠모주쿠

환영성 연쇄살인의 범인은, 세이료인 류스이

환영성 연쇄살인의 범인은, 대폭소 카레

"전 명탐정 같은 게 아닙니다."라고 하면서 나는 장모님으로부터 편지를 다시 슬쩍 빼앗는다. "게다가 쓰쿠모주쿠도 아닙니다. 전 이시다 쓰토무입니다."

나는 편지를 찢어버리고 구겨서 쓰레기통에 버린다.

사실, 세시루가 태운 것은 우리 집뿐이었다. 하지만 세시루가 우리 집에 불을 붙인 그때, 한 가지 우연한 사건이 일어났다.

환영성 안에서, 누군가가 범인의 이름을 밖으로 흘려보낸 것이다. 그것을 바깥사람들에게 알리고자, 언제나 고함이나 비명이나 우는 소리 등을 흘려보내는 어딘가의 틈새를 통해, 편지를 묶은 화살을 날려 알리고자 한 것이다. 목소리로는 알릴 수 없는 무슨 이유가 있었겠지. 화살에 불을 붙인 것은, 밤의 어둠 속에서도 화살의 위치를 잘 알 수 있게 하기 위함이었다. 하지만 그것이 범인에게 발각되어, 곧바로 범인은 다른 편지를 준비했고, 다른 화살에 불을 붙여 날렸다. 그리고 그 편지들은, 화살에 붙은 불이 화재로 번져버린 탓에 결국 나 이외의 인간에게는 발견되지 않고 있었다.

나는 이 편지를 은폐하기 위해 세시루에게 화재의 책임을 모두 덮어씌워버렸지만, 어차피 세시루는 이미 죽고 없다. 딱히 신경 쓰지는 않겠지.

내가 차를 다 마셔갈 때, 처갓집 전화가 울린다. "누굴까 이런 시간에." 라고 하면서 장모님이 전화를 받는다. 그리고 내게 수화기를 건네준다. "쓰토무 씨, 진짜 쓰토무 씨야."

쓰토무에게 내가 있는 곳을 가르쳐준 기억은 없다.

"…… 여보세요."

"아, 형? 내다, 쓰토무."

쓰토무다. 나의 쓰토무.

"오오, 어떻게 내가 있는 델 알았어?"

"후후후후후. 뭐 나도 명탐정 아이가."

"명탐정?"

"명탐정 대폭소 카레. 잘 부탁한데이."

≪명탐정 대폭소 카레≫는 분명 「제1화」에서 쓰토무가 쓰는 이름이다.

"쓰토무."

"와."

"≪세이료인 류스이≫가 뭔지 알아?"

"안다. 그거 내다."

"텔레비전 틀어봐라. 대게이오 채널." 쓰토무의 말대로 나는 리모컨을 누른다. 벌써 동틀 녘이 되어 텔레비전에서 뉴스가 시작되었다. 화재 영상이 들어와 있다. 하지만 그것은 조후의 네 곳에서 동시에 발생한 화재의 모습이 아니다.

불타고 있는 것은 니시아카쓰키의 가토네 집이다.

불길에 휩싸여, 연기 속에서, 무너지고 있는 나와 세시루와 세리카의 고향집.

문에 스프레이로 글자가 적혀 있다.

여기가 고모라

"이거, 형이 했제?" 하고 쓰토무가 말한다.

"…… 쓰토무. 무슨 의미야?"

"내, 형이 저지른 범죄, 꼭 밝혀내고 말 거니까. 지금은 아직 잘 모르겠지만, 형이 했다는 거 꼭 밝혀낼 끼다."

"난 아무것도 안 했어. 그보다 쓰토무, 어째서 나랑 세시루한테 말도 안 되는 소설을 보내는 거야?"

"뭐라 하노. 나는 그런 짓 한 적 없다. 뭔 소리 하는 거고?"

"아니 쓰토무가 ≪세이료인 류스이≫잖아?"

"뭔 일인지는 모르겠지만, 세이료인 류스이라는 거는 형이 내한테 붙인 이름 아이가. 뭐고, 벌써 까먹었나?"

"…………."

"됐다 마. 나는 이제 다들 있는 데로 갈란다. 그라면 끊는다. 우찌 됐든 간에 내가 형 잡을 끼니까. 또 보제이."

전화가 끊긴다.

가토네 집은 전소되지만, 부상자는 없고, 헤이스케 씨와 시오노 씨 다카시 씨 가토, 쓰토무 모두 무사한 모양이다.

다행이다.

7

내가 쓰토무에게 《세이료인 류스이》처럼 이상한 이름을 붙일 리가 없다.

그렇다는 건, 쓰토무 곁에, 나를 칭하는 나와 닮은 다른 사람이 있다는 것이다. 그리고 아마 우리 집 근처 환영성 안에도.

「제4화」에서 《환영성》 안의 《나》는 명탐정을 칭하면서 사건의 범인으로 설정되어 있었다. 나 말고도 사건의 범인으로 지목된 사람이 있었다. 《세이료인 류스이》와 《스즈키 쓰토무》. 쓰토무가 한 그 짧은 얘기가 사실이라면, 쓰토무는 《세이료인 류스이》라는 이름을 쓰지만 내게 소설을 보내는 《세이료인 류스이》가 아니다. 고단샤 노블스 시리즈 작가 중에도 《세이료인 류스이》가 있지만, 「제1화」가 내 앞으로 왔을 때 고단샤에 전화해서 확인해본 결과, 고단샤 노블스의 《세이료인 류스이》를 담당하고 있는 오타 가쓰시는 "류스이 씨는 요즘 계속 『사이몬가 사건』과 『카니발』을 고쳐 쓰고 이것저것 다양한 걸 기획하느라 바쁘시니까, 다른 원고를 쓰시지는 않을 겁니다. 물론 쓰려고 마음먹으면 어떤 원고든 쓰시는 분이니, 아무리 바빠도 여유롭게 뭐든 쓰실 수 있겠지만요, 제가 류스이 씨께 제대로 부탁을 할게요. 류스이 씨—, 이 작업에 전념해

주세요— 라고요 아하하. 아니 정말, 류스이 씨는 담당편집자를 속이거나 배신하는 분이 아니니까요, 저 몰래, 누군가에게 장난 복적으로 소설을 보내거나 하지는 않을 겁니다."라고 했다. 그렇다면 어쩌면 «세이료인 류스이»는 세 명 있는 것이다. 네 명 있는 것이다. 다섯 명 있는 것이다. 그중 한 명이 현실의 환영성 안에 있으며, 누군가가 사건의 범인으로 그를 고발한 것이다.

그리고 현실의 환영성 안에, 또 한 명의 «스즈키 쓰토무»가 있다. 내 남동생 쓰토무와, 내가 칭하고 있는 «쓰토무»와, 환영성 안에서 범인으로 지목되어 불붙은 화살에 묶인 편지로 고발된 «쓰토무».

리에가 전에 말했듯 내가 어떻게든 환영성에 들어가야만 하는지도 모른다, 하고 생각한다. 그곳에 무언가 내 역할이 있는지도 모른다, 하고 생각한다. 어쩌면 내가 숨어들어간 환영성 안에서, 「창세기」와 「요한 묵시록」의 다음 부분을 모방한 일이 일어날지도 모른다, 하고 생각한다.

어째서 성서를 모방한 일이 일어나는지는 모른다. 모른다, 라고 생각하며 나는 리에 옆에서 잠든다. 리에와 나 사이에 관대와 성실이와 정직이가 잠들어 있다. «관대»와 «성실»과 «정직»이라는 이름 또한 중복되어 있다. 내 옛날 이름, «세이료인 류스이»의 소설 속 «나의 아이», 현실 속 나의 세쌍둥이, 그리고 오늘 밤, 말뿐이고 일어나지 않았지만, 세리카 또한 «자기 아이»에게 그 세 이름을 붙여도 되느냐고 물었다.

어째서 이름이 이렇게 복잡하게 중복되는지는 모른다. 나는 이름을 많이 모르지만, 다른 사람들은 더 많이 알고 있겠지. 신이라면 모든 이름을 알고 있겠지. 그러면 어째서 몇 개의 이름이 이렇게나 작은 곳에서 중복되는지를 알 수 없다.

모른다 모른다 하며 나는 잠들고, 눈을 뜨자 세계의 끝이 찾아와, 나는 ≪모방≫과 ≪세이료인 류스이≫ 소설의 의미를 알게 된다.

다섯째 천사가 나팔을 불자, 하나의 별이 하늘에서 지상으로 떨어진다. 이 별은 끝없는 심연으로 통하는 동굴을 여는 열쇠를 가지고 있으며, 그 문을 열자, 커다란 아궁이에서 나오는 듯한 연기가 뿜어져 나와, 해와 하늘은 그 연기로 어두워진다. 동굴 속에서 나온 메뚜기 떼는, 땅과 풀과 모든 푸른 것들을 다치지 않게 하는 대신 이마에 신의 각인이 찍히지 않은 인간들에게만 해를 입혀 죽이지 않고 다섯 달간 괴롭힌다. 이 메뚜기의 피해에 고통 받는 인간은 그 다섯 달간 죽고 싶다고 생각해도 죽을 수 없고, 오히려 죽음이 도망친다. 말 같은 모습을 하고, 사람 같은 얼굴을 한 그 메뚜기를 관장하는 왕의 이름은 히브리어로 아바돈. 그리스어로는 아폴리온.

「제1화」, 「제2화」, 「제3화」, 「제4화」로 ≪세이료인 류스이≫가 내게 알려준 것은 이 별의 도래였다. 어째서 지금에야 「제1화」, 「제2화」, 「제3화」, 「제4화」에서는 가공의 이야기였던 성서의 모방이 현실에서 일어나기 시작했는가, 하고 내가 생각하게끔 했을까.

그 별이 떨어지는 한순간, 세계가 끝나는 그 한순간에, 내게 올바른 결단을 내리게끔 하기 위함이었다.

아폴리온[31]을 숨긴 어두운 심연을 끌고 오는 그 운석은, 빛의 3분의 1 속도로 지구를 향해 다가오고 있다. 처음에 그 별을 발견한 것은 조후의 호사카 천문대 대원이었다. 위치와 속도와 방향이 측정되어 지구에 직접 부딪힌다는 것을 알아냈을 때, 이미 남은 시간은 여섯 시간 반밖에 없었다.

이나기의 장모님 집에서 눈을 떠, 리에와 관대와 성실이와 정직이와 함께 아침밥을 먹는데 텔레비전에서 여섯 시간밖에 안 남았다고 선고한다. 텔레비전의 캐스터는 떨면서 이렇게 말한다. "지구로 떨어지는 이 운석은 달의 일곱 배 크기로, 초속 약 10만 킬로미터의 속도로 지구에 부딪혀, 순식간에 지구를 산산이 부술 것입니다. 불행 중 다행이라고 할 수 있는지는 모르겠지만, 세계가 끝날 때, 우리는 전혀 아픔을 느끼지 않는다고 합니다. 전문가들이 지금도 다양한 계산을 계속하고 있는데, 지금부터 여섯 시간 후, 세계가 새하얘지고, 그로부터 1초도 채 지나기 전에 모든 것이 없어질 것이라고 합니다."

≪세이료인 류스이≫는 더 좋고 정교한 천체망원경을 가지고 있어서, 이 별이 접근해온다는 것을 3년도 더 전부터 알고 있었는지도 모른다. 뭔가 증거를 잡아, 그 별의 접근을 추정하고 있었는지도 모른다. 어째서인지는 모르지만, 그것을 내게, 그리고 세시루에게 알리려 했는지도 모른다. 에둘러서. 하지만 방법은 그것밖에 없었겠지. 이런 방법이 아니면 전할 수 없는 무언가가 있는 것이다.

어쩌면 ≪세이료인 류스이[清涼院流水]≫는 ≪청량음료수[清涼飲料水/세이료인료스이]≫의 말장난이면서 ≪청량[清涼/세이료]in류수[流水/류스이]≫일 뿐만 아니라, ≪유성[流星/류세이] 인 추량[推量/스이료]≫이면서 ≪인≫은 ≪in≫이 아니라 ≪ing≫의

• •

31. 요한묵시록에 나오는 악마.

단축형 ≪in'≫이며 ≪추량하다≫=≪추측하다≫=≪guess≫, ≪infer≫를 동명사로 하여 ≪추측하다≫, ≪in≫, ≪유성≫=≪guessin' a meteor (coming)≫가 되는지도 모른다.

「제1화」, 「제2화」, 「제3화」, 「제4화」를 내게 읽힘으로써, ≪세이료인 류스이≫는 내가 이런 발상을 하게끔 훈련시켰는지도 모른다.

「제2화」에서도 마지막 부분에 ≪지구에 떨어지는 운석≫이 등장한다. 그것이 ≪모방≫으로서 결국 ≪내≫ 추리의 선택을 받지 못한 것은, 여기에서 이렇게 현실세계에 떨어질 것이 예견되고 있었기 때문인지도 모른다. 그리고 「제2화」에서, ≪운석≫은 떨어지지 않았다. 단순한 모방이었던 것이다.

「제1화」, 「제2화」, 「제3화」, 「제4화」는 더욱 많은 것을 내게 말하고 있을 것이다.

어째서 성서의 모방이 도중에 끝나는 걸까. 그것은 이게 끝이 아니라, 계속될 것임을 암시하는 것이다.

우리는 죽지 않는다.

이것은 ≪세계의 끝≫이 아니다.

≪세계의 끝≫에 대해서도 「제3화」에 언급되어 있었다. 그것을 거꾸로 하면 ≪끝오와리≫은 ≪오하리尾張≫이며 ≪나고야名古屋≫에 있으며 ≪온화한和やか/나고야카≫ 것이다. ≪끝≫으로 보이는 것 다음에, 평화로운 세계가 기다리고 있다는 암시인 것이다.

나는 「제1화」, 「제2화」, 「제3화」, 「제4화」의 내용을 다시 생각한다. 성서의 모방과 이름의 중복. 그 이외의 요소는, 죽은 자와 산 자의 전환이다. 다른 이야기에서 죽은 자가 어떤 이야기에서는 살아 있거나, 다른 이야기에서는 살아 있던 등장인물이 다음 이야기에서는 죽어 있기도 한다. 이것은 무엇을 의미하는가. 물론 누군가의 생과 사는 결정되어 있지 않다는 것이다. 죽음이 반드시 죽음이라고 할 수도 없으며, 생이 반드시 생인 것은 아닌 것이다. 세계가 바뀌면 생과 사는 역전되기도 하는 것이다. 세계가 바뀐다는 것은 즉 일어나고 있는 일이 바뀐다는 것이다.

«나»는 «가능성이라는 것은 일어나는 일과 일어나지 않는 일과 일어나야 하는 일로 나뉘어 있으며, 실제로는 일어나는 일밖에 일어나지 않는다. 일어나지 않는 일은 일어나지 않고, 일어나야 하는 일도 역시 일어나지 않는다»는 말을 되풀이한다. 하지만 이 현실에서, 나는 일들이 일어나지 않는 방식으로 일어난다는 것도 알고 있다. 내 뱃속에서 나온 고단샤 노블스. 세리카의 뱃속에서 나온 고단샤 노블스.

일어나는 일이 일어나지 않는 일도 있는 것이다.

그리고 고단샤 노블스!

「제2화」에 쓰여 있듯 «세이료인 류스이»가 하고 있는 일이 «노베르슈[述べる主/말하는 주인]»를 거쳐 «노베타리나이[述べ足り内/다 말하지 않았다] / 노베키레나이[述べ切れ内/다 말할 수 없다]», «노베라레나이[NOVELLA例無い/말할 수 없다]», «노베나이[脳辺那井/말하지 않는다]», «이제 너랑은 말 안 해[もう お前とは喋ってやんねーよ]»라는 식으로 «성장하고 있다»는 대목은, «세이료인 류스이»가 «말하는 주인[述べる主]»=«신[神]»이라는 것을 가리키며, 그 «신»이 «다 말하지 않았다», «다 말할 수 없다», «말할 수 없다», «말하지 않는다», «이제 너랑은 말 안 해»라는 식으로, 말하는 것을 포기해가는 태도를 보여주는 것은, 즉 «전지전능한 신»조차 모든 것을 알지는 못한다, 라는 사실을 표현한 것이다!

«신»조차 모르는 게 있다.

일어나지 않는 일이 일어난다.

세계는 끝나지 않는다.

«세계의 끝»으로 보이는 이 다음에, «평화로운 세계»가 기다리고 있는 것이다.

그리고 «세이료인 류스이»로부터 «소설»=«말»을 받고 있는 나는, 반드시 그곳에 다다를 수 있는 것이다!

고단샤 노블스. «세이료인 류스이»=«신»을 담당하는 «오타 가쓰시». «신을 담당하는» «신의 말을 편집하는» 존재.

«오타 가쓰시»라는 이름은 「제1화」에도 나온다. 한 군데뿐이다. '하늘의 목소리'라는 이름의 인터넷 게시판 중 하나다. «안녕히 오타 가쓰시 추도». 「제2화」에서 오타 가쓰시는 아마겟돈에 휘말려 살해된다. 「제3화」에서 오타 가쓰시는 살아 있고 환영성에 갇혀 있다. 「제4화」에서 오타 가쓰시는 이대로 환영성 안에 갇혀 있으면 «세이료인 류스이»의 고단샤 노블스 «사이몬가家 사건» 출판을 제때에 못한다며 투덜거린다. 하지만 「제3화」에서 『사이몬가家 사건』은 «나»의 집 테이블 위에 놓여 있다.

나는 말려들었다.

시간이 역전한 것이다.

«나»의 시간은 「제1화」, 「제2화」, 「제3화」, 「제4화」로 똑바로 흐르고 있다. 하지만 «오타 가쓰시»만이 「제4화」에서 「제3화」, 「제2화」, 「제1화」로 거슬러 올라가고 있다. «세이료인 류스이»의 «고단샤 노블스» 또한 「제4화」에서 「제3화」로 시간을 거슬러 올라간다.

시간은 뒤집힌다.

그렇다. 그래서 「창세기」는 처음부터 모방되어 있는데, 세계의 종말을 그린 「요한 묵시록」은 뒤에서부터 모방된 것이다.

세계의 끝에 시간은 뒤집힌다.

어떻게 시간이 뒤집히는가.

어떻게 타임슬립이 일어나는가.

일반적인 설은 이렇다.

시간은 똑바로 흐르는 게 아니라, 꼬여 있고, 겹쳐 있다. 겹쳐 있는 부분에 《웜홀》이라 불리는 터널이 있어서, 그곳을 통과할 수만 있으면 타임슬립이 가능하다.

터널. 동굴. 끝없는 심연.

나는 깨닫는다.

이번에 떨어지는 그 별로 인해 열리는 《끝없는 심연》이야말로 《웜홀》이다.

광속 3분의 1이라는 속도. 달 일곱 배의 중력. 그 별은 공간과 시간을 복잡하게 뒤틀고 있을 것이다. 그리고 그곳에 《웜홀》로 이어지는 공간과 시간의 틈이 생겼을 것이다.

나는 리에와 관대와 성실이와 정직이와 장모님께 그 얘기를 한다. 우리는 이제부터 《웜홀》을 지나 다음 세계로 가야만 한다, 라고.

장모님이 방법을 묻는다.

그때가 오면 알게 된다, 라고 나는 대답한다.

리에는 내 얘기를 듣고 안도했는지, 히죽거리며 웃는 세 아이와 놀기 시작한다.

"잠깐 논 다음, 다음 세계로 갈 준비 할게." 하고 리에가 말한다. "어느 세계로 갈지는 모르는 거지?"

"아마 과거일 거야."라고 내가 말한다. 그것이 《세이료인 류스이》=

≪신≫이 한 말이기 때문이다. 하지만 지금의 ≪신≫은 ≪다 말하지 않았다≫, ≪다 말할 수 없다≫, ≪말할 수 없다≫, ≪말하지 않았다≫, ≪안 가르쳐주지≫의 ≪신≫일 테니, 어쩌면 ≪신≫도 모르는 부분이며, 나도 모르는 부분이 있을지도 모르지만.

장모님이 우선 빨래를 말린다며 2층으로 간다. 나도 돕는다. 둘이서 2층 베란다로 나간다.

"여섯 시간만 있으면, 이렇게 날씨가 좋으니 마르겠지. 세계의 끝에 옷을 더러운 채로 그냥 놔둘 수도 없으니까." 하고 장모님이 말한다.

"이건 세계의 끝이 아니에요." 하고 내가 말한다.

장모님이 어깨를 웅크린다.

≪빨래(洗濯/센타쿠)를 밖에 너는 것≫이 ≪선택(選擇/센타쿠)지를 나열하는 것≫과 통한다면, 내 눈앞에는 몇 개의 가능성이 나열되어 있는 것이다.

그중에 무언가가 일어난다.

일어나는 일이 일어난다. 일어나지 않는 방식으로 일어난다. 일어나는 일이 일어나지 않는다.

≪세계의 끝≫은 일어나지 않는다.

장모님 집 베란다에서 멀리 조후 거리가 보인다. 연기가 피어오르고 있다. 사이렌 소리가 울리고 있다. ≪세계의 끝≫을 눈앞에 둔 마지막 시간이 되어도 불을 끄고 있는 사람이 있다. 빨래를 널고 있는 사람이 있다. 아이들과 노는 사람이 있다. 고단샤 노블스를 가지고 머리를 싸매고 있는 사람이 있다.

마치 ≪세계의 끝≫ 따위 사실은 오지 않는다는 듯.

그걸로 됐다.

그것이 옳은 것이다.

≪세계의 끝≫ 따위 오지 않는다. 아직 「창세기」와 「요한 묵시록」의 모방이 남아 있다. 아직 ≪신≫에게는 할 말이 남아 있는 것이다. 다 말하지 않은, 다 말할 수 없는, 말할 수 없는, 말하지 않는, 말하고 싶지 않은 것이 있는 것이다.

나는 그것을 기다리면 된다.

빨래바구니에 들어있던 장모님과 리에와 관대와 성실이와 정직이의 옷이 내 눈앞에 펼쳐진다. ≪옷[服/후쿠]≫은 ≪복[福/후쿠]≫과 통한다.

나는 내 마음이 낳은 애정에 따뜻함을 느끼며 베란다에서 나와, 리에와 관대와 성실이와 정직이가 있는 곳으로 내려간다.

지구와 부딪힌 그 별에, 조후에 있는 호사카 천문대의 첫 발견자, 야시로 우미[矢城有海]에 의해 ≪못피≫라는 이름이 붙여진다. 야시로의 애완견인 케언테리어의 이름이라고 한다.

조후가 노을로 물들기 시작했을 무렵 ≪못피≫가 다가와, 우리에게 부딪히기 오 분 전, 하늘이 갑자기 새하얘진다. 하얘진 하늘에 검은 구멍이 열린다.

구멍을 들여다보자 건너편에는 푸른 하늘이 보인다.

나와 리에와 관대와 성실이와 정직이와 장모님은, 손을 잡고 그 푸른 하늘로 빨려 들어간다.

하늘과 땅과, 앞과 뒤가 역전할 때, 나는 내게 매달려 떠는 장모님의 목소리를 듣는다.

"아아 무섭다 무서워. 아아 불행하여라 불행하여라 불행하여라. 이렇게 살면서 또 여러 가지 불행이 찾아올 거라니. 천사가 나팔을 불어 불행이 찾아온다니. 아아 무서워라."

나는 웃는다.

"그만하십쇼 장모님."

하지만 그 말이 내게 약속한다. «백로의 말»이 나온 이상, «넷째 천사의 넷째 나팔»은 반드시 «불리게» 된다.

첫 번째부터 네 번째 천사가 나팔을 분 뒤에 등장하는 그 한 마리의 «백로»가 한탄하는 것은, «이제부터 일어날 다섯 번째, 여섯 번째, 일곱째 천사의 나팔로 말미암아 생기는 세 가지 재앙»이다. 그 «세 가지 재앙»은, 이 세계에서는 이미 일어난 일이다. 이 세계에서 일어난 일이, 저 세계에서 일어난다. 저 세계에서 일어나지 않은 일이, 이 세계에서 앞으로 일어난다.

시간은 역전된다. 하지만 세계는 계속된다.

앞으로 일어날 일이 아무리 «천사가 가져오는 재앙»이라고 해도, «세계의 끝»보다는 나을 것이다.

«세계의 끝»이 일어나지 않는 방식으로 일어난 내 세계에, 다음에는 무슨 일이 일어날까?

나는 리에와 관대와 성실이와 정직이와 장모님을 끌어안는다. 내게는 가족이 있다. 원했던 것이 있다. 내게 어떤 재앙이 닥치더라도, 나는 우리 가족을 지켜 보이겠다.

«세계의 끝»이 한 번 더 오더라도, 나는 다시 한 번 그것을 극복해 보이겠다.

제4화

1

못피의 산책 코스는 집을 나선 뒤 뒷골목을 남쪽으로 내려가 게이오 다마 강 역 뒤를 지나 게이오각京王閣 옆을 가로질러 다마 강의 하천 부지로 나와, 그때 기분이 좋으면 제방을 따라 동쪽의 다마 강 녹지공원쯤까지 갔다가 빙 돌아오고, 귀찮으면 다마 강 하천 부지에서 잠깐 못피를 놀게 한 뒤 온 길을 그대로 돌아온다. 오늘은 날씨가 좋으니 천천히 놀다 오겠다고 하면서 나갔으니, 우미有海와 못피가 돌아오려면 두 시간 정도 있어야겠지. 나는 거실 시계를 본다. 오후 네 시. 나는 우미와 못피가 산책하는 사이에 조후에서 일어나고 있는 연쇄살인사건을 해결하기로 한다.

젊은 여성만 살해되고 있으며, 그 피해자들의 외모에 대한 평가가 하나같이 높으니, 매스컴 같은 데서는 조후 미녀 갈기갈기 연쇄살인사건이라고 부르고 있다. 우미의 친구 중에 잡지 모델을 하는 아이가 있는데, 그저께 그 아이가 살해되어, 요 약 48시간 동안 계속 우미는 풀이 죽어 있고, 나로서는 어쩐지 우미에게 도움이 되고 싶다는 마음이 들기도 했지만, 15분쯤 전에 뉴스를 보고 그 사건의 해결에 피해자 유족들이 천만 엔의 포상금을 걸었다는 것을 알게 된 것이, 사실 컸다. 나는 일을 안 하고 있고, 작년 가을에 태어난 아이가 무려 세쌍둥이라 돈이 세 배 들고, 그 세 명도 장모님한테 계속 맡기고 있어서, 여러모로 떳떳하지 못한 나는, 그 천만 엔을 손에 넣는 것이 어쩌면 내 위신을 조금이라도 세워줄지 모른다고 생각한 것이다. "아무리 머리가 좋고 얼굴이 지나치게 아름다워도, 남들을 실신시키기만 하지 돈을 못 버니까 말이야."라는 말을 반복하는 장모님께 한 방 먹이고 싶다는 마음도 있었지만.

≪할머니 방≫에서 세 아기를 어르고 있는 장모님께 "장모님 잠깐 나갔다 오겠습니다."라고 하자, 오늘은 기분이 좋은지 "응 다녀오게."라고 장모님이 말한다. "일단 참치 소테랑, 돼지고기 감자 찜, 만들어 뒀습니다." "어머 쓰토무 씨 저녁 먹을 때는 들어오는 거 아냐?" "그럴 생각입니다." "장보러 가?" "아뇨, 산책가려고요." "조심해. 다녀오게. 아, 쓰토무 씨." "네." "돌아오는 길에, 가능하면 책방 들러서 잡지 사 와. 아마 『군조群像』랑 『신초新潮』랑 『스바루すばる』랑 『문학계文學界』, 벌써 나와 있을 테니까." "네. 그럼 다녀오겠습니다." "다녀오게." 씨-익 웃으며 팔다리를 흔들흔들 움직이는 관대와 성실이와 정직이는, 어쩌다 뒤집히는 바람에 어쩔 줄을 몰라 하는 거대한 곤충처럼 보였다.

나는 재킷을 입고 구두를 신고서 밖으로 나간다. 벚꽃은 이미 7할이 져버려서, 연분홍 꽃잎이 콘크리트 거리 위를 살포시 쓰다듬으며 바람에 흘러간다.

환영성에 갇혀 있는 사람들은 올해 벚꽃을 즐기지 못했을 것이다. 벚꽃은 되도록이면 가까이에서 봐야 즐거운 법이다. 일곱 개 있는 환영성의 탑 안에, 딱 하나의 탑의, 그것도 가장 위에 있는, 딱 하나의 창문에서, 아래로 내다보이는 작은 벚꽃을 아무리 응시해봤자 즐길 수 없을 것이다.

살면서 핀 마지막 벚꽃을 즐기지 못하다니 나라면 정말 아쉬울 것이다. 나는 벚꽃을 좋아한다. 특히 지기 시작한 벚꽃이 좋다. 벚꽃 떡은 맛있다. 우미도 벚꽃 떡을 좋아하니, 장모님 잡지와 함께 벚꽃 떡을 사가야겠다. 천만 엔을 오늘 바로 받을 수 있을지 어떨지는 모르지만, 벚꽃 떡을 살 정도의 용돈은 받고 있다.

환영성 사건도 상금을 준다면 해결할 텐데, 하고 나는 생각한다. 조금 더 상황을 지켜보고 있으면, 그쪽도 상금을 걸지도 모른다. 이미 서른 명 가까이 죽었다는 것 같으니, 피해자의 유족 수도 많아져서, 그들이 내놓는 상금도 커질 터이다. 그렇다면 꽤 기대할 만하다.

어쨌든, 범인을 누구로 할까.

또 세시루로 하지 뭐.

세시루라면 행방불명이고 애당초 범죄자이며 살인자이니, 범인으로 잘 꾸며낼 수 있겠지.

준코 씨의 목을 베고 그것을 숨긴 세시루와 세리카이니, 피해자 중 몇 명인가의 목이 잘려 없어진 것에도 이유를 잘 갖다 붙일 수 있을 것 같다. 어쩌면 목을 자른다, 시체를 토막 낸다, 시체의 일부를 수집한다는 것에 중독성·습관성이 있을지도 모르고, 그것이 있다고 딱 잘라 말해도 그 나름대로 설득력이 있을지 모른다. 역시 세시루가 안성맞춤이다. 세시루를 범인으로 하자. 그렇게 하려면 다른 사람이 먼저 세시루를 발견하게 되면 안 되므로, 나는 세시루가 어디에 있는지 확인하러 간다.

우리 집에서 다마 강의 하천부지까지 못피의 산책 코스대로 걸어가면, 제방 옆의 작은 공원에 이른다. 그 «녹색 공원»에 모셔져 있는 신사 안에 공중화장실이 있는데, 그 아래에 세시루와 세리카가 살고 있다. «녹색 공원»은 3년 전부터 갑자기 깨끗해지기 시작하여, 쓰레기가 없어지고 잡초도 없어지고 신사 건물과 화장실 벽 페인트가 새로 칠해지고 동백꽃과 은행나무와 철쭉과 버드나무가 심어졌고, 벚꽃나무 세 그루가 심어지고 반짝반짝해져서, 어쩐지 살풍경한 게이오다마 강 역 주변에서 사랑받아 마땅한 작은 보물 같은 지위를 획득한 상태다. 그 인근에서 화제가 되고 있는 수수께끼의 자원봉사자가 화장실 밑에 몰래 살고 있는 세시루와 세리카다.

나는 «녹색 공원»의 신사 안쪽에 있는 화장실 안에 들어간다. 바닥과 벽, 천장과 일본식 수세변기 모두 새것처럼 닦여 있다. 어딘가에서 포푸리 향기까지 난다. 문 잠금장치를 잠그고 기다린다. 그러자 덜커덕 하고 새하얀 변기가 떨어져 나와 세시루가 바닥 밑에서 몸을 내밀어 나를 잡아당기려 하지만, 나를 알아보고 "뭐야 쓰쿠모잖아." 하고 말한다. 세시루와 세리카는 이렇게 해서, 모르고 화장실에 들어온 남자나 여자나 아이나 할아버지나 아줌마를 잡아먹으며 살고 있는 것이다.

"자 이거 비타민."이라고 말하며 나는 «녹색 공원»에 오기 전에 편의점에서 산 영양제를 세시루에게 건네준다. 그러자 세시루는 땡큐라고 말한 뒤 구멍 속으로 사라진다. 변기는 수세식 변소용이 놓여 있지만, 사실 이 화장실은 재래식이며, 아래에 커다란 방이 있다. 잘 닦여 있고 환기도 잘 시키며 콘크리트를 새로 발라 매일 정성스럽게 청소하며 카펫까지 깔린 그 방에, 나는 세시루의 뒤를 따라 사다리를 타고 내려간다. 리클라이닝 의자와 테이블 세트와 침대와 책장이 놓여 있고, 세리카는 침대 옆에서, 세시루가 누군가를 잡아 끌어내릴 때 돕기 위해 준비하고 있었던 것 같은 주사기를 전용 케이스에 넣어두고 있다. 그 주사기에는 적당한 독극물이 들어 있을 것이다. 아마 세제겠지.

아래로 내려오자 니와 교대하듯 세시루가 사다리를 타고 올라가, 변기를 다시 정리한 뒤 내려온다. 둘은 테이블에 앉히고, 나는 리클라이닝 의자에 앉는다.

"세리카가 좀 도와줬으면 하는 일이 있는데." 하고 내가 말한다.

"뭐야, 나는?" 하고 세시루가 말한다.

"세시루는 밖에 나오면 안 돼."

"또? 또 나를 범인으로 만들 작정이야?"

나는 끄덕인다.

"이번엔 상금 얼마야?"

"천만." 솔직하게 말한다. "오백만은 나. 오백만은 너희."

"할게."

"세시루는 애당초 하는 일이 아무것도 없잖아. 여기에서 그냥 가만히 있으니까."

"여기에서 가만히 있는 게 힘들어."

"무리하지 마. 또 가슴이 안 좋아질 거야."

세시루의 왼쪽 가슴에는 내 일본도가 그대로 박혀 있다. 그것은 세시루의 심장을 관통하고 있다. 하지만 찔린 부분이 괜찮았는지 세시루의 심장은 지금도 이상 없이 움직이고 있으며, 출혈도 거의 없다. 세시루의 심장은 일본도가 찌른 것 따위는 간단히 무시할 수 있었던 모양이었다. 하지만 칼은 세시루의 심장을 분명히 통과하여 세시루의 등을 뚫고 나왔다. 아마도 바늘로 풍선을 찌르는 것과 마찬가지로 절묘한 일이 그곳에서 일어난 거겠지. 지금은 세시루의 몸 안에 들어 있는 칼날을 남기고, 칼 손잡이와 날 끝은 자른 상태다. 세시루가 셔츠를 벗으면 왼쪽 가슴 위에 내가 새긴 X마크와, 그 한가운데에 내가 찌르고는 빼내지 않은 칼의 절단면이 보일 것이다. 가슴 안의 칼이 조금 움직이면 아마도 세시루는 틀림없이 과다출혈로 죽을 것이다. 세시루에게 무리한 일은 시킬 수 없다. 일이 꼬였을 때 골치 아픈 곳에서 죽기라도 하면 곤란하다.

"세리카만 있으면 돼." 하고 내가 말한다.

"왜 쓰쿠모랑 세리카만 어딘가로 가버리는 거야."라고 세시루가 말한다. 나와 세리카 사이를 의심하고 있는 것이다.

"세시루는 움직일 수 없고 세리카는 움직일 수 있으니까. 두 시간 정도로 정리할 생각이니까, 금방이야. 간간이 연락 넣을게."

"난 뭐하면 돼?" 하고 세리카가 묻는다.

"세리카? 협조."

나와 세리카는 세시루를 남기고 화장실을 나선다. 변기가 다시 놓이고 세시루의 모습이 사라지자, 나와 세리카는 화장실을 나와 입술을 겹친다. 신사 뒤편으로 돌아가 성기도 겹친다. «녹색 공원»에서는 다마강의 하천 부지를 내려다볼 수 있다. 우미와 못피의 모습은 없다. 바로 앞의 제방을 동쪽으로 느릿느릿 걷고 있겠지. 세리카가 내 정액을 손으로 받는다. 세리카는 임신하지 않도록 세시루에게는 반드시 콘돔을 쓰게 한다. 내게는 너 자신을 느끼고 싶으니 콘돔을 쓰지 말아달라고 한다. 하지만 나나 세리카나 임신을 하면 곤란해지니, 질 안에서는 정액을 내보내지 않도록 하고 있다. 이것이 완전한 피임이 되지 않는다는 이야기는 알고 있다. 하지만 계속 이렇게 해왔고 세리카는 아직 임신한 적이 없다.

신사 뒤에 떨어져 있던 성인잡지를 주워 읽고 있자니 정액을 씻으러 세면대에 갔던 세리카가 돌아온다. 나는 잡지를 다시 신사 뒤에 버리고,

조후에서 일어나고 있는 미녀 갈기갈기 연쇄살인사건의 개요를 설명한다. 예쁜 여자만 벌써 열두 명 죽었다는 것. 모두가 목이 잘리고 머리를 가져갔다는 것. 그중 세 명은 두 손 내지 한 손도 잘라 가져갔다는 것. 없어진 머리와 손이 아직 발견되지 않았다는 것. "이 정도밖에 몰라. 그러니까 이제부터 분담해서 이것저것 찾아보고 싶어."라고 내가 말하자 세리카는 "알았어."라고 말한다.

그로부터 30분 뒤 세리카는 좋은 정보를 찾아온다. 일곱 번째 피해자가 대학시절 후쿠이 현 니시아카쓰키에서 운영하는 스키장에 간 적이 있다는 것이다. 그 후 30분 동안 나와 세리카는 그 스키여행의 자세한 정보를, 동행한 피해자 친구들로부터 듣는다. 그렇지. 나는 15분 동안 글 하나를 쓴다. 쓰면서 나는 홀로 피해자 중 한 명의 집으로 향한다. 세리카에게는 다른 것을 찾아보라고 시켰다. 그 집 현관문에 들어서자마자 글이 완성되었다. 나는 현관 초인종을 누른다. 안에서 구사나기 야요이가 나온다. 예쁜 사람이다. 두 번째 피해자, 구사나기 료코의 언니로, 죽은 동생과 꼭 닮았다. 내가 준비한 이야기가 약간 바뀐다. 하지만 이 이야기가 더 잘 쓰인 이야기일 터이다.

나는 거실 소파에 앉아 맞은편에 앉은 구사나기 야요이에게 묻는다. "료코 씨의 시체 보셨습니까?"

"네."

"어떤 느낌이었습니까?"

"불쌍하다고 생각했습니다."

"동생분이?"

"네."

"어째서죠?"

"목이 잘렸으니까요."

"살해되어서가 아니고요?"

"그것도 있지만, 역시, 목이 잘려서, 그게 어디론가 가버렸다는 건… 뭔가, 좀."

"좀, 뭐요?"

"좀, 이상하다고 생각합니다."

"이상하다니요?"

"뭔가, 동생 시체를 봐도, 동생이라는 느낌이 안 들어요."

"머리가 없어서요?"

"네."

"그래서 아직 장례도 안 치렀군요."

"네. 머리가 돌아온 뒤에 하려고요."

나왔다. 이 구사나기 야요이도 자신이 생각하는 상대와 상대가 생각하는 자신을 혼동하고 있다. 구사나기 야요이에게는 언제나 봐온 구사나기 료코의 얼굴이 없으면 그것은 «구사나기 료코»가 아니고, «구사나기 료코»의 기억과 의지를 만들어 유지하고 있었던 구사나기 료코의 뇌가 없으면 역시 그것은 «구사나기 료코»가 아닌 것이다. 하지만 인간의 영혼 같은 건 뇌에 있는 게 아니라 에너지체로서의, 이른바 영혼에 있는 것이다. 뇌 같은 건 그 영혼을 만드는 도구에 지나지 않는다. 유족이 멋대로 느끼는 그들의 감정만으로 머리가 돌아오기를 기다리는 사이에, 어쩌면 피해자의 영혼은 몸통 옆에 선 채 성불하지도 못하고 있을지 모른다. 사실은 몸통만 가지고 장례식을 치러 공양을 하고, 살해 현장에서 불제를 지낸 뒤, 고인이 자주 갔던 곳이나 추억의 장소에서 굿을 하고,

더불어 머리가 돌아왔을 때 다시 한 번 장례식을 치르고 공양을 해야 하는 것이다. 왜냐하면 보통 사람은 어디에 영혼이 있는지 모르기 때문이다. 그런 일련의 의식이 귀찮다면 죽은 인간의 확실한 성불을 포기하든가, 돈을 써서 능력이 있는 사람에게 자기가 원하는 영혼을 찾아달라고 부탁하는 수밖에 없다.

나는 조금 안다. 무슨 분실물의 행방 같은 얘기지만, 구사나기 료코의 영혼은, 아마 본인의 침실 책장 뒤에 떨어져 있을 것이다. 방을 어둡게 하고 조용히 슬쩍 들여다보면, 그때 구사나기 료코가 무엇을 하고 있을지는 모르지만, 무언가 하고 있는 것이 보일 것이다. 어쩌면 책장 뒤를 열심히 핥고 있을지도 모른다. 그렇다면 잠시 멋대로 핥게 놔두는 편이 낫지만.

뭐, 됐다. 내 영혼에 대한 얘기가 아니다.

"압니다. 머리가 없으면, 본인이라는 기분이 안 들죠."

"그렇죠."

"그럼 수수께끼의 해설을 시작하겠습니다."

당돌하게 내가 말하자, 먼 데를 내다보는 것처럼 있었던 구사나기 야요이가 다시 나를 바라본다.

"맞습니다. 머리가 없으면 시체에는 «본인»이라는 신호가 없습니다. 범인이 목을 자른 이유가 바로 거기에 있었습니다. 발견된 시체에, 생전의 피해자의 인격을 투영하지 말았으면 했던 것입니다. 그런 의사를 표시하려고, 우선 목을 잘랐습니다.

그러면 범인은 무엇을 남겼는가?

물론 시체입니다. 목이 없는 시체는 인격을 잃으니 완전히 단순한 고기에 지나지 않습니다. 이것은 신의 말씀이기도 합니다. 신은 천지창조

6일째에 인간을 만들고 지상에 사람을 늘린 뒤에 말했습니다. "영혼은 사람 안에 영원히 머무르면 안 된다. 사람은 고기에 지나지 않으니." 신은 사람의 일생을 120년으로 정했습니다. 즉 사람은 120년 살게 되어 있습니다. 하지만 아시다시피 120년 동안 뇌와 심장을 계속 움직이고 있는 인간은 없습니다. 120년 사는 것으로 되어 있는 인간이 뇌와 심장을 멈추고 어떻게 사는가 하면, 영혼이 되어 삽니다. 여든까지 산 사람은 그 뒤 40년간 영혼으로 삽니다. 스물한 살에 죽은 야요이 씨의 영혼은 앞으로 99년 더 살겠지요."

아마도 쭉 2층에 있는 자기 방 책장 뒤에서.

"하지만 영혼은 육체와는 별개의 것입니다. 다른 곳에 있습니다. 육체는 살입니다. 하지만 살만으로 이루어져 있지는 않습니다. 시체에는 피가 들어차 있습니다. 시체는 피를 넣은 봉지이기도 합니다. 그것이 목이 잘려 땅에 쓰러지면 피가 흘러나옵니다. 피가 와인이라면 목 없는 시체는 바로 와인용 유리병입니다. 와인이 쏟아져서 아깝겠죠. 와인에는 흰색과 적색과 장미색이 있습니다. 체액에도 세 가지 색이 있습니다. 빨간 혈액, 노란 림프액. 무색투명한 뇌척수액 말이죠.

국기가 빨간색과 흰색과 노란색 세 가지 색으로 되어 있는 나라는 북아일랜드와 지브롤터와 저지 섬, 무색투명을 은색으로 간주한다면 바티칸 공화국도 들어갈까요. 이 네 개 나라의 국기에는 쓰인 색 이외에도 각각 공통적인 부분이 있는데, 북아일랜드와 저지 섬의 국기에는 붉은 십자가와 노란 왕관이 그려져 있습니다. 왕관은 바티칸 시국에도 그려져 있습니다. 바티칸 시국의 왕관은 사제권, 사목권, 교도권을 나타내기 위해 세 겹으로 된 티아라(삼중관)입니다. 그 티아라 아래에는 노란색과 은색 열쇠가 교차되어 있습니다. 열쇠는 지브롤터 국기에도 그려져 있는

데, 그 열쇠는, 세 개의 탑이 있는 성 아랫부분에 꽂혀 있습니다. 이 네 개의 국기에서 떠오르는 《크로스》 즉 《십자가》 그림과 《왕관》, 《성》에서 보이는 《왕》의 존재와, 《열쇠》는 기억해 둬야 할 포인트입니다.

다시 피 얘기로 돌아가지요.

이 열두 건의 살인에서는 엄청난 피가 흘렀습니다. 즉 대량의 피는 BLOOD가 아닌 FLOOD, 홍수입니다.

그리고 성서의 신이 인간의 목숨을 120년으로 정한 뒤, 지상에서 사람의 악惡이 늘어나는 것을 보고서 사람을 만든 것을 후회하고, 일으킨 것이 홍수입니다. 신은 홍수로 지상의 생물을 모두 죽였습니다. 하지만 당신과 저는 죽어 있는 걸까요?"

내가 묻자 구사나기 야요이는 고개를 흔든다. "아뇨."

"그렇습니다."

거짓말이다. 우리는 이미 죽어 있다. 그걸 알아채지 못하고 있을 뿐이다.

"우리는 죽지 않았습니다. 즉 우리는 신의 선택을 받은 노아입니다. 지금 우리는 방주에 타고 있습니다. 앞으로 150일간 계속될 홍수를 피해 방주에 타고서 모두가 죽는 것을 볼 것입니다. 저와 당신은 노아의 가족. 제가 남편이며 당신이 아내입니다.

아까부터 내 미모에 계속 황홀해하던 구사나기 야요이는 내게 다가온다. 구사나기 야요이가 소파 위에서 약간 뒤로 가더니, 달아오른 얼굴을 옆으로 기울인다. 나는 구사나기 야요이를 따라가, 입술을 목덜미에 갖다 댄다. 그러자 구사나기 야요이가 폭발한다. 몸을 일으키는가 싶더니 나를 바닥의 카펫 위에 눕히고, 덮치려고 한다. 나는 좋을 대로 하게 놔둔다. 구사나기 야요이도 동생과 마찬가지로 모델을 하고 있었던 만큼 키가 크고, 말랐고, 그에 비해 힘이 세다. 나를 거칠게 범한다. 거친 것은 내게 문제가 되지 않는다. 멋대로 내게 상처를 입혀도 된다.

하지만 눈과 귀와 코 모두 무사한 채 구사나기 야요이는 나와 성행위를 끝낸다.

"영문을 모르겠어."라고 말하며 구사나기 야요이는 운다. "왜 이런 짓을 하는 거지?"

"아마도 나랑 만나면, 내 아이를 갖고 싶어지는 거라고 생각해."라고 나는 말한다.

"아이?"라고 말하며 구사나기 야요이는 눈물로 빨개진 눈을 동그랗게 뜨며 나를 본다. "그럴 리 없어. 난 아이 따위 갖고 싶지 않아."

나는 "뭐, 됐어."라고 말하고서 속옷만 벗고 아직 스커트는 입고 있는 구사나기 야요이의 다리 사이에 손을 넣어, 성기에 손가락을 넣는다. 구사나기 야요이가 신음하고, 바닥에 쓰러진 채 몸을 웅크린다. 나는 다른 손가락도 넣는다. 그대로 손목까지 넣는다. 구사나기 야요이가 "하악, 아—악." 하고 소리를 지른다. 나는 팔까지 넣는다. 내 손은 구사나기 야요이의 따뜻하게 젖어 조여드는 살의 터널 안에 닿는다. 거기에 비닐에 싸인 종이다발이 있다. "아아아악, 아, 아, 안 돼! 뭐야 그거? 뭐야? 모르겠어 뭐야? 뭔데? 무서워! 무섭다고! 아아아악, 아, 아, 아악! 안 돼!" 나는 그것을 빼낸다.

그것은 ≪세이료인 류스이≫의 소설이다.

제3화 세이료인 류스이

어라, 하고 나는 생각한다. 「제1화」와 「제2화」는 우편으로 받았고,

내가 여자아이의 뱃속에 손을 넣어 꺼내는 건 대체로 고단샤 노블스가 많은데.

자신의 질 속에서 비닐에 싸인 채 나온 A4용지 다발을 보고, 구사나기 야요이는 금속이라도 자르는 듯한 비명을 지른다. 시끄러워서 나는 선글라스를 벗어 구사나기 야요이를 실신시키고 천천히 「제3화」를 읽을까 생각하지만, 관둔다. 시간이 없다. 못피를 산책시키러 나간 우미가 집으로 돌아올 때까지 천만 엔을 받아두고 싶다.

나는 주머니에서 휴대 전화를 꺼내어 세리카에게 전화한다. "여보세요." "지금 어디야?" "잠시 후면 도착해." "서둘러." "딱 십 미터 정도만 더 가면 돼." "그럼 나, 밖에 나가 있을게." "응." 나는 전화를 끊고, 아직 신음하고 있는 구사나기 야요이에게 말한다. "진정해요. 아까 건 마술입니다." "어? 어?" "좀 놀라게 한 것뿐입니다." "어? 뭐? 아까 거, 거짓이야?" "거짓입니다."라고 하자 구사나기 야요이가 내 뺨을 때리려고 손을 휘두르기에 나는 그것을 재빨리 피하고, 그대로 일어선다.

"시체에서는 와인이 흘러나와 텅 비었습니다. 텅 빈 채 쓰러져 있는 와인 용기에, 우리는 다시 한 번 와인을 따라야만 합니다."

나는 비닐봉지에 들어 있는 「제3화」를 주워들고, 구사나기 야요이의 손을 끌어당겨 일으켜 세워, 현관으로 데려 간다. 현관문을 열자, 바로 그때 세리카가 온다. 세리카의 어깨에 커다랗고 검은 스포츠백이 있다. 세리카에게 손을 흔들자 세리카가 웃으며 내게 달려온다. "기다렸지―." 하고 말하는 세리카에게 나는 현관에 눈물을 머금고 서 있는 구사나기 야요이를 가리키며 "이쪽은 구사나기 야요이 씨. 료코 씨의 언니야."라고 소개한다. "안녕하세요, 기리카 마이입니다."라고 말하며 세리카는 현관 안으로 들어가 가방을 내려놓는다. "안녕하세요." 하고 다 죽어가는 목소리로 구사나기 야요이가 답한다. "뭐죠? 영문을 모르겠는데요. 다."
라고 말을 잇는 구사나기 야요이에게 나는 말한다. "이제부터 여러 가지를 설명하겠습니다. 하지만, 우선은 이 시점에서 구사나기 씨에게 질문하겠습니다. 동생분의 머리를 돌려받고 싶습니까?"

"그건, 네, 그렇습니다만."

"동생을 죽인 범인을 잡고 싶습니까?"

"그건 그렇습니다."

"그것을 위해 수단을 가리지 않겠습니까?"

구사나기 야요이는 생각한다. 하지만 나와 섹스를 하고 난 뒤라, 어쩐지 아직 대담한 기분이 남아 있다.

"글쎄요. 수단, 가리지 않을지도 모릅니다."

나는 끄덕인다. 구사나기 야요이가 거절하지 않을 거라는 것을 알고 있었던 것이다. "그럼, 유리병에 와인을 따릅시다."

나는 세리카가 바닥에 내려놓은 가방을 내 앞으로 당겨, 지퍼를 찍 하고 당겨 한 번에 연다. 아디다스 가방 안에, 구사나기 료코의 시체가 들어 있다.

머리가 없다. 없는 것은 그것뿐만이 아니다.

뼈도 없다. 내장도 없다. 눌어붙은 피도 없다. 있는 것은 살가죽과 뼈뿐이다. 모델인 구사나기 료코에겐 살가죽도 뼈도 별로 없지만.

구사나기 야요이는, 가방 안에 접혀 들어가 있는 동생을 알아보지 못하는 것 같았지만, 내가 그것을 꺼내어 펼쳐주자 그 순간 비명을 질렀다.

후꺄—후꺄— 시끄러운 구사나기 야요이의 비명과 동시에, 2층에서, 드득 하고 바닥을 긁는 소리가 들린다. 그것은 2층 바닥을 자자자사라라라

즈즈즈시이이스루루시자 하고 기어 우리 바로 위에 온다.

구사나기 료코가 자신의 시체를 알아보고 책장 뒤에서 나온 거겠지.

나는 당황해서 옷을 벗는다. 스웨터를 벗고 셔츠를 벗고 양말을 벗고 바지를 벗고 속옷을 벗는다. 그리고 구사나기 료코의 살을 꺼내어 등에 있는 칼집에 발을 넣고, 구사나기 료코의 가늘고 긴 발에 내 발끝을 뉴뉴뉴루루루루 하고 찔러 넣는다. 발끝을 구사나기 료코의 발꿈치 언저리까지 넣고는 다른 한 쪽 발도 넣는다. 그것도 발꿈치 정도까지 넣고는 현관 바닥에 앉아 내 손가락 하나하나를 구사나기 료코의 손가락 안에 넣는다. 열 개 전부 다 넣은 뒤 일어나서 이번에는 팔을 넣는다. 오른손을 구사나기 료코의 오른쪽 팔꿈치쯤까지 넣었을 때, 2층에서 내려온 구사나기 료코가 계단 밑에서 얼굴만 내밀고 가만히 나를 보고 있는 것을 알아챘다. 자기 몸에 대체 뭘 하고 있는 건가, 하고 이상하다는 얼굴을 하고 있을 뿐 공격적이지는 않은 것 같다. 다행이다. 나는 오른손과 왼손을 구사나기 료코의 손 안에 넣고, 열 개의 손가락을 열 개의 손가락에 집어넣은 뒤, 세리카에게 등 뒤의 지퍼를 올려달라고 한다. 뼈를 빼고 내장을 빼고 피를 빼내고 지퍼를 단 것은 세리카다.

나는 구사나기 료코의 나체를 수영복처럼 입고, 구사나기 야요이를 돌아본다.

피해자의 언니는 선 채로 기절해 있다. 그런 건 처음 봤다. 계단 아래 있는 구사나기 료코가 텅 빈 언니의 몸을 보고 거기로 들어갈까 어쩔까 고민하는 게 보인다. 못피를 혼낼 때처럼 "이봐 구사나기 료코, 그만 그만. 그만 그만."이라고 말하자 구사나기 료코는 계단을 올라 2층으로 돌아간다. 책장 뒤로 돌아가는 거겠지. 지금의 구사나기 료코가 말을 할 수 있다면 서로 더욱 잘 이해할 수 있었겠지만.

"세리카, 지금 몇 시야?"

"다섯 시 반이야."

"삼십 분 남았다. 서두르자."

그렇게 말하며 나는 눈을 감고, 나를 감싸고 있는 구사나기 료코의 살에 집중한다.

2

사람의 기억은 뇌에만 남는 게 아니다. 육체의 모든 부위가 자신의 기억이라는 것을 가지고 있다. 각막을 이식받은 인간이 기증자가 본 것을 보는 일이나, 심장 등의 장기를 받은 인간이 기증자의 기억과 기분을 이어받는 일은 적지 않다.

구사나기 료코의 몸을 입은 나도 여러 가지를 알 수 있다. 내게 전해지는 것은 피부의 기억이다.

다양한 손이 구사나기 료코를 만지고 있다. 우선은 성적 자극이 찾아온다. 구사나기 료코의 작은 가슴과 엉덩이를 문지르는 수많은 커다란 손. 내 가랑이를 뒤덮은 구사나기 료코의 성기가 뜨거워진다. 스물한 살의 구사나기 료코가 겪은 모든 성체험이 나를 한 번에 덮쳐와, 나는 흥분과 고양과 절정으로 터질 것 같다. 침과 콧물과 눈물이 멈추지 않고, 귀에서는 피가 나온다.

그 쓰나미 같은 한순간을 견디자, 다음에 온 것은 죽기 직전 구사나기 료코의 기억이다.

남자가 나=구사나기 료코를 만진다. 거친 손놀림이다. 팔을 잡는다.

커다란 손이다. 나=구사나기 료코는 그 손을 뿌리치고 달린다. 온몸에 땀을 흘린다. 떨린다. 소름도 돋아 있다. 힘이 빠져 잘 달릴 수 없다. 손을 짚고 쓰러진다. 아스팔트 위에 굴러다니는 돌멩이가 손바닥을 찔러 아프다. 무릎도 아프다. 남자가 나=구사나기 료코의 허리를 발로 찬다. 나=구사나기 료코가 구른다. 아스팔트가 딱딱하다. 가슴 위에 남자가 올라탄다. 부드러운 남자의 엉덩이가 가슴 위에 있다. 무릎으로 남자를 때린다. 남자가, 두 손으로 발을 잡는다. 이상하다! 가슴 위에 앉아 있는 남자는 나=구사나기 료코 쪽을 보고 있을 것이며, 나=구사나기 료코의 두 발에는 손이 안 닿을 터이다. 나=구사나기 료코의 두 발이 쭉 잡아당겨져서 나는 알게 된다. 범인은 둘이다. 몸부림치는 나=구사나기 료코를 두 명이 붙잡는다. 왼쪽 가슴을 찌른다. 바늘이다. 가슴 위에 탄 남자가 무언가를 주사했다. 나=구사나기 료코의 의식이 흐려진다. 기억이 흐려진다. 모든 것이 없어지기 전에, 처음에 나=구사나기 료코의 팔을 잡고, 허리를 발로 차고, 가슴 위에 앉은 남자와, 두 발을 붙잡은 남자의 손 크기 차이를 생각한다. 첫 번째 남자의 손은 크고, 통통하고, 두껍고, 부드럽고, 따뜻하다. 다음 남자의 손은 가늘고, 말랐고, 지나치리만치 차갑다. 두 번째 남자는 손톱도 길었다. 나=구사나기 료코의 복사뼈 부근에 손톱이 닿아 아팠다.

어딘가의 따뜻한 햇빛과, 어딘가의 차가운 밤바람만을 기억하게 된, 느긋하고 침착해진 구사나기 료코의 발치를 본다. 열 개의 손톱자국이 남아 있다.

그 초승달 모양 손톱자국과 내 복사뼈를 만진 그 남자의 손바닥의 차가움에 내 척추에 오한이 든다.

열 개의 손톱자국.

아, 하고 나는 생각한다.

내 가슴을 누른 그 커다란 손. 내 팔을 잡은 그 두꺼운 손. 그 두꺼운 손가락은, 열 개의 손톱자국을 남길까.

남기지 않는다.

나는 내 팔을 감싼 구사나기 료코의 팔을 본다. 가느다랗던 구사나기 료코의 팔이 내가 안에 들어가 있는 탓에 피부가 팽팽하게 늘어나 있다. 그 탓에, 거기에 남아 있는 범인의 손자국도 늘어나 있다. 손자국은 또렷하지 않다. 하지만 내 기억은 선명하다. 나는 내 팔을 잡은 손을 기억하고 있다. 그 손은 오른손으로, 그 오른손에는 손가락이 네 개밖에 느껴지지 않았다. 약지의 감촉은 없었다.

새끼손가락은 있으면서 약지가 없는 인간. 새끼손가락을 남기고 약지를 자르는 야쿠자는 없다. 야쿠자의 오른손이 아니다. 약지는 야쿠자들의 의식에서 잘리는 게 아니라, 무슨 사고로, 혹은 다른 의도를 가진 무언가에 의해 잘렸을 것이다. 왜 잘렸든 상처는 병원에서 치료를 받았을 가능성이 있겠지. 그것을 찾으면 범인을 좁힐 수 있다. 하지만 나는 지금 바로 천만 엔을 갖고 싶으니 그런 느긋한 일을 하고 있을 수는 없다. 그러니 다른 걸 생각해보자.

모든 피해자가 화장실용 세제 주사를 맞고 살해되었다. 주사로 살해하는 것의 메리트는 외견적으로 흐트러지는 것을 최소한으로 줄일 수 있다는 것이다. 바늘구멍밖에 보이지 않는다. 하지만 이 범인은 그렇게 해서 깨끗하게 죽였으면서도, 그 전에는 꽤나 거칠게 다뤘다. 나를 발로 차고, 땅에 쓰러뜨렸다. 무엇보다도 죽이고 나서 바로 목을 잘랐다. 목을 자르면 출혈이 엄청나서 일이 커진다. 가지고 간 머리도 아마 피에 젖어 있겠지. 하지만 범인은 주사기를 쓴다. 독극물주사로 여자아이를 죽인다. 누군가를 살해할 때 독극물을 이용하겠다는 발상을 하는 사람 중에는 힘이 약한 사람이 많다. 여성. 화장실용 세제. 나는 세리카를 본다. 세리카는 내 얼굴의 침과 콧물과 눈물과, 귀 밑의 피를 닦아 준다. 내 바로 옆에 세리카의 얼굴이 있다. 내 머릿속에는 지도가 있다. «녹색 공원»에서 북쪽으로 삼백 미터 정도 가면 다른 공원이 있다. «휴식의 광장». 우리 집 뒤편이다. 그곳에도 공중화장실이 있다. 그 공원은 최근에 깨끗해졌다는 소문이 자자하며, 모래밭과 미끄럼틀과 그네와 벤치밖에 없는 작은 «휴식의 광장»에는 최근에 주부들이 온다. 나와 우미도 관대와 성실이와 정직이를 데리고 햇빛을 쬐러 간다. 나는 그곳에서 알게 된 여자들과 몇 번이나 섹스를 했다. 대체로 그곳의 공중화장실 안에서. 내 아름다움에 이끌려 아이들을 데리고 온 엄마들과 아이들을 데리고 오지 않은 여자들과 아직 어린애 티를 못 벗은 여자아이들이 내 옆으로 다가오기에 순서대로 화장실에 데려갔다. 그 공중화장실은 백화점 화장실과 다름없을 정도로 깨끗해서 여자들도 신경 쓰지 않는다. 벽은 새로 칠을 했고 문도 새것이며 바닥에는 반짝반짝한 타일이 붙어 있고 쓰레기가 떨어져 있던 적은 한 번도 없다. 마치 «녹색 공원»의 화장실처럼.

열두 명의 여자들이 살해된 현장은 선으로 연결해볼 것도 없이 «휴식의 광장» 주변이다. 거의 같은 거리라고 해도 좋다.

구사나기 료코의 목을 조른 것이 누구의 손인지는 모른다. 하지만 누군가의 두 손을 세리카는 가지고 있다. 누군가, 죽은 남자의 손이다. 그 손 두 개를 잘라내어 뼈를 빼내고 불필요한 근육을 잘라낸 뒤, 세리카는 그것을 장갑처럼 자기 손에 끼고 구사나기 료코와 그 밖의 열한 명을 살해한 것이다.

그리고 목을 잘랐다. 머리에는 눈과 귀와 코와 입이 있기 때문이다.

만약 머리가 시체에 남아 있다면, 나는 그것을 스키 마스크처럼 완전히 뒤집어쓰고, 내 눈알을 빼내어 시체의 눈알을 넣음으로써 세리카의 얼굴을 보고, 세리카의 숨결을 듣고, 세리카의 샴푸와 향수 냄새를 맡고, 어쩌면 용감한 피해자가 세리카를 물었을 때의 치아 느낌, 혀의 감촉, 땀 맛, 피 맛을 느낄 수 있었겠지. 하지만 머리를 절단한 이유는 오로지 그것을 막기 위해서만이 아니다. 아마도 세리카는 피해자 여자아이의 눈으로 본, 살해될 때의 자신의 필사적인 모습이나, 화난 얼굴을 내게 보이기 싫었던 거겠지. 분명 그런 게 부끄러웠던 것이다.

하지만 내가 수수께끼를 풀고 자신에게 접근해주었으면 하니까, 장갑으로 쓰기 위한 남자의 약지를 잘랐다. 아니면 원래 약지가 없는 남자를 골랐다. 그렇게 힌트를 남기고, 내가 병원 기록을 확인하는 등 하여 상대를 세리카로 좁혀가기를 기다릴 생각이었던 것이다.

나는 구사나기 료코를 두른 채로, 구사나기네 집 현관에서 세리카에게 묻는다.

"세리카, 세시루랑 무슨 일 있었어?"

"쓰쿠모" 하고 세리카가 말한다. "딱히 네가 좋아서, 저 여자들한테 질투를 느껴서 죽인 게 아냐."

세리카는 내가 눈치챈 것을 알고 있다. "그건 아무래도 좋아. 세시루랑 싸웠어?"

"그냥 별거하는 거야. 좀 다른 곳에서, 떨어져 사는 편이 좋을까 싶어서."

"그리고 새 화장실, 그 사람들이 더럽힌 거야?"

"더럽혔어. 다들 더러우니까."

세시루가 없으니 화장실에 들어온 사람을 그 자리에서 잡아 죽여

먹는 것이 불가능하다. 배설이 끝나면, 세리카의 집이 더러워진다. 그렇다면 화장실 같은 데 안 살면 되는데, 특히 우리 집 뒤에 있는 공원의 공중화장실 같은 데 안 살면 되는데, 그럼에도 내 관심을 끌고 싶어서 세리카는 그런 행동을 취해버린다. 구태여 타인과 내가 섹스하고 있는 것을 봐 버린다. 그래서 쓸데없는 살인을 저질러 버린다. 하지만 나는 ≪휴식의 광장≫에서, 더 많은 여자들과 섹스를 하고 있다. 그중에 ≪화장실을 더럽혔다≫는 대의명분을 세리카에게 준 여자아이들도 많을 것이다. 사실, 최근 ≪휴식의 광장≫에 안 가게 된 사람들이 꽤 있다.

그 사람들이 모두 살해되었다고 치고, 어째서 그 열두 명만이 목을 잘리고, 시체가 발견된 것일까?

"다른 사람들은 다마 강으로 떠내려 보냈는데, 그 열둘은, 다른 사람이 사줬어."

"다른 사람?"

"환영성에 있는 사람"

구사나기 료코의 발목에 난 열 개의 손톱자국은 그 녀석의 것이다.

"예쁜 사람을 죽이고 있으면 그 사람이 와서, 도와줘. 그 사람이 목을 자르거나 손을 잘라서, 그걸 가지고 가버리는 거야."

"흐음. 그 사람, 환영성에서 오는 거야?"

"응. 환영성 지하에 있는 낡은 하수도를 통해 온다는 것 같아. 그 하수도, 너무 낡아서 아무도 몰라."

"그럼 그 사람은 그 하수도에 대해 아무한테도 말하지 않고 환영성 안에 다른 사람들을 가둔 채로 있는 거구나. 환영성 사건의 범인이구나, 그 사람. 누군지 알아?"

"≪세이료인 류스이≫라고 했어. 근데 사실은 그 사람, ≪명탐정 쓰쿠모주쿠»야. 쓰쿠모랑 꼭 닮았거든. 그래서 나, 그 사람한테 여자들 머리 같은 거, 줘 버렸어."

나는 한숨을 내쉰다.

좀 전에 2층 책장 뒤에서 나와 계단 아래까지 내려온 구사나기 료코의 영혼이 달려들려고 했던 상대는 구사나기 야요이가 아닌 세리카로, 기절해서 텅 빈 언니의 몸에 들어가려고 한 게 아니라 자신을 죽인 범인을 발견하여 복수하려고 한 것이었다. 그만 그만이라고 하길 잘했다. 세리카는 분명 험한 꼴을 당했겠지.

구사나기 료코가 다시 아래층으로 내려오기 전에 나는 세리카를 밖으로 내보내야만 한다.

3

세시루에게 사정을 설명하는 건 세리카에게 맡기고, 일단은 둘을 «녹색 공원»에서 내보낸다. 세리카는 나와 떨어져 있기 싫다면서 운다. 세시루가 상처 난 얼굴을 보여준다. 하지만 나는 우미와 결혼해서 세 아이를 두었고, 이미 지금의 나는, 옛날처럼 세리카를 원치 않는다, 라고 나는 말한다. 애당초 그것은 세리카도 알고 있다. 하지만 애정이란 온몸의 기억에 남는 것이다. 말을 만드는 뇌를 가지고 혈액을 보내는 심장을 가지고 영혼을 육체에 담고서 살아 있는 한, 온몸이 간직한 애정의 기억이 완전히 사라지는 일은 없다. 하지만 내가 세리카에게 가진 애정은 본질적으로 이미 기억에 지나지 않는 것이다. 아무리 섹스를 많이 해서, 선명히 떠오른다 해도.

세시루와 세리카가 조후에서 사라지고, ≪녹색 공원≫ 화장실 아래에는 둘이 먹다 남긴 많은 시체가 남았으며, ≪휴식의 광장≫의 화장실 아래에는 남자의 두 손이 남았다. 그 남자의 이름도 세리카로부터 들었다. 오쿠보 겐고. 증거로서는 충분하다. 나는 구사나기 료코의 시체를 조후 경찰에 돌려주는 김에 조후 시 미녀 갈기갈기 연쇄살인사건의 수수께끼를 풀어 보였는데, 범인은 세시루라고 하고, 세리카의 질투와 살의는 덮어두었다. 별장의 화장실이 더러워져서 분노한 세시루의 단독범행. 어차피 세시루와 세리카는 쫓기는 몸이다. 게다가 어차피 둘 다 경찰에게는 잡히지 않는다. 경찰이 공중화장실 아래까지 조사할 정도로 우수해지지 않으면.

다마 강에도 ≪세시루가 흘려보낸≫ 수많은 시체들이 떠다니고 있을 것이며, 그중에는 두 손이 없는 오쿠보 겐고도 있을 것이니 찾아보라고 경찰에게 말한 뒤, 나는 천만 엔을 받아, 도중에 은행에 들러 세시루와 세리카의 구좌에 오백만 엔을 입금하고, 서점에서 장모님을 위해 『군조』와 『신초』와 『문학계』와 『스바루』를 산 뒤, 집에 들어간다. 마침 산책에서 돌아온 우미와 현관에서 마주친다. 세이프.

하지만 천만 엔을 받았을 터인 내가 오백만 엔밖에 가지고 오지 않은 탓에 장모님은 내게 그것에 대해 캐묻고, 나는 그 이유를 생각하는 것을 잊고 있던 것을 깨닫는다. 아뿔싸. 장모님 앞에서 위축되어버린 나는 그럴싸한 거짓말이 떠오르지 않아서, 떨어뜨렸나~라고 말할 수밖에 없었으며, 오백만 엔을 가지고 왔는데도 결국 혼이 난다.

하지만 우미는 생글생글 웃기만 하고 아무 말도 하지 않는다. 못피도 헷헤헷헤 하고 웃을 뿐 아무 말도 하지 않는다. 관대와 성실이와 정직이도 냐라햐－냐라햐－ 하고 웃을 뿐 아무 말도 하지 않는다. 나는 내 가족을 사랑한다.

뭐, 장모님도 싫지 않다.

"과연 명탐정 쓰쿠모주쿠. 멋져." 하고 우미에게 칭찬받아서 "뭘～." 이라고 말하는데 장모님이 온다.

"쓰토무 씨. 환영성 사건에도, 상금 걸렸어. 환영성 주인이 삼천만 엔 내놓는대. 삼천만 엔. 얀베 데쓰오였나? 아무리 유명한 예술가라고 해도 어쩜 그렇게 돈이 많아? 성 같은 데 살고 말이지."

부끄러워하는 체하며 머리에 대고 있던 손을 내려놓고, 나는 말한다.

"애써보겠습니다."

그러자 장모님은 말한다. "그럼, 삼천만 엔 중에, 우선 오백만 엔 돌려줘. 그리고 이천오백만 엔은, 나랑 너희들 반씩 나누자."

«오백만 엔을 장모님께 돌려준다»는 말의 의미와 «나랑 너희들 반씩»이라는 말의 의미를 모르겠지만, 나는 우선 "열심히 하겠습니다." 하고 다시 한 번 말했다.

"열심히 해－ 우리 집 명탐정."이라고 장모님은 말한다. "자네는 이런 어려운 사건을 해결하는 것 말곤 돈을 벌 길이 없으니까 말이야."

장모님이 나간 뒤 우미가 엄마한테도 악의는 없어, 라고 말하며 웃는다. 어째서 장모님께 아무 말도 안 해주는 거야－하고 내가 투덜거리자, 삼천만 엔 받을 수 있다니 굉장하잖아－, 이렇게 해서 쓰토무가 열심히 할 수 있다면 우선 지금은 아무 말도 안 할 거야－, 엄마한테도 더더욱 압력을 가하라고 해서 쓰토무가 열심히 하게 해야지－, 아니 그보다 삼천만 엔 갖고 싶고, 받게 되면 새 천체망원경 사야지, 따위의 말을 하며 우미는 웃는다.

삼천만 엔으로 내 주가가 오를지 어떨지도 모른다. 일단은 오백만 엔으로는 부족하다는 건 알았지만.

우미와 세쌍둥이가 자고 있는 옆에서 나는 «세이료인 류스이»의 「제3화」를 읽는다. «오쿠보 겐고»가 나고야 시의 연쇄살인사건 범인으로 등장한다. 이곳 조후 시에서 실제로 살인을 저지르고 목을 자른 손도, «오쿠보 겐고»의 것이었다.

내일부터 해결에 착수할 환영성 살인사건에서도 비슷한 일이 일어날지 모른다는 생각으로, 나는 한 글자 한 글자를 전부 외워둔다.

「제3화」에서 «세이료인 류스이»는 «환영성» 안에 갇혀 있는 것으로 나온다. 내일 환영성에 들어가면 진짜로 «세이료인 류스이»를 만날 수 있을지도 모른다. 그때 이 소설 내용을 어떻게 썼는지, 그리고 이 「제3화」를 어떻게 구사나기 야요이의 자궁 안에 넣었는지, 물어보자.

하수도인가, 하고 나는 생각한다. «환영성»의 «지하»에 들어가는 것은 가조분 시절 이래 처음이다.

뭐 어쨌든 지브롤터 국기에는 의미가 있었다. «성 아래»에는 분명 «열쇠»가 있는 것이다. «십자가»와 «왕관»에도 의미가 있는 게 틀림없다. 내일이 기대된다.

삼천만 엔…… 중에 천이백오십만 엔만 우리 손에 들어온다는 모양이다.

아침을 먹고 이를 닦고 세수를 하고 옷을 갈아입은 뒤 여러 가지를 집어넣은 가방을 메고 나는 "다녀오겠습니다."라고 말한 뒤 집을 나선다. 관대와 성실이를 안은 우미와 정직이를 안은 장모님이 "다녀와~."라고 한 뒤 "삼천만, 삼천만, 삼천만." 하고 연호해서, 나는 재빨리 집을 떠난다. 집 뒤에 있는 ≪휴식의 광장≫에는 어젯밤부터 계속 많은 경찰들이 있다. 나를 보고 인사를 하는 경찰관도 있다. 나는 손을 약간 들어 보인다. 목에 카메라를 건 보도기자로 보이는 남자 한 명이 달려와, 내게 "명탐정 쓰쿠모주쿠 씨지요?"라고 하며 취재를 시작하려 한다. 그것을 본 경찰관 세 명이 달려와 바로 그 남자를 끌어내 준다. 나에 대한 것이 보도되면 나는 모든 수사 활동을 그만두겠다고, 경찰관계자들에게는 오래전부터 선언해두었기 때문이다. 그리고 선글라스도 벗겠다, 라고.

내가 두려운 것은 물론 스즈키와 쓰토무가 내 거처를 알고서 나를 찾아오는 것이다.

"어제는 수고 많으셨습니다."라고 말하며 다가오는 다른 경찰에게 인사한 뒤 나는 웅크리고 앉아, 도로의 맨홀 뚜껑을 연다. 놀란 경찰관이 "어, 쓰쿠모 씨, 어디 가시죠?"라고 물어서 "잠깐 어디 좀."이라고 대답한다. 환영성에 간다고 하면 큰 소란이 벌어진다. 좁고 더럽고 낡은 하수도에 경찰관들이 몰려들어, 그들을 데리고 환영성으로 들어가는 입구를 찾으라고 한다면 그건 사양하겠다. 우선 내가 혼자 환영성에 들어가, 만약 필요하다면, 안쪽에서 환영성 정문을 열어주면 된다.

어이없어 하는 경찰들을 내버려두고, 나는 맨홀 아래로 들어가, 뚜껑을 닫는다. 어두워진다. 나는 가방 안에서 회중전등을 꺼내어 켠다. 하수도는 영혼으로 가득하다.

4

영혼을 지켜보고 있으면 환영성으로 가는 길을 알 수 있다. 환영성에서는 예나 지금이나 살인사건이 엄청나게 일어난다. 죽은 사람들이 모두 하수도의 어둠 속에서 환영성으로 가는 길을 가만히 뒤돌아보고 있다. 원한이나 슬픔 등, 다양한 감정을 표정에 담아.

나는 낯선 영혼을 길잡이 삼아 환영성으로 향했지만, 환영성 부지에 들어선 순간 하수도 안은 영혼으로 가득하여, 손으로 계속 밀어젖히며 지나치지 않으면 앞으로 나아갈 수 없을 정도였다.

그렇게 억지로 앞으로 나아가던 중에, 많은 영혼들이 일제히 빤히 올려다보는 뚜껑이 있어서, 그것을 여니 우물처럼 긴 구덩이가 위로 이어져 있었다. 그곳으로 올라가려고 하는 영혼이 많이 있고, 그들은 모두 탈피한 매미 껍데기처럼 구덩이 중간에 굳어 있는데, 그것이 내게는 잘된 일이어서, 그런 영혼을 사다리 삼아 성큼성큼 올라가 구덩이 위에 이르렀다.

그곳은 침사지[32]로 쓰이던 곳인 듯 구불구불한 공간이었다. 구덩이 끝에 앉아 숨을 돌린다. 발치에 그물로 된 사다리가 접혀 있다. «세이료인 류스이»를 칭하는 나와 닮은 남자는 이걸 써서 밖으로 나가고 있는 거겠지. 그 남자가 환영성 살인사건의 범인이라면, 지금 지나온 하수도 속에 피해자들의 영혼은 없을 것이다. 있다면, 하수도에 오는 남자를 발견하고서 혼쭐을 내주지 않을 리 없다.

나는 하수관 끝에서 잠깐 쉰 뒤에, 일어나, 네 개의 구덩이가 파이프로 연결된 듯한 모양의 침사지를 통과한다. 구덩이를 올라가, 이제는 쓰이지 않아 물 한 방울도 남아 있지 않은, 어두운 하수처리실을 나간다.

• •

32. 沈砂池. 하수처리 과정에서 돌, 모래, 플라스틱 병 등을 걸러내기 위해 만든 연못.

복도를 지나, 계단을 올라, 어디가 어딘지 모르겠고 길잡이가 될 만한 영혼도 보이지 않아서 어쩔 수 없이 나는 목소리를 높여 말한다.

"실례합니다—. 누구 없어요?"

기다려도 대답은 없다. 너무 조용하다. 내 목소리는 울리지도 않았다.

하지만 비명만큼은 잘 들린다.

우선 위로 가려고 계단을 어슬렁거리며 두리번거리던 나는 남자가 "이제 됐다니까 정말! 그만해! 정말 쪼오오옴!"이라고 울부짖는 소리를 듣는다. 나는 그 목소리에 의지하여 달린다. 그러자 복도를 돌고 돌고 돌아 문을 지나 앞으로 간 뒤 돌아가서 또 하나의 문을 지나 오른쪽으로 간 뒤 왼쪽으로 간 끝에 계단이 있다. 나는 그곳으로 올라간다. "뭐가 어찌 됐든 상관 없다고오오오오! 이이이유를 모르겠어! 의미 없잖아 이런 거! 이제 됐어! 이제 됐다고! 이제 됐다고!" "진정해 아베." "이게 뭐냐고 대체. 이제 돌려보내줘 정말—. 나 정말 이런 데 있기 싫다고~." "진정하라고. 울지 말고." "울지 마 아베!" "시끄러 이 자식들아! 울고 싶을 때 울게 해줘! 뭐 어때 남자가 좀 울면!" "남자가 우는 건 괜찮지만 아베는 울지 마. 밥맛없으니까." "쫌— 뭐야 이 자식들—. 너희가 그러고도 친구냐~. 왜 나만 울면 안 되는 거야~." "그러니까 지금 이유를 말했잖아. 밥맛없다고. 괜찮으니까 울지 마 아베. 제자가 어떻게든 해줄 테니." "걔는 내 제자가 아니라 동생 같은 애야." "…… 그게 그거지 뭐가 달라." "그러니까 제자라는 건……"이라고 말하며 «제자»와 «동생»의 차이를 얘기하고 있는 남자의 목소리가 문 바로 건너편에서 들려온다. 나는 그 문을 연다. 문 안쪽은 거대한 예배당으로, 기다란 돌기둥이 늘어서 있으며, 삼십 미터 정도 위가 아치로 되어 있다. 벽에는 기둥과 기둥 사이의 트레이서리와 창과 트리포리움[33]이 옆으로 늘어서 있으며, 트레이서리와 창에는 스테인드글라스가 설치되어 있어, 그곳으로 새어 드는 빛이 이 거대한 공간을 웅장하고 아름답게 만들고 있다. 기둥 건너편의 측랑側廊과 주보랑周步廊이 거대한 공간을 빙 둘러싸고 있으며, 그 바깥쪽에는 제실祭室과 측제실側祭室이 있다. 예배당 안쪽에는 커다란 문과 지붕으로 덮인 발코니가 있으며, 그 위에는 둥글고 커다란 장미모양 창이 있어 예배당에 위엄을 더하고 있다. 장미모양 창 맞은편, 예배당 안쪽에 있는 것은 물론 제단으로, 황금색의 그것은 모자이크 그림으로 둘러싸여, 희미하지만, 또렷이 빛나고 있다. 제단 한가운데, 15미터 정도 상공에 십자가에 매달린 예수상이 있다.

그 예수가 내려다보는 내진과 외진에는 긴 의자들이 놓여 있는데, 그 중앙, 외진과 내진을 구분하는 교차부에 수십 명 정도의 젊은 남녀들이 모여 있다. 그중 한 명, 아는 얼굴이 있다. 사람들에게 둘러싸여 울면서 ≪제자≫와 ≪동생≫의 차이에 대해 너무 열심히 설명하느라 제단 옆문으로 내가 나온 것을 눈치채지 못한 사람은, 그리운 아베 아쓰시=대폭소 해피다. "아베 씨." 하고 나는 말을 건다. 하지만 아베는 계속 패닉에 빠져 있어서 내가 부른 것을 알아채지 못한다. 나는 제단 중앙의 테이블 위에 놓여 있는 사각형 상자를 발견한다. 그렇군, 이것 때문에 아베가 무서워하고 있는 것이다.

그것은 네 장의 판자가 사각으로 조립된 뚜껑이 없는 장방형 상자로, 안에 있는 것이 제단 맞은편을 향하게 되어 있는데, 상자에 들어 있는

33. 트레이서리: tracery. 중세 유럽의 고딕 건축(특히 성당)에서 채광부를 꾸미는 데 쓰는 기하학적 모양의 장식. / 트리포리움: triforium. 중세 유럽의 고딕 건축(특히 성당)에서 입구의 아치와 지붕 사이에 설치된 아케이드.

것은 여자의 머리였다. 그 낯선 여성은 새파랗게 질린 얼굴에 화장이 되어 있었지만, 기묘하게도, 오른쪽 볼은 붉게 칠해져 있고, 왼쪽 볼에는 동그라미가 그려져 있다. 어딘가를 바라보느라 크게 뜬 두 눈 위의 눈썹도 짧게 깎여 있고, 짙은 아이라인과 장식용 속눈썹 탓에 이상하고도 음산하다. 세워진 상자 안에 놓인 그 목 위에 공간이 있는데, 그 부분은 새까맣게 칠해져 있고, 그 위에 붉은색으로 '환영성', 푸른색으로 '5'라고 쓰여 있다. 여자의 머리 오른쪽에는 검은 옷을 입은 피에로 인형이 넣어져 있다.

흐-음, 하고 나는 생각한다.

제단에 놓여 있는 상자는 그것뿐만이 아니다. 테이블 뒤쪽에는 마흔 두 개의 상자가 죽 옆으로 나란히 놓여 있다. 크기는 다 제각각이지만 모두 장방형으로, 비슷하게 생겼다. 그 상자 하나하나에 여자의 시체가 들어 있다. 거의 다 머리이며, 몇 개에는 상반신이 통째로 들어 있다. 그 상자들은 모두 장식이 되어 있다. 얼굴을 여러 가지 색으로 칠했고, 봉제인형이 들어 있으며, 번호가 매겨져 있다. 왼쪽부터 '환영성2', '환영성3', '환영성4'로 시작하여 '환영성12'까지 간 다음 '환영성1'로 돌아와, '환영성2', '환영성3', '환영성4'…… 그리고 '환영성12'까지 오면 또다시 '환영성1', '환영성2', '환영성3'……으로 열두 개. 열세 개째가 테이블 위의 '환영성5'다. 여성의 시체가 안 들어있는 상자가 딱 세 개 있다. 그것들은 옆의 상자와 번호가 같은 상자로, 왼쪽에서 여섯 번째 '환영성7' 옆의, 일곱 번째 '환영성7'과, 열여섯 번째 '환영성5' 옆에 놓인 또 하나의 '환영성5'와, 왼쪽에서 서른여덟 번째에 놓인 '환영성1' 옆, 서른아홉 번째에 놓인 '환영성1'이다. 그 텅 빈 상자를 구별하기 위해 '환영성⑦', '환영성⑤', '환영성①'이라고 써두겠지만, 그 '환영성⑦'과 '환영성⑤'

는 텅 비어 있다. 여기에 무엇이 들어가야 하는지 나는 알고 있으며, '환영성①'에 여자의 머리가 아닌 점토로 만든 커다랗고 새까만 손이 들어 있는 이유도 나는 알고 있다. 제단 위에 놓인 열세 개의 상자는 모두 1975년부터 1979년에 걸쳐 발행된 탐정소설잡지 『환영성』의 표지를 모방한 것이다.

『환영성』은 75년 1월에 발매된 『환영성 2월호』를 시작으로 53권 발행되어 79년의 『환영성 7월호』를 마지막으로 폐간되었다. 제단 위에 놓여 있는 것은 그중 마흔세 권으로, 텅 빈 상자는 75년의 『환영성 7월 증간호』와 76년의 『환영성 5월 증간호』이며, 검은 점토로 된 손이 들어 있는 상자는 78년의 『환영성 신년 증간호』다. 그렇다는 건 『환영성 75년 7월 증간호』에는 《에도가와 란포》[34]의 시체의 가슴 윗부분이 들어가야 하며, 『환영성 76년 5월 증간호』에는 《요코미조 세이시》[35]의 머리와 팔이 들어가야 하는 것이다.

마흔세 장의 『환영성』 모방 그림.

34. 江戸川乱歩(1894~1965). 일본 추리소설의 보급과 발전에 큰 영향을 미친 추리소설계의 거장. 본명은 히라이 다로로, 에드가 앨런 포의 이름에서 따온 필명을 평생 사용했다. 대표작으로는 『음울한 짐승』(1928년 작, 국역본: 김문운 옮김, 동서문화사, 2003), 소년탐정단 시리즈(1936년~1962년 작, 일부 국역본: 『괴도20가면 1~3』 권남희 옮김, 비룡소, 2013~4년) 등이 있다.

35. 横溝正使(1902~1981). 에도가와 란포와 더불어 일본 추리소설계의 거장. 명탐정 긴다이치 고스케를 주인공으로 하여 밀실 트릭을 다루면서도 사회성이 짙은 작품들을 남겼다. 대표작으로는 『혼진살인사건』(1946년 작, 국역본: 정명원 옮김, 시공사, 2011), 『옥문도』(1947~1948년 작, 국역본: 정명원 옮김, 시공사, 2005), 『이누가미 일족』(1950~1951년 작, 국역본: 정명원 옮김, 시공사, 2008) 등이 있다.

보라 글자
빨간 글자
플라스틱 포도
노란 셔츠
보라색으로 염색한 머리
보라 글자
빨간 글자
보라색 레이스
지점토 손가락 세 개
보라 글자
빨간 글자
알 수 없는 핑크색 물체
파란 모피 모자
핑크 모자
보라 글자
빨간 글자
갈색 머리
오렌지색 천
하얀 프릴 머리끈
보라 글자
빨간 글자
하양
오렌지색
오렌지색 천
보라 글자
빨간 글자
파란 망토
보라 글자
갈색 머리
빨간 글자
지점토 손
빨간 머리
보라 글자
빨간 글자
보라 글자
흰 도로 된 곽
빨간 글자
녹색으로 염색한 머리
보라 글자
빨간 글자
보라 글자
빨간 글자
고구마
보라 글자
빨간 글자
알 수 없는 꽃
핑크색 천

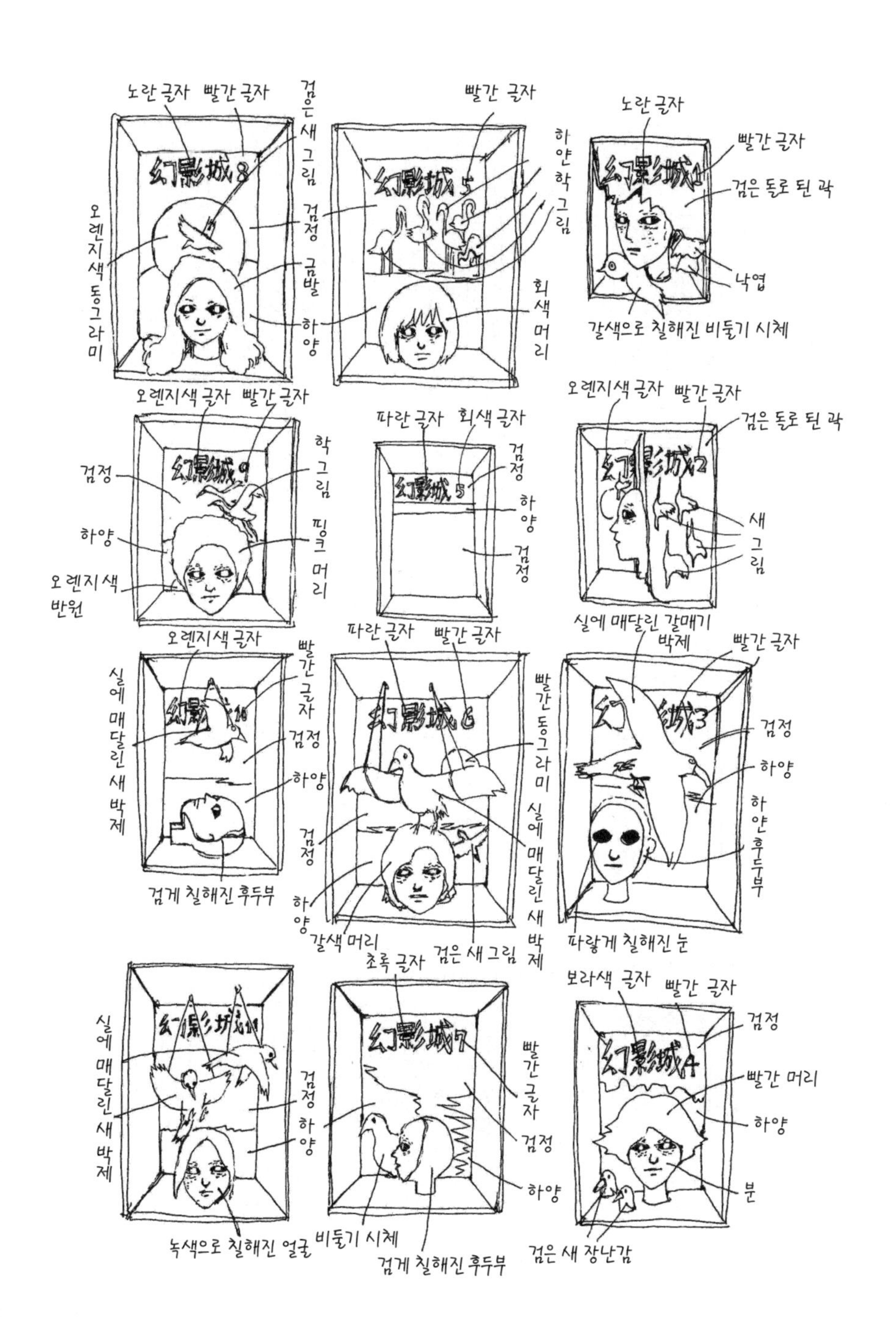

노란 글자
빨간 글자
검은 새 그림
幻影城 8
오렌지색 동그라미
검정
금발
하양
빨간 글자
幻影城 5
하얀 학 그림
회색 머리
노란 글자
빨간 글자
幻影城 1
검은 돌로 된 곽
낙엽
갈색으로 칠해진 비둘기 시체
오렌지색 글자
빨간 글자
幻影城 9
학 그림
검정
하양
핑크 머리
오렌지색 반원
파란 글자
회색 글자
幻影城 5
검정
하양
검정
오렌지색 글자
빨간 글자
幻影城 12
검은 돌로 된 곽
새 그림
오렌지색 글자
빨간 글자
幻影城 10
실에 매달린 새 박제
검정
하양
검게 칠해진 후두부
파란 글자
빨간 글자
幻影城 6
빨간 동그라미
실에 매달린 새 박제
검정
하양
갈색 머리
검은 새 그림
실에 매달린 갈매기 박제
빨간 글자
幻影城 3
검정
하양
하얀 후두부
파랗게 칠해진 눈
幻影城 11
실에 매달린 새 박제
검정
하양
녹색으로 칠해진 얼굴
초록 글자
幻影城 7
빨간 글자
검정
하양
비둘기 시체
검게 칠해진 후두부
보라색 글자
빨간 글자
幻影城 4
검정
빨간 머리
하양
분
검은 새 장난감

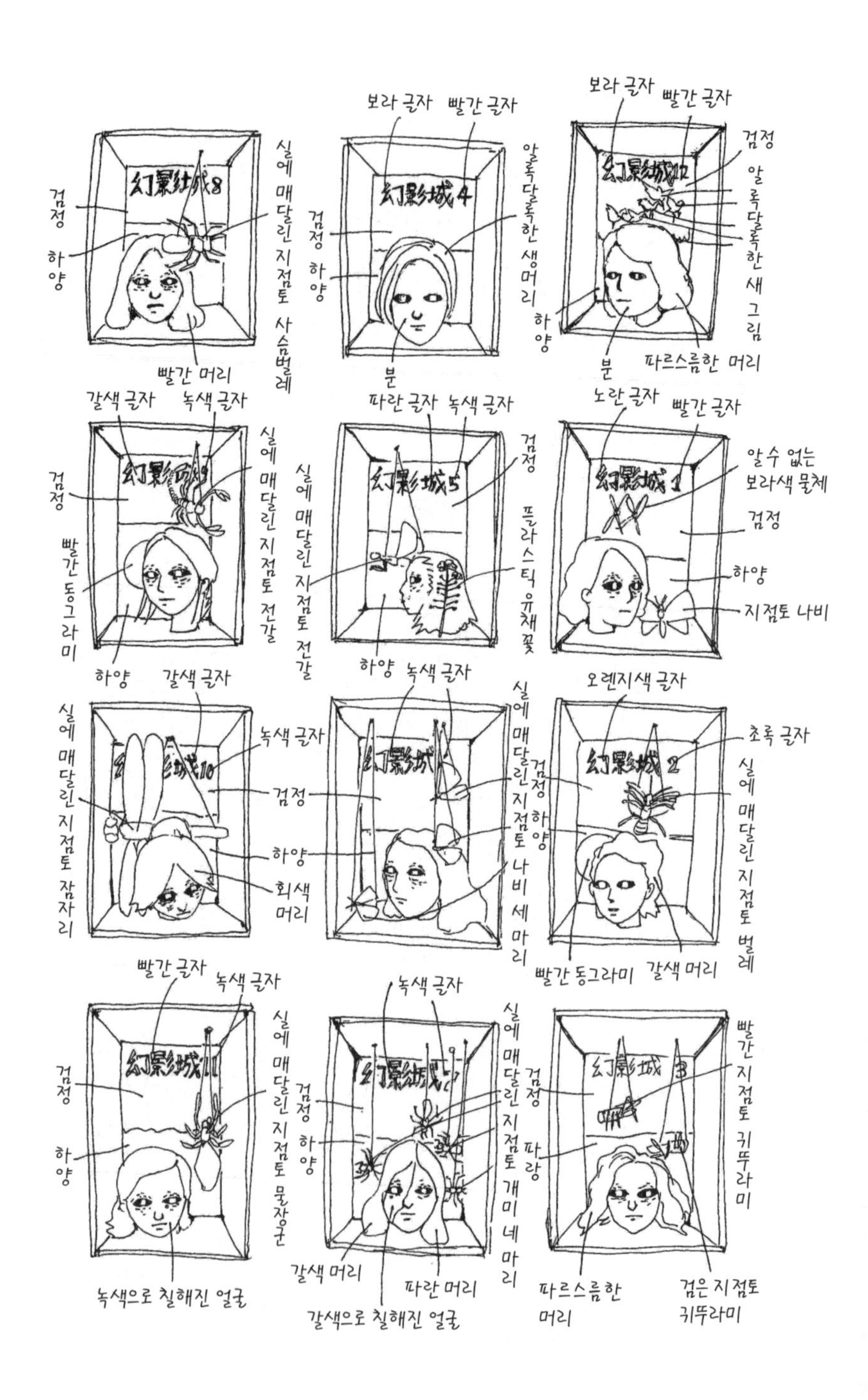
幻影城 8
검정
하양
실에 매달린 지점토 사슴벌레
빨간 머리
보라 글자
빨간 글자
幻影城 4
검정
하양
알록달록한 생머리
분
보라 글자
빨간 글자
幻影城 12
검정
알록달록한 새 그림
하양
분
파르스름한 머리
갈색 글자
녹색 글자
검정
빨간 동그라미
하양
실에 매달린 지점토 전갈
파란 글자
녹색 글자
幻影城 5
실에 매달린 지점토 전갈
검정
플라스틱 유채꽃
하양
노란 글자
빨간 글자
幻影城 1
알 수 없는 보라색 물체
검정
하양
지점토 나비
갈색 글자
幻影城 10
실에 매달린 지점토 잠자리
녹색 글자
검정
하양
회색 머리
녹색 글자
幻影城
실에 매달린 지점토 나비 세 마리
오렌지색 글자
幻影城 2
초록 글자
검정
하양
실에 매달린 지점토 벌레
빨간 동그라미
갈색 머리
빨간 글자
녹색 글자
幻影城 11
검정
하양
실에 매달린 지점토 물장군
녹색으로 칠해진 얼굴
녹색 글자
검정
하양
실에 매달린 지점토 개미 네 마리
갈색 머리
파란 머리
갈색으로 칠해진 얼굴
幻影城 3
검정
파랑
빨간 지점토 귀뚜라미
파르스름한 머리
검은 지점토 귀뚜라미

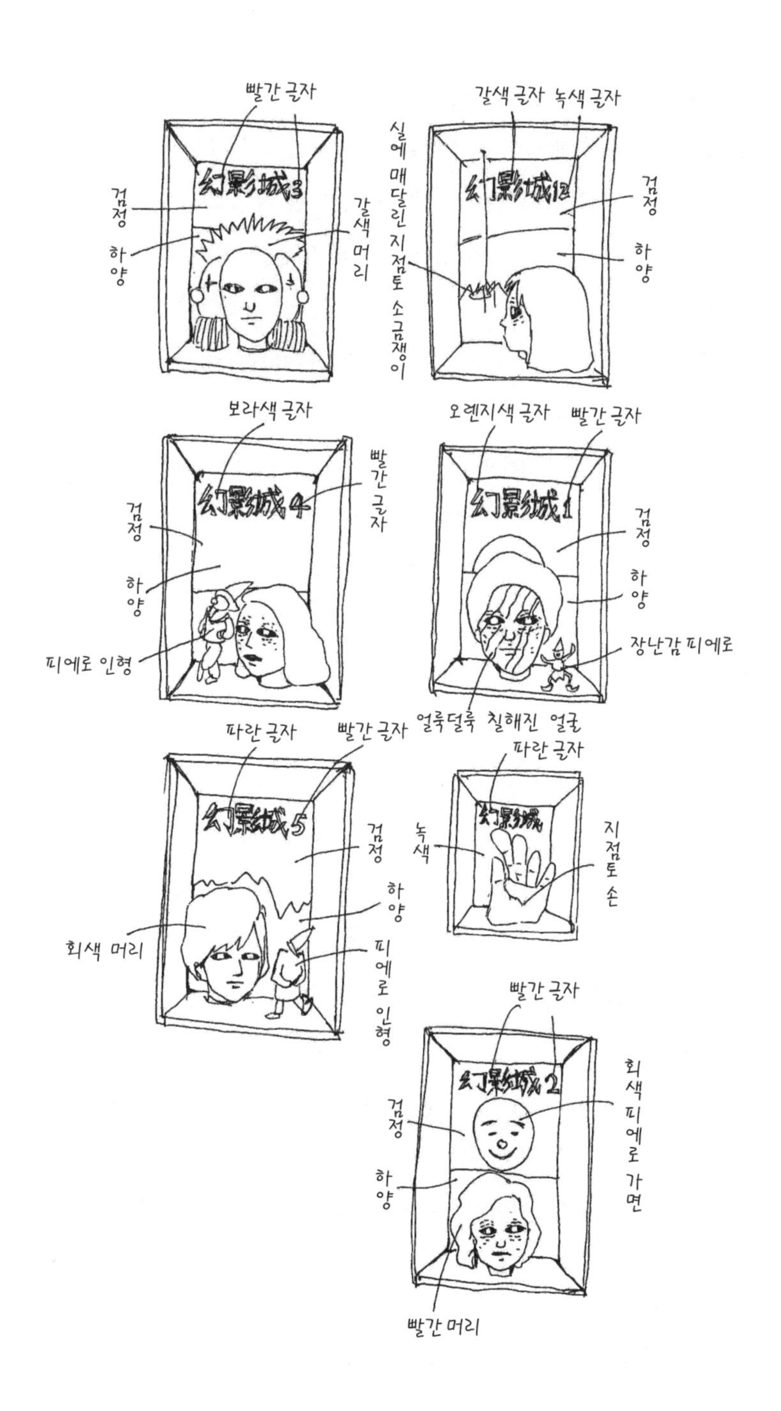
빨간 글자
幻影城 3
검정
하양
갈색 머리
갈색 글자
녹색 글자
실에 매달린 지점토 소금쟁이
幻影城 12
검정
하양
보라색 글자
幻影城 4
빨간 글자
검정
하양
피에로 인형
오렌지색 글자
빨간 글자
幻影城 1
검정
하양
장난감 피에로
얼룩덜룩 칠해진 얼굴
파란 글자
빨간 글자
幻影城 5
검정
하양
회색 머리
피에로 인형
파란 글자
幻影城
녹색
지점토 손
빨간 글자
幻影城 2
회색 피에로 가면
검정
하양
빨간 머리

왼쪽에서 네 번째 상자에, 머리에 핑크색 스카프를 두르고 앞머리를 옆으로 넘기고서 핑크색 립스틱을 바른 구사나기 료코의 머리가 있다. 불쌍한 구사나기 료코. 상자에 들어 있는 흰 장미가 그녀에게 위로가 된다면 좋겠지만, 그건 무리겠지. 그녀의 영혼은 그녀의 방 책장 뒤에 있다.

왼쪽 구석부터 줄지어 놓여 있는 여자아이 열두 명의 머리는 세리카에게서 받아온 것이다. 어째서 범인이 환영성 안에서가 아닌, 바깥에서 그 열두 명의 목을 조달해와야만 했는지, 나는 그걸 안다. 잡지 『환영성』의 첫 열세 권은 겐에이사絃映社에서 발행된 것이다. 겐에이샤가 도산하고 주식회사 환영성이 생겨 『환영성』의 발행이 계속되었다. 그런 경위가 있어서, 『환영성 75년 2월호』에서 『환영성 76년 1월호』까지 열두 권의 표지에 쓰는 여성의 시체는 《환영성 바깥》에서 가져온 것이다. 섬세하다. 요즘 세상에 잡지 『환영성』의 표지 같은 걸 모방한다 해도, 어지간히 탐정소설을 좋아하는 인간이 아니라면 알아채지 못할 것이다. 환영성 같은 곳에 찾아오는 인간은 대체로 그런 마니아일지도 모르지만.

나는 울고 있는 아베를 향해 다시 한 번 이름을 불렀다. "아베 씨."

그러자 아베를 둘러싸고 있는 남녀 열일곱 명 중 한 명의 여자아이가 내 존재를 알아챈다. "아베 컴, 저쪽에서 부르고 있어." 그 말을 듣고 아베가 눈물범벅이 된 얼굴을 이쪽으로 향한다. 분명 아베 아쓰시다. 그로부터 3년 정도 지났지만, 변한 게 전혀 없다. 둥근 얼굴에 두꺼운 눈썹에 가느다란 눈과 두꺼운 입술이 여전히 제멋대로인 듯 보인다. "누구?" 하고 내게 묻는다. "오랜만입니다. 가토 쓰쿠모주쿠입니다." "뭐? 쓰쿠모주쿠?" "쓰토무의 형입니다. 후쿠이 현 니시아카쓰키에서, 바로 옆집에 살았는데요." "아, 아, 아—아—. 아—. 쓰토무 형이구나."라고 말하며 무릎을 꿇고서 눈을 붉히고 있는 아베는 기억해낸다. "그래그래 그래그래. 오랜만이네. 나 너랑은 거의 안 놀았는데, 잘 지내? 아니 그보다 이런 데서 뭐하는 거야? 혹시 처음부터 이 성에 있었어? 쓰토무도 알아? 너 여기에 있는 거." 나는 고개를 갸웃한다. "저 방금, 밖에서 이 성 안으로 들어왔습니다. 지하에 있는 하수도를 타고. 쓰토무, 여기 있습니까?" "어, 어, 잠깐만, 너 여기, 밖에서 들어온 거야? 뭐야 지하 하수도라는 게. 빠져나가는 길이 있는 거야?" "있습니다."라고 내가 말하자, 아베뿐만 아니라 주위의 남녀들도 환성을 지른다. 서로 손과 어깨와 등을 두드리며, 여자들끼리는 껴안고 있다. 하지만 가장 많이 기뻐하는 사람은 가운데에 있는 아베로, 무릎을 꿇은 채 양손을 위로 들고 주먹을 쥐고서, 입을 크게 벌리고 눈을 감고 있으니, 하늘에서 떨어지는 신의 자비 한 방울을 기다리는 기적의 농부 같다.

너무 기쁜 나머지 손에 손을 맞잡고 "킥킥킥♪ 사차원 킥♪"이라고 노래한 그 멤버 중에 키 큰 남자가 나와서 내 손을 잡는다. "고마워, 고마워, 고마워. 정말 고마워. 우리는 엔젤 버니즈라는 연예사무소 사람들인데, 자네 이름은?" "명탐정 쓰쿠모주쿠입니다."

그렇게 말하자 모두 노래와 춤을 멈춘다. 하늘을 올려다보고 있던 아베도 입을 다물고 눈을 뜨고서 천천히 나를 바라본다.

"무슨 뜻이야?" 하고 여자아이 중 한 명이 내게 묻는다. 무슨 뜻이냐니, 라고 생각하고 있자니, 아베가 하늘을 향해 쥐고 있던 주먹을 펴고서 손을 자신의 두 눈에 가져다 대고 소리친다. "나 참~또 뭔 소리야~!" 그리고 또다시 운다. 다른 멤버들도 아베처럼 울지는 않지만, 다들 동요하고 있는 것 같다.

고단샤 노블스의 JDC시리즈를 이 사람들도 읽은 적이 있어서, 가공의 존재인 《명탐정 쓰쿠모주쿠》를 칭하는 인간이 나타난 것에 놀랐는지도 모르겠다, 라고 생각했을 때, 아베가 말한다. "뭐야~. 《명탐정 쓰쿠모주쿠》 이걸로 세 명째야~. 이게 도대체 뭔 일이야~ 정말~. 이 세계는 쓰쿠모주쿠로 이루어져 있는 거야?" 그렇다 아베 아쓰시.

"울지 마 아베." 하고 내 손을 잡은 남자가 말한다. "이제 우리, 탈출할 수 있으니까."

"잠깐 기다려 주십시오."라고 내가 말한다. "사건이 해결된 겁니까?"

"어? 아니 아직인데……."

"그럼 아직 여러분을 밖으로 내보낼 수 없습니다. 여러분 중에 범인이 있을지도 모르니까요."

"엇……."

할 말을 잃은 그 남자 뒤에 있던 사람들이, 순식간에 나를 에워싼다. "뭐? 뭐라고? 그게 무슨 소리야. 우리가 왜……." 같은 말을 저마다 하기에, 나는 약속한다.

"지금부터 삼십 분 안에 이 사건을 끝내겠습니다." 도시락을 안 싸왔으니, 점심때까지는 집에 가고 싶기 때문이다. "여러분, 앞으로 삼십 분 정도는 기다릴 수 있지요? 앞으로 삼십 분 동안, 명탐정 쓰쿠모주쿠와 참아 주십시오."

그러자 아베가 말한다.

"그런 말, 다른 명탐정 쓰쿠모주쿠도 했어-!"

아무래도 이 아베가 투덜거리는 역할을 담당하고 있는 모양이다. 시끄러우니 입을 다물게 하기로 한다.

"아베 씨 아베 씨. 아베 씨만 여기 봐요, 다른 여러분은 다른 쪽을 봐주십시오. 위험하니까요."라고 말하며 나는 눈앞의 남자가 잡고 있던 손을 놓고, 선글라스를 벗는다.

"나만 왜 우와－!" 하고 말하다 말고 아베는 내 미모에 감동하여, 또다시 두 팔을 들고, «환희하는 기적의 농부» 포즈를 취한 뒤, 픽 쓰러진다. 내 명령을 따르지 않은 다른 두 명의 남녀도 음냐음냐 하며 바닥에 쓰러진다.

나는 다시 선글라스를 쓴다. "자 여러분, 됐습니다. 여기를 봐 주십시오."

실신을 면한 모든 이가 여기를 본다. 바닥에 쓰러진 아베와 다른 두 명을 본다. 눈앞의 남자는 그 세 명을 본 뒤에 나를 다시 보고, 말한다.

"아, 이 사람도 정말 «명탐정 쓰쿠모주쿠»일지도 모르겠네. 다들 봐, 이 사람도, 정말 지나치게 아름답지 않아?"

모두가 찬성한다.

눈앞의 남자가 말한다.

"아베랑 가와베랑 나카이 군을 기절시킨 건 신경 안 써도 돼. 어차피 이 세 명, 다른 «명탐정 쓰쿠모주쿠» 때문에 몇 번이나 기절했으니까. 하하하. 몇 번이나 기절하고서도 정신을 못 차리는 인간이 있단 말이지."

내가 말한다.

"그게 아름다운 사람을 꼬이게 하는 힘입니다."

남자는 "맞아."라고 말하며 미소 짓는다.

그 남자의 이름은 후쿠시마 마나부. 아베와 함께 기절한 것은 가와베 게이스케와 나카이 사야카. 다른 멤버는 남자가 가와이 가즈히로, 혼고 다케시, 다나카 마사쓰쿠, 구모노 다쿠야, 호시노 마사토, 아오야마 겐, 후루타카 마사유키, 이렇게 일곱 명. 여자는 미조로기 후미에, 가지와라

아야코, 노무라 리에, 오바타 아키, 노나카 마미, 요시다 유키노, 이와이 유미 등 일곱 명으로, 엔젤 버니즈는 다 해서 열아홉 명. 사실은 스무 명인데, 그중 한 명, 히가시 모토미카는『환영성 76년 11월호』가 되어 얼굴에 녹색이 칠해졌다고 한다. 불쌍한 히가시 모토미카.

나는 엔젤 버니즈 멤버들에게서 자초지종을 듣는다. 환영성의 성주 얀베 데쓰오에게 정식으로 초대받은 것은, 명탐정으로 이름이 알려지게 된 쓰토무였다. 쓰토무는 아베 아쓰시와 함께 예능 프로덕션 《엔젤 버니즈》에 소속되어 있어, 쓰토무가 수수께끼의 갑부가 여는 파티에 초대받았다는 얘기를 듣고 쓸데없는 호기심이 생겨 그들은 쓰토무와 함께……라기보다는 막무가내로, 환영성에 쳐들어왔다고 한다. 그들을 제외하고 초대받은 손님은 출판사 관계자들 이백 명 정도. 고단샤 노블스의 작가들도 많이 모였고, 작가 《세이료인 류스이》도 있었을 터인데, 첫날 바로 모습을 감췄다고 한다. 아직 찾았다는 얘기는 못 들었다고 한다.

뭐, 나는 세이료인 류스이가 지금 어디에 있는지 알지만.

그 밖의 초대손님으로, 《JDC》=《일본탐정클럽》의 멤버들도 일부와 있다. 후쿠시마가 말한다. 총장인 아지로 소지와 탐정 신 쓰쿠모주쿠와 히키미야 유야다. JDC를 소재로 한 소설을 멋대로 출판한 것에 대해 고단샤 노블스의 세이료인 류스이에게 직접 항의를 하러 왔다는 소문이 있다고 한다. 최근에 유명해진 쓰토무=대폭소 카레를 스카우트하러 왔다는 소문도 있다고. 실제로 쓰토무는 그 JDC 세 명과 행동을 같이 하고 있다. 그래서 무엇인가를 알았는가 하면 전혀 그렇지 않다. 아마도 아지로 소지는 《집중고의》로 열심히 끙끙 앓으며 생각하고 있을 것이고, 쓰쿠모주쿠는 《신통이기》를 발휘하기 위해 데이터가 모이기를 멍하니

기다리고 있을 것이며, 히키미야 유야는 여러 가지 데이터를 모으고 있겠지. 라고 생각했는데, 정말 그랬다. 아지로 소지는 전화탐정도 쉬면서 이곳 환영성 살인사건 때문에 머리를 싸매고 있고, 쓰쿠모주쿠는 방에 틀어박혀 잠만 자고 있다고 한다. 히키미야 유야만 환영성 안을 활발하게 돌아다니며 줄자와 새 관찰용 카운터를 써서 여러 수치를 재어, 환영성 1층에 있는 의자의 개수와 침대의 개수를 더하면 딱 세이료인 류스이의 고단샤 노블스 첫 번째 작품 『코즈믹』의 페이지 수가 된다, 창문 개수는 두 번째 작품 『조커』에 나오는 ≪쓰쿠모주쿠≫라는 문자열의 수와 같다, 카펫의 총면적은 『카니발』 3부작의 일러스트와 목차와 속지를 빼고 광고만을 넣은 총 페이지 면적과 같다, 역시 이곳 환영성에는 세이료인 류스이 소설의 요소가 교묘하게 들어가 있다, 등등을 기뻐하며 보고하고 있다고 한다. 히키미야 유야는 다음으로 도서실에 있는 책들을 전부 읽고 온갖 등장인물들의 이름이 몇 번 등장하는지 셀 작정이라고 한다. 쓰토무가 히키미야 유야 옆에 있는 것은, 아마 간호를 위해서겠지. 쓰토무는 상냥한 녀석이니까.

이런 식으로 JDC에 맡겨 둔다면 어차피 세이료인 류스이의 고단샤 노블스 작품처럼 쓸데없이 사람들만 죽을 뿐이다. 어느 정도 완성될 때까지 해설이 불가능하다는 이유로 범죄를 그냥 내버려둘 수 없다. 게다가 내게도 그럴 시간의 여유는 없다.

나는 시작한다. 어차피 얘기하는 중에 필요한 인물은 나온다.

"저기 봐."라고 말하며 나는 제단을 가리킨다. 죽 늘어선 여성 서른아홉 명의 시체. 나는 그것이 잡지 『환영성』의 표지를 모방한 것임을 설명한다. 와— 하고 엔젤 버니즈가 말하지만, 『환영성』이라는 잡지를

아무도 모르기 때문에 나는 보충설명을 덧붙인다. "『환영성』이라는 건, 원래 에도가와 란포의 에세이 제목인데, 그 잡지는 거기서 이름을 따 온 거야." 우와—. 엔젤 버니즈는 세이료인 류스이의 소설 중에 나오는 «환영성»의 존재도 모르므로 설명한다. "이건 교토에 있는 유럽풍 성이래. 성주는 «히라이 다로». 히라이 다로란 에도가와 란포의 본명이지. 하지만 그 «환영성» 주인인 «히라이 다로»는, 에도가와 란포인 히라이 다로와는 다른 사람이야. 세이료인 류스이라는 작가의 두 번째 장편 『조커』에서는 «예술가»를 칭하는 살인범이 엄청 많은 사람들을 죽여. 그걸 JDC 사람들이 열심히 해결하지. 그런 사건의 무대야." 우와—. 그 사건, 진짜로 있었던 거야? "아니. 어디까지나 세이료인 류스이라는 작가가 쓴 소설 속 얘기야. 세이료인 류스이가 포함된 세계에서는, 그런 일이 일어나지 않았어." 고단샤 노블스의 JDC시리즈에는, «JDC시리즈를 쓰고 있는 작가»인 «세이료인 류스이»도 등장하지만, 그것은 소설의 구조를 복잡하게 하기 위해 작가 세이료인 류스이가 준비한 이야기로, 결국 소설에 쓰인 설정에 지나지 않는다. 픽션은 픽션이며, 리얼 월드는 리얼 월드. 하지만 지금 실제로 JDC 사람들이 와 있잖아, 하고 엔젤 버니즈가 말한다. "그 사람들은 아마 명탐정 코스프레를 마음속으로 즐기고 있는 사람일 거야. 그 사람들은 사건이 끝나기를 기다릴 뿐이야. 끝나면 여러 가지 얘기들을 꾸며내겠지." 꾸며낸다니, 왜 꾸며내? "말은 숫자야. 아나그램과 말장난을 이용하면 무언가에서 반드시 무언가를 끌어낼 수 있어. 예를 들어 «말[言葉ことば/고토바]»과 «숫자[數字/수우지]»도 «말[ことば/고토바]»에서 «하[は]»의 탁점을 «고[こ]» 위로 옮기면 «고토하[ごとは]»=«5란[ごとは/고토와]». «5란?[ごとは?]». «숫자». 그렇지? «숫자[數字すうじ/수우지]»도 «숫자»를 한자변환하면 «숭사[崇辭すうじ/수우지]». «사[辭]»는 «사[詞]». «숭고

한 사»는 «진짜 말», «말 중의 말», «쓸데없는 장식이 없는 말», 즉 «말». 간단[簡單かんたん/간탄]이고 감탄[感嘆かんたん/간탄]이고 환[環·]TONGUE[かんたん/간탄]이지." 그런 건 억지잖아. "이걸 하나의 테마를 가지고 많이 하면 그럴싸하게 들려. 아나그램과 말장난으로 이끌어낼 수 있는 건 무수히 많으니까, 그러면서 하나의 테마를 끌어내는 것도 가능하지." 흐음. "뭐, JDC시리즈의 본질은 그 집요한 아나그램과 말장난에 있으니까, JDC시리즈가 맘에 들어서 코스프레까지 하는 사람들이니, 그런 말장난도 좋아할 거야." 하지만 JDC의 명탐정 쓰쿠모주쿠라는 사람, 아베를 계속 실신시키는데. 그렇게 아름다운 사람은 진짜 쓰쿠모주쿠 이외에는, 없지 않아? "내가 진짜 쓰쿠모주쿠라니까. 나는 나 한 명이고 더는 없어. 쓰쿠모주쿠를 칭하는 인간이 있다면 그 사람은 가짜야. 자 시간이 없으니 범인을 찾아보자."

나는 그렇게 말하며 일어나, 제단 위에서, 어떤 걸로 할까 생각하다가, 구사나기 료코의 머리를 『환영성 75년 5월호』 상자에서 꺼내어 들고 엔젤 버니즈가 있는 쪽으로 돌아간다.

"엥? 그거 어쩔 건데요?"

"피해자한테 범인을 알려달라고 할 거야."

"……?"

미심쩍다는 듯 나를 바라보는 엔젤 버니즈의 눈앞에서, 나는 가지고 온 칼을 가방에서 꺼내어, 우선은 두 눈알을 파낸다. 그런 뒤 구사나기 료코의 후두부에 칼집을 내고, 칼날을 피부 아래로 쑥쑥 쑤셔 넣어, 두피가 다치지 않게 조심하면서, 두개골에서 살을 우지직 하고 벗겨낸다. 방심한 엔젤 버니즈의 눈앞에서 나는 구사나기 료코의 풀 페이스 마스크를 남기고 두개골을 꺼내어, 그것을 바닥 위에 놓는다. 구사나기 료코의 얼굴은 이미 며칠이 지난 탓에 썩기 시작해서, 지독한 냄새가 난다. 하지만 참자 참아야지. 나는 가방에서 콘돔을 꺼내어 포장을 뜯어서, 내 성기에 끼운다. 엔젤 버니즈 모두가 꺅 하고 내게서 도망친다. 더불어 내가 구사나기 료코의 두피를 푹 뒤집어쓰고, 구사나기 료코의 눈알과 내 눈알을 바꾸자, 여자아이들은 예배당 가장 안쪽으로 도망가 버린다. 개의치 않는다. 신경 쓸 여유가 없다. 내 뇌에 직접적인 자극이 덮쳐온다. 그것은 어제도 한껏 맛보았던 구사나기 료코의 성적 절정에 대한 기억인데, 머리의 기억은 더 강렬하여, 내 뇌는 폭발한다. 내 사타구니도 폭발한다. 콘돔 안에 나는 정액을 방출하고 방출하고 방출하고 멈추지 않고 방출하고 방출하고 방출하고 정액이 이미 없어진 뒤에도 절정감만이 나를 덮친다. 나는 바닥에 쓰러져 경련을 일으킨다. 지나친 쾌감에 내 갈비뼈 세 대가 한 번에 부러진다. 통증이 내 지옥의 소용돌이와 같은 절정을 약간 가라앉혀 주지만, 부족하다. 구사나기 료코의 성적 기억은 많다. 지나치게 많다. 나는 정신을 잃을 것 같은 상태가 된다. 하지만 진짜로 의식이 희미해졌을 때, 갑자기 엑스터시의 물결이 가라앉고, 죽기 직전의 기억이 찾아온다. 조후다. 시나가와 길 옆. 밭 옆. 깊은 밤이라 차가 다니지 않는다. 조용하다. 그때의 정적이 들린다. 춥다. 축축한 밭의 흙냄새. 나=구사나기 료코는 팔을 잡힌다. 뒤돌아보자 무서운 모습의 세리카가 서 있다. 세리카의 팔은 중간부터 남자의 팔이다. 오쿠보 겐고의 팔을 장갑처럼 끼고 있는 것이다. 도망친다. 잡힌다. 발로 차인다. 나=구사나기 료코의 가슴 위에 올라탄 세리카의 얼굴 또한 무섭다. 가슴 위의 세리카가 뒤돌아보고 "발 잡아!"라고 소리치는 게 들린다. "네!" 하고 씩씩하게 대답하며 세리카 뒤로 돌아오는 마른 남자의 장발이 보인다. 안경이 보인다. 얼굴이 보인다. 아아 이 녀석은 세이료인 류스이다.

고단샤 노블스의 작가 세이료인 류스이가 나=구사나기 료코의 두 발을 잡고, 열 개의 손톱자국을 남긴 것이다.

나는 세이료인 류스이의 차가운 손의 감촉을 기억한다. 피부에 박히는 손톱의 딱딱함도. 통증도.

나는 구사나기 료코의 얼굴을 벗는다.

모든 수수께끼가 풀린다.

"하긴 그래. 이곳 환영성에서는 역시 그 사람이 신이니까."

5

정액이 고여 물풍선처럼 부푼 콘돔 입구를 묶어 예배당 구석에 있던 쓰레기통에 버리러 간다. 그러고 나서 성수로 손을 씻는다. 얼굴과 머리에도 성수를 뿌리며 피를 닦는다. 젖은 손과 얼굴을 손수건으로 닦고, 엔젤 버니즈가 조심조심 다가오기에 나는 말한다.

"범인은 고단샤 노블스의 작가 세이료인 류스이입니다."

내가 그렇게 말했을 때, "거기까지야, ≪괴수≫인 나."라고 말하며 ≪신≫을 지키는 ≪천사≫들이 등장한다. 아지로 소지와 쓰쿠모주쿠와 히키미야 유야가 등장한다. ≪천사≫가 아닌 대폭소 카레도.

하지만 나는 두렵지 않다. 진짜 ≪천사≫는 나이며 진짜 ≪용≫은 세이료인 류스이이며 진짜 ≪두 마리의 괴수≫는 아지로 소지와 쓰쿠모주쿠이기 때문이다. 히키미야 유야는 ≪용≫과 ≪괴수≫에 의해 각인이 새겨진 불쌍한 사람. 나는 이제부터 «용»과의 싸움에 도전하지 않으면 안 된다.

여기에 등장한 탐정 신 쓰쿠모주쿠는 나와 완전히 똑같은, 지나치게 아름다운 얼굴을 가지고 있었다. 그건 그렇다. 미카엘과 사탄도 원래는 같은 신을 모시는 최상위 천사였던 것이다. 이 타이밍에 등장한 쓰쿠모주쿠는 나와 같은 얼굴이 아니면 안 된다.

쓰쿠모주쿠가 말한다. "제실 안에서 다 들었어. 지상의 사람들을 현혹시키려는 건 이쯤에서 관둬."

나는 말한다. "그만 발버둥 쳐야 할 사람은 그쪽일 텐데, 이 가짜 녀석."

쓰쿠모주쿠가 말한다. "네 신이야말로 가짜야. 네 각인은 누가 새긴 거야?"

나는 되받아친다. "너한테 각인이란 뭐야?"

"내 이름이야."라고 쓰쿠모주쿠가 답한다. "이 각인은 신으로부터 받은 거야."

"흥." 하고 나는 콧방귀를 뀐다. "쓰쿠모주쿠의 진짜 의미를 모르는 것 같군. 쓰쿠모주쿠. 구십구십구라는 숫자는 없어. 이건 그냥 말이야. 뜻을 가르쳐주지. «십[토오]»은 «와[토]». «쓰쿠모주쿠[九十九十九]»는 «구와구와구[九と九と九][36]» 즉 «999». 그건 «666»을 거꾸로 해서 은폐한 이름이야. 너는 종말 때 바다에서 나타나는 «육백육십육이라는 숫자를 가진 괴수»고."

36. 十을 일본식으로 읽으면 とお인데 거기에서 お를 삭제한 말장난. と는 '~와'라는 뜻이다.

"아깝네." 하고 쓰쿠모주쿠는 말한다. "좀 더 하면 너는 날 속일 수 있었어. 모두를 속일 수 있었지. 가짜 신의 우상을 숭배하게 할 수도 있었을지 몰라. 하지만 넌 틀렸어. 신은 틀리지 않아. 그리고 그분을 모시는 나도. 가르쳐주지. 쓰쿠모주쿠가 숫자가 아니라는 건 네 말이 맞아. 그리고 《십[十]》은 《와[と]》지. 하지만 어리석은 자여, 어째서 거기까지 와서 한발 더 신의 곁에 다가가지 못하는가. 《와》는 《앤드》=《AND》=《&》. 즉 《십[十]》은 《+》다. 《쓰쿠모주쿠[九十九十九]》는 《구+구+구》.

《구+구+구》는 《이십칠》. 여기에서 《십[十]》은 《+》니까 《이십칠》은 《이+칠》 즉 《구》야. 《구+구+구》=《이+칠》=《구》. 세 개의 《구》가 하나의 《구》가 되는 이 이름, 이건 알파이며 오메가인 신의 삼위일체를 나타내는 숭고한 이름인 것이다. 이런 각인을 가진 내가 어째서 가짜겠는가. 그리고 그 이름을 가졌으면서도 그 의미를 이해하지 못하는 네가 어째서 진짜겠는가."

나는 말한다. "말장난을 하면서 《진짜》를 속이는 가짜 쓰쿠모주쿠여, 그러면 자네가 말하는 고마운 각인을 새긴 신이란 누구인가?"

그러자 쓰쿠모주쿠는 팔을 들어, 손가락으로 가리킨다. "저기에 계신 분이다." 쓰쿠모주쿠가 가리킨 것은 제단 위, 십자가에 못 박혀 있는 예수상이다.

나는 웃어 보인다. "눈을 크게 뜨고 보아라 쓰쿠모주쿠. 저기에 있는 게 너의 신인가?"

쓰쿠모주쿠는 조용히 눈을 감는다. "그렇다. 저기에 계신 분이 내 신이다."

나는 말한다. "한 번 더 잘 보아라. 저것은 그냥 인간이고, 죽은 작가, 세이료인 류스이다."

제단 건너편에 있는 커다란 벽에 십자가가 걸려 있다. 그러나 거기에 못 박혀 있는 것은 예수 크리스트가 아니라, 작가 세이료인 류스이의 알몸이었다. 월계관을 머리에 쓰고, 앞으로 보이고 있는 두 손바닥과 하나로 겹쳐진 발등에 못이 박혀 있다. 배에는 창에 찔린 상처도 있고 피가 흐르고 있다. 피부색이 희고 말랐으며, 길고 검은 머리를 늘어뜨린 작가 세이료인 류스이는 그렇게 못 박혀 있는 것을 멀리서 보는 한, 분명 예수와 꼭 닮았다. 아까부터 계속 여기에 있었던 엔젤 버니즈들이 눈치채지 못한 것도 무리는 아니다.

나는 묻는다. "쓰쿠모주쿠여, 저것이 너의 신인가?"

쓰쿠모주쿠는 답한다.

"그렇다. 저것이 나의 신이다."

됐다, 하고 나는 생각한다. "어째서 저 인간이 신이 될 수 있는가?"

쓰쿠모주쿠가 답한다. "신은 여러 가지 형태로 존재하는 것이다. 그게 바로 신이 알파이며 오메가이기도 하다는 말의 의미이다. 예수라는 신조차, 신의 한 형태에 지나지 않는다. 신은 지금, 여기에서는 저런 형태를 취하고 있는 것이다. 세이료인 류스이가 신인 게 아니다. 신이 세이료인 류스이인 것이다. 그리고 세이료인 류스이로 이 세상에 나타난 신은 신으로서의 성질을 세이료인 류스이 안에도 넣고 있다. 이 세계를 창조한 것은 세이료인 류스이다. 이 세계에 말을 만들고, 전했으며, 채운 것은 세이료인 류스이다. 세이료인 류스이가 아버지이며, 자식이며,

성령이다. 세이료인 류스이는 이 세계를 낳은 아버지이며, 이 세계에 테어난 아들이며, 이 세계를 지배하는 성령인 것이다."

세이료인 류스이가 «JDC»를 포함하는 세계를 만들고, 그 소설세계에 «세이료인 류스이»라는 등장인물을 가져와, 이 소설세계의 등장인물 모두를 움직이고 있다는 거겠지. 그걸로 됐다.

그래서 나는 이렇게 물을 수 있다. "그럼 너는, 자신이 작가 세이료인 류스이가 만든 가공의 등장인물이고, 이곳 환영성을 포함하는 모든 세계 또한 작가 세이료인 류스이의 창조물이라는 것을 적극적으로 인정하는 거지?"

그러자 쓰쿠모주쿠가 끄덕인다. "네가 말한 대로다. 의심하는 건 자유지만, 그건 결코 옳지 않다."

나는 말한다. "나도 작가가 만든 가공의 인물이라는 걸 인정하지. 하지만 나를 만든 가공의 작가란, 세이료인 류스이가 아니다. 나는 그걸 알고 있다. JDC시리즈에 나는 안 나온다. «대폭소 카레»와 «스즈키 쓰토무»도 안 나오고.

그러자 쓰쿠모주쿠가 말한다. "나오잖아. 여기, 이렇게."

"이 세계는 «JDC시리즈»가 아니다." 하고 내가 말한다.

"하지만 마찬가지로 작가 세이료인 류스이가 만든 세계다." 하고 쓰쿠모주쿠가 말한다. "그 증거도 있다."

그렇게 말하며 쓰쿠모주쿠가 꺼낸 것은 세이료인 류스이의 「제1화」, 「제2화」, 「제3화」였다.

"이게 너한테도 갔을 텐데."라고 쓰쿠모주쿠가 말한다.

나는 말없이 끄덕인다.

"이 소설 읽어 봤나?"라고 쓰쿠모주쿠가 묻는다.

나는 끄덕인다.

“여기에 너 자신이 등장하는 걸, 넌 읽었잖아?”

나는 끄덕인 뒤에 말한다. “하지만 여기에 나오는 건 나이면서 내가 아니다. 내 체험을 바탕으로 쓰였지만, 어디까지나 픽션이다. 내가 여기에 이렇게 실재하는 것처럼, 소설 속의 나는 존재하지 않는다.”

“하지만 이걸 읽어 보면,”이라고 쓰쿠모주쿠가 말한다. “「제1화」, 「제2화」, 「제3화」는 각각 독립된 세계로 존재하고, 더불어 「제1화」를 「제2화」가, 그 「제2화」를 「제3화」가 내포하는 형식으로 이어진다. 그럼 지금 여기에 있는 세계와 너도, 「제5화」에 회수되지 않으라는 보증은 없는 거 아닐까? 너는 여기에서 일어나고 있는 이 일이 「제4화」가 아니라는 걸 증명할 수 있어?”

나는 “아니”라고 말할 수밖에 없다. 분명 이것은 「제4화」다. 나는 소설 속 등장인물인 것이다. «신»은 작가 세이료인 류스이가 아니라고 해도.

“하지만 «신»은 저기 죽어 있다.”라고 말하며 나는 십자가에 못 박힌 작가 세이료인 류스이를 가리킨다. “그러니까 「제4화」를 쓸 수는 없다.”

“내 말 잘 들으십시오.”라고 쓰쿠모주쿠는 말한다. “이 세계 자체가 「제4화」라는 가공의 세계라면, 이 세계에 죽은 세이료인 류스이가 등장해도, 그걸 쓰고 있는 작가는 살아 있는 것입니다. 당신의 그 의심도, 결국은 «신»인 세이료인 류스이가 당신으로 하여금 의심하게 만들어서 의심하게 된 겁니다.”

“아니다.”라고 나는 말한다. “이 세계를 만든 진짜 «신»은 결코 세이료인 류스이가 아니다. 난 그걸 알고 있다.”

"하지만 당신은 그것이 정말 세이료인 류스이가 아니라고 알고 있습니까?"라고 쓰쿠모주쿠는 말한다. "당신은 다른 이름을 ≪신≫으로 알고 있을지도 모릅니다. 하지만 당신은, 그것이 세이료인 류스이의 다른 이름일지도 모른다는 의심을 하지 않는 겁니까? 당신은 그 ≪신≫이 진짜로 자신이 생각하는 ≪신≫이며 세이료인 류스이와는 다른 신이라고 알고 있는 겁니까? 예를 들자면, 표면적으로 ≪세이료인 류스이≫로 등장하는 인물이 사실은 표면에 등장하기 위해 고용되었을 뿐인 다른 사람이며, 사실은 우리를 만든 ≪신≫과 당신이 생각하는 ≪신≫은 동일한 존재일지도 모른다는 의심은 하지 않는 겁니까? 아니면 반대로 당신이 생각하는 ≪신≫이 실은 ≪세이료인 류스이≫라는 다른 이름을 써서 우리를 만들었다고도 생각할 수 있지 않습니까? 당신은 신의 얼굴을 정말로 알고 있습니까?"

나는 십자가에 걸려 있는 세이료인 류스이의 얼굴을 본다. 세이료인 류스이로 보인다. 하지만 어쩌면 그것은 세이료인 류스이의 가죽을 벗겨 전신에 두른 나의 ≪신≫일지도 모른다. 나의 ≪신≫은 그곳에 죽어 있는지도 모른다.

"≪신≫께 구원을 청하십시오."라고 쓰쿠모주쿠는 말한다. "≪용≫이여. 당신은 ≪천사≫에게 지기 위해 태어난 것입니다. ≪666의 괴수≫라는 비방을 듣기 위해 태어난 것입니다."

나는 되받아친다. "하지만 만약 내가 ≪666의 괴수≫라면, ≪괴수≫는 한 마리 더 등장했을 텐데. ≪뿔 열 개와 머리 일곱 개가 있으며 열 개의 왕관을 쓰고, 그 머리에는 신을 모독하는 갖가지 말이 쓰여 있으며 표범을 닮은 다리는 곰 같고 입은 사자와 같은 괴수≫가."

쓰쿠모주쿠는 끄덕인다. "≪용≫의 부름에 찾아오는 ≪첫 번째 괴수≫

말이지. 그건 너보다 먼저 여기에 왔다."

쓰쿠모주쿠가 그렇게 말하자, 히키미야 유야가 제실 중 하나로 들어가, 뒤로 수갑이 채워진 지나치게 아름다운 남자 한 명을 안에서 끌어낸다. 눈이 가려져 있어도 그것이 누군지 알 수 있다.

나다.

쓰쿠모주쿠가 또 하나의 종이다발을 들어 보인다. 내게 건네준다.

제5화　세이료인 류스이

나는 그것을 대강 훑어본다. 타임슬립. 그것만 알면 된다. 「제5화」에서 나는 제4화의 세계로 왔다. 그리고 여기에서 쓰쿠모주쿠에게 잡혔다.

그리고 나와 얼굴이 완전 똑같은 사람이 이것으로 세 명이 되었다. 나는 «신»의 의도를 알고 있다.

신은 나를 저버리고, 또 한 명의 나도 저버리고, 다른 신에게서 태어난 쓰쿠모주쿠로 우리를 통합해버릴 작정인 것이다. 그것으로 삼위일체를 실현시킬 작정인 것이다.

쓰쿠모주쿠가 말한다. "나는 자네들을 애석하게 생각한다. 하지만 이 세상에 쓰쿠모주쿠가 세 명이나 필요하지는 않다. 한 명으로 충분하다. 그러니 이제부터 나는 너희 둘을 먹겠습니다."

쓰쿠모주쿠가 입을 벌린다.

6

엔젤 버니즈의 비명에 휩싸인 가운데, 쓰쿠모주쿠가 눈이 가려진 채 나를 문다.

"으아아아아아!" 하고 외친 것은 내 동생, 쓰토무였다. 하지만 "잠깐 기다려 형!"이라고 말한 상대는, 내 눈 밑을 깨문 쓰쿠모주쿠였다. "누가 진짜 형인 거야!"

"나야!"라고 내가 말한다.

"나야, 쓰토무."라고 쓰쿠모주쿠가 말한다. "이 녀석들 가짜야. 속지 마."

"속지 마!"라고 나도 말한다. "그 녀석이 가짜야! 나와 쓰토무의 ≪신≫은 같아! 믿어!"

"지금 안 먹으면 안 돼, 쓰토무."라고 쓰쿠모주쿠는 말한다. "그러지 않으면, 이 녀석들이 계속 나한테 들러붙을 거야. 널 계속 속이려고 할 거고."

"어쨌든 셋 다, 꼼짝 마!"라고 쓰토무가 말한다. "확실한 걸 알게 될 때까지 아무것도 하지 마!"

"쓰토무! 구해줘!"라고 눈이 가려진 채 볼을 물어뜯긴 또 한 명의 내가 말한다. "구해줘!"

"쓰토무. 괜찮아."라고 쓰쿠모주쿠가 말한다. "이 녀석들은, 여기에서 나한테 먹히기 위해 여기에 등장한 거야. 이게 삼위일체야. 이 녀석들이 이제부터 내 피가 되고, 살이 되고, 뼈가 될 거야. 나와 한 몸이 되는 거야."

"쓰토무! 구해줘!"라고 또 한 명의 내가 외친다.

나도 외친다. “쓰토무! 믿어줘! 나와 너의 ≪신≫은 같아! 세이료인 류스이가 아냐!”

“쓰토무, 떠올려 봐.”라고 쓰쿠모주쿠가 말한다. “나란 대체 어떤 인간이었지? 항상 옳았잖아? 여기에서 누가 가장 옳았지?”

쓰토무는 말이 없어진다. 그 틈을 타 쓰쿠모주쿠가 내 얼굴을 또다시 깨문다. 내가 비명을 지른다.

“그만하라고 했잖아 형!”

쓰토무를 무시하고 쓰쿠모주쿠는 나를 먹는다. 비명을 지르며 또 한 명의 나는 먹힌다.

나는 제단 쪽으로 가서 그 위로 뛰어오른다. 십자가에 걸린 그 ≪신≫의 얼굴을 확인하고 싶다고, 나는 생각한다. 그것이 세이료인 류스이인지 나의 ≪신≫인지를 확인하고 싶다.

내 피 때문에 입 주위가 젖은 쓰쿠모주쿠가 나를 향해 말한다.

“착각하지 마. 신을 찾는다는 건 신께 다가간다는 게 아냐. 신께 다가가려 하는 자는 벌을 받아.”

나는 말한다.

“나의 ≪신≫은 결코 세이료인 류스이가 아냐!”

나는 그걸 알고 있는 것이다!

나는 이 『환영성』 모방 사건의 수수께끼를 푼다. 모방은 대체로 그 모방을 위해 이루어지는 게 아니다. 모방이란 무언가 다른 목적을 가지고 하는 것이다.

그 다른 목적이 무엇인지 나는 안다.

나는 또 다른 모방을 해야만 한다. 그렇지 않으면 이 ≪잡지 『환영성』≫의 모방에 의미가 없어진다.

나는 제단 위에 쭉 놓여 있는 마흔세 개의 상자를 줄 세우기 시작한다. 표지 구도와 그것에 쓰인 여자아이의 시체 크기와 더불어 상자 사이즈 크기에는 차이가 있다. 나는 큰 것을 아래로 놓고 크기 순서대로 쌓아 올린다. 세로로 된 계단을 만들기 시작한다. 그 사이에 쓰쿠모주쿠는 또 한 명의 나를 먹으려 하지만, 쓰토무가 사이에 끼어든다. "그만두라고! 형!"

쓰쿠모주쿠가 쓰토무를 뿌리친다. "됐으니까 쓰토무는 저리 비켜! 때가 되면 쓰토무도 다 알게 될 거야!"

"말도 안 되는 소리 하지 마!"라고 나는 외치면서 상자를 들어 올린다. 여자아이의 머리가 굴러 떨어진다. "쓰토무! 해치워!"

쓰토무가 쓰쿠모주쿠에게 덤벼들려고 하지만, 쓰쿠모주쿠는 그것을 간단히 피한다. "미안. 내 동생, 좀 잡고 있어줄래?" 하고 아지로 소지와 히키미야 유야에게 말하자, 둘은 쓰토무를 꽉 붙든다.

"이거 놔—!"

"카레 군. 탐정 신을 믿어. 쓰쿠모주쿠가 하는 말이라면 뭐든 틀린 말은 없으니까." 하고 아지로 소지가 말한다.

"그러면!" 내가 말한다. "나도 쓰쿠모주쿠란 말야!"

"아냐." 히키미야 유야가 말한다. "가장 옳은 인간이 쓰쿠모주쿠야, 카레 군."

"쓰토우!" 하고, 또 한 명의 내가 말한다. 쓰쿠모주쿠에게 볼과 입술 살을 먹혀서 «무»발음이 안 된다. "나도 쓰쿠오주쿠야! 나는 이래에서 왔어! 이 식인종이나 또 다른 한 영의 내가, 이래에서 여기로 온 게 나라고!"

"소설이야, 쓰토무."라고 쓰쿠모주쿠가 말한다. "그런 설정으로 쓰인 소설이야. 분명 이 녀석은 미래에서 왔겠지. 하지만 내가 아냐. 제단 위에서 신께 다가가려고 하는 괘씸한 놈이지. 저 녀석이 미래에서 왔어. 하지만 여기에서 둘 다 먹어버리면 돼. 이건 그저 소설이고, 여기에서 둘 다 먹어도, 딱히 상관없어. 어차피 각각의 이야기는 독립되어 있는 것 같으니까. 아마 이 이야기도, 사실은 일어나지 않은 게 될 거야. 물론 설정의 일부는 다음 이야기로 가져가는 것 같지만, 괜찮아. 다음 이야기에 나오는 내겐 어차피 통증이고 뭐고 아무것도 안 남아 있을 테니."

"그렇지 않아! 아하!"라고 입술이 없는 내가 말한다. "어이, 식인종! 너도 다으 세계에서 어떻게 될지 오른다고!"

"쓰토무!" 하고 나는 제단 위에서 계단을 만들면서 외친다. "여기서 사람을 먹을 필연성 같은 건 없어! 삼위일체를 실현시키는 의미 따위 없다고!"

그때 공포에 떨던 엔젤 버니즈가 자리에서 일어선다. "기다려－!" "기다려 기다리라고－!" "식인종 헌터－!"라고 말하며 혼고와 호시노와 후루타카가 와서, 쓰쿠모주쿠에게 달려든다. 쓰쿠모주쿠는 허리에서 군용 나이프를 꺼내어, 혼고와 호시노와 후루타카의 오른쪽 어깨를 각각 찌른다. "이것이 제가 당신들께 새기는 각인입니다."라고 쓰쿠모주쿠가 말한다. "신의 축복이 있기를."

나는 마지막 상자를 들고, 제단 위에 만든 계단으로 올라간다.

쓰쿠모주쿠가 또 한 명의 나를 제쳐두고, 제단으로 달려와, "이것이 신의 분노다!"라고 말하며 내가 만든 계단을 발로 찬다.

나는 십자가에 있는 신까지 몇 걸음이면 다가설 수 있었다. 하지만 사실 나는 알고 있었다. 이 계단은 무너져야만 했던 것이다. 이게 바로

≪바벨탑≫의 모방이 되겠지. ≪신≫께 다가서려고 ≪바벨탑≫을 만들고 있었던 내게 무언가 신의 형벌이 내려지는 건 당연하다. 이제까지 쓰고 있던 말이 바뀌거나, 오르고 있던 계단이 무너지거나.

나는 십여 미터의 높이에서 완전히 거꾸로 떨어진다. 또다시 갈비뼈가 부러진다. 그중 한 대의 뼈가 폐를 찌른다.

이대로 두면 나는 곧 죽겠지. 하지만 아직 살아 있다. 그래서 보인다.

어깨에서 피를 흘리며 후루타카와 호시노가 일어나 쓰쿠모주쿠를 때리기 시작하고, 혼고도 뒤늦게 합류하고, 기절한 아베와 가와베와 나카이 이외의 엔젤 버니즈도 주먹을 쥐고 쓰쿠모주쿠에게 달려드는 것이. 그 대소동이 일어난 틈을 타 얼굴살의 반을 잃어버린 내가 쓰쿠모주쿠로부터 도망쳐, 허리 뒤로 수갑을 찬 채로 제단으로 올라오는 것이.

아, 엔젤 버니즈구나.

나는 깜빡 놓치고 있었다. 나의 신이 준비한 ≪용≫들과 싸우기 위한 ≪천사≫들.

나는 한 번 더 ≪신≫을 믿는다.

의심하는 게 아니었다.

제단 위로 올라온 또 한 명의 내가, 십자가가 걸린 커다란 벽 뒤에서 버튼을 발견한다. 그러자 제단 바닥 아래에서 모터가 돌아가는 소리가 들리고, 십자가가 그대로 걸려 있는 벽이 스스스슥 내려온다. 십자가가 바닥에 떨어진다. ≪신≫이 떨어진다. 땅에 떨어진 ≪신≫은 신이 아니다.

"눈이 가려져서 안 오여!" 하고 눈이 가려져 있는 또 한 명의 내가 외치기에, 바닥에 쓰러진 채, 나는 확인한다.

"역시 그냥 세이료인 류스이야. 죽었어. 불쌍하게도."

불쌍한 세이료인 류스이.

세이료인 류스이가 이 세계에서 ≪신≫의 자격을 잃은 순간, 그의 세계에 속해 있던 것들이 배제된다.

JDC 세 명이 사라진다. 쓰쿠모주쿠도, 아지로 소지도, 히키미야 유야도.

그리고 환영성도.

문득 정신이 들자, 나와 쓰토무와 엔젤 버니즈는 도쿄 스타디움 건설예정지 한가운데에서 나뒹굴고 있다. 그저 너른 평지이며, 저 멀리, 여기를 둘러싼 흰 장막이 보인다.

우리 말고도, 환영성에 초대받았던 듯한 사람들이 많이 있다. 모두들 영문을 모르고 있다. 하지만 일단 여러 가지 일들이 끝났다는 것만은 알아서, 기뻐하고 있다. 고단샤 노블스 관계자인 듯한 사람들이, "류스이 씨－." 하고 이름을 부르며 세이료인 류스이를 찾고 있다. "류스이 씨－. 오타[太田]입니다－. 이제 괜찮으니 나와 주세요－. 『사이몬가[家] 사건』 완성해야지요－. 이러다 여름까지, 다 못 끝내요～."

세이료인 류스이는 이미 여기에 없지만, 다른 여러 곳에 있으며, 건강하게 잘 지내고 있을 것이다. 그러니까 고단샤 노블스 여러분, 이 세계에서만 헛되이 세이료인 류스이를 찾아 헤매고 계십시오.

뭐 그런 세계가 있어도 괜찮다고 치고 그럼 이만.

7

그야말로 환영이었던 환영성의 탑 천장에 숨어 있던 성주 얀베 데쓰오는, 환영성이 없어져서, 홀로 도망친 곳에서 떨어져 죽었다.

다른 사람들이 살았으니 얀베 데쓰오도 살았으면 좋았을 테지만, 죽었다.

마치 내게 상금을 넘겨주기 싫다는 듯이.

얀베 데쓰오가 죽어서 상금이 없어졌고, 나는 병원으로 실려 갔다. 우미와 장모와 귀여운 세쌍둥이가 문병을 왔다.

삼천만 엔을 못 받은 것에 대해, 누구도 질책하지 않았다. 안심했다.

나의 «신»은 상냥한지 엄격한지 모르겠다. 하지만 내가 무사히 돌아와서 다행이라고, 환영성이 갑자기 훅 사라졌을 때는 자기도 펄쩍펄쩍 뛰었다고 입을 모아 말하며 우미와 장모님이 함께 우는 것을 보고 있자니, 뭐 어쨌든 이걸로 됐다, 하고 생각한다.

얀베 데쓰오의 영혼이 지금 어디 있는지는 모르지만, 어딘가에서 즐겁게 지냈으면 좋겠다. 인생 120년. 얀베 데쓰오는 아마도 예순셋이었으니, 앞으로 반 정도 남아 있다. 지붕 밑에서 기둥에 이마를 비비적거리며 57년을 살기는 괴로울 테니, 바로 지겨워져서 무언가 다른 방법을 찾았으면 한다.

그리고 또 한 명의 나.

…… 뭐 어차피 나와 같은 «신»의 세계를 살고 있으니, 나름대로 따뜻하게 지낼 것이다.

그런 따뜻함이 오래도록 이어졌으면 좋겠다.

오래 이어질 리가 없다는 건 알고 있지만.

제7화

1

장모님과 함께 관대와 성실이와 정직이에게 장어덮밥을 먹이고 있는데 전화가 걸려왔다. 장모님이 받는다.

"네, 쓰시마입니다. …… 어 뭐라고? 무슨 일이야? …… 무슨 소리야 무슨 일 있어? 왜 그렇게 울어…… 어? 무슨 소리야 다카코. 쓰토무 씨라면 집에 있어. 어? 진짜야. 진짜 진짜. 잠깐 기다려 봐."라고 말한 뒤 장모님이 나를 향해 "쓰토무 씨, 다카코. 받아."라고 하면서 무선 전화기를 던진다.

나는 그 전화를 받아들고 말한다. "여보세요."

"우아하~앙!" 하고 갑자기 수화기에서 다카코가 울고 있다. "우구우우, 우후욱, 우우욱, 우, 우, 쓰토, 무? 우, 쓰토무? 우우진, 진짜로, 쓰, 토무 맞지, 어, 우우욱."

나는 순간 폭소를 터뜨릴 뻔하지만, 웃을 상황이 아닌 것 같으니 울대 언저리를 간질이는 웃음소리를 삼킨 채 말한다. "당연하지, 지금 어디로 전화해서 누굴 바꿔달라고 한 건데?"

"우우우우욱, 모우우, 우읏, 쿠, 후구우읏, 구, 누후우, 우, 바보. 정말, 나, 는 걱정, 했는데. 정말, 구, 우욱, 후우욱, 후, 누와하~앙!"

"무슨 일인지는 모르겠지만, 그렇게 힘껏 울지 마. 무슨 일이야?"

"쓰, 쓰토무, 우, 후우욱, 구, 죽은 줄 알고, 우, 나, 뉴, 구, 뉴스, 보고. 뉴스에서, 우우욱, 쓰토무, 죽었다고, 엑, 헤에엥, 우우, 후."

"텔레비전 뉴스?"

"아니. 후우우, 욱, 욱, 인터넷. 꾸, 인터넷, 뉴스, 꾸, 사이트, 우우우욱, 후, 있잖아?"

"응."

"후, 우우우, 그거."

"알았어 알았어, 아니 아무것도 모르겠지만, 어쨌든 컴퓨터 켤 테니까, 잠깐 기다려. 지금 일하는 중 아냐? 전화해도 괜찮아?"

"이제 집에 갈래~."라고 다카코가 말한 뒤에 다시 "무와하아아~앙" 하고 울어서 나는 또다시 웃음을 참는다.

"퇴근해도 돼? 아니 그보다 그런 상태로 일은 못 할 테니 어서 집으로 와. 회사엔 내가 전화 해줄게."

"우우우우우, 우, 꾸, 후우우, 우우우, 됐어, 이제, 우우욱, 우, 회사 사람들한텐, 조퇴한다고, 말하고 왔으니까."

"아, 그렇군. 그럼 바로 집에 들어와. 근데 좀 진정해. 심호흡하자. 자 천천히 숨 들이쉬고, 내쉬고."

엉엉 울고 있는 다카코는 내 지시에 따라 들썩이며 울면서도 숨을 들이쉬고 내쉰다. "스스스스슥, 욱, 스스스, 후, 우후우우우우우우우우. … 스스스스슥, 욱, 스스스, 후, 우후우우우우우우우우우우, 꾸, 우우우우."

다카코의 어색한 심호흡 소리를 들으며, 나는 거실 옆 테이블 위의 컴퓨터를 켜서, 인터넷을 연다. 뉴스. 찾을 것도 없이 발견한다. '명탐정(?) 살해 후쿠이 현 니시아카쓰키'

니시아카쓰키. 명탐정.

이거겠지.

나는 그 제목을 클릭한다. 그러자 기사 내용이 나온다.

화살에 맞아 죽은 것은 명탐정? 후쿠이 현 니시아카쓰키

후쿠이 현 니시아카쓰키 마을의 산속에 있는 종교시설 '십자가의 집'에서 살인사건이 일어났다. 자세한 사항은 알려지지 않았으나, 9월 9일 새벽 가슴에 화살을 맞고 죽은 사람은, 자칭 '명탐정'인 '쓰쿠모주쿠'라는 이름을 쓰는 남자. 아직 확실한 신원은 파악되지 않았으며, 경찰이 확인을 서두르고 있다.

그렇다고는 해도 '십자가의 집'에서 일어난 살인사건의 피해자가 '명탐정'이며 '쓰쿠모주쿠'라는 이름을 가졌다면, 마치 추리소설 속의 사건 같다. (후쿠이 현민 신문 평성11년[1999년] 9월 10일 오후 0시 5분)

"하아아아아." 하고 다카코가 길게 한숨을 쉬는 것을 듣고, 나는 말한다. "자 진정이 되면 천천히 들어와. 집에서 기다릴게." "진짜? 기다리고 있어 쓰토무. 꼭." "어." "지금 전철 탄다, 40분 정도 걸릴 테지만." "어, 알고 있어. 됐으니까 어서 와." "네－에. 그럼 꼭 집에 있어야 돼!" "네네." "그럼 지금 출발할게." "어, 조심해서 와." "네－에."

전화가 끊긴다.

나는 ≪십자가의 집≫을 검색해본다. 검색 결과는 세 개뿐이다. 모두 같은 『후쿠이 현민 신문』의 기사 같다.

산 중턱에서 수수께끼의 종교건축물 발견돼

후쿠이 현 니시아카쓰키 마을, 히이마고타니의 산속에서 십자가 모양의 건물이 발견되었다. 발견자는 삼나무 가지를 베러 온, 산 주인인 가토 다카시 씨(39). 경찰은 가토 씨에게 사정을 듣고 있지만, 그 건물의 존재를 몰랐기 때문에 가토 씨 자신도 놀라고 있다고 한다. 건물 내부에는 많은 침실이 있고, 누군가가 여기에서 생활했던 흔적이 있었다. 예배당에 십자가가 있는 것으로 보아 크리스트교 계열의 종교시설로 보인다. 경찰은 이 건물의 소유자를 찾고 있다. (후쿠이 현민 신문 평성10년1998년 9월 5일)

딱 1년 정도 전이다. 헐, 하고 생각한다.

나는 컴퓨터 전원을 끄고 장어덮밥을 먹으러 돌아간다. 정직이가 밥을 질질 흘리고 있다. 세쌍둥이 중에서 이 아이만 밥을 혼자서 잘 못 먹는다. 하지만 자기가 무척 좋아하는 장어만큼은 안 흘리고 먹고 있다. "정직아~ 진정하고 먹어 좀." 하고 말하며 나는 테이블 위에 있는 밥알을 주워 먹는다. 먹으면서 생각한다. 크리스트교 시설. 슬슬 「제7화」가 찾아오고 있는 것이다.

≪세이료인 류스이≫가 보내온 「제1화」, 「제2화」, 「제3화」, 순서가 뒤바뀌어 온 「제5화」와 「제4화」, 그리고 사흘 전 점심때 온 「제6화」를 읽는 한, 그 ≪세이료인 류스이≫는 나에 대해 꽤 자세히 알고 있는 듯, 그 여섯 개의 소설에서 내 신상에 일어난 일들을 썼다. 「제1화」의 세시루

와 세리카에 의한 준코 씨와 구리하라 유리카 · 우에다 나오코의 살해는 진짜로 일어난 일이다. 「제2화」는 거의 거짓이지만, 관대와 성실이와 정직이가 태어난 시기만 진짜다. 「제3화」의 《나고야의 연쇄살인사건》은 진짜로 일어난 사건이다. 소설 속에서 그려진 방식과 똑같지 는 않지만, 내가 《오쿠보 겐고》를 잡았다. 나는 《사토 에미코》라는 여자를 모르고, 세시루와 세리카도 등장하지 않았지만. 그 뒤 내가 나고야에서 명탐정으로 유명해져버려서, 스즈키가 나를 찾을까 두려워 도쿄 조후 시로 이사 왔는데, 「제4화」, 「제5화」에 적혀 있던 내용은 거의 다 거짓이며, 실제와 똑같은 사항은 「제4화」에 나오는 《녹색 공원》의 화장실과 그 주변이 무척 깨끗하다는 것과, 「제5화」에서 발생하는 조후의 큰 화재뿐이다. 다마 강 옆에 실제로 있는 《녹색 공원》을 볼 때마다 그 밑에 세시루와 세리카가 있다……고 자꾸 생각하게 돼서 큰일인데, 물론 《녹색 공원》의 화장실 밑에 식인 쌍둥이는 없다. 나는 한 번 그 안에 들어가 봤지만, 변기는 떨어지지 않았고, 안에서 나를 먹으려 하는 세시루나 세리카가 나오지도 않았다. 조후의 큰 화재는 인터넷 게시판의 얘기들로 말미암아 벌어진 《아마겟돈》 같은 소동 탓에 일어난 것인데, 조후 역을 중심으로 중학생과 고등학생들이 마구 불을 질러 백 세대 이상의 주택이 불탔다. 체포된 사람도 쉰 명 가까이 나왔고, 지금도 계속 줄줄이 나오고 있다. 「제6화」의 《토막살인 사건》도 일어나기는 했지만, 이것은 게이오 선 조후 역 옆에서 일어난 교통사고다. 당연히 소설 속에서 일어난 것 같은 사건은 아니다. 전철에 치인 여자가, 배꼽 아래를 완전히 잃었음에도 불구하고 선로 바깥까지 기어 나와, 자기 집을 향해 120미터를 더 기어갔다는 얘기다. 끔찍한 얘기지만, 나는 이 일을 보고 약간 안심했다. 우리는, 예를 들어 전철에 치어 허리 아래를 전부 잃어버려도, 내장이 주르르 쏟아져 나와 버리더라도, 일단은 애를 쓰면 선로를 벗어나 120미터를 기어갈 수 있다. 120미터라고 하면 긴 거리다. 여러 가지를 볼 수 있으며, 여러 가지 생각을 할 수 있겠지. 물론 그 나가타 유코 씨가 실제로 게이오 선 건널목에서 선로 옆으로 가서 조후 상점가 쪽으로 들어가 옛 고후 가도를 건너 은행 옆 골목길을 십 미터 정도 기어가는 동안, 대체 무엇을 보고 무슨 생각을 했는지 나는 알 수 없지만.

나는 장어 덮밥을 다 먹고 나서 생각한다.

«세이료인 류스이»가 내게 무슨 기대를 하고 이런 소설을 보내는지는 모른다. 「제1화」부터 「제6화」에서 어째서 「창세기」와 「요한 묵시록」의 모방이 집요하게 일어났는지도 모른다. 하지만 이 타이밍에 니시아카쓰키에 있는 수수께끼의 종교시설에서 살인사건이 일어났고, 그곳에서 살해된 사람이 «쓰쿠모주쿠»라는 뉴스가 나오고 있다는 것에는, 역시 의미가 있을 것이다. 나를 유인하고 있다. 그것을 알 수 있다. 누군가가 나를 니시아카쓰키로 부르려 하고 있다. 그것은 «세이료인 류스이»를 칭하는 누군가겠지. 그리고 니시아카쓰키에서, 그 녀석이 누군가를 내 이름으로 죽인 것이다. 무슨 생각으로 그런 방법을 써서 내 관심을 끌려고 하는지는 모르겠다. 하지만 그 녀석은 «나»를 죽였다.

무슨 예고일지도 모른다. «세이료인 류스이»가 «쓰쿠모주쿠»를 살해함으로써, 고단샤 노블스의 작가 세이료인 류스이가 자신이 창조한 탐정 신 쓰쿠모주쿠를 살해하는 것을 모방한 것인지도 모른다. 추리소설가가 자신의 시리즈 캐릭터를 죽이는 것에 무슨 의미가 있는지 모르겠지만, 그것이 내게 무언가를 전하려 하는 것인지도 모른다.

확실히 알고 있는 것은, 고단샤 노블스의 세이료인 류스이는 내게 소설을 계속 보내오는 ≪세이료인 류스이≫가 아니라는 것이고 (고단샤 문예 제3부의 오타 가쓰시에 따르면 세이료인 류스이는 최근 수년간 신작 『사이몬가家 사건』의 집필에 착수한 채 다른 작품도 쓰고 있으며, 여러 명의 편집자들로부터 감시를 받고 있는 상태로, 그 「제1화」, 「제2화」, 「제3화」, 「제4화」, 「제5화」, 「제6화」 같은 건 절대로 쓸 수 없다고 한다), ≪쓰쿠모주쿠≫가 살해되었다는 것 정도만 가지고 내가 니시아카쓰키로 돌아가지는 않는다는 것이다.

헤이스케 씨에 따르면, ≪쓰쿠모주쿠≫는 나처럼 지나치게 아름다운 인간에게 예로부터 붙여진 이름이라고 한다. 그래서 고단샤 노블스의 세이료인 류스이도 자기 작품에 나오는 탐정에게 그 이름을 붙인 거겠지. 그리고 니시아카쓰키에서 살해된 명탐정도, 아마 나처럼 지나치게 아름다울 것이다. 일본 여기저기에 ≪쓰쿠모주쿠≫가 있는 것은 분명하다. 그중 한 명을 누군가가 붙잡아 니시아카쓰키로 데려가 죽인다 해도, 나는 그것을 무시한다. 그런 일로 내가 니시아카쓰키에 돌아가게끔 유인한들 소용없다. 나는 조후에서 쓰시마 쓰토무로 살아간다. 니시아카쓰키고 쓰쿠모주쿠고 뭐고 아무래도 좋다.

나는 장어덮밥 그릇을 닦고 정리한 뒤, 관대와 성실이와 정직이와 놀아준다. 이 셋은 최근에 비행기 놀이에 빠져 있는데, 내가 두 손을 잡고 빙글빙글 돌리기만 하는 게 전부지만, 이게 마음에 드는지 내게 계속 또 해달라며 조른다. 세 명이나 되니까, 나는 빙글빙글빙글빙글 계속 돌면서 쉴 틈도 없다. 장모님께 맡기고 싶기는 한데, 한 번 성실이의 손목이 빠진 적이 있어서, 셋 다 장모님께는 비행기를 태워달라고 하지 않게 되었다. 나는 관대와 성실이와 정직이를 세 번씩 빙글빙글 돌린 뒤 눈이 돌아가고 바닥에 쓰러진다. "이제 못 하겠어-."라고 말하는 나를 관대와 성실이와 정직이 모두 봐주지 않는다. "더-."라고 하며 내 몸 위에 털썩털썩 올라탄다. "무거워-."라고 해도 낄낄거리기만 할 뿐 셋은 내 위에 관대, 성실이, 정직이의 순서로 올라탄다. "더더더-." 참고로 이 세 명이 가장 처음 한 말은 '더'였다. 나는 숨바꼭질을 하자고 제안하지만 소용없다. "싫어-. 빙글빙글 더-." "아빠 어서 일어나-." "빙글빙글 해줘-." 정직이가 내 어깨를 잘근잘근 깨문다. "아야야야야야. 정직아 하지 마."라고 혼내도 낄낄거리며 웃을 뿐 효과는 없다. 한 명이 무언가를 하면 반드시 나머지 둘도 흉내를 내는데, 이때도, 정직이에 이어 관대와 성실이도 나를 잘근잘근 깨문다. 그러자 정직이도 다시 잘근잘근 깨물고, 나는 내 아이 셋에게 잘근잘근 깨물리며 먹히는 듯하다. 꽤 아프다. 잘근잘근잘근. 이런 걸 ≪세이료인 류스이≫가 어딘가에서 지켜보고 소설에 쓰는 걸까 싶다.

정직이가 내 오른쪽 눈에 손가락을 넣어 들쑤셔서, 내가 "몇 번을 말해야 알겠어. 남의 눈알 빼내면 안 된다고!" 하고 혼내자 정직이가 내 오른쪽 눈알을 방에서 거실 쪽으로 던져 내 눈알은 소파 밑으로 사라졌고, 웃으며 도망가는 정직이를 뒤쫓는 나를 관대와 성실이도 따라오고 있는데, 다카코가 들어온다.

"나 왔어-."

관대와 성실이와 정직이가 현관으로 쪼르르 달려가 "어- 엄마다-." 하고 저마다 말한다. "엄마 왔다-." "다녀오셨어요~." 다카코가 셋을 데리고 내가 있는 거실로 들어온다.

"잘 다녀왔어?"

"응." 하고 다카코가 말한다. 살아 있는 나를 보고 기뻐할 줄 알았는데 기뻐하지 않는다. 표정이 어둡다. 무언가 다른 생각을 하고 있는 것이다.

좀 전에 내게 전화한 뒤 조후로 돌아올 때까지, 계속 무언가 생각하고 있었던 거겠지. 그리고 지금도 생각하고 있다.

"어머, 너 진짜 집에 왔네."라고 장모님이 거실로 들어와 말한다.

"무슨 일이야?"

"응."이라고 한 뒤 다카코는 나를 본다. "잠깐 쓰토무, 하고 싶은 얘기가 있어."

다카코는 아직 생각하고 있다. 아직 정리가 되지 않았을 것이다. 하지만 그것을 말로 하려 하고 있다.

"알았어."라고 나는 말한다. 알았어, 생각이 정리가 다 되고 나서 말하는 게 낫지 않을까 싶지만, 그 말은 하지 않는다.

관대와 성실이와 정직이를 장모님께 맡겨 두고 나와 다카코는 산책을 하러 간다. 세쌍둥이는 우리를 따라오고 싶어 하지만, 내가 "다다미 가게 갈 거야—."라고 말하자 순식간에 장모님께 들러붙는다. 셋은 우리 가족과 친한 다다미 가게 할아버지가 기르는 수컷 고양이인 이게라를 무서워한다. 나와 다카코는 집을 나선다. 어슬렁어슬렁 걷다 어쩐지 다마 강 쪽으로 간다. 언제나 무언가 천천히 이야기할 때에는 다마 강 쪽으로 간다. 걸으면서 나는 선글라스 너머로 다카코의 얼굴을 살핀다. 다카코는 계속 침묵을 지키며 무언가를 생각하고 있다.

어쩌면 다카코는 니시아카쓰키의 사건을 안 내가 후쿠이로 가고 싶다고 할까봐 두려워서, 그것을 막을 말을 찾고 있는 것일지도 모른다, 하고 나는 생각한다. 그렇다면 걱정하지 않아도 니시아카쓰키에는 안 갈 거라고 말해주자. 나는 니시아카쓰키를 떠나 있는 편이 좋다.

하지만 다마 강의 하천부지까지 와서, 축구를 하는 학생들을 곁눈질하며 다카코가 한 말은 내가 생각했던 것과 정반대였다.

"쓰토무. 저기, 슬슬 쓰토무가, 니시아카쓰키로 돌아가야 한다고 생각해."

"어째서?"

"왜냐하면 쓰토무, 쓰쿠모주쿠니까. 사실은 쓰쿠모주쿠잖아. 그러니까 슬슬, 진실을 보고 와야 한다고 생각해."

"가토 집안사람들과 잘 지내라는 거야?"

"그런 것도 있지만."

"하지만 스즈키가 있는데? 아직 형무소 안에 있지만, 스즈키가 또다시 나를 잡으러 올지도 몰라."

"그건 그렇지만, 그래도, 어쩔 수 없잖아? 스즈키 씨랑도, 확실히 정리했으면 좋겠어."

"스즈키랑 나는 확실히 정리했어. 난 스즈키가 있는 데로 돌아갈 생각이 없어."

"그러니까, 스즈키 씨를 만나러 교토에 다녀오라고는 안 하잖아. 스즈키 씨랑은 언젠가 천천히 문제 해결을 해나가면 돼. 쓰토무는 우선, 후쿠이로 가서, 쓰토무 씨를 만나고 와. 그리고 둘이서, 오늘 일어난 사건, 해결하고 와. 아마 쓰토무가 가지 않아도, 쓰토무 씨는 이 사건을 해결하려 나설 테지만. 쓰토무 씨도 명탐정이니까."

"그럼 쓰토무한테 맡겨 두면 돼. 쓰토무는 괜찮아. 녀석도 머리가 좋으니까."

"안 돼. 나, 여러모로 생각했어. 《세이료인 류스이》라는 사람이 집으로 소설 보내잖아? 그거 읽고 생각했는데, 이미 「제6화」가 끝난 시점에서, 「창세기」의 모방 중에 《요셉》만 남아 있잖아? 「요한 묵시록」 모방 중에는 《최초의 여섯 개의 봉인》이 남아 있고."

「제6화」의 본문 중에 설명은 없지만, 쓰토무가 추리로 나를 깨부순 것처럼 보이게끔 내가 일을 꾸민다는 장면이 있는데, 그것은 ≪야곱≫이 형 ≪이사와≫를 속이고 왕이 되는 것을 모방한 것이다. 마찬가지로 「제6화」에 다시 등장한 ≪엔젤 버니즈≫가 ≪해≫, ≪달≫, ≪별≫, ≪쓴 쑥≫이라는 이름의 직경 12미터, 6미터, 3미터, 18미터의 구체 내부에 넣어져 조후의 거리 구석구석을 굴러다니며 주택과 빌딩과 역을 파괴하는 장면은 ≪일곱째 봉인을 뜯기 위한≫, ≪넷째 천사의 넷째 나팔이 초래하는 재앙≫과 ≪셋째 천사의 셋째 나팔이 초래하는 재앙≫의 모방이며, 조후를 죄다 짓밟으며 굴러다니는 ≪해≫와 ≪쓴 쑥≫이 다마 강 하천부지에 딱 부딪혀 멈추는 장면이 ≪둘째 천사의 둘째 나팔이 초래하는 재앙≫의 모방이며, 그 뒤로 조후에 번지는 큰 화재와, 하늘에서 우박이 내려 그 불이 꺼지는 것이 ≪첫째 천사의 첫째 나팔이 초래하는 재앙≫의 모방이다.

다카코의 말처럼, ≪세이료인 류스이≫가 아직 하지 않은 모방은 ≪처음 풀리는 여섯 개의 봉인≫뿐이다.

"쓰토무, 이 얘기, 그냥 소설로 끝난다고 생각해?" 하고 다카코가 묻는다. "≪세이료인 류스이≫의 소설, 「제7화」, 「제8화」, 「제9화」라는 식으로 이어지면서, 「창세기」와 「요한 묵시록」의 모방이 전부 끝나면, 그걸로 끝날 것 같아? 평범하게 후기 같은 게 붙고?"

"모르겠어."

"모르겠지? 쓰토무, 모르겠는 걸 모르는 상태로 이렇게 살고 있잖아?"

"응. 그야……."

"그야 모르는 건 모르는 거고, 모르는 건 아무리 애써도 모르잖아? 그건 이미 몇 번이나 들었어. 인간이 가진 지식에는 한계가 있으니 아는 것에도 한계가 있고, 쓰토무에겐 쓰토무가 느끼는 한계가 있잖아?

그것도 알고 있어. 하지만…….”

“내가 명탐정을 하면서 사건을 해결할 때, 난 내가 아는 범위에서 사건을 해결하는데, 그래도 딱히 지장 없잖아?”

“사건을 해결하는 것에 대한 얘기를 하는 게 아니야. 더 다양한 것에 대한 얘길 하는 거라고, 난.”

“다양한 거라니 그게 뭔데?”

“다양한 건 다양한 거지. 이 세계의 일들.”

“정말 난 세계에 대한 건 거의 아무것도 몰라. 모르는 것도 많이 있어. 모르는 것투성이야.”

“그게 아냐. 더 좁고, 나와 살고 있는 이 상황에 대한 거라든가, 나에 대한 거라든가, 관대랑 성실이랑 정직이에 대한 거라든가, 엄마에 대한 거라든가.”

“지금 무슨 얘길 하는 거야. 무슨 뜻이야?”

“모르겠으면 생각을 해줬으면 해, 난.”

“모르니까 가르쳐 주었으면 해, 난.”

“또 남의 얘기 안 듣네. 그러니까, 난, 쓰토무가 생각해줬으면 해, 내가 생각해주기를 원한다고.”

“하지만, 생각해도 소용없어. 내가 모르는 건 내가 모르는 거니까. 모르는 건 아무리 생각해도 몰라.”

“왜 그런 식으로 바로 포기하는 건데? 어째서? 왜 쓰토무는 내가 이렇게 해줬으면 좋겠다고 말하는 것에 대해서 바로 ‘소용없다’거나 ‘무리’라는 식으로 말하면서 포기하는데? 애정은 어디로 간 거야 쓰토무!”

“애정은 내 가슴속에 있어.”

“그걸 쓰라고 좀! 지금 내가 이렇게 쓰고 있는 것처럼 애정을 쓰고 머리를 쓰라고 좀!"

"어떻게 하면 돼?"

"모른다고 해서 남한테 묻지 말라고!"

그렇게 말하며 다카코는 내게 안긴다. 팔을 내 어깨 위로 올려 목뒤로 감아 나를 꼭 껴안는다. 다카코의 작은 어깨가 내 볼에 닿는데, 부드럽고 아프지 않다. 다카코가 쓰는 구아바 같은 향수 냄새가 난다. 부드러운 머리에서 향긋한 냄새가 난다. 다카코의 정장 깃에 두른 스카프가 내 코끝을 간질인다.

다카코가 말한다. "기억해 둬, 이게 나야. 이걸, 제대로 알아 둬. 이게 나라고."

"응."이라고 우선 나는 말한다.

어쩌면 다카코는 역시 「제1화」, 「제2화」, 「제3화」, 「제4화」, 「제5화」, 「제6화」에서 내가 다른 여자와 사귀거나 섹스하는 것을 보고 상처를 받았는지도 모르겠구나, 하고 생각한다.

"무서워."라고 말하며 내게 안겨, 다카코가 눈물을 조금 흘린다. "무섭다고."

"뭐가 무서워?" 하고 내가 묻는다.

"쓰토무를 잃는 거."라고 다카코가 말한다.

"넌 날 잃지 않아."라고 나는 말한다.

내 얼굴 옆에서, 내 어깨에 얼굴을 비비듯 하면서 다카코가 고개를 젓는다.

"쓰토무가 더 이상 돌아오지 않을까봐 무서워. 무섭다고. 너무 무서워. 무섭다 무서워 무섭다 무서워……."

다카코는 무언가를 두려워하고 있다.

나는 그 두려움을 쫓고 싶다.

"다카코, 아직 난 뭐가 뭔지 모르겠지만, …… 어쨌든 다카코는 내가 니시아카쓰키로 돌아가는 편이 좋다고 생각하는 거지?"

"응. 맞아."

"니시아카쓰키에서 일어난, «쓰쿠모주쿠» 살인사건을 해결하고 오는 편이 좋다는 거지?"

"…………."

다카코는 내 어깨에 또다시 이마를 비비듯 하면서, 이번에는 끄덕인다.

"그렇게 하면, 나는 이 세계의 여러 가지 일들을 알 수 있을까?"

내 어깨 위에서 고개를 젓고, 반대편을 보며 코를 훌쩍인 뒤, 다카코가 말한다.

"이 세계라고 해도, 전 세계라든가, 그런 게 아냐. 자기 주변에 대한 거지만…… 응, 하지만 그런 거야."

"다카코도 포함되어 있는."

"…… 응." 다카코가 반대편을 보면서, 또다시 코를 훌쩍인다. "그리고 관대랑, 성실이랑, 정직이도."

"장모님도?"라고 말하며 나는 살짝 웃는다.

다카코도 살짝 웃는다. 어깨가 내 코 밑에서 흔들린다. "엄마는 딱히 중요하지 않겠지만."

"그런 걸 알게 되면, 다카코는 더 이상 무섭지 않겠지?"

내가 그렇게 말하자 다카코가 물러선다. 내 얼굴 정면으로 다카코의 얼굴이 다가온다.

"아냐. 그 반대야. 그런 걸 알게 되는 게 두려운 거야. 그런 게 무섭다고.

난, 쓰토무가 후쿠이로 가는 게 정말 무서워."

"그럼 안 가는 게 좋은 거 아냐?"

"아냐. 그래도 이제 슬슬 쓰토무는 가야만 해. 쓰토무, 지금 몇 살이지?"

"열여섯"

"벌써 열여섯 살이잖아? 그리고 관대랑 성실이랑 정직이, 잘 돌봐주고 있잖아?"

"당연하지, 아빠니까."

"그래. 벌써 쓰토무는, 아빠 역할도 잘하고 있어. 그러니까, 이제 슬슬 후쿠이로 돌아가야만 한다고 생각해. 스즈키 씨와의 일은 나중에 해결해도 괜찮으니."

"…… 잘 모르겠어. 하지만 알았어. 응, 갈게. 다카코도 갈 거지?"

"난 안 가."

"어? 왜?"

"이건 쓰토무가 혼자서 해야만 하는 일이니까."

"하지만 가는 김에, 집안사람들한테도 다카코랑 세쌍둥이 소개하고 싶어."

그러자 또다시 다카코가 내게 안긴다.

"널 좋아해, 쓰토무. 정말. 사랑해. 사랑해 쓰토무. 쓰토무를 사랑하지 않는다면, 난 더 이상 살아갈 수가 없어. 정말 좋아해. 쓰토무를 사랑해."

나는 약간 웃음이 터질 것 같다. 그럼 같이 후쿠이 가자, 하고 또다시 말을 꺼낸다. 하지만 다카코가 말한다.

"잊지 마. 난 쓰토무를 사랑해. 그러니까 쓰토무 혼자만 후쿠이로 보내는 거야. 애정이 있으니까, 나, 쓰토무를 혼자 후쿠이로 보내고,

혼자서 사건을 해결하게끔 하는 거야. 이거, 전부 내가 쓰토무를 진심으로 정말 사랑하니까 그러는 거야."

"응."

"화이팅 쓰토무. 지지 마."

"뭐에?"

"모든 것에." 하고 다카코가 말한다. "모든 것에 말야. 지지마 쓰토무. 꼭 이겨. 이겨서 여기로 돌아와. 나, 여기서 기다릴 테니까."

"응."

나는 아직 무엇인지 알 수 없는 무엇인가를 이기고, 반드시 여기로 돌아오겠다.

"쓰토무, 저기 벤치 있다. 저기로 가자."

다카코는 내 손을 당겨 강가에 있는 통나무 모양 벤치로 데려간다. 둘이서 나란히 앉자, 다카코는 내 어깨에 다시 한 번 얼굴을 기댄 채, "선글라스 벗어."라고 말한다. "벗어서 날 기절시킨 다음에, 바로 후쿠이로 가."

아직 9월이라 따뜻하기는 하겠지만, 그래도 정신을 잃은 여자를 강가 벤치에 내버려두고 갈 수는 없다.

"위험해."라고 내가 말한다.

"괜찮아." 다카코는 그렇게 말하며 내게 꼭 붙은 채 양복 주머니에서 휴대 전화를 꺼내어 전화를 건다. 다카코의 머리카락이 바람에 흩날려 내 얼굴에 닿는다. 나는 그것을 그냥 둔다. 보드라운 다카코의 머리칼이 내 얼굴에서 꺾어, 바람에 흩어져 내 귀 옆에 닿는다. 구아바 향기. 다카코의 향기.

"아, 엄마야? 지금 나, 다마 강에 있는데, 지금 여기에서 잠깐 잘 거니까, 나 데리러 와. 어? 응, 괜찮아. 쓰토무는 지금 후쿠이로 가니까. 사건. 몰라. 그래도 바로 돌아올 거야 쏙. 응. 그럼 잠깐 잘 테니까, 깨우러 와. 끊을게."

다카코가 휴대 전화를 끊고 주머니에 넣은 뒤, 내 등 뒤로 팔을 감아 다시 한 번 꼭 꼭 끌어안는다. 내 가슴 위에 이마를 댄다. 그런 뒤 어깨가 떨리는 듯하더니, 울고 있다.

"쓰토무―. 좋아해― 쓰토무―. 왜 쓰토무는 내가 좋다는 말 안 해주는 거야?"

"다카코 좋아해."

"얼마만큼?"

"다카코의 열 배 정도."

"백 배 정도가 아니고?"

"만 배 정도."

"후후." 하고 웃으며 다카코가 또다시 코를 훌쩍인다. "그건 아냐. 사실 내가 쓰토무를 백억만 배 정도 좋아해."

"흐음."

"잠깐, 이렇게 울고 있는 이유도 모를 테고, 좀 재미있다고 생각할지도 모르겠지만, 진심이야. 쓰토무, 후쿠이로 가서 사건 해결하면, 바로 나한테 돌아와."

"응."

"아― 정말……."이라고 말하며 다카코는 머리를 내 가슴 위에 둔 채 정수리로 내 턱을 쭉쭉 밀어 올리듯 하여 부딪치더니, 이번에는 갑자기 "역시 가지 마." 하고 말한다. "나도 쓰토무와 떨어져 있고 싶지 않아."

나는 웃는다. "그럼 후쿠이 같이 가면 되잖아."

"하지만 안 돼 그러면." 하고 말하며 다카코는 고개를 든다. 눈물로 젖은 얼굴에 어색한 미소를 띤 채 다카코는 내 선글라스를 벗긴다.

"다카코－."

"기억해 둬 내 얼굴, 쓰토무. 사랑해. 나한테 돌아와야 돼. 지지 말고 이겨서…."

다카코의 미소가 부드럽고 느긋하게 바뀌면서 입이 떡 벌어지더니, 에헤－ 하고 웃은 뒤 다카코는 내 품으로 쓰러진다. 내가 무릎으로 다카코의 머리를 받치고 머리칼을 쓰다듬으며 기다리는데, 유니폼을 입고서 축구를 하던 남자아이들 뒤편의 제방에서 장모님이 나타난다. 관대와 손을 잡고 있다. 관대는 성실이와, 성실이는 정직이와 손을 잡고 있다. 내 가족이다. 예기치 않게 다마 강 둔치에 다 모였다. 그렇게 생각하자 어쩐지 갑자기 가슴이 옥죄어온다. 나는 다카코의 머리를 들어 옆으로 비켜 앉는다. 다카코의 머리를 벤치 위에 조용히 놓는다. 나는 일어선다.

나는 생각한다. 관대와 성실이와 정직이와, 저 장모님과 얼굴을 마주쳐버리게 되면, 나는 후쿠이로 못 가게 되겠지. 어린 세쌍둥이를 그냥 두고, 나를 이렇게나 좋아한다고 하는 여자를 남기고서.

나는 내 가족을 향해 손을 흔든다.

관대와 성실이와 정직이가 나를 발견하고 일제히 여기로 달려온다. "아빠－." 하고 나를 부르는 목소리가 작게 들린다. 축구공을 차고 있는 남자들이 코트를 가로지르려 하는 키 작은 세 명을 보고서 공을 차는 걸 멈춘다. 셋은 그들의 배려를 알아채지 못한 모양이다. 축구 코트를 똑바로 가로질러 여기로 다가오고 있는 것은 나의 세쌍둥이다. 관대와 성실이와 정직이. 아장아장 뛰어오는 발놀림이, 그냥 달리고 있는 것일 뿐인데도 귀엽다. 나는 문득 어린 시절의 쓰토무를 떠올린다. 내게 꼭 붙어, 지하의 작은 방 안을 단둘이 뛰어다니며 장난쳤던 나와 쓰토무. 그 무렵의 쓰토무도 지금의 관대와 성실이와 정직이처럼 귀여웠다.

이거, 그냥 소설로 끝날 것 같아? 하고 내게 묻는 다카코의 목소리가 돌연 되살아난다. 「창세기」와 「요한 묵시록」의 내용 중에 아직 모방되지 않은 부분이 있다. 오늘 아침 《쓰쿠모주쿠》가 살해되었다. 《니시아카쓰키》에서. 《십자가의 집》에서. 나는 떠올린다. 「제4화」에서도 십자가는 나왔다. 작가 세이료인 류스이가 못 박힌 십자가. 거기에 등장한 사람도 《탐정 신 쓰쿠모주쿠》. 이 공통점이 무엇을 의미하는지는 아직 모르겠다. 모르겠는 건 생각을 하라고, 다카코는 말했다.

생각하기 위해 나는 가야만 한다.

나는 벤치 위에서 의식을 잃은 다카코를 바라본다.

다카코는 《니시아카쓰키에서 살해된 쓰쿠모주쿠》를 나라고 생각했다. 《니시아카쓰키》와 《쓰쿠모주쿠》라는 단어를 듣고 공통적으로 떠오르는 것은 나뿐인 것이다.

그러면 다른 사람도 마찬가지로 《니시아카쓰키》, 《쓰쿠모주쿠》라는 말을 들으면 나로 오인할지도 모른다. 다카코처럼, 내가 죽었다고 생각할지도 모르는 것이다.

쓰토무도.

나는 생각한다. 《세이료인 류스이》의 소설이 단순한 소설로 끝나지 않는다면, 어쩌면 나머지 모방은, 정말로 이곳 현실에서 일어날지도 모른다. 《세이료인 류스이》는 나의 쓰토무를 여섯 개의 《봉인》 중 어느 하나를 모방하여 죽여 버릴 속셈일지도 모른다. 그리고 《세이료인 류스이»의 「제1화」, 「제2화」, 「제3화」, 「제4화」, 「제5화」, 「제6화」는 그것의 기나긴, 그리고 몹시 복잡한 형태의 예고인지도 모른다.

쓰토무.

나는 떠올린다. 나는 쓰토무에게 맹세했다. 니시아카쓰키의 가토네 집 지하를 나오면서, 내게, 가지 마, 날 두고 가지 마 하고 울며 매달리는 작은 쓰토무에게, 나는, 가끔 만나러 오겠다고 맹세했다. 하지만 나는 한 번도 쓰토무를 만나러 가지 않았다. 약속을 한 번도 지키지 않았다.

쓰토무를 만나러 가야만 한다.

내가 «십자가의 집» 같은 데서 죽지 않고 잘 살아 있다는 것을 보여줘야지.

나는 선글라스를 다시 쓰고 관대와 성실이와 정직이에게 다시 한 번 손을 흔든다. 관대와 성실이와 정직이가 장난을 치며 내게 다가온다. 나는 손을 흔들며, 관대와 성실이와 정직이에게서 멀어지기 시작한다. 나는 강을 동쪽으로 두고, 강 아래쪽으로 달리기 시작한다. 관대와 성실이와 정직이가 웃으면서 내 뒤를 따라오기 시작한다. 나는 앞을 보고, 스피드를 올린다. 등 뒤 저 멀리서 나를 부르는 세쌍둥이의 목소리가 들린다.

"아빠―. 기다려―."

거듭거듭 나를 부르는 세쌍둥이의 목소리가 울음소리로 바뀐다. 하지만 나는 뒤돌아보지 않는다. 뒤돌아보면 내 발은 멈추겠지.

장모님과 다카코에게 세쌍둥이를 맡겨두면 된다. 일단 내게는 해야만 하는 일이 있다는 모양이기 때문이다.

«니시아카쓰키»로 가야만 한다. «십자가의 집»에 가야만 한다. «죽은 쓰쿠모주쿠»가 내가 아니라는 것을 확인해야만 한다. «쓰토무»

를 만나야만 한다. 그리고 ≪모방≫과 ≪공통점≫.

바보 같다. 바로 다 정리하고, 가능한 한 빨리 조후로 돌아오겠다.

하지만 나는 이미 늦었다.

쓰토무는 이미 ≪크로스하우스≫에서 살해되었다. 대폭소 카레라는 이름으로 ≪크로스하우스≫에 와서 그날 바로 수수께끼를 풀고, 모두가 한눈을 파는 틈을 타, 시체가 된 것이다.

쓰토무의 추리.

크로스하우스

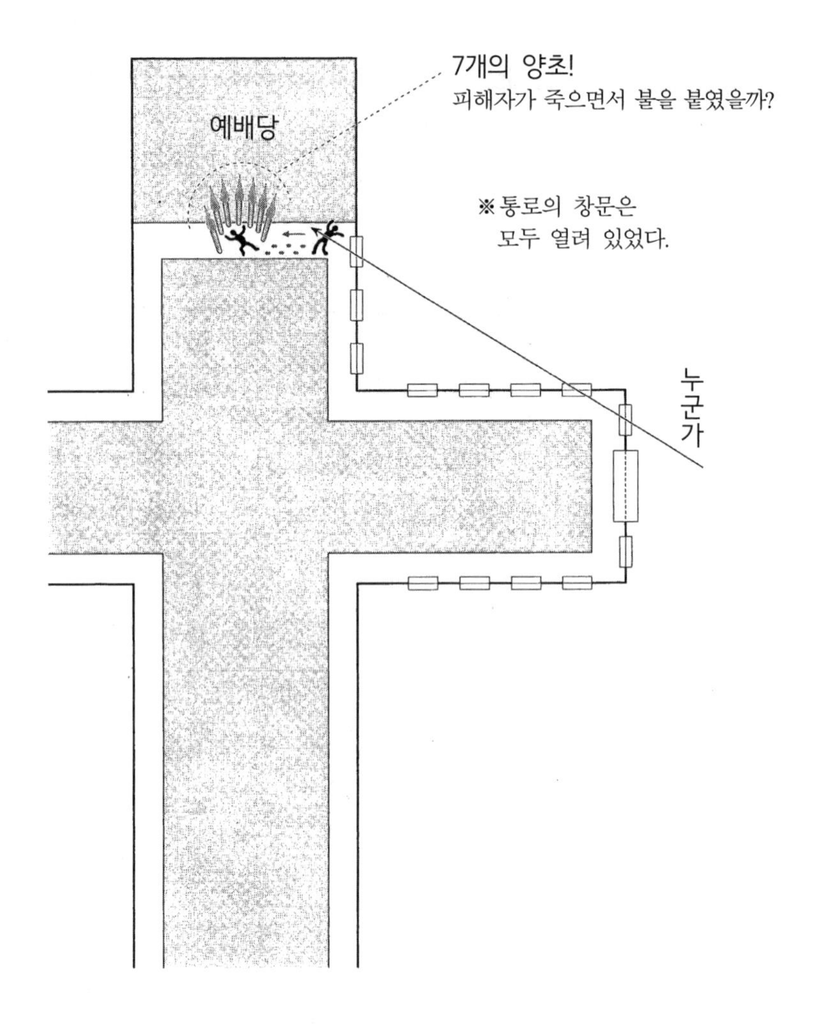

쓰토무는 예배당 창밖에서, 직경 약 1미터의 거대한 철제 공에 깔려 죽은 채 발견되었다. 쓰토무 옆에는 마 소재의 천을 붙인 농구공과 새빨간 페인트가 칠해진 배구공이 있었다.

또 지켜보자, 어린양이 여섯째 봉인을 뜯었다. 그때 대지진이 일어나, 해는 털로 짠 거친 천처럼 검어지고, 달은 온통 피처럼 변했으며, 하늘의 별은 땅으로 떨어졌다.

운 나쁘게도 《땅에 떨어진 별》에 쓰토무가 맞았다는 것이다.

「제2화」, 「제5화」의 《운석》은 이것을 예고하는 것이었을까.

나는 모른다. 모른다.

2

모르는 채로, 나는 신을 저주한다.

나는 쓰토무를 죽인 신을 저주한다.

나는 저주와 슬픔과 절망 끝에 내 오른쪽 눈과 왼쪽 눈을 휘저어 눈알을 꺼낸다. 땅에 버린다. 오른발로 내 눈알을 짓밟는다. 찌그러뜨린다. 내 오른쪽 눈알과 왼쪽 눈알 모두 납작해진다. 이제 쓸 수 없다. 하지만 내겐 아직 모든 것이 보인다.

"가조분."

나를 부르는 소리에 뒤돌아보자 그곳에는 그리운 세시루와 세리카가 서 있다. 세시루와 세리카 모두 아름다운 남녀로 자랐다. 반짝반짝하다.

눈부실 정도다. 옛날부터 예쁜 아이들이었지만, 지금은 안에 숨어 있던 아름다움이 모두 밖으로 분출되어 몸을 뒤덮고 자리를 잡았다. 하지만 쓰토무는 이미 깔린 뒤라 어떻게 생겼는지 알 수 없는 것이다. 쓰토무는 머리도 깨지고 뇌수가 흘러나와 얼굴을 뒤덮고 있어 이제 얼마나 핸섬했는지 알 수가 없다.

"살아 있었구나…… 이제 알았어."라고 세시루가 말한다. "수수께끼는 풀렸어."

후쿠이 현 니시아카쓰키 마을 히이마고타니에 있는 가토네 집 옆의 자갈길을 따라 산으로 들어가면 준코 씨의 시체가 발견된 작업장이 있고, 그 옆으로 더 가서 산속으로 들어가면 차가 들어갈 수 있는 길이 끊긴다. 거기에서 산길을 더 올라가면 철탑 밑동이 보인다. 철탑 밑동에서 산길을 벗어나 삼나무 숲 속 북동쪽으로 나아가면, 그곳이 나온다. '십자가의 집'. '크로스하우스'. 현관인 듯한 문 위에 'CROSS HOUSE'라고 적힌 판자가 있다. 크로스하우스는 작은 언덕 위를 가로지르는 거대한 목조 십자가다. 십자의 기다란 세로축 아랫부분은 언덕 기슭 초입에 있다. 세로축 아래에 서서 보면 기슭 아래 삼나무 숲이 거대한 파도가 치는 쓰루기야마 산[37]처럼 펼쳐져 있다.

크로스하우스의 현관은 십자의 가로 봉 좌우와 세로 봉 밑에 있다. 어느 현관으로 들어가든, 처음에는 크로스하우스의 방 부분을 빙 도는 통로로 들어가게 된다. 통로와 방 모두 목조이기에, 낡은 학교처럼 보인다.

37. 劍山. 일본 시코쿠 지방에 위치한 산.

바닥과 벽 모두 많은 인간들의 생활에 닳아 있다. 비바람을 맞았으면서도 그렇게까지 더럽지 않은 것은, 누군가 몰래, 온 길이 눈에 띄지 않게끔 신경 쓰면서, 최근까지 계속 이 산을 올라와 건물을 관리했기 때문이겠지.

최근 1년간은 가토네 가족이 일단 관리하고 있었을 것이다. 하지만 그 전에도, 어쩌면 가토네 집안이 관리하고 있었는지도 모른다. 알 수 없다.

틀림없이 그 관리자가 청소를 하고, 침대 이불을 말리고, 방 환기를 시켰을 것이다. 모든 방이 낡았지만 깔끔한 호텔처럼 정돈되어 있고, 닦여 있고, 산뜻하며 청결하다.

십자가 모양으로 줄지어 있는 스물네 개의 방에 놓여 있는 것은 침대와 책장과 책상 세트와 옷장뿐이며, 화장실과 욕실과 식당은 크로스하우스 바깥에 있다.

십자의 세로 봉 가장 위에 있는 크로스하우스의 작은 예배당에는, 기다란 4인용 의자 열네 개가 두 줄로 놓여 있고, 그 맞은편에는 설교대와 제단이 있으며, 제단 중앙에는 십자가가 있다. 예수의 모습은 없다.

크로스하우스

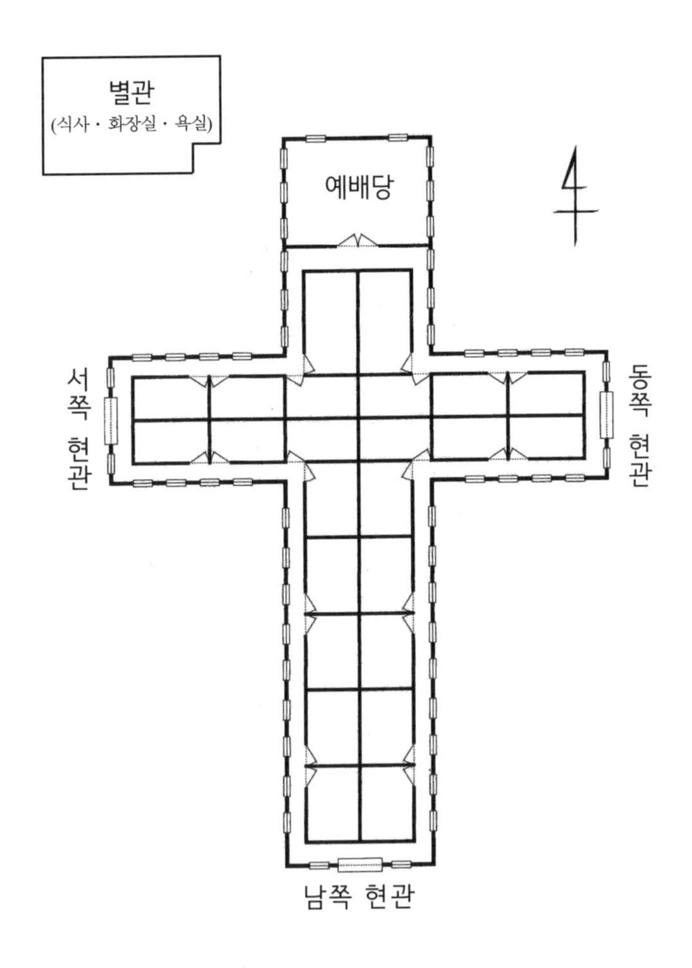

9월 9일 오전 11시경, 다카시 씨가 삼나무 가지를 치러 산속에 들어왔다가, 온 김에 크로스하우스 상황을 보러 왔다. 2주 전부터 크로스하우스에 묵는 손님이 있었기 때문이다. 그들은 도쿄 도 시부야 구에 있는 영상제작회사 엔젤 버니즈 사람들로, 멤버 중 한 명인 아베 아쓰시가 다카시 씨에게 부탁하여 크로스하우스에서 영화촬영을 하고 있었다. 아야쓰지 유키토[38]의 고단샤 노블스를 원작으로 하는 영화 <십자관의 살인>을 새벽까지 촬영한 엔젤 버니즈 사람들은 다카시 씨가 크로스하우스에 도착했을 때 아직 자고 있었으며, 다카시 씨는 그곳에서 «도쿄 사람들의 영화 촬영 풍경»을 보는 대신, 있을 리가 없었던 나의, 있을 리가 없는 시체를 발견했다. 예배당 앞 통로 한가운데, 활짝 열려 있는 예배당 문 앞에 일곱 개의 양초가 세워져 있었고, 그때도 계속 타오르고 있었던 그 작은 일곱 개의 불꽃에 휩싸여, 알몸의 나는 가슴에 화살을 맞고서 죽어 있었던 것이다.

38. 綾辻行人(1960~). 교토대 추리연구회 출신의 신본격파 미스터리 작가로, '관 시리즈'로 유명하다. 주요 저서로 『십각관의 살인』(1987)(국역본: 양억관 옮김, 한스미디어, 2005), 『시계관의 살인』(1991)(국역본: 김난주 옮김, 한스미디어, 2005) 등이 있다.

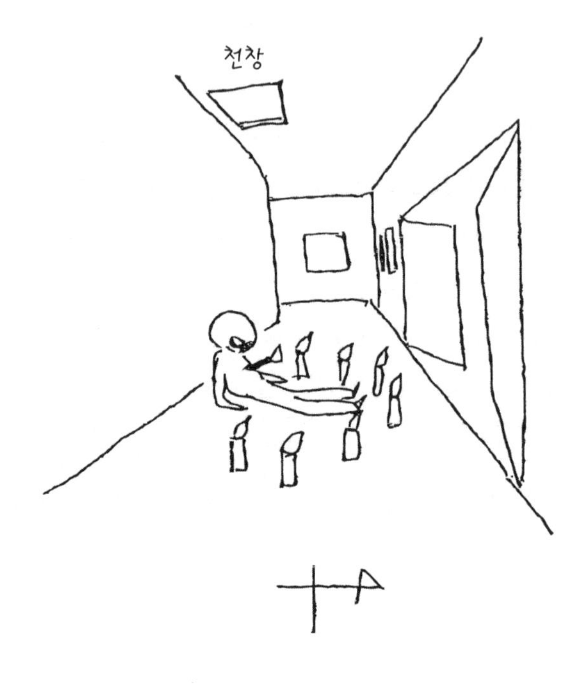

세시루가 예배당에 사람들을 모두 모아 “마지막으로 한 번 더, 오전 열한 시를 전후로 한 여러분의 알리바이를 확인하겠습니다.”라고 말하며 질문을 시작한다. 세시루는 엔젤 버니즈에게서 빌린 화이트보드를 설교대 위에 놓고 크로스하우스를 그린 뒤, 스물네 개의 방에 번호를 매기고, 그 번호의 방에 묵은 사람의 이름을 쓴 뒤, 그 밑에 확인한 알리바이를 써 나간다.

크로스하우스

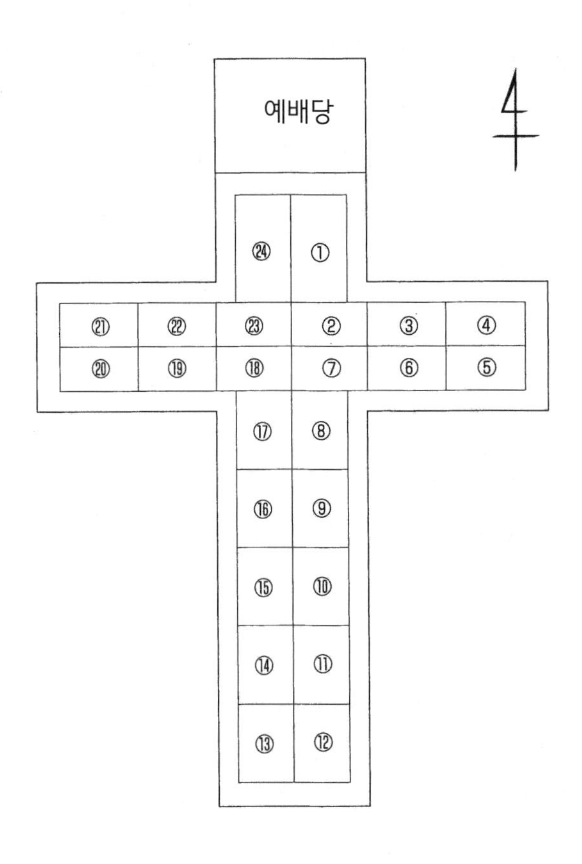

① 혼고 유지 → 자고 있었다.

② 다나카 마사시 → 대본을 확인하고 있었다. 연습을 위해 옆방의 혼고를 깨우려고 몇 번인가 방을 나가서, 바로 옆의 혼고가 쓰는 방문을 두드렸다.

③ 구모노 고야 → 인터넷 홈페이지에 새 글을 썼다.

④ 요시다 유키노 → 열 시 반쯤에 깨서 옷을 갈아입은 뒤, 세수를 하기 위해 열 시 사십오 분에 방을 나가, 동쪽 현관에서 나와 예배당 뒤를 지나 북쪽을 빙 돌아 별관으로 가서 미조로기와 만나, 세수를 끝낸 뒤 미조로기와 함께 열한 시쯤 같은 루트로 방에 돌아왔다.

⑤ 호시노 마사토 → 자고 있었다.

⑥ 아오야마 겐 → 자고 있었다.

⑦ 미조로기 후미에다 → ④ 요시다와 거의 같음. 별관에서 만나, 함께 세수를 하고 방으로 돌아왔다.

⑧ 가지와라 아야코 → 자고 있었다.

⑨ 노무라 리에 → 자고 있었다.

⑩ 오하타 아키 → 열 시 오십 분쯤 일어나 ⑪ 노나카의 방문을 두드렸지만, 기척이 없기에 방으로 돌아와, 옷을 갈아입은 뒤 11시 15분쯤 다시 한 번 더 노나카의 방으로 갔지만 노나카가 안 일어나서, ⑨ 노무라, ⑧ 가지와라의 방문도 두드렸지만 다들 자고 있었기에, 홀로 동쪽 현관을 나와 북쪽을 빙 돌아, 별관으로 가서 세수를 한 뒤 열한 시 반에 같은 루트로 자기 방에 돌아왔다.

⑪ 노나카 마미 → 자고 있었다.

⑫ 가와이 이치요 → 자고 있었다.

⑬ 후쿠시마 마나부 → 자고 있었다.

⑭ 아베 아쓰시 → 열한 시 반에 깨서 ⑯ 이와이에게 함께 세수하러 가자고 하기 위해 세 번 오가며 문을 두드렸지만, 이와이가 안 일어나서 자기 방으로 돌아와 열한 시에 다시 잤다.

⑮ 후루타카 마사유키 → 자고 있었다.

⑯ 이와이 유미 → 자고 있었다.

⑰ 나카이 사야카 → 아침 체조를 하고 있었다.

⑱ 가와베 게이스케 → 그림 콘티를 그리고 있었다.

⑲ 히가시 모토미카 → 자고 있었다.

⑳ 사토 가즈히로 → 인터넷을 하고 있었다. ≪하늘의 목소리≫ 게시판에 글을 쓴 기록 있음.

㉑ 다니구치 데쓰 → 팔굽혀펴기.

㉒ 하나다 사와코 → 후쿠오카의 고향집 아버지와 전화. 기록 있음.

㉓ 히라키 다카코 → 자고 있었다.

㉔ 짐 놓는 방

여기까지 쓰고, 세시루는 화이트보드를 내리고서 말한다. "네 고맙습니다. 그나저나 여러분, 지금 이 방에 어떤 변화가 일어났습니다. 무엇일까요?"

자기가 쓴 알리바이의 확인내용을 세시루가 언급하지 않는 것에 놀라면서도, 긴 의자에 앉아 있던 엔젤 버니즈 스물세 명이 예배당을 둘러본다. "어− 뭐지 뭐지." "뭐야−." 하고 저마다 말하면서 세시루가 말하는 ≪변화≫를 찾지만, 그 누구도 찾아내지 못한다. 나는 세리카의 모습을 보고 있었기에 알고 있다. 세시루가 힌트를 준다. "모르겠으면 신께 물어보세요."

"…… 아아!"

모두가 웅성거리며, 일부 사람들이 조금 웃는다.

세리카에 의해, 십자가 위에, 그전까지는 없었던 예수상이 걸려 있다. 모두가 화이트보드에 주목하는 사이에, 그 뒤에서 세리카가 슬쩍 예수상을 십자가에 건 것이다.

세시루는 말한다. "이것은 여러분이 영화를 위해 준비한 수난의 예수상입니다. 음, 잘 만들어졌네요. 그럼 알리바이 확인으로 돌아갑시다."

설교대 위에 또다시 화이트보드를 올린다.

"자…….."라고 하면서 엔젤 버니즈를 둘러본 뒤, 세시루는 어깨를 움츠린다. "역시 귀찮으니 관둡시다."

세시루는 또다시 화이트보드를 내린다.

"어어? 뭐야—."라고 아베가 말하자, 그 옆의 혼고가 부후후 하고 웃으며 지적한다. "너 진짜 잘 못 본다. 잘 좀 봐봐." 그 말을 듣고 아베는 "어? 뭐? 뭐야…… 아! 아—아— 우와, 뭐야 이거 우와— 전혀 몰랐어, 다들 알았어?" 하고 놀란다.

세리카에 의해 십자가 위의 예수상이 바뀌어 있다. 창백한 피부의, 월계관을 쓰고 두 손과 두 발이 못 박히고, 창에 배를 찔리고, 모든 상처에서 피를 흘리고 있던 예수가, 다른 남자 인형으로 바뀌어 있다. 창백하고 말랐으며, 두 손 두 발을 큰 대자로 펼치고 있는 그 긴 머리 남자의 얼굴은, 아오야마 겐과 꼭 닮았다. 몸도. 피부색도. 표정도.

"잠, 잠깐 기다려. 왜 내 인형, 저기에 있어? 장난에 쓰지 마, 촬영에 쓰는 거니까—."라고 아오야마가 말한다.

"그리고 살인에도 말이지."라고 세시루가 말한다.

세시루가 해설한다.

"평소에는 예수가 없는 이 십자가에, 촬영 중에는 예수가 걸려 있었습니다. 물론 예수상이 있는 편이, 보다 ≪그럴싸≫하니까 그랬겠지요. 그리고 이 아오야마 씨 인형은, 영화 <십자관의 살인> 중에서 아오야마 씨가 맡은 역할이 살해되기 때문에, 촬영용으로 준비된 것입니다. 이것은 숲 속의 삼나무 가지에 걸기 위한 것이었습니다. 하지만 보십시오. 지금 아베 씨가 알아채지 못했듯, 이 예수와 아오야마 씨 인형은 많이 닮았습니다. 체형과, 피부색과, 표정과, 흘린 피의 위치가."

세시루가 아오야마의 인형에서 장발의 가발을 벗긴다.

"머리스타일만은 달랐지만요."

그 말을 듣고, 나는 ≪신형≫[39]이 다르다는 말을 연상한다. 신의 형태가 다르다. 형태가 다른 것은 신이 아니다.

세시루가 말을 잇는다.

"범인은, 예수상 대신 이 아오야마 인형을 십자가에 걸어두었습니다. 그리고 이 영화의 슈퍼바이저로 초대된 명탐정 쓰쿠모주쿠가 도착하기를 기다렸습니다."

그것은 나이며 내가 아니다. 또 한 명의 나다. 어째서 또 한 명의 내가 있는지는 모르겠지만.

모르겠으면 생각해, 라고 유키가 말한다.

유키? 어째서 유키가 내게 말을 거는지 모르겠다. 모리모토 유키는 「제6화」에 나오는 여자아이이다. 나는 좀 혼란에 빠져 있는지도 모른다.

39. 神形. 머리스타일을 의미하는 髮型(가미가타)과 독음이 같다.

평소 같지 않게 생각을 하니 머리가 약간 아프다. 아니, 꽤 아프다. 아주 아프다. 우지끈 하고 깨져서 안에서 노래하는 꽃이라도 튀어나올 것 같다. 노래하고 춤추고 사람을 잡아먹는 꽃. 영화 <리틀 숍 오브 호러즈>[40]에 나오는 그 꽃. 머리가 아프다. 사람을 잡아먹는 세시루. 사람을 잡아먹는 세리카. 사람을 잡아먹는 쓰쿠모주쿠. 어째서 사람을 잡아먹는 걸까. 사람을 잡아먹는다는 건 어떤 걸까. 모르겠다. 모르는 것은 모르는 거니까 어차피 아무리 생각한들 모르는 거지만, 나는 그래도 생각해야만 한다. 나는 여기에 생각하러 온 것이다. 모르겠으면 생각을 해, 라는 유키의 말을 듣고서. …… 유키? 어째서 유키일까. 그것도 모르겠다. 그것도 아직 나는 모르겠다. 내겐 모르는 게 있다. 많이 있다. 하지만 나는 무엇을 모르는 것일까. 모르는 것이 무엇인지조차 나는 모른다.

세시루가 말을 잇는다.

"그리고 명탐정 쓰쿠모주쿠를 안내하면서 이 아오야마 인형이 걸려 있는 것을 눈치채지 못한다는 걸 확인하고서, 쓰쿠모주쿠에게 오늘 오전 열한 시쯤 이곳 예배당으로 오라고 한 뒤, 먼저 여기로 온 범인은 이 십자가에 스스로의 몸을 건 것입니다.

그리고 십자가 위에서 쓰쿠모주쿠를 기다렸습니다. 쓰쿠모주쿠가 홀로 나타나자, 가지고 있던 사격용 총으로 사살하고, 다시 예수상을 건 뒤 쓰쿠모주쿠 주위에 일곱 개의 양초를 세우고서 자기 방으로 돌아간 것입니다."

40. 로저 코만 감독, 조너던 헤이즈 주연의 블랙 코믹 호러 영화 <흡혈식물 대소동The Little Shop Of Horrors>(1960).

"엇 잠깐만." 하고 가와베가 말한다. "그럼 아오야마 군이 범인이라는 거야?"

세시루는 고개를 젓는다. "이렇게 자못 예수와 닮은 인형을 남긴다면, 만약 예수와 바꿔치기를 할 수 있다고 생각해낸 사람이 있을 경우, 아오야마 씨가 바로 의심을 받잖아요. 하지만 예수와 닮은 아오야마 씨는 의심을 받아도, 그 아오야마 씨와 닮은 또 한 명의 사람은 어떨까요. 이 영화에는 아오야마 씨가 연기하는 역의, 이란성 쌍둥이 역할을 연기하기 위한 연기자가 있을 것입니다.

모두가 웅성거린다.

"사토 가즈히로 씨. 당신이 그 쌍둥이 역이지요."

"엥-? 사토 씨?"라고 이와이가 말한다.

"잠깐만. 난 그 시간에, 인터넷 하고 있었다고."라고 사토가 말한다. "물론 인터넷 기록 같은 건 얼마든지 날조할 수 있지만…… 하지만 진짜로 안 했어, 나."

"맞습니다. 인터넷 기록 날조 같은 건 얼마든지 할 수 있습니다. 그리고 그것을 알고 있는 사토 씨는 인터넷 기록을 알리바이로 증언하지는 않을 테고, 그것을 증언한 이상, 사토 씨에게 켕기는 데는 없겠지요. 쓰쿠모주쿠를 살해하지는 않았을 겁니다. 그리고 여기까지는, 누구든 의심의 대상이 될 수 있다는 걸 여러분도 감각적으로 아셨을 겁니다."

모두가 응응 하며 끄덕인다.

명탐정이 그런 식으로 말할 것을 예상한 사토가 일부러 그런 알리바이 증언을 했다, 라는 발상은 불가능할까, 세시루.

"하지만." 하고 세시루는 말한다. "그러면 그 사토 씨의 스턴트맨으로 참여하고 있는 분은 어떨까요?"

모두가 엇 하고 놀라는 분위기가 예배당의 조용한 공기를 뒤흔든다.

"어떻습니까, 후루타카 씨?"

세시루가 말한다.

모두가 후루타카를 본다. 후루타카는 히죽거리며 웃고 있다.

"후루타카 씨와 닮은 인형은 두 개 있습니다. 예수상과 아오야마 인형입니다. 후루타카 씨에게는 그 두 개가 모두 필요했습니다. 하나는 오늘 아침, 자기 대신 침대에 넣기 위해서. 그렇게 하면 누군가 방문을 열고서 안을 들여다보아도, 일견 후루타카 씨는 침대에서 자고 있는 듯 보이니까요. 창문이 없는 크로스하우스는, 불을 끄고 있으면 어둡습니다. 어둡다는 건 그 방 사람이 자고 있다는 거니까, 방을 들여다본 사람도, 특별한 용무가 없으면 억지로 불을 켜서 깨우지는 않습니다. 방이 어두운 상태라면, 문으로 새어 들어오는 불빛 정도로는, 침대에 누워 있는 게 인형이라는 것을 들키지 않습니다."

그렇게 말하며 세시루는 두 장의 폴라로이드 사진을 모두에게 보여준다.

"이것은 제가 찍은, 후루타카 씨의 침대 아래에서 발견한 예수상 사진입니다. 한 장은 침대 밑을 위쪽에서 찍었고, 또 한 장은 침대로부터 약간 떨어진 곳에서 방 전체가 보이도록 찍었습니다. 이 방, 이 침대가 후루타카 씨의 것이라는 건 확실히 알겠지요? 그리고 그 침대 아래에서, 예수상이 나온 것입니다."

놀라는 모두의 앞에서 세시루는 또 다른 두 장의 폴라로이드 사진을 보여준다.

"이것이 아오야마 씨의 침대 밑에서 발견한 아오야마 씨 인형입니다. 마찬가지로 침대 밑을 위쪽에서 찍고, 침대를 포함한 방 전체의 풍경을 찍었습니다."

"잠깐 잠깐." 하고 아오야마가 말한다. "난 그런 거 몰라―."

"모르는 게 당연합니다." 하고 세시루가 말한다. "후루타카 씨가 자고 있는 아오야마 씨의 침대 밑에 몰래 감추어뒀기 때문입니다. 사실 후루타카 씨로서는, 그 아오야마 씨 인형을 숨기는 게 사토 씨든 아오야마 씨든, 어느 쪽이든 상관없었습니다. 어느 쪽이든, 쓰쿠모주쿠가 살해되고 아오야마 씨의 인형이 발견되면, 그것이 발견된 방의 주인이 의심을 받았겠지요. 그리고 후루타카 씨는 그 사람이 의심을 받는 사이에 여러 가지 증거은폐작업을 할 수 있었을 것입니다. 하지만 후루타카 씨에게도 오산이 있었습니다. 그것은 쓰쿠모주쿠가 살해된 날 아침, 아베 씨가, 후루타카 씨의 방을 지나 이와이 씨의 방을 몇 번이나 오간 것입니다. 그 모습을 본 후루타카 씨는, 언제 몇 시에 아베 씨가 나올지를 몰랐기에 자기 방에 있는 예수상을 십자가 위에 원래대로 되돌려놓을 수 없게 된 것입니다. 그러던 중에 쓰쿠모주쿠의 시체가 발견되었고, 예수상을 되돌려놓을 타이밍을 영원히 잃어버렸습니다. 그리하여 제게, 예수상을 발견할 기회가 돌아온 것입니다……."

모두가 세시루와 후루타카를 번갈아가며 쳐다본다. 후루타카가 뻔뻔하게 계속 히죽거리고 있다.

세시루가 말한다. "그럼 여기서 질문이 있습니다, 후루타카 씨. 당신이"라고 말하며 세시루는 사격용 총을 꺼낸다. "화살로 심장을 뚫은 사람은 누구였을까요? 그것은 쓰쿠모주쿠가 아니었습니다. 왜냐하면 여기에, 쓰쿠모주쿠는 살아서 앉아 있기 때문입니다."라고 말하며 세시루는 나를 가리킨다. "후루타카 씨, 그건 누구였습니까? 누구를 무슨 생각으로 쏜 겁니까?"

그러자 후루타카가 대답한다.

"몰라 이 자식아. 나, 살인 같은 거 한 적 없어."

세시루가 묻는다. "그럼 어째서 당신 방에서 이 예수상이 나온 겁니까?"

후루타카가 말한다. "바보 같은 자식—. 결국 나를 의심할 근거가 그 예수밖에 없잖아? 그럼 가르쳐주지, 내가 그 예수로 뭘 했는지. 너 그 예수의 엉덩이 부분에 있는 천을 들춰봐."

"뭐?"

"엉덩이 말야 엉덩이. 엉덩이. 히프."

세시루가 십자가 아래에 놓인 예수를 들어올려, 엉덩이를 감싼 천을 들춘다. 엉덩이에 구멍이 뚫려 있다.

"거기에 구멍이 뚫려 있지?"라고 후루타카가 말한다.

구멍이 뚫려 있다. 직경 오 센티 정도의 둥근 구멍.

"거기로 말야, 남성용 자위 기계를 끼워 넣고, 고추를 집어넣었어, 나."

모두가 흠칫 놀란다. 세시루도 바르르 떤다.

후루타카가 웃는다.

"아— 그렇습니다, 저는 예수를 범했습니다. 뒤로 가차 없이 범했죠. 나하하하하하하."

"으악—!" 하고 모두가 비명을 지르며 후루타카의 주위에서 일어나 도망간다. 이 무시무시한 반反예수 사상을 지닌 자에게 놀란 것은 세시루도 마찬가지다.

바보 같은 세시루. 옛날부터 바보였지만, 지금도 여전히 바보군.

"세시루."

어이없어 하던 세시루가 나를 본다. 하지만 나야말로 진짜 «반反예수인»이다. 나는 «천자와 싸우는 용»이다. 「제4화」에서 «명탐정 쓰쿠모주쿠»는 나를 «용»이라 불렀는데, 그것은 옳았다. 나는 «신»을 죽이기 위해, 여기에서는 «신»이 바라는 말을 내뱉는다.

나는 방에서 하늘을 올려다본다.

"진실하며 성스러운 주님, 언제까지 심판을 하지 않으시고, 땅에 사는 자에게 우리의 복수를 하지 않으시나이까." 나는 일어나 세시루에게 다가가, 말한다. "세시루여, 너와 마찬가지로 살해되려 하는 형제이며, 동료의 하인인 자들의 수가 넘칠 때까지, 조용히 여기서 기다리라."

이것으로 «다섯째 봉인»이 풀렸다.

「제4화」에서도, 십자가에 걸린 가짜 예수가 나왔다. 세이료인 류스이. 그것은 지금 세시루가 한 추리를 예고하는 것이었을까. 그렇다. 분명 그렇겠지.

모든 것에 의미가 있는 것이다.

3

"그러니까 역시, 누군가 밖에서 그 쓰쿠모라는 녀석을 죽이고, 천창으로 던져 넣은 거라니까."라고, 후루타카를 밖으로 내쫓은 뒤에 돌아온 호시노가 얘기하다가 나를 본다. "그렇다고는 해도, 그 사람은 쓰쿠모라는 사람이 아니었지. 있잖아 너, 너 살해된 쓰쿠모 씨랑 무슨 관계야?" 하고 호시노가 내게 묻는다. "우리 눈엔 아무리 봐도 너, 살해된 쓰쿠모주쿠 씨랑 동일인물인데."

그렇다. 아마도 그것은 나다. 어떤 방법으로 내가 두 명 나타났는지는 모른다. 하지만 「제5화」 마지막 부분에서 《내》가 운석이 만드는 《끝없는 심연》을 통해 과거로, 아마도 「제4화」로 타임슬립했던 것처럼, 분명 어떻게든 언젠가의 내가 다른 《웜홀》을 통과하여 내가 있는 지금으로 찾아온 것임에 틀림없다. 하지만 물론 《세이료인 류스이》의 소설 속에서 《나》라는 등장인물이 튀어나와 내가 있는 현실로 뛰어 들어오거나 하지는 않는다. 여기에서 내가 이중으로 되어 있는 것에는 무슨 이유가 있는 것이다.

내가 태어나자마자 바로 클론이 만들어졌던 것일까? 클론이라면 완전히 똑같은 인간이 나와 같은 나이로 자라났을 것이다. 하지만 클론이라니…… 등등의 생각을 하고 있는데 세리카가 말한다.

"그랬구나, 쓰쿠모. 너, 우리를 유인하려고, 이런 짓을 한 거구나."

세리카의 해설이 시작된다.

"맞아, 인간의 몸은 부드럽지만, 비교적 튼튼해. 그걸 이용한 거지, 쓰쿠모는. 배를 가르고 내장을 짓이기면 사람은 죽지만, 배를 가른다 해도 내장을 짓이기지 않고 두꺼운 혈관을 안 건드리면서 세균을 남기지 않는다면, 사람은 좀처럼 죽지 않아."

그렇다. 배를 갈라 내장을 전부 꺼낸 구리하라 유리카와 우에다 나오코는 죽었다.

"뱃속 내장에만 상처를 안 내면, 사람은 죽지 않아. 그래. 그건 아파. 하지만 아프기만 할 뿐, 내장이 무사하다면 사람은 죽지 않아. 그래. 그렇지? 맞지 세시루."

깜빡하고 세리카는 세시루의 본명을 부른다. 여기에 경찰이 있어서,

가토 세시루와 가토 세리카를 본다면 바로 체포해버리겠지.

"세시루, 쓰쿠모한테 보여줘, 니의 철의 의지."

철의 의지?

"쓰쿠모, 세시루가 너의 저주 때문에, 얼마만큼의 고통을 맛보고 있는지, 네게 보여주지. 세시루, 쓰쿠모한테 보여줘."

세시루가 티셔츠를 걷어 올린다.

아아 「제4화」의 ≪화장실 아래 세시루≫! 그 ≪세시루≫의 가슴에 있는 X마크에는 ≪나≫의 일본도 칼날이 꽂혀 있었지만, 지금 내 눈앞에 있는 ≪이누가미 야샤≫인 세시루의 왼쪽 가슴에 있는 X마크에는, 철로 된 봉이 꽂혀 있다. 그것은 둥글고 안이 뻥 뚫린, 반짝이는 철 파이프다. 그건 피어스라고 해야 할까. 아니면 세계를 빨아들이기 위한 짧은 빨대일까.

나는 몸을 숙이고 세시루의 가슴에 꽂힌 쇠파이프 터널 저편을 들여다본다. 선글라스 너머로, 등 뒤가 보인다.

"세시루는 너 때문에 이런 짓을 했어, 쓰쿠모. 네가 세시루를 이렇게까지 몰고 갔어."

허리를 굽힌 채 나는 세시루의 얼굴을 올려다본다. 세시루가 내게서 눈을 피한다.

나는 세시루의 가슴에 얼굴을 가까이 대고, 입술로 살짝 세시루의 유두를 깨문다. 그리운 세시루의 유두. 자신의 티셔츠를 젖혀 올리고 있는 세시루가 손을 꽉 움켜쥔다. 그런 뒤 내가 고개를 옆으로 돌려 후우 하고 숨을 불어넣자 세시루 가슴속의 쇠파이프가 부오— 하고 울린다. 피리? 아니다, 이 굵직한 소리는 나팔이다. 세시루는 나팔. 나팔. 「제5화」와 「제6화」에서 ≪일곱 천사의 일곱 개의 나팔≫이 ≪재앙≫을 가져왔지만, 지금 내 나팔 소리는 세시루에게 굴욕을 줄 뿐, 누구에게도 고통과 슬픔을 주지 않는다.

나는 고개를 든다. 나는 «천사»가 아니다.

"그만해, 쓰쿠모."라고 세리카가 말한다. "너, 세시루의 괴로움을 몰라?"

"난 악마니까."라고 내가 말한다. "«악마»는 «사탄»이라고도 불리는 신의 적이지. «천사와 싸우는 용»이야."

세리카가 미심쩍다는 얼굴로 나를 보며, 고개를 갸웃한다. 그리고 말한다.

"쓰쿠모, 너도 가슴을 보여줘. 네 가슴에도, 세시루랑 같은 상처가 남아 있을 거야. 네가 네 손으로 네 가슴에 구멍을 뚫어서, 화살촉을 뺀 화살을 천천히 찔러 넣고, 심장까지 찌르고서 등까지 관통시켜, 다시 화살촉을 끼우고, 마치 누군가에게 화살을 맞아 죽은 척했을 때의 상처가, 분명 네 왼쪽 가슴에 남아 있을 거야."

나는 바닥에 놓여 있는 내 가방 안에서, 그 녹슨 일본도를 꺼낸다.

엔젤 버니즈가 놀란다. "어이어이어이어이, 그만해."라고 누군가가 말한다.

나는 칼을 빼든다. 샤리이이이이잉. 전에도 들었던 소리가 또다시 들린다. 나와 대적하려고 자세를 잡고 있던 세리카가 나를 노려보며 한 발 물러선다. 나는 고개를 젓는다.

"세리카, 여기 엎드려."

"…… 어떻게 하려고?"

"목을 자르진 않을 거야." 「제3화」에서 «오쿠보 겐고»가 많은 사람들의 목을 쳤던 것처럼은. 「제3화」 마지막에, «내»가 «세시루»의 목을 쳤던 것처럼은.

"쓰쿠모, 왼쪽 가슴, 보여줘 봐."

나는 셔츠를 들춰 내 매끈한 가슴을 보여준다. 세리카가 뒷걸음질 친다.

"세리카, 도망치지 말고 이리로 와. 여기 엎드리라고."

"안 돼. 죽이지 마."

"안 죽여."

"안 돼."

"안 죽인다니까."

내가 약간 미소 지어 보이자, 굳어 있던 세리카의 몸에서 힘이 빠지는 것을 알 수 있다. 나는 안구를 잃었지만 아름답다.

아름답다? 안구를 잃었지만 아름답다?

어째서 그런 일이 일어나는 거지?

세리카가 내 옆으로 와서, 내 발치에 엎드린다. 나는 옆에서 티셔츠를 들춘 채로 있는 세시루에게 말한다.

"세리카 위에 타, 세시루."

세시루가 티셔츠를 내리고, 세리카 위에 탄다. 나는 일본도를 들고서 재빨리 세시루의 등 뒤로 돌아가, "나와!" 하고 외치며 세시루를 칼로 찌른다. 내 일본도 끝이 세시루의 티셔츠를 찢고, 세시루의 왼쪽 가슴에 있는 쇠파이프 터널을 지나, 티셔츠 겉을 뚫고 나온다. 내 일본도가 세시루의 가슴을 관통했지만, 세시루는 죽지 않았다. 하지만 모방상으로는 《죽어 있다》.

나는 말한다. "어린양이 넷째 봉인을 뜯었을 때, '오너라.'라고 말하는 소리와 함께 창백한 말이 나타났다. 그 위에 타고 있는 자의 이름을 《죽음》

이라 하는데, 저승이 그 자를 따르고 있었다. «죽음»에는 칼과 굶주림과 죽음과 지상의 야수들로 사람을 멸망시킬 권위가 주어졌다. 세시루, 네가 지금, 바로 창백한 말에 탄 «죽음»이다. 그리고 이 가슴을 찌른 검이 너의 «권위»로서의 «칼»이고, 너를 따르는 «저승»이다."

내게서 그런 말을 듣자, 세시루가 살았다는 듯한 표정을 짓는다. 「제3화」에서도, «나»는 «세시루»를 «검»으로 찔렀다. 그것은 내 기억에 «오쿠보 겐고»의 «인민군 검»이었다. 「제5화」에서도, «나»는 «군용 나이프»로 «세시루»를 찔러 죽였다. 「제4화」의 화장실 아래 세시루까지 하면 이것으로 내가 세시루를 죽이는 것은 네 번째인데, 이만큼 죽이면 충분하겠지. 이제 슬슬 나는 세시루를 포기해야 한다. 내가 원했지만 손에 넣을 수 없었던 나의 형제. 나는 그게 분한 나머지 네 번이나 세시루를 죽이고 말았다. 어쩌면, 그 X마크 탓에 세시루가 쇠파이프 같은 걸 가슴에 찔러 넣은 거라면, 나는 다섯 번, 세시루를 죽인 셈이 된다.

엔젤 버니즈 모두가 나와 세시루와 세리카를 멀리서 둘러싼 채 보며 놀라고 있다.

그들은 나를 보고 있다. 나는 그들을 보고 있다. 어째서 이런 일이 일어날까.

내게는 안구가 없을 터인데.

어째서 내겐 보이는 걸까?

어째서일까, 리에.

리에?

≪이시다 리에≫는 「제5화」에서 내 세쌍둥이의 엄마다. 어째서 지금, 나는 리에에게 도움을 청하고 있는 걸까. 리에가 어째서 내게 존재하는 걸까.

≪세이료인 류스이≫가 만든 한낱 등장인물일 뿐인데.

나는 머리를 감싼다.

"쓰쿠모?"

내 등 뒤에서 세리카가 내게 말을 건다.

나는 누구를 좋아하고, 누구와 사귀었던 걸까?

나의 세쌍둥이, 관대와 성실이와 정직이를 낳은 것은 누구일까?

나는 너무도 혼란스럽다. 혼란은 분명 이곳 니시아카쓰키 탓이다. 한번 떠난 곳에 돌아오는 게 아니었다. 쓰토무도 죽었다. 쓰토무는 죽었다. 쓰토무가 죽어버렸다.

"아아아아아아아아아아아아아아아!"

4

바닥에 쓰러진 나를, 세시루와 세리카가 일으켜준다. 바보 세시루가 일본도를 꽂고 있었기에 내 볼이 베인다. 피가 흐른다. 스즈키는 내 코와 귀를 잘랐다. 눈을 파냈다. 하지만 나는 아름답다. 지나치게 아름답다. 선글라스를 벗으면 사람들은 실신하고 만다.

하지만 어째서 이런 일이 일어나는 거지?

"오호호—이." 하고 느긋한 소리를 내며 돌아온 것은 좀 전에 모두에게 변태 취급을 받고 밖으로 쫓겨난 후루타카였다. 보니까, 후루타카가 양손 가득 화살을 안고 있다.

"증거물 발겨—언."

후루타카가 예배당 바닥에 그 화살다발을 떨어뜨린다. 타닥타닥 하고 흩어지는 화살을 나는 한눈에 센다.

마흔여덟 개.

"아니 모두의 관심을 끌 수 있는 뭔가를 갖고 싶어서—, 산속을 돌아다니는데, 이거, 봐, 완전 많이 떨어져 있어, 아직. 이거 엄청난 증거물 아냐? 경찰들은 아직 아무도 이런 거 못 찾았어."

"후루타카—." 하고 호시노가 말한다. "너 이런 거, 증거물이면 그대로 놔뒀어야지—."

"아니 괜찮다니까. 이거 말고도 또 많으니까……."

나는 말한다. "후루타카 씨, 저를 거기로 데려가 주십시오."

안구가 없는 내 눈이, 부쩍 어두워진 하늘을 본다. 선글라스 탓에 다른 사람은 모르겠지만, 이런 건 있을 수 없는 일이다.

아직 낮 두 시다. 하지만 하늘이 좀 지나치게 어둡다. 우리 바로 위에 구름이 덩어리져 있다. 멀리 있는 하늘은 맑다.

"저쪽 저쪽, 봐봐, 저기도 보이지?" 하고 가리키는 후루타카의 손가락 끝에 분명 화살이 보인다. 삼나무에 걸려 있다. 자세히 보니, 크로스하우스의 서쪽 숲은 화살투성이다. 거의 삼나무 가지에 걸려 있지만, 몇 개는 땅에 꽂혀 있다. 수직으로.

나는 땅에 꽂혀 있는 그 화살을 뽑고서, 위를 쳐다본다. 탁하고 끈적한 구름이 소용돌이를 치고 있다.

소용돌이.

화살.

나는 쓰토무를 깔아뭉갠 쇠공을 생각한다. 옆에 있던 나카이 사야카에게 내가 묻는다.

"그 쇠공이 엔젤 버니즈의 촬영도구는 아니지요?" 그러자 "설마-." 하고 나카이가 말한다. "그런 건 촬영에 안 써요-. 하지만 어째서 그런 데 그게 있었을까요?"

나도 그것을 알 수 없었다. 알 수 없었기에 사고가 정지해 있었다. 생각하지 않았다. 모르는 것은 모르는 것이니 모르는 것을 아무리 생각해도 알 수 있을 리 없다고 생각하며, 또다시 생각하기를 멈추고 있었다.

생각을 해, 하고 우미는 말했었다.

생각하기 위해 여기에 왔다.

생각을 해.

혼자서 생각을 해.

나는 말한다. "쇠공이 이런 데 있을 리가 없어. 화살이 이런 데 있을 리가 없어. 이렇게 많은 화살을, 누군가가 이런 데서 쏠 리가 없어."

그렇다. 쇠공도 화살도 있을 리가 없다.

하지만 있다.

어째서 있는 걸까?

누군가 여기로 가져온 것이다.

누가 그런 일을 할까?

누구도 그런 일을 하지 않는다.

인간은 그 누구도 그런 일을 하지 않는다.

그것들을 여기로 가져온 것은 인간이 아니다.

나는 하늘을 올려다본다.

화살은 수직으로 서 있었다.

나는 삼나무 숲에서 크로스하우스로 뛰어 돌아간다. 땅에 떨어진 가지를 뛰어 넘어, 잡초를 밟고, 쓰러진 삼나무를 가로질러 달린다. 숲을 나와 크로스하우스 예배당 옆으로 간다. 그곳에는 납작해진 대폭소 카레, 즉 나의 쓰토무가 있고, 그 위에는 아직 쇠공이 놓여 있다.

나는 그 쇠공에 깔린 쓰토무의, 그 아래 땅을 본다. 쇠공은 쓰토무를 쿠션으로 삼았으면서도, 땅에 십 센티 정도 박혀 있다. 이곳의 땅은 진흙이 아니다. 마르고 건조한, 꽤 딱딱한 흙으로 이루어져 있다. 하지만 이 쇠공은 그 땅에 박혀 있다. 이 쇠공은 꽤 높은 곳에서 떨어진 것이다.

나는 하늘을 본다. 2미터 정도 옆에 있는 예배당 지붕에서 이것을 떨어뜨린다고, 이렇게까지 땅에 박힐까. 아니, 애당초 누가 쇠공을 일부러 예배당 지붕까지 들어올리고, 떨어뜨려서 탐정을 죽이려고 할까. 쇠공은 어떻게 봐도 200킬로그램 이상은 된다. 이것을 몇 명이서 기계를 이용하여 들어 올렸다고 해도, 쓰토무를 죽일 수 있었을까? 그런 생각을 누가 할까?

그런 생각을 할 리가 없다. 이 쇠공도 인간이 여기로 가져온 게 아니다. 쓰토무도, 누군가에게 살해된 것이 아니다.

나는 하늘에 두껍게 깔린 구름을 본다. 소용돌이.

소용돌이.

소용돌이인가. 나는 깨달았다.

쓰토무를 죽인 것은 하늘이구나.

그리고 나도.

갑자기 숲을 빠져나와 크로스하우스로 돌아온 나를, 엔젤 버니즈가 쫓아온다. "어 – 이, 무슨 일이야?" 하고 가지와라 아야코가 말한다.

"여러분! 산속으로 돌아가 주십시오! 어쩌면 이것과 비슷한 또 다른 쇠공이 떨어질지도 모릅니다!"

"뭐어?"

엔젤 버니즈와 내가 분담하여 숲 속을 돌아다니다가, 쇠공을 두 개 더 발견한다. 두 개 다 삼나무 숲의 땅속에 반 이상 묻혀 있어서, 일견 그 주위에 원래 있었던 바위와 구분이 안 갔다.

나는 쇠공 위에 올라타, 하늘을 올려다본다. 빙글빙글빙글 하고 두껍고도 어두운 구름이 소용돌이치고 있다.

신이 나와 엔젤 버니즈 중 누군가를 죽이기 전에, 나는 크로스하우스로 돌아가는 편이 낫겠다.

"이 쇠공, 어쩔 거야?" 하고 나를 따라온 가지와라 아야코가 말한다.

"그냥 두면 됩니다."

"아 그래? 다행이다. 옮기라고 하면 어쩌나 했어. 아, 여러분– 여기 여기."

봤더니, 내 주위에 엔젤 버니즈가 모여 있다. 하늘의 소용돌이도 내 바로 위에 있다. 그 소용돌이의 중심에서 누군가가 들여다보고 있는 듯한 기분이 든다. 거기에서 우리들을 가만히 지켜보고 있는 듯한 기분이 든다.

"이 쇠공도, 그 예배당 옆 쇠공도, 그리고 그 많은 화살도, 쓰쿠모주쿠를 죽인 화살도, 저기에서 내려온 겁니다."라고 나는 말하며 하늘을 가리킨다. 하늘의 소용돌이.

"무슨 소리 하는 거야? 당신." 하고 가지와라가 말한다.

"괴우怪雨입니다. 강어降魚 현상이라는 건 아시죠? 하늘에서 갑자기 물고기가 내리는 현상이요."

"아, 들어본 적 있어."라고 이와이 유미가 말한다.

나는 말한다. "금세기의 그리스와 영국과 미국에서 보고가 여러 건 있었습니다. 내리는 건 물고기뿐만이 아닙니다. 물고기, 새, 때로는 차도 내리죠. 그리고 오늘 여기에서는, 화살과 쇠공이 내린 것입니다."

내 주위를 둘러싸고 있는 엔젤 버니즈가 할 말을 잃고 있다.

나는 말을 잇는다. "하늘에서 내려온 화살 하나가 열려 있던 천창으로 들어와, 그 아래에 있던 쓰쿠모주쿠의 왼쪽 가슴을 관통했습니다. 하나의 쇠공이,… 대폭소 카레에게 떨어진 것입니다."

나의 쓰토무. 하지만 이 쓰토무의 죽음이 내게 답을 가르쳐준 거라고 생각한다. 화살만 가지고는 떠오르는 선택지가 지나치게 많았을 것이다. 하지만 쇠공이 있었던 덕분에, 나는 결론을 낼 수 있었다.

"하지만, 그 물고기나 개구리, 어떻게 내려오는데?" 하고 가지와라가 묻는다.

"일설에 의하면, 회오리바람 때문이라고 합니다. 예를 들면 어딘가 바다 한가운데에서 발생한 회오리바람이 수중의 물고기를 끌어올려, 어딘가 먼 데로 싣고 가서 떨어뜨린다는 식으로."

내가 그렇게 말하자 엔젤 버니즈 모두가 하늘을 올려다본다.

하늘의 소용돌이.

"으어, 무서워라—. 또 뭔가 떨어질지도 모른다는 거야?" 하고 혼고 다케시가 말하자, 옆에 있던 아베 아쓰시가 가장 먼저 달리기 시작했다.

그에 질세라 모두가 달리기 시작한다. 나도 달린다.

하지만 나는 사실 틀렸다. 내가 지금 한 추리는 정답이 아니다. 그건 처음부터 알고 있었다.

나는 엔젤 버니즈에 뒤이어 삼나무 숲을 지나, 크로스하우스로 뛰어들어, 그대로 예배당 앞으로 간다. «쓰쿠모주쿠»의 시체 발견 현장을 본다. 바로 위에 천창이 있다. 개폐가 가능하다. 하지만 지금은 닫혀 있다. «쓰쿠모주쿠»가 발견되었을 때도 닫혀 있었다. «쓰쿠모주쿠»가 하늘에서 떨어진 화살에 맞았다면, 그 닫혀 있는 창문은 깨져 있어야 하고, 아니면 열려 있어야 하며, 그것도 아니면 그 창을 닫으려 했던 «쓰쿠모주쿠»가 벽을 타고 올라간 흔적이 있어야 한다. 하지만 창문은 꼭 닫혀 있고 유리에도 깨진 흔적이 없으며, 벽은 깨끗했다. 핏자국도 뭣도 없다. 게다가 애당초 심장에 화살을 맞은 인간이, 평지를 걷는 거라면 모를까, 삼 미터 높이에 있는 천창을 닫을 수 있을 리가 없다.

나는 틀렸다.

틀려도 좋다. 나는 틀려야만 한다.

나는 말없이 예배당 안으로 들어간다. 세시루와 세리카가 긴 의자에 나란히 앉아 있다. 세리카가 세시루의 어깨 위에 머리를 기대고 있고, 둘은 눈을 감고 있다.

"세시루." 하고 내가 말을 걸자 세시루가 눈을 뜬다. "세시루, 좀 전에 쓴 일본도, 잠깐 빌려주지 않을래?" 그리고 세리카에게도 말한다. "미안해 세리카. 한 번 더 엎드려주지 않을래?"

명탐정은 틀리면 안 된다. 틀린 탐정은 명탐정이 아니다. 명탐정 쓰쿠모주쿠는 죽어야만 한다.

혹시 화살에 맞아 죽은 «명탐정 쓰쿠모주쿠»도 무언가를 틀려서 자살한 걸까?

말도 안 된다.

나는 세시루로부터 일본도를 받아들고, 내 얼굴을 자른다. 「제5화」에서 «세리카»와 차 안에서 이야기하면서 «내»가 그랬던 것처럼, 나는 두개골과 살 사이에 일본도를 끼워 넣고, 쓱쓱 전부 벗긴다. 선글라스가 바닥에 떨어진다. 내 얼굴 살도 툭 떨어진다.

이제 나는 더 이상 아름답지 않다. 아름답지 않으면 «쓰쿠모주쿠»가 아니다. «쓰쿠모주쿠»라는 이름은 지나치게 아름다운 인간에게 붙이는 것이기 때문이다.

그러면 나는 누구인가?

누구도 아니다. 그냥 나다.

그런 뒤 나는 엎드린 세리카 위에 올라타서 말한다.

"어린양이 셋째 옹인을 뜯자, «오너라»라고 알하는 소리와 함께 검은 알이 나타났고, 그것을 타고 있는 자는 손에 저울을 들고 있었다."

「제5화」의 «나»와 마찬가지로 미음과 비읍 발음이 안 되지만, 뭐 이걸로 됐다. 내 손에 있는 일본도는, 이번에는 내 목숨을 재는 «저울»인 것이다.

이런 식으로 나는 남은 모방을 전부 소비할 작정이다.

내 시체를 써서.

5

얼굴을 잃고, 내 머리는 순식간에 식는다. 나는 내 이름을 잃고,

순식간에 눈앞이 밝아진다. 나는 예배당을 뛰쳐나와, 정면의 벽을 찬다. 그 벽은 《쓰쿠모주쿠》 발견현장에 있는 곳으로, 좀 전에 내 추리를 부정한 천창 바로 아래였다.

얼굴을 잘라낸 나를 보고 엔젤 버니즈가 비명을 지르며 좌우로 흩어진다. 나는 그 사이를 빠져나가 벽을 찼는데, 그것이 완전 적중했다. 내 발은 벽에 튕겨져 나오지 않고, 벽을 쓰러뜨린다.

그리고 그곳에 있는 좁은 공간을 발견한다.

누군지는 모르지만, 이 집의 주인은 모종의 변태일 것이다. 통로는 크로스하우스의 세 겹째 십자가이다. 그것은 스물네 개의 방을 나누는 벽 사이와 이어져 있다. 나는 그 어두운 통로로 들어간다. 예배당에서 똑바로, 그 삼십 센티 정도 폭의 비밀 통로를 통과하자, 뒤따라오던 엔젤 버니즈가 저마다 "아, 여기에 내 방을 들여다볼 수 있는 구멍이 있네!" "우오— 완전 변태 집이네 여기. 내가 이거 나 혼자 발견했으면 좋았을 텐데." "으아—악 이거 내 방이잖아. 이 통로 아무도 몰랐겠지?" 따위의 말들을 한다. 통로는 중앙에서 동쪽 현관, 서쪽 현관 쪽으로도 꺾여 있었지만, 나와 엔젤 버니즈는 똑바로 나아간다. 내가 막다른 곳에서 문손잡이를 발견하고는 그것을 돌려 열어보니, 비밀의 문 앞에는 남쪽 현관이 있다.

"이것이 화살이 지나간 길입니다."라고 하면서 나는 좁은 통로를 지나온 엔젤 버니즈의 얼굴을 둘러보았다. 나는 이제 선글라스를 쓰고 있지 않지만, 아무도 실신하지 않는다. 애당초 남들을 실신시키는 것이 이상한 것이다.

나는 말한다. "범인은 이 통로 내부에서, 예배당 정면에 있는 비밀의 문 앞에 서 있던 ≪쓰쿠모주쿠≫를 활로 쏘아, 살해한 것입니다."

그러자 히가시 모토미카가 말한다. "헐~, 근데 아까 나, 네 뒤를 따라오면서 봤는데, 네가 걸어온 길에 먼지가 엄청 쌓여 있는데 발자국은 전혀 없었잖아?"

나는 말한다. "그렇다면 ≪쓰쿠모주쿠≫에게 비밀의 문을 열게 한 뒤, 그때, 이 남쪽 현관 쪽에서 화살을 쐈겠지요."

"하지만 그렇다고 해도, 저쪽 문을 닫으려면 예배당 앞으로 가야 하잖아. 그러면 결국 복도를 어슬렁거리고 있던 다나카랑 아베한테 들킬 수도 있으니 못 가잖아. 지금 본 비밀 통로를 못 쓴다면, 밖에도 요시다랑 미조로기가 보는 눈이 있고." 하고 사토 가즈히로가 말한다.

그 말이 맞다.

이것으로 나는 또 하나의 모방을 소비할 수 있다.

나는 뛰어서 통로로 돌아가, 예배당에 있는 세시루의 일본도를 빌려 목뒤에 칼을 대고, 칼집과 칼날을 양손으로 잡아 앞으로 밀어내듯 하여 나 자신의 목을 친다.

"우와—악!" 하고 모두가 소리 지른다.

"어이어이어이어이 진정해!"라고 누군가가 말한다. 나는 본다. 다나카 마사시다.

내게는 보인다. 목이 잘렸어도 아직 모든 게 보인다.

나는 대체 뭘까?

어째서 이런 일이 일어나는 걸까.

나는 머리를 잃었지만, 사토 에미코의 얼굴을 떠올릴 수 있다. 뇌를 잃었어도, 나는 여러 가지 생각을 할 수 있다.

그게 아니라 떠올리고 있는 것뿐일까? 「제4화」에서 ≪나≫는 시체의 기억을 읽어냈지만, 그것과 같은 일이 내게도 일어나서, 내 영혼은 내 머리가 아닌, 몸에 남은 기억을 즐기고 있을 뿐인 것일까?

하지만 사토 에미코는 「제3화」에 나오는 여자아이이다. 어째서 내게 가공의 여자아이의 기억 같은 게 남아 있는 걸까?

게다가, 어째서 나는, 말을 할 수 있을까?

"어린양이 둘째 봉인을 뜯자, '오너라'라고 말하는 소리와 함께, 불처럼 붉은 말이 나타났다. 그 말에 타는 자에게는 큰 칼이 주어졌다."

내 머리는 분명 예배당 바닥에 굴러다니고 있다. 나는 도대체 어떻게 된 것일까?

6

목을 벤 나는, 무서워하는 엔젤 버니즈를 크로스하우스에 남겨 두고 밖으로 나가, 예배당 뒤에서 스위치를 발견한다. 그것을 눌러본다. 아무 일도 일어나지 않는다. 하지만 스위치가 있고, 그것을 눌렀는데, 정말로 아무 일도 일어나지 않을 리는 없다.

뭐지. 무슨 일이 일어나고 있는 걸까.

아무 일도 일어나지 않는 듯 보이는 것은, 아직 아무런 일도 일어나지 않은 탓이다. 나는 기다린다. 스위치 옆에 있는데 그것을 확인하지 못할 리는 없다. 하지만 아무런 일도 일어나지 않는다. 나는 몇 번이고 같은 스위치를 눌러 본다. 역시 아무런 변화도 없다.

뭐지 이건?

나는 생각한다.

모르겠는 것을 생각한다.

「제4화」에서는, «또 한 명의 내»가 스위치를 누르자 «세이료인 류스이»가 못 박힌 십자가가 걸려 있는 벽이 쿵쿵쿵쿵쿵 하고 밑으로 내려왔다. 하지만 지금 내가 이 스위치를 눌러봐도 아무런 일도 일어나지 않는다. 내게 무엇이 부족한 걸까?

힌트는 뭐지?

나는 「제1화」, 「제2화」, 「제3화」, 「제4화」, 「제5화」, 「제6화」의 내용을 이제는 없는 머리로 다시 생각한다. 하지만 힌트가 될 만한 것은 없다.

내 바로 위의 하늘이 빙글빙글 크게 소용돌이치며, 새까만 깔때기 모양의 무언가가 천천히 내려오는 것이 보인다.

드디어 온다. 무언가가 온다.

하늘이 늘어뜨린 커다랗고 가느다란 혀가 우리를 핥겠지. 또다시 화살이 내려올지도 모른다. 쇠공이 내려올지도 모른다.

그때 문득, 나는 「제5화」의 마지막 장면을 떠올린다. «나»와 «리에»와 «관대»와 «성실»이와 «정직»이와 «장모님»은 «운석»과 함께 온 «시공간의 틈»으로 뛰어들었다. «시공간의 틈»과 «웜홀»을 만든 것은 그 «운석»이다. «우리»는 «웜홀»로 들어갔다. 그때 무엇을 보았지?

새하얀 하늘. 하늘로 빨려들어 올라간 우리들. 하늘과 땅이 거꾸로 된 모습.

«우리»는 그 «시공간의 틈»으로 빨려 들어간 것이다. 역으로 말하면, «시간과 공간의 틈»은 아래 있는 것들을 위로 빨아들이는 것이다.

나는 하늘을 본다.

화살과 쇠공이 쏟아지기 시작했다. 이건 어디에서 온 걸까. 물고기와 개구리와 자동차는 알고 있다. 그것들은 이 바다와 강과 마을에도 있다. 그것을 회오리가 싣고 온다. 그런 건 알고 있다.

하지만 화살과 쇠공 같은 건 어디에 많이 있을까?

그런 게 있을 곳은 중세시대의 전쟁터밖에 없다.

하지만 지금 여기는 중세시대의 전쟁터가 아니다. 현대의 후쿠이 니시아카쓰키다.

위로 빨려 올라간 우리가 들어간 웜홀도 터널이지만, 지금 우리 머리 위에서 혀를 놀리고 있는 하늘에 있는 그 깔때기 모양의 회오리도, 지면에 닿으면 하나의 커다란 터널이 된다. 회오리의 회전속도는 광속의 3분의 1까지는 아니겠지만, 꽤 빠르다.

어쩌면, 웜홀은 회오리 안에도 존재하는 것 아닐까?

아니 이건 자문할 필요도 없다. 지금 내 옆에는, 아직도 동생을 깔아뭉갠 채로 있는 거대하고도 동그란 쇠공이 있다. 숲 속에서 주워온 화살도 있다. 그것들은 어딘가 멀리 있는 세계, 지금이 아닌 세계에서 온 것이다. 태풍 때문에.

잠깐, 하고 나는 생각한다.

살해된 «쓰쿠모주쿠»의 존재도 이걸로 해결할 수 있지 않을까?

그렇다.

하늘이 화살과 쇠공만 빨아들여서, 여기로 내려 보낸 게 아니다. 언젠가의 나도 빨아들여, 여기로 내려 보낸 것이다.

그래서 지금, 같은 시간에 두 명의 내가 있다.

나는 중세의 전쟁터에 살고 있는 게 아니다. 그러면 저 화살에 맞아 죽은 나는, 언젠가 어딘가에서 회오리바람에 빨려 들어가, 같은 회오리에 이미 빨려 들어와 있던 화살과 쇠공과 함께 섞여, 빙글빙글 고속으로 회전하면서 웜홀을 통과하는 사이에 운 나쁘게 화살 하나를 가슴에 맞아 죽은 게 아닐까. 그리고 이곳 크로스하우스에 착지했다….

아니 잠깐 잠깐. 하지만 ≪명탐정 쓰쿠모주쿠≫는 엔젤 버니즈의 부름을 받고 여기에 온 것이다. 하늘에서 화살과 쇠공과 함께 내려온 게 아니다.

그렇다면 결국 이건 어떻게 된 일일까.

≪명탐정 쓰쿠모주쿠≫가 회오리 웜홀 안에서 화살을 맞고 죽은 것은 알았다. 하지만 또 한 명, 엔젤 버니즈가 부른 ≪명탐정 쓰쿠모주쿠≫가 있다. 엔젤 버니즈는 내가 그 ≪명탐정 쓰쿠모주쿠≫와 꼭 닮았다고 한다. 이 지나치게 아름다운 나와 꼭 닮았다고 하니, 그 ≪명탐정 쓰쿠모주쿠≫도 나겠지.

그렇다면 결국, 회오리로 빨려 들어간 ≪쓰쿠모주쿠≫는 두 명 있었던 것이다. 즉 이 나는, 앞으로 언제 어딘가에서, 두 번이나 회오리로 빨려 들어가, 그중 한 번은 회오리 안에서 화살을 맞아 죽는 것이다. 그리고 죽지 않은 쪽은, 오늘 이전의 시간 중 어딘가에 착지하여 ≪명탐정 쓰쿠모주쿠≫라는 이름을 쓰고, 여기로 불려와, 화살을 맞아 죽은 ≪쓰쿠모주쿠≫가 회오리에서 떨어지는 것을 받아 들고, 그와 자신을 바꿔치기하여 모습을 감춘 것이다. 어째서 그 ≪쓰쿠모주쿠≫가 그런 일을 계획할 수 있었냐 하면, 그 ≪쓰쿠모주쿠≫는 미래의 인간이니, 오늘의 이 ≪크로스하우스 사건≫에 대해 알고 있었기 때문이다. 이것으로 설명은 된다.

설명은 된다. 하지만 설마! 타임슬립 같은 게 진짜로 일어나다니!

하지만 나는 「제5화」에서 이미 한 번 ≪웜홀≫에 들어갔다. 예를 들어 만약 지금 내가 여기에서 회오리로 빨려 들어간다면… 하고 생각하기 시작하다가, 관둔다. 나는 무슨 생각을 하는 걸까? 「제5화」는 단순히 ≪세이료인 류스이≫의 소설이다. 내 신변에 진짜로 일어난 일이 아니다. 언제부터 나는 다른 사람이 쓴 소설 내용을 내가 실제로 체험한 것처럼 생각하게 된 거지? 어째서 그런 식의 착각을 일으키는 거지? 기억이라는 건 허구와 현실을 더욱 확실히 구별할 수 있는 것 아닌가?

하지만 내가 아까부터 떠올리는 여자들의 이름이 모두 다르다.

지금의 나는, 내 세쌍둥이의 엄마가, 하야시 이즈미와 사사키 아즈사와 히로세 네코 같다는 기분이 든다.

대체 내가 제정신일까?

관대와 성실이와 정직이의 엄마는 누구지?

나는 고개를 흔든다. 뭐, 됐다. 회오리 웜홀이라는 게 정답이다. 이것으로 모두 앞뒤가 맞는다.

아니 잠깐 잠깐. 나는 지금 고개를 흔들었다.

고개를 흔들었다?

없는 고개를 어떻게 흔든 거지.

나는 손을 머리에 가져다 댄다. 머리가 있다. 내 긴 머리. 내 얼굴. 모든 것이 거기에 있다. 좀 전에 내가 머리를 베어냈다고 생각했던 것은 환각이었던 것이다. 아마도 나는 머리를 베어낸다는 게 무서워서 스스로 환각을 만들어 내어, 그걸로 마음을 다스린 거겠지. 어쨌든 머리가 있어서 다행이다. 그래서 나는 생각할 수 있었다. 회오리 웜홀 생각도 해냈다. 이게 정답이다. 하지만 또 하나, ≪첫째 봉인≫의 모방이 남아 있다.

그것이 다시 말해 이 스위치에서 도출되는 가짜 정답을 위해 준비된 것인 것이다. 나는 한 번 더 틀려야만 한다. 틀려서 「요한 묵시록」의 모방을 완성시켜야만 한다. 남은 모방이 있는데 조후로 돌아갈 수는 없다. 세쌍둥이가 있는 조후로는 돌아갈 수 없다.

아아! 하지만 나는 세쌍둥이 엄마의 이름을 모르겠다.

대체 이게 무슨 일이람! 다마 강 둔치에서 나를 안아준 건 누구였지!? 그 벤치에서 나를 좋아한다고 말해준 건 누구냐고!?

그때 "어이"라는 목소리가 들려서 나는 뒤돌아본다.

그곳에 내가 서 있다.

세 명째 쓰쿠모주쿠.

"하늘의 옥좌에서 신이 너를 기다리고 있어."라고 그 쓰쿠모주쿠는 말한다. "그게 요한이 올라간 계단이지."

쓰쿠모주쿠가 올려다보는 하늘에, 내 눈에도 분명히 보인다. 곧 우리에게 다다를 듯한 회오리의 입구.

"냉큼 전부 끝내버려."라고 쓰쿠모주쿠가 말한다. "다음에 갈 곳에는, 쓰토무도 살아 돌아와 있을 거야, 분명."

쓰토무.

쓰토무.

쓰토무. 내 귀여운 동생.

"으아-악! 하늘 좀 봐 으악-." 하는 소리가 들린다. 보니까 이와이 유미와 나카이 사야카가 우리에게로 다가온다.

"위험하니까 안으로 들어가 있어."라고 나는 말한다.

그 목소리에 하늘을 올려다보던 이와이와 나카이가 나를 발견하고 "엇! 여기 있었네! 쓰쿠모 씨, 동생분, 살아 있었어요!"

"엥?"

나는 바로 옆에 있는 쇠공 아래 깔린 시체를 본다.

"아, 그거, 제자분이래요—." 하고 나카이가 말한다. "자기가 대폭소 카레라고 말하고 다닌 모양인데, 사실은 대폭소 해피 2세 씨래요. 가여워라."

얼굴이 찌그러진 시체. 바꿔치기. 이게 대체 뭐야!

"쓰토무!"

나는 일어선다. 나는 또 한 명의 쓰쿠모주쿠의 손을 잡는다.

"자, 가자!"

하지만 쓰쿠모주쿠는 움직이려 하지 않는다. "안 되겠다."라고 말한다. "여기서 전부 끝내야 돼. 그렇지 않으면 신의 나라로는 데려갈 수 없어."

나는 쓰토무가 살아 있다는 소식에 가슴이 벅차서, 또 한 명의 내가 하는 말 따위 귀에 들어오지 않는다.

"됐어, 또 하나의 모방 따위. 나중에 쓰토무랑 같이 생각해 볼게. 일단 정답은, 회오리야. 저 회오리가 웜홀이고……."라고 말하는 내 앞에서, 또 한 명의 내가, 등 뒤에 숨기고 있던 일본도를 빼든다.

"넌 틀렸어."

그렇게 말하더니 또 한 명의 나는, 내 목을 베었다. 또다시.

내 목이 땅으로 굴러 떨어진다. 이와이와 나카이의 비명소리가 들린다.

하지만, 내게는 땅에 굴러다니는 내 목이 보인다.

"어린양이 첫째 봉인을 뜯자, '오너라'라는 말과 함께 흰 말이 나타난다. 그 말에 탄 이는 활을 가지고 있다. 그 자는 화관을 받고, 더 큰 승리를 쟁취하려고 나간다."

그렇게 말하는 또 한 명의 나의 목소리도 들린다.

대체 어째서 이런 일이 일어나는 걸까?

모르겠다. 모르겠다. 모르겠다. 모르겠다. 생각해. 생각해. 생각해. 생각해.

목이 잘린 내 눈앞에, 흰 말에 타지는 않았지만, 활을 든 남자 한 명이 나타난다.

"형!"

쓰토무다. 진짜로 살아 있었구나.

7

"몰라. 갑자기 또, 일본도로 자기 목을, 베어버렸어……."라고 나카이와 이와이가 엔젤 버니즈에게 설명하고 있다. 엔젤 버니즈는 나와 하늘의 상태 둘 모두를 두려워하면서, 예배당 밖으로 나가라는 쓰토무의 지시에 따라 나온 모양이다.

"날씨도 이상하고 하니까 고마 돌아가자 형. 어찌 됐든 산에서 내려가자."

"아직 안 돼."라고 나는 말한다. "아직 「요한 묵시록」의 모방이 하나 더 남아 있어. 「창세기」도 아직 전혀……."

"뭔 소리고."라고 쓰토무는 말한다. "고마 됐으니까 내려가자, 회오리 내려올 것 같다."

"그게 하늘의 옥좌로 올라가는 계단이야."라고 내가 말하자, 쓰토무는 약간 웃는다.

"받아치기 힘드네 진짜. 재미도 없고. 내 조수는 죽어버렸다 안 하나?"

조수. 조수. 나는 「제2화」를 떠올린다. 와이드쇼에 나온 ≪쓰토무≫. 그 ≪쓰토무≫에 앞서 ≪우에다 씨네 집≫으로 들어간 키 큰 남자. ≪매스컴≫도 모두 그 남자가 명탐정이라고 생각하여 명탐정 명탐정 하고 불렀지만, ≪명탐정 대폭소 카레≫로 매스컴 앞에 나온 것은, 빡빡머리 ≪쓰토무≫였다. 나는 쇠공 아래 깔린 남자를 본다. 쇠공에 가려서 잘 모르겠지만, 분명 그 키 큰 남자와 닮았을지 모른다고 생각한다.

"얘 이름, 뭐야?" 하고 내가 묻자, 쓰토무는 "얘라니, 내나 형보다 나이 더 많다. 대폭소 해피 2세."라고 말한다. "아니." 하고 나는 말한다. "얘, 본명." 그러자 쓰토무는 "아아." 하고 말한다. "스가노 다쿠야."

「제1화」에 나오는 경찰관이다.

"내려가자 고마."라고 쓰토무가 말하기에, 내가 말한다. "안 돼. 난 아직 이 사건을 해결하지 않았어."

"사건? 사건 같은 거는 없다 형."이라고 말하는 쓰토무 옆에서, 또 한 명의 내가 말한다.

"무슨 소리 하는 거야, 여기 있잖아. ≪나의 죽음≫ 말야. ≪쓰쿠모주쿠≫의 죽음. 날 죽인 건 대체 누구인지, 아직 모른다고!"

"안 돼 쓰토무."라고 내가 말한다. "난 사건을 해결하기 전에는, 안 돌아가."

"사건 같은 거는 없다 안 하나. 형. 잘 들어래이. 내가 꾸며낸 거다. 형. 내가 «쓰쿠모주쿠»라는 이름을 쓰면서, 죽은 척한 거다. 그리고 엔젤 버니즈 사람들한테 부탁해가, 그 사람들이 즉흥으로 연기한 거다."

"무슨 소리 하는 거야……."라고 나는 말한다.

"어이어이, 그런 말도 안 되는 소리 하는 사이에 회오리가 내려올 거야."라고 또 한 명의 내가 말한다.

"사건 같은 거는 없다. 형 니 머릿속에만 있는 기다." 하고 쓰토무가 또다시 말한다. "형, 내한테 다 맡겨라. 내 형 구할라고 왔다. 얘기했다 아이가, 내가 어른 되면 형을 구해줄 끼라고. 그게 지금이다."

"근데 여기 스위치가 있어."라고 또 한 명의 내가 말하며 예배당 벽의 스위치를 가리킨다. "이 스위치에 설명이 안 붙어 있어."

나는 끄덕인다. "알았어. 그럼 쓰토무는 여기, 우리한테 맡겨두고, 엔젤 버니즈 사람들이랑 같이 산 밑으로 내려가."

"그라면 물어볼 게 있다."라고 쓰토무가 말한다. "우리라는 게 누고?"

"나랑, 또 한 명의 나."

"또 한 명? 그게 누고."

나는 예배당 벽의 스위치 옆에 서 있는 또 한 명의 나를 손가락으로 가리킨다.

"아무도 없다."라고 쓰토무가 말한다.

"맞아, 아무도 없어."라고 또 한 명의 나도 말한다.

"알겠다." 하고 쓰토무가 말한다. "형, 니는 그런 식으로 나아가고 있었던 거네."

"뭐?"

"잠깐만 일로 와서, 이 스테인드글라스 건너편 좀 들여나 봐봐라."

나는 예배당의 스테인드글라스 안을 들여다본다.

"저기 저기." 하고 쓰토무가 가리키는 곳에 내 머리가 떨어져 있다. "저기에 형 머리 하나 떨어져 있제?"

"어." 떨어져 있다. 역시 환각이 아니었구나.

"그라고 이쪽 봐라. 이것도 형 머리제?"

쓰토무가 바깥에 떨어져 있는 또 하나의 내 머리를 가리킨다.

"응."

"인자 진실을 말해줄게."

그러자 내 옆에서 또 한 명의 내가 말한다. "좋아, 이제부터가 중요한 부분이니까, 잘 들어 둬."

쓰토무가 말한다.

"형 이름, «쓰쿠모주쿠九十九十九»제? 이거 무슨 의민 줄 아나?"

"알아."라고 나는 말한다. "«九+九+九»=«二+七»=«九»라는 삼위일체의 이름이지?"

내가 그렇게 말하자, 쓰토무가 눈을 동그랗게 뜬다.

"하~ 그렇구나." 그런 뒤 쓰토무는 감탄한 듯 고개를 끄덕인다. "역시 셋이 모이면 문수보살의 지혜[41]구나."

무슨 소리지?

"근데 틀렸다. 그래도 얼추 비슷하다 형, 역시 대단하네. 조금만 더 하면 맞힐 수 있었을 낀데. 근데 더 안 기다리고, 내가 정답을 말해뻴란다. 있다아이가, «9»라는 한자의 어원이 뭔지 아나?"

• •

41. 三人寄れば文殊の知恵. 백지장도 맞들면 낫다는 의미의 일본 속담.

“몰라.”

내 지식에는 한계가 있다.

“그제? 있다아이가, «구九»라는 거는, 왜 그런 건지는 모르겠지만, 인간의 팔꿈치를 구부린 이런 모양에서 온 상형문자다.”라고 말하며 쓰토무는 땅에 그것을 그린다. « ». “그리고 «십十»이라는 한자의 어원도 말하자면, 이거는 실을 넣는 작은 구멍이 있는 바늘, 있다아이가? 그 모양에서 온 상형한자다. 이렇게 생긴.” « ». “이거를 참고해서 «쓰쿠모주쿠九十九十九»를 봐봐라. 세 팔꿈치 사이에 바늘 두 개랑 실이 끼여 있제? 다시 말해 이런 거다.”

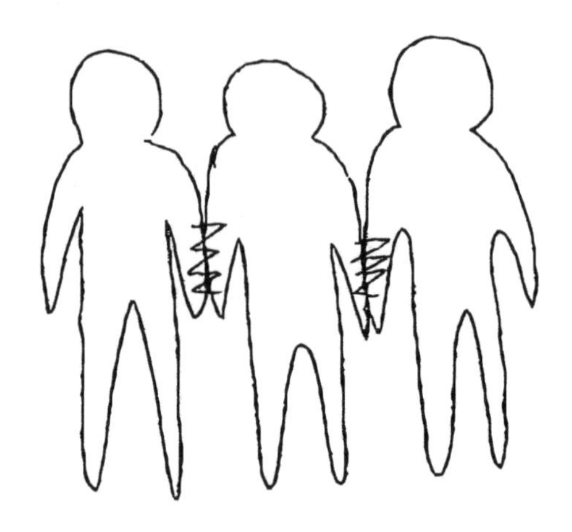

"바보 같으니, 쓰쿠모주쿠. 결국 진짜로 동생이 구해줬네?"라고 말하며, 또 한 명의 내가 사라진다. 스윽, 하고.

나는 나의 진짜 모습을 알게 된다.

나는 한 명의 세쌍둥이였다. 머리만 세 개고, 어깨 아래로는 모든 것을 공유하는 세쌍둥이.

나는 내 왼쪽을 본다. 왼쪽 어깨 앞쪽에 내 목을 친 상처가 있다. 나는 내 오른쪽을 본다. 오른쪽 앞부분에도, 내 목을 자른 상처가 있다.

그래서 나는 눈알을 뺄 수 있었고, 코를 베고 귀를 베어도 어떻게든 살 수 있었으며, 목 두 개가 잘려도, 보거나 듣거나 이야기할 수 있었던 것이다.

아아 다행이다, 하고 생각하며 나는 운다. 맘껏 운다. 나는 울 수 있다. 울지 않고서는 견딜 수 없다.

왜냐하면 나는 스즈키가 나를 «관대 군»이라거나 «성실 군»이라거나 «정직 군»이라거나 «관대성실정직 군»이라고 부른 이유를 알았기 때문이다.

그리고 사실 내가 «관대»이며 «성실»이며 «정직»이라는 것은, 내가 사랑한 귀여운 세쌍둥이가, 내가 «또 한 명의 나»와 마찬가지로 «셋이 모이면 문수보살의 지혜»로 만들어낸 환상이었다는 것도 깨달았기 때문이다.

그리고 그 귀여운 세쌍둥이가 존재하지 않는 이상, 그 엄마도 존재하지 않는다는 것이다. 하야시 이즈미도, 사사키 아즈사도, 히로세 네코도, 사토 에미코도, 야시로 우미도, 이시다 리에도, 모리모토 유키도, 쓰시마 다카코도. 내가 좋아했던 귀여운 여자아이들.

"아아아아아아아아아아아아아!"

나는 떠올린다. 다마 강변에서 나를 끌어안아준 그 구아바 향기. 스카프의 보드라운 감촉. 내 이마에 닿았던 머리칼. 내 등과 목뒤를 감은 가냘픈 두 팔.

"싫어! 나는 잃고 싶지 않아!"

나는 무섭다!

무서워? 하고 그녀도 말했다. 아아 하지만 그녀는 누구였을까, 나는 이제 기억나지 않는다! 후쿠이로 가지 말았으면 좋겠다고, 내게 매달렸던 그녀의 이름을 이제 나는 모르겠다! 이럴 수가! 이렇게 될 거였다면 후쿠이에 오는 게 아니었어!

다마 강의 하천부지를 달려, 나를 향해 똑바로 다가오던 그 귀여운 세쌍둥이! 관대! 성실! 정직! 나는 그 아이들도 되찾고 싶다! 아아 나는 바보다! 그때 나를 "아빠아―"라고 부르는 작은 목소리를 내가 스스로 뿌리친 것이다! 말도 안 돼!

나는 운다. 운다. 나는 차라리 마지막으로 하나 남은 내 머리도 베어버릴까 생각한다. 하지만 관둔다. 소용없다. 내가 가지고 있었던 애정은 내 몸에 남아 있고, 내 머리가 없어진다고 해도, 내 영혼은 내 몸이 가진 애정의 기억 때문에, 결국 지금과 마찬가지로 슬퍼할 뿐이다.

관대! 성실! 정직!

나는 세 명의 이름을 부른다. 하지만 그러면서도 알고 있다. 나는 알아버린다. 알고 싶지 않지만 알고 만다. 결국 그 세쌍둥이의 이미지는, 나 자신의 기형으로부터 온 것이다. 그 세 이름은, 내 이름에서 온 것이다. 「제3화」에서 어째서 내 이름을 세쌍둥이에게 붙였냐고 따져 물은 사토 에미코는, 마지막으로, 나는 저주를 받았기에, 나를 죽인 인간은 나보다 일곱 배는 더한 저주를 받는다고 말했는데, 그건 옳은 말이었다.

나는 나를 몇 번이나 죽이고 있다. 그래서 일곱 배, 마흔아홉 배, 삼백사십삼 배, 이천사백일 배, 만 육천팔백칠 배, 그리고 더욱, 나는 저주받고 있다.

나는 하늘을 노려본다. 이번에는 두 눈으로 노려본다.

신을 죽인다. 이 손으로 신을 죽여보이겠다!

그러기 위해서라도 나는 모방을 완성시킬 것이다. 그리고 하늘의 옥좌에 올라갈 것이다!

나는 명탐정 쓰쿠모주쿠!

일어나서, 나는 스위치를 누른다. 하지만 역시 크로스하우스는 움직이지 않는다. 움직이지 않는다.

크로스하우스는 움직이지 않는다?

나는 내가 기대하는 게 뭔지 알았다.

나는 예배당 벽에 손을 대본다.

"고마해라 형. 진정한 자신을 바라봐야 되는 거 아이겠나."

시끄러워 쓰토무!

나는 예배당 벽을 민다. 나는 반反예수인. 이제부터 십자가의 목을 치겠다.

"뭐하는 거고……." 말하다 말고 쓰토무가 뛸 듯이 놀란다. 내가 예배당을 밀자, 크로스하우스의 세로 봉이 천천히 움직이기 시작한다. "와, 대단하네. 망상의 힘."이라고 쓰토무가 말한다. 나는 15미터, 십자가의 세로 봉을 아래쪽으로 민다. 그러자 가로 봉의 통로와 예배당 앞

통로가 일직선이 된다.

크로스하우스

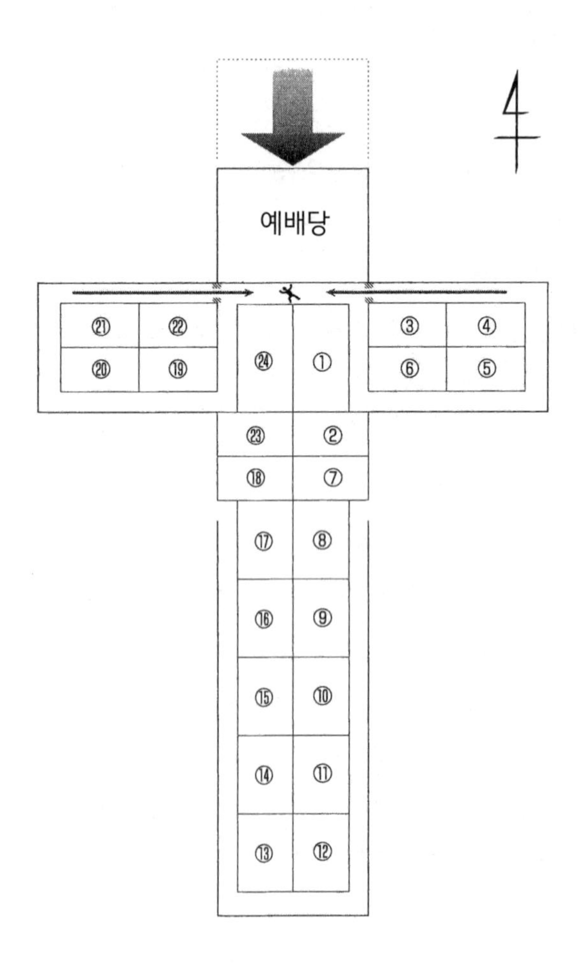

나는 예배당 벽에서 물러나, 쓰토무와 엔젤 버니즈에게 말한다.

"이렇게 크로스하우스를 이동시키고, ㉑번 방에 있던 다니구치 도오루 군이나, ㉒번 방에 있던 하나다 사와코 씨가, 활로 쓰쿠모주쿠를 살해한 거로군!"

물론 나는 그게 아니라는 것을 알고 있다. 하지만 엔젤 버니즈 사람들은 어쩐지 상냥해서 "맞습니다. 쓰쿠모 씨."라고 다니구치가 말한다. "저도 범인인데요-."라고 하나다가 말한다. 요시다 유키노와 미조로기 후미에다도 "우리, 밖으로 나갔다고, 위증했어요-."라고 말한다. 아베와 호시노와 후루타카는 "그러고 보면 집이 묘하게 흔들렸지, 그때."라고 말하고, 혼고는 "너네들 집은 후졌으니까 그렇지. 내가 자고 있던 집은 엄청 튼튼해서 안 흔들려."라고 말하자 다른 모든 이들이 "같은 집에서 자고 있었잖아-."라고 딴죽을 건다.

고마운 마음으로 나는 마지막으로 하나 남아있던 목을 친다.

쓰토무가 떨어진 내 목을 줍는다.

"쓰토무." 하고 목만 남은 내가 말한다. "여러모로 고마워. 네가 날 위해 해준 일들, 아마도 난 알고 있어. 전부 알고 있는지 어떤지는 모르지만, 여러 가지 알고 있어. 모르는 부분은 앞으로 생각할게."

"혀-엉." 하고 쓰토무도 운다. 쓰토무의 울음은 여전하다. 내 가슴을 옥죄는 방법을 가장 잘 아는 사람이 쓰토무다. "우와-앙." 하고 운다, 이 녀석은.

"울지 마 쓰토무. 난 좋아하는 사람이 있는 데로 가고 싶어. 쓰토무. 나나 너나 이제 꽤 많이 컸고, 그러니까 너나 나나, 좋을 대로 살면 되는 거야. 난 이걸로 됐어. 게다가, 난 좋은 형이 아니었어. 아까도 예배당을 밀면서, 그대로 똑바로 밀었다면 건너편 기슭으로 떨어져서,

크로스하우스의 세로 봉, 삼나무 꼭대기에 걸려서 숲의 경사면을 똑바로 미끄러져 내려가서는, 기슭에 있는 가토네 집에 쾅 하고 부딪히는 거 아닌가 생각했어. 문득, 말야. 어쩐지 든 생각이지만, 가토네 집에는 신의 분노가 떨어지는 편이 좋을 것 같다는 기분이 들었어."

"거짓말―."이라고 쓰토무는 말한다.

"거짓말 아냐. 진짜야." 하고 나는 말한다. "그러니까 나에 대한 건 잊어. 난 어쩌면, 네게 재앙을 가져올지도 몰라. 지금보다 더한."

그러자 또다시 쓰토무가 "우와―앙." 하고 울며 내 머리를 끌어안는다. "그런 거는 상관없다―. 형, 형. 가지 마라 형. 우찌 되든 좋으니까 옆에 있어도."

쓰토무가 나를 원하는 마음이 너무도 강해 보여서, 나는 약간 웃는다. "미안 쓰토무."

어쩔 수가 없는 것이다. 나를 안아주었으면 하는 팔은 쓰토무의 팔이 아니다. 나를 안아주었으면 하는 사람은 그 구아바 향이 나는 팔이다.

머리만 있는 나는 말한다. "옥좌에 앉아 있는 분이여, 두루마리란 《세이료인 류스이》의 소설이었다. 봉인을 뜯고 두루마리를 여는 승리한 어린양이란 나다. 나야말로 힘, 부, 지혜, 위력, 영예. 영광, 찬미를 받아 마땅하다."

어깨를 들썩이며 우는 사랑스런 쓰토무 바로 위에, 나를 빨아들이는 회오리 입구가 다가온다. 나는 쓰토무를 내 곁에서 밀쳐 낸다. 쓰토무가 무슨 말을 하지만, 회오리 소리 때문에 안 들린다. 나는 머리를 굴려 쓰토무를 본다. 쓰토무는 "문디야-."라고 말하고 있다. 쓰토무는 옳다. 나는 바보다. 하지만 나도 옳다. 쓰토무가 알고 있는 현실은 나의 현실이 아니고, 나의 현실이야말로 현실이며, 쓰토무의 현실은 꿈인 것이다. 왜냐하면 쓰토무는 《꿈꾸는 요셉》. 나는 《요셉을 추방하는 형들》. 사실은 추방되는 게 나인 것 같지만, 그건 내 기분 탓이다. 나는 늘 옳다. 나는 명탐정 쓰쿠모주쿠이며, 언제나 가장 옳다. 왜냐하면 뇌수를 3인분 가지고 있으니까.

나는 회오리로 빨려 올라간다. 하늘이 새하얘진다. 나는 설레는 맘으로 기다린다. 앞으로 가게 되는 곳이 모방대로 하늘의 옥좌라면 나는 신을 죽인다. 죽이고 내가 신이 되어, 내가 좋아하는 곳의 좋아하는 시간으로 가서, 그 구아바 여자를 찾을 것이다. 앞으로 가게 될 곳이 하늘의 옥좌가 아니라, 「제5화」의 《내》가 「제4화」의 세계로 돌아간 것처럼 「제6화」라면, 모리모토 유키와 관대와 성실이와 정직이, 그리고 또 장모님과 함께, 서로 사랑해야지.

어떤 길을 통과하든, 사랑은 눈앞에 있다. 나는 사랑의 도착到着에 떨리는 영혼.

나는 아직 스무 살도 채 안 되었다. 앞으로 백 년 이상은 이 사랑을 즐길 수 있을 것이다.

제6화

1

어제 낮에 ≪세이료인 류스이≫의 「제7화」가 도착했는데, 그것을 읽고 난 유키가 아직도 화가 나 있는지 지금도 모습을 보이지 않는다. 유키가 읽고 나서 나도 읽었는데 유키 말대로, 「제7화」 마지막 부분에 ≪신이 요한에게 쓰게 한 일곱 통의 편지≫의 모방까지 넣을 필요는 없었지 싶다. 내가 그렇게 생각하는 이유는 유키와는 달리, 그 ≪일곱 통의 편지≫를 모방한 탓에, 안 그래도 이상한 「제6화」의 밸런스가 더 안 맞게 되었다고 생각하기 때문이다. 추리소설 팬인 유키는 ≪세이료인 류스이≫가, 실재하는 작가 일곱 명에게, ≪신≫=≪세이료인 류스이≫를 대신하여 ≪신의 이야기≫=≪JDC시리즈≫를 쓰라고 한 부분을 납득할 수 없었다……라기보다는, 그 실재하는 작가 일곱 명 중에 시마다 소지[42]

42. 島田荘司(1948~). 1980년 『점성술 살인사건』(국역본: 한희선 옮김, 시공사, 2006)으로 데뷔한 추리소설가. 작품 내에서 수수께끼와 트릭을 주로 다루며 고전적인 추리소설로 회귀하려는 복고적인 경향을 띤 '신본격'이라는 새로운 흐름을 주도했다.

의 이름이 들어 있는 것이 마음에 안 들었던 모양이다. 「제7화」를 다 읽자마자 "이게 뭐야!"라면서 유키는 그 종이다발을 벽에 집어던지고, 발로 짓뭉갰다. "뭐야 이게! 말도 안 돼!" 덕분에 첫 페이지가 꾸깃꾸깃해졌다. 그 너덜너덜한 원고를 내게 건네주며 "쓰토무 이거, 읽어 봐. 어서." 하고, 발을 동동 구르며 내가 한 번 다 훑어보기를 기다린 뒤, 내가 고개를 들자 말했다. "어이없지 않아? 마지막 부분. 뭐가 ≪화장실이 깨끗≫하니까 ≪미타라이 기요시≫[43]라는 거야!"

유키가 말한 것은, 「제6화」 마지막 부분에서, 회오리에 뛰어들려고 하는 ≪쓰쿠모주쿠≫가 지상의 ≪쓰토무≫로 하여금 ≪신≫=≪세이료인 류스이≫의 말을 의미하는 편지를 쓰도록 하여, 「요한 묵시록」의 ≪일곱 교회에 보낸 편지≫를 모방하는 장면이다. ≪쓰쿠모주쿠≫가 ≪에페소 교회≫, ≪스미르나 교회≫, ≪페르가몬 교회≫, ≪티아티라 교회≫, ≪사르디스 교회≫, ≪필라델피아 교회≫, ≪라오디케이아 교회≫를 모방하려고 실재하는 작가 일곱 명을 골랐는데, 그 선택의 이유가 좀 억지스러웠다.

「제4화」에 나온 ≪세시루≫, ≪세리카≫가 ≪화장실≫에 살고 있었던 것은 왜인가, 그 ≪화장실≫이 ≪깨끗≫했던 것은 왜인가, 하고 ≪쓰쿠모주쿠≫는 ≪신≫을 대신하여 ≪쓰토무≫에게 묻는다. ≪쓰토무≫는 대답할 수 없다. ≪쓰쿠모주쿠≫는 말한다. 이것은 작가 시마다 소지가 창조한 명탐정 ≪미타라이 기요시≫를 암시하는 것이다, 라고. "쓰토무, ≪세이료인 류스이≫가 ≪에페소 교회≫로 고른 것이 시마다 소지인 것이다."

더불어 ≪쓰쿠모주쿠≫는 ≪쓰토무≫에게 말한다. ≪세시루≫라는 이름

• •

43. 御手洗潔. 시마다 소지의 추리소설에 등장하는 점성술사 겸 명탐정의 이름. 어린 시절 별명이 御手洗오테아라이(화장실)여서 그 별명이 싫어 화장실에서 울곤 했던 인물로 설정되어 있다.

도 암시하는 바가 있다, 라고. 영화 <십계>를 찍은 감독은 «세실 B. 데밀»이었다. 또한 프랑스에 있는 크리스트교 이단 카타리파의 거점 아르비에 있는 것은 «생 세실 대성당»이며, 이 «생 세실 대성당» 맞은편은 «투르즈=로트렉 미술관»이다, «아르비»는 «투르즈»와 함께 아리에주 지방의 도시다, «카타리파», «투르즈», «『요한 묵시록』의 모방», 그리고 「제7화」의 «하늘에서 날아온 화살», 이것은 『섬머 아포칼립스』[44]에서 활약하는 «명탐정 야부키 가케루矢吹驅»를 암시하는 것이다, 라고 «쓰쿠모주쿠»는 말한다. "생각해 보아라, 『섬머 아포칼립스』에 나온 «봉인을 뜯어 나타난 네 마리 말»은 범죄에 쓰이는 것이다. 이 «네 마리 말», «모방»된 «네 마리 말»은 결코 «신의 말»이 아니다. 이것들은 «흉凶한 말»이다. «흉凶»이라는 글자와 «말馬»이라는 한자가 붙어 있는 «가케루驅»라는 이름의 명탐정 «야부키 가케루»와, 그것을 만든 «신», 가사이 기요시를, «세이료인 류스이»는 택한 것이다."

그리고 «쓰쿠모주쿠»는 말한다. 여기에서 『섬머 아포칼립스』라는 제목의 소설이 언급되는 것에도 의미가 있다, 라고. «섬머»는 «여름», 그리고 「제4화」의, 깨끗하게 청소되어 있는 «녹색 공원» 화장실 옆에서 내가 발견한 한 권의 «성인 잡지». «성인 잡지»=«에로 본本»='에로 홍ホン'. 여기에서 «호ホ»는 «나무木»와, «응ン»은 «누ヌ»와 통하니까, 라고 «쓰쿠모주쿠»는 말한다, «에로 홍»=«에로 키누エロ木ヌ»=«극極». "«나»와 «쓰토무»가 태어난 곳이 «교토京都»라는 것을 함께 생각하면, «교京»와 «극極»과 «여름夏»이 가리키는 것은 작가 교고쿠 나쓰히코[45]이

44. 가사이 기요시笠井潔(1948~)의 추리소설. 중세 이단인 카타리파의 성지를 무대로 요한묵시록을 주제로 한 모방 살인 사건을 그려낸 작품으로, 명탐정 야부키 가케루가 활약한다. (국역본 제목은 『묵시록의 여름』. 송태욱 옮김, 현대문학, 2015)

다. «히코彦»는 «비행飛行/히코오»과 통하며, 교고쿠 나쓰히코의 고단샤 노블스 담당 편집자인 «오타 가쓰시»가 어째서 «비행청소년들»에게 살해되어야만 했는지가 설명된다. 또한, «히코»는 «비행非行/히코오»과도 통하니, 어째서 «내»가 「제5화」에서 불타는 집에서 «세시루»를 좇아 날아가야 했는지 설명이 된다. «세이료인 류스이»는 «교고쿠 나쓰히코» 도 택한 것이다."

뒤이어 «쓰쿠모주쿠»는 말한다. "「제4화」에서 «환영성»에 『환영성』이라는 잡지가 등장했던 것과, «세이료인 류스이»가 «내»게 보낸 소설이 다음 이야기에 작품 속 작품으로 흡수되는 구조를 취하고 있는 것은, 잡지 『환영성』에 게재된 데뷔작 「상자 속의 실락」과 «『우로보로스』 시리즈»에서 모두 액자식 구조를 쓰고 있는 작가 다케모토 겐지[46]를 가리키며, 「제3화」에서 두 번이나 이름이 언급된 작가 사토 유야를 «류구 조노스케»가 «범인으로 하지 않았던» 것도, «세이료인 류스이»가 사토 유야를 택하고 있기 때문이다."

또한 「제7화」 중에서 «내»가 «크로스하우스»의 일부를 밀 때, 그대로 밀었으면 십자가의 세로 봉은 절벽에서 산 경사면으로 떨어져, 삼나무 위를 미끄러져 기슭의 «가토네 집»을 부수지 않았을까 하고

45. 京極夏彦(1963~). 소설가 겸 요괴연구가, 아트디렉터. 민속학과 종교학, 요괴 관련 지식을 바탕으로 한 독특한 작풍이 특징이다. 대표작으로 『우부메의 여름』(1994)(국역본: 김소연 옮김, 손안의 책, 2004) 『웃는 이에몬』(1997)(국역본: 김소연 옮김, 북스피어, 2010) 등이 있다.

46. 竹本健治(1954~). '우로보로스 시리즈'(『우로보로스의 위서』, 『우로보로스의 기초론』, 『우로보로스의 순정음률』(모두 국내 미번역)로 유명한 추리소설, SF소설 작가. 우로보로스 시리즈는 자기 자신과 아야쓰지 유키토, 오노 후유미, 시마다 소지 등의 실재 인물이 추리소설 안에 등장하는 포스트모던 풍의 메타 소설이다.

생각하면서도 그렇게 하지 않는 것은, «크로스 하우스»를 삼나무 언덕 위에 그대로 둠으로써 지상에 평화를 가져오고자 하는 «내» 의지의 표현이다, 라고 «쓰쿠모주쿠»는 말한다. «언덕 위에 유지한다坂の上に保つ»=«호사카保阪», «평화平和에의 의지意志»=«가즈시和志». "쓰토무여, «세이료인 류스이»는 작가, 호사카 가즈시[47]도 택했다. 『새벽의 고양이』와 『고양이의 시간은 흐른다』와 그 밖의 장편에서 «고양이»를 모티프로 한 호사카 가즈시를 택한 것이, 「제2화」에서 «히로세 네코»가 «명탐정 고양고양냥냥냥»이라는 이름을 써야 했던 이유다."

마지막으로 «쓰쿠모주쿠»는 말한다. 그리고 마찬가지로 «크로스 하우스»가, 가능성으로서, 삼나무 약간 위를 달릴 수 있었다, 라는 것에서, «나무木», «약간一寸», «위上» 즉 «무라카미村上»가 도출된다. «쓰쿠모주쿠»가 «세 명三人»이라는 것, 「제7화」의 «크로스하우스 사건»이 일어난 날짜가 «9월 10일九月十日»이라는 것. 그리고 「제5화」 첫 부분에서 «리에»가 깜빡 잊고 안 산 «콩豆». «나무木», «약간一寸», «위上»의 «무라카미村上»와, «세 명三人», «10일十日», «콩豆»을 합쳐 «무라카미 하루키村上春樹». «쓰쿠모주쿠»는 말한다. "그리고 일곱 번째 «교회»는 무라카미 하루키인 것이다, 쓰토무."

유키가 화난 것은 그 억지논리 때문이 아니라, 그저 자기가 좋아하는 명탐정 «미타라이 기요시»가 «깨끗한 화장실»이라는 암호로 쓰였다는

47. 保阪和志(1956~). 조용한 일상 속에서 자신과 세상에 대한 물음을 던지는 내성적인 작풍의 순수문학 작가로, 대표작으로 『플레인 송』(1990), 『이 사람의 역』(1995) 등이 있다. 국내에 소개된 작품으로는 『계절의 기억』(1997)(이상술 옮김, 문학동네, 2010)이 있다.

것 때문이어서, "남의 기분을 모르네, 이 ≪세이료인 류스이≫라는 바보 녀석은! 미타라이 씨가 ≪미타라이 기요시≫라는 이름을 가지고 대체 어떤 기분으로 어린 시절을 보냈다고 생각하는 걸까!" 하고 가공의 인물에 대해 심히 감정이입을 하면서 펄쩍 뛰며 화를 내고 있다. 하지만 아마도 유키는 화난 게 아니라, 「제7화」에 ≪이게라≫라는 이름의 고양이가 있는 ≪다다미 가게≫가 나왔다는 것에 동요하고 있는 것일 게다. 왜냐하면 나와 유키와 관대와 성실이와 정직이와 장모님이 사는 이 집에는 진짜로 ≪이게라≫라는 이름의 고양이가 있고, 내가 지금 여기에서 하는 일이 낡은 다다미 겉면을 가는 일이며, 다시 말해 우리 집이 바로 ≪다다미 가게≫이기 때문이다.

유키가 좀처럼 돌아오지 않아서 나는 일단 다다미 가장자리를 꿰매는 일만 마치고, 이중 바느질은 점심을 먹고 난 뒤로 미루고서, 작업장을 나와 집으로 들어간다. 관대와 성실이와 정직이가 『이웃집 토토로』를 또 보고 있다. "다들, 안 질리고 보네~."라고 내가 말하자, "안 질려~." 하고 세쌍둥이가 나란히 대답한다. 자기들이 동시에 똑같이 대답했다는 것을 깨닫고 셋은 웃는다. 하늘을 나는 토토로가 "가오~." 하고 내는 소리를 듣고서는, 셋 다 "우와-." 하거나 "야아." 같은 소리를 내고, 또다시 웃으며 바닥을 구른다. 즐거워 보인다.

내가 부엌으로 향하자 이게라가 "나-."라고 하면서 따라온다. 이게라는 뭐랄까 질이 안 좋아 보이는 고양이인데, 초등학생이나 중학생 정도의 아이를 상대로 돈을 뜯을 수 있을 것처럼 생겼다. 지금도 나를 위로 흘끗 흘겨본 뒤 똑바로 느릿느릿 내 옆을 따라온다. 이게라가 따라오면 어쩐지 방향을 바꾸기 힘들어진다. 이게라의 기대를 저버리기가 힘들다. 뭐, 지금은 부엌으로 가고 있으니 괜찮지만, 부엌 건너편

화장실에 갈 때는 따라온 이게라를 부엌에 남겨두기가 조금 꺼림칙하다. 화장실에서 나오는 나를 기다리고 있는 이게라의 기대를 저버리기도 마음이 좀 불편하다.

부엌에서는 장모님이 점심 준비를 시작하셨다. 어젯밤에 장모님과 이게라 군은 싸웠다. 장모님이 "건방진 고양이구나— 요 녀석—!" 하고 갑자기 소리쳐서 장모님 무릎 위에 있었던 이게라가 "화카—앗." 하는 소리를 내며 큰 싸움이 시작되었는데, 이게라가 2층으로 도망감으로써 큰 싸움은 끝났지만 아직도 냉전 상태가 이어지고 있는지, 부엌에서 장모님을 본 이게라의 발걸음이 살짝 늦어진다. "장모님, 유키는요?" "아— 몰라. 산책 갔거나 방에서 자고 있는 거 아냐?" 나는 선반에서 '으라차차 고양이!'라는 라벨의 고양이 통조림을 꺼내어 따고, 스푼으로 내용물을 퍼서 이게라의 접시에 담는다. "나우—." 하고 영어로 나를 재촉하고 있던 이게라가 접시에 얼굴을 파묻는다. 아침을 안 줬는지 접시는 텅 비어 있었다. 나는 빈 통조림을 접시 옆에 놓아둔다. 나중에 이게라가 깨끗하게 핥고 싶겠지. 장모님이 준비한 쇠고기샐러리 볶음과 무, 당근 나물을 테이블에 놓고서 나는 유키의 휴대 전화로 전화를 걸어보지만 전원이 꺼져 있는지 신호가 안 간다. 메이와 사쓰키의 엄마가 병원에서 돌아올 수 없다는 소식이 오기 전에 비디오를 끈 세쌍둥이가 거실에서 달려온다. 다 같이 모여 잠시 유키를 기다려 보지만, 휴대 전화는 계속 안 받고, 아무런 연락도 없고, 볶음요리가 식고, 세쌍둥이가 배고프다 배고파 하고 시끄럽게 굴기에, 우리는 먼저 점심을 먹기로 한다. 밥을 먹고 있자니 씩씩하게 젓가락을 움직이고 있는 듯 보였던 정직이가 울기 시작한다. "엄마는~?" 그리하여 나는 알게 된다. 정직이는 『이웃집 토토로』를 몇백 번 봐서 밭에서 오이를 먹는 장면 다음에 무슨 일이 일어나는지를 알고 있으니, 병원에서 엄마가 돌아오지 않아 불안해하는 메이와 사쓰키와, 유키가 없는 현재 상황의 자신이 겹쳐 보이는 것이다. 정직이가 울기 시작하자, 어쩐지 다른 둘도 같은 심경이었는지, 아니면 정직이의 기분에 전염되었는지, 관대와 성실이도 "엄마아~."라고 하며 울기 시작한다. 장모님이 "그래그래그래그래 엄마 바로 들어올 거야–."라고 말하면서 내게 눈짓을 하기에 전화를 한 번 더 해본다. 또 받지 않고 "지금 거신 전화는 전파가 닿지 않는 곳에 있거나, 전원이 꺼져 있으므로, 연결이 되지 않습니다……."라는 메시지가 흘러나오지만, 전화를 끊지 않고 나는 말한다. "아, 유키? 지금, 벌써 우리 밥 먹기 시작했어~." 그러자 순간 관대와 성실이와 정직이가 모두 울음을 그치고, 나를 쳐다본다. "응응, 아, 관대랑 성실이랑 정직이?" 하며 세쌍둥이를 바라보자, 셋 다 얼굴을 비벼 눈물을 닦는다. "어– 엄마가 없다면서 셋 다 울고 있어 아하하."라고 내가 말하자, 셋 다 저마다 "어– 안 울어!" "안 울어, 안 운다고요–." "아빠 안 울어, 나!"라고 말하기에 나는 "아니다, 안 우는 것 같아."라고 휴대 전화에 대고 말한다. "응, 응, 그럼 바로 들어와–." 나는 휴대 전화를 끊는다. "엄마, 지금 바로는 못 오는데, 조금 이따 온대." 내가 세쌍둥이에게 말하자 관대가 "엄마 지금 어디에 있어?" 하고 묻기에 "고양이 버스 정류소."라고 적당히 대답해둔다. 그러자 "고양이 버스 같은 거 없어–."라고 성실이가 말한다. 관대와 정직이도 "고양이 버스 같은 거 없어– 아빠."라고 말한다. "무슨 소리야. 몰랐어? 있어–."라고 내가 말한다. "어~." 관대와 성실이와 정직이가 서로의 얼굴을 쳐다본다. 여기에 유키가 있다면 말도 안 되는 소리 하지 말라고 나를 혼내겠지. 장모님은 가만히 밥을 드시고 계신다. 장모님은 이제까지 여러모로 이상한 경험을 했는지, 그런 것도 있을지 모른다는 식이다. "그럼 증거 보여줘." 하고 세쌍둥이가 말하기 시작했을 때 전화가 울린다. 내가 받는다. "네 다다미 가게 모리모토입니다." 세쌍둥이가 "엄마?" "엄마?" 하고 묻지만, 그 전화는 유키에게서 온 게 아니다.

"우우욱, 꾸, 우우우, 후." 남자가 우는 소리다. 소년 같다.

"여보세요." 내가 말해본다. "어디로 거셨습니까?"

"우우우—욱! 우우우우우우우—욱! 하, 하야시 이즈미랑, 꾸, 사사키 아즈사랑, 꾸, 히로세 네코는, 죽, 죽어버렸어. 살해됐어."

"…………."

"죽어버렸어! 아아, 아아하, 아, 죽었다고! 아아아! 정말 좋아, 꾸, 정말 좋아했는데!"

"대체……."

"쓰쿠모주쿠! 네 탓이야!"

"…… 죄송하지만 어디로……."

"네, 우욱후, 우우우우—욱, 네 탓이야! 하아아아아, 네 탓이야! 시시쓰, 꾸, 네, 네 잘못이야!"

"무슨 일이신지요. 하야시 이즈미 씨, 사사키 아즈사 씨, 히로세 네코 씨라니, 무슨 뜻입니까?"

"도, 오오오우, 우우우우우꾸, 우우우, 무슨 뜻이냐니, 아무 의미도 없어! 네 탓에 아아아아아! 셋은, 주, 죽었다고!"

"당신은……."

"널 죽일 거야! 쓰쿠모주쿠! 난 반드시 널 죽이겠어!"

잘 들어, 하고 나는 생각한다. 나는 이 목소리를 들은 기억이 있다. 나는 이 목소리를 어딘가에서 자주 듣는다. 다양한 곳에서 듣는다. 누구 목소리지?

"아아아아아! 나의, 나의 이즈미! 나, 나의 아즈사! 나의 네코! 어째서 내가, 우우우우우, 내가 좋아하는 여자애들을 죽여 버린 거야! 쓰쿠모주쿠!"

무선 전화기에서 남자의 울음소리와 호통소리가 새어나오는지 세쌍둥이가 나를 가만히 보고 있다.

나는 일어선다. 남자가 절규한다.

"아아아아아! 정말! 이 분노를 주체할 수가 없어! 주체할 수가 없다고! 난 너를 죽일 거야! 뱃속 아이까지! 너, 네가, 뱃속 아이까지! 오오오, 호후우, 우우우, 네가 빼앗았어! 우우우우우꾸, 후우우! 내 아이! 내 아이를 돌려줘! 내 아이를 돌려달라고!"

나는 거실 밖으로 나와 전화를 끊는다. 전화가 다시 울린다. 나는 울리는 전화를 그냥 두고 전화기 본체가 있는 복도로 와서, 벽에 있는 콘센트에 꽂혀 있던 전화선을 빼버린다.

지금 그 남자의 목소리는, 내 목소리다.

시작됐다, 라고 나는 생각한다. 이것은 세이료인 류스이의 「제6화」다. 「제7화」가 「제6화」보다 먼저 왔다는 것은, 「제5화」, 「제4화」 때와 마찬가지로, 타임슬립과 다른 세계로의 이동이 있었던 것이다. 「제7화」의 마지막 부분에서, «크로스하우스»에 있다가 회오리로 빨려 올라간 «나»는, 하늘의 옥좌가 아니라 「제6화」로 온 것이다. 그리고 지금, 내게 전화를 걸고 있다. 하지만 어째서 「제7화」의 내가 «하야시 이즈미», «사사키 아즈사», «히로세 네코»의 죽음을 그렇게까지 슬퍼할까. 나는 모른다.

생각을 해, 라는 여자 목소리가 들린다.

누구의 목소리일까. 모르겠다. 모르는 목소리다.

"생각을 해."

≪하야시 이즈미≫와 ≪사사키 아즈사≫와 ≪히로세 네코≫는 도야마 현 도요타 시내에 있는 회계사무소 사무원을 했던 여자아이들이다. 사이가 좋고, 언제나 셋이 함께 밥을 먹었다. 어제 점심에도 날씨가 좋아 사무소가 입주되어 있는 12층 복합건물의 옥상으로 올라가서 셋이서 밥을 먹고 있었다. 그리고 내게 살해되었다. 쓰쿠모주쿠는 셋의 목을 베어 죽였다. 너는 셋의 이마에 ≪해≫와 ≪달≫과 ≪별≫ 마크를 그렸다. 그런 뒤 얼굴 살을 조금씩 먹었다. 그러고 나서 그 세 개의 머리를 급수탑 위에 늘어놓고, 다음에는 내가 셋의 배를 갈라 세 명의 아기를 꺼냈다. 쓰쿠모주쿠는 이름이 붙여지지 않은 아이를 그 자리에서 먹었다. 셋을 다 먹은 바로 그때, 옥상으로 통하는 문에서 똑똑 하고 노크 소리가 났다. 문은 미리 훔쳐둔 열쇠로 잠겨 있었는데, 바로 누군가 여벌 열쇠를 가져 와서, 문이 열렸겠지. 너는 높이 약 35미터의 그 빌딩 옥상에서 도망쳤다.

어떻게?

이렇게다.

나는 셋의 옷을 벗기고 찢은 뒤, 여섯 개의 작은 로프와 한 개의 긴 로프를 만들었다. 그것으로 하야시 이즈미의 양손을 사사키 아즈사의 두 발에, 사사키 아즈사의 두 손을 히로세 네코의 두 발에 묶었다. 그런 뒤 너는 손발과 배를 반으로 갈랐다. 자궁은 아이를 꺼내기 위해 갈랐지만, 장에는 상처를 내지 않았다. 쓰쿠모주쿠의 칼은 장에 상처를 내지 않고 피부와 근육과 중요하지 않은 혈관을 잘랐다. 그런 뒤 히로세 네코의 손을 옥상 난간에 묶고서, 나는 그 셋의 몸을 옥상에서 난간 바깥쪽으로 늘어뜨렸다. 세 명의 장이 축 늘어져, 밧줄로 된 긴 사다리처럼 되었다. 나는 서둘러 그것을 타고 내려갔다. 머지않아 옥상의 문이 열려 사람이 들어올지도 모른다는 것도 있었지만, 어쨌든 히로세 네코의 두 손을 옥상 난간에 고정하고 있는 로프에, 너는 불을 질렀다. 그 불로 로프가 타서 히로세 네코의 두 손을 난간에서 떨어뜨리기 전에 쓰쿠모주쿠는 지상으로 내려가고 싶었다. 서둘러 피투성이 사다리를 타고 내려간 나는, 머지않아 화염이 히로세 네코를 옥상에서 떨어뜨리고, 셋을 땅에 떨어뜨리기를 기다렸다. 셋의 시체가 땅에 떨어진 뒤, 나는 밧줄을 주워 모아, 칼로 셋의 장에 재빨리 상처를 낸 뒤, 그 자리를 떠났다.

이리하여 셋은 목이 잘리고, 이마에 의미를 알 수 없는 낙서가 그려지고, 배가 갈기갈기 찢긴 채 옥상에서 버려진 듯 보일 것이며, 셋을 살해한 쓰쿠모주쿠가 어떻게 빌딩 옥상에서 사라졌는지 아무도 모를 것이다.

히로세 네코의 팔에 남은 화상이 힌트지만, 명탐정이라도 등장하지 않는 한 네가 한 짓은 모르겠지.

그리고 셋의 이마에 있는 마크 세 개의 의미도.

넷째 천사가 나팔을 불었다. 그러자 해의 3분의 1, 달의 3분의 1, 별이란 별의 3분의 1이 없어져, 낮은 그 빛의 3분의 1을 잃었으며, 밤도 마찬가지로 어두워졌다.

나의 해, 나의 달, 나의 별이었던 그 세 명. 너는 그 셋을 사랑하고 있었다. 쓰쿠모주쿠의 낮을 밝히고, 밤의 어둠을 비춰주던 하야시 이즈미와 사사키 아즈사와 히로세 네코.

2

나는 무와 당근 따위를 입 안에 가득 문 관대와 성실이를 안아 올리며 장모님께 말한다. "장모님, 정직이를 데리고 함께 와주십시오." 장모님은 나의 심상치 않은 모습을 보고 가만히 내 말을 따른다. 소고기에 젓가락을 대고 있던 정직이를 번쩍 안아 올리고 일어난다. 나는 장모님과 세쌍둥이를 데리고 현관으로 달려가, 신발을 신고 밖으로 나가서, 옆에 있는 차고로 뛰어든다. 그곳에는 장모님의 알파로메오가 세워져 있다. 나는 뒷좌석에 관대와 성실이와 정직이를 앉힌다. 장모님을 운전석에 앉히고서 나는 지갑과 휴대 전화를 건네주며 말한다. "이제부터 전 유키를 찾겠습니다. 찾으면 연락드릴 테니, 그때까지 어쨌든, 어디에든 멈추지 말고 계속 이동해주십시오. 절대로 이 차에서 내리지 마시고요. 제 휴대 전화로 전화 드리겠습니다. 반드시 두 번을 끊고서 전화하겠습니다. 그 이외의 전화는, 제 전화번호가 뜨더라도 받지 마십시오. 아시겠죠? 호출음이 울린 뒤 바로 끊어지는 것, 이게 두 번 반복되면 제 전화입니다. 그리고 또 한 번 걸 테니, 그건 받아주십시오. 아시겠습니까?" 장모님은 끄덕인다. "알았어. 그런데 자네, 유키가 어디에 있는지, 알아?" 나는 고개를 젓는다. "모릅니다. 하지만 생각하겠습니다." 그렇게 말하자 장모님이 "오" 하고 말한다. "드디어 머리를 쓸 마음이 들었군. 장하네 쓰토무 씨. 기다리고 있었어 그걸, 모두가. 파이팅." "네. 장모님도 조심하세요." "쓰토무 씨, 이거 위험한 여행이야?" 조금 망설이다, 나는 끄덕인다.

"네." 그러자 장모님은 씩 웃는다. "위험한 거 좋아, 나. 다다미 만들고 고치는 것만 되풀이하는 인생은 시시하잖아." 후후, 하고 나도 웃으며 말한다. "하지만, 다다미는 만드는 것도 그렇고 고치는 것도 재밌어요." 장모님은 차키를 돌려 알파로메오의 시동을 건다. "그래? 가치관의 차이지. 하지만 유키는 좋은 사람을 찾았다고 해야 할까. 핸섬하고 말이지. 쓰토무 씨, 선글라스, 벗어서 얼굴 보여줄래?" 나는 선글라스를 벗는다. 장모님은 실신하지 않는다. 당연하다. 정신을 잃는 대신 장모님은 마른 몸을 앞으로 숙여 핸들 위에 머리를 놓은 뒤, 몸을 약간 떨고, 그런 뒤에 길게 숨을 내쉰다. "후우. 가슴이랑 거기가 뜨거워지네. 벌써 팬티 안이 축축해." 장모님은 통이 좁은 청바지 가랑이 사이로 손바닥을 집어넣고 있다. "그만하십쇼, 장모님." "너무 아름다워, 쓰토무 씨. 무서울 정도야." "고맙습니다." 나는 선글라스를 쓴다. 장모님도 핸들 위에서 몸을 일으킨다. "쓰토무 씨, 유키를 꼭 찾아줘."라고 말한 뒤 장모님은 액셀을 밟아, 알파로메오를 움직인다. 나는 손을 흔들어 장모님과 세쌍둥이를 배웅한다. 세쌍둥이가 뒷좌석에서 뒤돌아보며 뒤 유리창 너머로 내게 손을 흔든다. 알파로메오가 빵 하고 클랙슨을 울리며 멀어진다.

자, 이제 나는 유키를 찾아야만 한다.

나는 유키를 찾으러 가기 위해 내 목을 자른다.

알파로메오가 떠난 뒤 현관으로 돌아오려 하자, 현관 앞에 내 머리가 놓여 있다. 나는 뒷걸음질 친다. 피를 흘린 내 머리. 나는 눈을 가늘게 뜨고 허공을 멍하니 바라보고 있다. 어째서인지 밧줄로 세 번 칭칭 감겨 있고, 정수리 위에 매듭이 있다. 손으로 들고 옮길 수 있게 되어 있다. 누군가 그 매듭을 쥐고 머리를 여기로 가져온 것이나. 어떻게 봐도 그것은 내 얼굴이다. 나는 아직 살아 있다. 죽은 것은 다른 나다. 하늘을 올려다보자, 두껍고 시꺼먼 구름이 쿵쿵 소리를 내면서 조후 상공에 모여들고 있다. 검은 소용돌이도 보인다. 저 소용돌이를 통해 다양한 시대의 다양한 장소의 내가 여기로 오고 있다. 나와 유키를 지키기 위한 나와, 나와 유키를 죽이기 위한 나. 나는 집을 떠난다. 나는 게이오다마 강 쪽으로 향한다. 좌우에 있는 길에는 모두, 마찬가지로 밧줄이 감긴 내 목이 배치되어 있으니, 나는 집에서 똑바로 난 길로 간다. 그런데 게이오다마 강 역 옆의 교차로에 이르자, 갑자기 정면에 내 얼굴이 보인다. 밧줄에 감긴 찌푸린 표정의 내 얼굴은, 눈은 흰자위가 드러나 있고 입 사이로 붉은 혀가 보이며 내가 못 가도록 가로막고 있다. 나는 왼쪽을 본다. 그곳에도 내 머리가 있다. 오른쪽 길을 본다. 그곳에는 아무것도 없다. 나는 그쪽 길로 들어간다. 나는 깨달았다. 나를 가로막는 내 머리는 찻집 정원에서 손님을 유도하기 위해 쓰이는 ≪안내용 돌[48]≫과 마찬가지다. 이 세계의 주인이 나를 안내해주고 있다. 나는 내 머리가 나타날 때마다 길을 꺾는다. 내 머리가 인도하는 길을 따라가다 보면 나는 유키를 찾을 수 있겠지.

나는 내가 유키를 찾지 못하도록 내 목을 자른다.

다른 행인들의 비명소리를 들으며 나는 내 목에 의지하여 유키가

48. 원문: 세키모리이시関守石. 다실(茶室)정원의 징검돌 갈림길에 놓는 돌. 고사리줄기로 만든 끈에 십자로 묶여 있으며, 그곳에서 앞으로는 가지 말라는 뜻을 담고 있다.

있는 곳으로 발길을 서두른다. 그런데 내 목을 보고 도망치며 난리를 피우는 주위 사람들 중에 하늘에서 내려온 무언가에 맞아 뒹구는 사람이 있다. 한 발만 페달에 올리고 자전거를 끌며 신음하고 있던 아주머니가 내 옆을 지나가려 했을 때, 갑자기 하늘에서 내려온 그 무언가에 머리를 정통으로 맞아 뒹군다. 자전거 바구니에서 슈퍼마켓 봉지가 툭 하고 튀어나와 버섯이며 오이며 파 같은 게 길바닥에 떨어진다. 보니까, 아주머니는 죽어 있다. 아주머니를 죽인 것은 내 목이다. 나는 하늘을 본다. 하늘을 가로지르는 여러 개의 둥근 그림자. 그것은 밧줄에 묶인 내 목이다. 거리에 곳곳에 뿌려져 있다. 이러면 어느 것이 진짜 «안내용 돌»인지 알 수가 없다. «나뭇잎은 숲에 숨기라. 머리는 머리의 산에 숨기라.» 한 명의 인간에게는 하나의 머리밖에 없을 터인데, 내게는 완전히 똑같은 머리가 많이 있다. 하늘의 회오리 탓이다. 내게는 내가 너무 많다. 하지만 나의 가짜 «안내용 돌»은 회오리 속에서 떨어지는 게 아니다. 한 곳에서 방사상으로 날아오는 것 같다. 나는 우선 내 목을 발사하고 있는 곳으로 향한다. 주택가 안을 걷는 내 주위에 내 목이 내린다. 이런 괴우가 또 있을까. 천년 단위로 역사에 남을 얘기가 되겠지.

붕, 붕, 하고 하늘을 가로지르는 내 머리의 궤적을 확인하면서 달리다가, 내가 발견한 것은 조후 남부 제2고교의 운동장 한가운데에서 내가 자른 머리를 순서대로 휙휙 쏘고 있는 투석기였다. 보기에는 정말 중세시대의 무기지만, 소형 모터가 달려 있고, 그 위에 내 머리를 올려놓으면, 기계가 빙 돌아 그것을 멀리 날리고 있다. 옛날 배팅머신과 같은 원리다. 기계 옆에는 아무도 없다. 나는 투석기로 다가간다. 내 옆에 갈가리 찢어진 내가 산처럼 쌓여 있다. 마치 나치 수용소에서, 가스로 죽임을 당했지만 매장처리를 다 못해서 화장하기 위해 산처럼 쌓아올려진 유태인들 같다.

학살된 나.

누구에게?

나에게다.

내 목을 이 투석기로 날리고 있던 나는 어디에 있지? 나는 조후 남부 제2고교 운동장을 둘러본다. 아무도 없다. 바슝, 바슝, 바슝, 하고 밧줄에 묶여 있는 내 머리가 지금도 투석기에서 날아가 조후의 거리로 사라져간다. 세팅된 내 머리가 점점 줄어들어, 마지막 하나를 날리고, 이제 그저 기계가 덜컹덜컹 하고 앞뒤로 흔들리는 소리밖에 안 들린다. 나는 벨트를 잘라 모터를 멈춘다. 투석기가 운동을 멈춘다. 멀리서 조후 주민들의 비명소리가 들려온다. 진짜 머리가 하늘에서 잔뜩 내려오는데, 그것이 전부 같은 인간의 머리이니, 놀라는 게 당연하다. 내 머리에 맞아 다치거나 죽는 사람도 틀림없이 많이 있을 것이다.

나는 내 머리를 투석기로 날리고 있던 내가 어디에 있는지 깨닫는다. «나뭇잎은 숲에 숨기라. 목은 목의 산에 숨기라. 나는 내 산속에 숨기라.» 학살된 내 시체로 된 산을 올려다보며 나는 생각한다.

셋째 천사가 나팔을 불었다. 그러자 횃불처럼 타오르는 큰 별이 하늘에서 내려와, 강이란 강의 삼분의 일과, 그 수원지의 일부로 떨어졌다. 이 별의 이름은 쓴 쑥이라 하는데, 물의 삼분의 일이 쓴 쑥처럼 쓰고, 그 때문에 많은 사람들이 죽었다.

나는 조후 남부 제2고등학교에 멋대로 들어가 직원실로 가서, 누군지 모르는 교사의 책상에서 라이터를 집어 든다. 다른 책상에 스프레이

살충제도 있었기에, 그것을 가지고 운동장으로 돌아간다. 학생들이 복도로 나와 쭈뼛거리며 창문을 통해 나를 보고 있다. 나는 내 시체로 만들어진 산으로 다가가, 그곳을 겨냥하여 살충제를 든다. 분사구 앞에 라이터 불을 대고서 가스를 분사시키자, 푸른 불꽃이 고오오오 하는 소리를 내며 기세 좋게 타오른다. 내 시체가 불타기 시작한다. 이것은 «쓴 쑥». 그야말로 하늘에서 내려온 것이다. 나는 내 시체로 된 산의 기슭을 빙 돌아 수십 군데에 불을 붙인다. 수백 구는 있는 듯 보이는 내 시체로 이루어진 산이 «횃불»처럼 타오른다. 어렴풋이 비명 소리가 들린다. 하지만 그것이, 내 시체로 이루어진 산속에 숨어 있다가 불타버린 내가 지른 비명인지, 내가 내 시체의 산에 불을 붙이는 것을 멀찍이서 지켜보다 타오르는 불에 놀란 조후 남부 제2고등학교 학생들이 지른 비명인지, 나는 모른다. 몰라도 괜찮다. 이건 생각할 필요가 없다.

어느 쪽이든 상관없다.

나는 불타오르는 «쓴 쑥»을 뒤로하고 떠난다. 바로 소방차가 달려와 진화작업을 시작하겠지. 그러면 «쓴 쑥»은 조후의 지하수를 맞게 될 테고, 그것으로 부족하면 다마 강의 물을 맞게 될 것이다. 그러면 그것으로 «쓴 쑥»은 «수원水原»과 «강»에 떨어진 셈이 된다.

모든 것이 모방으로 회수되어 간다.

어쩌면 불타버린 내 체액과 재는 이 땅에 스며들어 지하수까지 들어가, 그 물을 씁쓸하게 만들지도 모른다. 그리고 많은 사람들이 죽을지도 모른다.

3

쓰쿠모주쿠는 아이치 현 도미야마의 사토 에미코를 반으로 갈라, 내장을 꺼냈다. 하지만 그것은 내장을 밧줄 대신 쓰기 위해서가 아니고, 안에 숨기 위해서도 아니고, 사토 에미코가 낳은 세 아이를 사토 에미코의 뱃속으로 되돌려놓기 위해서였다. 나는 세 아이를 사토 에미코 안에 집어넣고, 상처를 실로 꿰매어 봉했다. «사토 에미코에게서 아직 아이가 태어나지 않았다». «사토 에미코의 아이는 사토 에미코의 자궁 안으로 돌아가 버렸다». 그것은 다시 말해 니시아카쓰키에서 나와 세시루와 세리카가 한 일과는 반대의 모방이었다. 뱃속에서, 세 아이가 천천히 죽어갈 것임에 틀림없다.

네가 사랑했던 사토 에미코. 사토 에미코는 "당신은 저주받고 있어."라고 내게 말했다. "당신 같은 사람은, 땅을 아무리 갈아도 작물이 안 자랄 거야. 당신 같은 사람은, 이 지상세계를 헤맬 뿐이니까. 하지만 그 저주 때문에, 당신을 죽이는 자는, 당신이 받는 것의 일곱 배는 더한 저주를 받을 거야." 사토 에미코는 옳았다. 누군가가 진심으로 사랑해야 하는 상대란, 이렇게 자신에 대해 옳은 말을 해주는 사람이다. 나는 분명 아무것도 길러내지 못했다. 나는 지상세계를 헤맬 뿐이었다. 그리고 이 저주 때문에, 쓰쿠모주쿠를 죽이는 쓰쿠모주쿠에게는, 그 일곱 배의 저주가 내리고 있다.

그리고 너는 조후로 와서, 우미를 죽인다. 너는 조후 남부 제2고교에서 날아온 내 머리 하나를 주워, 그것을 우미에게 던져 한 방에 때려죽인다. 내 머리에 맞아 죽은 사람은 많이 있으니, 우미도 분명 그중 하나로

처리될 것이다. «나뭇잎은 숲 속으로. 내 머리로 때려죽인 사람은, 내 머리에 정통으로 맞아 죽은 많은 인간들 속으로.» 대규모의 죽음 속에 특별한 죽음이 섞여 있다. 대규모의 죽음이란, 사실 하나하나의 죽음을 보면 다 특별한 죽음이지만, 규모가 커서 하나하나를 분석할 수가 없기에, 특별함은 없어지고 은폐된다. 어떻게 죽든, 누군가에게 특별한 인간의 죽음은 언제나 그에게는 특별한 것이다. 그 죽음이 특권적인 죽음이든 그렇지 않든.

쓰쿠모주쿠를 사랑했던 우미. 나는 우미를 위해서라면 뭐든 해냈다. 두려운 것은 아무것도 없었다. 내가 할 수 있는 최대한의 것을 무엇이든 주저 없이 해 보였다. 너는 이 세계 전부를 우미를 위해 빛내 보일 작정이었다. 우미가 없어져서 나는 쓸쓸하다. 나는 슬프다. 나는 죽고 싶어진다. 아마 머지않아, 진짜로 죽겠지. 내 손에.

나는 내 손에 죽기 전에 우미가 낳은 세 아이를 먹는다. 내 아이는 내 피가 되고 살이 되고, 뼈가 된다. 아빠인 나와 내 아이는 그리하여 육체적인 레벨에서 합체되고, 영혼의 레벨에서도 합쳐진다. 나와 세 아이는 하나의 영혼이 된다. 삼위일체는 이렇게 해서도 완성된다.

그리고 나는 리에를 발견하고 잡는다. 리에가 운다. 울부짖는다. 내게서 도망가려고 한다. 쓰쿠모주쿠는 슬퍼한다. 리에. 나의 모든 것. 너 같은 놈은 리에가 없으면 없는 것과 마찬가지였다. 너 같은 놈은 리에를 만나기 전까지는 아무것도 아니었다. 제로였던 것이다. 공허한 내게 의미를 준 리에. 정말 많이 좋아했다. 진심으로 사랑했다. 함께 살면서 모든 것이 채워진다는 것의 기쁨을 실감할 수 있었다. 기적이었다. 하지만 그 기적을 준 리에를, 지금 나는 붙잡아, 때리고, 의식이 흐려진 시점에서 어깨에 메고, 야시로 우미의 집으로 데려간다. 세 아이가 엄마를 돌려달라고 하며 나를 때린다. 내가 그냥 때리게 내버려두자, 결국 세 명 다 리에와 함께 우미의 집에 다다른다. 현관 앞에 쓰러져 있는 우미를 뛰어 넘어, 너는 네 머리를 주워 그것을 던져, 우미와 마찬가지 방식으로 죽인다. 그리고 우미 위에 올려놓는다. 아이들이 비명을 지르며 운다. 쓰쿠모주쿠는 우미의 집 안으로 들어가, 선반 안에서 위스키를 가지고 온다. 리에와 우미 앞에 술을 뿌리고, 너는 불을 붙인다. 리에가 숨막히게 그립다.

둘째 천사가 나팔을 불었다. 그러자 불타는 커다란 산 같은 물체가 바다에 던져졌다.

쓰쿠모주쿠는 리에의 세 아이를 그 불에 구워, 또다시 먹었다.

4

내 휴대 전화로 몇 번이나 전화가 걸려온다. 모두 내가 건 전화다. 나는 울고 있다. 울부짖고 있다. 화를 내며 미친놈처럼 소리치고 있다. 탄식하며 슬퍼하고 있다. 그리고 나를 꾸짖는다.

"너 같은 건 태어나지 않는 편이 더 나았어. 너 같은 건 애초에 죽었어야 해."

"나는 이제 모르겠어…… 너는 대체 이 세계를 어떻게 하고 싶은 거야? 내가 사랑하는 사람을 죽이고, 자기가 영원히 사랑해야 할 인간을 잃고서, 앞으로 어떻게 하고 싶은데? 뭘 할 수 있어? 어떤 식으로 뭘 할 수 있어?"

"아무것도 없어! 이제! 내겐! 전부 없어졌어! 살아갈 희망도 없고, 살아갈 가치도 없어! 어째서 다른 나는 죽일 수 있는데 나는 죽일 수 없는 거야? 이제 됐으니 죽여줘! 이제 이런 세계에서는 살고 싶지 않아! 소중히 하고 싶은 것이 아무것도 없는 세계 따위, 정말 어떻게 되든 상관없어! 알겠어? 부탁이니 나를 죽여줘! 나랑 나랑 나랑 나랑, 너를 모두, 죽여줘!"

나는 대답하지 않는다.

"무슨 말이든 해!" 하고 쓰쿠모주쿠가 말하지만, 나는 대답하지 않는다. 나는 유키를 찾고 있다. 나는 바쁘다. 이제 이시다 리에까지 죽고 말았다. 「제2화」, 「제3화」, 「제4화」, 「제5화」에 나온 내 연인들이 모두 죽어 버렸다. 다음이 「제6화」, 이 세계의 모리모토 유키다. 내게 나의 슬픔과 분노와 울분의 말 따위를 들을 시간은 없다.

나는 내 머리로 된 ≪안내용 돌≫을 자세히 관찰한다. 진짜 ≪안내용 돌≫은 당연히 가짜 ≪안내용 돌≫보다도 먼저 살해되었으니, 그 특징이 다르기 때문이다. 우선 체온. 한 시간에 1도 내려가는 것이 보통이다. 나는 패닉에 빠진 조후 시내에서, 약방에 뛰어 들어가 체온계를 산다. 하지만 그것은 비상용이다. 이걸로 머리의 체온을 하나하나 다 재고 앉아 있을 수는 없다. 나는 사반[死斑]의 상태를 본다. 사후경직이 진행된 정도를 본다. 각막의 혼탁 정도를 본다. 그러면 대강 가짜 ≪안내용 돌≫은 판별할 수 있으니, 진짜를 골라내면서 나는 나아간다.

그리고 조후 역 남쪽출구 분수대 앞에서 나는 유키를 발견한다. 다행이다. 사람들이 많은 덕분에 쓰쿠모주쿠들도 손을 쓸 수 없는 거겠지.

"유키!" 하고 이름을 부른다. 유키가 뒤돌아, 나를 발견한다. 내가 달려가자, 유키가 도망간다. 그렇군, 「제1화」부터 계속 「제2화」, 「제3화」, 「제5화」, 「제4화」, 「제7화」를 읽은 뒤에는, 어쩌면 인터넷 뉴스사이트 같은 데서 내 연인들이 순서대로 살해되었다는 것을 알고 있는지도 모른다. 휴대 전화로 그런 사이트를 봤는지도 모른다. 그리고 유키는 내가 자기를 죽이러 왔다고 생각한 걸까. 하지만 여기에서 놓칠 수는 없다. "유키! 나야! 도망가지 마! 도망가지 않아도 돼! 나야! 쓰토무라고!" 나는 소리친다. 유키는 뒤도 안 돌아보고 조후 역 지하도를 내려간다. 나도 쫓아간다. 유키는 발이 빠르다. 나는 따라잡지 못할지도 모른다. 뭐라고 말하면 유키가 나를 알아봐줄까. 내게 유키를 죽일 마음은 없다. "유키! 좋아해 유키! 사랑해!" 하고 내가 외치자 분수대에 있는 학생들이 폭소했다. 나는 개의치 않고 유키를 따라 지하도 계단을 뛰어 내려간다. 그리고 모퉁이를 돌았을 때, 얼굴에 목재가 떨어져 눈앞이 새하얘지고, 나는 콘크리트로 된 지하도로 굴러 떨어진다. 그리고 의식을 거의 잃는다. 올려다보니, 내 머리 옆에 유키가 웅크리고 앉아 있다. 도망가지 않고 돌아온 것이다. 유키 옆에 또 한 명, 여자아이가 있다. 누구지? 누군지 모르겠다. 하지만 그 여자아이 옆에 있는 사람은 누군지 안다. 나다. 쓰쿠모주쿠. 유키가 내 머리를 든다. 심한 통증. 유키가 울고 있다. "쓰토무! 쓰토무! 괜찮아? 쓰토무! 쓰시마 씨 너무하잖아! 쓰토무, 이대로라면 죽을지도 모르잖아!"

쓰시마? 쓰시마 다카코인가.

"괜찮아." 하고 또 한 명의 내가 말한다. "이 세계에서 일어나는 모든 범죄의 책임은 이 쓰쿠모주쿠에게 있어."

쓰시마 다카코가 또 한 명의 내게 달라붙는다. 아아 경사 났군,

하고 나는 생각한다. 분명 또 한 명의 나는, 「제7화」에서 «크로스하우스»에 있다가 회오리로 빨려 들어간 «나»다. 머리가 세 개 있거나 그렇지는 않다. 나와 같은 얼굴이다. 지나치게 아름답다. 선글라스를 안 쓴 그 얼굴을 보면, 여자아이들은 모두 젖어버리겠지.

나는 조후 역 지하통로에서 유키 무릎 위에 누워 정신을 잃는다. 의식이 완전히 없어지기 전, 나는 쓰시마 다카코의 «구아바» 향을 맡는다. 달콤하다…….

눈을 뜨자 나는 낯선 호텔방에서 누워 있고, 침대에 두 손 두 발이 밧줄로 묶여 있다. 내 옆에서 유키가 자고 있다. 그 반대편에 쓰시마 다카코와 쓰쿠모주쿠가 있다. 쓰시마 다카코가 소파에 앉아 있는 쓰쿠모주쿠의 무릎을 베고서 자고 있다. 내가 깬 것을 알아채고, 쓰쿠모주쿠가 "좋은 아침, 세 명째."라고 말한다.

세 명째지. 하긴.

"좋은 아침이라고 할 때냐, 두 명째." 하고 내가 말한다. "머리가 아파."

"가벼운 뇌진탕이야." 하고 두 명째가 말한다. "진짜로 죽이려고 했던 건 아니야. 네가 죽었을 때 이 세계가 어떻게 변화할지, 난 잘 상상이 안 가더라. 어쩌다 영혼의 세계까지 가게 돼서, 「제4화」 같은 얘기를 다시 한 번 더 겪기는 싫으니까. 두통은 곧 가라앉을 거야. 물 같은 거 필요해?"

"필요 없어. 여긴 어디야?" 하고 나는 묻는다.

"가르쳐줄 수 없어." 하고 두 명째가 말한다. "이 세계를 만들고 있는 건 너니까. 여기가 어딘지를 안다면, 네 행동에 따라 이상한 사람이 나오고, 이런저런 사건이 일어날 거야."

나는 방을 둘러본다. 무슨 호텔인 것 같기는 하다. 비즈니스호텔이다. 세미더블 침대와 조명. 옷장. 데스크 세트. 화장대. 하지만 다 개성이 없고, 어디에든 있을 법한 비즈니스호텔이라는 그 이상의 인상은 없다. 나는 냉장고 위에 놓여 있는 유리잔을 확인하지만, 호텔 이름이 들어가 있는 봉지나 봉투는 누군가에 의해 세심하게 치워져 있다.

두 명째가 말한다. "우선, 네게 말해두고 싶은 건, 난 이 세계를 유지해주길 바란다는 거야. 어쨌든 난 좋아하는 여자와 함께 있어. «관대»와 «성실»이와 «정직»이는 아직 없지만, 다카코와 함께라면 언젠가 손에 넣을 수 있겠지. 꼭 세쌍둥이가 아닐지도 모르지만. 나는 다카코와 세쌍둥이를 손에 넣기 위해 모든 것을 버리고 왔어."

나는 말한다. "알고 있어. 그건 이미 읽었어."

"나도 읽었어." 하고 두 명째가 말한다. "유키한테 빌려 읽었어."

"유키? 그렇게 스스럼없이 부르지 말았으면 좋겠는데."라고 내가 말한다.

흥, 하고 두 명째가 웃는다. "무슨 소릴 하는 거야, 유키도 내 기억 속 애인 중 한 명이야. 너한테, 이즈미와 아즈사와 네코와 에미코와 리에와 우미가 그런 것처럼. 나한테도 그 여섯 명은 기억 속 애인이야. 거기에 유키도 포함되어 있을 뿐이지."

"그렇게 스스럼없이 부르지 좀 말라고." 하고 나는 말한다. "네겐 기억 속 애인일지 모르지만, 내겐 현실의 애인이야."

"마찬가지잖아. 뭐, 됐어. 옛 남자친구가 옛 애인한테 스스럼없이 굴지 않는 건 상식이니까. 실례했어. 앞으로는 그럼 «모리모토 씨»라고 하지. 그나저나, 시시껄렁한 얘기를 할 때가 아냐. 밖에는 아직 또 한 명의 쓰쿠모주쿠가 있고 우리를 찾고 있어."

"한 명째 말이지?"

"오리지널이야."

"다시 말해 우리는 「제5화」, 「제7화」의 타임슬립 때문에 일어난 카피인 거야?"

"맞아. 카피라고는 해도, 오리지널이랑 큰 차이는 없어. 오리지널도, 진짜로 체험한 건 하나도 없어. 이건 전부 이야기야. 뭐 그렇지만 꿈이 현실이라는 가정 하에 생각하면, 오리지널 ≪경험≫이란 이런 흐름으로 되어 있지. 「제1화」, 「제2화」, 「제3화」, 그리고 「제4화1」과 「제5화1」, 타임슬립 때문에 발생한 「제4화2」와 「제5화2」, 「제6화1」과 「제7화1」. 그리고 다시 타임슬립 때문에 지금의 오리지널은 「제6화2」를 살고 있는 거지. 힘들 거야. 우리의 어두운 부분을 전부 받아들이고서 체험하고 있으니. 뭐, 그런 경험 덕분에 쓸데없는 ≪성장≫을 손에 넣어서, 지금의 학살이 있는 거지. 내가 하는 말 무슨 뜻인지 알지?"

"물론. 네 머리를 나도 가지고 있으니까. 다시 말해 내가 이제까지 읽어온 「제1화」, 「제2화」, 「제3화」, 「제5화」, 「제4화」, 「제7화」는, 오리지널에게 「제1화」, 「제2화」, 「제3화」, 「제5화1」, 「제4화2」, 「제7화1」일 뿐이라는 거지? 그리고 내가 읽은 「제4화」=「제4화2」의 ≪나≫=≪쓰쿠모주쿠≫는 오리지널 쓰쿠모주쿠가 아니라 타임슬립으로 생긴 또 한 명의 쓰쿠모주쿠, 즉 너고."

"맞아." 하고 두 명째가 말한다.

"그리고 네가 「제7화1」에서 「제6화」의 세계로 돌아온 덕분에 생긴 두 번째 패러렐월드parallel world=「제6화2」가 이건가……. 그리고 나는 세 명째인 거고. 우리는 「제7화2」에서 다시……라고 난 말할 수 없겠지만,

《크로스하우스》로 가는 건가?"

"그럴 수 있지." 하고 두 명째는 말한다. "패러럴월드라고는 해도, 같은 시간이야. 대체로 같은 일이 일어나지. 우리는 우리의 의지만으로 모든 것을 결정하고 있는 게 아냐. 「제7화2」의 시간이 찾아왔을 때, 우리가 아무리 거부하더라도 결국 《크로스하우스》로 가지 않으면 안 될지도 몰라. 「제7화」에서 오리지널 《나》는 《회오리에 의한 웜홀 발생설》을 써서 또 한 명의 《쓰쿠모주쿠》가 올 것을 생각해냈는데, 그때 나타난 수수께끼의 《쓰쿠모주쿠》가 그걸 부정했지만, 그 생각은 역시 진실이 아니었을까? 사실은 그게 진실인데, 오리지널과 《신》에 의해 뒤틀려버리지 않았나 싶어, 복잡한 형태로. 그걸 다 풀어내는 일은 나중에 해도 된다고 치고, 예를 들어 쓰쿠모주쿠가 어떤 발상을 하는지에 따라서, 이 세계는 변용하는 거지. 머나먼 다른 시간에 있었던 다른 쓰쿠모주쿠가 회오리에 빨려들어 와버렸을 정도로 억지스런 일이 일어나는 무시무시한 세계니까. 우리도 언제 회오리에 빨려 들어가서 크로스하우스로 끌려갈지 모르는 거야."

"흐음."

"「제7화2」 걱정은 할 필요 없어. 중요한 건 「제6화2」야. 오리지널이 지금 기를 쓰고 성장하려고 하고 있으니까."

"성장이라니. 남을 죽이고 성장을 한다는 게 있을 수 있는 일일까?"

"이야기라고 이야기. 이건 거짓이고 가짜야. 어디까지나 진짜가 아니니까. 여기에서의 현실이 꼭 바깥에서의 현실이라고는 할 수 없어. 그리고 이야기라는 건 현실세계에서의 부도덕도 적극적으로 받아들이는 거야. 그러니까 오리지널은 주저 없이 기억 속 애인을 살해하고, 아이를 먹지. 「제7화」 마지막 장면에서의 선택을, 오리지널은 잘못이라고 생각하고 있어. 공상과 망상만으로 이루어진 세계에 갇혀 있고 싶지 않으니, 자신이 그 세계에서 의지하고 있었던 여러 가지를 죽이고서 자립하려고 하는 거지. 그 바보, 진짜로 쓰토무가 있는 데로 돌아갈 생각인 거야. 니시아카쓰키로."

"…………."

"스즈키가 돌아오면 어떻게 하지? 또 눈알 빼고 코 자르고 귀 자를 텐데 그걸 전부 참는 건가?"

"…… 기형이라는 걸 스스로 받아들여 나가자는 자세는 올바르다는 느낌이 들긴 해."

"알고 있어. 하지만 그 대신 우리는 사랑하는 사람을 잃어. 귀여운 아이를 잃고. 잃고 나서 현실로 돌아가 봐도, 가진 것은 자신의 얼굴 좌우에 있는 다른 얼굴이잖아? 세 명이 모이면 문수보살의 지혜라는 말은 지금의 이야기 속에서도 변함이 없어. 현실에서도 그렇고 이야기 속에서도, 결국 쓰쿠모주쿠는 천재잖아? 어째서 모든 것을 버리고 기형인 자신을 얻으려고 하는 거야? 아니, 난 기형이든 어떻든, 사실 상관없어. 하지만 난 내가 좋아하는 여자를 잃는 게 정말 싫어. 내 아이를 잃는 것도 절대 싫고. 사랑하는 사람과 아이 때문에 내 진짜 모습을 모르는 상태여도, 난 좋아. 그대로 가만뒀으면 좋겠어. 난 다카코를 사랑해. 한 번 사랑해서 손에 넣은 걸 자의식 때문에 버리는 건 어리석은 짓이지. 자기상[自己像]을 수정하는 데 그만한 가치는 없어."

"어떨지 모르겠네." 하고 나는 말한다. 나는 옆에서 자고 있는 유키를 본다. 이게 누군가의 상상의 산물이라니 믿을 수 없다. 내겐 유키의 볼과 코의 솜털까지 보인다. 유키의 왼쪽 안구의 눈동자 옆에는, 초등학교 3학년 때쯤 남자아이와 장난치다 연필심이 박혀 남은 검은 점이 있다.

그 사고가 일어났을 때 유키는 조금 놀랐을 뿐 울지 않았다. 운 것은 그 연필을 쥐고 있었던 남자아이로, 이름은 오치이 다다시. 오치이 다다시는 5학년 때 유키에게 고백하고 6학년 때까지 사귀면서, 일곱 번 키스하고 헤어졌다. 지금도 오치이 다다시와는 연락을 하고 지내며 다른 친구들과 함께 술을 마시는 일도 있다. 연필자국이 신경 쓰여서 계속 만진 탓에, 손가락으로 눈알을 잡고 조금 빼낼 수도 있지만, 연회장이든 어디에서든, 그것을 본 사람들이 일제히 뒷걸음질 치기에 유키도 나를 제외한 사람들에게는 이제 그 재주를 보여주지 않는다. 제대로 된 연애는 두 번. 한 번은 나다. 심각한 실연은 다섯 번. 진지한 짝사랑은 한 번. 중학교 때 친구인 마리와, 방과 후에 열 번 정도 키스한 적이 있다. 예쁘고 레즈비언이었던 마리의 권유로, 자기도 모르게 입술만 허락했다고 한다. 참고로 그때 했던 열 번의 키스가 인생의 키스 중 비공개 베스트 텐을 독점하고 있다고 한다. 나를 좋아한다고 몇 번이고 말해줬다. 사랑한다는 말도 해줬다. 함께 보고 싶은 영화가 앞으로도 많이 있을 것이다. 함께 가고 싶은 곳도 많이 남아 있다. 몇 번이든 함께 가고 싶은 곳이 많이 있다.

"나도 유키가 좋아." 나는 말한다. "역시, 유키를 잃고서 사는 건 상상이 안 돼."

두 명째는 끄덕인다. "그렇지? 그럼, 오리지널을 죽이자. 이 이야기는 그러면 끝나. 「제6화2」의 세계는 우리들의 기억으로 우리들의 몸에 남고, 「제7화2」에서는 아마 세 명째 네가 계속해서 화자일 테니, 네가 새로이 다카코와의 추억을 만들어 가."

"하지만 넌 「제7화2」에서 어떻게 될까?" 내가 묻는다. "다카코 씨랑은 내가 사귀는 거지?"

"지금 이 얘기를 한 게, 「제6화」가 되어 네게 보내질 거야. 그리고 「제7화2」는, 만약에 연속으로 타임슬립이 없다면, 「제7화1」에서 「제7화」가 끝나고, 다음에 있을 「제8화」로 이어지지 않을까? 「제5화」와 「제4화」의 예를 보면."

"하지만, 이 「제6화」에서 「요한 묵시록」과 「창세기」의 모방이 끝나면 어떻게 되는 걸까?"

"글쎄." 두 명째는 말한다. "내가 알 바 아냐. 그걸로 내 이야기가 끝난다면 그걸로 됐어. 뭐, 「제7화」가 ≪처음 뜯긴 여섯 개의 봉인≫을 다룬 뒤에 말이지. 남은 모방은 ≪일곱째 봉인≫의 ≪첫째 천사의 첫째 나팔≫뿐이야. 이걸 남기고 「제8화」로 가는 건 시계열적으로 모순이겠지. 그러니까 아마 「제8화」는 없을 거야. 이 「제6화」로 모든 게 끝. 어쨌든 세계가 끝날 때, 내가 함께 있고 싶은 사람은 다카코야. 이 「제6화」가 끝날 때, 함께 있고 싶은 사람도 다카코고. 나는 정말 다카코를 좋아해."

"응."

"그러니까 내게서 다카코를 빼앗으려고 하는 사람은 죽일 거야."

"…………."

"애당초 「제7화」 마지막에서 쓰쿠모주쿠는, 그게 자기 망상 속 세계에서 일어난 일이라도, 자기 애정에 충실한 길을 택했어. 「제6화」에서 갑자기 그걸 뒤집으려고 하는 건 앞뒤가 안 맞고. 됐어. 어쨌든 난 오리지널을 찾고 싶어. 너도 협력해줬으면 하고."

"…… 하지만 난 신경이 쓰여."라고 나는 말한다. 두 명째 나의 무릎 위에서 안긴 채 잠들어 있는 쓰시마 다카코를 바라본다. "「제7화」 첫 부분에서 쓰시마 씨가 한 말 있잖아. 쓰시마 씨는 네게 애정을 내보였어. 좋아한다, 사랑한다고 되풀이해서 말했지. 하지만 너보고 크로스하우스로 가라고도 했어. 그건 네게, 다시 말해 내게, 진정한 자신의 모습을 발견하고 오라는 말이었지. 그리고 쓰시마 씨 자신을 포함해서 이제까지 사귀어 온 애인들, 유키랑 하야시 이즈미, 사사키 아즈사, 히로세 네코, 사토 에미코, 야시로 우미, 이시다 리에가 쓰쿠모주쿠의 망상의 산물이면서, 더불어 관대와 성실이와 정직이 또한 가공의 아이에게 자기투영을 하고 있을 뿐인 산물이라는 걸, 네가 알게 되기를, 쓰시마 씨는 기대하고 있었을 거야. 그렇게 되면 쓰시마 씨 자신도 쓰쿠모주쿠의 세계에서 사라져버린다는 걸 알았을 텐데도. 쓰시마 씨가 네가 후쿠이 현으로 가는 것에 대해 무섭다 무서워 하고 되풀이해서 말한 걸 보면, 쓰시마 씨는, 쓰쿠모주쿠의 세계에서 사라질 각오가 되어 있었다는 걸 알 수 있어."

내가 그렇게 말하자, 두 명째 쓰쿠모주쿠는 씁쓸한 표정을 지었다.

"그래서?"

"다시 말해 이 세계를 유지한다는 건, 사실 쓰시마 씨의 본심을 거스르는 행동 아닐까?"

"그건 아냐, 세 명째. 다카코가 나한테 말했잖아, 날 안고 있는 자기 팔의 감각을 기억해두라고. 후쿠이에 가서 사건을 해결하면, 바로 자기가 있는 곳으로 돌아오라고도 말했지. 그래서 난 돌아온 거야."

"응."

"자기가 있는 곳으로 돌아오라고, 다카코가 말했구나."

"응. 하지만, 난 이런 가능성도 생각하고 있어. 지금 내가 기형인 나를 받아들이고서 이 망상 속 세계를 잃은 뒤에도, 쓰시마 씨는 그대로 남아 있지 않을까. 현실 세계에도 쓰시마 씨는 정말 존재하지 않을까, 라는 가능성."

"............"

"다시 말해, 쓰시마 씨 본인은 아닐지라도, 다른 쓰시마 씨가, 바깥 세계에서 우리를 기다리고 있는 거 아닐까 싶은 거야."

"얼굴이 세 개나 있고 추한 나 같은 건, 아무도 사랑해주지 않아!"

잠든 쓰시마 다카코를 무릎에 눕히고 그 말을 했을 때, 한순간뿐이었지만, 두 명째 쓰쿠모주쿠는 진짜 모습을 보여주었다. 내 머리는 분명 세 개 있다. 후두부가 붙어 있고, 틀림없이 뇌의 일부도 공유하고 있을 것이다. 그리고 스즈키의 손톱자국. 가운데 얼굴에는 눈알이 없고, 코도 없고, 귀도 없었다. 게다가 얼굴 살은 상처 탓에 물컹거리며 썩어 있는 듯 보였다. 아니, 아마도 진짜로 천천히 썩고 있는 것이다. 나는 공포를 느꼈다. 스스로의 진짜 모습이 정말로 두려워졌다. 「제7화」를 실제로 체험한 두 명째 내가 《진짜 자기 모습》을 드러내기를 두려워하는 것도 별수 없는 일이었다. 《남을 실신시킬 정도로 아름답다》는 극단적인 자기상을 설정해버린 것도, 모두 이 엄청난 콤플렉스 때문이었다.

그리고 그 모습을 보고서, 비로소 이 세계의 완벽함을 뼈에 사무치게 깨달았다. 나의 세 개의 머리는 완벽하게 작동하여 이 세계를 철저하게 구축하고 있다. 쓰시마 다카코가 나를 후쿠이로 돌려보내지 않는다면, 나는 쭉 이곳에서 안주하며 빠져나가려 하지 않고 매일매일 관대와 성실이와 정직이와 놀면서 여자아이와 연애하며 시시한 살인사건을 해결하면서 즐겁게 살아갈 수 있도록 구축되어 있는 것이다. 만약 내가 영원히 아무것도 배우지 않고, 성장하지 않는다면. 하지만 기형인 나도 인간이기는 하니 성장한다. 나의 뇌 프로그램도 지나치게 완벽해서,

내 학습과 성장의 불가피성을 미리 예측하고 있었던 것 같다. 그래서 나는 구태여 여자아이와 사귀고, 살인사건을 해결했던 것이다. 여자아이와 사귀면 여러 가지 경험을 한다. 아이가 생기기도 한다. 살인사건을 해결하면 다양한 사람들과 만난다. 사회경험도 늘어난다. 논리적인 사고도 발달한다. 논리적인 사고가 있으면, 내가 추구했던 모든 망상 프로그램은 파괴된다. 애당초 그런 식으로 되어 있는 것이다. 살인사건을 해결하는 것이 인간으로서의 성장을 재촉하여, 최종적인 자기발견에 이르게끔 프로그램 되어 있었던 것이다. 이것은 오랜 시간을 들인 자기파멸을 위한 프로그램이었던 것이다. 아니, 파멸하는 것은 어디까지나 프로그램이며, 내가 그렇게 되지 않는다. 망상의 세계에서 바깥으로 나갈 뿐이다. 물론 내게 그것은 성장의 한 단계이다. 기뻐해야 할 일인 것이다. 원래는.

하지만 나는 두렵다.

지금 언뜻 본 나의 진짜 모습이 두렵다. 나를 받아들여 줄 사람은 아무도 없을 것이다. 나는 괴물이다. 아무도 나 같은 걸 사랑해주지 않겠지.

여기에는 나를 사랑해주는 사람이 있다. 나를 좋아한다고 말해 주는 사람이 있다. 나를 핸섬하다고 생각해주는 사람이 있다. 여기는 최고다. 여기에서 나가고 싶지 않다. 두 명째 내가 한 말처럼, 여기에서 어디까지 살 수 있을지, 마지막까지 힘껏 버텨보는 게 재미있을 것 같다. 유키와 함께 어디까지 할 수 있을지, 시험해보고 싶은 기분이 든다. 나는 유키가 좋다. 이 연애를 무너뜨리고 싶지 않다. 가능한 한 계속 여기에서 그것을 지키고 싶다.

하지만 아니다!

나는 틀렸다!

나는 잊고 있다!

"쓰토무가 있잖아." 하고 나는 말한다. "쓰토무를 잊고 있지 않아? 그 아이는 나보고 추하다는 식의 말은 안 해. 쓰토무는 나를 계속 좋아해 줄 거야."

그렇다. 「제1화」에서 쓰토무만 나의 《지나치게 아름다운 얼굴》을 봐도 실신하지 않았다. 쓰토무에게는 내 얼굴이 문제가 아니었던 것이다. 내 추한 얼굴에 대해서도, 쓰토무라면 크게 문제 삼지는 않지 않을까.

"기대하면 안 돼." 하고 두 명째 내가 말한다. "왜냐하면 나는, 그 작은 녀석을 두고 도망쳤어. 만나러 오겠다고 거짓말 하고. 울고 있던 쓰토무를 두고, 난 도망쳤어. 이제 와서 돌아갈 수 없지."

"돌아갈 수 있어." 하고 나는 말한다. "그때의 나와 지금의 나는 다르잖아."

"다르지 않아." 하고 두 명째 나는 말한다. "난 여전히 추해." 자신에 대해 그런 식으로 말할 때만 나의 진짜 모습이 나온다. 세 개의 얼굴이 나온다. 하나는 거의 죽어 있다. 정말 추하다. 격렬한 오싹함. 세시루와 세리카가 나를 인간 취급하지 않았던 것도 이해한다. 가토 집안사람들이 나를 지하실에 가둬두었던 것도 이해할 수 있다.

"하지만 가토도 있잖아." 하고 나는 말한다. "가토는 쓰토무와 나랑 함께 잤어. 같은 방에서 살았어. 가토는 날 좋아할 거야."

"가토는 나 같은 거 안 좋아해." 하고 두 명째 나는 말한다. "그 사람은 나를 불쌍해했을 뿐이야. 게다가 미워하기도 했을 거야. 그렇지 않았다면 세시루와 세리카가 나를 멋대로 갖고 놀도록 내버려두지 않았겠지.”

“미워했다고? 왜 가토가 나를 미워해?”

그러자 어째서 그런 것도 모르냐는 얼굴로 두 명째의 내가 말한다.

“당연하잖아.”

하지만 나는 의미를 알 수 없다. 가토는 내게 잘 해 주었다. 나를 보살펴 주었다. 나를 스즈키로부터 지켜주었다.

“몰라?” 하고 두 명째 나는 말한다. “어쩌면 네가 「제4화1」이랑 「제5화2」랑 「제6화1」을 체험하지 않았기 때문인지도 모르겠다. 넌 이 「제6화」에서 막 생겨난 만큼, 경험이 적어.

“무슨 뜻이야?”

“스즈키가 널 가장 좋아한다는 말이야.”

그렇구나, 하고 나는 「제1화」를 떠올리며 조금 납득하려 하지만, 관둔다. “어째서일까. 난 괴물인데. 어째서 스즈키는 나를 좋아할까. 어째서 스즈키는, 그토록 애타게 나를 원할까. 내가 남들을 실신시킬 정도로 아름답지 않다면.”

아무것도 모르는구먼, 이라는 얼굴로 두 명째 내가 고개를 젓는다.

“당연하잖아. 엄마니까.”

그렇다, 그 말이 맞다. 나는 ≪지나치게 아름답≫지 않다. 그러니까 태어났을 때도 모두를 깜짝 놀라게 하긴 했을 것이고, 어쩌면 모두를 무섭게 했을지도 모르며, 아마도 다들 이런저런 사진을 찍었을 테지만, 어쨌든 주위 사람들 모두를 실신시키는 일은 없었다. 그러니까 「제1화」의 첫 부분 또한 거짓이다. 기형인 아이를 열네 명이나 되는 인간들이 뺏고 빼앗기며 유괴 같은 걸 시도할 리도 없다. 나를 낳은 것은 스즈키다.

그리고 태어난 순간 나를 살해하려고 생각한 것도 스즈키이고, 결국 그러지 않고 나를 집으로 데리고 간 것도 스즈키다. 그리고 데리고 간 뒤에도 역시 나를 학대하지 않고는 견딜 수 없었던 것도 스즈키이다. 스즈키는 실신해버린 탓에 내게 분유를 주지 않았던 게 아니다. 그저 나를 방치하고 있었을 뿐이다. 스즈키는 내 아름다운 목소리를 없애기 위해 체온계의 수은을 먹인 게 아니었다. 그 역시 나를 살해하려는 의도로 그랬다가 실패한 것뿐이었다. 내 눈알을 빼냈던 것도, 코와 귀를 자른 것도, 그저 내가 미워서 그랬던 것이다. 하지만 그래도 엄마니까 나를 싫어하지는 않았던 것이다. 학대하거나 죽이려고는 하면서도, 역시 나를 아들로 좋아했던 것이다. 그래서 나는 이런저런 일을 겪으면서도 이렇게 살아 왔다.

그러면 아빠는 누구일까?

기억나지 않는다.

나를 안아 올리는 스즈키의 얼굴은 기억나지만, 아빠는 기억나지 않는다.

“나의 아빠는 누구일까?”

“글쎄.” 하고 또 한 명의 내가 말한다. “그것에 대해선 네가 스스로 생각해서 답을 내는 게 좋지 않을까.”

교토의 형무소에 있는 스즈키에게 직접 물어봐야 하는 건가, 하고 나는 생각한다. 나는 스즈키에 대해 생각한다. 미인이다. 많은 남자들이 스즈키의 집에 왔었다. 하지만 나를 보고 거의 모든 사람들이 도망쳤다. 그럴 만도 했을지 모른다. 아무리 스즈키가 미인이라도, 집에 갔는데 머리가 세 개 있는 아기가 굴러다니고 있으면 당연히 깜짝 놀라 펄쩍 뛰겠지. 당연히 나는 스즈키의 연애에 방해가 되었을 것이다. 나에 대한 스즈키의 분노는 그런 데서도 왔겠지.

분노.

스즈키는 내게 정말 화가 나 있었다. 내 눈알을 빼냈다. 그때의 스즈키의 얼굴을 떠올리면 나는 목뒤에 칼이라도 꽂힌 듯한 기분이 든다. 몸이 굳는다. 하지만 나는 스즈키가 좋다.

왜일까. 어째서 내 코를 자르고 귀를 자르고 눈알을 뽑는 엄마가 좋은 걸까. 아이란 어떤 엄마라도 사랑해버리게끔 되어 있는 걸까.

아니, 나는 정말로 스즈키를 사랑하고 있는 것일까.

스즈키. 마른 몸. 키가 크다. 가슴이 크다. 발이 길다. 몸을 숙이고, 핸들 위에 쓰러져 오른손을 가랑이에 집어넣고, "후우, 가슴이랑 거기가 뜨거워진다. 벌써 팬티 속이 축축해."라고 말했다. "너무 아름다워, 쓰토무 씨. 무서울 정도야."

그것은 장모님이다.

장모님은 스즈키다.

내 머리가 또다시 내게 거짓말을 하고 있었다. 스즈키를 피붙이가 아닌 장모님 취급 하고 있었다. 「제1화」에서도 그렇고 「제5화」에서도, 「제4화」에서도, 「제7화」에서도, 그리고 이 「제6화」에서도.

나는 나를 죽이려고 하는 스즈키가 내심 두려워, «스즈키»를 진짜 어머니가 아니라고 생각하고 싶어 했던 것이다. 또다시 얼굴이 엉망이 되고 수은을 먹게 되는 것이 두려워 나는 거짓 속에 뛰어들었던 것이다.

하지만 「제2화」, 「제3화」에서 내 옆에 스즈키는 없었다. 「제5화」, 「제4화」에서 내 연인의 엄마로 등장하기 시작했다. 어째서 내 옆에 스즈키가 왔을까. 나는 교토에서, 후쿠이에서, 스즈키가 무서워 도망쳤는데, 어째서 내 옆에 스즈키를 배치했을까.

프로그램되어 있었구나, 하고 나는 생각한다.

애당초 이것은 내가 나에게 놓은 거대한 덫이다. 나는 결국 밖으로 나가 연인과 사귀고, 아이를 낳고, 그러면서 천천히 «스즈키»를 용서하도록 만든 것이다. 왜냐하면 스즈키는 내 엄마이며, 나는 무슨 일이 있어도 스즈키를 사랑하지 않고는 배길 수 없기 때문이다. 어째서일까. 엄마라는 것만으로. 엄마라는 것만으로! 스즈키는 내게 그렇게 심한 짓을 했는데, 나는 스즈키를 사랑해 버리고 있다. 어째서일까. 신뢰하고 있기도 한 것이다. 관대와 성실이와 정직이를…… 하고 생각하다가 나는 폭발한다.

관대와 성실이와 정직이는, 지금 스즈키와 함께 있다!

스즈키가 운전하는 그 붉은 알파로메오의 뒷좌석에 셋이서 나란히 앉아 있다!

"날 여기서 내보내줘."라고 나는 말한다. "지금 당장."

또 한 명의 내가 미심쩍은 얼굴로 본다.

"관대와 성실이와 정직이를, 지금 장모님께 맡겼어."라고 나는 말한다. "찾아와야지."

"그냥 둬도 괜찮아."라고 두 명째 내가 말한다. "지금까지도 괜찮았잖아."

분명 「제5화」, 「제4화」, 「제7화」에서 나는 계속 세쌍둥이를 스즈키에게 맡겼다. 셋 다 스즈키를 신뢰하고 있다. 그때의 «나»도 «장모님»으로서 스즈키를 신뢰하고 있었다. 하지만 그 과거의 스즈키다! 내 눈과 코를 자르고 눈알을 뺀 스즈키다! 관대와 성실이와 정직이를, 내게 그랬듯 죽이려고 할지도 모른다!

아니다. 스즈키가 나를 죽이려 했던 것은 내가 추하기 때문이다. 스즈키가 사랑하기 힘들 정도로 내가 추했기 때문이다. 관대와 성실이와 정직이는 다르다. 내 세쌍둥이는 귀엽다. 나처럼 추하지 않다. 그러니까 스즈키=«장모님»은 셋을 사랑해 주겠지.

그 세쌍둥이는 내 가공의 모습이다. 나는 스즈키에게 사랑받고 싶어서 그 세쌍둥이를 창조했다. 하지만 나는 내가 만들었으면서도, 관대와 성실이와 정직이가 장모님께 정말 사랑받는 것을 보고 질투심이 생긴 걸까. 스즈키의 사랑을 독차지 하고 있는 자기 자식을 질투하는 걸까. 그래서 나는 사실 그 세쌍둥이를 미워해서, 「제7화」 첫 부분에서 관대와 성실이와 정직이를 강가에 내버려두고 간 것일까. 나는 그 세쌍둥이를 정말 미워해서, 그때 그 강가에서 그 셋을 버린 것일까.

아냐!

나는 내 옆에서 자고 있는 유키를 본다.

나는 그 셋을 미워하지 않는다. 내 자식이다. 나는 내 세쌍둥이를 사랑한다.

그래서 오리지널 나는 세쌍둥이를 죽이지 않고 먹었다. 연인은 죽였지만, 자기 자식은 먹었다.

먹는다는 게 자신의 피와 살과 뼈가 된다는 것, 즉 동화[同化]시키는 거라면, 분명 나는 세쌍둥이를 사랑하고 있는 거겠지. 애당초 나의 화신이다. 내 피와 살과 뼈가 되는 게 당연하다.

아니다. 관대와 성실이와 정직이는 내 아들이다. 나와는 다른 사람이다. 다른 인격을 가지고 있다. 아무리 가공의 존재라고 해도.

스즈키는 내 «장모님»으로서, 그리고 세쌍둥이의 «할머니»로서 관대와 성실이와 정직이를 돌봐주고 있는 것임에 틀림없다. 걱정할 필요는 없다. 스즈키는 관대와 성실이와 정직이에게는 손을 대지 않는다.

하지만 내게는 손을 댔다. «관대 군», «성실 군», «정직 군»이라 부르며 나를 사랑하고 있었을 터인 스즈키는 내게 손을 댔다. 나를 엉망으로 만들었다.

어째서일까. 추하다는 게 그렇게 큰 죄일까? 추하다는 건 그렇게나 벌을 받아야만 하는 중죄인 것일까.

나는 모르겠다. 아무리 생각해봐도 모르겠다. 그건 남의 생각이다. 내가 아무리 생각한다 해도 알 수 없다. 그래서 나는 직접 본인에게 묻고 싶다.

나는 바지주머니 속 휴대 전화를 꺼내어 스즈키에게 전화를 하고 싶지만, 양손과 양다리가 X자로 벌려져 침대에 묶여 있으니 그럴 수가 없다. 손이 안 닿는다.

"휴대 전화 좀 꺼내줄래?" 하고 나는 부탁한다. "스즈키와 제대로 얘기해보고 싶어."

두 명째 나는 잠시 잠자코 있다가, "그래."라고 말한다. "확실히 해두는 편이 좋은 게 많이 있을 테니까." 그렇게 말하며 무릎 위 쓰시마 씨를 안아 올리며 일어나서, 자기가 앉아 있던 소파에 쓰시마 씨를 눕히고, 내 쪽으로 온다. 일본도를 꺼낸다. 또 한 명의 나도 그 녹슨 일본도를 가지고 있었던 것이다. 그리고 내 오른손을 묶은 밧줄을 잘라준다. 그리고 일본도를 든 채로 침대 옆에 서 있다. 나는 휴대 전화를 꺼내면서 생각한다. 내가 무언가 수상한 행동을 한다면, 또 한 명의 나는 나를 죽이겠지. 그 일본도로.

나는 스즈키=≪장모님≫에게 전화한다. 호출음이 울린다. 끊는다. 리다이얼. 호출음. 끊는다. 그런 뒤에 다시 한 번 리다이얼. 호출음이 세 번 울리고, ≪장모님≫이 받는다. "여보세요." "쓰토무입니다." "유키는 찾았어?" "찾았습니다. 지금 같이 있어요." "잘됐네. 그럼 어딘가에서 약속 잡고 합류하자." "관대랑 성실이랑 정직이는 괜찮습니까?" "응, 셋 다, 지금 뒷좌석에서 자고 있어." "그래요?" "조후 쪽, 난리가 났던데. 사람들이 많이 죽었다는 것 같네. 또 ≪아마겟돈≫일까?" "장모님, 지금 어디십니까?" "어? 지금은, 간파치[環八] 도로를 타고 북쪽으로 쭉 올라가고 있어." "그럼 센카와 역 앞 로터리에서 만나요." 나는 또 한 명의 나를 본다. 또 한 명의 나도 나를 가만히 보고 있다. 하지만 일본도를 휘두를 기색은 없다. "제가 도착할 때까지 차에서 내리지 마시고, 계속 빙빙 돌고 계십시오. 센카와 역에 도착하면 제가 다시 전화할 테니, 제가 말하는 곳으로 와 주십시오." "OK. 알았어." "그럼 또 같은 연락방법으로 전화 드리겠습니다." "응." 스즈키다. 스즈키 목소리다. 스즈키의, 부드러운 목소리다. 내게 상냥할 때의 스즈키의 목소리다. 나는 무심결에 "어머니."라고 지껄인다. 하지만 그것은 ≪장모님≫과 같은 소리다. 마찬가지로 들렸을 것이다. "어?" 하고 스즈키가 말한다. 나는 어떻게 말을 이을지 고민한다. "감사합니다."라고, 나는 순식간에 말한다. "어어? 후후, 왜 그래, 어쩐 일이야?" 어쩐 일일까? 나는 무엇에 감사하고 있을까? "괜찮아. 손자들을 돌보는 건 당연한 일이고, 무슨 일이 일어난 건지는 모르겠지만, 조후에서 빠져나가길 잘한 것 같고. 즐거워, 이런 것도." 아니다. 나는 관대와 성실이와 정직이를 돌봐주는 것에 감사하는 것이 아니다. 관대와 성실이와 정직이를 내게 돌려준다는 것에 감사하고 있는 것이다……
아니 그렇지 않다. 아니다. 아니다. 내가 감사하고 있는 것은 이런 것이다.

«추하지 않은 나»를 빼앗아 «추한 나»에게서 떠나지 않아줘서 고맙다, 라는 것이다. «추한 나»에게 돌아와 준다는 것에 대해 고맙다고 말하고 싶은 것이다. 스즈키가 바라고, 내가 바랐던 «아름다운 나». 그리고 나타난 귀여운 세쌍둥이 관대와 성실이와 정직이. 그런 것을 수중에 가지고 있으면서도, 사실은 추한 내게로 돌아와 준다는 것이, 나는 정말 기쁜 것이다.

"그럼 다시 전화해요."라고 말하며 나는 전화를 끊는다. 스즈키도 "그래." 하고 전화를 끊는다.

또 한 명의 나는 일본도를 쥔 채로 나를 내려다보고 있다. 나는 말한다. "이제부터 센카와로 갈 거야. 관대와 성실이와 정직이를 우선 되찾고, 스즈키랑 얘기할 거야. 여러모로 확실히 해둘 거야."

또 한 명의 내가 말한다. "그게 좋을지도 모르지."

일본도는 휘두르지 않는다. 왜냐하면 또 한 명의 나는, 나를 여기에서 놓아주고 센카와로 보내서, 오리지널 나를 유인할 속셈이기 때문이다. 그곳에서 저 일본도를 휘두르겠지.

오리지널이 살해됨으로써, 가짜 연인을 말살하고 가짜 아이들도 없었던 것으로 만들어 이 세계를 파탄에 이르게 하려고 하는 오리지널 나의 의지가 좌절되어, 이 세계가 「제6화」라는 한계가 있는 존재로 시작되고 끝나도 좋다. 지금의 나로서는 딱히 상관없다. 이 세계가 가공이어도 문제는 없다. 그저 나는 오로지 내가 사랑하는 사람들, 내 연인, 내 아이를 지키고 싶다. 내가 사랑하는 사람, 스즈키=«장모»의 진실을 알고 싶다. 애정의 존재를 확인하고 싶다. 어째서 추한 나를 스즈키가 사랑해주는지를 알고 싶다. 어째서 학대와 애정이 혼재하는지를 알고 싶다.

나는 오른손으로 나머지 손발의 밧줄을 풀고, 옆에서 잠들어 있는 유키의 어깨를 흔들어 깨운다.

"유키, 일어나." 하고 나는 말한다. "세쌍둥이를 데리러 가자."

유키가 눈을 비빈다. 그리고 당돌하게 말한다.

"사랑해 쓰토무. 무슨 일이 있어도. 어떤 일이 일어나더라도. 당신이 어떤 사람이어도. 어떤 일을 하더라도."

이 세계를 파괴하고, 유키의 존재를 부정하더라도?

5

내가 옮겨진 호텔은 고쿠료 역 옆에 있는 '고쿠료 파크'였다. 또 한 명의 나와 쓰시마 다카코는 먼저 나갔다. 숨어서 나를 감시하고, 만약 오리지널 쓰쿠모주쿠가 유키와 세쌍둥이를 죽이기 위해 찾아오면 덮쳐서 죽일 작정이다. 하지만 두 명째 내게 나와 유키와 나의 세쌍둥이를 지킬 생각이 있는지 어떤지는 모르겠다. 어쨌든 두 명째 내가 이 「제6화」의 세계에서 사랑하는 사람은 쓰시마 다카코뿐이다. 오로지 쓰시마 다카코를 사랑한다는 이유로, 「제7화」에서 회오리를 통과하여 이 세계로 온 것이다. 두 명째 나의 결의는 굳건하다. 그리고 첫 번째, 오리지널 나의 결의도 역시 굳건하다. 어쨌든 이미 내 연인 여섯 명을 말살하고, 내 아이 열여덟 명을, 없었던 존재로 만든 것이다.

그러면 내가 어떤 결의를 하고 있는가 하면, 아직 아무런 결의도

하고 있지 않다. 나는 이 세계를 긍정해야 할지 부정해야 할지, 아직 고민하고 있다. 이 세계를 긍정하면, 나는 내가 사랑하는 사람과 아이를 잃지 않아도 된다. 유키와 행복하게 「제6화2」를 살며, 쓰시마 다카코와 「제7화2」를 살게 되겠지. 하지만 쓰시마 다카코는 「제7화1」에서 《나》에게 진실을 확인하고 오라고 했다. "나한테 돌아와."라는 대사가 《가공 세계의 나》에게 돌아와 달라는 호소가 아니라 《현실 세계에 있는 다른 나》에게 갔으면 좋겠다는 의미였다면, 나는 이 세계를 지킴으로써 「제7화1」의 쓰시마 다카코에게 실망을 안길지도 모른다. 내가 「제7화1」의 쓰시마 다카코를 배신하는 게 될지도 모른다. 하지만 그렇다고 해서 이 세계를 부정해버린다면, 나는 유키를 잃고 관대와 성실이와 정직이도 잃게 된다. 내 가슴에 깃들어 있는 분명한 애정은 둘 곳 없이 붕 떠버린다. 만약 현실 세계에 다른 《모리모토 유키》가 있다 해도, 그것은 이 모리모토 유키가 아닌 것이다. 모리모토 유키에 대한 내 애정이 그 《다른 모리모토 유키》에게 향할지 어떨지는 모른다. 그것만큼은, 그런 일이 실제로 일어날 때까지는 알 수 없는 것이다.

나는 유키와 택시를 타고 센카와 역으로 향한다. 전철을 타고 가다 오리지널 내게 들키고 싶지 않기 때문이다.

유키가 말한다.

"쓰토무, 무슨 생각 해?"

나는 대답할 수 없다. 하지만 유키도 알고 있다. 나는 유키를 지워야 할지 말지에 대해 생각하고 있다. 나와 유키의 세쌍둥이를 없었던 것으로 해야 할지 말지 생각하고 있는 것이다.

"그럼, 내 생각을 말할게." 하고 유키가 말한다. 나는 귀를 틀어막고 싶지만, 듣고 싶어 견딜 수 없다. 나는 또다시 스스로 생각하는 것을 포기하려 하고 있다. 남이 정답을 가르쳐주기를 바라고 있다.

안 되겠다. 난 틀려먹은 인간이다.

유키는 말한다. "쓰토무, 나, 없어져도 괜찮아."

나는 신을 죽이고 싶어진다. 유키에게 지금의 대사를 말하게끔 한 신을 죽이고 싶어진다. 내게 쓸데없는 성장을 강요하는 신을 죽이고 싶어진다.

나는 이 세계를 긍정하기로 결심하려 한다. 유키를 내 곁에 두고 관대와 성실이와 정직이를 내 품 안에 넣어두기로 결심하려 한다.

하지만, 하고 나는 생각한다. 이런 식으로 내가 신에게 반발할 것을 예상하고, 신은 유키에게 그 대사를 말하게끔 했는지도 모른다, 하고 나는 생각한다. 나는 내가 증오하는 신에게 조종당하고 있는지도 모른다고 생각한다. 그러자 더욱 반발심이 생겨, 그럼 역시 이 세계를 부정할까 하고 생각한다. 하지만 그 반발의 반발 또한 예상된 것일지도 모른다, 하고 나는 생각한다. 안 된다. 추리소설의 문제와 마찬가지다. 탐정의 추리를 예상한 범인은 여러 가지 증거를 남겼는지도 모른다, 하고 탐정이 의심하기 시작하면 끝이 없다. 나라는 탐정도, 신 따위, 아무리 의심한들 그 의심에는 끝이 없다.

"나도 쓰토무를 사랑하니까, 나, 없어져도 괜찮아, 이 세계에서."라고 유키는 말한다. "쓰토무를 이런 곳에 언제까지고 붙잡아 둘 수는 없으니까."

하지만 나는 유키가 붙잡아줬으면 좋겠다. 나는 여기가 좋다. 유키가 좋다. 관대와 성실이와 정직이가 좋다.

"게다가." 하고 유키가 말한다. "다카코 씨랑도 얘기해봤는데, 이런 가공의 세계가 아니라 현실 세계에도, 우리가 있을지도 모르잖아. 다른 나나, 다른 다카코 씨, 다른 여자들이. 쓰토무는 그런 사람들이랑 만나서 연애하면 돼. 그리고 자신의 진짜 아이를 만들면 돼."

나는 슬퍼진다. 다른 여자와 연애하면 된다는 말을 좋아하는 여자에게서 듣는 건, 아무리 가공의 세계에서 듣는 얘기라도 마음이 아프다.

"쓰토무, 그런 표정 짓지 마." 하고 유키가 말하면서 내 얼굴을 만진다. "나, 쓰토무를 좋아하니까 이런 말 하는 거야. 쓰토무가 좋으니까, 그러니까 이런 식으로 말하는 거지."

하지만 나는 슬프다. 유키는 내게 유키를 잃으라고 말하고 있는 것이다. 자기는 내게서 떠나간다고 하는 것이다. 나를 두고.

"유키를 잃고 싶지 않아." 나는 말한다. "관대와 성실이와 정직이를 잃고 싶지 않아."

"알고 있어." 하고 유키는 말한다. "하지만 여기에서 나간다고 해서, 반드시 나를 잃게 되는 건 아니야. 관대와 성실이와 정직이도 꼭 잃는다고는 할 수 없어. 쓰토무는 또 다른 곳에서 나를 만날 수 있을지도 몰라."

"하지만 이 대화를 계속 이어서 할 수 있는 게 아니잖아. 그 아이는 유키 본인이 아냐."

나는 유키의 눈동자를 바라본다.

"그 아이의 얼굴은 유키랑 전혀 다를지도 몰라. 목소리도 다르겠지. 그리고 아마, 그 아이한테는 이……."라고 말하면서 나는 유키의 왼쪽 눈꺼풀을 만진다. "…… 연필심이 박힌 자국 같은 건 없을 거야." 오치이 다다시가 찌른 연필의 흔적. "그 아이는 유키가 아냐."

유키는 말한다. "고마워 쓰토무. 나, 쓰토무를 이렇게 사랑할 수 있어 다행이야."

아니다. 그건 내가 할 말이다.

"나, 정말로, 내가 어떻게 되든 상관없어." 하고 유키는 말한다. "쓰토무. 하지만 자신을 위해 생각해. 나를 위해 생각하지 말고. 자신을 위해 결정해. 쓰토무가 어느 쪽을 선택하든, 난 쓰토무를 좋아하고, 쓰토무를 응원해. 그러니까 쓰토무, 약속해. 자신에게 진짜로 좋은 것을 선택해."

나는 끄덕인다. "약속할게."

"그럼 내 마음을 한 번 더 말해둘게." 하고 유키는 다시 말한다. "쓰토무, 나를 잃도록 해."

싫어!

"그게 쓰토무한테 가장 좋아."

거짓말!

"쓰토무를 사랑하는 건 진짜야. 하지만 이제 나, 쓰토무는 돌아가야 한다고 생각해."

어디로?

"니시아카쓰키로."

싫어! 게다가 내겐 아직 다 하지 못한 일들이 이 세계에 있다.

"뭐야."

아직 다다미도 고치다 말았고…….

"후훗. 무슨 소리 하는 거야. 다다미 따위 어떻게 되든 상관없잖아!"

나와 유키가 탄 택시가 센카와 역 앞 로터리에 도착한다. 버스와 택시가 줄지어 있다. 나는 택시에서 내린다. 주위를 본다. 오리지널 쓰쿠모주쿠의 모습은 없다. 두 명째 쓰쿠모주쿠의 모습도 없다. 둘 다 어딘가에 숨어 있을지도 모른다. 무슨 일이 일어나면 바로 다른 택시에 타자고 생각한다.

스즈키에게 전화를 건다. 호출음을 듣고서 바로 끊는 것을 두 번 반복하고, 세 번째 전화를 스즈키가 받는다. "여보세요." "쓰토무입니다. 지금 센카와 로터리에 있습니다. 여기로 올 수 있어요?" "갈 수 있어-." "얼마나 걸립니까?" "시간? 오 분쯤." "그럼 로터리에서 기다리겠습니다." "그래." 스즈키의 뒤에 있는 세쌍둥이의 웃음소리가 들린다. 전화가 끊긴다. 나는 휴대 전화를 다시 뒷주머니에 넣는다. 유키가 말한다. "있지 쓰토무." "응?" "잠깐 생각했는데." "뭘?" "「제7화」에서, 마지막에, «쓰쿠모주쿠»가 «하늘의 옥좌»에 가려고 회오리에 빨려 들어가잖아? 하지만 그거, «하늘의 옥좌»라는 게, 하늘에 있는 게 아니라, 그 «크로스하우스»가 그거였던 거 아냐?"

하늘의 옥좌에는 신이 있다. 옥좌 주위에는 스물네 개의 자리가 있으며, 그곳에는 스물네 명의 장로가 앉아 있다. 옥좌 앞에는 일곱 개의 횃불이 타오르고 있으며, 그것은 신이 가진 일곱 개의 영혼이다. 또한 옥좌 앞은, 수정 같은 유리의 바다와 같다.

«크로스하우스»의 «비밀의 십자로»가 «신의 옥좌»이며, 그 통로를 둘러싼 «스물네 개의 방»이 «스물네 명의 장로가 앉는 스물네 개의 자리»이며, «죽은 명탐정 쓰쿠모주쿠를 둘러싸고 있는 타오르는 일곱 개의 양초»가 «옥좌 앞의 일곱 개의 횃불»이며, «예배당을 둘러싼 스테인드글라스»가 «수정 같은 유리의 바다»이다.

그러면 어떻게 된 걸까. 이미 «나»는 「제7화」에서 이미 «하늘의 옥좌»에 도달했던 것이다. 하지만 거기에 «신»은 있었을까?

없었다. «비밀의 십자로»는 먼지투성이였고 누구의 모습도 없었다. «옥좌에 앉아 있어야 할 신»의 모습 따위 어디에도 없었다.

옥좌에 신이 없다고?

유키의 지적이 맞는다면, 그러면 이 「제7화」는 무엇을 의미하는 것이었을까? «신의 부재»는 내게 무엇을 전하려 하는 걸까. 「제6화」의 이 타이밍에 이 지적이 나온 것은 대체 무슨 의미일까.

나는 생각하지만, 모르겠다. 모르겠지만, 생각한다. 생각하고 있다. 하지만 무언가를 깨닫기 전에 스즈키의 알파로메오가 온다. 빨간 알파로메오. 새빨간 알파로메오.

그러자, 보라. 하늘에 어좌가 놓여 있고 그 어좌 위에 앉아 있는 분이 계셨다. 그분은 벽옥과 홍옥같이 보이셨고, 어좌 둘레에는 에메랄드빛 무지개가 있었다.

홍옥. 나는 로터리 아스팔트 위에서 돌멩이를 주워 알파로메오에 다가가, 아직 움직이고 있는 그 차의 보닛 위를 그 돌멩이로 살짝 긁는다. 그러자 붉은 도료가 벗겨져, 원판이 나타난다. 그 알파로메오의, 빨간색 밑에 칠해진 것은 녹색이다. 벽옥. 에메랄드. 녹색.

«옥좌».

이 옥좌에 네 개의 생물이 있었다. 첫째 생물은 사자 같고 둘째 생물은 황소 같았으며, 셋째 생물은 얼굴이 사람 같고 넷째 생물은 날아가는 독수리 같았다.

알파로메오의 뒷좌석에서 세쌍둥이가 웃고 있다. 운전석의 스즈키가 깜짝 놀라고 있다. 운전석 창문이 열리고 스즈키가 말한다. "뭐하는 거야 쓰토무 씨. 깜짝 놀랐잖아. 아이고, 엄청난 흠집이 생겼네. 장인어른 차에."

장인어른 차?

관대와 성실이와 정직이가 뒷좌석에서 노래하고 있다.

"♪거룩하시다 거룩하시다 거룩하시다. 전능하신 주 하느님. 전에도 계셨고, 지금도 계시며, 또 앞으로 오실 분♪"

≪전에 계셨고, 지금 계시며, 마침내 오실 분≫.

≪타임슬립≫.

"장모님." 내가 말한다. "장인어른은 누구십니까?"

스즈키가 대답한다. 스즈키가 대답하기 전이지만 나는 알고 있다.

장인어른의 이름은 "쓰쿠모주쿠야 쓰토무 씨. 뭐야 이제 와서."

나는 영구기관永久機關. 나는 언젠가 어딘가에서 또다시 타임슬립하여, 이번에는 오랜 과거로 돌아가, 스즈키와 만나, 스즈키와 섹스해서 나를 만드는 것이다.

내 아버지는 나이며, 내 아들도 나인 것이다.

삼위일체. 쓰쿠모주쿠[九十九十九]. 모든 것에 의미가 있다. 의미가 지나치게 많다. 이것은 이야기이니 어쩔 수 없는 것일까. 현실 세계에서는 이런 일이 일어나지 않는 것일까.

"장모님." 내가 묻는다. "장인어른은 어디 계십니까."

"몰라." 스즈키는 말한다. "어느 날 갑자기 하늘로 훌쩍 올라가 버렸으니까. 나를 다다미 가게에 놔두고. 너무하지?"

내 얼굴을 보면 가슴과 그곳이 뜨거워지는 스즈키. 스즈키가 나를 사랑하면서도 미워하고, 미워하면서도 사랑하는 이유를 깨닫는다. 자신을 두고 사라진 나를 스즈키는 미워하고 있다. 사랑하고 있기도 하다. 그리고 태어난 나를, 스즈키는 사랑한다. 하지만 미워하고 있기도 하다.

나는 신이다.

«크로스하우스»의 «옥좌»에서, 그 «옥좌»가 있는 산기슭의 «가토네 집»에 내가 강림한 것이다. 그리고 «크로스하우스»로 돌아온 «내»가 «옥좌»에서 «신»을 찾지 못한 이유도 알게 된다. 당연한 것이다. «내»가 찾는 «신»이란 «나» 자신이니까. 어디를 봐도 찾을 수 없는 것이다. 자신을 찾고 있었으니.

망연자실해 있는 내 눈앞에, 지금은 빨간색이고 예전에는 녹색이었던 알파로메오=«신의 옥좌»에서 또 한 명의 내가 나타난다. 트렁크에 숨어 있던 오리지널 쓰쿠모주쿠다.

오리지널 쓰쿠모주쿠도 두 명째 쓰쿠모주쿠와 마찬가지로 「제6화1」

「제7화1」을 살고 「제6화2」로 찾아온 것이다. 그러니까 모리모토 유키가 「제6화」의 내 연인이라는 것을 나보다 먼저 알고 있었다. 아니 그렇다기보다, 나보다 먼저 모리모토 유키와 사귀고 있었던 것이다. 그러니까 모리모토 유키의 집도 알고 있었고 이 빨간 알파로메오에 대해서도 알고 있었던 것이다.

오리지널 쓰쿠모주쿠가 트렁크에서 나와 로터리로 내려선다. 나와 완전히 똑같은 얼굴, 똑같은 몸의 쓰쿠모주쿠. 지나치게 아름답다. 하지만 사실은 추하다.

오리지널 쓰쿠모주쿠가 모습을 보였을 때, 또 한 명의 쓰쿠모주쿠도 나타난다. 녹색 사각형 안의 붉은 7. 또 하나의 《옥좌》, 세븐일레븐에서.

6

센카와 역 앞의 로터리에서 신의 결전이 시작된다.

오리지널 쓰쿠모주쿠는 로터리 한옆에 서 있는 유키를 향해 똑바로 간다. 일본도를 치켜든다. 유키는 갑자기 나타난 또 한 명의 나를 보고 굳어 있다. 일본도가 유키의 목을 치려 하는 순간, 두 명째 쓰쿠모주쿠가 같은 일본도로 오리지널 쓰쿠모주쿠를 친다. 오리지널인 내가 반이 된다. 몸이 단칼에 둘로 쪼개진 것이다. 하지만 오리지널인 내가 쥔 칼의 날도 피투성이다. 그 피는 유키의 피다.

유키의 목이 로터리에 떨어져 있다. 몸은 아직 서 있다. 쓰러진다. 유키의 목과 몸통은 따로 있다. 잘려서 따로 있다.

"아아아아아아아아아아아아!"

소리를 지른 것은 나이면서 내가 아니다.

소리를 지른 것은 내가 아니고 오리지널 나다. 허리 위가 잘려 반이 된 나는 상반신만 남은 몸으로 일어난다. 장이 배 아래 상처 밖으로 좌르륵 나온다. 양손으로 선 오리지널 나의 손에는 아직 일본도가 쥐어져 있다. 오리지널 나는 배에서 삐져나온 장을 끌며 두 손으로 달린다. 일본도가 아스팔트를 긁어서 챙챙 하고 울린다. 저 앞에는 알파로메오와 스즈키와 나의 세쌍둥이, 관대와 성실이와 정직이가 있다.

오리지널 나는 철의 의지를 가지고 내 아이를 죽일 작정이다. 죽여서 먹을 작정이다.

나도 달린다.

오리지널 나의 몸통이 반이 된 것을 보고, 관대와 성실이와 정직이가 "꺅." 하고 비명을 지르고, 내가 반이 되었지만 살아서, 칼을 들고 자기들 쪽으로 기어오는 것을 보고 세쌍둥이가 "아빠-!" 하고 외친다. 오리지널 내가 반이 되어버린 것이 슬퍼서 그렇게 외친 것인지, 두 명째 내가 나를 베어서 그러지 말라며 비난하고 싶어서 그렇게 외친 것인지, 반이 되어 장을 끌고 자기들 쪽으로 다가오는 내게 오지 말라는 뜻으로 그렇게 외친 것인지, 다가오는 반쪽짜리 나를 어떻게든 물리쳐달라고 부탁하고 싶어서 나나 또 한 명의 나를 부른 것인지, 이 중 어느 게 맞는지는 잘 모르겠다. 하지만 나는 기어가고 있는 오리지널 나를 따라잡아, 뒤에서 등을 찼다. 땅에 쓰러진 오리지널 내가 그 기세를 이용하여 칼을 휘둘러 나를 베었다. 칼이 내 팔에 꽂힌다. 하지만 체중이 실려 있지 않은 그 일격이 내 피부는 잘라도 뼈를 자를 수는 없다. 나는 칼을 뿌리치고 다시 한 번, 땅에 쓰러진 나를 발로 찬다. 발에 차인 내가 말한다. "그만해! 이건 네 의지이기도 해! 이 세계를 만들고 있는 네가, 내게 이렇게 하도록 시키고 있어! 너도 이걸 바라고 있어! 네가, 이걸 바라고 있다고!"

"시끄러!" 하며 두 명째 내가 오리지널 나의 목을 날린다. 오리지널 나는 목이 베여 더 이상 아무 말도 안 하게 된다.

"아빠ㅡ!" 하고 세쌍둥이가 외친다. "엄마ㅡ!"

로터리에 굴러 떨어진 유키의 머리도 이제 아무 말도 하지 않는다.

나는 이런 거, 원한 적 없어!

나는 오리지널 나와 두 명째 나의 곁을 떠나, 유키의 목으로 달려간다. 유키는 눈을 감고 있다. 유키의 목에서 피가 흘러나오고 있다. 그 피가 유키의 얼굴을 더럽히고 있다.

생각해! 하고 나는 생각한다.

유키를 구할 방법을 생각해!

구할 수 있을 거라고 생각해? 유키는 목이 잘렸어! 목이 잘렸다고! 이제 와서 뭘 생각할 수 있다는 거야!

나는 정답을 알고 있다! 떠올려 봐! 그걸 말로 해! 모든 것은 네 안에 있어! 내 안에 있다고!

잘 봐!

눈앞에 있는 걸 잘 봐!

나는 본다. 피에 젖었어도 아름다운 유키의 얼굴에서 시선을 떼고 위를 보자, 정면에 스즈키가 서 있다. 악을 쓰며 울고 있는 관대와 성실이와 정직이가 있다. 그 네 명이 타고 있는 빨간 알파로메오.

신.

나는 하늘을 올려다본다. 하늘은 두껍고 시커먼 구름에 뒤덮여 있지만, 회오리는 없다. 두껍고 시커먼 구름밖에 없다.

신이시여!

그렇게 외친 나는 떠올린다.
이 세계의 신은 나인 것이다.
그 증거로 피가 섞인 우박이 내린다.

첫째 천사가 나팔을 불자, 피가 섞인 우박과 불이 생겨나더니 땅에 떨어졌다.

쿠궁! 하고 큰 소리가 나기에 감고 있던 눈을 떠 보니, 내 주변의 땅에, 하늘에서 내린 수정 같은 우박이 튀고 있다. 센카와의 거리에 우박이 내리고 있다. 그 우박에는 내 슬픔의 피가 섞여 있다.

좀 전의 큰 소리는 벼락이 치는 소리였고, 벼락이 떨어져, 내 눈앞에

로터리를 둘러싼 백일홍 나무 한 그루가 타 있다.

이건 기적이 아니다.

내가 한 일인 것이다.

엄청난 기세로 내린 우박에 센카와 역 앞이 시끌벅적해진다. 다들 지붕 밑으로 도망간다. 나는 로터리 한옆에서 우박을 맞으며 유키의 머리를 끌어안고서 일어선다. 유키의 몸 옆으로 간다. 나는 유키의 목 절단면을, 피를 뿜어내고 있는 유키의 몸 절단면에 갖다 댄다.

낫는다.

그렇게 생각한 것만으로 유키의 상처는 낫는다. 유키의 목은 이어지고, 상처는 닫힌다. 일본도 자국은 목 주변에 희미하게 남아 있는 녹 정도뿐이다.

하지만 유키가 깨어나지는 않는다. 목이 붙는 것만으로는 안 되는 것이다.

나는 떠올린다. 「제4화」에 나오는 내 이야기. 사람은 120년 산다. 사람의 영혼은 육체와 떨어지고 나서도 계속 산다. 나는 명령한다.

유키, 몸으로 돌아가. 그리고 몸 안에서 좀 더 살아.

그러자 내 품 안에서 유키가 눈을 뜬다.

"쓰토무? 뭐야, 왜 울고 있어? 어? 무슨 일이 일어난 거야? 우와, 아야 아야 이게 뭐야. 왜 얼음이 내리는 거야?"

"유키." 내가 말한다. "한 번 더 물을게. 내가 여기에 남는 편이 좋아? 여기서 나가는 편이 좋아?"

"뭐?"라고 말하며 유키는 웃는다. 그리고 몸에 떨어진 우박을 그대로 둔 채 나를 끌어안는다. “쓰토무가 정해.”

나는 이미 그 대답을 알고 있다. 오래전부터 정해져 있었던 것이다.

≪유키[有紀]≫=≪갈 것[行き/유키]≫.

나는 가야만 한다.

7

우박을 맞아 젖어버린 나와 유키는 알파로메오를 타고서 다다미 가게로 돌아와 함께 목욕을 한다. 그러자 관대와 성실이와 정직이도 옷을 벗고 온다.

“아－. 좁아.” 하고 유키가 말하며 웃는다. 세쌍둥이가 장난치면서 우리가 들어가 있는 욕조로 뛰어 들어와, 모두가 욕조에서 못 나가게 된다. “못 나가겠잖아～.” 하고 유키가 말하며 웃자 세쌍둥이도 흉내 내며 “못 나가겠잖아～.” “못 나가겠잖아～.”라고 노래하며 웃는다. 내가 “아빠는 고리놀이 잘하지롱－”이라고 말하며 관대와 성실이와 정직이의 손발을 떨어뜨린다. 순서대로 몸을 씻기고 머리를 감긴다. 나는 유키의 몸과 머리도 씻어준다. “어－엄마 어른인데 씻겨주네－.”라고 성실이 말하자, 유키는 말한다. “괜찮아－ 어른이라도. 좋아하는 사람이 씻어주는 거면.” 그러자 관대와 성실이와 정직이가 저마다 “아빠 엄마 좋아해?” “엄마 아빠 좋아해?” “얼마나 좋아해?” 같은 소리를 한다.

답은 정해져 있다.

다섯이서 욕실을 나오자, 장모님이 준비해두신 타월이 있다. 그것이 모두 흰 색이라, 타월을 감은 우리는 ≪흰 옷을 몸에 두른 군중≫이 된다.

“구원은, 옥좌에 앉아계신 우리들의 신과, 어린양의 것이다.”

“아멘. 찬미, 영광, 지혜, 감사, 명예, 힘, 위력이, 온 세상 무한히 우리들의 신에게 있기를, 아멘.”

유키가 관대와 성실이와 정직이에게 옷을 입히고 있는 사이에, 나는 부엌으로 간다. 장모님이 저녁을 준비하고 있다. 나를 보고, 장모님이 말한다. “어머— 쓰토무 씨, 옷 갈아입고 와. 그렇게 벗고 있으면 감기 걸려.”

“장모님.” 내가 말한다. “장인어른은 어떤 분이셨습니까?”

“어머 뭐야 갑자기.”

“알고 싶습니다.”

“근데 쓰토무 씨, 알고 있잖아? 몇 번이나 말했잖아.”

“그래도 다시 한 번 듣고 싶어서요.”

“흠. 뭐, 좋아. 장인어른은, 핸섬하고, 상냥한 사람이었어. 머리가 좋고, 명탐정이었으니까. 다다미 가게 주인을 하기에는 아까운 인간이었지.”

“핸섬했습니까?”

“완전 핸섬. 엄청났지.”

“가슴과 거기가 뜨거워질 정돕니까?”

"꺄, 쓰토무 씨. 그런 야한 말 하지 마. 유키한테 일러버릴 거야."

"그 사람, 머리가 세 개 있지 않았습니까?"

"뭐? 하하하. 무슨 얘길 하는 거야. 그럴 리가 없잖아. 아, 하지만, '셋이 모이면 문수보살의 지혜'라는 말은 좋아했던 것 같아. 아마 쓰쿠모주쿠라는 이름에서, 뭔가 이상한 연상을 한 것 같은데. 그 사람 말장난 좋아했었으니까."

"…………."

"하지만 단순한 말장난이야. 머리가 세 개 있을 리가 없잖아. 장인어른, 머리가 좀 지나치게 좋아서, 이상한 구석이 있었으니까. 자기를, 신이라고 했었고. 하지만, 그것도 말장난이야. 자기 이름 가지고 이런저런 생각을 했었으니까."

"«삼위일체»요?"

«九+九+九»=«二+七»=«九»

"아니 아니."라고 하시며 장모님은 나를 놀라게 한다. "있지. «9»라는 숫자는 그리스어로 «α»랑 통하고, «10»이라는 숫자는 그리스어 «Ω»랑 통하잖아. 장인어른이 자주 말했었어. '나는 알파이며, 오메가이다.'라고. 이거 신의 말이지? «9»와 «10»으로 이루어진 자기 이름은 신의 이름이라고. 아하하."

태초에 말이 있었다. 말은 신과 함께 있었다. 말은 신이었다. 요한복음서의 이 말이 옳다면, «쓰쿠모주쿠»는 그야말로 신의 이름을 표현하는 가장 적절한 이름이겠지.

하지만 나는, 신인 걸까?

나는 모든 것을 알고 있을까?

모르는 것투성이다. 지금 장모님의 «쓰쿠모주쿠» 해석도 몰랐다. 내 이름이고, 내가 한 해석인데도.

하지만 잠깐, 하고 생각한다. 지금 나는 그 해석을 들었다. 앞으로 언제 어디선가 내가 또다시 «웜홀»을 통과한 뒤에, 결국 이 해석을 스즈키에게 자랑하는 거 아닐까, 내가 한 생각인 것처럼.

운명이란 무엇일까. 이 시점에 무엇이 정해져 있는 걸까. 내가 이곳의 신이라고 치면, 대체 내가 무엇을 정할 수 있을까. 사실은 지금 한 «쓰쿠모주쿠»=«9 10 9 10 9»=«αΩαΩα»라는 해석처럼, 누가 정한 게 아니라 그저 거기에 있으며, 신을 칭하는 누군가가 멋대로 자신이 그것을 한 것처럼 주장하고 있을 뿐이지 않을까.

좀 전에 센카와에서 일어난 기적도 애당초 일어날 일이 당연히 일어난 것이며, 유키의 목이 애당초 붙도록 정해져 있었던 거 아닐까. 그리고 내가 어쩌다 그것을 연출하고 있는 듯 보였을 뿐, 그것은 내 착각이고, 나 또한 그 필연의 기적을 일으키기 위해 배치된 소도구 중 하나에 지나지 않았던 거 아닐까?

아니면 나 말고 진짜 신이 따로 존재하며, 그 신이 내게 신을 연기하게끔 하고 있을 뿐인 걸까?

하지만 이런 생각을 아무리 해도 알 수 없다. 몇 번이고 말하지만, 탐정의 추리를 예측해버리는 범인의 존재 따위, 아무리 의심한들 끝이 없는 것이다.

저녁은 연근튀김과 돼지고기조림이다. 맛있어 보인다. 하지만 이걸 먹기 전에 니시아카쓰키로 돌아가지 않으면 가기 힘들겠구나, 하고 생각한다. 그래서 나는 "밥은 됐습니다."라고 장모님께 말하려 한다.

하지민 그때 「제7화」 마지막 징면에 나온 «나»의 후회를 떠올리고, 관둔다.

천천히 밥을 먹자. 유키와, 관대와, 성실이와, 정직이와, 장모님과, 여섯이서.

나는 니시아카쓰키로 돌아가기로 결심한 상태다. 하지만 만약 내가 앞으로 유키와 관대와 성실이와 정직이의 얼굴을 보고 있다가 헤어지기 힘들어져서, 니시아카쓰키로 돌아가는 건 역시 싫다, 관둬야겠구나, 하는 생각이 들더라도 그건 어쩔 수 없겠지.

한 번 결심한 것도 결단이지만, 그것을 뒤집는 것도 결단이다. 뭐라고 하지 말길. 내가 신이다. 신을 칭하고 있을 뿐인 가짜일 가능성도 있지만, 그것을 의심하면 끝이 없기에 내가 신이라는 결론으로 결단. 나는 신이다.

시끌벅적하게 떠들면서, 우리는 밥을 먹는다. 즐겁다. 두 명째 나도 쓰시마 다카코와 밥을 먹고 있을지 모른다. 즐겁겠지. 어딘가에서 또 다른 나도 밥을 먹고 있을지 모른다. 즐겁게 살았으면 좋겠다. 오리지널 내가 밥을 먹을 수 없는 건 아쉽다. 그리하여, 나는 결심했다. 쓰토무=대폭소 카레에게는, 내가 숨긴 오리지널 나의 시체를 찾게 해주자. 그 시체는 반으로 잘려, 내장이 꺼내어져 있고, 안에는…… «세이료인 류스이»의 소설이 들어 있다. 「제1화」, 「제2화」, 「제3화」, 「제5화」, 「제4화」, 「제7화」, 그리고 이 「제6화」. 나는 기적을 일으켜, «세이료인 류스이»의 소설을 넣은 오리지널 쓰쿠모주쿠의 배를 봉해버리겠다. 바늘도 실도 쓰지 않고. 깨끗하게. 매끈하게. 그러면 어째서 쓰쿠모주쿠의 뱃속에서 그 소설이 나왔을까, 라는 수수께끼가 생긴다. 그것을 쓰토무가 적당히 해결하도록 하게 하면 된다. 뱃속에서 나온 «세이료인 류스이»의 소설을 읽으면 모든 것이 밝혀지는데, 그 일을 한 범인은 《쓰쿠모주쿠》이지만, 그 《쓰쿠모주쿠》는 이미 죽은 것이다. 하하하.

이 수수께끼, 쓰토무가 해결할 수 있을까?

불안하지만, 뭐, 필요하면 내가 조수가 되어 옆에 있어주면 된다.

그러면 다른 이름이 필요하다.

뭐로 할까?

이런 생각을 하며, 「제7화」 마지막 장면에서 쓰토무의 조수가 쇠공에 깔렸던 것을 떠올린다. 내 기억에 그의 이름은 스가노 다쿠야=대폭소 해피 2세였는데, 그 이름만은 붙이지 않도록 해야겠다.

위험해 위험해. 신 또한 언제 살해될지 모른다. 조심해야지.

이런 생각을 하자마자, 이게라가 의자 밑으로 늘어뜨리고 있는 내 발에 달려든다.

"아아야야야야야!"

이게라에게 밥을 주는 걸 잊고 있었다.

관대와 성실이와 정직이가, 내 비명을 듣고 폭소한다. 유키도 웃는다. 장모님도 웃는다. 나도 웃는다. 너무 즐겁다. 여기에서 나갈 수 있을지 어떨지, 정말 불안하다.

그러니 우선 나는 지금, 이 한순간을 영원한 것으로 해 보인다. 나는 신의 집중력을 가지고 마지막까지의 시간을 미분한다. 그 한순간의 영원 속에서, 나라는 아킬레스는 앞서 가는 거북이를 따라잡을 수 없다.

| 참고문헌 |

『코즈믹』, 세이료인 류스이, 고단샤 노블스.
『조커』, 세이료인 류스이, 고단샤 노블스.
『카니발 이브』, 세이료인 류스이, 고단샤 노블스.
『카니발』, 세이료인 류스이, 고단샤 노블스.
『카니발 데이』, 세이료인 류스이, 고단샤 노블스.
성서, 일본성서협회.

| 작품 해설 |

이야기를 어떻게 이길까?

최혜수

『쓰쿠모주쿠』는 2003년 고단샤 노블스의 JDC 트리뷰트 시리즈 중 한 권으로 간행된 책이다. 여기에서 JDC란 세이료인 류스이의 소설에 나오는 가공의 탐정 단체인 '일본탐정클럽(Japan Detective Club)'의 머리글자이며, 세이료인 류스이는 망상과 말장난이 난무하는 독특한 작풍으로 열성적인 독자층을 보유하고 있는 작가이다. 세이료인의 작품 속에서, '쓰쿠모주쿠'를 비롯한 수백 명의 JDC 소속 탐정들은 수많은 사건들을 기발한 수사방법으로 해결해 나간다.

세이료인 작품의 큰 특징 중 하나는, 일반적인 추리소설에서는 한정적으로 등장하는 밀실의 수가 지나치리만큼 많고 희생자 수 또한 억 단위라는 것이다. 그 또한 폭발적인 망상과 말장난이 난무하는 작풍이 낳은 결과라 할 수 있는데, 그의 말장난은 '쓰쿠모주쿠'라는 이름을 비롯한 탐정들의 고유명과 추리방법에까지 침투하여 특유의 세계를 이루고 있다.

그렇다면 그의 망상의 세계가 의미하는 바는 무엇일까? 아즈마 히로키를 비롯한 일본의 유수 평론가들은 세이료인 류스이의 '말'들에 구체적인 이미지와 현실감이 결여되어 있다는 점에 주목하여, 그가 포스트모던 시대의 '말'과 '현실'의 관계를 예리하게 그려내고 있다고 지적한다. 세이료인이 의도적으로 말장난을 다용하여 말이 생생한 현실감을 획득하는 순간을 기피하고 있다는 것, 다시 말해 기호를 기호 그 자체에 그치게끔 하고 있다는 것이다. 예를 들어, JDC의 핵심 인물인 명탐정 쓰쿠모주쿠는 '궁극의 미모'를 지니고 있으나 그것이 어떤 식의 '궁극'의 미모인지, 아지로 소지의 '초절추리超絶推理'가 어떻게 '초절'이라는 것인지 구체적인 이미지를 제시하는 설명은 전혀 없다. 따라서 독자는 그 추상성을 있는 그대로 받아들일 수밖에 없으며, 『쓰쿠모주쿠』 또한 그 점에 주목하여 쓰인 소설이라고 볼 수 있다.

즉, 『쓰쿠모주쿠』에서도 세이료인 류스이의 JDC시리즈인 『조커』나 『카니발』이 '이야기'를 의미하는 기호가 되며, 작가인 세이료인 류스이조차 '이야기의 원작자'를 의미하는 하나의 기호가 된다. '기호이다'라고 단언하지 않고 기호가 '된다'고 하는 이유는, 이 이야기 자체가 자신의 표면적 특징에서 출발한 여러 고유명들이, 원래의 문맥과는 동떨어져 보이는 거대한 지반 아래 놓이는 과정을 담고 있기 때문이다.

『쓰쿠모주쿠』는 일곱 개의 이야기로 구성되어 있다. 각각의 이야기는 독립된 세계를 구축하면서도, 다음 이야기에 이르러 앞의 이야기를 대상화하고 부정하는 일종의 액자식 구조를 이룬다.

「제1화」에서는 나=쓰쿠모주쿠의 출생과 세리카, 세시루, 남동생인 쓰토무, 그리고 쓰쿠모주쿠를 키운 스즈키 미와코가 등장한다. 배경이 된 무대는 마이조 오타로 소설을 읽은 적이 있는 독자라면 누구나 알고 있을, 그가 쓴 거의 모든 소설의 배경이 된 '후쿠이 현 니시아카쓰키 마을.' 의문의 살인사건이 일어나, 쓰쿠모주쿠가 그 사건을 해결한 뒤 함께 살던 세시루와 세리카의 곁을 떠나는 것으로 「제1화」는 마무리 된다. 참고로 「제1화」만 놓고 보았을 때 세이료인 류스이와 관계가 있어 보이는 부분은 주인공이 '쓰쿠모주쿠'라는 것과 세리카와 세시루의 이름이 JDC의 구성원인 기리카 마이와 이누가미 야샤로 바뀐다는 것뿐이다. 그리고 원작자인 세이료인 료스이를 앞으로 어떻게 '트리뷰트'할 것인지에 대해 암시하는, 다음과 같은 대목이 있다.

'오늘 나는 바깥을 달렸다.

앞으로도 계속 달리고 싶다.

나는 모방 따위를 쓰지 않고, 정말로, 작지도 않고 한계 같은 것도 없는, 더욱 커다란 바깥 세계로 가고 싶다.' (88쪽)

여기에서 '바깥'이란 작품 속에서 물리적인 외부, 즉 가토의 집 밖을 의미하지만, 「제2화」에 이르러 그 '바깥'이란 이야기의 바깥을 의미하고 '작고 한계가 있는' 세계는 원작의 이야기(즉, 세이료인 류스이의 JDC시리즈)를 의미하는 듯한 전개가 이어진다. 「제2화」의 쓰쿠모주쿠는 어느 날 「제1화 쓰쿠모주쿠」라고 적힌 원고뭉치가 들어 있는 우편물을 받는다. '나'는 그것이 무엇을 의미하는지 모르는 상태이다. '세이료인 류스이'가 작가인지, 아니면 다른 무엇인지조차 알 수 없으며, 「제1화」에서 쓰쿠모주쿠가 해결한 살인사건도 실제로 일어난 일이 아닌 픽션으로 그려진다.

「제2화」의 나(=‘쓰토무’라는 가명을 쓰는 쓰쿠모주쿠)와 교제 중인 한 여성이 세이료인 류스이의 팬으로 등장하면서, ‘나’는 그가 현실 세계의 작가이며 자신에 대해 잘 알고 있는 인물임을 알게 된다. 그리고 ‘나’는 의문의 분신사건을 해결한 뒤 세 명의 여성을 동시에 임신시켜 세 아이(관대, 성실, 정직)를 그녀들의 뱃속에서 꺼내고, 성서를 모방하여 그녀들의 시체를 장식해둔 뒤 그곳을 떠난다.

「제3화」의 쓰쿠모주쿠는 아이치 현 도미야마에서 동생인 쓰토무의 이름으로 살아간다. 「제2화」에서 그랬던 것과 마찬가지로 「제2화 세이료인 류스이」라는 제목의 소설이 ‘내’ 앞으로 배달되어 「제2화」는 픽션이었음이 밝혀진다. 세 아이가 있기는 하지만 그 아이들의 엄마는 사토에미코 한 명이다. ‘나’(쓰토무라는 이름을 쓰는 ‘쓰쿠모주쿠’)는 ‘나’에 대해 잘 알고 있는, ≪세이료인 류스이≫라는 이름을 쓰는 사람이 「제1화」와 「제2화」를 써서 내 앞으로 보낸 거라고 추측한다. 「제3화」의 무대는 세이료인 류스이의 작품 『조커』의 무대였던 환영성. 환영성 내부에서 연속살인사건이 일어나는 한편, 나고야에서도 목이 잘린 시체가 연이어 발견된다. 자신이 나고야 사건의 범인이라고 하면서 경찰서로 직접 찾아간 ‘나’는, 이상 성욕을 가진 오쿠보 겐고가 진범임을 밝혀낸다.

「제3화」에서 중요한 것은, 그전까지 등장했던 실존 작가 ‘세이료인 류스이’와 ‘나’에게 「제1화」, 「제2화」를 보낸 ≪세이료인 류스이≫가 구별되기 시작한다는 점이다.

“어디서부터가 진짜고 어디서부터가 거짓인지, 확실히 할게. ≪세이료인 류스이≫도 잡아서 뜨거운 맛을 보여줄게. 그런데 고단샤 노블스의 ≪세이료인 류스이≫는 어떻게 하지? 만약에 이 「제1화」,

「제2화」랑 상관이 없다면."

"아무래도 좋아. 진짜로 관계가 없다면, 그냥 가만두면 돼. 내가 죽여줬으면 하는 건, 우리 집에 말도 안 되는 소설을 보낸 《세이료인 류스이》야. 그 자식은 찾아서 잡아 죽여."

위와 같은 대화를 통해, 작품 속 '세이료인 류스이'는 독자의 현실 속 세이료인 류스이와 분리되어, 작품 속의 기호로 기능하게 된다. 다시 말해 이야기 속 현실을 뒤흔들 가능성이 있는, 이야기의 전개에 있어 신神적인 존재라 할 수 있는 '작가'로 말이다.

「제3화」 다음에는 「제4화」와 「제5화」, 「제6화」와 「제7화」가 뒤바뀐 순서로 수록되어 있다. 다시 말해 독자는 「제5화」, 「제4화」, 「제7화」, 「제6화」의 순서로 이야기를 읽게 되는데, 「제5화」의 주인공은 「제4화」를 읽은 상태이고, 「제7화」의 주인공은 「제6화」를 읽은 상태이지만, 현실의 독자는 '타임슬립'으로 인해 순서가 뒤죽박죽이 된 상태의 이야기를 경험하게 된다. 이것에 관해서는 아즈마 히로키가 『게임적 리얼리즘의 탄생—동물화하는 포스트모던2』(국역본: 장이지 옮김, 현실문화연구, 2012)에서 '플레이어 시점의 문학'('쓰쿠모주쿠'라는 캐릭터가 아닌 '플레이어'가, 이야기는 이렇게도 전개될 수 있고 저렇게도 전개될 수 있었음을 보여주는 메타 이야기적 상상력을 반영한 문학)이라는 관점으로 자세히 설명해 두었으니 관심이 있는 독자는 그 책을 참고하기를 바라며, 이 해설에서는 아즈마 히로키와 관점을 달리하여 마이조 오타로가 '이야기'의 지반을 넓혀 가며 원작과 대결하고 있다는 점에 주목하기로 한다.

「제5화」 이후의 전개에 대해 생각해보기 전에 먼저 소개해두고 싶은 글이 있다. 고단샤 노블스 판 『쓰쿠모주쿠』가 발매된 지 8개월 뒤인 2003년 12월, 마이조 오타로가 잡지 『군조』에 '에히메가와 주조'라는 이름으로 쓴 문학 평론 「됐으니까 다들 밀실본이나 JDC 같은 거 써보라고」이다.

(전략) 'JDC트리뷰트'도 정말 지긋지긋했다. 세이료인 류스이, 다들 읽었나? 'JDC 트리뷰트'를 써달라는 청탁 받는 거, 진짜 한번 상상해보라고. 나는, 뭐라고? 제정신이야? 하고 생각했어.

멀쩡한 사람은 세이료인 같은 작가 안 읽을 테니 구태여 설명하자면, 'JDC'란 허풍만 가지고 승부하는 사기꾼 작가 세이료인 류스이가 생각한 '일본탐정클럽'이라는 조직명의 머리글자를 나열한 건데, 거기에는 다수의 명탐정이 소속되어 있으며 위계가 있다는 설정이야. 그래서 다양한 개성을 지닌 명탐정이 격투 만화의 필살기 같은 이름이 붙은 추리 방법을 구사하면서 사건에 임하지. 뭐 어쨌든 커다란 그릇이 설정되어 있고 등장인물은 '캐릭터'에 지나지 않고 얄팍하니까, 독자가 멋대로 살을 붙여 즐길 수 있도록 되어 있는 거야. 그래서 그 등장인물 설정도 '이상한 성격 내지 기묘한 추리방법'도 '그 성격을 연상시키는 이름'을 생각하는 것만으로도 끝나버리는 간단한 거니까, 초등학생 · 중학생이라도 충분히 응용할 수 있지. 게다가 정말, 아무리 어이없어도 괜찮은 세계니까, 예를 들면 '한가한 탐정(오히마 탐정)' 히마스기타마란[日馬杉玉蘭](인용자 주: 너무 한가해 죽겠다는 뜻)/한가한 시간이 되면 머리가 식고 · 사건이 한창인데도 쓸데없이 휴식을 취하며 · 대강 하는 듯 보이는데 당돌하게 사건을 해결하기도 하니 요령이 좋다고 오해하기 십상이지만,

'한가하다'고 생각하는 기분이 어떤 상황을 만드는지에 대한 생각이 깊어져서, 최근에는 탐정활동도 정체되고 있다는 소문 · 쉬는 건지 안 쉬는 건지…등등, 이런 어이없는 캐릭터도 괜찮은 거지. 그래서 어린애들도 왁자지껄 적당한 캐릭터를 생각하면서 'JDC'에 끌어들여 즐길 수 있어. 뭐 시스템으로서는 잘 되어 있는 시스템이지. 캐릭터를 무한대로 늘릴 수 있고, 인간으로서 리얼리티가 없으니 일러스트로 표현할 수도 있고, 귀엽고 잘생기게 멋대로 적당히 캐릭터를 만들 수 있는 거야. 그래서 캐릭터를 모아 좋아하는 건 '깜짝맨 스티커', '근육맨 지우개', '포켓몬스터'와 마찬가지로 애들의 특성이니까. 애들을 잘 낚고 있어. 그러니까 그때까지는 '오, 잘하고 있구먼 세이료인 군.' 하고 생각했지만, 설마 내가 그 캐릭터 천국에 초대받을 거라고는 생각지도 못했었어. 그 의뢰를 한 게 '밀실본'이랑 같은 편집자였으니까 솔직히 이번엔 기필코 죽여 버리고 싶었는데, 그 'JDC 트리뷰트'에, 다른 작가도 참가한다는 얘기를 듣고 그 자리에서 나도 하겠다고 했어. 어. 정말, 다른 작가들이랑 같이 경쟁할 기회는 좀처럼 없으니까, 이번 기회 놓치면 안 되겠다- 싶어서 저요 저요 하고 달려들었지. 하하. 그런 식으로 반사적으로 의뢰를 받아들였지만, 그 뒤로는 처음 느꼈던 그 지긋지긋함이 되살아나고, 귀찮아서 내팽개쳐뒀었어. 그러다 마감이 다가와서 잡지에 광고까지 실린 걸 보고, 마지못해 다시 진지하게 생각했어. 어쨌든 'JDC 월드'를 그냥 펼쳐놓고 세이료인 류스이한테 이득이 되는 일만은 하고 싶지 않았지, 당연한 얘기지만. 정말 이건 쓰기 시작할 때까지 힘들었어, 'JDC' 같은 건 결국 명탐정이 많이 모여 있기만 하면 상관없고, 세이료인 류스이 같은 사람은 교활하기만 하고 시시하니까, 뭐 어쨌든 모티프에 전혀 흥미가 없었어. 하지만 말이지, 나는 바보였어. 내 눈앞에 있었던 문제는 'JDC'도 아니고 '세이료인 류스이'도 아니었던 거야. 내가 착수하고 있던 문제는, 타인의 세계를 내 안으로 끌어들인다는 더 커다랗고 근본적인 문제였던 거야. 그걸 깨닫고 나서는 여유로웠지. 쓱쓱쓱 쓰고서 건네줬더니 편집자가 펄 듯이 기뻐했고, 정말 시시한 소설이지만, 'JDC 트리뷰트' 기획이 엎어지기 직전이라 조마조마했겠구나 싶었어. 다들 나처럼 '세이료인 류스이'라는 엄청 커다란 녀석을 두려워했던 걸까. 하지만 'JDC'의 크기는 전무후무한 거고, 많은 작가들이 특정 작가의 세계에서 정말 자유롭게 경쟁하며 작품세계를 펼친다는 건 'JDC'가 아니면 정말 있을 수 없는 일이잖아. 그러니까 다들, 그렇게 세이료인 류스이를 무서워하지 말고 어린애처럼 천진난만한 기분으로 'JDC'로 와. 여기서 다 같이 놀자. 나랑 세이료인 · 신神 · 류스이랑 경쟁해보자고. 'JDC'라는 거대한 그릇에 비해, 모인 작품이 너무 적어. 뭐 나의 엄청난 걸작이 들어가서 기획으로서의 면목은 어느 정도 섰겠지만, 이걸론 정말 부족해. 난 정말 자신 있으니까, 내 'JDC', '미스터리'로서도 그렇고 '순문학'으로서도 평가가 많이 나오지 않는다면 그건 이상한 거야… 어라? (후기: 거의 완전히 무시당했다… 앞으로 나오려나?). … 뭐, 됐다. 멍청이. (죽어버려!) 일단 세이료인 군은 다음 'JDC'작품 못 쓰겠지. … 아, 뭐야, 하던 대로 '사이몬가 사건' 나오는구나. 흐음…. 엥? 왜?

뭐, 됐다. 어쨌든 '밀실본'과 'JDC 트리뷰트'에 참가한 건 내게 소득이 많은 경험이었다. 어떤 테마와 모티프가 있다. 그 테마와 모티프는 당연히 모두 말로 이루어져 있다. 말의 의미는 확장되며, 부풀어 오르고, 단계와 층위, 겉과 속이 있다. 나는 그걸 확인했다.

그리고 그 말이 지닌 의미의 크기 면에서, 나와 상관없는 말은 없음을 깨달았다. 말은 신이며, 신은 편재한다.

정말 진심이다.

나는 그 어떤 말로도 소설을 쓸 수 있다. 내가 할 수 있는 일이라면 누구든 할 수 있다. 그러니까 나와 더불어 희대의 엉터리 작가로 이름 높지 않은 마이조 오타로 군도 할 수 있을 것이다. (고딕 강조: 인용자)

『쓰쿠모주쿠』를 쓰고 난 소감문 격인 위의 글을 보면 알 수 있듯, 마이조 오타로가 세이료인 류스이를 '트리뷰트'하기 위해 취한 태도는 헌정이라기보다는 '대결'이다. 이야기의 신적 존재인 세이료인 류스이와의 대결에서 이기는 것. 그리고 세이료인 류스이의 세계를 자신의 세계로 끌어들여, 자신의 세계를 확장하는 것. 이것이 『쓰쿠모주쿠』가 쓰인 목적이라고 할 수 있다. 이러한 목적을 달성하기 위해 마이조 오타로는 '신'인 ≪세이료인 류스이≫를 물리치고 스스로가 '신'이 되어야 하며, 따라서 작품 속에서 주인공인 쓰쿠모주쿠가 자신을 대신하여 '신'과 다투는 모습을 그리고 있다고 보아도 무방할 것이다.

그리하여 「제5화」 이후, '나(쓰쿠모주쿠)'는 창세기와 요한묵시록을 모방한 사건을 해결하거나 스스로 모방해나가고, 그것을 계속 관찰하고 있는 듯한 ≪세이료인 류스이≫ 또한 성서의 모방을 포함한 다양한 방식으로 그에게 '말(이야기)'을 보낸다. 그 두 세계는 서로 녹아들면서도 끊임없이 서로의 입지를 점하고자 경쟁한다. 현실인 듯 펼쳐지는 '나'의 세계는 다음 장에서 '소설'이 되고, 어느 순간 '나'의 세계가 소설임을 알아차린 '나'는 세계를 지배하고 있는 신을 찾아내려 애쓴다.

이윽고 '나(쓰쿠모주쿠)'와 '신=≪세이료인 류스이≫'의 대결로만 보이던 이야기는 분열된 '나' 사이의 갈등으로 치닫게 된다. 즉, 이 세계가 허구임을 알면서도 여기에 계속 안주하고자 하는, 두 번의 타임슬립으로 인해 생긴 두 명의 '나'와, 이야기(=허구)를 배제하기 위해 자신이 사랑했던 사람들을 죽이고 이야기의 바깥(=현실)으로 돌아가고자 하는(역설적이게도, 그럼으로써 '이야기'를 전개해나가고자 하는) 오리지널 '나' 사이의 갈등이다. 결국 두 명째 '나'는 세 명째 '나'에게 '내'가 사랑하는 사람들을 모두 죽이려 하는 오리지널 '나'를 죽이자는 제안을 하고, 오리지널의 목을 베어버린 「제6화」의 '나(쓰쿠모주쿠)'는 자신이 '신'일지도 모른다는 결론을 내리기에 이르면서 다음 '이야기'를 진행시킬 열쇠를 쥐게 된다. 그리고 '나'는 사랑하는 사람들에게 둘러싸여 행복을 느끼면서도 니시아카쓰키로 돌아가기로 결심하며, 다음과 같이 말한다.

> 그러니 우선 나는 지금, 이 한순간을 영원한 것으로 해 보인다. 나는 신의 집중력을 가지고 마지막까지의 시간을 미분한다. 그 한순간의 영원 속에서, 나라는 아킬레스는 앞서 가는 거북이를 따라잡을 수 없다.

이 수수께끼 같은 마지막 문장은 무엇을 의미하는 것일까.

아킬레스와 거북이 이야기는 기원전의 그리스 철학자 제논의 역설 중 하나로, 아킬레스가 먼저 출발한 거북이를 따라잡을 수 없다는 이야기이다. 즉, 아킬레스의 속도가 거북이의 속도보다 10배 빠르다고 하고 거북이가 아킬레스보다 100미터 앞에서 출발한다는 가정 하에, 아킬레스와 거북이가 동시에 출발해 아킬레스가 거북이의 출발 장소까지 오면 거북이는 아킬레스보다 10배 느리므로 아킬레스보다 10미터 앞선 곳에 있게 된다. 다시 아킬레스가 달려 거북이의 출발 장소까지 오면 거북이는 아킬레스보다 10미터의 10분의 1, 즉 1미터 앞선 곳에 있게 된다. 제논의 논리는, 이런 식으로 계속해도 거북이는 아킬레스보다 항상 앞선 곳에 있게 되기 때문에 아킬레스가 거북이를 추월할 수 없다는 것이다.

'내'가 이러한 제논의 역설을 긍정할 수 있는 것은 지금 이 순간만을 긍정하는, 시간관념이 배제된 세계에서 살기로 했기 때문이다. 그 세계가 『쓰쿠모주쿠』라는 '이야기' 속 세계인 이상, 살아간다는 것은 그 다음 '이야기'를 만들어나간다는 것을 의미하며, '나'는 지금의 '이야기'를 부정하고 다음 화의 '이야기'를 현실로 받아들여야 하는 메타 픽션의 주인공이다. 결국 '나'는 한순간의 영원만을 긍정함으로써 지금 일어나고 있는 '이야기', 그리고 앞으로 전개될 '이야기' 모두를 긍정하고자 한다. 다시 말해, '나'는 지금의 이야기 또한 언젠가 부정될 것임을 알고 있음에도 불구하고, 부정에의 부정이 반복되는 무한한 이야기의 연쇄를 벗어날 수 없다는 무력감 또한 긍정하기로 한 것이다. 이는 한 이야기에 대한 부정이 또 다른 이야기에 대한 긍정으로 이어진다는 역설이다. 더 나아가 이는 앞으로 어떻게 변화할지 모를, 심지어는 사라져버릴지도 모를 '의미'를 짊어지고 살아갈 수밖에 없는 말과 소설, 그리고 소설가의 숙명을 긍정한다는 것을 의미한다고도 볼 수 있지 않을까. 그런 숙명 속에서, 쓰쿠모주쿠와 마이조 오타로, 그리고 이야기는, '바깥'을 향해 영원히 질주한다.

옮긴이 후기

일본에서도 아는 사람만 아는, 독특한 작풍의 소설가인 마이조 오타로의 『쓰쿠모주쿠』는 사실 소설을 잘 읽지 않는 평범한 사람보다는 원래 소설을 좋아하고 많이 읽는(혹은 그렇게 하고 싶은) 사람에게 권하고 싶은 소설이다. 왜냐하면 이 소설은 하나의 특정한 세계를 그리는 것에 그치지 않고 어떤 세계든 모두 끌어안을 수 있는 '이야기'라는 거대한 우주를 다루고 있기 때문이다. 그 우주의 존재를 모른다면, 어쩌면 이 작품은 단순한 말장난에 지나지 않는 것으로 느껴질 수도 있다.

하지만 이야기를 좋아하는 독자를 포함한 우리에게, 이 세상에 그냥 단순한 말장난이라는 게 있을까? 어떤 말이든, 그것은 이야기이며, 그 이야기는 우리가 사는 인생이자 세계이다. 심지어 마이조 오타로는 마치 거대한 진공청소기처럼, 다른 이야기나 캐릭터들, 심지어 자신이 쓴 전작의 등장인물과 내용들까지 온갖 '말'을 닥치는 대로 빨아들여

소설가로서의 자기 세계를 확장할 수 있는 능력을 가진 소설가이니, 그에게 말이란 곧 세계이다. 그런 세계관을 지닌 그는 이야기와 더불어 그런 이야기를 쓰는 자신의 태도를 언급하는, 한마디로 '이야기에 대한 이야기'를 즐겨 쓴다. 그런 면에서 '이야기에 대한 이야기에 대한 이야기에 대한(×∞) 이야기', 소위 '초超메타 소설'인 이 작품은, 그러한 그의 작풍을 잘 보여준다고 할 수 있다.

소설과 소설가의 창작 태도에 대해 끈질기게 언급해나가는 그에게 소설이란, 그리고 소설가란 무엇일까. 마이조는 말한다.

> 어떤 종류의 진실이란, 거짓말이 아니고서는 말할 수 없는 것이다.
>
> 진정한 작가에게 이것은 자명한 사실일 것이다. 도스토예프스키와 톨스토이, 토마스 만과 프루스트처럼 엄청난 장편을 쓰는 사람이든 체호프와 카버, 치버처럼 거의 단편밖에 쓰지 않는 사람이든, 진정한 작가라면 모두들 이것을 알고 있다. 엄청난 진실, 중요한 일, 깊은 진상이 있는 일에 한해, 있는 그대로를 말로 옮기더라도 곧이곧대로 들리지 않는다. 그럴 때 거짓말을 하지 않으면, 진짜 같은 느낌이 생기지 않는다. (중략) 그래서 더더욱, 이렇게 생각해야만 할 것이다. 그 반대라고. 작가야말로 이야기의 도구라고. 작가를 써서 이야기는 진실을 전하는 거라고. 그렇다. 진실을 말하는 것은 작가가 아니라, 어디까지나 이야기인 것이다.
>
> — 『어둠 속 아이』(2001) 중에서

한국에도 소개된 데뷔작 『연기, 흙 혹은 먹이』의 등장인물 중 한 명이기도 한 작중 소설가 나쓰가와 사부로를 주인공으로 하는 소설에서,

마이조는 사부로의 입을 빌려 위와 같은 말을 한 바 있다. 그의 말처럼 이야기=허구가 진실을 말하는 거라면, 우리에겐 더 많은 이야기가 필요하지 않을까? 우리는 더 많은 이야기를 읽고, 생각해야 하지 않을까?

문학을 공부하는 내게, 그리고 이야기를 좋아하는 내게 이보다 더 강렬한 메시지를 안겨준 소설가는 없었다. 그래서 마이조 오타로는 내가 가장 좋아하는 소설가이고, 일본 친구들에게 선물을 할 기회가 생기면 늘 그의 책을 사주곤 해왔다. 그런 식으로 내가 마이조 오타로의 팬이라고 떠들고 다닌 덕분에 이렇게 『쓰쿠모주쿠』를 번역할 기회도 생겼다. 2000년대 중반부터 그의 팬으로 있어온 내게 이 번역 작업을 하는 시간은 휴식과도 같은 시간이었고, 묘하게 머릿속에 착 달라붙는 그의 랩 같은 문장들을 옮겨가며 쾌감을 느끼기도 했다. 한편으로는 질주하는 듯한 원문의 문체를 온전히 옮겨야 한다는 부담감에 시달리기도 했고, 그가 구사하는 후쿠이 사투리의 번역 또한 서울 출신의 내게는 난관이었다. 그런 여러 가지 어려움에 대한 고민을 들어주고 내 번역을 가장 처음으로 읽고서 사투리 번역을 도와준 부산 출신의 김재원 선생, 그리고 <비판세계문학> 시리즈에 이 책을 넣는 모험적인(?!) 결정을 해주신 조기조 사장님을 비롯한 도서출판 b 식구 여러분께 존경과 감사의 인사를 전한다.

2015년 11월

최혜수

• 마이조 오타로 舞城王太郎

1973년 후쿠이 현 출생.

2001년 『연기, 흙 혹은 먹이』로 제19회 메피스토 상을 수상하며 데뷔했다. 주요 작품으로는 2003년 제16회 미시마 유키오 상을 수상한 『아수라 걸』을 비롯하여 『세계는 밀실로 되어 있다』, 『좋아 좋아 너무 좋아 정말 사랑해』, 『디스코탐정 수요일』, 『JORGE JOESTAR』 등이 있다.

'마이조 오타로'라는 이름은 필명으로, 본명뿐만 아니라 신상 및 기타 이력을 철저히 비밀에 붙여 신비주의를 고집하고 있다. 자신의 소설 속 일러스트는 거의 대부분 그가 직접 그리고 있으며, 영화 · 드라마 · 애니메이션 · 게임 등의 영상 작품을 기획 · 제작 · 판매하는 창작 집단 REALCOFFEE에 소속되어 다방면에서 활약하고 있다.

• 최혜수

고려대학교 통계학과 졸업. 와세다 대학교 대학원 문학연구과 석사과정을 마치고 현재 동 대학원 박사과정에 재학 중이다. 옮긴 책으로는 <다자이 오사무 전집> 중 『사랑과 미에 대하여』, 『정의와 미소』, 『쓰가루』, 『사양』과 가라타니 고진의 『세계사의 구조를 읽는다』, 다카하시 도시오의 『호러국가 일본』(공역) 등이 있다.

비판세계문학 2

쓰쿠모주쿠

초판 1쇄 발행 2016년 1월 15일

지은이 마이조 오타로 | 옮긴이 최혜수 | 펴낸이 조기조 | 기획 이성민, 이신철, 이충훈, 정지은, 조영일 | 편집 김장미, 백은주 | 교정 신동완 | 독자교정 박훌요 | 인쇄 주)상지사P&B | 펴낸곳 도서출판 b | 등록 2003년 2월 24일 제12-348호 | 주소 151-899 서울특별시 관악구 난곡로 288 남진빌딩 401호 | 전화 02-6293-7070(대) | 팩시밀리 02-6293-8080 | 홈페이지 b-book.co.kr / 이메일 bbooks@naver.com

ISBN 979-11-87036-00-5 03830

값 16,000원